MIRA®

Umwelthinweis:
Dieses Buch wurde auf chlor- und säurefreiem Papier gedruckt.

Im Sog der Lügen

MIRA® TASCHENBUCH
Band 20043
1. Auflage: September 2013

MIRA® TASCHENBÜCHER
erscheinen in der Harlequin Enterprises GmbH,
Valentinskamp 24, 20354 Hamburg
Geschäftsführer: Thomas Beckmann

Titel der nordamerikanischen Originalausgaben:

The Cutting Edge
Copyright © 1985 by Linda Howington
erschienen bei: Silhouette Books, Toronto

The Wedding Night
Copyright © 1991 by Jayne Ann Krentz
erschienen bei: Harlequin Books, Toronto

On Dean's Watch
Copyright © 2003 by Linda Windstead Jones
erschienen bei: Silhouette Books, Toronto

The Marriage Prescription
Copyright © 2002 by Debra Webb
erschienen bei: Harlequin Books, Toronto

Published by arrangement with
HARLEQUIN ENTERPRISES II B.V./S.àr.l.

Konzeption/Reihengestaltung: fredebold&partner gmbh, Köln
Umschlaggestaltung: pecher und soiron, Köln
Redaktion: Mareike Müller
Titelabbildung: Corbis; Thinkstock/Getty Images, München; pecher und soiron, Köln
Satz, Druck und Bindearbeiten: GGP Media GmbH, Pößneck
Printed in Germany
Dieses Buch wurde auf FSC®-zertifiziertem Papier gedruckt.
ISBN 978-3-86278-757-9

www.mira-taschenbuch.de

Linda Howard

Lass mich deine Küsse spüren

Roman

Aus dem Englischen von
Inge Hummrich

MIRA®

1. KAPITEL

So viel Schönheit und Eleganz sollten eigentlich verboten werden", stellte Bruce Rutland anerkennend fest.

Sein Kollege Evan Brady hatte die junge Frau ebenfalls beobachtet, die gerade an ihnen vorübergegangen war, und er konnte Bruce nur zustimmen. Er hatte sie allerdings schon öfter gesehen, da er sich bereits seit einer Woche in dieser Filiale von Carter Engineering in Los Angeles aufhielt.

„Wenn du dich für sie interessierst, wirst du dich anstellen müssen", meinte er trocken. „Die gesamte männliche Belegschaft würde sich nämlich gern mit ihr verabreden."

Bruce lächelte überlegen. „Tut mir leid für euch, dann werde ich mich einfach vordrängeln und mich an die Spitze der Warteschlange setzen."

Die Reaktion überraschte Evan. Er hatte bloß Spaß machen wollen, denn er hatte noch nie erlebt, dass sich Bruce mit einer Angestellten der Firma einließ, wenn er auch zugeben musste, dass Tessa Conways Anblick jeden Mann schwachmachen konnte. „Sie wirkt nicht gerade wie eine Buchhalterin, nicht wahr?"

„Ist sie das denn?", fragte Bruce.

„Ja, eine ganz hervorragende sogar. Damit zählt sie automatisch zum Kreis der Verdächtigen."

Bruce wandte sich um und sah Tessa nach, bis sie im Aufzug verschwand. Evan und er arbeiteten als Ermittler für den Carter-Marshall-Konzern, zu dem auch diese Niederlassung gehörte. Bei einer innerbetrieblichen Überprüfung dieser Zweigstellen hatten sich unerklärliche Unstimmigkeiten herausgestellt, die vermutlich auf eine Veruntreuung zurückzuführen waren. Als Joshua Carter das erfahren hatte, war er vor Zorn außer sich gewesen, und ein wütender Joshua Carter war immer noch ein beeindruckendes Erlebnis, obwohl er inzwischen fast siebzig war.

Ohne zu zögern, hatte er seinen besten Mann für solche Angelegenheiten beauftragt, um dieses Problem zu untersuchen: Bruce Rutland.

Veruntreuung im Zusammenhang mit Computern war zwar schwer nachzuweisen, doch in dieser Hinsicht vertraute Bruce voll und ganz auf Evans Fähigkeiten. Es gab nur wenige Menschen in den Vereinigten Staaten, die sich mit ihm messen konnten, wenn es um Computer ging. Evan würde sich daher um die technischen Fragen kümmern, während Bruce die Leute überprüfte. Dann wäre der Fall aufgeklärt, ehe der Dieb überhaupt bemerkte, dass sie ihm auf der Spur waren. Offiziell begründeten sie ihre Anwesenheit mit der Absicht, ein bestimmtes Computersystem für die Verwendung in der Niederlassung in Los Angeles zu prüfen.

Bruce rieb sich nachdenklich übers Kinn. „Weißt du, wie die Frau heißt?"

„Ja, Tessa Conway. Den Namen kennt hier jeder", antwortete Evan lachend. „Sie ist ledig. Ich habe mir ihre Personalakte angesehen."

„Hast du irgendetwas Interessantes herausgefunden?"

„Kommt darauf an, was du darunter verstehst. Ich konnte auf jeden Fall nichts Verdächtiges entdecken."

„Na, dann werde ich mal das Angenehme mit dem Nützlichen verbinden und Miss Conway zum Essen einladen. Dabei kann ich sie dann gleich über ihre Abteilung ausfragen. Vielleicht weiß sie irgendjemanden, der Geldsorgen hat oder plötzlich reich geworden ist."

„Es tut mir in der Seele weh, wenn du dich dermaßen überarbeitest", spottete Evan. „Ich mache dir einen Vorschlag. Das Dinner übernehme ich, und du schläfst dich mal richtig aus."

Bruce' Antwort fiel knapp, aber sehr deutlich aus. Evan grinste. Er war schlank, dunkelhaarig und lebhaft, und die Frauen mochten ihn. Doch gegen Bruce Rutland hatte er keine Chance, es sei denn, der zog sich freiwillig zurück. Kaum eine Frau konnte sich dessen maskuliner Ausstrahlung entziehen. Dennoch besaß er mehr Selbstbeherrschung als alle Männer, die Evan bisher kennengelernt hatte. Bruce schien seine Gefühle immer unter Kontrolle zu haben und sich nur von seinen nüchternen Überlegungen leiten zu lassen – in jeder Situation.

„Nach dem Lunch möchte ich Miss Conways Personalakte sehen", ordnete Bruce jetzt an, und sein durchdringender Blick löste in Evan eine Welle des Mitleids mit Tessa Conway aus. Die arme Frau hatte nicht die geringste Chance.

Als Tessa nach dem Lunch in die Firma zurückkam, lächelte sie dem Sicherheitsposten am Eingang strahlend zu, der das Lächeln mit einem breiten Grinsen erwiderte.

„Du lässt aber auch keine Gelegenheit zum Flirten aus", stellte ihre Begleiterin Martha Billingsley fest. Martha arbeitete in der Personalabteilung und war Tessas beste Freundin.

„Das stimmt nicht", erwiderte Tessa unbekümmert. „Du machst eben keinen Unterschied zwischen Flirt und Freundlichkeit."

„Da ist auch keiner, wenn es um dich geht. Dein bloßer Anblick genügt, damit die Männer über ihre eigenen Füße stolpern."

Tessa lachte, denn sie nahm Marthas Bemerkung nicht allzu ernst. Sie strahlte Offenheit und Freundlichkeit aus, gepaart mit Humor, Verstand und Einfühlungsvermögen, und das machte sie bei Männern wie Frauen beliebt. Auf jeder Party – und sie wurde häufig eingeladen – war sie der charmante Mittelpunkt, und man verübelte ihr nicht einmal den Südstaaten-Akzent, der durch den singenden Tonfall ihrer Stimme einen eigenen Reiz erhielt.

Sie stammte aus Mobile an der Golfküste Alabamas, und ihre Gelassenheit half ihr, selbst in Krisensituationen die Ruhe zu bewahren. Ihren Beruf beherrschte sie perfekt, verfolgte ihre Ziele ohne jede Nervosität oder Eile und erreichte sie scheinbar mühelos. Martha konnte sich das einfach nicht erklären.

Als die beiden den Aufzug betraten, gesellte sich Sammy Wallace zu ihnen, das Computergenie des Unternehmens. Er war groß, hager, blond und trug eine dicke Hornbrille, hinter der seine blauen Augen immer ein wenig zerstreut dreinzublicken schienen.

Im Umgang mit Computern machte ihm so leicht niemand etwas vor, doch Menschen gegenüber war er sehr gehemmt. Obwohl er älter war als Tessa, hatte diese oft das Gefühl, ihn beschützen zu müssen. Sie begrüßte ihn herzlich, und da er inzwischen wusste, dass das ehrlich gemeint war, lächelte er erfreut zurück. Auch wenn er die meiste Zeit an seinen Computern hockte, war ihm nicht entgangen, wie Tessa von anderen Männern bewundert wurde. Umso stolzer machte es ihn, wenn sie sich mit ihm unterhielt.

„Hast du vielleicht noch einmal einen Abend frei für eine Schachstunde?", erkundigte sie sich. Sie wusste, dass er fast immer allein zu Hause saß, und natürlich schmeichelte ihm die Andeutung, er sei zu beschäftigt.

„Na klar. Passt es dir morgen?"

„Das geht gut." Ihre grünen Augen funkelten. „Gegen sieben?"

„Einverstanden. Möchtest du wieder pokern?"

„Du weißt doch, dass ich dazu nicht Nein sagen kann." Sie zwinkerte ihm zu.

Sammy zwinkerte zurück, was ihn selbst ziemlich überraschte. Er unterrichtete Tessa im Schachspiel, und als Gegenleistung brachte sie ihm Pokern bei. Sein Talent im Umgang mit Zahlen ließ ihn die Grundbegriffe des Kartenspiels sehr schnell begreifen, während sie nur langsam Fortschritte in dem „Königlichen Spiel" machte.

Im nächsten Stockwerk betraten einige Männer den Aufzug. Tessa wich etwas zurück und fasste mit einer Hand nach dem Haltegriff neben sich an der Wand. Das war ihr Glück, denn in der folgenden Etage ruckte der Lift plötzlich heftig, bevor er schwankend anhielt. Ted Baker, der direkt vor Tessa stand, streckte die Arme aus, um das Gleichgewicht nicht zu verlieren, was ihm auch gelang. Doch dabei stieß er mit dem Ellbogen gegen Tessas Wangenknochen, die unter der Wucht des Schlags taumelte. Sofort legte ihr ein anderer Mann den Arm um die Taille und stützte sie.

Ted Baker entschuldigte sich zerknirscht, aber Tessa winkte ab und meinte: „Das war nicht Ihre Schuld."

„Mit dem Aufzug stimmt was nicht. Kümmern Sie sich darum, dass der Sache nachgegangen wird, Baker", ordnete ihr unbekannter Retter an, und Ted Baker pflichtete sofort bei.

Tessa hatte sich von dem kurzen Schwindelgefühl erholt und versuchte vergeblich, sich von dem Mann loszumachen.

Martha musterte sie besorgt. „Tessa, ist alles in Ordnung?"

„Ja, mir fehlt nichts." Sie tastete vorsichtig über ihr Gesicht, das sich etwas taub anfühlte.

„Ich nehme Sie mit in mein Büro und kühle die Prellung mit Eis", erklärte der Mann. Seine Stimme strahlte eine unwiderstehliche Autorität aus. Es schien ihr unvorstellbar, sich diesem Mann zu widersetzen.

In der Chefetage griff der Mann nach Tessas Arm und geleitete sie zu einer Tür, auf der kein Name stand. Als sie den Vorraum betraten, schaute eine Sekretärin dienstbeflissen auf.

„Helen, haben wir hier irgendwo Eis? Es hat einen kleinen Unfall gegeben."

„Gewiss, Sir, einen Moment." Helen sprang auf, öffnete die Tür zum angrenzenden Zimmer und lief an ihnen vorbei zu einer eingebauten Bar. „Ja", vergewisserte sie sich mit einem raschen Blick in den Schrank. „Hier ist Eis. Kann ich Ihnen helfen?"

„Nein, danke. Das Handtuch hole ich mir selbst aus dem Bad", erwiderte er leichthin.

Die Sekretärin wandte sich ab und ließ Tessa mit ihm allein.

„Setzen Sie sich hierhin", wies er sie an und führte sie zu dem Ledersessel hinter dem Schreibtisch.

Kaum war er verschwunden, stand Tessa auf und trat an das Panoramafenster an der anderen Seite des Raums. Der Anblick der sich bis zum Horizont erstreckenden Stadt war atemberaubend.

„Ich hatte gesagt, Sie sollen sich setzen", meinte der Mann barsch, als er mit einem Handtuch zurückkehrte.

Tessa drehte sich nicht um. „Stimmt", gab sie mit sanfter Stimme zu. Eine Weile schwiegen beide, dann hörte sie das Klappern von Eiswürfeln.

„Es ist nicht gut, wenn Sie stehen bleiben. Sie haben nämlich ganz schön was abbekommen."

„Keine Bange, ich werde schon nicht ohnmächtig", versicherte Tessa. Sie musterte ihren Retter interessiert.

Dass er groß und stark war, hatte sie im Lift bereits feststellen können. Sein muskulöser Körper strahlte eine überwältigende Wärme und Kraft aus.

Tessa fühlte sich plötzlich merkwürdig benommen und überlegte, ob sie vielleicht doch eine leichte Gehirnerschütterung hatte. Doch dann merkte sie, dass sie unwillkürlich die Luft angehalten hatte, und konzentrierte sich darauf, gleichmäßig durchzuatmen. Sie musterte das Gesicht des Mannes. Es war nicht unbedingt attraktiv, aber ausgesprochen sinnlich und unglaublich faszinierend.

Seine dunkelbraunen, von langen dunklen Wimpern gesäumten Augen waren die schönsten, die sie je gesehen hatte. Ein paar widerspenstige Strähnen des golden schimmernden Haars fielen ihm in die Stirn. Tessas Blick wurde wie magisch von seinem Mund angezogen. Die Lippen waren leicht geschwungen, die Mundwinkel amüsiert nach oben gezogen. Er wirkte äußerst erotisch, der Mund eines Mannes mit Erfahrung, der genau wusste, wie man küsst und die Küsse einer Frau genießt.

Der Mann legte den Finger unter Tessas Kinn und drehte ihr Gesicht ins Licht. „Sie werden einen blauen Fleck bekommen", stellte er sachlich fest. „Ich denke, Ihr Auge hat nichts abgekriegt."

„Das will ich hoffen."

Behutsam hielt er ihr das Handtuch mit den Eiswürfeln an die Wange. Tessa griff danach und berührte seine Hand. Sie war warm und kräftig und anscheinend auch an körperliche Arbeit gewöhnt. Er betrachtete Tessa selbstbewusst, und plötzlich wurde ihr klar, dass er ihr sehr gefährlich werden konnte. Sie brauchte Abstand.

„Vielen Dank", sagte Tessa leise und trat einen Schritt zur Seite. „Ich muss an meinen Arbeitsplatz zurück."

„Bleiben Sie", befahl er mit sanftem Nachdruck. „Ich rufe Ihre Abteilung an und erkläre Ihr Fernbleiben."

„Danke, das ist nicht nötig. Es geht mir wirklich wieder besser."

„Wie Sie wollen." Er musterte Tessa eindringlich. „Ich möchte mich trotzdem noch ein bisschen mit Ihnen unterhalten. Ich hole Sie heute Abend um halb acht zum Dinner ab. Einverstanden?"

„Nein!", wehrte sie verblüfft ab. „Ich kenne Sie doch gar nicht."

„Nun, das lässt sich ändern." Er streckte die Hand aus. „Ich heiße Bruce Rutland und arbeite für Carter-Marshall."

Tessa hatte Bruce Rutlands Namen in den letzten Wochen oft gehört, und das Gerücht, Bruce könne herkommen, hatte viele Kollegen nervös gemacht. Wahrscheinlich war er erst heute Morgen eingetroffen. Zögernd ergriff sie seine Hand.

„Tessa Conway", stellte sie sich vor. „Ich arbeite in der Buchhaltung."

Er ließ ihre Hand nicht los. „Fein. Da wir uns nun offiziell vorgestellt haben, können wir heute auch zusammen zu Abend essen."

Tessa fand nicht, dass er das kaltblütige Ungeheuer war, als das er dargestellt wurde, und gewann langsam ihre Selbstsicherheit zurück. Ihre Augen begannen spöttisch zu funkeln. „Ich weiß nicht so recht", meinte sie lächelnd. „Vielleicht ist es ja gefährlich, mit einem Mann auszugehen, der von den anderen hier als ‚Mr Erbarmungslos' bezeichnet wird."

Bruce lachte belustigt auf. „Nennt man mich tatsächlich so? Ich hätte Schlimmeres erwartet. Glauben Sie auch, dass ich Ihnen gefährlich werden könnte, Tessa?"

Sie sind bereits dabei, dachte sie, hütete sich aber, es laut zu sagen. Ihre Verwirrung wuchs. Einerseits hatte sie große Lust, seine Einladung anzunehmen, andererseits schien es ihr besser, sich von diesem Mann fernzuhalten.

„Ein gemeinsames Essen würde bestimmt Gerüchte auslösen", wandte sie zögernd ein.

„Klatsch und Tratsch sind mir gleichgültig und Ihnen sicher auch." Er verstärkte den Druck seiner Finger. „Halb acht also?"

Tessa sah ihm in die Augen, und das war ein Fehler. Plötzlich waren sämtliche Vorbehalte verschwunden. „Eine Stunde früher wäre mir lieber. Ich, äh, ich gehe normalerweise sehr früh zu Bett, sonst bin ich am nächsten Morgen nicht zu gebrauchen."

Ich werde schon dafür sorgen, dass du rechtzeitig ins Bett kommst, dachte Bruce triumphierend. Und ich garantiere dir, dass du dort nicht schlafen wirst. Laut sagte er nur: „Ich hole Sie ab. Schreiben Sie mir bitte Ihre Adresse auf." Die konnte er zwar auch in ihrer Personalakte nachlesen, sie sollte jedoch nicht erfahren, dass er sich die Akte besorgen wollte.

Mit der linken Hand hielt Tessa das Handtuch an ihr Gesicht und notierte mit der anderen ihre Adresse auf ein Blatt Papier. Als sie fertig war, richtete sie sich auf und sah Bruce kopfschüttelnd an. „Ich muss verrückt sein", sagte sie und lief fast aus dem Büro, um ihm keine Gelegenheit zu einer Antwort zu geben.

Dummkopf, tadelte Tessa sich auf dem Weg in ihr Büro. Wie konnte ich die Einladung eines Mannes annehmen, der in der Rangfolge der Firma erstens weit über mir steht und zweitens auch noch über einen derart schlechten Ruf verfügt? „Der Erbarmungslose" war ein passender Spitzname, denn Bruce Rutland kannte kein Mitleid mit den Leuten, die er feuerte.

Dennoch, sie war noch nie einem Mann begegnet, der sie dermaßen fasziniert hatte. Und das lag weniger an seinem Äußeren als an der Art, mit der er sie gemustert hatte. Sein Blick war der eines erfahrenen Liebhabers, obwohl ihm eine kühle Beherrschtheit zugrunde lag. Bruce verbarg offensichtlich einen Teil von sich, der mit der Intensität seiner Leidenschaft nichts zu tun hatte.

Wie sollte sie sich verhalten, wenn er mehr von ihr verlangte, als sie geben konnte, ohne darunter zu leiden? Dieser Mann würde ihr keine Ruhe lassen, bis er wusste, was sich hinter ihrem Schutzschild aus Lachen und oberflächlichen Flirts verbarg, und sie bezweifelte, dass sie ihre Rolle ihm gegenüber lange aufrechterhalten konnte.

Nach zwei gescheiterten Verlobungen war Tessa trotz allem Optimismus vorsichtig geworden. Sie erkannte eine Gefahr, wenn sie eine sah, und bei Bruce Rutland schrillten sämtliche Alarmglocken auf einmal. Warum hatte sie also zugesagt, obwohl sie es hätte besser wissen müssen?

Weil ich ein Dummkopf bin, schimpfte sie stumm in sich hinein, während sie an ihrem Schreibtisch Platz nahm.

Perry Smitherman, ihr Vorgesetzter, kam aus seinem Büro. „Martha hat mir von Ihrem Unfall berichtet. Ist denn wirklich alles wieder in Ordnung?"

„Ja, danke, ich fühle mich schon besser." Tessa nahm das Handtuch mit dem Eis herunter und strich sich über die geschwollene Wange. „Bin ich sehr entstellt?"

„Eine schöne Frau entstellt nichts", scherzte Perry. Besorgt fuhr er fort: „Wenn Sie Schmerzen haben, können Sie nach Hause gehen."

Überrascht winkte Tessa ab. „Auf keinen Fall."

„Waren Sie wenigstens beim Betriebsarzt?"

„Nein. Mr Rutland nahm mich mit in sein Büro und …"

„Bruce Rutland?", erkundigte sich Perry scharf.

„Ja, er war zufällig mit uns im Aufzug."

Perry wischte sich über die Stirn. „Hat er nach irgendjemandem aus unserer Abteilung oder nach der Buchhaltung gefragt?"

„Nein, überhaupt nicht", erwiderte Tessa besänftigend. „Er hat mir nur diese Kompresse hier gegeben."

„Merkwürdig. Normalerweise tut Bruce Rutland nichts ohne Grund, auch wenn er dabei sehr charmant sein kann. Ich bin sicher, dass er unsere Abteilung überprüfen will, und vorher wird er mit den einzelnen Leuten sprechen. So findet er am schnellsten heraus, ob wir in irgendeiner Hinsicht zu nachlässig oder sorglos sind."

„Zum Glück haben Sie nichts zu befürchten, Perry. Die Buchhaltung ist in Ordnung, und Sie sind ein vorbildlicher Abteilungsleiter."

„Man kann nie wissen", zweifelte er düster.

Tessa gab es auf. Anscheinend wollte er sich nicht von ihr aufmuntern lassen. Manche Menschen fühlten sich einfach wohler, wenn sie ständig das Schlimmste annahmen. Bis zur Pause arbeitete sie ungestört, dann kam Martha zu ihr, deren Stimme sich vor Neugier fast überschlug.

„Was hat Bruce Rutland erzählt? Hattest du Angst? Was für ein Zufall, dass er ausgerechnet in dem Moment im Aufzug war! Hat er dir gesagt, warum er hier ist?"

Tessa überhörte alle Fragen bis auf eine. „Wovor hätte ich mich fürchten sollen? Ich hatte doch gar keine Ahnung, wer er ist."

„Das wusstest du nicht?"

„Nein, woher auch? Ich habe zwar schon mal von ihm gehört, ihn jedoch noch nie gesehen."

Das reichte Martha nicht, und sie versuchte, weitere Neuigkeiten zu erfahren. „Worüber habt ihr euch denn unterhalten?"

„Unter anderem über Eiswürfel und Handtücher", wich Tessa aus. Sie hatte nicht vor, über die Verabredung zum Dinner zu sprechen. Schon der Gedanke daran machte sie nervös.

„Tessa Conway, du wirst doch wohl keinen Flirt mit Bruce Rutland anfangen? Ich kenne diesen Blick bei dir. Hast du ihm etwa schöne Augen gemacht?"

„So verheerend, wie ich mit der angeschwollenen Wange aussehe, wäre das sicher nicht sehr wirkungsvoll gewesen", erwiderte Tessa.

„Solche Kleinigkeiten haben dich noch nie gebremst."

„Ich schwöre dir, dass ich nicht mit Mr Rutland geflirtet habe." Im Stillen fügte sie hinzu: Eher umgekehrt.

„Das ist gut. Der Mann ist nämlich bekannt dafür, dass er Leute in der Luft zerreißt, wenn sie ihn einmal falsch angucken."

Diese Behauptung beunruhigte Tessa weniger als die Tatsache, dass seine sinnliche Ausstrahlung sie ziemlich durcheinanderbrachte. Und sie wollte nicht noch einmal von einem Mann enttäuscht werden. Man hatte ihr zweimal sehr wehgetan, und in ihrem tiefsten Innern war sie darüber noch nicht hinweg.

2. KAPITEL

Tessa beugte sich vor und musterte intensiv ihre geschwollene Gesichtshälfte. Das leichte Make-up verdeckte die Verfärbung nur unzulänglich. Sie verteilte noch etwas Abdeckcreme darüber, bis sie mit dem Ergebnis einigermaßen zufrieden war.

Das Verkehrschaos auf dem Heimweg hatte sie aufgehalten, sodass ihr nur eine halbe Stunde Zeit blieb, sich umzuziehen. Aber dank ihres hervorragenden Organisationstalents hatte sie es dennoch gut geschafft. Sie hatte sich schnell ausgezogen und geduscht, danach das Haar gewaschen und geföhnt, bis es in weichen Wellen auf die Schultern fiel. Für das Make-up brauchte sie nie länger als zehn Minuten. Ein Blick auf die Uhr zeigte ihr, dass sie sich noch in Ruhe um ihre Garderobe kümmern konnte.

Sie sprühte sich einen Hauch ihres Lieblingsparfüms auf Haare, Hals und Schultern, zog BH, Slip und eine hauchfeine Strumpfhose an und streifte sich ein Kleid aus cremefarbener Seide über. Es hatte einen schmalen, knielangen Rock und ein eng anliegendes Oberteil.

Zum Schluss legte Tessa eine einreihige Perlenkette um und befestigte die passenden Clips an den Ohrläppchen. Dann schlüpfte sie in beigefarbene Pumps. Sie griff gerade nach ihrer Abendtasche, da läutete es. „Pünktlich auf die Sekunde", stellte sie zufrieden fest.

Sie öffnete Bruce die Tür, und als sie in seine braunen Augen sah, erschauerte sie innerlich. Dieser Mann brauchte wirklich nur zu lächeln, und jede Frau schmolz förmlich dahin. Sie ließ sich ihre Verwirrung jedoch nicht anmerken, sondern winkte ihn freundlich lächelnd an sich vorbei in die Wohnung. „Möchten Sie einen Drink, bevor wir gehen?"

„Nein, danke. Kommen Sie, gehen wir."

Bruce hielt Tessa die Tür seines luxuriösen Mietwagens auf. Er half ihr beim Einsteigen, bevor er sich hinter das Steuer setzte.

„Ich habe für sieben Uhr einen Tisch reservieren lassen", kündigte er schmunzelnd an. „Dann sind Sie um halb elf sicher wieder zu Hause. Meinen Sie, dass Sie so lange wach bleiben können?"

„Das hängt von Ihnen ab", meinte sie gedehnt und lächelte ebenfalls.

Seine dunkle, sinnliche Stimme vibrierte, als er versprach: „Ich werde mein Bestes tun, um Sie munter zu halten."

Davon war sie überzeugt. Wahrscheinlich schliefen Frauen in seiner Gegenwart allenfalls nach einem ekstatischen Liebesspiel ein.

„Aus welchem Teil des Südens kommen Sie eigentlich?", fragte Bruce so interessiert, als hätte er nie ihre Personalakte gelesen.

„Geboren bin ich in Mobile, Alabama, aber als ich dreizehn war, zogen meine Mutter und ich zu ihrer Schwester nach Tennessee." Hinter diesen Tatsachen verbargen sich traurige Hintergründe, über die Tessa nicht gern redete.

Zum Beispiel die anfällige Gesundheit ihrer Mutter, die Armut, in der sie gelebt hatten, die Tage, an denen es nichts zu essen gab, weil sie nicht hatte arbeiten können. Nur Tessa zuliebe hatte die Mutter ihren Stolz schließlich aufgegeben und bei ihrer Schwester um Aufnahme gebeten.

Die Familienangehörigen ihrer Mutter waren gegen deren Heirat gewesen, und sie hatten recht behalten. Tessas Vater hatte seine Frau und seine Tochter verlassen, als Tessa noch ein Baby gewesen war. Ein Jahr nach dem Umzug war ihre Mutter gestorben, und Tessa war bei ihrer Tante Sylvia in dem alten Bauernhaus am Ortsrand von Sevierville geblieben.

„Und warum sind Sie später hierhergezogen?", forschte Bruce weiter.

„Weil ich ein bisschen herumkommen wollte", erwiderte Tessa leichthin. Sie hatte nicht vor, ihm etwas über Andrew zu erzählen. Tante Sylvia hatte sie überredet, Sevierville zu verlassen.

„Gefällt es Ihnen denn hier?"

„Ja. Und wo kommen Sie her? Ich kann Ihren Akzent einfach nicht zuordnen."

Bruce schien überrascht, dass sie nun ihrerseits Fragen stellte. „Aus Wyoming. Mein Vater und ich haben dort eine Ranch."

„Eine richtige Ranch?", erkundigte sich Tessa interessiert. „Sehnen Sie sich nicht manchmal dorthin zurück?" Sie wandte sich zu ihm um, und ihr Ausschnitt gab den Blick auf ihren sanft geschwungenen Brustansatz frei.

Er hätte ihr gern die Hand ins Dekolleté geschoben, ihre seidenweiche Haut gestreichelt und die zarten Spitzen ihrer Brüste liebkost. Eine plötzliche Erregung durchschoss ihn, und es gelang ihm nur mit Anstrengung, sich wieder auf die Straße zu konzentrieren.

„Doch, oft." Es verblüffte Bruce, dass er etwas zugab, das er bis jetzt noch nicht einmal sich selbst gegenüber eingestanden hatte. Tom Rutland war stolz auf die beruflichen Erfolge seines Sohnes, und auch Bruce hatte die täglichen Herausforderungen seines Jobs genossen.

Umso verwirrender war es, dass Tessa ihm diese Bemerkung entlockt hatte.

„Ich gehe eines Tages zurück", sagte sie leise. „Hier wird nie mein richtiges Zuhause sein. Meine Heimat ist ein altes Bauernhaus, dort habe ich einen großen Teil meines Lebens verbracht, und ich sehne mich oft danach." Bei der Erinnerung daran musste sie lächeln. Sie dachte gern an diese Zeit mit ihrer Tante zurück, die inzwischen in einem modernen Haus in Gatlinburg lebte, obwohl ihr das Haus noch gehörte. Irgendwann würde Tessa es renovieren, um wieder dort zu wohnen.

Das Restaurant, das Bruce ausgesucht hatte, gefiel Tessa gut. Es war dezent eingerichtet, das Licht gedämpft, die Musik leise und angenehm. Als Tessa in der ihnen zugewiesenen Nische Platz nahm, stellte sie fest, dass der Tisch recht klein war, denn sie stieß mit einem Fuß gegen Bruce' Bein.

Ihre Blicke begegneten sich kurz, und Bruce lächelte verhalten. Er spreizte die Beine, sodass sie ihre dazwischenstellen konnte. Es schien ihm nichts auszumachen, dass sie sich berührten, denn er verstärkte den Druck seiner Schenkel unmerklich. Tessas Pulsschlag beschleunigte sich, und sie empfand seine Körperwärme und seine männliche Ausstrahlung überdeutlich.

Nachdem der Kellner den Wein gebracht und sie Menüs bestellt hatten, setzte Bruce seine Befragung fort, und Tessa antwortete bereitwillig. Es war unvermeidlich, dass sie irgendwann auf die Firma zu sprechen kamen, denn der galt schließlich ihr gemeinsames Interesse. Tessa erzählte ihm einige Anekdoten, wie sie in jedem Unternehmen passieren. Dabei sparte sie sich selbst nicht aus und lachte über die eigenen Missgeschicke genauso wie über die der anderen. Er steuerte einige Anekdoten aus seiner Zeit bei Carter-Marshall bei, und Tessa entspannte sich allmählich.

Bruce war alles andere als ein Playboy, aber wenn ihn eine Frau interessierte, war er unwiderstehlich. Er bezauberte sie, ohne sie zu bedrängen, gab ihr das Gefühl, etwas Besonderes zu sein, ohne zu übertreiben, und beseitigte so geschickt jede innere Abwehr. Und Tessa wollte er immer mehr, je länger er mit ihr zusammen war.

Er hatte schon viele schöne Frauen gekannt, aber noch keine mit einer derart sinnlichen Ausstrahlung. Ihre großen grünen Augen funkelten vor Vergnügen, der volle Mund schien wie geschaffen für leidenschaftliche Küsse, und das brünette Haar umfloss ihre sanft gerundeten Schultern wie schimmernde Seide.

Ihre Art zu flirten erregte ihn. Sie tat es mit Freude und beherrschte diese Kunst perfekt, obwohl sie sich ihrer herausfordernden Wirkung offenbar nicht bewusst war. Wenn sie die Lider mit den langen, dunklen Wimpern senkte oder sich rasch mit der Zungenspitze über die Lippen fuhr, erfasste ihn jedes Mal eine Welle des Begehrens.

Unwillkürlich stellte er sich vor, wie es wohl wäre, mit ihr im Bett zu liegen. Ihre Lippen würden unter seinen Liebkosungen anschwellen, die zarten Knospen ihrer Brüste hart vor Begierde.

Tessa, die gerade einen Bissen zum Mund führen wollte, begegnete seinem verlangenden Blick und hielt mitten in der Bewegung inne. Er hob stumm das Glas und trank, ohne sie dabei aus den Augen zu lassen.

„Warum essen Sie nicht weiter?", fragte er leise.

„Weil ich nicht kann." Sie lächelte verunsichert. „Sie beobachten mich die ganze Zeit."

„Ich weiß. Ich habe darüber nachgedacht, dass ich Sie eigentlich lieber küssen würde, als hier im Lokal zu sitzen und Roastbeef zu essen."

Bruce' Offenheit machte Tessa sprachlos, und es dauerte eine Weile, bis sie sich wieder gefasst hatte. „Genießen Sie lieber das Dinner", empfahl sie ruhig. „Tante Sylvia sagt immer, der Spatz in der Hand sei besser als die Taube auf dem Dach, und Ihr Roastbeef ist bestimmt genauso gut wie meines. Außerdem ist es Ihnen sicher."

Er lächelte amüsiert. „Existiert diese Tante tatsächlich, oder haben Sie sie gerade erfunden, um vom Thema abzulenken?"

„Jemand wie Tante Sylvia lässt sich nicht erfinden."

„Ich traue Ihnen alles zu."

„Damit haben Sie auch recht", gab Tessa schmunzelnd zu. „Aber in diesem Fall irren Sie sich, denn Tante Sylvia ist eine sehr lebendige Tante."

„Ist das die, zu der Sie mit Ihrer Mutter gezogen sind?"

„Ja. Da meine Mutter ein Jahr nach dem Umzug starb und wir sonst keine Angehörigen haben, stehen Tante Sylvia und ich einander besonders nahe. Für mich ist sie Tante, Mutter und beste Freundin in einer Person. Sie ist ein wunderbarer Mensch."

„Wohnt sie immer noch in Tennessee?" Obwohl Bruce das bereits aus der Personalakte wusste, wollte er es von Tessa selbst hören. So erfuhr er, ob sie zu ihren Angaben stand oder persönlichen Fragen auswich. Er begehrte sie zwar, aber er hatte auch einen Job auszuführen.

„Inzwischen lebt sie in Gatlinburg", antwortete Tessa arglos, „wo sie ein kleines Puppengeschäft hat. Das alte Bauernhaus müsste dringend renoviert werden. Es ist zum Beispiel nur mit einem offenen Kamin zu heizen, und gekocht wird auf einem alten Holzofen. Außerdem ist sie in Gatlinburg während des Winters sicherer aufgehoben, denn die Fahrt über verschneite Straßen ist gefährlich." Tessa lächelte. „Ich hoffe, dass sie ihren Laden im kommenden Winter für ein paar Wochen schließt, wenn die Saison vorüber ist, und mich hier besucht."

„Die Saison?", fragte Bruce interessiert.

„In Gatlinburg gibt's den ‚Smoky Mountain Park'. Im Sommer und im Oktober ist dort viel los, obwohl im Winter auch eine Menge Touristen wegen des Schnees kommen."

Er war zwar in Wyoming aufgewachsen, wo Skifahren ein sehr beliebter Sport war, doch er teilte die Begeisterung dafür nicht, obwohl er ihn gut beherrschte. Er war in seiner Jugend vermutlich zu oft über die Hügel und Berge seiner Heimat gefahren. Dennoch, der Gedanke an Wyoming rief so etwas wie Heimweh in ihm wach.

Tessa lachte über seinen Gesichtsausdruck, in dem sich Bruce' innerer Zwiespalt widerspiegelte. „Bevor ich nach Tennessee kam, wusste ich gar nicht, wie Schnee aussieht. Wenn Sie ihn also nicht mögen, sollten Sie in den Süden ziehen."

Sie hatten das Hauptgericht beendet, und der Kellner räumte Teller und Besteck ab und brachte die Dessertkarte. Tessa hatte eigentlich keinen Appetit mehr, ließ sich jedoch von dem reichhaltigen Angebot verführen und bestellte sich ein Stück Mandeltorte.

Bruce nahm lediglich eine Tasse Kaffee. Während er einen Schluck trank, beobachtete er Tessa. Gemessen an der Sorglosigkeit, mit der sie schlemmte, fand er es erstaunlich, wie schlank sie war. In dem Moment hob sie den Kopf und lächelte. Sie wusste, was er dachte. Worte waren überflüssig, und sie fühlte sich ihm so verbunden wie keinem anderen Menschen, den sie kannte.

Nachdem Tessa die Torte verspeist hatte, wurde ihr bewusst, dass Bruce ihren Mund betrachtete.

„Sie haben einen Krümel auf der Lippe", bemerkte er leise. Nachdem sie erfolglos versucht hatte, das Mandelstück mit der Zunge zu entfernen, fügte er mit belegter Stimme hinzu: „Kommen Sie, ich helfe Ihnen."

Lächelnd beugte sie sich vor, damit er das Stück wegwischen konnte. Aus einem Impuls heraus streifte er ihre Lippen mit seinen.

Die unerwartete Nähe wirkte berauschend, und Tessa erschauerte unter der zarten Berührung. Bruce' Haut verströmte den Duft eines frischen Aftershaves, und seiner Zunge haftete noch der Geschmack nach Kaffee an. Tessa war unfähig, sich zu bewegen. Es war eine flüchtige Geste, und doch fühlte Tessa sich überwältigt. Bruce hätte sie ebenso gut in die Arme nehmen und voller Leidenschaft an sich drücken können, die Wirkung wäre die gleiche gewesen.

Er lehnte sich wieder zurück, ohne den Blick von ihrem Gesicht zu nehmen. Obwohl seiner Miene nichts anzumerken war, spürte Tessa seine Erregung. Sie konnte den Blick genauso wenig abwenden wie er.

„Sind Sie fertig?", fragte er, und seine Stimme klang plötzlich noch rauer als zuvor.

Sie wusste, dass es leichtsinnig war, und trotzdem zögerte sie nicht lange. „Ja, ich möchte gern nach Hause."

Auf dem Weg zum Wagen fühlte sie die vibrierende Spannung, die plötzlich zwischen ihnen lag, obwohl sie sich nicht berührten. Vorsichtig musterte Tessa Bruce von der Seite. Sie fragte sich, wie dieser so beherrscht wirkende Mann es fertigbrachte, nur durch ein paar kleine Gesten eine derartig sinnliche Atmosphäre hervorzurufen. Sie beschloss, vorsichtig zu sein, denn sie spürte bereits jetzt eine übermächtige Bereitschaft, sich ihm hinzugeben, obwohl er noch gar nicht versucht hatte, sie zu verführen.

Du bist dabei, dich in ihn zu verlieben, sagte sie sich erschrocken. Das ist doch völlig unmöglich! Bruce Rutland war einfach zu gefährlich. Bei ihren bisherigen Beziehungen hatte sie bestimmt, wie weit sie gingen. Damit würde er sich nicht zufriedengeben. Er würde alles haben wollen, und er sah so aus, als wüsste er auch, wie er es bekommen würde. Ihr war klar, dass sie ihn körperlich anzog, doch darüber hinaus verriet er nichts über seine Gefühle und Gedanken. Wenn sie sich mit ihm einließ, würde sie sich blindlings ausliefern.

Bruce war nicht entgangen, dass in Tessas Blick Angst aufgeflackert war, und er fragte sich, woran das liegen mochte. Sie fürchtete sich nicht vor ihm als Mann, das war gewiss. Dafür war sie viel zu verführerisch und flirtete zu gern. Nun, was immer es bedeutete, er würde es herausfinden.

„Punkt zehn Uhr", sagte Bruce, als er das Auto in die Straße lenkte, wo Tessas Apartment war. „Ist das früh genug?"

Sie musste lachen. „Ja, ich glaube schon." Sofort wurde sie wieder ernst und sah ihn abwartend an. Sie fühlte sich unbehaglich, und sie hoffte inständig, dass er sich endlich von ihr verabschiedete, damit sie sich beruhigen konnte.

Aber wenn er nun bleiben wollte? Sie war nicht sicher, wie sie darauf reagieren würde. Sie traute sich selbst nicht. Wenn er sie bereits mit einem harmlos hingehauchten Kuss wie vorhin dazu brachte, förmlich dahinzuschmelzen, wie sollte sie ihm widerstehen, wenn er seinen ganzen männlichen Charme entfaltete?

Auf dem Weg zum Eingang legte er ihr behutsam einen Arm um die Schultern. Diese leichte Berührung reichte, um ihr prickelnde Schauer über den Rücken zu jagen. An der Tür ließ er sich den Wohnungsschlüssel geben, schloss auf und betrat das Apartment, bevor Tessa etwas einwenden konnte. Er machte das Licht an und schaute kurz in jeden Raum. „Alles in Ordnung", erklärte er lächelnd und kam auf sie zu.

„Ist das eine Art Sicherheitsüberprüfung?", fragte Tessa neckend.

„Ja." Mehr wollte er dazu offenbar nicht sagen. Er umfasste ihr Handgelenk, zog sie näher zu sich heran und drückte die Tür zu. Dann drehte er ihr Gesicht sanft ins Licht und betrachtete ausgiebig ihren vollen Mund, die langen, seidigen Wimpern und die schimmernden grünen Augen. Tessa war zweifellos eine hübsche, aufreizende Frau, und er wollte herausfinden, ob sie wirklich so leidenschaftlich sein konnte, wie er annahm.

Sie griff nach seinen kräftigen Handgelenken, und er merkte, wie sie bebte. Bevor sie seine Absicht erraten konnte, beugte er sich vor und presste seinen Mund fordernd auf ihren. Tessa war überrascht, doch sie öffnete dennoch ihre Lippen, atemlos vor Erregung.

Tessa war irritiert. Einerseits weckte Bruce in ihr unbekannte, heiße Gefühle, andererseits hatte sie Angst, dass sie es bereuen würde, wenn sie sich jetzt mit ihm einließ.

Er löste sich ein wenig von ihr und raunte ihr zu: „Küss mich, wie ich dich küsse. Hör auf, dich gegen etwas zu wehren, was du auch willst. Ich spüre, dass du bereit bist, du kannst deine Leidenschaft nicht vor mir verstecken."

Hart presste er seine Lippen wieder auf ihre, und Tessas Widerstand erlosch. Sie ließ ihrem Verlangen freien Lauf und genoss das sinnliche Spiel ihrer Zungen. Sie vergaß, dass sie sich eigentlich vor ihm hatte in acht nehmen wollen. Dieser Mann weckte in ihr eine Glut, die sie lange verschüttet geglaubt hatte.

Sie nahm die Liebe ernst, deshalb lehnte sie flüchtige Affären ab, gleichgültig, wie verlockend das oft sein mochte. Bisher hatte sie sich in dieser Hinsicht immer in der Gewalt gehabt. Doch in Bruce' Armen schwand ihre Selbstbeherrschung dahin.

Er drückte sie fester an sich, und sie spürte erschauernd, wie kräftig er war. Mit einer Hand fuhr er ihr in die Haare und hielt ihren Kopf so, dass sie sich ihm nicht entziehen konnte, ohne ihr jedoch wehzutun. Dann sah er sie an, und sie entdeckte in seinem Blick ein so heißes Verlangen, dass ihr schwindelig wurde.

Sie spürte, wie erregt er war. So eng, wie er sie an sich presste, entging ihr nicht die kleinste Regung seines Körpers. Wenn sie die Atmosphäre entspannen wollte, musste sie jetzt schnell etwas sagen, irgendetwas, womit sie ihn zum Lachen brachte. Sie überlegte fieberhaft, und da ihr nichts Besseres einfiel, meinte sie schließlich leise: „Na, war's recht so, Mr Rutland?"

Ihr Flüstern hatte zu heiser geklungen, und ihr Atem kam zu stockend, um Bruce zu täuschen.

„Ja", erwiderte er mit einer Stimme, die vor Erregung dunkel vibrierte. „Das war für den Anfang schon ganz gut." Er beugte sich wieder über sie und verschloss ihren Mund erneut mit seinen Lippen.

Tessa umklammerte seine breiten Schultern und schenkte ihm alles, wonach er suchte: die Wärme und Süße ihrer Lippen. Er weckte in ihr eine übermächtige körperliche Sehnsucht, seine Zärtlichkeiten entzündeten ein verzehrendes Feuer in ihr. Sie nahm nichts mehr wahr, außer einem verzweifelten Begehren nach ihm.

Bruce wusste, dass Tessa ihre inneren Hemmungen überwunden hatte und bereit war, sich ihm hinzugeben. Ihm war ganz heiß vor Verlangen, dennoch blieb er überlegt und ruhig, als er die Hand in den Ausschnitt ihres Kleids gleiten ließ. Zärtlich umfasste er eine ihrer vollen Brüste. Vorsichtig rieb er mit dem Daumen über die samtweiche Spitze, die sich sofort verhärtete.

Tessa zuckte zurück.

Die instinktive Bewegung überraschte sie ebenso wie ihn. Verwirrt schüttelte sie den Kopf und sah Bruce so unsicher an, als begreife sie nicht ganz, was vor sich ging. Alle Farbe war aus ihrem Gesicht gewichen, die Augen schienen größer denn je. „Damit hatte ich nicht gerechnet", erklärte sie entschuldigend.

Bruce ballte die Fäuste vor Enttäuschung. „Jetzt hör mal zu, Tessa", begann er, doch dann presste er die Lippen aufeinander, bevor er Dinge sagte, die er später bereuen würde. Er wollte Tessa wiedersehen, auch wenn dieser Abend nicht so ausklingen würde, wie er es sich vorgestellt hatte.

„Ich weiß schon“, flüsterte sie. „Entschuldige bitte. Ich hätte es nicht so weit kommen lassen dürfen.“

Eine Weile musterte er sie prüfend. Sie bebte am ganzen Körper, und ihr Blick ließ seinen nicht los. Er hatte fast den Eindruck, dass sie sich vor ihm fürchtete. Er drängte die aufsteigende Neugier zurück. Jetzt musste er Tessa erst einmal beruhigen. Denn wenn sie Angst vor ihm hatte, würde sie sich ja wohl kaum noch mal mit ihm treffen.

Er holte tief Luft, damit seine Stimme wieder normal klang. „Das ging zu schnell, nicht wahr?“

„Ja, für mich schon. Ich flirte zwar gern, aber ich halte nichts von flüchtigen Bettgeschichten. Die sind mir einfach zu oberflächlich. Was eben passiert ist, habe ich nicht voraussehen können und auch nicht gewollt. Immerhin kennen wir uns kaum.“

„Ja, das kann ich verstehen.“ Er zwang sich zu einem raschen Lächeln. „Obwohl unsere Beziehung gewiss nicht lange oberflächlich bliebe. Wir würden sie bestimmt rasch vertiefen.“

Tessa spürte, wie ihr bei Bruce’ Worten das Blut in die Wangen stieg. Nicht vor Verlegenheit, sondern weil sein Blick ihre Sehnsucht von Neuem entfachte. Ihr Körper reagierte auf ihn, ohne dass sie etwas dagegen machen konnte. Es war offensichtlich, dass sie Bruce ebenso sehr begehrte wie er sie.

„Morgen Abend treffen wir uns zum Dinner, einverstanden?“

Sie konnte den Blick nicht von ihm abwenden. „Das geht nicht, da bin ich schon mit Sammy Wallace verabredet. Er will mir Schach beibringen.“

„Na schön“, meinte er resigniert. „Dann eben übermorgen. Und diesmal werde ich kein Nein akzeptieren.“

„‚Mr Erbarmungslos‘ macht seinem Namen alle Ehre.“ Inzwischen hatte Tessa sich so weit gefangen, dass ihr Sinn für Humor zurückkehrte. „Ich muss wohl mehr Mut als Verstand haben“, fügte sie hinzu.

Es war schwer, ihrer Fröhlichkeit zu widerstehen, aber Bruce war nicht nach Lachen zumute. Das Verlangen, mit Tessa zu schlafen, war so übermächtig, dass er sich kaum noch beherrschen konnte. Um Ruhe zu finden, würde er wohl erst einmal kalt duschen müssen. „Am Donnerstagabend also. Wieder um halb sieben?“

„Ja, gern.“

Er wandte sich ab, hielt dann plötzlich inne und musterte sie über die Schulter hinweg. Seine Miene war verschlossen. „Liegt dir eigentlich sehr viel an diesem Sammy Wallace?"

„Sammy ist ein netter und ebenso schüchterner junger Mann, der nicht nur fantastisch Schach spielt. Er ist unser Computergenie." Warum verteidige ich mich überhaupt, dachte Tessa und merkte gleichzeitig, dass ihm ihre Erklärung nicht genügte.

„Ich möchte nicht, dass du dich mit ihm oder sonst jemandem verabredest. Außer mit mir natürlich."

Seine Worte verblüfften sie. „Ist das nicht eine etwas altmodische Haltung?"

„Und wenn schon. Wenn dir das nicht recht ist, hättest du mich nicht so küssen dürfen, wie du es getan hast." Er drehte sich zu ihr um, griff unter ihr Kinn und verschloss ihren Mund mit einem überraschend zärtlichen Kuss. „Vergiss das nicht." Damit ließ er sie allein.

3. KAPITEL

Tessa hatte sich den ganzen Tag über auf den Abend mit Sammy Wallace gefreut. Seine zurückhaltende Art würde die innere Anspannung lösen, die der bloße Gedanke an Bruce Rutland in ihr hervorrief. Und zu ihrem Ärger hatte sie so viel an ihn gedacht, dass sie schon befürchtete, ihre Arbeit könnte darunter gelitten haben.

Nein, schwor sie sich, während sie die Treppe zu Sammys Apartment hinaufstieg. Ich werde mich nicht in Bruce verlieben. Der Entschluss erleichterte sie, und sie begann, leise vor sich hin zu summen.

Als Sammy die Tür öffnete, wirkte er aufgeregt. „Komm herein und schau dir unser neues Computerprogramm an, Tessa. Es ist einfach fantastisch."

Sie kannte sich zwar im Umgang mit Computern aus, aber von der zugrunde liegenden Technik hatte sie keine Ahnung und war auch nicht besonders daran interessiert. Dennoch freute sie sich über Sammys Begeisterung und wollte ihn nicht enttäuschen. „Erzähl mal, was leistet es denn?"

„Sieh es dir lieber selbst an. Hillary ist auch da."

Tessa war Hillary noch nie begegnet, aber Sammy hatte schon oft von ihr gesprochen. Sie wohnte im Stockwerk über ihm und war von Computern genauso begeistert wie er.

Die junge Frau hatte langes Haar, das sie zu einem einfachen Pferdeschwanz hochgebunden hatte. Sie saß in Jeans und Sweatshirt vor dem Bildschirm und ließ die Finger so flink über die Tastatur gleiten, dass Tessa ihnen kaum mit dem Blick folgen konnte.

„Hillary, lass dich mit Tessa Conway bekannt machen. Du weißt ja, sie arbeitet in derselben Firma wie ich. Tessa, das ist Hillary Basham."

Sie schien Tessas Gegenwart erst jetzt zu bemerken, so konzentriert hatte sie auf den Monitor gestarrt. Nun sah sie verwirrt auf. „Oh, hallo, ich habe schon viel von Ihnen gehört. Nett, Sie kennenzulernen."

„Ganz meinerseits", erwiderte Tessa freundlich, während Sammy bereits begann, die Möglichkeiten des neuen Programms zu erklären. Sie hörte ihm höflich zu und versuchte, wenigstens einen Teil seiner Beschreibung zu verstehen. Die Begeisterung der beiden konnte sie leider nicht teilen. Dafür begriff sie umso besser, dass Hillary wahnsinnig in Sammy verliebt war. Vermutlich war sie zu schüchtern, um ihm das zu zeigen, und er war viel zu sehr mit seinen Computern beschäftigt, um es zu merken.

Nachdem Sammy erklärt hatte, welche Bedeutung diese Neuentwicklung für die Computerindustrie haben würde, diskutierte er mit Hillary darüber, wie sie ihre Entdeckung nennen wollten, ohne sich auf einen Namen einigen zu können.

Tessa sah sich in der Wohnung um und betrachtete kopfschüttelnd die Vielzahl der Geräte, die Sammy hier angesammelt hatte. Offensichtlich steckt er sein ganzes Geld in sein Hobby, dachte sie und fragte sich, wovon er überhaupt sein Essen bezahlte.

Als hätte sie den Gedanken laut ausgesprochen, sprang Sammy nun auf und kündigte an, dass er Sandwiches und Drinks zubereiten wollte. Er lehnte Hillarys Angebot, zu helfen, ab und ging in die Küche. Dort machte er sich eifrig ans Werk.

Sie verbrachten noch einen vergnügten Abend zu dritt, nur zum Schachspielen kamen sie nicht mehr. Dafür erkannte Tessa sofort, dass Hillary in Sammy verliebt war. Tessa beschloss, sich in Zukunft etwas rarer zu machen, um den beiden Gelegenheit zu geben, ihre Gefühle füreinander zu entdecken.

Wieder zu Hause, zog sie sich aus, holte Briefpapier und Kugelschreiber, setzte sich ins Bett und stopfte sich ein Kissen in den Rücken. Sie schrieb die übliche Mischung aus Neuigkeiten und Anmerkungen in den wöchentlich fälligen Brief an ihre Tante und erwähnte Bruce Rutland erst zum Schluss. Das tat sie mit Absicht, denn sie wusste genau, dass Tante Sylvias Neugier dadurch umso mehr geweckt würde. Schmunzelnd verschloss sie den Umschlag und lehnte sich zufrieden zurück.

Martha hatte zur Frühstückspause Kaffee und Krapfen mitgebracht, und Tessa biss gerade in das zweite Gebäckstück, als das Telefon klingelte. Gedankenverloren hob sie den Hörer ab.

„Ich wollte dich noch einmal an heute Abend erinnern. Um halb sieben hole ich dich ab."

Sie hatte Bruce' Stimme noch nie am Telefon gehört. Ihre Wirkung war genauso elektrisierend auf sie wie der Mann selbst. „Ich weiß."

„Tanzt du gern?"

„Was für eine Frage", erwiderte Tessa, ohne nachzudenken.

Bruce lachte. „Dann zieh dir Tanzschuhe an."

Nachdem sie den Hörer aufgelegt hatte, klopfte ihr Herz wie wild, und es dauerte eine Weile, bis sie wieder normal atmen konnte.

„Sag mal, weißt du eigentlich noch, wie deine Wohnung aussieht?“, erkundigte sich Martha belustigt.

Tessa wurde tatsächlich mindestens einmal am Tag um ein Rendezvous gebeten. „Na klar. Montags bin ich immer zu Hause. Da habe ich Waschtag.“

Die beiden Frauen lachten, doch in Gedanken war Tessa bereits bei dem bevorstehenden Abend. Sie würde mit Bruce essen und danach tanzen gehen. Und dann? Sie fürchtete, dass er wieder versuchen könnte, sie zu verführen. Die Möglichkeit, dass er es nicht tat, gefiel ihr allerdings auch nicht.

Martha hatte die Freundin nachdenklich beobachtet. „Weißt du was? Du schaust richtig verträumt drein. Das habe ich bei dir noch nie gesehen. Dir liegt wohl sehr viel an diesem Mann?“

„Ja, leider.“ Tessa war klar, was sie damit zugab. Hastig faltete sie die Hände, damit man nicht sah, wie ihre Finger bebten.

„Leider?“, wiederholte Martha. „Es ist doch schön, wenn man sich verliebt. Ich wäre froh, wenn ich endlich den Richtigen fände.“

Tessa war froh, dass Martha nicht gefragt hatte, wer der Betreffende überhaupt war, denn es wäre ihr sehr unangenehm gewesen, Bruce' Namen ins Spiel zu bringen. Sie hatte keine Ahnung, wie er darüber dachte, aber sie wollte die unweigerlich entstehenden Gerüchte vermeiden, solange das möglich war.

Seine Position in der Firma belastete ihre Beziehung ohnehin. Sobald bekannt würde, dass sie mit ihm ausging, würden viele Mitarbeiter behaupten, sie wollte auf diese Art Karriere machen. Dass das nicht den Tatsachen entsprach, würde kaum jemanden davon abhalten, die Meinung weiterhin zu verbreiten.

Beim Dinner war Tessa auffallend einsilbig. Ein paarmal fühlte sie Bruce' prüfenden Blick auf sich ruhen, und sie war froh, dass er keine Fragen stellte. Damit wartete er, bis der Ober den Kaffee serviert hatte.

„Hast du dich über irgendetwas geärgert?“ Seine Stimme klang täuschend ruhig, doch Tessa spürte die Spur von Schärfe darin.

„Nein.“ Sie nippte an ihrem Kaffee. „Ich überlege mir nur, was wir machen sollen, wenn uns hier zufällig jemand vom Büro sieht.“

„Nichts. Was die denken, ist mir egal.“

Mir aber nicht, dachte sie. Laut sagte sie nur: „Du hast recht. Schließlich wird man ja mal essen gehen können. Das heißt noch gar nichts."

„Das heißt sehr wohl etwas." Bruce griff nach ihrer Hand und betrachtete die zarten, schlanken Finger mit den polierten Nägeln. Seine eigenen Hände wirkten daneben noch kraftvoller.

„Bist du eigentlich nie verheiratet gewesen?"

„Nein", erwiderte Tessa.

„Auch nicht verlobt?"

Sie trank einen Schluck Kaffee, bevor sie antwortete. „Doch, zweimal."

Bruce sah überrascht auf. „Na, und weiter?"

„Ich habe keinen der beiden wirklich geliebt."

„Du scheinst dir deiner Gefühle nicht besonders sicher zu sein."

Verlegen wich sie seinem Blick aus. Sie sprach nicht gern über ihre gescheiterten Verlobungen, aber ihr war klar, dass Bruce ihr keine Ruhe lassen würde, bis er alle Einzelheiten wusste.

„Beim ersten Mal habe ich Verliebtheit mit Liebe verwechselt. Ich besuchte das College, und William studierte Medizin. Er wollte, dass ich das College aufgebe, ihn heirate und sein Studium finanziere. Da habe ich die Verlobung gelöst."

Bruce hatte Tessa genau beobachtet und fand, dass William nicht so wichtig gewesen sein konnte. „Und beim zweiten Mal?", forschte er weiter.

„Andrew", meinte sie zögernd und wusste selbst nicht, warum sie überhaupt auf das Thema einging. „Er hat mir sehr wehgetan, und ich liebte ihn wohl nicht genug, um ihm verzeihen zu können."

Bruce merkte, dass sie nicht weiterreden wollte, und drückte ihr die Hand. „Erzähl mir von Andrew", forderte er sie auf.

„Ich habe einfach meine Sachen gepackt und bin weggezogen. Heute denke ich nur noch selten daran. Ich rede nicht gern über alte Geschichten."

„Warum bist du gegangen?", drängte er.

„Andrew war mir nicht treu." Tessa spürte, wie altmodisch das klang, doch das war ihr egal. Für sie war eine Beziehung etwas Ausschließliches, und sie erwartete Treue und Offenheit, aber Andrew hatte sie belogen und betrogen. Das war das Ende ihrer Liebe gewesen.

Bruce ließ seinen Blick über ihren zarten Hals, die sanft gerundeten Schultern und die reizvollen Brüste wandern. „Was für ein Narr", stellte er fest. „Wie kann jemand mit anderen Frauen schlafen wollen, wenn er dich hat?“ Ohne ihre Hand loszulassen, stand er auf und bat: „Komm, tanz mit mir.“

Auf der Tanzfläche ließ Tessa bereitwillig zu, dass Bruce sie an sich zog. Seine männliche Anziehungskraft nahm ihr fast den Atem, doch im Schutz seiner Arme fühlte sie sich geborgen. Sie umfasste seine Schultern und ließ sich willig führen.

„Hat dir der Schachunterricht Freude gemacht?“, flüsterte er ihr ins Ohr und strich ihr mit den Lippen über Schläfen und Haaransatz. Ihr Duft passte wunderbar zu ihrer Erscheinung.

Tessa lachte leise. „Wir sind gar nicht dazu gekommen. Sammy war viel zu sehr mit seinem neuen Programm beschäftigt.“

„Er hat ein neues Programm?“

„Ja, er ist überzeugt, dass er in der Computerbranche damit einigen Wirbel verursachen wird. Hoffentlich hat er recht. Er muss sein ganzes Geld in die Geräte gesteckt haben, die in seiner Wohnung herumstehen. Ich möchte mal wissen, wovon er lebt.“

Bruce war hellhörig geworden und beschloss, sich näher mit der Sache zu befassen, doch nicht jetzt. „Hast du die restlichen Schachstunden abgesagt?“

„Das wird nicht nötig sein. Das Programm beansprucht gewiss so viel Zeit, dass er mein Wegbleiben nicht bemerken wird.“

„Warum hast du dich überhaupt darauf eingelassen? Im Grunde ist dieser Wallace nicht dein Typ.“

Ärgerlich hob Tessa den Kopf. Wie kam Bruce dazu, zu beurteilen, wer ihr lag und wer nicht? „Bist du da so sicher? Sammy ist ein sehr netter Mann.“

„Diese Sorte Mann hängt auf Partys nur in den Ecken herum“, erklärte Bruce kühl. „Wenn du wolltest, könntest du ihn trotz seines Verstandes um den kleinen Finger wickeln, ohne dass er das auch nur merken würde, und nach einer Woche wärst du zu Tode gelangweilt.“

„Das ist nicht wahr“, erwiderte sie. „Ich finde ihn sympathisch, ob er nun mein Typ ist oder nicht.“

„Das spielt jetzt auch keine Rolle mehr, denn ich möchte nicht, dass du ihn wiedersiehst.“ Bruce streichelte ihr zärtlich und besitzergreifend zugleich den Rücken. „Ich begehre dich sehr, Tessa, und ich denke nicht daran, die zweite Geige zu spielen.“

Der bestimmende Tonfall in seiner Stimme weckte Tessas Abwehr. Sie war es gewohnt, umworben zu werden, doch was Bruce machte, ging doch etwas weit. Schließlich gehörte sie niemandem außer sich selbst. Außerdem kamen ihr langsam Zweifel, ob er sie nun um ihrer selbst willen begehrte, oder ob er in ihr nur eine Herausforderung sah, mit der er sich später schmücken konnte. Diese Zweifel spiegelten sich offensichtlich in ihrem Gesicht wider, denn plötzlich ließ Bruce eine Hand zu ihrer Hüfte gleiten und presste sie so unvermittelt und hart gegen seine, dass sie überrascht nach Luft schnappte. „Mit mir spielt man nicht", erklärte er rau. „Gewöhn dich daran."

Tessa stieg die Röte brennend ins Gesicht. Hastig sah sie sich um, ob sie beobachtet worden waren, aber anscheinend hatte niemand etwas gemerkt. „Ich möchte nach Hause", erklärte sie so beherrscht wie möglich.

„Schon? Es ist noch früh."

„Ich weiß. Trotzdem möchte ich jetzt gehen." Sie war überzeugt, dass sie sich in ihrer vertrauten Umgebung besser gegen ihn behaupten konnte als vor den vielen Leuten im Lokal. Sie hatte keine Angst davor, mit ihm allein zu sein. Nach den leidenschaftlichen Küssen musste die anschließende Ablehnung auf ihn wie eine kalte Dusche gewirkt haben. Dennoch war er nicht weiter in sie gedrungen, sondern hatte zu ihrer Überraschung sehr verständnisvoll reagiert.

Wenn sie ehrlich war, hatte sie sogar ein wenig bedauert, dass er sie sofort losgelassen hatte und gegangen war. Seiner sinnlichen Entschlossenheit brachte sie einfach nicht genug Widerstand entgegen. Tief in ihrem Innersten wünschte sie sich nichts sehnlicher, als mit Bruce zu schlafen. Er hatte von Anfang an eine starke Anziehungskraft auf sie ausgeübt, und die wurde nicht geringer. Im Gegenteil, sie wuchs weit über rein körperliches Interesse hinaus.

Tessa gestand sich ein, dass sie anfing, sich für diesen Mann zu interessieren, ungeachtet aller Einwände, die ihr gesunder Menschenverstand machte.

Die Fahrt zu ihrem Apartment verlief schweigend. Ab und zu musterte Bruce sie von der Seite, und sie fragte sich, was er wohl dachte. Doch seine Miene war undurchdringlich. Ihn kennenzulernen ist eine Lebensaufgabe, dachte Tessa, und die Frau, die zu seinem wahren Ich vordringt, wird vielleicht einem Vulkan gegenüberstehen. Sie verdrängte rasch die Vorstellung, sie selbst könnte diese Frau sein.

In ihrer Wohnung kontrollierte er wieder zuerst alle Räume, bevor er ihr den Schlüssel übergab. Alles schien zu seiner Zufriedenheit, und er trat lächelnd auf sie zu. Er legte ihr die Hand unter das Kinn und zwang sie, ihn anzusehen.

„Du hübsche kleine Zauberin", flüsterte er, und sein warmer Atem streifte ihr Gesicht. „Du kannst einen Mann mit diesem Hin und Her wirklich verrückt machen, aber damit ist jetzt Schluss. Küss mich. Ich habe zwei Tage lang nur noch an deinen süßen Mund denken können." Er fuhr sanft mit der Zunge über ihre Lippen, die weich und verheißungsvoll schimmerten, und wiederholte: „Küss mich."

Noch bevor Tessa etwas tun oder sagen konnte, presste er den Mund hart auf ihren. Eine heiße Woge der Erregung ließ sie alle Bedenken vergessen. Sie schloss die Augen und drängte sich unwillkürlich an ihn.

Die Leidenschaft dieses Kusses ließ Tessa schwindelig werden. Atemlos löste sie sich von seinen Lippen und barg den Kopf in seiner Halsbeuge. Zwischen ihnen herrschte eine Spannung, die mit jeder Sekunde größer wurde. Bruce drückte sie fest an sich, und sie spürte deutlich, wie erregt er war. Ihr erging es ja nicht anders. Doch sie empfand auch eine unbestimmte Angst. Körperliche Liebe setzte für sie große Vertrautheit voraus, und sie war sich seiner Gefühle ihr gegenüber nicht sicher genug, um sich ihm jetzt schon vollkommen hinzugeben.

Bruce merkte, wie durcheinander sie war, und strich ihr mit den Fingern sanft über den Nacken. „Komm, lass uns ins Bett gehen", murmelte er. Er fuhr mit der Zungenspitze die Kontur ihres Ohres nach und löste damit winzige Schauer des Entzückens in ihr aus. „Es ist sinnlos, länger zu warten. Ich möchte dich lieben, Tessa, und du begehrst mich auch. Das weißt du genauso gut wie ich."

Begehren und Unentschlossenheit lieferten sich in ihrem Inneren einen heftigen Kampf. Sie sehnte sich so sehr nach Bruce' Nähe, dass es ihr unmöglich schien, ihn abzuweisen. Schließlich konnte sie den Ansturm der Gefühle nicht mehr zurückhalten, und es brach förmlich aus ihr heraus: „Ich habe Angst, ich könnte mich in dich verlieben."

Ihr Geständnis ließ Bruce erstarren. Er hielt nicht viel von dieser Verwirrung, die andere Liebe nannten, und er hatte nicht erwartet, dass Tessa romantisch veranlagt war. Für ihn war ihre Beziehung bisher klar definiert gewesen, und er war überrascht, dass Tessa das anders sah.

Die erste Einladung hatte er ausgesprochen, weil er sie reizvoll gefunden und außerdem gehofft hatte, durch sie etwas über die Angestellten der Carter Engineering zu erfahren. Während jenes Dinners jedoch war sein Verlangen ins Unermessliche gestiegen. Jetzt wollte er sich nicht mehr länger zurückhalten.

Tessa faszinierte ihn mehr als jede andere Frau zuvor. Sie war mutig und wachsam zugleich, einmal aufreizend und dann wieder die Zurückhaltung in Person. Zum ersten Mal in seinem Leben ärgerte ihn der Gedanke, dass es andere Männer gab, die sich für die Frau interessierten oder interessiert hatten, die er umwarb. Es war ihm völlig gleichgültig, ob es sich dabei um Sammy Wallace handelte oder um die beiden ehemaligen Verlobten. Bruce wollte jeden Mann aus Tessas Leben verdrängen.

Normalerweise lehnte er solche Gefühle ab. Liebe erforderte eine Vertraulichkeit, zu der er nicht bereit war. Seine Grundsätze waren Selbstdisziplin und Vernunft, und da war für andere Empfindungen kein Platz. Er wollte nicht zu den Männern gehören, die sich aus Liebe, die für Bruce letztlich nur eine gefühlsverwirrte Hochstimmung war, zu Narren machten. Das hielt einen nur unnötig von der Arbeit und anderen wichtigen Dingen ab.

Aber Tessa irritiert mich, musste Bruce zugeben. Ihre Sinnlichkeit lenkte ihn ab, und er konnte sich nicht auf seine Aufgaben konzentrieren, solange sie nicht miteinander geschlafen hatten. Vielleicht ist dieses Gerede von Liebe ja nur ein Trick, um mich um den Finger zu wickeln, sagte er sich plötzlich.

Sein Schweigen machte Tessa deutlicher als tausend Worte klar, was in ihm vorging. Sie versuchte, ihre Enttäuschung zu unterdrücken, und wandte den Kopf ab. Schließlich schlug sie leise vor: „Vielleicht sollten wir es einfach dabei lassen. Noch ist nicht viel passiert, und wir haben uns nicht wehgetan. Wenn wir jetzt aufhören, können wir zumindest ohne Groll aneinander denken."

Bruce hielt sie auf Armeslänge von sich ab, damit er ihr Gesicht sehen konnte. „Nein", sagte er knapp. Wenn er ihrem Wunsch entspräche, bliebe seine Sehnsucht für immer unerfüllt, und sie würde ihm für den Rest seines Lebens nicht mehr aus dem Kopf gehen.

„Bitte, Bruce." Sie erwiderte offen seinen Blick. „Ich habe dir bereits erklärt, dass ich nur mit jemandem schlafe, wenn ich in ihn verliebt bin und solche Gefühle auch bei ihm spüre. Für flüchtige Bettgeschichten bin ich mir zu schade. Ich erwarte eine ganze Menge von einem Mann, den ich lieben kann."

„Und wie sehen diese Erwartungen aus?", fragte er rau und zog sie wieder an sich. Er konnte es nicht ertragen, Tessa nicht zu spüren.

„Freundschaft und Leidenschaft, Vertrauen, Treue und Zuverlässigkeit." Sie hob trotzig den Kopf. „Und Liebe."

„Ich bin zu alt, um an Märchen zu glauben, Darling. Liebe ist ein Wort, das die meisten Leute benutzen, ohne zu wissen, was es eigentlich bedeutet.“ Der Druck seiner Finger auf ihren Schultern verstärkte sich. „Ich will dich, und du willst mich, das genügt.“

Sie schüttelte den Kopf, doch Bruce presste sie an sich und küsste sie leidenschaftlich. Er ließ seine Hände langsam über ihren Körper gleiten, als wolle er sich jede Rundung für immer einprägen. Dann ließ er sie los, und seine Augen wirkten noch dunkler als sonst. „Denk heute Nacht darüber nach. Morgen hole ich dich um sieben ab.“

Erschöpft rieb sich Evan die Stirn und zeigte auf einen Stapel Computerausdrucke, der vor ihm auf dem Tisch in Bruce’ Hotelzimmer lag. „Ich bin zu müde, ich höre auf. Das ergibt einfach keinen Sinn.“

Bruce warf einen Blick auf die Uhr. Es war kurz nach Mitternacht, und er war froh, dass er sich auf die Arbeit konzentrieren musste. Irgendetwas stimmte nicht, aber er hätte nicht sagen können, was. Er war einfach übernächtigt, und außerdem musste er andauernd an Tessa und an sein leeres Bett denken.

„Da ist etwas faul“, stellte er nachdenklich fest. „Ich habe das Gefühl, die Lösung liegt offen vor uns, und wir erkennen sie einfach nicht.“

Evan gähnte und warf den Bleistift auf den Tisch. „Tja, der Kerl muss ein Genie sein. Biete ihm doch einen lohnenden Betrag an, wenn er uns erzählt, wie er es macht.“

„Bist du sicher, dass es sich um Sammy Wallace handelt?“, fragte Bruce scharf.

„Na ja, es muss jedenfalls jemand sein, der mit einem Computer so ziemlich alles anstellen kann, was er will.“

„Tessa hat mir gesagt, er hätte in seinem Apartment ein Vermögen an elektronischen Geräten angesammelt. Zudem kennt er alle Zugangscodes und kann an den Rechner, wann immer er Lust dazu hat.“

„Hm, ich habe alle seine Unterlagen geprüft. Er arbeitet oft bis spät in die Nacht hinein, doch es gibt nichts Auffälliges“, meinte Evan grimmig.

„Es ist greifbar nahe, wir brauchen nur noch das letzte Teil des Puzzles.“ Bruce stand auf und begann unruhig auf und ab zu gehen. Innerlich verfluchte er das Leben aus dem Koffer, diese Hotelzimmer, die einander ausnahmslos zu gleichen schienen. Er sehnte sich nach der frischen, sauberen Luft der Berge und nach dem harzigen Aroma eines Holzfeuers. Wie lange hatte er schon nicht mehr im Sattel eines Pferdes gesessen! Die Nachteile seines Berufes wurden ihm täglich bewusst, und er bekam langsam Zweifel, dass er sich wirklich richtig entschieden hatte.

Evan streckte sich. „So, für heute Nacht mache ich erst mal Schluss. Zum Glück liegt das Wochenende vor uns. Ich kann wesentlich besser arbeiten, wenn ich nicht die ganze Zeit so tun muss, als untersuchte ich die verschiedenen Computersysteme und die damit zusammenhängenden Möglichkeiten. Morgen früh will ich schnell mal nach San Francisco fliegen, bin aber spätestens am Samstagvormittag wieder hier. Soll ich dir irgendetwas aus dem Büro mitbringen?"

„Nein, danke", erwiderte Bruce geistesabwesend. Er starrte aus dem Fenster hinab auf das Meer von Lichtern, das sich bis zum Horizont erstreckte. Genau wie New York kam auch Los Angeles nie richtig zur Ruhe. Wenn es auf der Ranch dunkel war, schliefen alle, Mensch und Tier, und man konnte jedes einzelne Geräusch unterscheiden.

Evan war längst gegangen, da stand Bruce immer noch dort und sah hinaus. Er dachte an Tessa, ihre sanfte Stimme, ihr Lachen, die wundervollen Augen und daran, wie er sie in den Armen gehalten und ihren biegsamen Körper an sich gedrückt hatte. Unwillkürlich presste er die Lippen zu einem schmalen Strich zusammen. Er begehrte sie mehr, als er jemals eine Frau begehrt hatte.

Angewidert musterte er das Hotelbett. Er wusste, dass es zwecklos war, sich hinzulegen, denn er würde keine Ruhe finden. Sein Bett auf der Ranch war breit, und er malte sich aus, wie es wäre, wenn Tessa dort neben ihm schliefe, die weichen, dunklen Haare wie einen Fächer um den Kopf gebreitet, die Bettdecke sorgfältig über die Schultern gezogen, um sie vor der Morgenkälte des Frühjahrs zu schützen. Er schüttelte den Kopf, als könne er so das Bild vertreiben, doch es gelang ihm nicht.

Seine Miene verdüsterte sich. Nein, er durfte nicht zulassen, dass sie seine Gefühle auf den Kopf stellte. Er wollte sie, und er würde sie bekommen und danach feststellen, dass sie genauso war wie alle anderen Frauen. Dann würde er sie endlich vergessen können.

4. KAPITEL

Tessa war wie so oft ein wenig zu früh im Büro. Sie saß an ihrem Schreibtisch, als Sammy mit einer Tasse Kaffee in der Tür auftauchte.

„Ich habe keine Ahnung, ob du Milch oder Zucker hineintust, und habe sicherheitshalber mal beides mitgebracht“, sagte er.

Dankbar nahm sie die Tasse entgegen. Die Nacht war kurz gewesen. Erst hatte sie nicht einschlafen können, und dann war sie so spät aufgewacht, dass sie lieber auf ihr Frühstück verzichtet hatte.

„Du bist ein Engel, Sammy“, erklärte sie seufzend. „Ich habe mich heute Morgen nämlich fürchterlich abhetzen müssen.“

Nervös sah er sich um. „Wir haben fast die ganze Nacht an Nelda, unserem Programm, gearbeitet. Hillary ist wirklich großartig. Ich muss ihr nie etwas erklären, sie weiß schon immer alles im Voraus.“

„Ja, sie passt hervorragend zu dir“, sagte Tessa mit fester Stimme.

Ohne darauf einzugehen, fuhr Sammy fort: „Wenn sie mir nicht geholfen hätte, wäre ich noch lange nicht fertig. Sie hat auch ein paar Verbindungen, durch die wir das Programm leichter vermarkten können.“

„Das klingt richtig vielversprechend. Außerdem finde ich sie hübsch.“

Er sah sie überrascht an. „Ja? Mir gefällt vor allem ihre Intelligenz. Sie hat einen großen Teil des Programms ganz allein geschrieben.“

Tessa gab es auf. Wahrscheinlich konnte für Sammy keine Frau mit einem Computer konkurrieren, aber das war Hillarys und Sammys Problem. Sie hatte genug mit ihrem eigenen zu tun, und das hieß Bruce Rutland. Im selben Moment bewegte sich etwas hinter Sammys Schulter, und als Tessa aufschaute, stand Bruce dort.

Er warf Sammy einen verärgerten Blick zu, musterte Tessa nicht minder zornig und grüßte mit einem knappen „Guten Morgen“. Das klang alles andere als freundlich.

„Guten Morgen“, entgegnete sie gelassen. „Mr Rutland, das ist Sammy Wallace von der Datenverarbeitung. Sammy, das ist Mr Rutland.“

Als Sammy die Hand ausstreckte, wirkte er in seinem Eifer fast noch linkischer als sonst. „Ich freue mich, Sie kennenzulernen.“

Bruce ergriff die dargebotene Hand und schüttelte sie. Er hatte sich wieder vollständig in der Gewalt. „Ich habe schon viel von Ihnen gehört, Mr Wallace. Sie müssen ein wahres Computergenie sein.“

Strahlend wollte Sammy etwas erwidern, doch da gesellte sich Perry Smitherman zu ihnen, der Bruce von draußen erspäht hatte.

„Welch eine Überraschung, Mr Rutland“, sagte er so laut, dass Tessa unwillkürlich zusammenzuckte. „Kann ich Ihnen irgendwie behilflich sein?“

„Ja. Ich brauche ein paar Informationen und möchte mit Ihnen unter vier Augen sprechen.“

„Selbstverständlich. Begleiten Sie mich bitte.“ Perry führte Bruce hinaus.

„Kannst du dir das vorstellen?“, fragte Sammy, sobald er wieder mit Tessa allein war. „Er hat schon von mir gehört.“ Nach einem Blick auf die Uhr stellte er fest, dass es Zeit war, mit der Arbeit anzufangen, und verließ eilig ihr Büro.

Tessa wandte sich ihrem Bildschirm zu und starrte auf die kleine blinkende Schriftmarke, ohne diese wirklich wahrzunehmen. Bruce' Benehmen war so korrekt wie immer gewesen, und trotzdem hatte sie eine unterdrückte Wut gespürt, die sie sich nicht erklären konnte. Hatte sich heute Morgen bereits irgendetwas zugetragen, das ihn verärgert hatte, oder kam seine schlechte Laune daher, dass er Sammy neben ihrem Schreibtisch angetroffen hatte?

Das wäre einfach zu grotesk, sagte sie sich. Hier war ihr Arbeitsplatz, und er konnte nicht im Ernst erwarten, dass sie ihren Kollegen aus dem Weg ging. Seine Eifersucht auf Sammy war sowieso albern, denn schließlich hatte sie Bruce versichert, dass Sammy nichts als ein guter Freund war. Doch er hatte ihn angesehen wie seinen Todfeind.

Tessa hätte nicht gedacht, dass Bruce eifersüchtig sein könnte, aber sie freute sich darüber. Vielleicht empfand er doch mehr für sie, als sie vermutet hatte.

Sie erledigte ihre Arbeit gewissenhaft, obwohl sie zwischendurch immer wieder auf die Tür zu Perrys Büro schaute und darauf wartete, dass Bruce herauskam. Sie wusste selbst nicht, wie sie den Widerstreit der Gefühle, den Bruce in ihr ausgelöst hatte, unter Kontrolle bekommen sollte.

In diesem Moment verließ Bruce das Büro und ging an ihr vorbei, ohne sie anzusehen. Tessa war verletzt. Wenn er sie anlächeln würde, hieße das ja nun noch nicht, dass gleich neue Gerüchte entständen.

Durch die geöffnete Tür beobachtete sie Perry, der in seinem Zimmer auf und ab ging und sich mit der Hand über das schüttere Haar fuhr. Was immer Bruce von ihm gewollt haben mochte, es musste etwas Unangenehmes gewesen sein.

Tessa hatte schon öfter gehört, dass Bruce so auf Geschäftsführer und Abteilungsleiter wirkte, die mit ihm zu tun hatten. Offensichtlich besaß sein Ich zwei Seiten, und sie konnte den rücksichtslosen Manager einfach nicht mit dem Mann in Einklang bringen, der sie mit ungezügelter Leidenschaft geküsst hatte. Dennoch hatte sie das Gefühl, dass es sich lohnte, diesen undurchsichtigen Mann näher kennenzulernen. Aber sie wusste auch, dass das nicht leicht sein würde.

Als Bruce an diesem Abend vor der Tür stand, genügte ein Blick, und Tessa wusste, dass er verärgert war.

„Wenn du mit diesem Wallace nicht Schluss machen willst, brauchst du das nur zu sagen“, bemerkte er statt einer Begrüßung und ging an ihr vorbei in die Wohnung. „Ich mag es nicht, wenn man mich anlügt.“

„Das habe ich auch nicht getan“, erwiderte Tessa mit fester Stimme. „Sammy ist ein guter Freund. Da wir auf derselben Etage arbeiten, laufen wir einander immer wieder über den Weg. Soll ich mich unter dem Schreibtisch verstecken, damit er mich nicht sieht?“

Er betrachtete sie eine Weile schweigend. Schließlich legte er ihr einen Finger unters Kinn, hob ihren Kopf an und flüsterte rau: „Lüg mich niemals an, niemals, hörst du?“ Bevor sie antworten konnte, verschloss er ihr den Mund mit einem Kuss.

Tessa kam es wie eine Ewigkeit vor, dass sie seine Lippen das letzte Mal auf ihren gefühlt und seinem herausfordernden Drängen nachgegeben hatte. Unwillkürlich legte sie die Arme um seinen Hals, lehnte sich an ihn und genoss das Gefühl aufflammender Leidenschaft, das nur er in ihr auszulösen verstand.

Im Lauf des Abends wuchs die Spannung immer mehr. Im Restaurant schob Tessa lustlos das zarte Hummerfleisch auf dem Teller hin und her. Sie sah an Bruce’ Blick, wie sehr er sie begehrte, und ihr eigenes Verlangen machte es ihr unmöglich, sich auf das vorzügliche Essen zu konzentrieren.

Die Stärke ihrer eigenen Gefühle erschreckte und faszinierte sie gleichzeitig. Längst war der Zeitpunkt vorüber, da sie sich dagegen hätte wehren können. Wenn sie das gewollt hätte, hätte sie ihn nach der ersten Einladung nie mehr wiedersehen dürfen.

„Ich möchte morgen den ganzen Tag mit dir zusammen sein“, sagte Bruce übergangslos. Er hatte nicht vor, seinen Beruf wegen einer Frau zu vernachlässigen, aber er konnte nicht in Ruhe arbeiten, solange die Beziehung zwischen Tessa und ihm nicht endlich geklärt war.

„Gern“, stimmte sie zu, obwohl Bruce’ Worte eher nach einem Befehl als einer Einladung geklungen hatten.

Die Vertrautheit zwischen Sammy Wallace und Tessa heute Morgen im Büro hatte Bruce so wütend gemacht, wie er es noch nie bei sich erlebt hatte. Eifersucht war ihm fremd, denn die Frauen liefen ihm gewöhnlich hinterher. Tessa war die Erste, bei der es anders war. Erst lockte sie ihn mit verführerischem Lächeln und strahlenden Augen, im entscheidenden Moment jedoch zog sie sich wieder zurück. Das trieb ihn fast zum Wahnsinn, und er wollte dieses Spiel endlich beenden.

Der Anblick ihrer sinnlichen Lippen, des schimmernden Haars und der wundervollen Figur raubte ihm für einen Augenblick den Atem. Fast unwirsch schob er den Teller zurück und winkte den Ober heran, um zu zahlen.

Kurz darauf verließen sie das Lokal. Bruce bot Tessa den Arm und führte sie über den Parkplatz zu seinem Wagen. Die Nachtluft war angenehm frisch und kühlte Tessas erhitztes Gesicht. Dankbar nickte sie Bruce zu, der ihr die Autotür geöffnet hatte, und ließ sich auf den Beifahrersitz sinken. Sobald er neben ihr saß, legte sie ihm vorsichtig eine Hand auf den Arm und sagte leise: „Bruce.“

Er wandte ihr das Gesicht zu. Das Licht der Parkplatzbeleuchtung erhellte nur einen Teil des Wageninneren, sodass Bruce’ Augen nicht genau zu erkennen waren. Aber seine Stimme verriet, dass er sich nur noch mühsam beherrschen konnte.

„Du möchtest nicht mit mir schlafen, weil du Angst hast, dich in mich zu verlieben, nicht wahr? Dann hör auf, mich herauszufordern. Oder macht es dir Spaß, mich zu reizen? Das kann sehr gefährlich sein, Tessa.“

Glaubte Bruce wirklich, sie würde ihn absichtlich quälen? Hastig zog sie die Hand zurück, obwohl es ihr schwerfiel. Spürte er denn ihren Zwiespalt nicht? Er musste doch merken, dass sie ihn ebenso sehr begehrte wie er sie. Wer hat die Liebe nur als das höchste Glück auf Erden beschrieben, dachte sie, während er den Motor startete und losfuhr. Sie hatte eher den Eindruck, dass die Liebe wie ein schmaler Grat über einem Abgrund war.

Die Frage ist, bist du schwindelfrei, dachte Tessa ironisch. Nein, verbesserte sie sich sofort, die Frage ist, was erwartet dich am Ende des Weges? Sie mochte Bruce, und sie brauchte ihn. Aber was war mit ihm? Brauchte er sie auch?

Sie musterte ihn von der Seite. Seine Miene wirkte undurchdringlich und entschlossen, und ihr lief ein Schauer über den Rücken. Nachdem sie bei ihrem Apartment angekommen waren, nahm er Tessa schweigend den Schlüssel ab und öffnete die Tür. Er trat zur Seite, um sie vorzulassen. Tessa schaltete das Licht ein und drehte sich nach Bruce um, und als sie ihn ansah, brachte sie kein Wort über die Lippen.

Sein Blick ließ keinen Zweifel an seiner Absicht. Stumm legte er den Mantel ab, lockerte seine Krawatte und streifte sie sich über den Kopf. „Komm her", befahl er heiser. „Berühr mich."

Tessa zögerte nicht eine Sekunde. Sie trat zu ihm und ließ sich in seine ausgebreiteten Arme sinken.

Sein Kuss war hungrig und fast rücksichtslos, doch sie erwiderte ihn hingebungsvoll. Der harte Griff, mit dem er sie umklammerte, tat weh, dennoch schmiegte sie sich noch enger an Bruce' breite Brust.

Wie von Weitem drangen leise Seufzer an ihr Ohr, und sie merkte nicht, dass sie selbst es war, die sie von sich gab. Bruce wurde davon nur noch mehr angeheizt. Er bog ihren Oberkörper zurück und ließ seinen Mund über die sanfte Kurve ihres Halses weiter nach unten gleiten. Durch den dünnen Stoff ihres Kleids liebkoste er ihre Brüste, deren Knospen sich vor Erregung steif aufrichteten.

Ohne dass Tessa etwas dagegen tun konnte, gaben die Knie plötzlich unter ihr nach. Bruce fing sie rechtzeitig auf, hob sie hoch und ging mit ihr zum nächsten Sessel. Er setzte sich und ließ sie auf seinen Schoß gleiten. Tessa öffnete die Augen und sah Bruce an.

„Ich habe mich so gewehrt, dich zu lieben", gestand sie leise. „Aber ich komme nicht dagegen an."

Bruce erschauerte bei diesen Worten. Auf einmal war es ihm egal, ob noch andere Männer dieses Geständnis vor ihm gehört hatten. Und er vergaß auch, dass er bisher nie viel von der Liebe gehalten hatte.

Mit Tessa war alles anders. Zunächst hatte ihn ihr Widerstand in seinem männlichen Stolz getroffen und ihn gleichzeitig gereizt. Sie war für ihn das Sinnbild alles Erotischen, ihre Leidenschaft ergänzte sein Temperament so vollkommen, wie er es sich niemals erträumt hätte. Und nun war es so weit: Tessa wollte sich ihm hingeben!

Er umfasste ihre Schultern mit einem Arm, drückte sie mit dem anderen an sich und suchte mit den Lippen ihren Mund. Behutsam und ungeduldig zugleich begann er, die kleinen Knöpfe auf der Vorderseite ihres Kleides zu öffnen. Tessa stieß einen Laut der Überraschung aus, hielt ihn aber nicht davon ab. Sie wollte nicht, dass er aufhörte, im Gegenteil. Sie wollte Bruce alles geben, und sie spürte, wie ihre Hemmungen und ihre Ängste unter seinen Liebkosungen schwanden.

Ihr Herz schlug so heftig, dass ihr schwindelig wurde. Um besser atmen zu können, drehte sie den Kopf zur Seite und gab damit den Blick auf die sanft geschwungene Linie ihres Halses frei. Bruce zögerte nicht lange, sondern erforschte die zarte Haut mit Lippen und Zunge.

Tessa seufzte sehnsüchtig auf und klammerte sich Halt suchend an ihn.

„Langsam, Darling", raunte Bruce, während er ihr das Kleid von den Schultern streifte. „Wir wollen nichts überstürzen. Wir haben den ganzen Abend und die ganze Nacht. Komm, ich ziehe dich aus, ich möchte dich überall anfassen können."

Während er sie weiter auszog, hörte er nicht auf, ihren Körper zu streicheln und den Hals mit leidenschaftlichen Küssen zu bedecken. Die Hitze in Tessas Innerem wurde immer stärker, und sie wand sich auf seinem Schoß.

Bruce genoss ihre Erregung. Da Tessa keinen BH trug, zeichneten sich die rosigen Spitzen ihrer Brüste deutlich unter dem dünnen Seidenhemd ab. Sein Atem kam stoßweise. Er hob Tessa leicht an und schob ihr das Kleid über Hüften und Beine nach unten. Der winzige Slip und ein spitzenbesetzter Strapsgürtel betonten ihre makellose Figur, seidig glänzende Strümpfe die wohlgeformten Beine.

Er strich ihr mit den Händen über den Körper, erforschte die Konturen ihrer Hüften und ließ die Finger dann erregend langsam hinab zu den schlanken Knöcheln gleiten. Vorsichtig zog er ihr die hochhackigen Sandaletten aus und ließ sie zu Boden fallen. Seine Augen funkelten vor kaum noch zu zügelndem Verlangen.

„Eine so gefährliche Frau wie du gehört eigentlich hinter Schloss und Riegel", flüsterte er mit belegter Stimme. „Dich zu sehen und zu berühren, ja, allein schon dein Parfüm einzuatmen, kann einen Mann zum Wahnsinn treiben."

Die Berührung war so zart wie ein Hauch, und dennoch glaubte Tessa, in hellen Flammen zu stehen. Als Bruce die Hände weiter nach oben schob und ihre Brüste umfasste, stöhnte sie auf und wünschte sich nichts sehnlicher, als dass er sie endlich ganz ausziehen möge.

„Bitte", flehte sie leise und bog sich ihm entgegen.

Er ließ den Daumen unter das Hemd gleiten und strich über die hart gewordenen Knospen ihrer Brüste.

„Ja, Bruce, bitte. Oh ja …" Zitternd vor Erregung barg Tessa den Kopf an seiner Schulter.

Er drückte sie an sich, ohne seine Zärtlichkeiten zu unterbrechen. Sein Atem ging hastig, und Tessa spürte seine Erregung.

Tessa begann, Bruce zu streicheln, und sie spürte die Hitze seines Körpers durch den dünnen Stoff seines Hemdes. Ihr Verlangen stieg ins Unerträgliche, und sie spürte, dass auch Bruce sich kaum noch zurückhalten konnte.

„Komm, Darling", hauchte Tessa ihm ins Ohr.

Bruce' dunkle Augen schienen zu glühen. „Bist du sicher, dass du es wirklich willst?"

Sie lächelte verführerisch. „Ich glaube, es ist ein bisschen zu spät, um es mir anders zu überlegen, findest du nicht auch?"

Bruce begriff, was in ihr vorging. Sie hatte ihm wiederholt versichert, dass sie nicht mit jedem schlief. Nach ihren Erfahrungen mit ihren beiden Verlobten war es klar, dass sie sich scheute, eine neue Beziehung einzugehen. Umso mehr musste er ihren Entschluss bewundern, sich auf ihn einzulassen.

Ein nie gekanntes Gefühl der Zärtlichkeit durchströmte ihn. Er stand auf. „Mach dir keine Gedanken, Darling, es wird wundervoll."

Mit wenigen Schritten war er bei der angelehnten Schlafzimmertür und stieß sie mit der Schulter auf. Ein breiter Lichtstreifen fiel auf das Bett. Bruce ließ Tessa vorsichtig in die Kissen sinken und knipste die Nachttischlampe an.

Tessa sah zu ihm auf. Von seiner üblichen Unnahbarkeit war nichts mehr zu merken. Als er Tessa zärtlich musterte, leuchteten seine Augen vor Verlangen. Jetzt war keine Zeit für Überlegung, kein Raum mehr für Zurückhaltung. Liebevoll streifte er ihr die restliche Kleidung ab und stieß heftig die Luft aus, während er sie anerkennend betrachtete.

„Du bist wunderschön", sagte Bruce leise und nahm ihre Hände in seine. Seine Blicke, die über ihren Körper glitten, wirkten wie eine zärtliche Berührung auf sie. Sie hatte schon so lange nicht mehr mit einem Mann geschlafen, und die Erwartung der gemeinsamen Lust drohte sie zu überwältigen.

Bruce spürte ihre Bereitschaft zur Hingabe, und dies erregte ihn maßlos. Kein anderer Mann außer ihm sollte jemals wieder diesen perfekt geformten Körper sehen, kein anderer Tessa die Befriedigung verschaffen, die er ihr in wenigen Augenblicken schenken würde. Er richtete sich auf und begann sich auszuziehen.

Tessa beobachtete ihn. Sein Körper war genauso beeindruckend, wie sie es erwartet hatte. Seine breite, muskulöse Brust war von einem feinen Flaum goldfarbener Haare bedeckt, und auch der Rest war hinreißend. Sie lächelte und warf Bruce einen auffordernden Blick zu.

Nur wenige Sekunden verstrichen, bis sich Bruce nackt neben Tessa legte und sich über sie beugte. Trotzdem hatte sie das Gefühl, viel zu lange auf ihn warten zu müssen. Er zog sie mit einer einzigen schnellen Bewegung an sich, und sie schmiegte sich in seine Arme. Seine liebevollen Küsse verbargen seine wilde Leidenschaft nur schlecht. Aber auch ihr Verlangen wuchs, und sie schlang ihm die Arme um den Hals, um ihn ganz nah zu spüren.

Er ließ sich Zeit, liebkoste ihren Körper mit den Händen und mit dem Mund und fand schnell die Stellen, deren Berührung sie besonders erregte. Tessa drehte und wand sich neben ihm, kaum noch Herrin ihrer Sinne. Als er ihr eine Hand zwischen die Schenkel schob, öffnete sie willig die Beine und stöhnte auf vor Lust. Kurz darauf wurde die Spannung so unerträglich, dass Tessa glaubte, vergehen zu müssen, wenn ihr Bruce nicht bald jene Erfüllung schenkte, nach der sie sich mit jeder Faser sehnte.

Ihre Erregung riss Bruce mit, und er war am Rand seiner Beherrschung. Er legte sich auf sie und drang in sie ein. Sie schrie auf und gab sich ganz der ungezügelten Lust hin, die sie in immer wilder aufbrandenden Wellen durchströmte. Sie fanden schnell einen gemeinsamen Rhythmus, und es fiel Bruce immer schwerer, die Kontrolle zu behalten.

Er betrachtete ihr Gesicht im matten Schein der Nachttischleuchte, und Bruce sah, wie die Erregung ihre Miene veränderte. Alle Vorbehalte schienen von ihr abgefallen zu sein, und es gab nur noch Hingabe.

Doch auch mit Bruce ging eine Veränderung vor sich. Je mehr sie sich der Erfüllung näherten, desto mehr vergaß er alles um sich herum. Nur noch Tessa und er zählten, seine Bedenken, sich auf eine Beziehung einzulassen, waren plötzlich bedeutungslos.

Er spürte, dass er am Rande seiner Beherrschung war. „Oh Darling", raunte er Tessa ins Ohr, während er in seinem Inneren eine nie zuvor erlebte Leidenschaft fühlte.

Aufstöhnend warf Tessa den Kopf hin und her. Sie hatte das Gefühl, nur noch aus Begierde und Wollust zu bestehen, und plötzlich hörte alles Denken auf. Mit einer Hemmungslosigkeit, die sie nie bei sich vermutet hätte, grub sie Bruce die Fingernägel in die Schultern, um ihm noch näher zu sein, und rieb die Hüften an seinen.

Während ihr das Blut in den Ohren rauschte, trieb die ruhelose Suche nach endgültiger Befriedigung die beiden auf den Gipfel der sinnlichen Freuden, und als sie gemeinsam den Höhepunkt erreichten, war es, als würde um sie herum die ganze Welt versinken.

Nachdem auch die letzten Wellen der Erregung abgeklungen waren, lagen die beiden lange Zeit schweigend nebeneinander. Bruce hielt Tessa immer noch liebevoll umfangen. Sie fuhr ihm zärtlich mit den Fingern durchs Haar und streichelte seine Schultern und seinen Rücken, bis sie merkte, dass sie müde wurde. Doch bevor sie endgültig einschlief, musste sie ihm noch etwas sagen.

„Ich liebe dich, Bruce“, flüsterte sie, ohne zu überlegen. Liebe und Bruce, diese Worte waren für sie unlösbar miteinander verbunden. Sie schmiegte sich an ihn, und bald darauf fiel sie in tiefen Schlummer.

5. KAPITEL

Bruce war noch lange wach. Ein paarmal murmelte Tessa im Traum vor sich hin, und er drückte sie beruhigend an sich, bis sie sich wieder entspannte. Sie hatte sich mit dem Kopf so selbstverständlich an seine Schulter gelehnt, als wären sie seit Jahren daran gewöhnt, die Nächte gemeinsam zu verbringen.

Die Erinnerung an ihre Leidenschaft ließ ihn nicht los. Tessas Reaktionen hatten seine kühnsten Erwartungen noch übertroffen. Keine andere Frau in seinem Leben hatte es geschafft, dieses rasende Begehren in ihm hervorzurufen, das ihn vorhin erfüllt hatte. Mit ihr eins zu werden war schöner und erfüllender gewesen, als er hatte ahnen können.

Jetzt, wo die Lust abgeklungen war, konnte er klarer denken als vorhin, und er malte sich Dinge aus, die für ihn ungewöhnlich waren. So stellte er sich Tessa zum Beispiel auf der Ranch vor und fand, dass sie hervorragend dorthin passte. Das robuste Ranchhaus mit der offenen Feuerstelle würde ihr sicher genauso gut gefallen wie die unermessliche Weite der Landschaft und die hoch aufragenden Berge. In seiner Fantasie sah er sie beide ausreiten und auch, wie sie in seinem breiten Bett lagen und sich liebten.

Bruce lächelte in sich hinein. Er wusste jetzt schon, dass sein Vater sie begeistert aufnehmen würde. Tom Rutland war ohnehin ein Verehrer schöner Frauen. Umso hingerissener würde er sein, wenn er Tessa und deren unwiderstehlichen Charme kennenlernte. Der singende Tonfall ihrer Stimme würde ihn begeistern, von Tessas Aussehen ganz zu schweigen.

Kurz bevor sie einschlief, hatte sie ihm ihre Liebe gestanden. Er war darüber sehr glücklich gewesen, und das war ihm unheimlich. Bisher hatte es ihm immer gereicht, wenn er mit einer Frau ein paar schöne Nächte verbrachte, ohne sich innerlich an sie zu binden. Zum Schluss gab man sich einen freundlichen Abschiedskuss, und das war's dann. Dabei war nie von Liebe die Rede gewesen, und er hätte davon auch nichts wissen wollen. Doch diesmal war es anders.

Bruce schaltete das Licht aus und zog Tessa in der Dunkelheit wieder an sich. Auch das war ungewohnt. Das Bedürfnis, sie ständig berühren zu müssen, hatte er noch bei keiner anderen Frau gehabt.

Das ist es, dachte er nüchtern. Sie passt besser zu mir, als ich es erwartet hätte. Das Beste wäre, sie zu heiraten. Der Gedanke an eine Ehe war ihm noch nie gekommen, und er war verblüfft, wie ruhig er darüber nachdachte. Als meine Frau werde ich ihr jedenfalls das Flirten abgewöhnen, schoss es ihm durch den Kopf.

Die Vorstellung erfüllte ihn mit tiefer Zufriedenheit. Natürlich, eine Heirat war das einzig Vernünftige! Er schloss die Augen, während er sachlich seine weiteren Schritte überlegte. Er würde seinen Job bei Carter-Marshall aufgeben und mit Tessa nach Wyoming ziehen. Im Grunde hatte er die Ranch die ganze Zeit vermisst, und sie war der richtige Ort, um mit Tessa eine Familie zu gründen.

Zuerst träumte er von Söhnen, doch dann malte er sich aus, wie er und Tessa eine Tochter haben würden, die genauso bezaubernd lachen konnte wie die Mutter. Sicher würde sie auch die großen grünen Augen und die seidigen Locken erben. Bevor er sich versah, ärgerte er sich bereits über all die halbwüchsigen Jungen, die seiner reizenden Tochter nachstellen würden, und er nahm sich vor, gut auf seine Kleine aufzupassen.

Er lachte in sich hinein. Tessa würde seinen Antrag schon annehmen, daran zweifelte er nicht eine Sekunde. Schließlich hatte sie gesagt, dass sie ihn liebte. Völlig entspannt streichelte er ihre Hüften, und wenig später schlief er ebenfalls ein.

Als Tessa am nächsten Morgen die Augen öffnete, schaute sie direkt auf Bruce' Hinterkopf. Er hatte sich im Schlaf auf den Bauch gerollt und ihr den einen Arm über den Oberkörper geschoben. Wahrscheinlich war sie durch das ungewohnte Gewicht auf der Brust aufgewacht.

Ein warmes Gefühl der Liebe durchströmte sie, und sie streckte eine Hand aus, um ihm über das zerzauste Haar zu streichen. Doch dann zog sie sie rasch zurück.

Die heftige Leidenschaft der vergangenen Nacht hatte sie zwar körperlich sehr vertraut mit ihm gemacht, ansonsten aber wusste sie nichts von ihm, und sie fragte sich, wie sie sich ihm gegenüber verhalten sollte.

Tessa stand vorsichtig auf, um ihn nicht zu wecken, und ging ins Bad. Unter der Dusche dachte sie betrübt, dass Bruce selbst im größten Überschwang der Gefühle nicht gesagt hatte, dass ihn vielleicht doch mehr zu ihr hinzog als nur sinnliche Begierde. Die ist dafür allerdings umso ausgeprägter, erinnerte sich Tessa, während ihr das warme Wasser über den Körper rann.

Sie hielt einen Moment inne und ließ den Gedanken freien Lauf. Mit Bruce zu schlafen war schöner gewesen als alles, was sie in dieser Hinsicht je erlebt hatte. Zeitweise hatte sie geglaubt, die Intensität ihrer

Lust nicht ertragen zu können. Das hätte sie nie für möglich gehalten, doch sie hatte auch noch niemanden so begehrt wie Bruce.

Nach dem Duschen schlüpfte Tessa in ihren Morgenmantel und vergewisserte sich mit einem kurzen Blick ins Schlafzimmer, dass Bruce noch schlief. In der Küche füllte sie Wasser und Kaffeepulver in die Maschine, setzte sich an den Tisch und dachte über die Zeit mit Bruce nach.

Er war von Anfang an verschlossener gewesen, und selbst in Augenblicken ungezügelter Leidenschaft blieb ein Teil seines Ichs so unnahbar, als stünde er als unbeteiligter Zuschauer daneben. Er verlangte von ihr, dass sie ihm alles gab, hielt sich selbst jedoch zurück. Das machte sie misstrauisch. Sie liebte ihn und wollte mit ihm zusammen sein, doch sie fragte sich, ob Bruce für ein Leben zu zweit wirklich der Richtige war.

Inzwischen war der Kaffee fertig. Als Tessa sich gerade eine Tasse eingeschenkt hatte, hörte sie, wie Bruce sich nebenan bewegte. Es durchfuhr sie heiß. Hastig trank sie einen Schluck Kaffee und verbrannte sich die Zunge. Ärgerlich stellte sie die Tasse auf den Tisch zurück. Du benimmst dich wie ein Teenager, schalt sie sich. Ihr wie wild pochendes Herz konnte sie damit jedoch nicht beruhigen.

„Tessa." Bruce' raue Stimme ließ sie erschauern.

Sie drehte sich um und sah ihn in der Küchentür stehen. Bis auf einen knappen dunkelblauen Slip war er nackt, und der schmale Stoffstreifen war nicht gerade geeignet, Tessas Aufregung zu besänftigen, denn er betonte seine Männlichkeit mehr, als er sie verbarg.

Plötzlich fiel ihr auf, dass sie Bruce mit unverhohlener Bewunderung musterte, und sie wurde verlegen. Er trat zu ihr und zog sie an sich. „Warum wirst du denn rot?", fragte er ungewohnt sanft.

„Wegen letzter Nacht", gestand Tessa. „Ich habe mich unmöglich benommen und bestimmt lauter Unsinn geredet."

„Das finde ich nicht." Er lächelte. „Und wie geht es dir jetzt?"

„Wundervoll. Ich bin zwar etwas müde, aber sonst fehlt mir nichts." Zufrieden lehnte sie sich an seine Brust.

Bruce strich ihr die Locken aus der Stirn und küsste sie auf die Schläfen. Am liebsten wäre er sofort wieder mit ihr ins Bett gegangen, aber er zwang sich zur Geduld. Wenn er seine Pläne verwirklichen wollte, musste er vorsichtig und behutsam vorgehen.

„Falls ich mir nächstes Wochenende einen Tag freinehmen kann, fahren wir zusammen zur Ranch", kündigte er an.

Sie legte den Kopf in den Nacken und lächelte. „Das ist eine fantastische Idee. Wieso musst du denn am Wochenende arbeiten?"

„Weil das, was ich mache, kein normaler Job ist." Bruce verstummte. Er redete nie über seinen Beruf, außer mit Evan, dazu war die Angelegenheit zu heikel. Und nun war er drauf und dran gewesen, Tessa alles zu erzählen. Auch das war neu und bewies, wie wichtig sie ihm war.

„Bruce, ist bei uns im Büro irgendetwas nicht in Ordnung?", fragte sie ernst. Sie kannte ihn schon so gut, dass ihr seine plötzliche Anspannung nicht verborgen geblieben war.

Unwillkürlich dachte sie wieder an die Gerüchte, die man sich in der Firma über Bruce erzählte. Bei Unstimmigkeiten tauchte er auf, suchte die Verantwortlichen und sorgte dafür, dass sie entlassen wurden. Er war dabei erbarmungslos, was seinen Spitznamen erklärte.

Tessas nächste Frage war nur logisch. „Geht es um Perry Smitherman?"

Ihre Treffsicherheit erschreckte ihn. „Nein", murmelte er und beugte sich rasch über sie, um sie zu küssen.

Dieser Art von Ablenkung konnte sie sich nicht entziehen und erwiderte seine Zärtlichkeiten. Bruce stöhnte verhalten auf. Vergessen war die Tatsache, dass er sich mal wieder bei Evan sehen lassen musste. Stattdessen hob er Tessa hoch und trug sie nach nebenan ins Schlafzimmer.

Evan hatte schon ein paarmal vergebens versucht, Bruce anzurufen, und auch diesmal erhielt er keine Antwort. Nachdenklich legte er den Hörer wieder auf. Es war nicht Bruce' Art, einfach zu verschwinden, ohne eine Nachricht zu hinterlassen. So undurchschaubar er sonst sein mochte, in Bezug auf seine Arbeit war er stets zuverlässig. Das war das erste Mal, dass er längere Zeit nicht erreichbar war.

Dennoch sah Evan keinen Grund, sich Sorgen zu machen. Bruce würde schon wissen, was er tat. Evan setzte sich und nahm sich wieder die Computerlisten vor. Er hatte schon so lange auf die Zahlenreihen gestarrt, dass ihm die Augen wehtaten. Irgendetwas daran war nicht in Ordnung, das spürte Evan. Aber obwohl er sich seit Stunden damit beschäftigte, jede einzelne Abrechnung systematisch nachzuvollziehen, konnte er keinen Fehler entdecken.

Als Buchstaben und Ziffern vor seinen Augen zu verschwimmen begannen, legte er die Blätter fluchend beiseite. In dem Moment klingelte das Telefon. Er hob ab. „Evan Brady."

„Hier ist Bruce. Hast du schon was gefunden?"

„Na endlich, ich habe bereits den ganzen Morgen versucht, dich zu erreichen."

„Ich bin jetzt in meinem Zimmer. Sobald ich geduscht habe, komme ich zu dir. Bestell schon mal Kaffee."

„Wird gemacht." Evan rief den Zimmerservice an, und kurz nachdem der Kellner den Kaffee gebracht hatte, klopfte Bruce an die Tür.

Gähnend stand Evan auf und streckte sich. „Ich muss mich mal ein bisschen bewegen, sonst schlage ich hier noch Wurzeln."

Bruce nahm Evans Platz ein, griff nach den Ausdrucken und legte die Füße auf den kleinen Kaffeetisch. Jetzt konzentrierte er sich ganz auf die Listen auf seinem Schoß, und jeder andere Gedanke trat in den Hintergrund. Zeile für Zeile prüfte er die Angaben und hakte jede einzelne mit dem Bleistift ab. Erst als Evan ihm eine Tasse Kaffee hinstellte, blickte er auf.

„Bist du nervös?", fragte er, weil sein Partner die Wanderung durchs Zimmer wieder aufnahm.

„Ja, und außerdem tun mir die Augen weh. Am Montag werde ich erst mal dafür sorgen, dass neuer Toner in den Drucker kommt."

Die Unterlagen waren wirklich kaum zu entziffern, das musste Bruce zugeben, und nach zwei Stunden gab er resigniert auf. Er lehnte sich zurück und rieb sich über die geschlossenen Lider.

„Ist der Kaffee schon alle?"

„Ja, seit ungefähr einer Stunde."

Bruce sah auf die Uhr. Es war beinahe Mitternacht, und er hätte gern gewusst, ob Tessa schlief oder ob sie ihn vermisste. Er hatte sich vorgenommen, bis zur völligen Erschöpfung zu arbeiten. Dann war er anschließend wenigstens müde genug, um sich nicht die ganze Nacht ruhelos im Bett herumzuwälzen, weil er sich nach Tessa sehnte. Es war schon bemerkenswert, wie sehr die kurze Zeit mit ihr ihn verändert hatte.

Er beugte sich wieder über die Listen, und da fiel ihm ein Name auf, den er schon oft auf Auszahlungsbelegen gesehen hatte. Es war derselbe wie Tessas Nachname. „Sag mal, wer steckt eigentlich hinter dieser Firma Conway, die so viele Schecks von Carter Engineering bekommt? Was machen die überhaupt?"

„Das sind Baustoffhändler. Sie beliefern Carter Engineering schon seit Jahren. Ich habe sie überprüft", erklärte Evan.

Etwas später sah Bruce wieder auf. „Was ist mit Conmay?"

„Hast du nicht zugehört? Das ist ein Lieferant …"

„Nicht Conway, sondern Conmay", fiel Bruce ihm ins Wort und betonte die letzte Silbe.

„Ach so, dann habe ich dich falsch verstanden." Evan verstummte kurz und schaute Bruce an. „Conmay gehört zwei Männern, die Connors und Mayfield heißen."

„Auf den Namen Conmay sind ebenfalls Schecks ausgestellt worden. Ist das auch ein Vertragshändler von Carter Engineering?"

„Keine Ahnung", brummte Evan. Er trat hinter Bruce und betrachtete über dessen Schulter hinweg die beiden Firmennamen, die einander so ähnlich waren. „Tut mir leid, das habe ich völlig übersehen. Ich habe gedacht, das ginge auf dieselbe Rechnung."

Bruce blätterte die bereits überprüften Seiten noch einmal durch, um den ersten Eintrag der Firma Conway zu suchen. Im Grunde war ihm der Name nur aufgefallen, weil Tessa genauso hieß. Aber er hatte das Gefühl, dass dieser Zufall sie auf den richtigen Weg geführt hatte. „Wir brauchen einen Computer", stellte er nach einer Weile fest und stand auf. „Damit können wir die Rechnungen wesentlich schneller vergleichen."

„Einverstanden", sagte Evan, dessen Müdigkeit plötzlich verflogen zu sein schien. Offensichtlich beflügelte ihn die Hoffnung auf Erfolg. Außerdem konnten sie um diese Zeit sicher sein, dass sie nicht gestört würden, denn außer den Wachposten hielt sich jetzt niemand in dem Bürogebäude auf.

Gegen drei Uhr morgens glaubten Bruce und Evan, endlich eine Spur gefunden zu haben. Wenn sie die zurückverfolgten, würden sie bestimmt bald auf den Schuldigen stoßen.

Die per Computer erstellten Zahlungsanweisungen an Conway hatten vor einem guten Jahr begonnen. Sie traten unregelmäßig auf, und es handelte sich nie um auffällig hohe Beträge, doch ein paar Tausender hier und da ergaben auf die Dauer eine beträchtliche Summe. Alle Vorgänge waren auf Mikrofilm gespeichert, und die eingelösten Schecks waren nicht unterschrieben, sondern lediglich mit dem Vermerk „Nur zur Einzahlung" abgestempelt worden. Darunter standen eine Kontonummer und der Name der Bank.

Bruce notierte sich die kargen Angaben. „Nun ja, das war's dann wohl. Wir brauchen die Auszahlungsbelege beziehungsweise den Namen desjenigen, zu dessen Gunsten sie ausgestellt wurden." Er hatte so lange auf die hellgrünen Ziffern auf dem Monitor geschaut, dass ihm der Kopf wehtat. Dieser Job zerrte an seinen Nerven.

Bald ist das alles ausgestanden, versprach er sich im Stillen. Ein Tag auf der Ranch macht zwar auch müde, aber es ist ein viel befriedigenderes Gefühl. Wenn ich erst in Wyoming bin, brauche ich mich nicht mehr über verblasste Computerausdrucke zu ärgern und muss mich nicht mit einem Wirrwarr von Programmen herumschlagen, um Informationen zu sammeln.

„Also, hören wir auf für heute, einverstanden?“, schlug er vor, und Evan stimmte erleichtert zu.

Im Hotelzimmer zog sich Bruce aus und warf sich aufs Bett. Bald würde sich herausstellen, wer die Firmengelder veruntreut hatte, und er konnte endlich diesen Job hinschmeißen.

Als er noch das College besucht hatte, hätte ihn ein Leben auf der Ranch nicht reizen können. Sie war zwar sein Zuhause, aber er war froh gewesen, ihr den Rücken kehren und sich den Herausforderungen des internationalen Managements stellen zu können. Kühler Verstand und eiserner Wille hatten ihm dann auch zum Erfolg verholfen, und den hatte er sich so gut bezahlen lassen, dass er der Ranch, die sein Vater und er aufgebaut hatten, eine solide finanzielle Grundlage verschaffen konnte. Tessa würde es also an nichts fehlen, wenn sie mit ihm dorthin ging.

Bruce schloss die Lider und rief sich ihr Bild ins Gedächtnis. Das war nicht schwer, denn er dachte ohnehin an nichts anderes als an sie. Welch teuflischer Zufall, dass sich der Betrüger ausgerechnet ihres Namens bedient hatte!

Er entnahm Tessas Personalakte, dass sie seit fünfzehn Monaten bei Carter Engineering arbeitete. Die Unterschlagungen hatten vor etwas über einem Jahr begonnen. Tessa war in der Buchhaltung beschäftigt und verstand sich sehr gut mit Sammy Wallace.

Entsetzt öffnete er die Augen. Ging seine Fantasie mit ihm durch? Tessa konnte mit der Angelegenheit nichts zu tun haben, das entsprach einfach nicht ihrem offenen Wesen. Nein, der Übeltäter hieß Sammy Wallace, und dass der sich dafür Tessas Familiennamen aussuchte, lag wohl an seiner Art, sie zu verehren. Wie viele andere auch, machte er eben einen Narren aus sich, sobald es um Tessa ging.

Anscheinend hatte Sammy Wallace nicht bedacht, dass er sie damit in Gefahr brachte. Bruce fluchte in sich hinein. Vielleicht hatte Wallace mit Absicht gehandelt, weil er annahm, dass Tessa von allen Angestellten die Letzte wäre, die man verdächtigen würde. Dieser

Gedanke brachte Bruce in Wut, und er hätte Sammy am liebsten auf der Stelle verprügelt.

Es dämmerte schon, doch Bruce fand keinen Schlaf. Immer wieder erinnerte er sich an Tessas Liebkosungen. Je mehr sie ihm gab, desto unersättlicher wurde er. Jedes berauschende Erlebnis rief eine noch heftigere Sehnsucht nach dem nächsten in ihm hervor. So etwas hatte er noch nie erlebt.

Unruhig drehte er sich auf den Bauch. So schön es auch war, die Tatsache, dass er an nichts anderes mehr denken konnte, missfiel ihm. Er brachte es ja nicht einmal jetzt fertig, sich zu entspannen, dabei wäre das wirklich nötig.

Endlich schlief Bruce ein. Doch in seinen Träumen quälten die Gedanken an Tessa ihn weiter. Sie war ihm ein Rätsel, in einem Moment schwach und dann wieder stark und entschlossen. Damit übte sie eine unglaubliche Macht über ihn aus, der er sich weder im Traum noch in der Wirklichkeit entziehen konnte.

Am Spätnachmittag wachte Bruce auf und griff zum Telefonhörer. Tessa würde sich gewiss fragen, wo er steckte, und er wollte sie beruhigen. Doch dann ärgerte er sich über sich selbst und legte den Hörer wieder auf. Er benahm sich wie ein kleiner Junge, der sich bei seiner Lehrerin entschuldigen muss, weil er nicht pünktlich zum Unterricht erschienen ist. Eine Weile dachte er nach, dann wählte er Evans Nummer.

„Ja?", meldete sich Evan mit verschlafener Stimme.

„Falls du mich brauchst, ich bin bei Tessa", erklärte Bruce.

Evan wurde sofort munter. „Alles klar." Er lachte leise. „Ich kann dich gut verstehen. Wenn ich bei ihr Chancen hätte, würde ich meine Zeit auch nicht im Hotelzimmer vertrödeln."

Ohne darauf einzugehen, verabschiedete sich Bruce und verschwand unter der Dusche. Anschließend rasierte er sich, aber seine Laune hatte sich nicht gebessert. Es war ihm einfach zuwider, dass jeder Mann hinter Tessa her war. Außerdem musste er versuchen, sie vor Sammys Machenschaften zu schützen. Hoffentlich hatte sie noch nicht erfahren, dass Wallace sie benutzt hatte, um seine Betrügerei zu vertuschen. Sie mochte ihn und würde von seiner Verhaftung auch so schockiert genug sein.

Wenig später läutete er an ihrer Tür. Anscheinend hatte sie nichts gehört, denn niemand öffnete. Ungeduldig schlug er mit der Hand dagegen.

„Immer mit der Ruhe!“, hörte er Tessa von drinnen schimpfen. Offenbar stand sie an der Haustür, und ihre Stimme klang gereizt. „Wer ist da?“

„Ich“, antwortete Bruce knapp.

Tessa öffnete immer noch nicht. „Was willst du?“

Ärgerlich überlegte er, ob das jetzt ein neues Spiel sein sollte. Er hatte keine Lust, sich durch die Tür mit ihr zu streiten. „Mach endlich auf, Tessa“, verlangte er mühsam beherrscht.

Sie öffnete, stellte sich ihm jedoch in den Weg. Ihre Augen funkelten zornig, und sie verschränkte die Arme vor der Brust. Sie dachte gar nicht daran, freundlich zu sein. Bruce’ Verhalten fand sie unmöglich. Erst schlief er mit ihr, und dann ließ er sie allein. Er hätte ihr wenigstens eine Nachricht hinterlassen oder sie im Lauf des Morgens anrufen können. Anscheinend glaubte er in seiner Überheblichkeit, sie hätte nichts anderes zu tun, als auf ihn zu warten.

Bruce trat einen Schritt vor, doch Tessa wich nicht von der Stelle. Er musterte sie. Glaubte sie tatsächlich, sie könnte ihn aufhalten? Das war lächerlich, obwohl ihm momentan nicht nach Lachen zumute war.

Bevor Tessa begriff, was Bruce vorhatte, legte er ihr die Hände um die Taille und hob sie hoch, bis sie ihm direkt in die Augen sehen konnte.

„Ich habe die ganze Nacht gearbeitet“, erläuterte er ruhig. „Evan und ich sind erst im Morgengrauen schlafen gegangen. Als ich aufwachte, habe ich geduscht und bin sofort hierhergekommen. Ich bin es nicht gewohnt, dass jemand das Recht hat, nach meinem Verbleib zu fragen.“

Falls das eine Entschuldigung sein soll, muss Bruce noch viel lernen, dachte sie. Aber immerhin hatte er versucht, ihr sein Verhalten zu erklären und sie auf seine merkwürdig schroffe Art sozusagen um Verzeihung gebeten. Obwohl sich Tessas Wut allmählich legte, wollte sie nicht so schnell nachgeben.

„Lass mich bitte runter“, sagte sie betont gleichmütig.

„Nein, vorher gibst du mir einen Kuss.“

„Auf keinen Fall. Wenn ich das tue, wirst du … Werden wir …“ Sie verstummte.

Er lächelte amüsiert. „Darling, ich denke an nichts anderes, und wir werden sowieso gleich …“ Bruce ließ den Satz vielsagend offen.

„An Selbstbewusstsein mangelt es dir wohl nicht“, fuhr sie ihn an.

„Nein, und ich bin auch sonst nicht zu kurz gekommen.“ Er presste sie an sich und flüsterte: „Leg die Beine um mich.“

Tessa stemmte ihm ärgerlich die Hände gegen die Brust. „Hör auf, Bruce! Wir stehen in der offenen Tür. Ich will endlich runter."

Mit einem Schritt war er im Flur und schob die Tür mit dem Absatz zu. „Tessa", raunte er ihr ins Ohr und verschloss ihr den Mund mit einem so leidenschaftlichen Kuss, dass ihr ganz heiß wurde.

Schauer der Erregung durchströmten sie. Mit letzter Willenskraft versuchte sie noch einmal freizukommen. Vergebens, er hielt sie nur umso fester. Fordernd strich er ihr mit der Zunge über die Lippen.

Tessa konnte ihm einfach nicht länger böse sein. Sie wollte nicht wirklich mit Bruce kämpfen, sie wollte ihn lieben und von ihm geliebt werden.

Sein Atem ging jetzt schneller. Er ließ seine Lippen über ihren Hals gleiten, umfing mit einem Arm ihre Taille und bog ihren Oberkörper zurück. Mit der freien Hand streichelte er ihre Brust. Wie von selbst spreizten sich ihre Beine. Sie umklammerte seine Hüften mit den Schenkeln und kreuzte die Füße hinter seinem Rücken.

„Oh ja, so ist es gut, Darling", sagte Bruce heiser und schmiegte sich fest an ihren Schoß. Er massierte sanft ihre Brust, was ihr ein leises Stöhnen entlockte. Sie wand sich und begann zu zittern. Ihre Erregung stachelte seine Leidenschaft noch mehr an. Er ging mit ihr ins Schlafzimmer und drückte sie dabei weiterhin eng an sich.

„Sag mir, dass du mich liebst", verlangte er rau, während er sie aufs Bett legte und ihr die Kleider abstreifte.

„Ich liebe dich, Bruce."

In seinen Augen leuchtete kurz Befriedigung auf, dann trat etwas kühl Berechnendes in seinen Blick. Tessa konnte sich das nicht erklären, und im ersten Moment beschlich sie ein ungutes Gefühl. Doch sobald er bei ihr lag, vergaß sie es wieder.

Er presste sie mit seinem Gewicht in die Kissen, spürte ihre Bereitschaft und drang sofort in sie ein. Sie schrie vor Lust leise auf und grub ihm die Fingernägel in die Schultern. Er zwang ihr seinen kraftvollen, beinahe harten Rhythmus auf, und sie bemerkte, dass es ihr Freude machte.

Dennoch war er nicht rücksichtslos, im Gegenteil. Er hörte nicht auf, sie zu streicheln und ihren Mund und Hals mit heißen Küssen zu bedecken. Doch trotz aller Leidenschaft konnte sie selbst auf dem Höhepunkt der Ekstase nicht vergessen, wie merkwürdig er sie vorher gemustert hatte.

6. KAPITEL

Bruce sah auf den Mikrofilm mit den Aufnahmen der betrügerischen Schecks an die Firma Conway, und er traute seinen Augen nicht. Es war Tessa Conways Unterschrift, die da auf dem Bildschirm flimmerte. Tessa! Das konnte nicht wahr sein! Sie hatte sich an ihn geschmiegt, sich ihm hingegeben, ihm sogar ihre Liebe gestanden und zur gleichen Zeit die Firma betrogen, für die er arbeitete.

Er strich sich mit einer Hand übers Gesicht. Verbittert gestand er sich ein, dass sie ihn nur benutzt hatte. Hatte sie denn wirklich geglaubt, er würde sie schonen, weil sie miteinander geschlafen hatten, und ihr Vergehen decken? Es gab sicherlich genug Männer, die ihretwegen ihre Karriere ruinieren würden, aber er gehörte nicht dazu!

Ich habe einen Narren aus mir machen lassen, dachte Bruce grimmig. Wie gut, dass ich noch nichts über meine Heiratspläne gesagt habe. Es war jedoch nur ein schwacher Trost, dass Tessa nicht ahnen konnte, wie sehr er sie liebte.

Kalte Wut ergriff ihn, wenn er sich ihren Triumph darüber vorstellte, wie einfach es für sie gewesen war, ihn zu hintergehen. Vor knapp einer Woche hatten sie sich erst kennengelernt, und schon hatte sie ihn um den Finger gewickelt. Er hätte sogar fast seinen Job aufgegeben, um mit ihr auf die Ranch zu ziehen und eine Familie zu gründen.

Es war wirklich unfassbar, zumal alle Hinweise längst vorhanden gewesen waren. Tessas Apartment war nicht luxuriös, aber bestimmt auch nicht billig. Sie fuhr ein neues Auto und trug teure Kleider. Und das alles, obwohl sie in solcher Armut aufgewachsen war, dass ihre Tante sie und ihre Mutter bei sich aufnehmen musste. Hatte sie die Gelder veruntreut, um sich gegen finanzielle Einbußen ähnlicher Art abzusichern?

Er stand auf und fuhr sich mit der Hand durchs Haar. Unbändiger Zorn flammte in ihm auf. Gleichgültig, welche Gründe Tessa gehabt hatte, sie war eine Diebin, und er war ein Dummkopf. Sein Verlangen nach ihr war so groß gewesen, dass er darüber seine Arbeit vernachlässigt hatte. Das war ihm noch nie passiert. Es würde lange dauern, bis er sich diesen Fehler verzeihen konnte.

„Herein“, sagte Bruce, als es an der Tür klopfte. Seiner Stimme war nicht anzumerken, wie zornig er war.

Evan trat ein. „Ich war bei Ralph und konnte nicht früher wegkommen", entschuldigte er sich, während er die Tür hinter sich zuzog. Ralph Little war der Chef der Datenverarbeitung. „Wie sieht's denn mit den Mikrofilmen aus, hast du die Schecks gefunden?"

Bruce wies auf den Schreibtisch. „Lies selbst."

Einen Moment lang sagte Evan gar nichts, dann meinte er leise: „Oh Nein." Sein Blick verriet seine Betroffenheit.

Bruce erwiderte nichts, presste die Lippen aufeinander und ging zum Fenster.

„Auf den Gedanken wäre ich im Traum nicht gekommen, nicht einmal, nachdem wir die gefälschten Rechnungen gefunden hatten. Ich hielt das für einen Zufall oder dachte allenfalls, dass sich jemand des Namens wegen der Ähnlichkeit mit Conmay bedient hat."

„Ja, ich auch." Allmählich hatte Bruce sich wieder unter Kontrolle.

Nach einer Pause fragte Evan: „Was wirst du tun?"

„Den Haftbefehl besorgen und Strafantrag stellen, was sonst?"

Das klang so kalt, dass Evan beschwichtigend die Hände hob. „Lass uns damit noch ein paar Tage warten. Vielleicht können wir ja mit Mr Carter reden."

„Nein. Unsere Anweisungen lauten, dass wir alle gesetzlichen Mittel anwenden sollen, und genau das habe ich vor."

„Verdammt, Bruce, es geht immerhin um Tessa."

„Ganz recht. Sie ist eine Betrügerin."

„Das bringe ich einfach nicht fertig", sagte Evan unsicher.

Bruce musterte ihn eisig. „Ich schon." Ihm war, als sei jedes Gefühl in ihm abgestorben. Er würde seine Pflicht erfüllen. Eigentlich sollte er Tessa sogar dankbar sein, denn die Erfahrung mit ihr zeigte ihm, wie richtig es gewesen war, Privat- und Geschäftsleben streng voneinander zu trennen.

Trotzdem quälten ihn die Erinnerungen an Tessa bereits jetzt so sehr, dass er sie nur unter Aufbietung aller Willenskraft verdrängen konnte. Schnell trat er an den Schreibtisch und schaltete die Sprechanlage zum Vorzimmer ein. „Verbinden Sie mich bitte mit dem Staatsanwalt, Helen."

„Mit dem Staatsanwalt?", wiederholte die Sekretärin irritiert.

„Ganz recht." Er sah auf und begegnete Evans verärgertem Blick.

„Wir haben zwar genügend Beweise, aber ich werde die Handschrift noch untersuchen lassen", erklärte Evan. „Dann wird es nicht schwer sein, eine Verurteilung zu erreichen. Lass sie trotzdem nicht an ihrem Arbeitsplatz verhaften."

Bruce' Miene verdüsterte sich. „Das hatte ich auch nicht vor, oder glaubst du, ich wollte sie demütigen?“ Ein plötzlicher Schmerz durchzuckte ihn wie ein Messerstich, und er schloss kurz die Augen. Nein, er plante keine öffentliche Bloßstellung. Im Gegenteil, er hätte sie lieber auf seine Art bestraft.

Er könnte sie zum Beispiel einfach nach Wyoming mitnehmen und sie dort einsperren, bis ihr die Lust zum Stehlen ein für alle Mal vergangen war. Er sehnte sich immer noch nach ihr, und das zu erkennen, schmerzte ihn mehr als die Tatsache, dass sie ihn die ganze Zeit ausgenutzt hatte.

Die Sprechanlage summte. „Mr Rutland, auf Leitung eins ist der Bezirksstaatsanwalt für Sie“, meldete sich Helen.

„Danke.“ Bruce nahm das Gespräch entgegen. Als er zehn Minuten später auflegte, hatte er ein flaues Gefühl im Magen. Nun nahmen die Dinge ihren Lauf. Er deutete auf die Unterlagen auf dem Tisch. „Das müssen wir dem Staatsanwalt vorlegen.“

„Wird gemacht.“

Evan war aschfahl im Gesicht, und Bruce fragte sich, wie er selbst wohl aussehen mochte. Er würde Tessa auf keinen Fall schützen, so weh ihm das auch tat. Wenn er es doch täte, wäre seine Karriere ruiniert. Dann würde er allerdings nicht kündigen können, sondern entlassen werden, weil er Joshua Carter hintergangen und die Anklage gegen Tessa hintertrieben hätte. Er verzog verbittert den Mund. Es war also schon so weit, dass er sich Gedanken machte, seinen Beruf aufzugeben, um Tessa aus einer Lage herauszuhelfen, in die sie sich selbst hineinmanövriert hatte.

„Bruce, ist alles in Ordnung?“, drang Evans Stimme wie von Weitem an sein Ohr.

Er merkte erst jetzt, dass er die Hände zu Fäusten geballt hatte, und zwang sich dazu, sie zu entspannen. „Mach dir keine Gedanken“, versuchte er Evan zu beruhigen. „Bring das Zeug zum Staatsanwalt, damit wir die Sache hinter uns haben.“

Beim Mittagessen mit Martha lächelte Tessa die ganze Zeit vor sich hin, und ihre Augen glänzten. Sie liebte Bruce, und seit gestern war sie sicher, dass er sie ebenfalls liebte, auch wenn er das nicht gesagt hatte. Offenbar war er noch nicht so weit, ihr seine innersten Gefühle zu offenbaren.

Wenn sie darüber nachdachte, konnte sie ihr Glück immer noch nicht fassen. Bruce' Liebe hatte ihr Leben, das ihr jetzt im Nachhinein fast etwas eintönig vorkam, gehörig durcheinandergebracht. Sie war Buchhalterin und zufrieden mit dem, was sie bisher erreicht hatte. Sie hatte keinen großen Ehrgeiz, Karriere zu machen, dafür verstand sie es umso besser, das Leben zu genießen. Genügte das wirklich, um einen Mann wie Bruce zu fesseln? Anscheinend war ihr das gelungen, daher konnten ihr die Gründe dafür egal sein. Hauptsache, er liebte sie.

„Du siehst glücklich aus", stellte Martha fest.

„Wirklich?" Tessa war erfreut, dass man es ihr ansah. Sie schwebte im Moment tatsächlich auf einer rosaroten Wolke.

Martha ließ nicht locker. „Demnach war das Wochenende ein Erfolg?"

„Mich wundert, wie schnell so etwas geht", überlegte Tessa laut und beantwortete damit indirekt Marthas Frage. „Ich habe immer angenommen, dass Liebe ganz allmählich wächst, so, wie man ein Haus Stein für Stein aufbauen muss."

„Na ja, Bruce Rutland wirkt nicht gerade geduldig. Und offensichtlich habe ich dich auch unterschätzt. Der Arme hatte nie eine Chance. Ich hätte nicht dich, sondern ihn warnen sollen. Also, wann wollt ihr heiraten?"

„Darüber haben wir noch nicht gesprochen", erwiderte Tessa fröhlich. Sie hatte nicht den geringsten Zweifel, dass sie bald auf dieses Thema kommen würden. „Falls er dieses Wochenende nicht arbeiten muss, nimmt er mich mit zu seiner Ranch in Wyoming."

„Du sollst also der Familie vorgestellt werden?"

„Na ja, zumindest seinem Vater. Die Ranch gehört den beiden."

„Dann ist ja schon alles geregelt. Somit sehen also wir beide einem herrlichen Wochenende entgegen."

Überrascht sah Tessa in Marthas strahlendes Gesicht und schaute rasch auf deren linke Hand. Die Freundin trug einen Ring mit einem funkelnden Brillanten. Tessa sprang auf, zog Martha hoch und nahm sie in die Arme. „Alte Geheimniskrämerin", rief sie lachend. „Du hast mir ja gar nicht erzählt, dass du dich verlobt hast. Wer ist es, Patrick?"

„Wie hast du das denn schon wieder herausbekommen?" Lächelnd nahm Martha wieder Platz.

Tessa setzte sich ebenfalls. „Darauf müssen wir anstoßen. Auf dich und Patrick." Sie hob ihr Glas mit Mineralwasser und Zitrone.

„Und auf dich und Bruce", erwiderte Martha und griff nach ihrer Teetasse. „So, und jetzt sag mir endlich, wie du das erraten hast."

„Das war nicht schwer. Von den drei Männern, die sich um dich bemüht haben, ist er zweifellos der netteste."

„Das stimmt. Ich danke dir für alles, Tessa, denn ohne deine Hilfe hätte ich ihn sicher nie kennengelernt."

„Unsinn. Patrick ist ein gewitzter Kerl. Er hätte dich auch ohne mich gefunden."

„Ohne deine Ratschläge, mein Äußeres vorteilhaft zu verändern, hätte er mich bestimmt gar nicht wahrgenommen. Zuerst habe ich kaum glauben können, dass er sich ernsthaft für mich interessiert. Und am letzten Wochenende hat er mir erzählt, dass er für zwei Jahre nach Brasilien muss, mir den Ring übergestreift und erklärt, er dächte nicht im Traum daran, so lange ohne mich zu leben. Nun soll ich kündigen und mit ihm gehen." Sie lachte leise auf. „Ich habe fast gestottert vor Angst, mein Ja nicht schnell genug über die Lippen zu bekommen."

Martha und Tessa hatten noch so viel zu bereden, dass sie fast zu spät ins Büro gekommen wären. Der Rest des Tages flog nur so dahin. Bruce hatte zwar nicht angerufen, um sich für den Abend mit ihr zu verabreden, aber Tessa war sicher, dass sie sich treffen würden.

Nach der Arbeit beeilte sie sich, nach Hause zu kommen, und holte das Rinderfilet aus dem Kühlschrank. Sie wusste nichts über Bruce' Tätigkeit, doch gestern hatte sie ihm angesehen, dass er erschöpft war. Wenn er etwas essen wollte, würden sie heute hierbleiben. Und wenn er nicht kommen konnte, weil er noch zu tun hatte, musste sie das Dinner eben allein genießen. Diesen Gedanken verdrängte sie rasch, denn die bloße Vorstellung reichte, um sich einsam zu fühlen.

Während sie das Fleisch zubereitete, dachte sie darüber nach, wie sehr sie sich verändert hatte. Vor Bruce hatte sie nicht gewusst, wie sinnlich sie war. Sie brauchte ihn nur anzusehen, und sofort wurde ihr heiß vor Sehnsucht. Ihr Verlangen nach ihm war so heftig, dass es sie beunruhigte. Ihr ganzes Denken und Fühlen kreiste nur noch um ihn. Wenn er mit ihr schlief, schwanden ihr beinahe die Sinne vor Lust, und sie verlor jegliche Kontrolle über sich.

Sie wollte für den Rest ihres Lebens jede Nacht neben ihm liegen, alles mit ihm teilen, eine Familie gründen und ihn lieben. Schon jetzt freute sie sich darauf, ihrer Tante davon zu erzählen.

In dem Moment fiel ihr ein, dass Tante Sylvia ja geschrieben hatte. Tessa hatte die Post aus dem Briefkasten geholt und im Wohnzimmer auf den Tisch gelegt. Nun lief sie hinüber und zog den dicken Luftpostumschlag aus Gatlinburg hervor.

Lächelnd las sie die Neuigkeiten, die Tante Sylvia schrieb. In den Bergen stand alles in Blüte, und die ersten Sommertouristen waren bereits eingetroffen. Der Puppenladen lief so gut, dass Tante Sylvia eine Hilfskraft einstellen musste. Außerdem war sie von einem Mann angesprochen worden, der die alte Farm in Sevierville kaufen wollte. Sie fragte in dem Brief, ob Tessa damit einverstanden wäre.

Bruce erwähnte sie erst im letzten Absatz. Tessa musste über die Worte ihrer Tante lachen. Ihr war klar gewesen, dass sich Tante Sylvia für ihn begeistern würde.

Plötzlich läutete es an der Haustür. Tessa legte den Brief auf die Couch und ging in den Flur. Das musste Bruce sein. Sie öffnete schwungvoll die Tür und sah erstaunt auf die Frau und den Mann, die davorstanden. Sie waren ihr unbekannt.

„Tessa Conway?“, fragte die Frau.

„Ja. Worum geht es?“

Die Frau hielt ihr eine Dienstmarke hin. „Ich bin Detective Madison vom Los Angeles Police Department, und das ist Detective Warnick. Wir haben einen Haftbefehl für Sie.“

Spät in der Nacht kehrte Tessa in ihr Apartment zurück und tastete sich im Dunkeln zur Couch. Sie setzte sich hin und hörte Papier knistern. Ohne nachzudenken, nahm sie es weg und legte es auf den Tisch. Es war Tante Sylvias Brief.

Tessa zitterte am ganzen Körper. Was ihr passiert war, las man normalerweise in der Zeitung. So etwas stieß einem nie selbst zu, und sie konnte es auch jetzt noch nicht fassen. Anfangs hatte sie Detective Madison einfach ausgelacht und von ihr wissen wollen, wer hinter dem Scherz steckte. Daraufhin hatte ihr die Frau ihre Rechte vorgelesen und freundlich, aber bestimmt darauf bestanden, dass sie ihre Handtasche holte und mit ihnen kam. Erst auf dem Rücksitz des unauffälligen Fahrzeugs war ihr schließlich klar geworden, dass es sich wohl nicht um einen Witz handelte, sondern bitterer Ernst war. Und das hatte sie völlig aus der Fassung gebracht.

Sie war wegen Unterschlagung festgenommen worden, hatte man ihr erklärt. Und das war nicht alles gewesen, doch obwohl sie sich bemühte, hatte sie nichts begriffen. Die Geschichte ergab in ihren Augen keinen Sinn. Sie war viel zu erschrocken und verblüfft gewesen, um ihre Umgebung richtig wahrzunehmen. Die Festnahme, die Feststellung der persönlichen Daten, das alles war mit einer so berufsmäßigen

Routine erledigt worden, dass ihr fröstelte. Sogar ihre Fingerabdrücke waren genommen worden, man hatte sie fotografiert, ausgefragt und gleichzeitig informiert. Mit einem Taschentuch, das irgendwo aufgetaucht war, sollte sie sich die schwarze Farbe von den Fingerspitzen wischen, und sie hatte sich dieser Aufgabe mit einer solchen Hingabe gewidmet, als gäbe es nichts Wichtigeres auf der Welt.

Erst der Einfall, Bruce anzurufen, hatte sie wieder etwas beruhigt. Er würde dieses Missverständnis klären, hatte sie gehofft. Es gab nichts, das Bruce nicht regeln konnte. Jedoch der Empfangschef von Bruce' Hotel sagte ihr, dass Mr Rutland Anweisung gegeben hatte, keine Gespräche zu ihm durchzustellen, und auch ihr Hinweis auf einen Notfall hatte den Mann an der Rezeption nicht erweichen können. In ihrer Verzweiflung hatte sie ihn aufgefordert, sie mit Evan Brady zu verbinden.

Evan hatte gleich nach dem zweiten Läuten den Hörer abgenommen und sich Tessas aufgeregte Erklärung angehört. Dann hatte er ruhig gesagt: „Bruce weiß Bescheid."

„Wieso, was ..., ach, egal", hatte Tessa stockend hervorgebracht. „Wann kann ich ihn erreichen?"

„Ich fürchte, gar nicht."

Plötzlich waren ihr die Knie weich geworden. „Wie meinen Sie das?"

„Ich ... Es tut mir leid, Miss Conway. Bruce hat selbst Anzeige gegen Sie erstattet."

Tessa durchlebte noch einmal, was danach passiert war.

Sie erinnerte sich nicht, ob Evan sich von ihr verabschiedet hatte. Irgendwann nahm ihr Detective Madison den Hörer aus der Hand und bot ihr ein weiteres Telefongespräch an, was vermutlich sogar gegen die Vorschriften verstieß. Tessa lehnte dankend ab. Wen hätte sie auch anrufen sollen, und welche Rolle spielte das jetzt noch?

Die restlichen Geschehnisse zogen wie ein Albtraum an ihr vorüber. Man drückte ihr einen Becher in die Hand, den sie lediglich dazu benutzte, sich die Finger zu wärmen. Man sagte ihr, dass sie vom Gericht einen Pflichtverteidiger gestellt bekäme, falls sie sich keinen eigenen Anwalt leisten könne. Sie schaute verwirrt auf und meinte, dass das nicht nötig sei.

Man gestattete ihr, ihre Bürgschaft selbst zu unterschreiben, und wollte sie dann wieder gehen lassen. Sie rührte sich jedoch nicht von der Stelle, blieb bis zu Detective Madisons Dienstschluss auf dem harten Stuhl sitzen und ließ sich dann von der Polizeibeamtin in deren Privatwagen nach Hause fahren.

Nun saß sie in ihrem Wohnzimmer und war nicht in der Lage, einen klaren Gedanken zu fassen. Schließlich rollte Tessa sich auf der Couch zusammen. Sie hatte keine Ahnung, wie sie das drohende Unheil von sich abwenden sollte. Es ist bestimmt alles nur ein böser Traum, sagte sie sich, und schlief kurz darauf ein.

Als Tessa aufwachte, schien die Sonne. Ohne auf die Uhr zu schauen, wusste sie, dass sie verschlafen hatte und sich beeilen musste, wenn sie nicht zu spät ins Büro kommen wollte. Erst unter der Dusche fiel ihr wieder ein, was gestern passiert war. Wahrscheinlich hat der Pförtner bereits Anweisung, mich nicht ins Gebäude zu lassen, überlegte sie. Falls es noch irgendetwas gab, auf das sie sich verlassen konnte, dann war das mit Sicherheit die Tatsache, dass sie ihren Job los war. Erst jetzt begann sie, die Konsequenzen der Ereignisse zu begreifen.

Nun kamen ihr zum ersten Mal die Tränen, und sie weinte hemmungslos, während sie sich automatisch wusch. Wie hatte das alles nur geschehen können? Sie hatte noch nie etwas gestohlen, das musste Bruce doch klar sein. Es gab nur eine Erklärung. Irgendjemand hatte absichtlich ihren Namen ins Spiel gebracht, um den Verdacht von sich abzulenken.

Natürlich, was sollte sonst dahinterstecken? Sie musste unbedingt mit Bruce reden. Wenn er so sicher war, dass sie Gelder veruntreut hatte, würde er handfeste Beweise dafür haben. Sie hoffte, ihn überzeugen zu können.

Plötzlich hatte sie es eilig. Sie drehte das Wasser ab, schlang sich ein Badetuch um die Hüften und lief zum Telefon. Bei Carter Engineering verband man sie mit Bruce' Büro, doch sie hatte lediglich Helen Weiss, Bruce' Sekretärin, am Apparat.

„Tut mir leid", sagte Helen. „Mr Rutland nimmt keine Gespräche an."

„Bitte", flehte Tessa. „Es ist wirklich sehr dringend."

„Es tut mir leid", wiederholte Helen. „Er hat ausdrücklich gesagt, dass er nicht mit Ihnen sprechen will."

Erschüttert legte Tessa den Hörer auf. Damit hatte sie nicht gerechnet.

Doch dann holte sie tief Luft und zwang sich, ruhig nachzudenken. Wenn Bruce sie am Telefon abwies, musste sie ihn heute Abend eben im Hotel treffen. Sie konnte nicht zulassen, dass er sie für eine Diebin hielt, und solange er ihr nicht ins Gesicht sagte, dass er sie selbst angezeigt hatte, würde sie das einfach nicht glauben. In der Zwischenzeit musste sie etwas zu ihrem eigenen Schutz unternehmen. Langsam gewann sie ihr angeschlagenes Selbstbewusstsein zurück. Sie hatte nicht vor, sich für eine Tat einsperren zu lassen, die sie nicht begangen hatte. Zuerst brauche ich jetzt einen Anwalt, sagte sie sich und holte das Telefonbuch.

Nachmittags traf sich Tessa mit Rechtsanwalt Calvin Stine zu einem Beratungsgespräch und schilderte ihm den Fall. Stine war ein kühl wirkender Mann Anfang dreißig und stand am Beginn einer vielversprechenden Karriere. Er schrieb sich alles auf, und obwohl Tessa vieles davon unwichtig zu sein schien, beantwortete sie bereitwillig alle Fragen.

Er erklärte ihr, dass dieser schwerwiegende Fall erst einmal vor den Untersuchungsrichter gebracht würde. Der musste dann entscheiden, ob genügend Beweise vorlagen, um eine Hauptverhandlung gegen Tessa zu eröffnen oder nicht. Ein Hoffnungsschimmer durchfuhr Tessa. Die Anklage würde bestimmt fallen gelassen werden. Sie konnte sich nicht vorstellen, dass sie genug Kraft hatte, eine Gerichtsverhandlung durchzustehen.

Als sie das Anwaltsbüro verließ, konnte sie sich kaum noch aufrecht halten, und ihr fiel ein, dass sie seit der Mittagspause gestern nichts mehr gegessen hatte. Da hatte sie noch mit Martha gescherzt und gelacht und wundervolle Zukunftspläne geschmiedet. Jetzt nahm Tessa nicht einmal mehr wahr, wie blau der südkalifornische Frühlingshimmel war.

Es war schon später Nachmittag, und Tessa nahm an, dass Bruce bald aus dem Büro ins Hotel kommen würde. Sie beschloss, dort eine Kleinigkeit zu essen. Aber vor lauter Aufregung brachte sie keinen Bissen hinunter, sondern blickte nur lustlos auf das Sandwich. Gelegentlich nippte sie an ihrem Mineralwasser und sah alle paar Minuten auf die Armbanduhr. Kurz nach fünf hielt sie es nicht mehr länger aus und zahlte. Sie konnte nur hoffen, dass Bruce pünktlich Schluss gemacht hatte.

Letzte Woche hatte er ihr seine Zimmernummer gesagt, damit sie ihn im Notfall erreichen konnte. Daher brauchte sie sich an der Rezeption nicht danach zu erkundigen. Sie fuhr mit dem Aufzug nach oben, fand das Zimmer und holte noch einmal tief Luft, bevor sie anklopfte.

Bruce öffnete sofort. Offenbar erwartete er Besuch, doch als er Tessa erkannte, wurde sein Blick abweisend. „Ich hätte nicht gedacht, dass du dich tatsächlich herwagst."

„Ich muss mit dir reden", sagte sie leise und kämpfte verzweifelt gegen die aufsteigenden Tränen an.

Er musterte sie äußerst kühl. „Warum? Du vergeudest lediglich deine und meine Zeit."

„Trotzdem", beharrte Tessa und wiederholte: „Ich muss mit dir reden."

Unwillig trat er einen Schritt zurück und machte die Tür weiter auf. „Na schön, bringen wir's hinter uns."

Eigentlich hatte sie sich vorgenommen, ihm sofort ihre Unschuld zu beteuern. Nun stand sie ihm gegenüber, sah seinen verächtlichen Gesichtsausdruck und brachte keinen Ton über die Lippen. Bruce wirkte vollkommen unbeteiligt, fast wie ein Fremder. „Evan Brady hat mir gesagt, dass du mich angezeigt hast. Stimmt das?"

„Ja." Er wandte sich ab, setzte sich auf die Schreibtischkante und schlug lässig die Beine übereinander.

„Warum hast du mich nicht wenigstens vorher gefragt?"

Bruce lachte trocken auf. „Hast du wirklich geglaubt, nur weil ich mit dir geschlafen habe, würde ich dich mit diesem Betrug davonkommen lassen? Nein, Darling, so blind macht mich die Liebe nicht. Ich hatte einen Job zu erledigen, wenn es auch schön war mit dir."

Ihr stockte der Atem, und ihr Herz klopfte so wild, dass sie meinte, er müsse es hören. Sprachlos sah sie Bruce an. Sie konnte es nicht glauben. So gemein würde er doch nicht sein, nach allem, was zwischen ihnen gewesen war. Langsam wich alle Farbe aus ihrem Gesicht, während sie seine Worte im Stillen wiederholte. Plötzlich kam ihr ein furchtbarer Verdacht. Sie zwang sich dazu, weiterzusprechen.

„Bitte sag mir noch eins. Hast du mich nur deshalb nach all den belanglosen Kleinigkeiten gefragt, die sich tagtäglich im Büro zutragen, um etwas über deinen Fall herauszufinden?"

„Nun, du hast uns die Nachforschungen leichter gemacht", erklärte er und lächelte spöttisch. „Vielleicht hätte ich deine zusätzlichen Angebote wirklich nicht annehmen sollen, aber die Versuchung war zu groß. Du bist eine äußerst reizvolle Frau, Tessa, und ich wollte, dass du dich sicher genug fühlst und mir nicht davonläufst."

Es fiel ihm immer schwerer, das ironische Lächeln beizubehalten. Er wollte sich auf keinen Fall anmerken lassen, dass es ihr beinahe gelungen wäre, ihn zu täuschen. Diesen Triumph wollte er ihr versagen. Trotzdem konnte er nicht verhindern, dass ihn ihre Zartheit und Schönheit beeindruckten. Wie hilflos sie wirkt, dachte er. Kaum zu glauben, dass diese Frau eine kühl berechnende Betrügerin war. Und dennoch hatte er den Beweis mit eigenen Augen gesehen.

„Noch etwas", sagte er möglichst beiläufig, damit sie nicht merkte, wie verbittert er war. „Sonntagnachmittag hast du mir ein bisschen den Kopf verdreht, sodass ich nicht mehr auf alles geachtet habe. Es ist zwar unwahrscheinlich, aber falls du schwanger sein solltest, gib mir bitte Bescheid." Er hielt inne. „Natürlich würde eine Schwangerschaft einiges ändern."

Tessa hatte sich nicht von der Stelle gerührt, aber sie war bleich geworden. „Nein", widersprach sie tonlos. „Nein, ich glaube nicht, dass das irgendetwas ändern würde." Sie drehte sich um und ging hinaus, ohne sich noch einmal nach Bruce umzuschauen.

7. KAPITEL

Noch nie hatte sich Tessa elender gefühlt als jetzt, da sie aus Bruce' Hotelzimmer kam. Der Schmerz saß tief und hatte sie bis in die Seele verwundet. Sie ging wie in Trance durch die Halle des Hotels, an dem Empfangschef vorbei, und merkte nicht einmal, dass er ihr kopfschüttelnd hinterherblickte.

Nicht nur, dass Bruce sie nicht liebte, er hatte sie außerdem auch noch missbraucht. Während sie gedacht hatte, dass sich zwischen ihnen eine ernsthafte Beziehung voller Vertrauen und Offenheit entwickelte, hatte er sie für seine Untersuchung benutzt. Die Liebe, derer sie sich so sicher geglaubt hatte, war nichts als Einbildung gewesen. Falls er überhaupt irgendetwas für sie empfunden hatte, war das ein rein körperliches Verlangen gewesen. Er hatte genommen, was sie ihm anbot, das war alles.

Tessa kam sich schmutzig vor. Selbst die Verhaftung und das Verhör waren nicht so schlimm gewesen wie Bruce' verletzende Worte.

Ziellos wanderte sie durch die Straßen, bis sie plötzlich überrascht feststellte, dass sie vor ihrer eigenen Haustür stand. Ein Blick auf die Uhr zeigte ihr, dass es noch nicht lange her war, dass sie Bruce verlassen hatte. Offenbar war sie auf direktem Weg nach Hause gegangen, ohne es zu merken.

Es hatte auch in der Vergangenheit Zeiten gegeben, in denen sie niedergeschlagen gewesen war. Doch sie hatte sich immer wieder erholt und die Freude am Lachen und am Leben wiedergefunden. Im Moment war ihr das Lachen gründlich vergangen, aber sie schwor sich, dass sie sich nicht unterkriegen lassen wollte.

Sie wollte sich nicht widerspruchslos für etwas vor Gericht stellen lassen, das sie nicht getan hatte. Sie würde alles tun, was in ihrer Macht stand, um ihre Unschuld zu beweisen. Bruce mochte ihre Gefühle mit Füßen treten, doch sie war noch nicht so weit, sich selbst aufzugeben. Schließlich wusste sie, dass sie keine Betrügerin war, und sie war entschlossen, mit diesem Problem fertig zu werden.

Und was ihre Liebe zu Bruce betraf, nun, die und ihre Gefühle und Erinnerungen musste sie vergessen. Denn wenn es ihr nicht gelang, das aus ihrem Gedächtnis zu streichen, würde sie wahrscheinlich verrückt werden.

Sobald Tessa an diesem Punkt ihrer Überlegungen angelangt war, wurde sie ruhiger und ging zum Telefon. Sie wollte mit dem einzigen

Menschen sprechen, der sie noch nie in ihrem ganzen Leben im Stich gelassen hatte.

„Ach, Liebes, wie schön, deine Stimme zu hören!“, rief Tante Sylvia erfreut aus, nachdem sich Tessa gemeldet hatte. „Was ist los, rufst du vielleicht zufällig wegen irgendwelcher Hochzeitspläne an?“

„Nein“, erwiderte Tessa und war selbst überrascht, wie sicher ihre Stimme klang. „Ich bin verhaftet worden und brauche deine Unterstützung, Tante Sylvia.“

Als Tessa das Gespräch fünf Minuten später beendete, hatte sie noch Tante Sylvias grimmige Versicherung im Ohr, dass sie am nächsten Tag bei ihr wäre. Das Gefühl, dass es da jemand gab, dem sie trauen konnte, tat Tessa nach der Enttäuschung mit Bruce gut.

Kaum hatte Tessa den Hörer aufgelegt, läutete es an der Tür. Sofort fiel ihr der gestrige Abend ein. Sie erstarrte bei dem Gedanken, dass sich die Ereignisse wiederholen würden.

„Tessa, ist alles in Ordnung?“ Es war Martha.

Wie viel mag sie wissen, dachte Tessa, während sie der Freundin benommen die Wohnungstür öffnete. Ob im Büro schon alles bekannt war?

Martha musterte sie besorgt, während sie eintrat. „Bist du krank?“, erkundigte sie sich. „Im Büro wusste niemand, warum du nicht gekommen bist. Ich habe in der Mittagspause versucht, dich anzurufen, konnte dich jedoch nicht erreichen. Wo warst du denn?“

Der Grund für ihre Abwesenheit hatte sich also noch nicht herumgesprochen, aber das war lediglich eine Frage der Zeit. „Möchtest du eine Tasse Kaffee?“, bot Tessa an.

„Ja, und eine Antwort bitte“, meinte Martha ungeduldig.

Tessa sah keinen Grund auszuweichen, schließlich hatte sie nichts Falsches getan. „Ich bin wahrscheinlich entlassen.“ Sie hatte zwar noch keine schriftliche Kündigung erhalten, doch sie war sicher, dass das bald nachgeholt wurde.

„Soll das ein Witz sein?“ Martha lief aufgeregt hinter der Freundin her in die Küche. „Wieso denn, und was ist mit Bruce?“

Scheinbar ungerührt kümmerte sich Tessa um den Kaffee. Dann erklärte sie gleichmütig: „Er hat mich wegen Unterschlagung verhaften lassen. Offensichtlich war er nur wegen der Ermittlungen an mir interessiert.“

Sie wandte sich um, damit sie Marthas Reaktion beobachten konnte. Im Stillen fragte sie sich, ob die Freundin jetzt wohl noch zu ihr halten würde.

„Du hast manchmal eine seltsame Art von Humor“, meinte Martha, die nicht glauben mochte, was Tessa ihr gerade gesagt hatte. Doch deren blasses Gesicht überzeugte sie schließlich, dass es sich hier nicht um einen Scherz handelte. „Warum denn, was hat sich dieser gemeine Schuft dabei gedacht? Jeder Idiot kann sehen, dass du keine Diebin bist. Wie kommt er nur auf so eine Schnapsidee? Hat er denn irgendwelche Beweise?“

„Keine Ahnung. Ich war heute beim Anwalt und hoffe, dass der etwas herausfindet.“

Martha sah die Verzweiflung in Tessas Blick, ging auf sie zu und nahm sie in die Arme. „Das ist ja schrecklich“, flüsterte sie voller Mitgefühl. „Dabei warst du gerade so glücklich. Dieser miese Typ, das ist wirklich keine Art, mit seinen Untergebenen umzugehen.“

Beide setzten sich an den Tisch und tranken Kaffee. Martha gab sich alle Mühe, die Freundin aufzuheitern, sah jedoch bald ein, dass das zwecklos war. „Im Büro ist jedenfalls noch nichts bekannt. Ich könnte beschwören, dass noch nicht einmal Perry Bescheid weiß.“

„Trotzdem werde ich nicht versuchen, irgendetwas zu vertuschen“, erklärte Tessa verbittert. „Ich bin keine Diebin, und ich werde mich auch nicht wie eine verhalten. Vielleicht haben Bruce und Evan Gründe, das alles geheim zu halten, aber von mir aus können es alle erfahren. Sag ruhig, was geschehen ist, und auch, dass ich mich wehren und dafür sorgen werde, dass diese Sache ausgefochten wird, bis alles geklärt ist.“

Martha sah sie erstaunt an. „Ich soll das herumerzählen?“

„Warum nicht? Angriff ist die beste Verteidigung.“

„Aha, du willst Bruce etwas zu denken geben, nicht wahr?“

„Nein, mir ist völlig egal, was er denkt. Ich will, dass die Wahrheit herauskommt. Und zwar so schnell wie möglich.“

Nachdem Martha sich verabschiedet hatte, verriegelte Tessa die Haustür. Sie zog sich aus, duschte und ging ins Schlafzimmer. In der Tür blieb sie abrupt stehen. Nach dem, was heute alles vorgefallen war, mochte sie sich nicht in das Bett legen, in dem sie mit Bruce geschlafen hatte. Stattdessen holte sie sich Decken und Kissen, kehrte damit ins Wohnzimmer zurück und rollte sich wie in der Nacht zuvor auf der Couch zusammen.

Mit weit geöffneten Augen blickte Tessa in die Dunkelheit und fragte sich, warum sie keine Wut verspürte. Sie wusste, dass Wut ihr eine Menge Kraft gäbe, und Kraft brauchte sie jetzt. Doch alles, was sie empfand, war ein so dumpfer Schmerz über Bruce' Verrat, dass sie nicht einmal mehr weinen konnte.

Diese Nacht war schlimmer als die vorherige. Da hatte Tessa wenigstens geschlafen. Heute dagegen lag sie wach und wurde von ihren bedrückenden Gedanken geplagt, bis sie es gegen Morgengrauen nicht mehr aushielt und aufstand.

Nachdem sie sich gezwungen hatte, zum Frühstück wenigstens eine Scheibe Toast zu essen, wusste sie nichts mit sich anzufangen. Daher fuhr sie kurzerhand zum Flughafen und vertrieb sich die Zeit bis zu Tante Sylvias Ankunft im Café. Pünktlich um halb zwei landete das Flugzeug, und sobald Tessa ihre Tante auf sie zukommen sah, war ihr, als hätte sie ihr bereits einen Teil der Last von den Schultern genommen.

„Tessa, Darling!", begrüßte Tante Sylvia sie, und die beiden Frauen umarmten sich herzlich.

„Ich bin froh, dass du da bist", sagte Tessa schlicht.

„Das ist doch selbstverständlich. Ich bleibe, solange du mich brauchst. Mein Laden in Gatlinburg läuft auch ganz gut ohne mich."

Auf dem Weg zur Gepäckausgabe und danach zum Auto machte sie Tessa klar, dass sie nicht vorhatte, kampflos zuzusehen, wie man ihre Nichte unschuldig hinter Gitter brachte. Als Erstes wollte sie den Anwalt kennenlernen, den Tessa aufgesucht hatte, und prüfen, ob sich dieser angemessen für Tessa einsetzen würde.

Gegen Mittag wussten bereits alle Angestellten im Büro von Carter Engineering, dass Tessa Conway wegen Betrugs verhaftet worden war, und Bruce tobte innerlich. Er hatte Tessa dieses Gerede ersparen wollen, was ihm trotz aller Geheimhaltung nicht gelungen war. Außer ihm wusste nur noch Evan, was geschehen war, und eventuell noch Helen, die als intelligente Frau sicherlich in der Lage war, die richtigen Schlüsse zu ziehen. Beide versicherten ihm jedoch, dass sie nichts verraten hätten.

„Heute Morgen bin ich bestimmt schon zehnmal danach gefragt worden", erklärte Helen. „Soll ich versuchen, den Verursacher des Tratsches herauszufinden?"

„Das ist eine gute Idee", meinte Bruce knapp. Ihr würde das eher gelingen als ihm. Er spürte das Misstrauen, das ihm überall entgegenschlug.

Eine halbe Stunde später kam Martha Billingsley in sein Büro und blieb mit vor der Brust verschränkten Armen vor seinem Schreibtisch stehen. „Ich habe gehört, Sie möchten herausfinden, wer die Neuigkeiten über Tessa verbreitet hat“, sagte sie feindselig. „Das war ich.“

Bruce stand auf und musterte die kleine Person, die seinen Blick unerschrocken erwiderte. „Ich dachte, Sie wären Tessas Freundin“, erwiderte er schließlich kühl.

„Richtig, und deshalb sorge ich dafür, dass jeder erfährt, wie übel ihr mitgespielt wurde. Tessa hat in ihrem ganzen Leben noch nicht einen Cent gestohlen. Und wenn Ihnen nicht passt, was ich sage, setzen Sie mich am besten auch gleich vor die Tür.“

Er überging die letzte Bemerkung. „Wer hat es Ihnen erzählt?“

„Tessa.“

Damit hatte er nicht gerechnet, im Gegenteil. Er hatte erwartet, dass sie alles unternehmen würde, um die Sache zu vertuschen. „Hat sie Sie angerufen?“

„Nein, ich habe sie gestern Abend zu Hause besucht.“

Bruce zwang sich, ruhig zu bleiben. Tessas erschütterte Miene während ihres gestrigen Gesprächs kam ihm in Erinnerung. Ihr Gesicht war schneeweiß gewesen. Ein vager Zweifel nagte in ihm, ob er Tessa wirklich richtig beurteilte.

„Wie geht es ihr?“, erkundigte er sich rau.

„Wollen Sie das wirklich wissen?“

„Ich würde sonst nicht danach fragen.“

Martha ließ sich nicht einschüchtern. „Wenn Sie das so sehr interessiert, gehen Sie doch zu ihr und fragen sie selbst, falls Sie dazu kommen. Ich an Tessas Stelle würde Ihnen nämlich noch nicht einmal die Tür aufmachen.“ Sie drehte sich um und stürmte empört davon.

Bruce gestand sich ein, dass er Respekt vor Marthas Haltung hatte. Nur wenige waren so mutig, ihm offen die Meinung zu sagen.

Nachdenklich sah er zum Fenster hinaus. Rechnete Tessa vielleicht damit, dass die Anklage fallen gelassen würde, wenn die anderen Angestellten sie unterstützten? Wer konnte ahnen, was in ihrem Kopf vorging? Sie war eine gerissene Betrügerin und hatte es immerhin geschafft, Bruce völlig für sich einzunehmen, bevor ihm die Tatsachen die Augen geöffnet hatten. Dabei hatte sie ihre Rolle so überzeugend gespielt, dass er auch jetzt noch nicht in der Lage war, ihr widersprüchliches Verhalten zu begreifen.

Ob er es wahrhaben wollte oder nicht, er sehnte sich noch immer nach ihr.

Während Tessa das Bett frisch bezog, erklärte sie ruhig: „Ich überlasse dir das Schlafzimmer und nehme die Couch."

„Das kommt überhaupt nicht infrage", widersprach Tante Sylvia sofort. „Ich kann gut auf dem Sofa schlafen."

„Du schon, aber auf keinen Fall wir beide." Tessa sah nicht auf. „Ich kann hier nicht mehr schlafen, seit ..." Sie verstummte und arbeitete geschäftig weiter.

Sylvia beobachtete ihre Nichte und stellte besorgt fest, wie sehr sich diese verändert hatte. Das lag gewiss nicht nur an der Verzweiflung über die Verhaftung, auch wenn so ein Erlebnis sicher reichen würde, um selbst aus dem ausgeglichensten Menschen ein Nervenbündel zu machen. Tessa dagegen war unnatürlich gelassen, fast schon gleichgültig, und alle Lebensfreude schien erloschen. Es schmerzte Sylvia zu sehen, wie ihre Nichte litt, auch wenn sie wusste, dass so etwas vorbeiging. Sie strich behutsam über die Laken, dann sah sie Tessa an.

„Hast du mit ihm geschlafen?"

„Ja", erwiderte Tessa nach kurzem Zögern. „Ich dachte, er liebt mich." Sie lächelte tapfer. „Es ist alles in Ordnung, ich werde darüber hinwegkommen."

„Bist du sicher?"

„Ja, es geht mir heute Morgen schon besser." Sie versuchte, zuversichtlich zu klingen, doch es gelang ihr nur schlecht.

Plötzlich läutete das Telefon, und sie fuhr erschrocken hoch. Ihr Gesicht war verschlossen, und sie bat leise: „Gehst du ran?"

Sylvia ging ins Wohnzimmer und nahm langsam den Hörer ab. „Hallo?"

Tessa strich rasch noch einmal über die Bettdecke, lief ins Bad und drehte den Wasserhahn auf, damit sie nicht mehr hören konnte, was Tante Sylvia sagte. Nach einer Weile klopfte diese an die Tür, und Tessa drehte das Wasser wieder ab.

„Es war deine Freundin Martha. Ich soll dich grüßen", berichtete Sylvia und überlegte, ob sie mehr von dem Gespräch erzählen sollte. Aber da Tessa deutlich zu verstehen gegeben hatte, dass sie nicht über Bruce reden wollte, schwieg sie.

„Danke", sagte Tessa leise. Sie ging zum Telefon und zog den Stecker aus der Anschlussdose.

Am nächsten Tag hatte Tessa einen Termin bei ihrem Rechtsanwalt, und Sylvia begleitete sie. Falls Calvin Stine etwas gegen die Gegenwart der Tante einzuwenden hatte, ließ er das nicht erkennen. Er musterte Tessa nur ein bisschen eindringlicher als beim letzten Treffen.

„Ich habe mit dem Staatsanwalt gesprochen, Miss Conway. Demnach handelt es sich bei Ihrem Vergehen um eine ganz klare Sache."

Also glaubte er nicht mehr an ihre Unschuld. Tessa wurde es eiskalt. „Ich habe das Geld nicht genommen", sagte sie tonlos. „Das ist jemand anderes gewesen."

„Tja, dann hat dieser Jemand es sehr gut verstanden, den Eindruck zu erwecken, dass Sie es getan hätten."

„Können Sie diese Person nicht ermitteln?", schaltete sich Sylvia ein.

„Nein, Madam, dafür braucht man einen Privatdetektiv. Meine Aufgabe ist die juristische Beratung und Verteidigung Ihrer Nichte vor Gericht. Ich muss die Beweise der Anklagevertretung widerlegen oder die Jury wenigstens dazu bewegen, daran zu zweifeln."

„Und wenn sich meine Unschuld nur dadurch beweisen lässt, dass der Schuldige gefunden wird?", fragte Tessa.

„Ich fürchte, Sie haben zu viele Kriminalromane gelesen, Miss Conway. Hier geht es um einen Diebstahl per Computer, da gibt es weder gekennzeichnete Banknoten noch Fingerabdrücke oder gar eine Tatwaffe. Offenbar hat sich alles innerhalb einer elektronischen Datei abgespielt."

„Unter meinem Namen?"

„Richtig", bestätigte Calvin Stine gelassen.

Tessas Stimme war ebenso beherrscht wie seine. „Nun gut, und wo ist das Geld, was habe ich damit gemacht?", fragte sie eiskalt. „Oder glauben Sie, ich stehle Geld, um es zu sammeln, statt auszugeben?"

„Das ist oft genug vorgekommen. Wenn es unter einem anderen Namen angelegt oder auf irgendwelchen fremden Sparkonten untergebracht wird, kann der Betrüger davon ausgehen, dass er es sich nach einem kurzen Gefängnisaufenthalt wiederbeschaffen und damit verschwinden kann."

„Dann kann ich also nur noch hoffen, dass der Schuldige gesteht", stellte Tessa leise fest.

„Ja, aber das wird er nicht tun. Warum sollte er auch?"

Tessa stand auf. „Nun, dann werde ich eben etwas unternehmen müssen", sagte sie höflich. „Vielen Dank für das Gespräch. Ich möchte Sie jetzt nicht länger aufhalten."

Er erhob sich ebenfalls. „Was haben Sie denn vor?"

„Ich werde meine Unschuld beweisen."

„Und wie wollen Sie das anstellen?"

„Indem ich den wahren Dieb finde. Ich kenne jemanden, der mir dabei helfen kann."

Im Auto meinte Sylvia verärgert: „Tessa, der Anwalt taugt nichts. Ich denke, wir suchen einen neuen."

„Das würde nichts ändern, Tante Sylvia." Tessa wartete auf eine Lücke im Verkehr und beschleunigte heftig. „Mr Stine war nur ehrlich, und das ist mir lieber, als wenn jemand bloß vorgibt, mir zu glauben."

„Du hast gewiss recht", gab die Tante zögernd zu. „Und an wen willst du dich wenden?"

„An Sammy Wallace. Er ist ein Computergenie. Falls jemand in der Lage ist, einen Betrüger per Computer zu ermitteln, dann er. Andererseits möchte ich seinen Job nicht gefährden. Er arbeitet bei Carter Engineering, und wenn jemand herausbekommt, dass er mir helfen will, wird ihm bestimmt gekündigt."

„Frag ihn trotzdem, das ist schließlich seine Entscheidung. Sicher will er nicht zusehen, wie du unschuldig ins Gefängnis wanderst."

Das sah Tessa genauso. Außerdem blieb ihr sowieso nichts anderes übrig, wenn sie ihre Freiheit behalten und den Schuldigen überführen wollte. Ohne Sammy hätte sie nicht die geringste Chance. Sie war sich sicher, dass er ihr sofort helfen würde.

Zu Hause drängte Tante Sylvia sie so lange, bis Tessa endlich eine richtige Mahlzeit zu sich nahm. Beim Abwasch unterhielten sie sich über den Laden in Gatlinburg und die vielen Freunde, die Tessa in Tennessee hatte. So vertrieben sie sich die Zeit, bis Sammy vom Büro zurückgekommen sein musste.

Tessa rechnete damit, dass Sammy sein neues Programm ausprobierte, und wartete geduldig, bis er endlich den Hörer abhob. Sein Telefon hatte mindestens zwölfmal geläutet. „Ja?", meldete er sich geistesabwesend.

„Hallo, hier ist Tessa."

„Tessa! Wie geht es dir? In der Firma erzählt man sich …"

„Ja, das stimmt", unterbrach ihn Tessa. „Ich bin wegen Betrugs verhaftet worden."

„Was für ein Unsinn."

„Sammy, ich bin unschuldig."

„Natürlich, das weiß doch jeder. Oder glaubst du, dass ausgerechnet ich auf dieses dumme Gerede hereinfalle?"

„Nein, selbstverständlich nicht“, versicherte ihm Tessa. „Ich brauche deine Hilfe, Sammy. Allein kann ich den Schuldigen nicht finden, dafür kenne ich mich nicht genug mit Computern aus. Aber wenn jemand merkt, dass du auf meiner Seite bist, kann dich das den Job kosten. Falls du dich also lieber heraushalten möchtest, könnte ich das gut verstehen.“

„Ich komme zu dir“, erklärte er mit überraschender Entschlusskraft. „Wo wohnst du?“

Sie beschrieb ihm den Weg und legte den Hörer auf. Seine spontane Hilfsbereitschaft ließ sie aufatmen, und sie dachte flüchtig: Wenn Bruce doch ... Sie brach die Überlegung sofort wieder ab. Das half ihr nicht weiter.

Wenig später stand Sammy vor ihr. Sein Haar war zerzaust wie immer, aber die übliche Schüchternheit schien verschwunden. Er drückte Tessa kurz an sich. „Mach dir keine Sorgen“, meinte er zuversichtlich. „Ich kriege schon heraus, wer das getan hat. Du möchtest, dass ich die Computer überprüfe, nicht wahr?“

„Ja, aber das wird nicht leicht sein“, warnte sie ihn.

Sammy lachte, und Tessa vermutete, dass ihn diese Herausforderung gerade reizte.

„Erzähl mir alles, was du weißt“, bat er.

Man hatte ihr zwar keine Einzelheiten anvertraut, doch sie hatte immer wieder über alles nachgedacht und sich dadurch einiges zusammenreimen können. Unter den echten Konten im Speicher musste ein Scheinkonto errichtet worden sein, und irgendjemand hatte den Computer angewiesen, Schecks auf dieses Konto auszustellen. Die Schecks waren dann einem Bankkonto gutgeschrieben worden, von dem der Betrüger gefahrlos Geld abheben konnte. Tessa wusste allerdings nicht, auf wessen Name das Schwindelkonto lautete, und diese Informationslücke missfiel Sammy sehr.

„Ohne den Namen habe ich keine Ahnung, wo ich anfangen soll“, stellte er bedauernd fest.

Daraufhin riet Sylvia trocken: „Dann erkundigen Sie sich doch nach dem Namen.“

Sammy sah sie verwirrt an, dann grinste er über das ganze Gesicht. „Sie meinen, ich soll zu Mr Rutland selbst gehen und ...“

„Nein“, fiel Tessa ihm ins Wort. „Dann bist du deinen Job sofort los. Niemand darf von unserer Zusammenarbeit erfahren.“

„Das ist auch gar nicht nötig. Ich höre mich einfach mal ein bisschen im Büro um.“ Nach einer kurzen Pause fuhr er fort: „Vorher schaue ich mir einmal die Computer in der Firma an. Mr Brady und Mr Rutland haben auch in den Programmen herumgestöbert, bevor sie die Sache mit dem falschen Konto herausgefunden hatten. Dabei werden sie Spuren hinterlassen haben, anders ist das gar nicht möglich. Wenn ich damit keinen Erfolg habe, kann ich immer noch die Leute ausfragen. Irgendjemand weiß bestimmt Bescheid, zum Beispiel Perry. Du arbeitest schließlich in seiner Abteilung.“

Jetzt nicht mehr, verbesserte Tessa im Stillen. Das gehört, wie so vieles, der Vergangenheit an.

In diesem Moment schrillte das Telefon, und Sylvia nahm das Gespräch entgegen, während Tessa sich an Sammy wandte: „Wie geht es Hillary?“

„Keine Ahnung. Ich habe den Eindruck, dass sie mir böse ist, obwohl ich nicht weiß, warum.“

„Vielleicht solltest du ihr ein bisschen mehr Beachtung schenken“, empfahl Tessa, die es einfach nicht lassen konnte, sich um ihn zu kümmern.

„Wie meinst du das? Soll ich etwa mit ihr ausgehen?“

„Warum nicht? Sie wird dich schon nicht beißen. Du magst sie doch, oder nicht?“

„Schon, aber Hillary sieht in mir nur den guten Kumpel.“

Nachsichtig lächelnd versicherte ihm Tessa: „Das tut sie nicht, verlass dich auf mich. Lad sie ruhig mal ein.“

Sylvia hatte das Telefongespräch beendet und kehrte zu den beiden zurück. Besorgt erzählte sie: „Zu Hause gibt es Schwierigkeiten. Ich habe deine Telefonnummer im Geschäft hinterlassen, damit ich erreichbar bin.“

„Ist denn etwas danebengegangen?“, erkundigte sich Tessa.

„Ja, so ziemlich alles. Erst ist eine dringend benötigte Warensendung nicht eingetroffen, dann hat es letzte Nacht so gestürmt, dass nun das Dach undicht ist, und heute hat der Hund einer Kundin die Puppe zerfetzt, die sie ihrer Enkelin zum Geburtstag schenken wollte. Es war eine Spezialanfertigung. Nun will die Frau bis Sonntag eine neue haben.“

Tessa zögerte. „Ich glaube, du fliegst besser zurück.“

„Nein, damit muss mein Personal allein zurechtkommen. Ich will dich jetzt nicht allein lassen.“

„Du kannst ja jederzeit wiederkommen. Die gerichtliche Voruntersuchung ist frühestens in zwei Wochen. So lange ist hier ohnehin nichts los."

Sylvia war im Zwiespalt. Einerseits wusste sie, dass Tessa recht hatte, andererseits wollte sie ihr helfen. Wenn ihre Nichte wütend gewesen wäre, geweint oder Bruce Rutland verflucht hätte, wäre Sylvia unbesorgt abgereist, doch sie wusste, dass Tessa alle Gefühle unterdrückte, sie hinter einer undurchdringlichen Miene verbarg und mit betont beherrschtem Verhalten überspielte. Und ganz tief in Tessas Innerstem bohrte der Schmerz über das erlittene Unrecht und die betrogene Liebe. Mr Rutland hat einiges auf dem Gewissen, dachte Sylvia kalt.

„Du brauchst dir meinetwegen keine Gedanken zu machen", beteuerte Tessa. „Ruf ruhig das Flughafenbüro an und buch für morgen einen Rückflug. Sobald du alles geregelt hast, kannst du gern wiederkommen. Martha und Sammy sind ja auch noch da, also bin ich nicht ganz allein."

Sammy unterstützte sie. „Richtig, ich werde Tessa täglich anrufen und besuchen, das verspreche ich."

„Na gut", gab Sylvia nach. „Und ich werde mich ebenfalls jeden Abend melden."

Das bedeutete, dass Tessa wieder ans Telefon gehen musste, aber das war nicht so schlimm. Bruce würde sowieso nichts von sich hören lassen.

8. KAPITEL

Schweißgebadet wachte Bruce auf, trat das verhedderte Laken beiseite und schwang die Beine über die Bettkante. Sein Herz klopfte heftig, und er atmete so schwer, als hätte er einen anstrengenden Dauerlauf hinter sich. Er hatte geträumt, und die Bilder hatten grauenhaft echt gewirkt. Das Schlimmste daran war, dass dieser Traum Wirklichkeit werden würde.

In seinem Traum war Tessa verurteilt und abgeführt worden. Sie hatte einen grob geschnittenen blauen Kittel angehabt, der wie eine Uniform ausgesehen hatte, und war so blass gewesen, dass er gefürchtet hatte, sie könnte jeden Augenblick zusammenbrechen. Zwei stämmige Gefängniswärterinnen hatten sie in die Mitte genommen, und sie waren davongegangen, ohne dass Tessa sich noch einmal nach ihm umschaute. Die drei hatten einen schwarzen Tunnel betreten, und sobald sie verschwunden waren, wurde ein schweres Eisengittertor hinter ihnen ins Schloss geworfen und verriegelt. Die Gewissheit, dass er sie nie wiedersehen würde, hatte ihn entsetzt auffahren lassen.

Die Vorstellung, dass das alles in Kürze eintreten würde, war entsetzlich. Bruce wurde schlagartig klar, dass es gar keine Rolle spielte, ob Tessa eine Betrügerin war oder nicht. Er liebte und brauchte sie und würde die wenigen wundervollen Erinnerungen an sie für den Rest seines Lebens nicht mehr aus dem Gedächtnis streichen können. Sie war ja nicht nur einfach eine schöne Frau, sondern auch charmant, geistreich und witzig. Er liebte ihr Lachen, die Art, sich zu bewegen, den scharfen Verstand und ihre leidenschaftliche Hingabe.

Vor einer Woche hatte er Tessa verhaften lassen, und seitdem litt er jeden Tag mehr darunter, sie nicht mehr zu sehen. Anfangs war er lediglich verletzt und betroffen gewesen. Dann hatte er nichts als kalte Wut verspürt, und zuletzt hatte er sich voller Entrüstung geschworen, dass er zu stolz war, um ihr noch einmal die Gelegenheit zu geben, einen Narren aus ihm zu machen. Plötzlich war ihm das alles nicht mehr so wichtig im Vergleich zu der Aussicht, sie nie mehr zu sehen, falls er zuließ, dass sie vor Gericht gestellt und verurteilt wurde. Das Einzige, was in diesem Moment für ihn zählte, war der Wunsch, sie in seinen Armen zu halten. Er würde schon dafür sorgen, dass sie nie wieder in eine solche Situation geriet.

Dieser Gedanke vermittelte Bruce zum ersten Mal seit Langem ein Gefühl der Ruhe. Auf einmal wusste er genau, was er tun musste, obwohl ihm klar war, dass das nicht einfach war. Er würde gleich den ersten Flug nach San Francisco buchen.

Etwas später schlief er zwar wieder ein, doch sein Vorhaben ließ ihn früh aufwachen. Er brauchte nicht lange zu packen, da er gegen Abend wieder zurück sein wollte. Nachdem er geduscht, sich rasiert und am Flughafen angerufen hatte, wählte er Evans Nummer.

„Ich werde heute Vormittag mit Joshua reden", kündigte er an.

„Ist etwas passiert?"

„Ja, ich will nicht, dass Tessa ins Gefängnis kommt."

Erleichtert meinte Evan: „Na, endlich. Was wirst du dem Alten erzählen? Er war wild entschlossen, diesen Fall zu einem warnenden Beispiel für eventuelle Nachahmer zu machen."

„Das ist mir klar." Bruce hatte sich schon einen Plan zurechtgelegt, wie man Joshua Carter entschädigen und Tessa die Strafe ersparen konnte. Falls Joshua damit nicht einverstanden sein sollte, wusste Bruce, was zu tun war.

„Hast du schon mit Tessa gesprochen?"

„Nein. Ich möchte es ihr noch nicht sagen." Er hielt es für besser, sie noch einen Tag länger im Ungewissen zu lassen, denn es schien ihm schlimmer, wenn sie sich Hoffnungen machte und dann voller Spannung auf Nachricht wartete.

„Na ja, dann wünsche ich dir viel Erfolg", meinte Evan aufrichtig. „Leicht wird das aber nicht, den alten Joshua umzustimmen."

„Wahrscheinlich hast du recht." Bruce legte den Hörer auf und lächelte, als er daran dachte, wie viel Unterstützung Tessa bei ihren Kollegen hatte. Man mied ihn, Bruce, wie die Pest. Martha Billingsley schaute ihm regelrecht hasserfüllt nach, wenn er ihr begegnete, und er hatte manchmal das Gefühl, dass jemand in den Unterlagen auf seinem Schreibtisch herumgestöbert hatte, während er nicht da gewesen war.

Der Spion war sehr mutig, denn er musste mit fristloser Kündigung rechnen, falls er auf frischer Tat ertappt wurde. Die Suche war allerdings von vornherein zum Scheitern verurteilt, denn Bruce bewahrte alle wichtigen Dokumente in seiner Aktentasche auf, und die Beweisstücke gegen Tessa waren längst beim Staatsanwalt.

Kurz vor Mittag schlenderte Bruce über den mit taubenblauem Veloursboden ausgelegten Flur des Carter-Marshall-Gebäudes.

„Was für eine Überraschung", begrüßte ihn Joshua Carters Sekretärin, als er das Vorzimmer betrat. „Haben Sie heute einen Termin, Mr Rutland?"

„Nein, ich komme unangemeldet“, erwiderte er etwas unwirsch, doch dann lächelte er freundlich zurück. Donna hatte ihm schon so manchen Gefallen getan.

„Ist alles erledigt? Ich meine, bis die nächste Krise ausbricht?“

„Nein. Ich muss dennoch unbedingt mit Joshua reden. Es ist dringend.“

Donna zögerte. „Na ja, eigentlich ist er zum Lunch verabredet, aber ich werde die Leute einfach ein bisschen hinhalten. Gehen Sie ruhig hinein.“

„Danke. Dafür überlege ich mir auch ein ganz besonders hübsches Geschenk zu Ihrer nächsten Hochzeit.“

„Der Himmel bewahre mich vor einer solchen Torheit“, wehrte Donna hastig ab. Sie war erst vor Kurzem geschieden worden.

Bruce klopfte einmal kurz an, dann öffnete er die Tür.

Irritiert schaute Joshua Carter von seinem Schreibtisch auf. Als er Bruce erkannte, lächelte er. „Ich hätte mir denken können, dass Sie es sind. Alle anderen warten wenigstens mein ‚Herein‘ ab. Ich hatte nicht damit gerechnet, dass Sie bereits hier sind. Wie sieht es in Los Angeles aus, haben Sie alles regeln können?“

Wortlos legte Bruce seine Aktentasche auf einen Stuhl und trat an die Bar am anderen Ende des Zimmers. Nachdem er sich aus der dort stets bereitstehenden Thermoskanne eine Tasse Kaffee eingeschenkt hatte, drehte er sich um und sah seinen Vorgesetzten an. Joshua Carter war mittelgroß, untersetzt, und sein graues Haar begann sich zu lichten. Er trug eine Brille, doch der wache Blick ließ keinen Zweifel daran, dass er ein gefährlicher Gegner sein konnte.

„Ich möchte Ihnen einen Handel vorschlagen“, erklärte Bruce.

Joshua wurde misstrauisch. „Wie darf ich das verstehen?“

„Die Anklage gegen die Betrügerin bei Carter Engineering wird fallen gelassen und der fehlende Betrag in voller Höhe ersetzt.“

„Niemals!“, rief Joshua entrüstet aus. Er hatte sich erhoben und stützte sich mit beiden Händen auf den Schreibtisch.

Diese Antwort hatte Bruce erwartet. „Ich will nicht, dass sie eingesperrt wird“, erklärte er ruhig.

Joshua beobachtete ihn kurz, dann war ihm klar, worum es ging. „Sie haben gefühlsmäßige Gründe dafür, stimmt’s?“

„Ja.“

„Ich hätte nie gedacht, dass ich so etwas bei Ihnen einmal erleben würde“, meinte Joshua. Er ging an die Bar hinüber und setzte sich auf einen Barhocker. „Jetzt brauche ich auch erst einmal einen Kaffee."

Nachdem Joshua einen Schluck getrunken hatte, erklärte er kühl: „Ich habe nicht vor, die Frau mit einem Klaps aufs Handgelenk davonkommen zu lassen. Wie viel Dollar fehlen, fünfzigtausend?"

„Vierundfünfzigtausend", verbesserte Bruce.

„Wofür hat sie das Geld ausgegeben, für Schmuck und teure Kleider?"

Das wusste Bruce selbst nicht. Tessa trug wenig Schmuck, und sie zog sich gut an, aber ihre Garderobe hatte sicherlich keine vierundfünfzigtausend Dollar gekostet. Er hob die Schultern. „Sie bekommen das Geld zurück."

„Also hat sie es noch?"

„Keine Ahnung. Wenn nicht, kriegen Sie es von mir."

Joshua musterte ihn missbilligend. „Na, da legen Sie sich aber ein teures Spielzeug zu."

„Ich habe nicht vor, mit ihr zu spielen", erwiderte Bruce knapp.

„Ach so." Joshua mochte Bruce wirklich gern, denn der war aus dem gleichen Holz geschnitzt wie er. Ein Mann, der sich durch nichts von seinem Job ablenken ließ, sich zumindest nie hatte ablenken lassen, bis er diese Frau kennengelernt hatte. „Sie muss wohl etwas ganz Besonderes sein."

„Das ist sie auch. Alle Angestellten der Carter Engineering in Los Angeles sind empört über meine Anzeige. Selbst Evan schleicht durch die Gegend wie ein geprügelter Hund." Bruce fuhr sich mit der Hand durchs Haar. „Und mir geht's schlechter als allen anderen zusammen", gestand er leise.

„Verraten Sie mir eins, Bruce. Warum sollte ich Ihrem Vorschlag zustimmen und die Anzeige gegen die Betrügerin zurückziehen? Warum soll sie nicht für ihre Tat bezahlen?"

„Das hat sie bereits getan." Er dachte daran, wie blass sie gewesen war, als er sie zuletzt gesehen hatte. Das war eine Woche her, und er sehnte sich danach, sie in die Arme zu nehmen und ihr zu versichern, dass alles in Ordnung sei und er sich jetzt um sie kümmern würde.

„Ich nehme an, Sie wollen sie heiraten", vermutete Joshua. „Sind Sie denn sicher, dass sie damit einverstanden ist? Ich könnte mir vorstellen, dass Sie im Moment nicht gerade zu ihren Lieblingsfreunden zählen."

Das war Bruce klar, obwohl er sich bisher geweigert hatte, darüber nachzudenken. Dieses Problem konnte er erst lösen, wenn Tessa nicht mehr Gefahr lief, ihre Freiheit zu verlieren. Wenn sie erst mal in Sicherheit war, würde er ihr seine Handlungsweise schon erklären. Er war ja auch noch nicht fertig mit allem, was geschehen war, und es würde wohl ein paar Tage dauern, bis zwischen ihnen alles geregelt war. Auf jeden Fall war er fest entschlossen, sie nicht wieder zu verlieren.

„Sie wird einverstanden sein", erklärte er und sah seinen Vorgesetzten offen an. Die folgenden Worte auszusprechen, fiel ihm schwer, doch er wollte Joshua nichts vormachen. „Unabhängig davon, wie Ihre Entscheidung ausfällt, werde ich meine Stellung bei Ihnen kündigen, Joshua. Ich will zur Ranch zurück, und ich werde Tessa mitnehmen."

„Was soll der Unsinn?", fuhr Joshua auf. „Es ist ziemlich leichtsinnig, mir so etwas zu sagen."

„Mag sein, aber es ist die Wahrheit." Bruce war ebenfalls lauter geworden. Unterwürfigkeit lag ihm nicht, und Joshua wusste das zu schätzen. Wie aussichtslos die Lage auch schien oder wie unangenehm die jeweiligen Nachrichten auch waren, Bruce belog ihn nie.

„Ist diese Frau der Grund für Ihre Kündigung?"

„Nicht nur. Ich habe schon häufig mit dem Gedanken gespielt, zur Ranch zurückzukehren. Die Arbeit dort liegt mir und befriedigt mich vollkommen."

„Sie haben verdammt viel Erfolg in Ihrem Job gehabt, Bruce."

„Den werde ich auf der Ranch auch haben."

Joshua war klug. Er wusste, dass er mit Bruce verhandeln musste, wenn er ihn nicht ganz verlieren wollte, etwas, was Bruce einkalkuliert hatte. „Warum soll ich auf Ihren Vorschlag eingehen, wenn Ihre Kündigung bereits feststeht?"

„Machen Sie einen Gegenvorschlag", meinte Bruce, und seine Augen funkelten.

„Sie lassen mir keine Wahl, was?" Joshua lachte auf. „Wenn ich Ihr Vorhaben nicht unterstütze, lassen Sie mich einfach im Stich. Sehe ich dagegen von einer Strafverfolgung dieser Frau ab, stehen Sie mir ab und zu als, sagen wir, spezieller Berater zur Verfügung. Wie klingt das?"

„Darüber können wir reden", erwiderte Bruce freundlich.

„Einverstanden." Joshua streckte seufzend die Hand aus, die Bruce sofort bekräftigend schüttelte, und zum ersten Mal löste sich die innere Anspannung, der er seit Tagen ausgesetzt war.

Das Telefon läutete, und Tessa hielt kurz die Luft an. Dann schaltete sie die Fernsehsendung aus, die sie sich teilnahmslos angeschaut hatte.

Während Martha sie lieber besuchte, anstatt zu telefonieren, hatten Tante Sylvia und Sammy öfters angerufen, und bei jedem Telefonklingeln zuckte Tessa erneut zusammen.

Sammy hatte mit seiner Suche keinen Erfolg gehabt. Er hatte weder den Namen, auf den das Scheinkonto landete, noch sonst eine Information gefunden, die ihm bei seiner Computerprüfung geholfen hätte. Sie kamen nicht weiter, und die Zeit verfloss. Nächste Woche sollte die Voruntersuchung stattfinden.

Das beharrliche Geräusch der Telefonklingel drang wieder in ihr Bewusstsein, und Tessa musste sich zusammennehmen, damit sie das Gespräch annehmen konnte. Wahrscheinlich war es Tante Sylvia, die jeden Abend anrief, bevor sie schlafen ging. „Ja, hallo?"

„Hallo, Tessa. Hier ist Bruce."

Sie warf den Hörer so heftig auf die Gabel, als hätte sie sich verbrannt. Bruce hätte seinen Namen nicht zu nennen brauchen, sie würde seine tiefe, immer etwas rau klingende Stimme ohnehin nie vergessen.

Warum meldete er sich ausgerechnet jetzt? Bisher hatte sie sich erfolgreich zusammengerissen und nie die Beherrschung verloren, nun brachte der bloße Klang seiner Stimme sie völlig aus dem Gleichgewicht. Ihre Knie begannen zu zittern, und sie schaffte es gerade noch bis zur Couch, auf die sie sich fallen ließ. Das Telefon läutete wieder, aber Tessa war nicht mehr in der Lage zu reagieren, selbst wenn sie es gewollt hätte.

Der ganze Schmerz über die erlittene Ungerechtigkeit und die betrogene Liebe brach aus ihr hervor, und sie konnte und wollte ihre Tränen nicht zurückhalten. Sie wusste, dass Weinen manchmal erleichtert, doch sie schien nicht mehr aufhören zu können.

Irgendwann stand sie langsam auf und ging mit zittrigen Beinen ins Badezimmer, um sich das Gesicht zu waschen. Das kalte Wasser ließ sie erst zusammenfahren, half ihr jedoch, die Beherrschung wiederzufinden. Schließlich stand sie mit beiden Händen auf das Waschbecken gestützt da und rang nach Luft. Ihr Spiegelbild sah erschreckend aus. Die Wangen waren rot gefleckt, die Augen verquollen.

Tessa beugte sich über den Wasserhahn, um einen Schluck zu trinken. Die kalte Flüssigkeit tat ihr in der wunden Kehle so weh, dass sie sich fast verschluckt hätte. Warum hat Bruce angerufen, grübelte sie. Will er seinen Triumph auskosten? Hat er mich noch nicht genug gedemütigt?

Das Telefon klingelte erneut. Voller Verzweiflung ging Tessa nach nebenan und zog den Stecker aus der Dose, doch die plötzliche Stille war fast ebenso nervtötend wie der Lärm zuvor. Tessa war klar, dass das ebenso gut Tante Sylvia oder Sammy gewesen sein konnten. In ihren Augen spielte das jetzt keine Rolle, denn die Möglichkeit, dass Bruce es noch einmal versuchte, war zu groß. Sie würde es nicht aushalten. Schon der Gedanke daran war ihr unerträglich.

In der Nacht darauf schlief Tessa wieder nicht, und die Schlaflosigkeit begann, erste Spuren zu hinterlassen, wie sie morgens nach einem Blick in den Spiegel feststellte. Sie beschloss, Tante Sylvia anzurufen und ihr zu versichern, dass alles in Ordnung war, damit sie sich nicht beunruhigte. Sie steckte den Telefonstecker ein und wählte die Nummer. Aber als sich Tante Sylvia dann meldete, brachte Tessa kein Wort über die Lippen.

„Hallo?", fragte Tante Sylvia und wiederholte nach ein paar Sekunden: „Hallo?"

Tessa tat der Hals schrecklich weh, und sie räusperte sich. „Tante Sylvia", brachte sie schließlich mühsam hervor.

„Bist du das, Tessa? Was ist passiert?"

„Ich habe Halsschmerzen", erklärte Tessa, nachdem sie mehrmals geschluckt hatte.

„Auch das noch, Darling, hast du dich erkältet? Warst du schon beim Arzt? Ich habe gestern Abend versucht, dich anzurufen, und war bereits besorgt, weil niemand abhob. Seit wann bist du krank?"

„Seit gestern." Das Sprechen fiel ihr leichter, wenn der Klang ihrer eigenen Stimme ihr auch fremd war. Um Tante Sylvia nicht unnötig zu beunruhigen, ließ sie sie in dem Glauben, sie hätte sich erkältet.

„Pass gut auf dich auf, Tessa, ja? Ich rufe nicht mehr an, solange du nicht reden kannst, deshalb lass von dir hören, sobald es dir wieder besser geht. Und falls du noch nicht beim Arzt warst, versprich mir, dass du dich möglichst bald untersuchen lässt."

Tessa stieß einen heiseren Laut aus, den Tante Sylvia als Zustimmung deutete, dann beendeten sie das Gespräch. Sofort zog Tessa wieder den Telefonstecker aus der Dose. Danach duschte sie, wusch sich das Haar, kämmte es aus und ließ es offen auf die Schultern fallen, damit es schneller trocknete. Nachdem sie in ihren Morgenmantel geschlüpft war, trank sie eisgekühlten Orangensaft in der Hoffnung, dass die Schwellung in ihrem Hals dadurch abklang.

Kurz danach läutete es, und jemand pochte an die Haustür. Tessa erstarrte. Sie hatte nicht vor aufzumachen.

„Miss Conway, sind Sie da? Hier ist Calvin Stine, ich muss unbedingt mit Ihnen reden.“

Das klang so dringend, dass sie sich unwillkürlich fragte, was geschehen war. Hatte das vielleicht mit Bruce’ Anruf von letzter Nacht zu tun? Sie eilte zur Tür, schloss auf und ließ den Rechtsanwalt ein. Er trug einen eleganten dunkelblauen Anzug und musterte sie prüfend.

Sie schlug die Tür hinter ihm zu und sah ihn fragend an.

„Ziehen Sie sich bitte rasch an“, bat er. „Der Stellvertreter des Staatsanwalts hat angerufen und uns zu einem Treffen in sein Büro gebeten. In anderthalb Stunden müssen wir da sein. Ich habe schon ein paarmal vergeblich versucht, Sie zu erreichen.“ Tessa sagte nichts, sie stand nur da und musterte ihn. Irritiert meinte er: „Bitte beeilen Sie sich. Das Verkehrschaos auf den Straßen ist entsetzlich, wir werden für den Weg mindestens eine Stunde brauchen. Mit Ihrem Telefon ist etwas nicht in Ordnung?“

Sie schüttelte den Kopf, nahm das Telefonkabel und zeigte stumm auf den lose baumelnden Stecker.

Calvin Stine sah sie entgeistert an. „Das war nicht besonders umsichtig, Miss Conway. Ein kurzes Gespräch, und ich hätte mir die Fahrt zu Ihnen sparen können.“

Schweigend verließ sie den Raum und zog die Schlafzimmertür hinter sich zu. Sie streifte gleichgültig ein weißes Leinenkostüm mit kurzer Jacke und schmalem, knielangem Rock über. Die Farbe unterstrich ihre Blässe, aber sie hatte nicht die Energie, lange im Schrank herumzusuchen. Auch zum Schminken hatte sie keine große Lust und legte nur einen Hauch Rouge und Lippenstift auf.

Kurze Zeit später kehrte Tessa ins Wohnzimmer zurück. Sie hatte sich vorgenommen, die Sache durchzustehen, gleichgültig, was jetzt auf sie zukam. Dass irgendetwas Unangenehmes beim Staatsanwalt auf sie wartete, schloss sie aus dem nervösen Benehmen ihres Anwalts.

Calvin Stine sah auf die Uhr. „Sie waren wirklich schnell.“ Nachdenklich musterte er Tessa, die blass und mit ausdrucksloser Miene vor ihm stand. „Haben Sie keine Angst, es geht nur um ein Treffen.“

Sie senkte zustimmend den Kopf.

Erst jetzt fiel ihm auf, dass sie noch kein Wort gesagt hatte. „Wie fühlen Sie sich, Miss Conway?“, erkundigte er sich besorgt.

„Es geht, vielen Dank“, brachte sie mühsam hervor.

„Sind Sie krank?“

„Nein." Sie ging an ihm vorbei zur Haustür. „Soll ich meinen eigenen Wagen nehmen, damit Sie sich den Rückweg hierher sparen können?"

Der raue, fast tonlose Klang ihrer Stimme ließ ihn unwillkürlich zusammenzucken. „Nein, bei dem dichten Verkehr könnten wir uns verlieren. Haben Sie irgendetwas für Ihren Hals genommen?"

Warum machte er sich Gedanken wegen ihres Halses? Sie gab sich gar nicht erst die Mühe zu antworten, sondern verließ vor ihm die Wohnung. Der Anwalt folgte ihr und wartete, bis sie die Tür zugeschlossen hatte. Draußen hielt er freundlich ihren Ellbogen umfasst, geleitete sie zum Auto und half ihr beim Einsteigen.

„Der Stellvertreter des Staatsanwalts heißt Owen McCary", informierte er Tessa während der Fahrt. „Ich sehe dem Treffen mit Zuversicht entgegen. Was das Strafmaß betrifft, wird die Anklagevertretung sicherlich zu Zugeständnissen bereit sein, wenn Sie sich schuldig bekennen. Es ist durchaus möglich, dass es dann gar nicht erst zu einer Verhandlung kommt und die Strafe lediglich zur Bewährung ausgesetzt wird."

Falls Calvin Stine erwartet hatte, dass sich Tessa über seine Mitteilung freute, wurde er enttäuscht. Sie sah völlig unbeteiligt aus dem Fenster und bemerkte nicht einmal seinen erstaunten Blick.

Trotz des zäh fließenden Verkehrs schafften sie es, fünf Minuten vor dem vereinbarten Termin ihr Ziel zu erreichen, und betraten das Büro.

Als Erstes sah Tessa Bruce' undurchdringliches Gesicht und erstarrte. Sie merkte weder, wie man ihr einen Stuhl zuschob, noch, dass Calvin Stine beruhigend ihre Hand nahm. Leider währte diese innere Abwesenheit nicht lange, dann drangen die Stimmen der Anwesenden an ihr Ohr. Während sich die anderen miteinander bekannt machten, schaute sie sich langsam im Zimmer um, wobei sie es sorgsam vermied, in Bruce' Richtung zu sehen.

Evan Brady war da und schien wie immer vor nervöser Energie zu sprühen. Der Stellvertreter des Staatsanwalts, Owen McCary, saß hinter seinem Schreibtisch und nickte jedem Einzelnen zu. Außerdem war noch ein großer grauhaariger Mann im Raum, der als Benjamin Steel, Anwalt des Carter-Marshall-Konzerns, vorgestellt wurde.

Sie spürte, dass Bruce sie nicht aus den Augen ließ und sie zwingen wollte, ihn anzusehen. Daraufhin zog sie sich nur noch mehr in sich selbst zurück und vertiefte sich in ihre Gedanken. Die Verhandlungen überließ sie Calvin Stine. Dafür wurde er schließlich bezahlt.

Während Tessa sich in Schweigen hüllte, beobachtete Bruce sie unablässig. Sie war blass, beinahe durchscheinend, und wirkte noch zarter, als er sie in Erinnerung gehabt hatte. Kein Lächeln verzauberte ihr Gesicht, kein Wort kam über ihre Lippen. Er hatte nicht damit gerechnet, dass sie heiter war, aber er war überzeugt gewesen, dass sie ihren Charme spielen ließ. Stattdessen saß sie dort wie eine Marmorstatue und sah ihn nicht an, obwohl er sich mit aller Kraft darauf konzentrierte, ihren Blick auf sich zu lenken.

Was mochte in ihr vorgehen? Ihr sonst so lebhaftes Mienenspiel war verschwunden. Als er sie gestern Abend angerufen hatte, hatte sie den Hörer aufgelegt. Das war verständlich, denn sie hatte ja nicht ahnen können, dass er ihr die Freiheit hatte anbieten wollen. Er hoffte, dass sie nicht in Tränen ausbrechen würde, wenn sie hörte, dass sie nicht ins Gefängnis kam. Er konnte es nicht ertragen, sie weinen zu sehen.

Er würde sie von hier wegbringen, irgendwohin, wo sie allein waren. Dort würde er ihr die Tränen trocknen und ihr erklären, wie er sich ihre gemeinsame Zukunft vorstellte.

„Miss Conway“, sagte Calvin Stine geduldig und riss sie damit aus ihren Gedanken. Er nahm ihre Hand und rieb ihr über die Finger.

Tessa wusste nicht, was er wollte, und wartete einfach ab.

„Mr Rutland hat nach Absprache mit der Staatsanwaltschaft vorgeschlagen, dass die gegen Sie vorliegende Anklage fallen gelassen wird, wenn Sie ein Schuldeingeständnis unterschreiben und die fehlende Summe erstatten“, flüsterte er ihr zu. Die anderen sollten nicht merken, dass er ihr den Sachverhalt noch einmal erklären musste. „Haben Sie mich verstanden, Miss Conway?“

„Ja“, erwiderte sie ebenso leise.

Er beugte sich vor, damit niemand sah, wie verwirrt sie ihn anschaute, und drängte: „Ich rate Ihnen dringend, das Angebot anzunehmen. Sie haben schon genug durchgemacht. Es wäre sehr gefährlich für Sie, wenn Sie sich auf einen Prozess einlassen.“

„Heißt das, ich habe keine Chance, freigesprochen zu werden?“

„Wenn überhaupt, dann eine sehr geringe. Die Beweislast ist zu groß. Sie gehen auf jeden Fall das Risiko einer Gefängnisstrafe ein.“

Tessa fragte sich, warum seine Stimme verärgert klang. Er hatte von Anfang an nicht an ihre Unschuld geglaubt. Doch was bot er ihr an? Er wollte ihr den besten Rat geben, dessen er fähig war. „Ich soll also unterschreiben, dass ich schuldig bin?“

„Richtig.“

Sie lächelte müde. „Aber ich habe doch gar nichts getan."

Calvin Stine musterte sie bedrückt. „Es dürfte Ihnen schwerfallen, das zu beweisen. Ergreifen Sie lieber die Gelegenheit, die sich Ihnen hier bietet, dann haben Sie alles hinter sich."

„Das kann ich mir nicht vorstellen. Wie soll ich dann noch in den Spiegel sehen? Ich will nicht auch noch meine Selbstachtung und meinen guten Ruf verlieren, Mr Stine. Und das würde ich, wenn ich ein Geständnis unterschreibe, das nicht stimmt. Das wäre feige."

„Du meine Güte, Miss Conway, das ist nicht der richtige Zeitpunkt, um sich stolz zu geben."

„Das habe ich auch nicht vor, dennoch sehe ich keinen anderen Ausweg. Tut mir leid, Mr Stine, aber ich kann mich nicht zu einem Vergehen bekennen, mit dem ich nichts zu tun habe."

Calvin Stine brauchte sich nicht umzudrehen, um zu merken, wie ungeduldig die anderen Männer auf das erlösende Ja warteten. Stattdessen erlebten sie, wie er Tessa Conway beinahe flehentlich zuredete. Nun ließ sie seine Hand los und erhob sich.

„Ich lehne das Angebot ab", erklärte sie, und man konnte hören, dass sie sich anstrengen musste, um laut und deutlich zu reden. „Ich kann keinen Betrug zugeben, weil ich keinen begangen habe."

Ohne in Bruce' Richtung zu sehen, spürte Tessa, dass er auf sie zukam, und ihr blieb fast das Herz stehen vor Schreck. Sie umklammerte Calvin Stines Arm und ging an Bruce vorbei, ohne ihn anzusehen. Wenig später fiel die Tür hinter den beiden ins Schloss.

Bruce sah den leise vor sich hinfluchenden Evan ungläubig an. „Oh verdammt, was habe ich getan?", brach es aus ihm hervor. „Tessa ist eindeutig unschuldig!"

„Damit hatte ich nicht gerechnet", meinte Benjamin Steel verblüfft.

Da bist du nicht der Einzige, stellte Bruce stumm fest und wandte sich an den stellvertretenden Staatsanwalt. „Lassen Sie die Anklage fallen. Vollständig. Sofort."

Obwohl Owen McCary ebenfalls ergriffen war, widersprach er: „Mr Rutland, die Beweise sprechen in jeder Hinsicht gegen …"

„Ich kenne die Beweise", unterbrach Bruce ihn schroff. „Schließlich habe ich sie selbst zusammengetragen. Aber ich habe offensichtlich nicht lange genug gesucht und daher den wahren Schuldigen nicht gefunden. Irgendjemand muss sich das alles ausgedacht haben, um Tessa zu schaden. Ich ziehe die Anzeige zurück, und zwar auf der Stelle."

„Bruce, ich glaube nicht, dass Mr Carter davon sehr begeistert sein wird“, versuchte Benjamin Steel ihn zu warnen.

„Das ist nicht ausschlaggebend. Ich bin berechtigt, die Anzeige zurückzuziehen, und das ist hiermit geschehen. Den wahren Betrüger werde ich ihm dann später auf einem Silbertablett präsentieren.“

In Evans Augen brannte jetzt der gleiche Zorn wie in Bruce'. „Es hätte nicht viel gefehlt, und wir hätten eine Unschuldige einsperren lassen, Benjamin. Wir hätten es von Anfang an besser wissen müssen. Die Tat passt einfach nicht zu ihrem Wesen. Wir werden Mr Carter über alles informieren, was wir tun. Wenn ihm das nicht passt, muss er uns eben kündigen.“

Die Ereignisse hatten Bruce völlig durcheinandergebracht, und er wanderte ziellos im Zimmer auf und ab. Er konnte sein Vorgehen nicht mit logischen Schlussfolgerungen begründen, doch Tessas Weigerung, das Angebot anzunehmen, hatte ihn instinktiv überzeugt, dass sie unschuldig war. Daran gab es für ihn keinen Zweifel mehr, und er durfte gar nicht darüber nachdenken, wie tief er sie verletzt hatte. Kein Wunder, dass sie ihn keines Blickes gewürdigt hatte.

Wie viel hätte er jetzt dafür gegeben, wenn er alles ungeschehen machen könnte! Beinahe hätte er das Leben des einzigen Menschen zerstört, den er aufrichtig liebte. Nun galt es, den wirklichen Dieb aufzuspüren, damit Tessas guter Ruf wiederhergestellt war, und zwar sowohl vor den Leuten, die sie kannten, als auch auf dem Papier. Das war die einzige Wiedergutmachung, die er ihr bieten konnte.

9. KAPITEL

Calvin Stine wollte Tessa nicht allein lassen und ging ruhelos in dem Apartment auf und ab, während sie ihn beobachtete und sich fragte, was er wollte. Ab und zu betrachtete er sie prüfend, als könne er noch nicht fassen, was sie getan hatte.

Die ständige Bewegung machte sie nervös. „Tut mir leid, wenn ich Ihre Pläne zunichtegemacht habe, Mr Stine“, erklärte sie heiser. „Ich bin sicher, dass Ihr Vorschlag sehr vernünftig war.“

Er sah sie schuldbewusst an. „Nein. Ich hätte Ihnen vertrauen sollen, aber ich habe Ihnen nicht geglaubt.“

„Ein gesundes Misstrauen gehört zu Ihrem Beruf.“ Warum versuchte sie nur, ihn zu trösten? Wenn er sie doch endlich allein ließe. Dann könnte sie sich auf die Couch legen und schlafen.

In dem Moment klopfte es an der Haustür, und es klang, als benützte jemand dabei beide Fäuste. Da Tessa keine Anstalten machte, sich zu erheben, ging Calvin Stine nachschauen, wer da war. Er öffnete die Tür, und Bruce stand ihm gegenüber, der ihn finster betrachtete.

„Wie geht es Tessa?“, fragte Bruce barsch.

Calvin drehte sich um und warf einen Blick ins Wohnzimmer. Tessa hatte sich nicht gerührt und sah stumm vor sich hin. Bevor er etwas sagen konnte, schob Bruce ihn beiseite und trat ein.

„Ich finde Ihr Benehmen reichlich ungehörig“, stellte Calvin fest, ohne Bruce damit zu beeindrucken.

Mit wenigen Schritten war er bei Tessa und kniete sich vor sie hin. Sie wandte sich sofort ab und betrachtete die Wand.

Vorsichtig strich er ihr über die Hand. Die Berührung wirkte wie ein elektrischer Schlag auf ihn. Es war so lange her, dass er ihre Haut unter seinen Fingerspitzen gespürt hatte und ihr nah genug gewesen war, um den verlockenden Duft wahrzunehmen, den sie verströmte. Er hätte sie gern an sich gedrückt, doch das wagte er noch nicht. Stattdessen griff er nach ihren Händen.

„Tessa, ich habe die Anzeige zurückgezogen. Du bist frei und brauchst keine Angst mehr zu haben.“

„Wie bitte?“, mischte sich Calvin ein. „Warum haben Sie das getan? Das begreife ich nicht.“

„Ich werde alles erklären“, sagte Bruce, ohne Tessa aus den Augen zu lassen. „Tessa, hast du mich verstanden?“

„Ja“, flüsterte sie. Sie empfand weder Erleichterung noch Überraschung oder Neugier und hatte auch kein Interesse daran, darüber nachzudenken. Das konnte sie nicht, solange Bruce so nahe war. Er sollte sie endlich in Ruhe lassen! Stattdessen fragte er besorgt: „Was ist mit deiner Stimme los?"

Sie musterte ihn so abweisend, dass er ihre Hände freigab und sich aufrichtete. „Reden wir in der Küche miteinander", forderte er Calvin Stine auf, und die Männer verließen das Zimmer.

Tessa war beunruhigt, weil sich die beiden in ihrer Abwesenheit über sie unterhielten, blieb jedoch, wo sie war. Sie konnte sich nicht mit Bruce in einem Raum aufhalten. Seine Gegenwart lähmte sie und erinnerte sie nur an den Schmerz, den er ihr zugefügt hatte. Sie war noch nicht so weit, darüber nachzudenken, um ihn zu überwinden. Jetzt konnte sie ihn einfach nur hinnehmen.

Sie hätte sich gern hingelegt und geschlafen, wagte es allerdings nicht, solange Bruce mit dem Anwalt in der Küche war. Vielleicht reden sie ja über die rechtlichen Probleme, die sich ergeben, wenn man eine Anklage fallen lassen will, sagte sie sich. Bruce hatte verkündet, sie wäre frei. Somit war jede Bedrohung von ihr genommen. Warum kam ihr das so unwirklich vor?

Als die Männer schließlich zu ihr zurückkehrten, trat Calvin zu ihr und drückte ihr die Hand. „Es wird alles wieder gut, Miss Conway", versicherte er ihr. „Mr Rutland wird sich darum kümmern. Ich muss jetzt in mein Büro zurück und melde mich später bei Ihnen."

„Warten Sie", bat Tessa, die nicht mit Bruce allein bleiben wollte.

„Mr Rutland wird sich um alles kümmern", wiederholte Calvin. Er ließ ihre Hand los und ging zur Tür.

Hastig stand Tessa auf. Sie musste irgendetwas unternehmen, um Calvin aufzuhalten. Doch Bruce war schneller und begleitete ihn zur Tür. Sobald der Anwalt fort war, drehte Bruce sich um und suchte Tessas Blick.

Die Verzweiflung verlieh ihr Kraft, und sie befahl rau: „Mach, dass du aus meiner Wohnung kommst."

Er überging die Bemerkung. „Was ist mit deiner Stimme los?", erkundigte er sich noch einmal.

Ehe sie ausweichen konnte, hatte er das Zimmer durchquert und stand vor ihr. Erst jetzt bemerkte sie, dass er ein Glas mit einer durchsichtigen gelblichen Flüssigkeit mitgebracht hatte.

„Warmer Zitronensaft", erklärte er. „Der ist gut für deinen Hals."

Sie wärmte sich die Finger an dem heißen Glas, bevor sie es an die Lippen hob und vorsichtig daran nippte. Obwohl die Mixtur im Hals brannte, merkte Tessa, wie gut sie ihr tat.

„Bist du krank?"

Warum ließ er sie nicht einfach allein? Wollte er sie mit seinen Fragen quälen, bis sie zusammenbrach? Nein, ich bin nicht krank, wollte sie protestieren, brachte jedoch nur einen erstickten Laut heraus.

„Jedenfalls stimmt irgendetwas nicht."

Seine Beharrlichkeit ging ihr auf die Nerven. Mit ebendieser hartnäckigen Haltung hatte er sie dazu gebracht, völlig unkontrolliert auf ihn zu reagieren. Das durfte nicht wieder passieren. Als sie sich ins Gedächtnis rief, wie schändlich er sie behandelt hatte, begann sie zu zittern. Schließlich schlug die Enttäuschung in Wut um, und mit einer jähen Bewegung schleuderte Tessa ihm den Saft ins Gesicht.

„Scher dich zum Teufel!", stieß sie hervor. „Ich hasse dich. Ich hasse dich, ist das klar?" Gestern hatte der Klang seiner Stimme die Schutzmauern niedergerissen, hinter denen sie ihr Leid versteckt gehalten hatte. Jetzt raubte ihr seine Gegenwart die Beherrschung.

Außer sich vor Zorn ging sie auf ihn los, schlug mit den Fäusten auf ihn ein, ohne darauf zu achten, welche Stelle sie traf. Sie schrie ihn an, bis ihr die Stimmbänder den Dienst versagten, und nachdem sie verstummt war, strömten ihr Tränen der Verzweiflung über die Wangen.

Bruce zog den Kopf zurück, um sein Gesicht vor ihren Angriffen zu schützen. Im Übrigen blieb er unbeweglich stehen und ließ sie gewähren. Er nahm ihre Raserei hin, weil ihm klar war, dass er für ihren Zustand verantwortlich war. Dann ließen ihre Kräfte nach, und er wagte es, die Arme um sie zu legen und ihr besänftigend über den Rücken zu streichen.

Erschüttert fuhr er mit den Lippen über ihre Schläfen. „Oh mein Gott, ich wünschte, ich könnte das alles ungeschehen machen."

Tessa glaubte, seine Nähe nicht ertragen zu können, aber sie war zu schwach, um sich zu wehren. Sein Jackett und das Hemd waren voller Zitronensaft, und als sie den Kopf gegen seine Brust lehnte, wurden ihr Gesicht und ihre Haare ebenfalls klebrig. Die Kleider wird er in die Reinigung bringen müssen, dachte sie und wunderte sich, dass sie bei diesem Gedanken keine Schadenfreude empfand.

Plötzlich hatte sie das Gefühl, der Raum drehe sich um sie, doch Bruce hatte sie nur hochgehoben. Er trug sie in die Küche und setzte sie auf einen Stuhl. Mit einem feuchten Papiertuch wusch er ihr die Saftreste aus dem Gesicht. Dann entfernte er das Haarband und fuhr ihr mit den Fingern durchs Haar, bis es ihr in seidigen Wellen auf die Schultern fiel. Er schenkte ihr ein neues Glas Zitronensaft ein und reichte es ihr. „Ich würde dir empfehlen, den Saft zu trinken, statt ihn auch noch über mich zu schütten. Es wäre besser für dich."

Stumm beobachtete Tessa, wie Bruce das Jackett ablegte, es über eine Stuhllehne warf und das Hemd auszog. Der Anblick seines bloßen Oberkörpers nahm ihr fast den Atem. Wie gern hatte sie die dunklen Haare gestreichelt, die sich auf seiner Brust kräuselten. Die Erinnerung daran, wie sich sein Körper angefühlt hatte, wenn sie ihn mit den Händen liebkost und erforscht hatte, war zu viel. Hastig wandte sie sich ab und blickte zu Boden, während Bruce sich die Saftreste von Brust und Schultern wusch.

„Trink aus", befahl er sanft und trocknete sich ab, ohne Tessa aus den Augen zu lassen. Nachdem sie das Glas geleert hatte, reinigte er es und stellte es zum Abtropfen auf die Spüle. Dann kehrte er zu Tessa zurück und nahm sie auf die Arme.

„Pst", beschwichtigte er sie, als sie protestieren wollte. „Versuch erst gar nicht zu sprechen, sonst tut dir der Hals wieder weh. Du bist völlig erschöpft und brauchst dringend Schlaf. Ich bringe dich ins Bett, und wenn du aufwachst, wirst du dich besser fühlen. Dann können wir miteinander reden."

Bruce trug sie ins Schlafzimmer. Tessa wehrte sich verzweifelt, doch sie hatte keine Kraft mehr, und zum Schluss gab sie jeden Widerstand auf. Er zog sie aus, legte sie hin, deckte sie zu und schloss die Jalousien, um das Sonnenlicht auszusperren.

Fröstelnd wartete Tessa ab. Sie wollte auf keinen Fall aufstehen und sich noch einmal nackt vor ihm zeigen. Dann begann Bruce sich auszuziehen. Nachdem er sich seiner Schuhe und Strümpfe entledigt hatte, richtete sie sich auf und wollte Einspruch erheben.

„Nein", sagte er bestimmt. „Jetzt bist du still." Er legte sich, nur noch mit dem Slip bekleidet, neben sie und drehte sie sanft auf den Rücken. „Schlaf jetzt. Ich werde dich halten, sonst nichts. Und nicht reden", mahnte er, weil sie noch einmal versuchte, etwas zu sagen. „Du hast deinen Hals überanstrengt und musst dich jetzt ausruhen." Seine Stimme klang wirklich besorgt, aber auch bestimmt.

Er zog sie an sich, und sie hatte das Gefühl, dass ihre Haut überall dort brannte, wo er sie berührte. Bald jedoch empfand sie seine Körperwärme als wohltuend. Er umarmte sie und bettete ihren Kopf an seine Schulter.

Tessa spürte, dass Bruce erregt war, und wollte zunächst wieder aufbegehren. Da er keinerlei Anstalten machte, sich ihr zu nähern, hörte sie schließlich auf, sich zu sträuben. Sie war einfach zu müde.

„Schlaf gut, Darling“, flüsterte er weich.

Sie versuchte es, wenn ihr auch seine Nähe überdeutlich bewusst war. Inzwischen war es dunkel geworden, und sie konnte Bruce' Gesicht nur noch schwach erkennen. Sie barg den Kopf an seiner Halsbeuge und sog mit jedem Atemzug den erregenden Duft seines herben Rasierwassers ein. Langsam entspannte Tessa sich und fiel nach kurzer Zeit in tiefen Schlummer.

Als sie das nächste Mal erwachte, lag sie allein im Bett. Nach dem Stand der Sonne zu urteilen, war es später Nachmittag. Sie musste mindestens vierundzwanzig Stunden geschlafen haben. Sie fühlte sich benommen und trotzdem so gekräftigt wie lange nicht mehr. Selbst der Gedanke, ob Bruce noch da war oder nicht, beunruhigte sie merkwürdigerweise nicht mehr.

Jetzt, da sie ausgeschlafen war, fühlte sie sich stark genug, ihm entgegenzutreten. Sie stand auf, schlüpfte in ihren Morgenmantel, holte sich etwas zum Anziehen und ging ins Bad. Als sie nach einiger Zeit wieder herauskam, stand Bruce vor der Tür. Sie zuckte zwar zusammen, doch die panische Angst war verschwunden.

„Das Frühstück ist fertig“, erklärte er lächelnd. „Falls man das um vier Uhr nachmittags noch so nennen kann. Ich habe Haferbrei gemacht, der wird deinem Hals guttun. Wie geht es dir überhaupt?“

„Gut“, sagte sie, und es klang wie ein heiseres Krächzen.

Er griff nach ihrem Handgelenk, und bevor sie sich versah, küsste er sie auf den Mund. „Mach dir keine Sorgen, deine Stimme wird zurückkehren“, tröstete er sie, umfasste ihren Ellbogen und schob sie mit sanftem Nachdruck in die Küche.

Der flüchtige Kuss hatte sie so verunsichert, dass ihre Finger noch bebten, nachdem sie sich bereits an den Tisch gesetzt hatte. Warum war Bruce über Nacht bei ihr geblieben? Sicher nicht aus Liebe, überlegte sie. Falls er sich mir gegenüber schuldig fühlt, ist das allerdings sein Problem. Ich muss mit meinen Schwierigkeiten ja auch allein fertig werden, obwohl er sie überhaupt erst verursacht hat. Sie konnte nur hoffen, dass sie bald über diese Enttäuschung hinwegkam.

Tessa fiel erst jetzt auf, dass Bruce seine Kleidung gewechselt hatte. Er trug jetzt kakifarbene Jeans und ein weites weißes Sweatshirt. „Warst du im Hotel?", erkundigte sie sich und zeigte auf seine Kleider.

„Nein, ich habe Evan angerufen und gebeten, mir frische Sachen zu bringen. Ich wollte dich nicht allein lassen."

Tessa trank einen Schluck Kaffee. „Es geht mir gut, und ich habe nicht vor, Dummheiten zu machen, falls du das befürchtest."

„Nein, das habe ich auch nicht angenommen. Ich hatte Angst, du könntest während meiner Abwesenheit aufwachen und mich einfach aussperren", erklärte Bruce aufrichtig. „Das wollte ich nicht riskieren. Mir ist klar, dass ich nicht wiedergutmachen kann, was du in der letzten Woche durchgemacht hast. Aber ich schwöre dir, dass ich mein restliches Leben damit zubringen werde, es wenigstens zu versuchen."

Sie wurde ärgerlich. „Spar dir deine Schuldgefühle. Ich sagte dir bereits, dass es mir gut geht."

Bruce trank seinen Kaffee, ohne auf ihre hitzige Bemerkung einzugehen. „Ich habe deine Tante angerufen", eröffnete er ihr stattdessen. „Die Nummer steht in deinem Telefonregister. Du hast sie übrigens versehentlich unter T eingetragen anstatt unter S."

„Sie heißt ja auch ‚Tante Sylvia' und nicht ‚Sylvia-Tante'. Was wolltest du von ihr?"

„Ich nahm an, dass sie besorgt um dich war, und ich wollte ihr nur sagen, dass alles ausgestanden ist, zumindest was dich betrifft. Ich muss jetzt natürlich noch den Betrüger fassen."

„Was meinst du damit?", fragte Tessa verwirrt.

„Ich weiß, dass du es nicht warst."

Sie sprang auf. „Wirklich? Und was ist mit den ganzen Beweisen?"

„Ich habe mich geirrt. Du hast dir nichts zuschulden kommen lassen."

Nun war Tessa erst recht verwirrt. Bisher hatte sie sich keine Gedanken gemacht, warum er die Anzeige zurückgezogen hatte, sondern hatte das auf sein schlechtes Gewissen zurückgeführt. Schließlich hatte er sich über die Bekanntschaft mit ihr Informationen erschlichen. Auf die Idee, dass er sie für unschuldig hielt, war sie nicht gekommen.

„Das begreife ich nicht", stellte sie verblüfft fest. „Warum glaubst du mir auf einmal, wenn das vorher unmöglich war? Die Beweise sind doch immer noch vorhanden, oder hat sich etwas Neues ergeben?"

„Nein, leider nicht." Er konnte ihr jetzt nicht erklären, was in ihm vorgegangen war. Letzte Nacht hatte er wach gelegen und Tessa an sich gedrückt, während sie geschlafen hatte. Dabei hatte er darüber nachgedacht, woran er nun wirklich erkannt hatte, dass sie unschuldig war.

Einer der Gründe war ihr Verhalten im Staatsanwaltsbüro gewesen. Sie hatte sich nicht auf die Gnade der anderen verlassen, obwohl sie sich damit hätte retten können, sondern das Angebot zurückgewiesen. Das, und die Erinnerung an ihre Art zu lieben, hatten ihn letztlich überzeugt. Jemand, der sich so offen und vorbehaltlos hingeben konnte, war zu solch einem Betrug nicht fähig.

Bei dem Gedanken an Tessas Vergangenheit schnürte sich Bruce die Kehle zu. Sie hatte ihren zweiten Verlobten verlassen, weil er sie betrogen und sie ihn nicht genug geliebt hatte, um ihm zu verzeihen. Nun fragte er sich, ob die Liebe zu ihm so groß war, dass sie ihm vergeben konnte. Was sollte er tun, falls das nicht der Fall war?

Tessa stand immer noch neben ihrem Stuhl und zögerte. Anstatt das Thema weiterzuverfolgen, fragte sie ihn nach dem Telefonat mit ihrer Tante. „Was hat Tante Sylvia gesagt?“

„Sie hat geweint“, erwiderte Bruce knapp. Außerdem hatte sie ihm die heftigsten Vorwürfe gemacht. Aber er hatte sie erst unterbrochen und ihr seine Pläne dargelegt, nachdem sie ihn beschuldigt hatte, ihre Nichte missbraucht zu haben. Er ahnte, dass es wesentlich schwieriger sein würde, Tessa von seinen ehrlichen Absichten zu überzeugen. Und seine Liebeserklärung würde sie im Moment sicher nicht akzeptieren.

„Kommt meine Tante am Wochenende?“

„Nein, ich dachte, das wäre nicht nötig.“

„Dann fliege ich zu ihr.“ Tessa sehnte sich nach der Ruhe, die sie bei ihrer Tante finden würde. Dort konnte sie wandern und die Einsamkeit der Natur genießen, bis sie wieder klar denken konnte. Sie war nach Kalifornien gezogen, um Andrew zu vergessen, und das war ihr gründlicher gelungen, als sie zu hoffen gewagt hätte. Die Liebe zu Bruce hatte Andrews Bild vollkommen aus ihrem Gedächtnis gelöscht. Umso stärker hatte sie die Enttäuschung über Bruce' Verhalten getroffen. Jetzt wollte sie nach Hause.

Der Gedanke, dass Tessa abreisen könnte, gefiel Bruce überhaupt nicht. Solange er den wahren Betrüger nicht gefunden hatte, konnte er ihr nämlich nicht folgen, und er hatte Angst, sie für immer zu verlieren. Er musste sie dazu bewegen hierzubleiben.

„Du kannst jetzt nicht fort“, erklärte er mit fester Stimme.

Tessa sah ihn erstaunt an. „Warum nicht?“

„Weil ich deine Hilfe brauche.“ Das war die erste Ausrede, die ihm eingefallen war.

Sofort war Tessas Misstrauen wach. „Wobei?“

„Bei der Suche nach dem Dieb.“

„Warum ausgerechnet ich?“

„Weil niemand weiß, dass die Anzeige gegen dich zurückgezogen wurde. Der Betreffende wird sich also ziemlich sicher fühlen. Solange du hier bist, besteht für ihn kein Anlass zur Flucht.“

„Es ist mir egal, ob ihr ihn fangt oder nicht“, stellte Tessa nach einer winzigen Pause fest.

Bruce stand ebenfalls auf. „Willst du denn nicht wissen, wer daran schuld ist, dass du beinahe ins Gefängnis gekommen wärest?“

Sie wich einen Schritt zurück. „Es tut mir leid, Bruce, ich kann dir nicht dabei helfen. Ich will nur möglichst schnell alles vergessen.“

Vor allem mich, dachte Bruce. Doch das werde ich nicht zulassen. Er streckte die Hände aus und zog Tessa an sich. Er strich ihr übers Haar, und ihre Muskeln verspannten sich, aber sie hielt still.

„Du hast eine schreckliche Zeit hinter dir und bist vollkommen erschöpft“, raunte er ihr ins Ohr. „Ich werde alles wiedergutmachen, Darling, das verspreche ich dir. Du brauchst dich um nichts zu kümmern, ich passe auf dich auf.“

„Ich fühle mich sehr wohl und brauche deine Fürsorge nicht.“ Seine Nähe erinnerte sie schmerzlich daran, wie leidenschaftlich sie sich ihm hingegeben und wie temperamentvoll er darauf reagiert hatte. Nun brauchte sie alle Kraft, um die Gedanken daran aus ihrem Gedächtnis zu streichen.

„Es ist viel zu lange her, dass ich dich so gehalten habe“, stellte Bruce leise fest und streifte ihre Schläfen mit den Lippen. „Wie gut du riechst. Es war töricht von mir zu glauben, dass du mich hintergehst.“

Tessa spürte, dass ihr Widerstand langsam erlahmte. Es war einfach zu verführerisch, sich an Bruce anzulehnen und ihm alles zu überlassen. Er würde sie bestimmt beschützen. „Nein“, brach es ärgerlich aus ihr hervor. „Ich hintergehe dich nicht, was ich von dir leider nicht sagen kann.“

Um Abstand zu gewinnen, stemmte Tessa beide Fäuste gegen Bruce’ Brust, doch er gab sie nicht frei. Die Tatsache, dass sie immer noch glaubte, er hätte sie benutzt, enttäuschte ihn, obwohl ihm klar war, dass sie zu diesem Schluss hatte kommen müssen. Sie würden gewiss noch eine Menge Zeit brauchen, bis das alte Vertrauen wiederhergestellt war.

Er hatte sich so danach gesehnt, sie wieder an sich zu drücken, dass er es nun erst recht genoss. Ihre weichen vollen Brüste zu spüren, erregte ihn, und diese Wirkung wurde durch die Erinnerung an letzte Nacht verstärkt, als er sie nackt in den Armen gehalten hatte. Er hätte gern mit ihr geschlafen, aber er hatte gewusst, dass sie dazu weder bereit noch in der Lage gewesen wäre.

Tessa merkte, was mit Bruce los war, und bekam Angst. Er hatte ihr gezeigt, was Leidenschaft ist, und sich dann einfach über ihre Liebe hinweggesetzt. Noch mal würde sie so etwas nicht ertragen können. „Bruce, bitte nicht. Ich …, ich brauche etwas Abstand von dir."

„Ich weiß", versicherte er ihr. „Du hast nichts zu befürchten, ich will dich nur halten, sonst nichts. Ich hoffe, du glaubst mir das."

„Ja." Körperlich hatte er sie noch nie zu etwas gezwungen, daher vertraute sie ihm.

Plötzlich läutete es an der Tür, und Bruce ließ Tessa los. „Das wird Evan sein. Ich habe ihn hergebeten, damit wir mit der Arbeit anfangen können."

„Warum ausgerechnet hier?" Sie folgte ihm in den Flur.

„Weil ich kein Hotelzimmer mehr habe", erklärte er und öffnete Evan die Haustür.

Die Nachricht alarmierte Tessa, doch sie wollte nicht nachfragen, solange Evan dabei war. Nach der Begrüßung gingen sie ins Wohnzimmer, und Bruce setzte sich neben sie auf die Couch. Während Evan einen Stapel Papier aus der Aktentasche zog, rückte sie von Bruce ab, bis sie einander nicht mehr berührten. Sie wurde den Verdacht nicht los, dass er weiterhin unaufrichtig war, und sie mochte kein zweites Mal auf ihn hereinfallen.

Evan schob einen Bericht über den Tisch und erklärte: „Das ist die Handschriftenanalyse der Unterschrift auf den Schecks."

Neugierig beugte sich Bruce vor, und Tessa versuchte, ihm über die Schulter zu schauen.

„Was steht da?", erkundigte sie sich schließlich.

„Dass die Unterschrift deiner sehr ähnlich ist, aber aufgrund der vielen Unterschiede keine endgültige Antwort gegeben werden kann. Ganz klar geht daraus hervor, dass die betreffende Person eine Frau ist, und damit ist unser Hauptverdächtiger ausgeschlossen."

„An wen habt ihr denn gedacht?“

„An Sammy Wallace“, erwiderte Evan und nahm die Unterlagen wieder an sich.

Tessa schüttelte den Kopf. „Unmöglich. Er hat sogar versucht, mir zu helfen.“ Da die beiden sich verständnislos ansahen, erklärte sie: „Er wollte die Spur bis zum Anfang zurückverfolgen, wenn er den Namen oder die Kontonummer erfahren hätte. Aber er hat die nötigen Informationen nirgends finden können.“

Plötzlich klingelte es, und während Bruce an die Tür ging, verstaute Evan hastig seine Dokumente.

Draußen standen Martha und Sammy und sahen Bruce erstaunt an. Martha fing sich als Erste und begann, Bruce zu beschimpfen.

„Was wollen Sie hier? Machen Sie, dass Sie rauskommen. Wie können Sie es wagen, Tessa derart zu belästigen?“

„Beruhigen Sie sich“, entgegnete er gelassen. „Wir wollen nur herausfinden, wer Tessa in die ganze Sache hineingezogen hat.“

„Wie meinen Sie das?“

„Genau so, wie ich es gesagt habe. Kommen Sie herein. Das scheint ja eine richtige Party zu werden.“ Er hielt den beiden die Tür auf.

Martha nickte Tessa zu, dann zeigte sie auf Evan. „Was hat das zu bedeuten?“

„Also, das Wichtigste zuerst. Wir haben die Anzeige gegen Tessa zurückgezogen“, erklärte Bruce.

Sammy strahlte über das ganze Gesicht, doch Martha war so schnell nicht zu besänftigen. „Aha, und jetzt meinen Sie, dass Sie hier hereinspazieren und da weitermachen können, wo Sie aufgehört haben?“

Tessa wurde rot, und Bruce sagte ärgerlich: „Nein. Aber irgendjemand hat ganz bewusst versucht, Tessa als Betrügerin hinzustellen, und ich möchte herausfinden, wer das war.“ Dann wandte er sich an Sammy. „Mr Wallace, Tessa hat uns erzählt, Sie könnten die Spuren zurückverfolgen, sobald Sie den Namen oder die Nummer des Kontos kennen.“

Misstrauisch sah Sammy ihn an. „Ja, das stimmt.“

„Wie lange würden Sie dafür brauchen?“

Das Thema ließ Sammy alle Scheu vergessen. „Je nachdem. Mit dem Zentralrechner ein paar Nächte, vielleicht weniger.“

„Und wenn Sie morgen damit anfangen und nichts anderes tun?“

„Während der Geschäftszeit?“

„Genau."
„Dann kann ich Ihnen spätestens abends Bescheid sagen."
„Na fein, machen Sie das", meinte Bruce.
„Auf welchen Namen lautet das Konto?"
„Conway", erklärte Bruce und merkte, wie Tessa zusammenzuckte. „Man hat sich die ganze Zeit ihres Namens bedient. Er klingt so ähnlich wie Conmay, und das ist ein Lieferant der Carter Engineering. Wenn das Farbband des Nadeldruckers nicht mehr einwandfrei ist, kann man den Unterschied auf den Ausdrucken kaum erkennen."
Tessa erschauerte. „Also hat jemand mit meinem Namen Schecks unterschrieben, die von uns zur Gutschrift auf jenes Konto freigegeben wurden." Jetzt war ihr klar, warum man sie verdächtigt hatte. Der Beweis schien wirklich überwältigend. Das konnte kein Zufall sein, da hatte sie jemand wissentlich belasten wollen.
„Genau", pflichtete Bruce ihr bei.
Evan sah Sammy an. „Wenn Sie nichts dagegen haben, werde ich Ihnen morgen helfen. Zu zweit brauchen wir nur halb so viel Zeit."
Fröstelnd wandte sich Tessa an Bruce und fragte ruhig: „Hattest du eigentlich die Erlaubnis, die Anzeige gegen mich zurückzuziehen?"
„Ja", erwiderte er und warf Evan einen warnenden Blick zu, damit er nichts verriet, dennoch ließ Tessa sich nicht so leicht täuschen.
„Anders formuliert: Hattest du den Auftrag, die Anzeige zurückzuziehen?"
„Das nicht gerade", gab er ehrlich zu. Er hatte nicht vor, ihr jetzt schon die ganze Wahrheit zu erzählen, wollte sie allerdings auch nicht belügen. „Ich habe die Verantwortung dafür allein übernommen."
„Heißt das, dass du mit einer Kündigung rechnen musst, falls dein Entschluss falsch war?"
„Abgesehen davon, dass das sehr unwahrscheinlich ist, haben Mr Carter und ich für solche Angelegenheiten eine allgemeine Vereinbarung getroffen. Wenn eine sofortige Entscheidung getroffen werden muss, habe ich volle Handlungsfreiheit."
Für Tessa war das Thema damit noch lange nicht abgeschlossen, aber sie wollte darüber nicht sprechen, solange die anderen dabei waren. Jetzt hatte sie wohl zwei Fragen mehr auf der langen Liste, und sie würde das alles mit ihm klären, sobald sie mit Bruce allein war. Und dass das früher oder später der Fall sein würde, war ihr klar.

10. KAPITEL

Tessa hatte vorausgesehen, dass Bruce bleiben würde, wenn sich die anderen verabschiedeten, und so war es auch. Sie konnte nicht sagen, dass sie sich darüber freute, aber sie mochte die fällige Auseinandersetzung auch nicht länger hinauszögern. Dadurch würde der Schmerz nicht geringer, im Gegenteil. Immerhin war sie jetzt ausgeglichener als letzte Woche und Bruce außerdem auch für die gestrige Fürsorge dankbar.

„Wir müssen miteinander reden", begann sie.

Er wirkte erleichtert. „Das ist wahr. Du bist mir immer wieder ausgewichen, Darling. Kannst du mir jetzt bitte mal sagen, was mit deiner Stimme los ist?"

„Ich habe zu viel geweint", gestand sie ruhig.

Ein Schatten huschte über sein Gesicht, doch bevor Bruce etwas sagen konnte, holte Tessa tief Luft und fuhr fort: „Jetzt bin ich dran mit Fragen. Wo willst du wohnen, nachdem du das Hotelzimmer gekündigt hast?"

„Hier." Seine Stimme klang freundlich, aber bestimmt.

„Wer hat dich eingeladen?"

„Niemand, deshalb musste ich das selbst tun", bekannte Bruce freimütig.

Tessa wurde ärgerlich. „Was soll das, Bruce? Zwischen uns ist es aus."

„Noch lange nicht. So schnell gebe ich nicht auf, Tessa. Ich lasse dich nicht gehen. Unsere Gemeinsamkeiten sind zu wertvoll, um so mir nichts, dir nichts darauf zu verzichten."

„Wir haben nie etwas gemeinsam gehabt", erklärte sie verbittert. „Mir ging es um Liebe, dir um deine Nachforschungen. Dass du jetzt Schuldgefühle hast, ist deine eigene Sache."

Die Vorwürfe trafen Bruce hart, obwohl er damit gerechnet hatte. „Ja, ich fühle mich schuldig. Anstatt dir zu vertrauen, habe ich dich verdächtigt. Als ich die Unterschriften auf den Schecks entdeckte, war ich außer mir vor Enttäuschung. Ich dachte, du hättest dich durch die Bekanntschaft mit mir vor einer strafrechtlichen Verfolgung schützen wollen."

Tessa stemmte die Fäuste in die Hüften. „Na, du musst ja eine feine Meinung von mir haben."

Es dauerte eine Weile, bis er die richtigen Worte fand, um ihr den

Sachverhalt zu erklären. „Ich bin ein Einzelgänger und nicht daran gewöhnt, mich jemandem anzuvertrauen oder jemanden an mich heranzulassen. Bei dir war plötzlich alles anders, das hat mich ganz schön aus dem Gleichgewicht gebracht. Umso schmerzhafter war der Gedanke, dass du mich nur für deine Zwecke missbraucht haben könntest. Das Einzige, woran ich noch denken konnte, war, dass du nie erfahren durftest, wie verletzt ich war. Tessa, du weißt, dass ich dich liebe", sagte er eindringlich.

Ihr schossen Tränen in die Augen. „Oh ja, und wie. So sehr, dass du es nicht für nötig gehalten hast, mir die Beweise zu zeigen, die gegen mich vorlagen. Du hast mir nicht einmal die geringste Chance gegeben, mich zu verteidigen. Hast du eigentlich jemals erlebt, wie demütigend eine Verhaftung ist, wenn deine Personalien festgestellt und dir Fingerabdrücke abgenommen werden? Ich kam mir so erniedrigt vor. Ich habe versucht, dich anzurufen, weil ich sicher war, dass alles wieder gut würde, wenn ich nur mit dir reden könnte. Kannst du dir überhaupt vorstellen, was in mir vorging, nachdem ich erfahren habe, dass du derjenige warst, der mich angezeigt hat?"

Bruce fluchte stumm in sich hinein. Er hatte Tessa seine Liebe gestanden, und sie glaubte ihm nicht. Er musste sich eingestehen, dass er sie verstehen konnte. Es lag nahe anzunehmen, dass er aus schlechtem Gewissen heraus handelte und sich nur um sie kümmerte, weil er auf die Art einen Teil seiner Schuld abtragen wollte. Und kein Argument würde sie vom Gegenteil überzeugen können. Nicht sie hatte ihn betrogen, sondern er sie. Durch sein Misstrauen hatte er ihr Vertrauen verloren und sie so tief verletzt, dass sie ihm wahrscheinlich nie verzeihen konnte.

Der Gedanke war einfach nicht zu ertragen. Bruce würde alles tun, damit sie nicht ging. Er wollte ihr seine Liebe mit sämtlichen Mitteln beweisen, die ihm nur zur Verfügung standen, und ihre Gefühle zu neuem Leben erwecken. Tessa gehörte zu ihm, und wenn er ihr das nicht mit Worten klarmachen konnte, musste er eben drastischere Maßnahmen ergreifen.

Er streckte die Hand aus und löschte das Licht. Durch die halb offene Küchentür fiel ein schmaler heller Streifen ins Wohnzimmer und beleuchtete teilweise Bruce' Gesicht. Tessa hielt den Atem an und trat unwillkürlich einen Schritt zurück, ohne den Blick abzuwenden.

Bruce streifte sich das weiße Sweatshirt über den Kopf und ließ es achtlos auf den Boden fallen. Seine Haut schimmerte im Halbdunkel wie Bronze. In seinen Augen brannte eine alles verzehrende Leidenschaft. „Wenn du mir nicht glaubst, werde ich es dir eben beweisen“, flüsterte er rau.

„Was hast du vor?“ Sie wich noch weiter zurück und starrte ihm halb ängstlich, halb fasziniert entgegen, während er ihr folgte.

Seine Bewegungen waren geräuschlos. „Du hast einmal gesagt, dass du mich liebst. War das gelogen?“

Mit dieser Frage hatte sie nicht gerechnet. Ärgerlich erwiderte sie: „Nein, natürlich nicht.“

Jetzt stand er fast direkt vor ihr. „Du warst schon zweimal verlobt, und da du die beiden nicht genug geliebt hast, hast du die Verbindungen wieder aufgelöst. Aber mich liebst du, mir hast du dich hingegeben, und du kannst das genauso wenig vergessen wie ich. Was auch geschehen ist, deine Gefühle mir gegenüber sind unverändert, nicht wahr?“

„Brauchst du das Geständnis, um dich wohler zu fühlen?“, fuhr Tessa ihn an. „Auch wenn ich dich liebe, werde ich meine Zeit nicht an jemanden verschwenden, der meine Liebe nicht erwidert. Ich bin zu dir ins Hotel gekommen und wollte dir sagen, dass ich unschuldig bin, und du hast mir nicht die geringste Gelegenheit dazu gegeben.“

Bruce atmete schwer. „Ich war innerlich wie zerbrochen. Der Gedanke, dass du mich nur ausgenutzt hast, hat mich fast wahnsinnig gemacht. Du weißt doch selbst, was für ein schauderhaftes Gefühl das ist, Tessa, schließlich hast du von mir das Gleiche vermutet.“

„Mit dem Unterschied, dass ich nicht versucht habe, dich ins Gefängnis zu bringen“, konterte Tessa wütend.

„Nachdem ich mich von dem ersten Schock erholt hatte, wurde mir klar, dass ich das nicht fertiggebracht hätte. Jetzt hör mir endlich mal zu!“ Sie hatte sich abwenden wollen, doch er griff nach ihrem Arm und zog sie wieder zu sich herum. „Als ich um das Treffen im Staatsanwaltsbüro bat, hielt ich dich noch für schuldig, aber das spielte keine Rolle. Ich wusste nur, dass ich dich schützen musste. Ich konnte dich nicht ins Gefängnis gehen lassen.“

Tessa versuchte vergeblich, sich loszureißen. „Lass mich los“, stieß sie angsterfüllt hervor. Im Grunde sehnte sie sich immer noch nach ihm, und das erleichterte die Situation keineswegs. Schlagartig wurde ihr klar, dass nur Bruce ihr helfen konnte, die alte Energie zurückzugewinnen. Sie war zu niedergeschlagen, um sich länger zu wehren.

„Bitte, lass mich los“, wiederholte sie flehentlich.

Bruce sah Tessa an, dass sie nahe daran war zusammenzubrechen. Sekundenlang war er unentschlossen, ob es richtig war, sie so zu bedrängen, doch es schien ihm die einzige Möglichkeit zu sein, die unsichtbare Mauer niederzureißen, die sie zwischen sich und ihm errichtet hatte.

„Du liebst mich“, meinte er rau und hielt sie noch fester, weil sie sich ihm entziehen wollte. „Und ich liebe dich. Sag mir, dass du mich liebst. Ich will es von dir hören.“

Traurig sah sie Bruce an. Sie sehnte sich so sehr nach ihm, dass es ihr fast körperlich wehtat. Inzwischen hatte sie jedoch gelernt, dass sie mehr aushalten konnte, als sie jemals geglaubt hatte. Dennoch hätte sie viel dafür gegeben, wenn sie die letzte Woche ungeschehen machen und alles vergessen könnte. Doch das war nicht so einfach, vor allem, weil Bruce' Gegenwart sie an das erinnerte, was sie glaubte verloren zu haben.

„Sag mir, dass du mich liebst“, forderte er sie in diesem Moment erneut auf und schüttelte sie.

Tessa konnte die Tränen nicht länger zurückhalten, und Bruce' Gesicht verschwamm vor ihren Augen. „Warum lässt du mich nicht in Ruhe, hast du mir noch nicht genug wehgetan?“

Er gab nicht auf. „Sag mir, dass du mich liebst.“

„Ich liebe dich“, flüsterte sie. Diese drei Worte schienen eine Lücke in Tessas Schutzwall geschlagen zu haben, denn plötzlich wurde sie von den bisher so sorgfältig unterdrückten Gefühlen einfach überwältigt. Ihre Schultern begannen zu beben, und sie ließ den Kopf sinken. Diesmal jedoch brachten die Tränen ihr Erleichterung, und sie ließ ihnen freien Lauf.

Bruce verstand, was in ihr vorging, und zog sie an sich. Tessa nahm die Wärme und die Kraft seines Körpers wahr, die sich jetzt auf sie übertrugen. Dafür war sie ihm dankbar, denn ihr selbst war kalt, und sie fühlte sich schwächer denn je.

„Wie soll ich dir vertrauen?“, fragte sie mit erstickter Stimme.

„Mit der Zeit wirst du dazu imstande sein, Darling, glaub mir das. Im Moment bitte ich dich lediglich um eine zweite Chance, damit ich dir meine Liebe beweisen kann.“

Tessa seufzte tief auf und lehnte sich leicht an ihn. Bruce neigte den Kopf und küsste sie auf die Halsbeuge, denn er wusste, dass ihre Haut dort besonders empfindsam war. Erschauernd bog sie sich seinen Zärtlichkeiten entgegen, umschlang seine Taille mit den Armen und presste sich an ihn. Er stöhnte verhalten auf und umfasste ihre Brüste mit den Händen.

Die Tränen rannen ihr immer noch übers Gesicht. Sie wusste nicht, ob sie ihm trauen konnte, und brachte es dennoch nicht fertig, sich von ihm zu lösen.

„Nicht weinen, Darling“, flüsterte Bruce, hob sie hoch und trug sie zum Bett. „Bitte nicht weinen.“ Er hatte erreicht, was er wollte: ihren Schutzwall zu durchbrechen, aber er hatte nicht geahnt, dass das so wehtun würde. Ab jetzt zählte für ihn nur noch eins: Er wollte dafür sorgen, dass Tessas Leben wieder schön wurde.

„Ich glaube, ich habe noch nie in meinem Leben so viel geweint“, gestand sie endlich und barg den Kopf an seiner breiten Schulter. „Ich hatte das Gefühl, dass ich gar nicht mehr aufhören könnte.“

„Es wird alles gut, Darling.“ Bruce ließ sie auf die Kissen sinken und zog sie aus. „Du sollst nie wieder weinen müssen“, versprach er, während er sich seiner restlichen Kleidung entledigte und sich neben Tessa legte. Er hielt sie fest umschlungen, während sie sich langsam wieder in die Gewalt bekam. Er litt genauso wie Tessa, denn sie gehörte zu ihm, war ein Teil seines eigenen Ichs, und was ihr wehtat, schmerzte ihn genauso.

Nachdem Tessa sich beruhigt hatte, lag sie ruhig in Bruce’ Armen und atmete wieder gleichmäßiger. Sie war ratlos, denn sie musste eine schwerwiegende Entscheidung treffen, obwohl sie eigentlich noch gar nicht so weit war. Bis vor Kurzem hatte sie gedacht, dass sie Bruce für immer verloren hätte, und hatte unsagbar darunter gelitten.

Jetzt bot sich ihr eine zweite Chance, und sie hatte Angst, sie wahrzunehmen. Sie würde es nicht ertragen, sich erneut zu irren. Sie wollte, dass seine Liebe und nicht sein Schuldgefühl ihn an sie band. Dennoch konnte sie ihn jetzt nicht wegschicken, das ginge über ihre Kraft. Sie brauchte ihn, seine Nähe und die Energie, die er ausstrahlte.

Bruce streichelte ihr zärtlich den Rücken, während sie sich an ihn schmiegte. Die sanfte Berührung machte sie schläfrig, und sie seufzte zufrieden.

„Geht es dir jetzt besser?“, fragte er leise.

Sie ließ eine Hand über seine Brust gleiten und erwiderte verträumt: „Ja.“ Die nächsten Worte kamen über ihre Lippen, ohne dass sie darüber nachdachte, vielleicht aus dem tief in ihr verwurzelten Wunsch heraus, dem Mann nahe zu sein, den sie liebte. „Ich möchte mit dir schlafen, Bruce."

Seine Muskeln spannten sich unmerklich an. „Ist das dein Ernst?"

„Ja", erwiderte Tessa mit erstaunlich klarer Stimme. „Ich brauche dich." Sie konnte Bruce' Verlangen fühlen und empfand genauso wie er. Eine Antwort auf ihre Fragen würde sie dadurch zwar nicht bekommen, aber vielleicht würde es ihr auf die Art endlich gelingen, die Einsamkeit und die Albträume der letzten Woche zu vergessen.

Dann hörte sie auf zu denken, denn Bruce bedeckte ihr Gesicht mit einer Flut leidenschaftlicher Küsse. Er liebkoste mit der Hand ihre Brüste, bis die Spitzen vor Erregung hart wurden.

Diesmal war das beiderseitige Verlangen, zu geben und zu nehmen, wichtiger als die Leidenschaft. Trotzdem wurden die Bewegungen bald schneller, der Rhythmus heftiger. Bruce' Hände strichen unaufhörlich über ihren Körper, und die Intensität seiner Küsse raubte Tessa fast die Luft. Dies alles jedoch war nicht wichtig. Das Einzige, was für sie in diesem Augenblick zählte, war der Mann, den sie liebte, und ihr war egal, was geschah.

„Ich liebe dich", raunte Bruce ihr ins Ohr. „Oh Tessa, ich liebe dich so!" Er umfasste ihre Hüften mit beiden Händen und hob sie an, damit sie ihm noch näher war. Gemeinsam erreichten sie den Höhepunkt, und Tessa schrie laut auf vor Lust, erschauerte in ihrem Glück und lehnte sich wenig später befriedigt zurück.

Schweigend lag Bruce neben Tessa, die die Augen geschlossen hatte. Nach einer Weile drängte er sich enger an sie, barg den Kopf an ihrem Hals, murmelte etwas Unverständliches und schlief ein. Tessa legte ihm einen Arm um die Schultern und hing weiter ihren Gedanken nach. Sie fragte sich, warum sie ihn gebeten hatte, mit ihr zu schlafen, und ob dadurch wirklich ein paar Probleme gelöst oder lediglich neue geschaffen worden waren.

Nein, dachte sie, ich bedaure nicht, was geschehen ist. Der Schmerz, den sie seit ein paar Tagen gespürt hatte, war verschwunden. Bruce' Leidenschaft hatte ihr bewiesen, dass er sich ebenso nach ihr gesehnt hatte wie sie sich nach ihm. Anscheinend brauchte er sie also auch.

Er hatte ihr durch sein Verhalten heute sehr deutlich gezeigt, was er von ihr wollte. Tessa musste unwillkürlich lächeln. Ihr war klar, dass er im Grunde nicht vorhatte, ihr eine andere Wahl zu lassen, denn er war von sich überzeugt und sehr beherrschend. Die Frau, die mit ihm leben wollte, würde ständig darum kämpfen müssen, das Gleichgewicht der Kräfte zu erhalten. Sie wollte diese Frau sein, und sie konnte sie sein, denn Bruce wartete nur auf ihr Ja.

Aber noch war sie sich über ihre eigenen Wünsche nicht im Klaren, obwohl sie an ihrer Liebe zu ihm nicht zweifelte. Das war merkwürdig genug, denn sie hatte immer geglaubt, dass auch Liebe Grenzen hat. An einem bestimmten Punkt war jede Beziehung zu Ende, das hatte sie die Erfahrung mit Will und Andrew gelehrt. Sie hatte bei beiden geglaubt, sie zu lieben. Doch ihre Empfindungen Bruce gegenüber übertrafen alle bisherigen Gefühle. Das verunsicherte sie, denn sie wusste nicht, ob sie sich selbst überhaupt richtig einschätzen konnte.

Tessa hatte es nicht immer einfach gehabt. Als kleines Kind hatte sie damit fertig werden müssen, dass der Vater sie verlassen hatte, und wenige Jahre später hatte sie den Tod ihrer Mutter verkraften müssen. Trotzdem war sie zuversichtlich geblieben, anstatt nur die Schattenseiten des Lebens zu sehen. Sie hatte sich allerdings davor gehütet, Beziehungen zu vertiefen, denn sie wollte nicht wieder enttäuscht werden.

Bruce' Charme, seine Klugheit und sinnliche Ausstrahlung hatten Tessa fasziniert, seine kühle Selbstbeherrschung hatte sie herausgefordert. So war es unvermeidlich gewesen, dass sie sich in ihn verliebte, zum ersten Mal in ihrem Leben ernsthaft verliebte.

Und obwohl Bruce ihr so viel Leid zugefügt hatte, liebte sie ihn, und das würde sich wohl auch niemals ändern.

In dem Moment wurde er wach und erkundigte sich: „Hast du auch geschlafen?"

„Nein", erwiderte sie ruhig.

Eine Zeit lang streichelte er sie schweigend. „Bedauerst du deinen Entschluss?", fragte er schließlich.

„Mit dir zu schlafen? Nein."

„Was denkst du gerade?"

„Dass ich dich immer noch liebe, dass ich immer noch traurig bin und dass ich immer noch keine Ahnung habe, was ich tun soll."

Bruce konnte sie verstehen. „Es ist nicht einfach, jemanden zu lieben, nicht wahr? Ich glaube, ich wusste bis jetzt nicht einmal, was das überhaupt ist, Liebe."

In der schützenden Dunkelheit gab es nichts, das Tessa hätte ablenken können, und so fiel es ihr leichter als sonst, sich mit Bruce zu unterhalten. Sie wollte alles über ihn und sein Leben erfahren, damit sie seine Gedanken kennenlernte.

„Du liebst doch sicher deine Eltern, oder? Und natürlich dein Zuhause, die Ranch, dein Pferd, deinen Hund, deinen ersten Lehrer …"

Er lachte leise auf. „Nein, den mochte ich nie. Bei der Ranch bin ich mir nicht sicher, sie gehört irgendwie zu mir. Wo ich auch bin oder was ich auch tue, ich vergesse sie nie." Bruce überlegte kurz. „Unter den Tieren hatte ich meine Lieblinge, aber ich kann nicht sagen, dass ich sie geliebt habe. Meinen Vater, ja, den liebe ich sehr. Ich verdanke ihm eine ganze Menge, denn es ist bestimmt nicht einfach für ihn gewesen, mich großzuziehen."

„Ist deine Mutter tot?", fragte Tessa.

„Keine Ahnung. Sie hat mich weggegeben, als ich eine Woche alt war. Ob sie noch lebt, ist nicht so wichtig. Wir haben keinen Kontakt und auch nie Interesse daran gehabt. Tom ist mein leiblicher Vater, war jedoch nie mit meiner Mutter verheiratet. Er arbeitete im Südwesten von Texas, dort hat er sie kennengelernt. Sie war die Tochter eines Ranchers, bei dem er vorübergehend als Hilfskraft angestellt war. Meine Mutter war ungestüm und wollte von zu Hause weg. Da kam ihr mein Vater gerade recht. Die beiden haben sich in einer abgelegenen Hütte getroffen."

Tessa lauschte wie gebannt, während Bruce ihr mit ruhiger, dunkler Stimme seine Geschichte erzählte und ihr damit einen verborgenen Teil seines eigentlichen Ichs offenbarte.

„Natürlich wurde sie schwanger", fuhr er fort. „Und sie wollte das Kind. Dieser Entschluss war wahrscheinlich die äußerste Form der Auflehnung gegen ihre Umgebung. Es gab einen fürchterlichen Skandal, weil sie sich weigerte, den Vater anzugeben, fortzuziehen oder sich wenigstens zu verstecken, bis ich geboren war. Tom versuchte, sie zur Heirat zu überreden, doch das lehnte sie ebenfalls ab. Sie wollte weg vom Rancherleben, und das konnte er ihr nicht bieten, denn etwas anderes hatte er nie gelernt."

„Was geschah nach deiner Geburt?"

„Meine Mutter gab mir einen Namen und sorgte eine Woche lang für mich. Dann setzte sie sich mit meinem Vater in Verbindung und bestellte ihn in jene Grenzerhütte. Sie nahm mich zu dem Treffen mit, legte mich ihm in die Arme und ging davon, nicht nach Hause, sondern einfach weiter."

„Also hat dich dein Vater ganz allein großgezogen."

„Richtig. Er verließ Texas noch am selben Tag, weil er befürchtete, ihre Eltern könnten mich ihm wegnehmen, wenn sie erführen, dass sie mich nicht mitgenommen hatte.“ Bruce lächelte. „Das war auch ziemlich mutig von ihm. Immerhin schleppte er einen einwöchigen Säugling quer durchs Land, ohne die blasseste Ahnung zu haben, wie man mit einem Baby umgeht. Es ist ein Wunder, dass ich das überlebt habe.“

Tessa lächelte ebenfalls. „Es hat dir anscheinend nicht geschadet, nicht wahr?“

„Na ja, wir sind durchgekommen, und er war immer für mich da. Wir hatten nichts, aber wir waren zusammen. Er hat mal hier, mal da gearbeitet und jeden Job angenommen, der ihm geboten wurde. Ich bin in der Zeit in mehr Farmküchen gefüttert worden, als du dir vorstellen kannst. Ich habe auf den Höfen mit den Tieren gespielt und auf den Abend gewartet, wenn mein Vater zurückkam, bis ich endlich alt genug war, um ihn zu begleiten.“

„Wie alt warst du da?“

„Vier oder fünf Jahre, glaube ich.“

„Das ist doch noch viel zu jung!“, meinte Tessa entsetzt.

„Alt genug, um den ganzen Tag im Sattel zu sitzen. Ich konnte bereits mit dem Lasso umgehen.“

„Und was war mit der Schule?“

„Aus dem Grund ist Tom sesshaft geworden“, berichtete Bruce. „Ich musste zur Schule, sonst hätte irgendjemand die Behörden benachrichtigen können, und man hätte mich ihm weggenommen. Wir waren damals in Wyoming, und mein Vater gab sein ganzes erspartes Geld für ein Stück Land aus, baute eine Hütte und begann, mit zwei Kühen, einem Bullen und viel Sturheit Vieh zu züchten. Obwohl wir nicht gerade im Luxus lebten, brauchten wir nie zu hungern. Ich konnte die Schule besuchen und habe danach auf der Ranch gearbeitet. Als ich zehn war, hat Tom mich adoptiert, damit ich offiziell seinen Namen tragen konnte. Es gab keine Schwierigkeiten, denn niemand wusste, wo meine Mutter war.“

Bruce hatte längst aufgehört zu erzählen, doch Tessa strich ihm immer noch übers Haar. Nun wunderte sie sich nicht mehr darüber, dass er so reserviert war und sich stets bemühte, seine Gefühle zu kontrollieren. Der einzige Mensch, auf den er sich immer hatte verlassen können, war sein Vater gewesen. Bruce hatte nie Zeit gehabt, andere

Menschen näher kennenzulernen, weil er und sein Vater immer herumgereist waren. Die Beziehung zu Tom war das Einzige, das in seinem Leben Bestand gehabt hatte. Es musste schmerzlich für ihn gewesen sein, zuzusehen, dass andere Kinder eine richtige Familie mit einer liebevollen Mutter hatten, während seine eigene nichts von ihm wissen wollte. So war er vorsichtig geworden und hatte keinen mehr an sich herangelassen, da er außer seinem Vater niemandem traute.

Das, was sie soeben über ihn erfahren hatte, half Tessa, sein Misstrauen ihr gegenüber besser zu verstehen. Trotzdem war sie sich nicht darüber im Klaren, ob sie ihm jemals verzeihen konnte. Wenn sie ihn nur nicht so liebte!

Bruce stützte sich auf einen Ellbogen und begann Tessas Brüste zu liebkosen, bis sich die samtweichen Knospen aufrichteten. „Tom wird von dir begeistert sein", kündigte er an. „Er mag Frauen und wird sich sicherlich auch in dich verlieben." Er beugte sich über sie und umkreiste mit der Zunge erst die eine, dann die andere Brustspitze.

Eine Welle der Erregung durchströmte Tessa, und sie bog sich seinen Liebkosungen lustvoll entgegen.

Ohne seine Tätigkeit zu unterbrechen, flüsterte er: „Du bist so zierlich, dass ich manchmal fürchte, ich könnte dir in meiner Leidenschaft wehtun." Er lachte verhalten und strich ihr mit der Hand über die volle Brust. „Aber bei aller Zerbrechlichkeit kannst du dich nicht über einen Mangel an reizvollen Rundungen beklagen."

Tessa wurde gleichzeitig heiß und kalt unter seinen Zärtlichkeiten, und bald erschauerte sie vor neuerlichem Begehren, das niemand besser zu stillen wusste als Bruce.

In dieser Nacht zeigte er ihr immer wieder, wie sehr er sich nach ihr sehnte, und Tessa genoss es sehr, denn sie brauchte seine Aufmerksamkeiten, um ihr erschüttertes Selbstbewusstsein wieder aufzubauen.

Tessa wurde durch die wärmende Sonne, die ihr ins Gesicht schien, geweckt. Bruce lag halb über sie gebeugt und hatte sie im Schlaf beobachtet. Mit den dunklen Bartstoppeln wirkte er noch verwegener als sonst, und seine Miene spiegelte tiefste Befriedigung wider.

„Guten Morgen", sagte er leise.

Tessa streckte sich wohlig. „Guten Morgen. Musst du denn nicht ins Büro?"

„Nein, Evan und Sammy kümmern sich bereits darum. Meine Aufgabe ist, hierzubleiben und dafür zu sorgen, dass es dir gut geht."

Sie spürte, dass Bruce ihr auswich. „Ich verspreche dir, dass ich dich nicht ausschließe. Das befürchtest du doch, oder?"

„Ich gebe zu, dass ich schon mal flüchtig daran gedacht habe."

„Du hast mein Wort, dass ich es nicht tun werde. Dennoch weiß ich nicht, wie es weitergehen soll", gestand Tessa zögernd. „Letzte Nacht habe ich viel nachgedacht. Ich verstehe, dass du mich aufgrund der erdrückenden Beweise verdächtigt hast, jedoch das alte Vertrauen ist nicht wieder da, obwohl ich dich immer noch liebe."

Bruce sah sie ernst an. „Gib mir Zeit, mehr verlange ich nicht."

Er schwang die Beine über den Bettrand und hob seine Jeans vom Boden auf. „Möchtest du wieder arbeiten?"

„Bei Carter Engineering bestimmt nicht, nach allem, was geschehen ist. Aber irgendwie muss ich meine Rechnungen bezahlen; also brauche ich eine neue Stelle."

„Tu mir einen Gefallen und such dir noch nichts Neues."

„Wieso nicht?"

„Weil wir sowieso nicht hier wohnen bleiben."

Tessa stand ebenfalls auf und zog ihren Morgenmantel an. „Findest du nicht, dass du ein bisschen viel erwartest?"

„Auf jeden Fall weniger, als ich möchte", versicherte Bruce. „Ich bitte dich ja nur, dich noch nicht nach einer neuen Stelle umzusehen. Mach dir wegen des Geldes keine Sorgen, darum kümmere ich mich schon. Nein, widersprich nicht!", meinte er, weil Tessa empört Luft holte. „Du hast viel durchgemacht und eine Ruhepause redlich verdient. Und da ich mich einfach bei dir einquartiert habe, ist es nur gerecht, wenn ich einen Teil der Kosten übernehme."

„Du versuchst, mich von dir abhängig zu machen."

„Ist das so schlimm? Irgendwie müssen wir mit den Schwierigkeiten fertig werden, die wir durch unser Misstrauen hatten. Lass es uns doch zur Abwechslung einfach mal mit gegenseitigem Vertrauen versuchen."

„Für wie lange? Wann musst du zurück nach San Francisco?"

Bruce' Miene wurde undurchdringlich. „Das eilt nicht."

Die plötzliche Zurückhaltung machte Tessa hellhörig. „Du hast neulich erzählt, du und Evan könntet gekündigt werden. Ist das schon passiert?"

„Nein, mach dir keine Sorgen um meinen Job, Darling."

Er verschwieg ihr etwas, aber sein ausdrucksloser Blick sagte ihr, dass jede weitere Frage Zeitverschwendung war. Wie soll ich ihm unter solchen Voraussetzungen vertrauen? fragte sie sich. Alles schien so aussichtslos, und sie wandte sich enttäuscht ab. „Ich gehe unter die Dusche."

„Oh ja", stimmte Bruce ihr zu. „Das wollte ich auch gerade tun."

„Sobald ich fertig bin, kannst du ins Badezimmer."

Gelassen sah er zu, wie Tessa ihre Kleider zusammensuchte. „Ich bin also ausgeladen", stellte er fest.

„Nein, ich brauche nicht lange. Du kannst ja schon mal mit den Vorbereitungen fürs Frühstück anfangen. Wenn ich fertig bin, mache ich weiter, und bis du angezogen bist, können wir essen."

„Na gut", gab er nach. „Wenn dir das so lieber ist."

Sie war sich nicht sicher, ob Bruce ihr nicht folgen würde, doch er hielt Wort. Als sie in die Küche kam, duftete die Wohnung nach frischem Kaffee, und plötzlich merkte sie, wie hungrig sie war. Rasch zog sie sich an und löste ihn ab.

Wenig später saßen sie sich am Tisch gegenüber. „Iss", forderte Bruce sie nach einer Weile freundlich auf.

Tessa sah ihn nachdenklich an, und sie erwiderte zögernd: „Ich kann mich einfach nicht entscheiden."

Er wusste sofort, was sie meinte. „Das ist auch gar nicht nötig. Wir haben Zeit."

In den folgenden Stunden war Tessa nahe daran, Bruce vorzuschlagen, ins Büro zu gehen. Er langweilte sich offensichtlich, doch das war schließlich seine Angelegenheit. Tessa hatte genug zu tun und ließ ihn in Ruhe. Am frühen Nachmittag läutete das Telefon, und Bruce, der anscheinend darauf gewartet hatte, hob hastig den Hörer ab.

Tessa hörte aufmerksam zu, worum es ging, aber er war ein Meister in einsilbigen Antworten.

„Alles klar, ich komme sofort", sagte er schließlich und legte auf.

„Was ist passiert?", fragte Tessa und folgte Bruce ins Schlafzimmer. „Haben Evan und Sammy etwas herausgefunden?"

„Kann sein." Er begann sich umzuziehen.

Sie begriff, dass er nicht vorhatte, sie einzuweihen. Ärgerlich stellte sie sich ihm in den Weg. „Du wirst mich nicht allein lassen, ohne mir zu sagen, was los ist. Ich komme mit." Sie streifte sich die Jeans ab.

Bruce hielt Tessa fest und küsste sie auf den Mund. „Das wirst du nicht tun. Es könnte Streit geben, und ich möchte nicht, dass dir noch mal wehgetan wird. Bis gleich."

„Bruce!", rief sie ihm wütend nach.

An der Tür drehte er sich noch einmal nach ihr um, und sie war froh, dass der Zorn in seinem Blick nicht ihr galt. „Ich bin bald wieder da“, versprach er und verschwand.

Plötzlich war es auffallend still in der Wohnung. Tessa war klar, dass Bruce sich nur mühsam beherrscht hatte. Er musste erfahren haben, wer versucht hatte, sie zu belasten. Da er ihr nichts verraten hatte, nahm sie an, dass es sich um jemanden handelte, den sie kannte.

Wer hasste sie genug, um sie ins Gefängnis bringen zu wollen? Die Frage überstieg ihr Vorstellungsvermögen. Tessa dachte fieberhaft nach und rief sich alle Frauen ins Gedächtnis, die bei Carter Engineering arbeiteten. Umsonst. Sie hatte keiner den Freund abspenstig gemacht und sich nie in bestehende Beziehungen eingemischt. Es gab nichts, wodurch sie sich die Feindschaft einer anderen Frau hätte zuziehen können, und doch musste das der Fall gewesen sein.

So sehr sie sich auch bemühte, sie fand keinen Grund für das, was geschehen war. Nun, es hatte keinen Zweck, sich jetzt mit sinnlosen Fragen verrückt zu machen. Das Beste ist, ich warte, bis Bruce wiederkommt, dachte sie und versuchte, sich mit einem guten Buch die Zeit zu vertreiben. Jedoch es gelang ihr nicht, sich zu konzentrieren. Die Lage erschien Tessa hoffnungsloser denn je. In der Nacht hatte sie ohne Rücksicht auf ihre eigenen Probleme versucht, Bruce zu verstehen. Sie liebte ihn und wollte sich ihm auch anvertrauen. Aber sein Verhalten schien ihr widersprüchlich. Warum ließ er sie allein, obwohl er wusste, dass sie vor Angst und Unsicherheit fast verrückt wurde?

Wollte er ihr vielleicht Gelegenheit geben, in Ruhe eine Entscheidung zu treffen und eventuell nicht mehr da zu sein, wenn er zurückkam?

11. KAPITEL

Der Nachmittag verstrich, ohne dass Bruce zurückkehrte, und als sich abends endlich der Schlüssel im Schloss drehte, fuhr Tessa erschrocken zusammen.

Sammy war mitgekommen, doch Tessa achtete nicht auf ihn. Sie sah Bruce mit großen Augen an. „Hast du meinen Hausschlüssel mitgenommen?"

„Ja." Er schob ihn in die Jackentasche und musterte Tessa prüfend. „Du siehst ziemlich mitgenommen aus", stellte er besorgt fest.

Tessa überging seine Bemerkung. „Was habt ihr herausgefunden?"

„Ich bin todmüde und brauche erst einmal einen Kaffee."

„Nein, Bruce. Vorher will ich eine Antwort haben."

„Gleich." Er wollte in die Küche gehen.

Wütend sprang Tessa auf. „Wenn du mir jetzt nicht sofort sagst, was los ist, werfe ich euch hinaus. Euch beide", fügte sie mit einem kurzen Blick auf Sammy hinzu.

Bruce lachte auf. „Das ist dir wirklich zuzutrauen", stellte er mit funkelnden Augen fest. Dann wandte er sich an Sammy. „Erzähl du, was passiert ist."

Tessa fiel auf, dass er Sammy duzte. Die gemeinsame Arbeit schien die beiden Männer einander nähergebracht zu haben. Sie drehte sich zu Sammy um. Der hatte die Hände in den Hosentaschen vergraben und schaute bedrückt drein.

„Im Grunde bin ich schuld", gestand er verbittert. Sein jungenhaftes Aussehen war verschwunden, als sei er über Nacht älter geworden.

„Du?", fragte sie verständnislos.

„Ja. Es war Hillary. Sie hat es meinetwegen getan."

Voller Schrecken sah Tessa ihn an, doch dann war ihr plötzlich alles klar. Hillary liebte Sammy, war jedoch zu schüchtern und unsicher, um ihm ihre Gefühle zu zeigen. Damit Sammy seine brillanten Ideen verwirklichen konnte, brauchte er Geld, und das hatte sie ihm beschafft.

Die Voraussetzungen waren denkbar günstig gewesen, denn Hillary kannte sich nicht nur im Bankwesen aus, sie genoss auch Sammys Vertrauen. Durch ihn hatte sie Zugang zu dem Rechner bei Carter Engineering gehabt, und das hatte sie ausgenutzt. Da Sammy nie einen Hehl daraus gemacht hatte, wie sehr er Tessa bewunderte, hatte sich Hillary in ihrer Eifersucht deren Namen bedient.

Nun fügte sich eins zum anderen, und Tessa sah Sammy mitfühlend an, während er fortfuhr: „Ich habe es selbst herausgefunden. Hillary hat einen Schlüssel zu meiner Wohnung und kam und ging, wann sie wollte. Sie kannte alle Passwörter und hat sich heimlich am Großrechner zu schaffen gemacht. Im Grunde habe ich ihr selbst den Weg bereitet, Tessa. Ich konnte die Spur bis zu meinem eigenen Kennwort zurückverfolgen." Er begann unkontrolliert zu zittern.

Tessa nahm ihn in die Arme. „Weiß sie schon Bescheid?", erkundigte sie sich leise.

„Ja. Wir haben vor der Bank auf sie gewartet. Als sie uns sah, fing sie an zu weinen. Ihr war sofort klar, weshalb wir da standen."

„Hat Bruce sie festnehmen lassen?"

„Nein, das habe ich nicht getan", mischte Bruce sich ein, der unbemerkt eingetreten war. „Ich wollte erst mit dir reden. Sie hat zwar die Firma geschädigt, was sie dir angetan hat, ist jedoch viel schlimmer. Deshalb wollte ich nichts unternehmen, ohne dich zu fragen. Evan ist bei ihr und wartet auf meinen Anruf."

Er wollte, dass sie über das Schicksal eines anderen Menschen entschied. „Bruce, das kann ich nicht. Ich bin doch kein Richter." Der Gedanke, sich an Hillary zu rächen, war jedoch verlockend.

Bruce ließ Tessa nicht aus den Augen. Er wusste, dass sie sich diese Entscheidung nicht leicht machen würde. Die Erlebnisse der letzten Woche hatten sie verändert, sie hatte viel von ihrer Sorglosigkeit verloren. Das änderte natürlich nichts an seiner Liebe, und er zweifelte nicht daran, dass sie ihre Unbekümmertheit irgendwann wiederfinden würde. Doch zuvor galt es, einen Entschluss zu fassen, und den wollte er ihr nicht abnehmen. Ihr war schweres Leid zugefügt worden, und im Vergleich dazu wurden sogar Joshua Carters Interessen nebensächlich.

„Lass sie laufen", sagte sie leise.

Er zog sie an sich. „Bist du dir ganz sicher?"

„Ja."

Bruce führte Tessa zur Couch, setzte sich neben sie und winkte Sammy zu einem der Sessel.

Tessa umklammerte fest Bruce' Hand. „Hillary hat das nur aus Liebe zu Sammy getan, und an ihrer Stelle hätte ich vermutlich ähnlich gehandelt, wer weiß das schon?" Sie schaute Sammy an. „Oder weißt du immer noch nicht, dass Hillary dich liebt?"

Fassungslos schüttelte Sammy den Kopf. „Ich kann das nicht begreifen. Sie hat keinen Grund, auf dich eifersüchtig zu sein. Im Gegenteil, du hast Hillary immer mit mir verkuppeln wollen."

„Woher sollte sie das wissen? Außerdem kommt noch etwas anderes dazu. Sie glaubt an dich und das, was du tust."

„Es hat im Moment wenig Zweck, die ganzen Hintergründe zu erforschen", bemerkte Bruce und lenkte damit die Aufmerksamkeit der beiden wieder auf sich. „Selbstvorwürfe bringen uns nicht weiter. Wir müssen einen Weg finden, wie wir Mr Carter beschwichtigen können. Er wird sicher auf Schadenersatz bestehen, und das Geld wurde bereits ausgegeben. Was schlagt ihr vor?"

Sammy dachte kurz nach. „Mein Programm ist marktfähig. Ich wollte es an eine Computerfirma verkaufen, und das bringt bestimmt eine Menge Geld."

„Du könntest auch sämtliche Rechte an Joshua Carter abtreten", schlug Bruce vor.

In Sammys Augen flackerte Hoffnung auf. „Meinst du, das reicht?"

„Ja, falls Mr Carter auf eine Anzeige verzichtet. Bei Tessa war er dazu bereit, nachdem ich ihm etwas zugesetzt hatte. Diesmal geht es zwar um Hillary, aber das kann ihm eigentlich egal sein."

„Wird es lange dauern, bis alles geregelt ist?"

„Die Verträge beim Notar sind schnell unterzeichnet. Allerdings wirst du vorher Angebote einholen und vergleichen müssen. So etwas braucht natürlich etwas Zeit."

Sammy erhob sich und sah unschlüssig auf die beiden herab. „Was mache ich nur mit Hillary? Ich liebe sie und wollte sie eigentlich heiraten. Und jetzt …" Er verstummte.

Lächelnd begleitete Bruce ihn zur Tür. „Du solltest offen zu ihr sein, dann gibt es nachher in der Ehe keine Missverständnisse. Du kannst ihr ja deutlich machen, wie du ihr Verhalten findest, damit sich so etwas nicht wiederholt."

Nachdem Sammy sich verabschiedet hatte, schloss Bruce die Tür und kehrte zu Tessa zurück. „Jetzt ist endlich alles vorbei."

Tessa lehnte sich an Bruce, nachdem er sich zu ihr auf die Couch gesetzt hatte. Sie fand keineswegs, dass alle Probleme beseitigt waren, im Gegenteil! Das Wichtigste lag noch vor ihnen, nämlich wie es mit ihrer Zukunft aussah. Doch das konnte man leider nicht so einfach lösen.

„Was hättest du eigentlich gemacht, wenn ich es für besser gehalten hätte, Hillary anzuzeigen?“, fragte sie ihn neugierig.

„Dir zugestimmt“, gab er ohne zu zögern zurück. „In diesem Fall habe ich mich ganz auf dein Urteil verlassen.“ Er hielt einen Moment inne. „Das ist auch gut so, denn ich konnte meinen Beweggründen diesmal nicht trauen.“

Tessa erschauerte. Sie hatte Bruce’ Härte schon kennengelernt und war froh, dass sie diesmal nicht das Opfer war. Sie erinnerte sich daran, wie sie das erste Mal miteinander geschlafen hatten. Schon damals war ihr klar geworden, dass Bruce einen eisernen Willen hatte, sich von niemandem etwas wegnehmen ließ und auch darum zu kämpfen verstand, wenn es sein musste. Deshalb hatte er ihr auch helfen wollen, obwohl sie ihn ja in seinen Augen hintergangen hatte. Die Erinnerung, wie unnachgiebig er trotz seiner Fürsorge gegen sie gewesen war, ließ sie im Nachhinein nochmals erschauern.

„Was hättest du gemacht, wenn ich dein Angebot von damals, alles zuzugeben, angenommen hätte?“, fragte sie nachdenklich. „Hättest du mich bestraft?“

„So, wie Sammy es jetzt hoffentlich mit Hillary macht“, entgegnete er sanft. „Oder hältst du es für falsch, dass er Hillary den Kopf zurechtsetzt?“

„Nein, im Gegenteil, ich hoffe, dass er recht streng mit ihr ins Gericht geht.“ Sie hob entschuldigend die Hände. „Ich bin eben auch nur ein Mensch. Im Grunde möchte ich das Ganze möglichst schnell vergessen. Mit einer Anzeige gegen Hillary hättest du auch Sammy getroffen, und das hat er einfach nicht verdient.“

Bruce beugte sich vor, stützte die Ellbogen auf die Knie und legte das Kinn auf die gefalteten Hände. „Wenn du Fremden gegenüber so großzügig sein kannst, warum nicht auch bei mir? Weshalb kannst du mir nicht verzeihen und eine zweite Chance geben?“ Er holte tief Luft und wartete mit geschlossenen Augen auf die Antwort.

Irritiert dachte Tessa über seine Worte nach. Er hatte recht. Obwohl sie ihn mehr liebte, als sie es je für möglich gehalten hätte, war sie zu Menschen, die lediglich zu ihrem Bekanntenkreis zählten, nachsichtiger. Andererseits hatte ihr sein Misstrauen gerade deshalb so wehgetan, weil er ihr nicht gleichgültig war. Hillary dagegen bedeutet ihr gar nichts, außer, dass sie für Sammy wichtig war.

Das also ist Liebe, erkannte sie plötzlich. Man darf nicht nur die eigene Zuneigung beachten, sondern muss dem Partner auch Gelegenheit geben, diese Liebe zu erwidern. Bruce hatte sie für schuldig gehalten und ihr dennoch verziehen und sich um sie gekümmert. Und das nicht nur aus Stolz, korrigierte sie ihre frühere Überlegung, sondern weil er mich wirklich liebt.

Mit einem Mal schien es überhaupt nicht mehr wichtig zu sein, ob sie ihm vertrauen konnte oder nicht. Ohne ihn und seine Liebe konnte sie nicht leben. Alles andere war bedeutungslos.

Abwesend sah sie vor sich hin. Endlich hatte sie das Gefühl, dass sich ihre Gedanken ordneten, und allmählich begann sie, wieder an eine Zukunft zu glauben.

Tessa schwieg lange, und es fiel Bruce immer schwerer, seine Ungeduld zu zähmen. Ihm blieb noch ein einziges Argument, um sie davon zu überzeugen, dass er alles nur Mögliche tat, um sie zu beschützen. Wenn sie ihn auch dann noch missverstand, wusste er nicht mehr weiter. Also spielte er seine letzte Karte aus: „Ich muss dir etwas gestehen, Tessa. Ich habe gekündigt."

„Aber du hattest doch gesagt, dass ich mir wegen deines Jobs keine Sorgen machen müsste", sagte sie erschrocken.

„Den hatte ich seit letzten Montag schon nicht mehr", berichtete Bruce vorsichtig. „Nachdem ich Joshua gesagt hatte, dass ich nicht mehr für ihn arbeiten wollte, haben wir uns auf einen Handel geeinigt. Er war bereit, die Anzeige gegen dich zurückzuziehen, wenn ich ihm dafür ab und zu als Berater helfe. Ich möchte nämlich nicht mehr andauernd aus dem Koffer leben, sondern mit dir auf die Ranch ziehen und eine Familie gründen."

Tessa sah ihn ungläubig an. „Ist das ein Heiratsantrag?"

„Der erste, den ich jemals gemacht habe", bestätigte Bruce lächelnd. „Liebst du mich genug, um mir zu verzeihen, was ich dir angetan habe?"

Sie sprang auf. „Darum geht es doch gar nicht. Ich liebe dich so sehr, dass ich dir alles vergeben könnte. Was nicht heißt, dass ich dir alles durchgehen lassen werde", fügte sie schnell hinzu.

Unbändige Freude überkam Bruce, und er strahlte über das ganze Gesicht. „Ich werde dir keine Gelegenheit zur Kritik geben", versprach er.

„Ich würde dich aus dem gemeinsamen Schlafzimmer verbannen", drohte Tessa scherzhaft.

Er hob abwehrend die Hände. „Das kommt nicht infrage. Der Platz im Bett neben dir gehört mir, daran wird sich nie etwas ändern. Aber wo lag das Problem, wenn du mir sowieso verzeihst?"

„Ich konnte mich nicht entscheiden, ob ich dich auch haben wollte, wenn du mich nicht liebst, oder ich lieber warten sollte, bis ich mir deiner Liebe sicher war."

Bruce stand auf und trat zu ihr. „Soll ich dir einmal zeigen, was es heißt, die Frau eines Ranchers zu sein?"

Jetzt war sie wieder die alte Tessa, die betont langsam die Lider senkte, um das Glitzern ihrer grünen Augen zu verbergen. „Tu dir keinen Zwang an", forderte sie ihn mit verführerischer Stimme auf.

Bevor sie sich versah, hatte er sie hochgehoben und ins Schlafzimmer getragen. Dort überließen sie sich ihrer Leidenschaft, bis sie nach lustvollen Höhepunkten mehr als befriedigt waren. Erschöpft blieb Tessa auf Bruce liegen und strich ihm mit dem Zeigefinger verführerisch langsam über Hals, Brust und Taille hinab zur Hüfte und noch ein bisschen weiter.

„Ich möchte in Tennessee getraut werden", flüsterte sie und küsste Bruce aufs Kinn. „In der Kirche von Sevierville, und Tante Sylvia soll dabei sein. Du willst bestimmt deinen Vater als Trauzeugen haben?"

„Natürlich, was denkst du", meinte er schnell und richtete sich so plötzlich auf, dass sie zur Seite rollte. Als er nach ihr greifen wollte, wich sie aus, hielt seine Hand fest und küsste jede Fingerspitze einzeln.

Tessas Stimme klang verträumt. „Ich möchte dir die Farm und die alten Landstraßen zeigen. In Gatlingburg ist es im Frühling und Sommer am schönsten. Von dort aus ist es nicht weit bis in die Berge. Der Naturpark ist wegen seiner Schönheit bekannt, und ..."

Er hielt ihr den Mund zu. „Ist schon gut, Darling, ich tu alles, was du willst. Ich heirate dich, wo du willst, vor so vielen Leuten, wie du willst, und wandere mit dir von Tennessee nach Wyoming, wenn es sein muss. Gibt es sonst noch etwas zu besprechen?"

Hinter seiner vorgehaltenen Hand begann sie so haltlos zu lachen, dass ihr die Tränen über die Wangen rollten. Bruce begriff, dass Tessa die ganze Zeit mit ihm gespielt und die weibliche Macht ausgekostet hatte, die sie über ihn besaß.

Sie hatte ihn unglaublich erregt und ihn mit ihren Worten nur hingehalten. Die Aussicht, für den Rest des Lebens mit ihr zusammen zu sein, erfüllte ihn mit unbändigem Glück. Ohne Vorwarnung streckte er plötzlich einen Arm aus und presste sie in die Kissen, bis er auf ihr lag. „Das Spiel ist aus", flüsterte er ihr mit heiserer Stimme ins Ohr, während er mit der Hand ihre intimste Stelle liebkoste. „Das ist die Strafe dafür, dass du mich so lange hingehalten hast", stöhnte er und bedeckte ihre Brüste mit leidenschaftlichen Küssen.

Sie seufzte entzückt auf und drängte sich an ihn. „Ich liebe dich", hauchte sie, bevor sie sich ihm völlig hingab.

Das Mondlicht schien auf das breite Bett und beleuchtete die blank polierten Holzdielen und den handgewebten Teppich. Tessa setzte sich aufrecht hin und stützte die verschränkten Arme auf die Knie. Nachdenklich betrachtete sie Bruce, der lang hingestreckt neben ihr lag und schlief. Heute Morgen waren sie getraut worden und anschließend von Knoxville aus sofort nach Wyoming geflogen.

Sie hatte Tante Sylvia zum Abschied herzlich umarmt, denn sie hatte gewusst, dass sie sich diesmal wirklich von ihr trennte. Ab jetzt war sie in Wyoming und nicht mehr in Tennessee zu Hause. Ihre Tante hatte Tränen in den Augen gehabt, und Bruce' Vater hatte ihr verständnisvoll sein blütenweißes Taschentuch gereicht.

„Sie können uns jederzeit besuchen", hatte er ihr versprochen. „Ich würde mich sehr darüber freuen", und seine Stimme hatte sehr verheißungsvoll geklungen.

Sie waren über Chicago und Denver nach Cheyenne geflogen. Den letzten Teil der Strecke hatten sie in Toms Privatflugzeug zurückgelegt, doch Tessa hatte nicht mehr viel mitbekommen. Sie war erschöpft eingeschlafen, und Bruce hatte sie erst nach der Landung geweckt. Nach der Fahrt über die staubige Rollbahn zum Ranchhaus war sie hellwach gewesen. Bruce hatte sie über die Schwelle getragen und sofort in sein Schlafzimmer gebracht, und Tom hatte ihnen mit einem verständnisvollen Lächeln die Koffer vor die Tür gestellt.

„Das Badezimmer dort gehört nur zu diesem Zimmer", hatte Bruce erklärt und auf eine Seitentür gezeigt. „Bist du hungrig? Oder möchtest du dich frisch machen und gleich ins Bett gehen?"

Tessa hatte sich gestreckt und gegähnt. „Wie wäre es, wenn ich erst dusche, dann etwas esse und mich danach hinlege?"

„Das dauert mir zu lange", hatte er protestiert und sehnsüchtig auf die weißen Laken geschaut.

„Bist du schon so müde?"

„Nein, im Gegenteil."

„Aber du hast keinen Hunger."

„Nicht auf etwas Essbares."

Langsam hatte Tessa sich die Bluse aufgeknöpft und sich ausgezogen. „Hast du Lust, mit mir unter die Dusche zu kommen?“, hatte sie dabei mit einem Augenaufschlag gefragt. „Dann könnten wir Zeit sparen.“

Bruce hatte sie so eindringlich betrachtet, als sähe er sie jetzt zum ersten Mal. „Ich hoffe, dein Appetit ist nicht allzu groß. Es wird nämlich bestimmt noch einige Zeit dauern, bis du dein Abendessen bekommst. Genau genommen könnte man es dann auch Frühstück nennen.“

„Du kannst mich doch zu einem Mitternachtsimbiss einladen“, hatte Tessa vorgeschlagen und sich den Rock über die Hüften gestreift.

„Mit Vergnügen.“

Danach hatten sie nicht mehr darüber geredet, aber jetzt war Mitternacht längst vorüber, und inzwischen war Tessa wirklich hungrig. Bruce blinzelte zu ihr auf und streichelte zärtlich ihren Rücken.

„Weißt du, was ich mir vorgestellt habe, als wir das erste Mal miteinander geschlafen haben?“, fragte er leise. „Du hattest schon tief geschlummert, und ich habe dich im Arm gehalten und mir ausgemalt, wie es wohl wäre, mit dir hier auf der Ranch in diesem Bett zu liegen, nachdem wir uns geliebt hätten, und dich zu betrachten. Damals bin ich auch auf die Idee gekommen, dich zu heiraten.“

Tessa glitt wieder unters Laken, schmiegte sich an ihn und rieb ihr Gesicht an seiner Brust. „Und wie ist es jetzt, entspricht die Wirklichkeit deinen Träumen?“

„Nein.“ Er lachte verhalten. „Sie übertrifft alles.“

„Mit anderen Worten, es hat dir gefallen?“

„Na, und wie!“

„So gut, dass du Lust hättest, das Ganze noch einmal zu wiederholen?“

„Meinst du diese Frage wirklich ernst?“

„Sie hat einen Grund. Ich möchte dich nämlich darauf hinweisen, dass ich allmählich meine Kraft verliere, wenn ich zwischendurch nichts zu essen bekomme. Wenn du also möchtest, dass ich durchhalte, solltest du mir ab und zu eine Mahlzeit gönnen.“

„Sehr wohl, Mrs Rutland, ich habe schon verstanden.“ Er schwang die Beine über den Bettrand und schlüpfte in die Jeans, die er am Abend achtlos zu Boden geworfen hatte. Er sah, dass Tessa ebenfalls aufgestanden war und gerade ihr Nachthemd glatt strich. Im Mondlicht konnte er die Konturen ihres verführerischen Körpers erkennen und dass ihre Lippen von seinen Küssen geschwollen waren. Sie wirkte wie eine Frau, die liebte und geliebt wurde und die die Freuden der Liebe soeben erlebt hatte.

„Ich bin froh, dass du meine Frau bist", sagte er leise.

Tessa streifte sich den Bademantel über und band den Gürtel zu. „Ich auch", antwortete sie, ging zu ihm hinüber und umarmte ihn.

Die schreckliche Woche mit ihren Albträumen war endgültig vorüber und gehörte der Vergangenheit an. Tessa hatte sich in dieser Zeit verändert, aber Bruce auch. Beide hatten ihre Zurückhaltung abgelegt und sich dem anderen rückhaltlos geöffnet. Von nun an würde es nie wieder irgendwelche Schranken zwischen ihnen geben.

Wie hatte sie nur glauben können, dass sie Bruce nicht vertrauen konnte? Nur bei ihm war ihre Liebe und damit auch ihr Glück sicher.

– ENDE –

Jayne Anne Krentz

Mach meine erotischen Träume wahr

Roman

Aus dem Englischen von
Camilla Kneschke

MIRA®

1. KAPITEL

Der weite Rock von Angie Townsends Hochzeitskleid wehte hinter ihr her, als ihr frischgebackener Ehemann sie an die Hand nahm und die Stufen hinunter zu der wartenden Limousine führte.

Rufe wurden laut, und ein Teil von Angies Verwandten versammelte sich lachend auf dem Rasen. Man konnte die Townsends leicht von den anderen Gästen unterscheiden. Die meisten hatten rote Haare und blaugrüne Augen, genau wie Angie, und sie stürzten sich voller Begeisterung in die Feierlichkeiten, so wie es ihre temperamentvolle Art war.

„Diesen Teil hatte ich vergessen", murmelte Gordon Sutherland, als er sich mit Angie einen Weg durch die Menge bahnte.

Reiskörner und Blütenblätter rieselten auf das Brautpaar herab, als die Gratulanten widerstrebend Platz machten. Ein paar männliche Gäste gaben unanständige Ratschläge für die Hochzeitsnacht, und Angie wurde knallrot. „Das ist nur deine Schuld", erklärte sie Gordon. „Wenn du eine Hochzeit wolltest, hättest du uns Townsends nicht die Planung überlassen sollen. Wir machen keine halben Sachen."

„Ich kann nicht behaupten, man hätte mich nicht gewarnt", gab Gordon zu.

Angie drehte sich um und winkte ihren Eltern und ihrem Bruder Harry zu, die mit Champagnergläsern in der Tür des eleganten Country Clubs standen. Angies Mutter, eine der wenigen Nicht-Rothaarigen in der Familie, weinte glücklich in ein Taschentuch. Sie hatte Angie einmal anvertraut, dass sie in ihrer Jugend sehr zurückhaltend gewesen war. Erst die Heirat mit einem Townsend hatte ihre gute Erziehung ruiniert.

Palmer Townsend, ein robuster, breitschultriger Mann, strahlte vor väterlichem Stolz. Er hob die Hand mit dem Champagnerglas und grüßte Angie damit.

Harry, der mit seinen neunundzwanzig Jahren drei Jahre älter war als Angie, grinste nur. Er hatte die breiten Schultern seines Vaters geerbt. Außerdem hatte er eine Menge von dem leuchtend roten Townsend-Haar, das bei seinem Vater inzwischen grau und dünn geworden war.

„Es war die Anstrengung wert", meinte Gordon. „Du siehst wie eine Märchenprinzessin aus in diesem Kleid." Er musterte Angie zufrieden.

Angie spürte Gordons Blick, als würde Feuer sie berühren. Erregung stieg in ihr auf. Ihr Ehemann hatte so etwas unglaublich Lebendiges an sich, etwas so überwältigend Männliches. Von seinem blauschwarzen Haar bis zu seinem schlanken, gut gebauten Körper strahlte er kraftvolle maskuline Vitalität aus.

Angies Wangen glühten. Heute Nacht würde Gordon sie noch intimer berühren, jetzt betrachtete er sie nur wohlwollend. Sie würden sich zum ersten Mal lieben. Bei dieser Vorstellung stockte ihr der Atem.

Es war kein Mangel an Gelegenheit, nicht Mangel an Begierde, der Angie bisher aus dem Bett ihres Verlobten ferngehalten hatte. Gordon hatte immer viel zu tun gehabt. Außerdem kannten sie sich erst drei Monate, und in den ersten Monaten hatte Angie sich insgeheim vor ihm gefürchtet.

Gordon hatte sie klugerweise nicht gedrängt, sondern sanft umworben und auf diese Art mit sicherer Hand für sich gewonnen. Dabei hatte ihm Angies Familie sehr geholfen. Dort waren alle begeistert von dem Gedanken an eine Heirat zwischen Angie und Gordon. Wie üblich glaubten die Mitglieder der Townsend-Familie zu wissen, was für Angie das Beste war, und das hatten sie ihr auch mitgeteilt.

Angie war klar, dass die anderen nicht nur deshalb so über ihr Leben zu bestimmen versuchten, weil sie die Jüngste war. Es hatte mehr mit der Tatsache zu tun, dass sie die Einzige war, die wenig Interesse und noch weniger Talent für das Familiengeschäft – die Townsend-Hotelkette – bewiesen hatte.

Schon früh hatte Angie sich mehr für Kunst interessiert als für die Geschäftswelt. Da ihre Familie eine Neigung zu Geschäften für selbstverständlich hielt, waren sie zu dem Schluss gekommen, dass Angie von Natur aus naiv war und beschützt werden musste. Während ihr Bruder Harry dazu erzogen wurde, die Position ihres Vaters als Direktor der Firma Townsend zu übernehmen, wurde Angie ermutigt, sich ihren künstlerischen Bemühungen zu widmen.

Angie tolerierte die herablassende Haltung ihrer Familie meistens und schritt nur ein, wenn jemand zu weit darin ging, ihr Leben für sie zu organisieren. Aber was Gordon Sutherland betraf, war sie überzeugt, dass die anderen ausnahmsweise recht hatten. Gordon war der richtige Mann für sie.

Erst im vergangenen Monat hatte sie endlich gewagt, sich selbst gegenüber zuzugeben, wie sehr Gordon sie faszinierte. Außerdem hatte sie festgestellt, dass er sie tatsächlich brauchte und wollte. Aber nachdem sie zu dieser Erkenntnis gelangt war, schien es, als würde sie Gordon noch seltener zu sehen bekommen. Dringende Geschäfte hatten ihn die meiste Zeit aus Tucson weggeführt. Wenn sie dann einmal zusammen waren, dann war meist Angies Vater, ihr Bruder oder ihre Mutter zugegen. Gordon schien das nichts auszumachen.

Niemand war von Angies Reaktion auf Gordon Sutherland mehr überrascht als sie selbst. Er war nicht der Typ eines Mannes, von dem sie geglaubt hatte, dass sie ihn einmal heiraten würde. Ein einziger Blick auf ihn verriet, warum. Er erschien groß, dunkel und gefährlich.

Als Palmer Townsend ihn Angie vorgestellt hatte, wäre sie am liebsten schnell in die entgegengesetzte Richtung gelaufen, und das lag nicht daran, dass die Sutherlands seit Jahren geschäftliche Rivalen der Townsends waren. Angie fand diese Rivalität albern.

Der Grund war eher, dass sie beim ersten Blick in Gordons graue Augen erkannt hatte, dass dieser Mann für sie zu einem ernsthaften Problem werden würde. Es war, als hätte sie bisher im Sonnenschein gelebt und als wollte der Herr der Unterwelt sie nun entführen.

So hatte sie das natürlich nur gesehen, bevor sie Gordon kennengelernt und verstanden hatte, wie sehr er sie brauchte. Nicht, dass er darüber gesprochen hätte, so wie ein Townsend das getan hätte. Gordon war ein zurückhaltender Mensch, nicht gewohnt, seinen Gefühlen Ausdruck zu verleihen. Angie spürte, dass es wahrscheinlich lange dauern würde, bis er dazu fähig war, aber sie war verliebt und bereit zu warten.

Ihr frischgebackener Ehemann war in mancher Hinsicht sehr hart und besaß eine eiserne Selbstbeherrschung. Er hatte eine natürliche Arroganz an sich, ähnlich wie Angies Vater und Bruder. Es war die Arroganz von Männern, die gewohnt waren, Macht zu besitzen und andere zu führen, aber anders als ihr Vater und ihr Bruder war Gordon nie durch Liebe milder gestimmt worden.

Nein, Gordon würde es nicht leichtfallen zuzugeben, dass er die Sanftheit einer Frau in seinem Leben brauchte. Aber Angie wusste, dass es so war. Sie war sicher, dass Gordon sich tief in seinem Inneren nach der Weichheit und Intimität sehnte, die sie ihm geben konnte.

Heute hatte Gordon vor dreihundert Menschen gestanden und sich Angie gegenüber in deutlicher Weise verpflichtet – „bis dass der Tod uns scheidet“. Und Angie hatte schüchtern, aber entschieden diesen Schwur erwidert. Nie war sie glücklicher gewesen als in dem Moment, als Gordon ihr den Ring an den Finger gesteckt hatte. Ihr Lächeln hatte ihm Liebe und Treue für ein ganzes Leben versprochen. Gordon hatte ihr tief in die Augen gesehen, und sie hatte gespürt, dass er ihr Geschenk verstand und zu schätzen wusste.

Von irgendwoher erschien ein Mikrofon, als Angie und Gordon die offene Tür der Limousine erreichten. Ein Journalist hielt es in der Hand, und dahinter folgte ein junger Mann mit einer Kamera auf der Schulter. Angie erkannte das Zeichen der Fernsehstation. „Wo werden Sie die Flitterwochen verbringen, Sutherland?", fragte der Reporter. „In einem Ihrer eigenen Hotels? Oder in einem der Townsend-Gruppe?"

Gordon wirkte einen Moment lang ärgerlich, unterdrückte es aber sofort. „Wo wir die Flitterwochen verbringen, ist geheim. Ich bin sicher, Sie verstehen, warum. Das Letzte, was ich will, ist, heute Nacht einen neugierigen Journalisten unter dem Bett vorzufinden."

Der junge Mann mit der Kamera grinste, aber ein anderer Journalist wandte sich jetzt an Angie.

„Ich gratuliere zu Ihrer Heirat, Mrs Sutherland. Dies ist eine große Nachricht in der Geschäftswelt, genauso wie hier in Tucson, nicht? Jeder weiß, dass die Hotelkonzerne Sutherland und Townsend seit Jahren erbitterte Konkurrenten waren. Und nun hat ein Sutherland eine Townsend geheiratet. Ich nehme an, das bedeutet, es ist etwas dran an den Gerüchten über eine Firmenverschmelzung. Besteht eine Chance, dass die neue Firma ‚Sutherland und Townsend' Aktien ausgeben wird?"

Angie schüttelte energisch den Kopf. Mikrofone machten sie nervös. Sie war nicht daran gewöhnt wie Gordon und die Mitglieder ihrer eigenen Familie, da man sie immer vor den Angriffen der Presse geschützt hatte. „Sie verstehen das falsch", erklärte sie dem Reporter. „Dies ist eine Hochzeit, kein Geschäftsabschluss."

„Eine Hochzeit, die den beiden Hotelketten ein Vermögen einbringen kann, falls es stimmt, dass die Familien sich entschlossen haben, nach all den Jahren das Kriegsbeil zu begraben und sich zusammenzutun. Können wir davon ausgehen, dass die Fusion morgen offiziell bekannt gegeben wird?"

„Sie können von nichts dergleichen ausgehen", antwortete Angie frustriert. „Es gibt keine Fusion. Diese Heirat hat nichts mit Geschäften zu tun. Erklär es ihm, Gordon."

Gordon ergriff schnell das Wort. „Ich fürchte, Sie müssen uns jetzt entschuldigen, damit wir unser Flugzeug erreichen. Sie können mit meinem Schwiegervater und meinem Schwager reden, wenn Sie mehr Informationen wollen."

„Also überlassen Sie Palmer und Harry Townsend die Bekanntgabe?"

Angie warf dem Mann einen bösen Blick zu. „Zum letzten Mal, es gibt keine Bekanntgabe. Dies ist eine Hochzeit."

„Meine Frau hat recht. Es ist eine Hochzeit." Gordon half Angie auf den Rücksitz der Limousine. „Und der Bräutigam wird ungeduldig. Wir müssen uns auf den Weg machen." Er stieg neben Angie ein. Der Chauffeur schloss die Tür und setzte sich ans Steuer.

Als der Wagen losfuhr, drehte Angie sich um und winkte noch ein letztes Mal ihrer Mutter, ihrem Vater und ihrem Bruder zu, die immer noch in der Tür des Country Clubs standen. Ihre Mutter winkte mit einem Taschentuch. Angie sah, wie ihr Vater grinste. Dann wurden er und Harry von einem Heer von Reportern umringt.

„Es war sehr hinterhältig von dir, diese Journalisten Dad und Harry auf den Hals zu hetzen." Angie lehnte sich zurück und lächelte Gordon zu.

„Besser sie als ich. Ich habe heute wichtigere Dinge zu tun." Gordon griff nach Angies Hand, zog sie an seine Lippen und hauchte einen Kuss auf ihren schlichten goldenen Ehering. Sein eigener Ring war aus mattem, kunstvoll gehämmertem Gold. Angie hatte ihn selbst entworfen und angefertigt. Gordon betrachtete bedauernd den Ring, den er Angie angesteckt hatte. „Ich hätte dich wahrscheinlich auch einen für dich selbst entwerfen lassen sollen."

Sie schüttelte den Kopf. Obwohl sie es liebte, Schmuck zu entwerfen, hätte doch nichts perfekter sein können als der Goldring, den Gordon ihr angesteckt hatte. Es war nicht einfach nur ein Schmuckstück, sondern ein Symbol, und als solches würde sie ihn in Ehren halten. „Nein, ich liebe diesen Ring, weil du ihn ausgesucht hast."

Gordon lächelte zufrieden. „Und was ist mit dir, Mrs Sutherland? Liebst du mich auch?"

„Du weißt, dass ich das tue." Angie beugte sich vor und küsste ihn auf den Mund. „Hm." Seine Augen glänzten. „Denk immer daran, ja?"

„Wie könnte ich das vergessen?"

„Du hast recht. Ich werde es dich nicht vergessen lassen, nicht nach allem, was ich gerade durchgemacht habe."

Angie bemerkte seinen seltsamen Ton, aber wenn sie ihn gefragt hätte, was er damit meinte, hätte sie keine wirkliche Antwort bekommen. Gordon war sehr zurückhaltend und beherrscht, und das wollte sie respektieren. Aber er würde sich ändern. Dafür würde ihre Liebe schnell genug sorgen. „Ich schätze, dieser Reporter hat in einem recht", murmelte sie, während sie zum Fenster hinaussah. „Die Geschäftswelt wird sich wegen unserer Hochzeit eine Weile Gedanken machen über Sutherland und Townsend, oder?"

Gordon zuckte mit den Schultern. „Es spielt keine Rolle, was die Presse berichtet. Palmer und Harry ist es egal und mir auch."

Angie verzog das Gesicht. „Ich finde es nur ärgerlich, dass manche Leute denken, unsere Hochzeit hätte geschäftliche Gründe."

Gordon warf ihr einen schnellen Blick zu, bevor er nach der Champagnerflasche griff, die vor ihnen in einem Kühlbehälter stand. „Dein Vater hat mich gewarnt, dass du eine romantische Ader hast. Finde dich lieber damit ab, dass die Leute reden werden. Das ist nun mal so. Immerhin weiß jeder, dass die Hotelketten Sutherland und Townsend jahrelang Konkurrenten waren."

„Ja, ich weiß. Lächerlich, nicht?"

„Die alte Rivalität? Das würde ich nicht sagen." Gordon reichte ihr ein Glas Champagner. „Sie war im Laufe der Jahre ganz nützlich. Die Werbeleute auf beiden Seiten haben einiges daraus gemacht, dass jede Kette dauernd versucht hat, die andere zu übertrumpfen."

„Du redest so, als wäre die berühmte Fehde jetzt Vergangenheit."

„Vielleicht ist sie das in gewisser Weise." Gordon hob sein Glas. „Vielleicht sind wir beide Romeo und Julia mit einem Happy End. Ich habe gerade die einzige Tochter meines Konkurrenten geheiratet, nicht?"

Angie dachte darüber nach. „Ja, aber das ändert nichts an der Geschäftsführung der beiden Firmen, oder? Jedenfalls nicht sofort."

„Spielt das eine Rolle?"

„Nein, natürlich nicht", versicherte Angie ihm schnell. Das Hotelgeschäft war das Letzte, worüber sie reden wollte. „Ich habe mich sowieso nie sehr für die Townsend-Hotels interessiert."

„Ich weiß." Gordons Stimme klang trocken. „Deine Eltern und Harry haben das klargestellt. Sie haben erzählt, du hättest schon mit drei Jahren angefangen, zu zeichnen und Dinge zu entwerfen, und hättest nie damit aufgehört."

Angie sah auf ihre Hände. „Es ist ein Glück, dass mein Vater Harry als Nachfolger hat, weil ich im Hotelgeschäft nie etwas getaugt hätte. Ich hoffe, deine Familie und deine Freunde erwarten nicht von mir, eine Expertin zu werden."

Gordon umfasste sanft ihr Kinn und drehte ihren Kopf herum, sodass sie ihm in die Augen sehen musste. „Niemand erwartet, dass du anfängst, dich für Hotels zu interessieren. Das ist das Letzte, was ich will. Halte dich an deine Schmuckentwürfe und daran, meine Frau zu sein, und überlass das Geschäft mir, okay?"

Sie nickte erleichtert. „Okay."

„Dies ist unser Hochzeitstag", fügte er bedeutungsvoll hinzu. „Ich will jetzt nicht über Sutherland- und Townsend-Hotels reden."

Angie lächelte unsicher. „Ich auch nicht. Gordon, ich bin so glücklich."

„Gut." Er lächelte zufrieden. „Ich auch."

„Wo werden wir denn nun unsere Flitterwochen verbringen?"

Gordon hob die Augenbrauen. „In einem Sutherland-Hotel natürlich, dem neuen an der kalifornischen Küste bei San Luis Obispo. Du hast doch nicht geglaubt, ich würde ein Townsend-Hotel aussuchen, oder?"

Angie lachte und entspannte sich. Gordon legte den Arm um sie und zog sie an sich. „Nein, natürlich nicht. Ein Sutherland würde niemals in einem Townsend-Hotel wohnen."

Gordon küsste sie auf die Schulter. Sein Mund fühlte sich warm und verführerisch an auf ihrer nackten Haut. „Aber heute Nacht wird eine Townsend in einem Sutherland-Bett schlafen, und wenn sie morgen aufwacht, wird sie keine Townsend mehr sein."

Angie erschauerte und dachte, dass das Begierde sein musste. Es war nur seltsam, dass ein so heißes Gefühl sie so eiskalt durchfahren konnte.

Eine andere Limousine wartete am Flughafen, als der Sutherland-Jet an diesem Abend landete. Die Sonne war gerade vor der kalifornischen Küste untergegangen, und es wurde dunkel, als Angie und Gordon nach Norden zu dem neuen Sutherland-Hotel gefahren wurden.

Es stand auf einer Felsenküste direkt am Meer und war ein Wunderland aus Swimmingpools, üppigen Gärten und exotischer Architektur. Auf dem Gelände gab es einen Golfplatz, Tennisplätze, Mineralquellen sowie mehrere Restaurants, einen Nachtclub und eine Bar im Freien. Die Sutherland-Hotels waren dafür bekannt, dass sie eine Welt für sich waren.

„Nicht schlecht." Angie sah sich anerkennend um, als sie aus dem Wagen stieg. „Fast so nett wie ein Townsend-Hotel."

„Nimm dich in acht", warnte Gordon. „Du bist jetzt eine Sutherland."

„Komisch, ich fühle mich nicht so."

„Morgen früh wirst du es. Dafür sorge ich."

Angie errötete unter seinem sinnlichen Blick.

Eine Stunde später stand sie auf der Terrasse der Hochzeitssuite und sah auf den Pazifik hinaus. Sie hatte das silberne Negligé angezogen, das ihre Mutter für sie ausgesucht hatte. In diesem seidenen Etwas fühlte sie sich verführerisch und weiblich. Der einzige Schmuck, den sie außer dem Ehering trug, waren goldene Ohrringe, die fast bis zu den Schultern reichten. Sie hatte sie selbst entworfen.

Die luxuriöse Hochzeitssuite hinter ihr war leer. Gordon war vor ein paar Minuten verschwunden, um sich mit dem Hotelmanager zu treffen. Er hatte gesagt, sie würden im Zimmer essen, sobald er zurück war.

Angie atmete tief durch. Dies war das erste Mal seit heute Morgen, dass sie allein war, und es war irgendwie eine Erleichterung.

Die Townsends waren stürmische Menschen und nahmen jeden Anlass zu einer Feier wahr, von Taufen bis zu Jubiläen. Aber obwohl die Townsends Partys liebten, bedeutete ihnen die Familie am meisten. Etwas, das Angies Eltern an Gordon Sutherland besonders mochten, war die Tatsache, dass er keinen Ruf als Frauenheld hatte. Er erschien überhaupt selten in der Öffentlichkeit und würde das Gleiche von seiner Frau erwarten. Das passte Angie sehr gut.

Eine kleine Tatsache machte ihr allerdings zu schaffen. Sie war Gordons Familie noch nicht begegnet. Das Hauptquartier seiner Firma war vor einem Jahr nach Arizona verlegt worden, aber Gordon selbst war der einzige Sutherland, der dorthin gezogen war.

Angie wusste nicht viel über seine Vergangenheit. Er hatte seine Mutter verloren, als er noch sehr klein gewesen war, und sein Vater war vor zwei Jahren bei einem Flugzeugabsturz ums Leben gekommen. Der Rest seiner Familie bestand anscheinend aus einer kränklichen Stiefmutter, einer Schwester, die mit ihrem Mann nach Hawaii gereist war, einem senilen Onkel und einer Tante, die nicht reisen konnte, weil sie gerade am Knie operiert worden war. All diese Leute lebten in Kalifornien. Der Familiensitz lag auf einer Insel in der Mitte des Jade-Sees in den Bergen nördlich von San Francisco. Gordon hatte erwähnt, dass seine Stiefmutter, seine Tante und sein Onkel viel Zeit dort verbrachten. Abgesehen davon wusste Angie sehr wenig.

Es war seltsam, einen Mann zu heiraten, dessen Familie sie nicht kannte. Noch seltsamer war es, dass kein einziger Sutherland zur Hochzeit gekommen war. Angies Eltern hatte das offenbar keine Sorge bereitet, und sie hatten die Hochzeit auch nicht verschieben wollen, bis die Familie einander kennengelernt hatten.

Und nun waren Gordon und sie verheiratet, sollten sich in guten wie in schlechten Tagen beistehen. Angie sah auf ihren Ehering. In guten wie in schlechten Tagen – das schien ein düsterer Gedanke für eine Hochzeitsnacht zu sein. Wieder lief ihr ein seltsamer kleiner Schauer über den Rücken.

Das weiße Telefon auf dem Glastisch neben dem Bett klingelte. Angie war froh über diese Unterbrechung. Sie ging ins Zimmer, um den Hörer abzunehmen. „Hallo?"

„Mrs Gordon Sutherland?" Die Stimme klang trocken und krächzend, so als ob der Sprecher sich bemühte, besonders leise zu reden.

„Hier ist Angie. Angie Sutherland, meine ich." Ihr neuer Nachname kam ihr noch fremd vor.

„Gratuliere, Mrs Sutherland. Ich hoffe, Sie sind zufrieden mit dem Handel, den Sie abgeschlossen haben. Ihre Familie ist es auf jeden Fall."

„Wie bitte?"

„Sagen Sie mir, wie fühlt man sich, wenn man herausfindet, dass man als Schachfigur bei einem so großen Geschäftsabschluss benutzt worden ist? Ich hoffe, Sie hatten genug Verstand, um eine voreheliche Vereinbarung durchzusetzen, die Ihnen Ihren fairen Anteil sichert. Wenn nicht, wird es Ihnen sehr leidtun, Mrs Sutherland."

„Wer ist da? Wovon reden Sie, um alles in der Welt?"

„Ich hatte also recht. Sie wissen wirklich nichts von den Plänen, die Ihr Mann und Ihr Vater gemacht haben, was? Wie naiv Sie sind! Das hat man mir schon gesagt. Es hieß, Sie seien eine Künstlerin, die sich nie viel um die Wirklichkeit der Geschäftswelt gekümmert habe. Gordon Sutherland hatte leichtes Spiel mit Ihnen."

„Wenn Sie mir nicht sofort erklären, was los ist, werde ich diesen Anruf der Polizei melden."

„Er wird sich von Ihnen scheiden lassen, sobald die Aktien auf dem Markt sind, wissen Sie? Diese Romeo- und Julia-Hochzeit hat nur aus Publicity-Gründen stattgefunden, obwohl die Townsends sie für echt halten. Die Townsends sind so gefühlvoll, nicht wahr? Selbst wenn es ums Geschäft geht. Sie sind sehr leicht auf Sutherland reingefallen!"

„Bitte, Sie müssen mir sagen, was los ist."

„Es geht nur ums Geschäft, Mrs Sutherland. Verstehen Sie nicht? So ist es immer bei Gordon Sutherland."

„Hören Sie auf!"

„Denken Sie darüber nach. Die Hochzeit und die Nachricht von der Beendigung der großen Fehde werden große Aufmerksamkeit erregen. Den Investoren wird das gefallen, und sie werden kaufen, wenn die Aktien nächsten Monat auf den Markt kommen." Die krächzende Stimme sprach jetzt fast im Plauderton. „In Ihrer Familie denken alle, sie hätten das große Los gezogen, aber Sie werden schnell herausfinden, dass Sie über den Tisch gezogen worden sind. Sie dachten, Sie könnten mit einem Sutherland fertig werden, aber sie sind ihm bei Weitem nicht gewachsen."

Angie sagte sich, dass sie auflegen sollte. Dies war schließlich ein anonymer Anruf. Aber sie spürte, dass etwas ganz und gar nicht in Ordnung war.

„In spätestens zwei Jahren werden die Townsends merken, dass sie nichts mehr zu sagen haben. Gordon Sutherland wird alle Fäden in der Hand halten. Danach ist es nur noch eine Frage der Zeit, bis die Townsends ganz von der Bildfläche verschwinden."

„Ich verstehe nicht, wovon Sie reden."

„Natürlich nicht, Sie naiver kleiner Dummkopf. Warum versuchen Sie nicht zur Abwechslung mal, sich der Wirklichkeit zu stellen? Weshalb sollte Sutherland Sie in seiner Nähe behalten, nachdem Sie Ihren Zweck erfüllt haben? Oh, noch eins. Werfen Sie mal einen Blick vor die Tür Ihres Hotelzimmers. Ich denke, was Sie da finden, wird Sie interessieren."

Angie ließ den Hörer auf die Gabel fallen. Ich hätte gleich auflegen sollen, dachte sie. Gordon würde wütend sein, wenn sie ihm erzählte, was geschehen war. Aber die Worte des Anrufers gingen ihr nicht aus dem Kopf: „Warum sollte Sutherland Sie in seiner Nähe behalten, nachdem Sie Ihren Zweck erfüllt haben?"

Angie fand sich an der Zimmertür wieder, noch bevor ihr bewusst wurde, dass sie den Raum durchquert hatte. Dann öffnete sie die Tür.

Ein Umschlag lag auf dem Fußboden. Angie hob ihn auf und starrte darauf. Darin war das Telefax einer Presseverlautbarung aus dem Chefbüro der Sutherland-Hotelkette. Oben rechts stand, dass diese Erklärung erst am Tag nach der Hochzeit herausgehen sollte, danach sollten alle Börsenspezialisten, Wirtschaftszeitungen und sonstige Medien sie bekommen.

„Die Hotelketten Sutherland und Townsend haben heute ihren Zusammenschluss bekannt gegeben. Die beiden hochrangigen Firmen, die lange Zeit Rivalen waren, haben sich miteinander vereinigt, um ihr Geschäft auf dem Weltmarkt auszuweiten. Um Kapital zu bekommen, wird die neue Firma, die sich Sutherland und Townsend nennt, im nächsten Monat Aktien ausgeben. Börsenspezialisten haben die Fusion bereits geahnt, als vor einigen Wochen

die Verlobung von Gordon Sutherland, dem Direktor der Sutherland-Hotelkette, und Angela Townsend, der Tochter von Palmer Townsend, bekannt gegeben wurde. Die Fusionsvereinbarung wurde am Tag der Hochzeit unterzeichnet. Gordon Sutherland und Palmer Townsend erklärten beide, die Heirat wäre der Auftakt einer neuen Ära in der Geschichte der beiden Hotelketten."

Angie starrte die Presseverlautbarung an, bis ein Geräusch am Ende des Flurs sie ablenkte. Ein Zimmermädchen schob einen Rollwagen um die Ecke und lächelte, als es Angie in der offenen Tür stehen sah.

„Guten Abend, Ma'am. Kann ich etwas für Sie tun?"

Angie schüttelte den Kopf und wollte schon ins Zimmer zurückgehen. Dann fiel ihr etwas ein. „Warten Sie, bitte. Haben Sie zufällig bemerkt, wer dies hier vor meine Zimmertür gelegt hat?"

„Tut mir leid, Ma'am. Ich habe niemanden gesehen."

„Danke." Angie schloss die Tür, lehnte sich dagegen, holte tief Luft und versuchte zu denken.

Es kann nicht wahr sein, überlegte sie. Aber dann erinnerte sie sich an die Reporter nach der Hochzeit. Gordon hatte vorgeschlagen, sie sollten mit Angies Vater und Bruder reden.

Ihr Vater und ihr Bruder. Die beiden mussten dies gemeinsam mit Gordon seit Wochen, vielleicht seit Monaten geplant haben. Firmenzusammenschlüsse dieser Größenordnung geschahen nicht über Nacht oder aus einer Laune heraus.

Es war typisch für die anderen Mitglieder der Familie Townsend, die naive kleine Angie nicht mit lästigen geschäftlichen Einzelheiten zu behelligen. Sie mochten Gordon alle, und das war genug. Wie üblich hatten sie gedacht, sie wüssten, was für Angie das Beste war.

Angie stürzte sich auf das weiße Telefon und wählte die Nummer ihrer Eltern. Es war niemand da.

Die Zimmertür öffnete sich, gerade als Angie den Hörer langsam auf die Gabel zurücklegte. Sie wirbelte zu Gordon herum.

„Angie? Ist etwas nicht in Ordnung, Schatz?" Er kam herein und schloss die Tür hinter sich. „Du siehst aus, als hättest du einen Geist gesehen."

„Was ich gesehen habe, ist dies hier", flüsterte sie und hielt ihm mit zitternden Fingern die Presseverlautbarung entgegen. „Es scheint ein paar kleine Einzelheiten über diese Hochzeit zu geben, die wohlweislich niemand der Braut erzählt hat."

2. *KAPITEL*

Als Gordon Angie das Telefax aus der Hand nahm, wusste er sofort, um was es ging, und beschloss, dass innerhalb von vierundzwanzig Stunden jemand zur Rechenschaft gezogen werden würde. Wahrscheinlich würde das der Public-Relations-Chef der Firma sein, obwohl es kaum zu glauben war, dass Calhoun einen derartigen Fehler gemacht haben sollte. Wie jeder von Gordons Angestellten wusste er, was der Direktor der Sutherland-Hotelkette meinte, wenn er sagte, dass etwas unter Verschluss gehalten werden sollte. Für diese Art von Missgeschick wurden Leute gefeuert.

Natürlich wäre es auch möglich, dass ein Townsend-Angestellter dafür verantwortlich war, dass die Presseverlautbarung einen Tag zu früh herausgegangen war. Die Townsends waren nicht so kühl und beherrscht wie die Sutherlands, aber sie waren doch damit einverstanden gewesen, die Nachricht des Firmenzusammenschlusses bis zum Tag nach der Hochzeit geheim zu halten.

Palmer hatte genauso darauf bestanden wie Gordon selbst. Er hatte gemeint, dass die romantische, künstlerisch veranlagte Angie, die nichts von Geschäften verstand, es vielleicht nicht begreifen würde, dass ihre Hochzeit zeitlich mit der Bekanntgabe der Fusion zusammenfiel.

Nein, die Townsends hatten keinen Grund, die Nachricht durchsickern zu lassen, und außerdem stammte dieses Telefax aus dem Hauptquartier der Firma Sutherland in Tucson.

„Verdammt." Gordon überflog den Text. „Das sollte erst morgen an die Öffentlichkeit."

„Ich bin nicht sicher, dass es schon publik gemacht worden ist", bemerkte Angie geradezu unnatürlich ruhig. „Vielleicht war es nur für mich bestimmt."

Gordon kniff die Augen zusammen. Ihm fiel auf, dass er Angie noch nie so spröde erlebt hatte. Sie war sonst warm und offen, niemals so kühl. Er betrachtete seine Frau, die mit verschränkten Armen vor ihm stand. Sie war schlank und zierlich. Ihr seidiges tizianrotes Haar hatte sie im Nacken zusammengesteckt. Ihr Blick verriet verletzten Stolz.

Gordon war wie immer fasziniert, als er ihre leicht schräg stehenden blaugrünen Augen sah. Angie wirkte wie eine ihrer eigenen Schmuckkreationen, elegant und weiblich. Das silberne Negligé, das sie trug, umhüllte ihre Brüste so, dass Gordon die Spitzen erkennen konnte. Hitze stieg in ihm auf. Immerhin freute er sich seit drei Monaten auf diese Hochzeitsnacht, nicht ganz so lange, wie er auf den Firmenzusammenschluss hingearbeitet hatte, aber lange genug, dass seine eiserne Sutherland-Selbstbeherrschung ins Wanken geriet.

„Wieso meinst du, es wäre für dich bestimmt?“ Er versuchte, Zeit zu gewinnen, um Angies Reaktion einschätzen zu können. Dies war das erste Mal, das er nicht sicher war, was in ihrem Kopf vorging.

„Ein Anruf.“ Angie deutete auf das Telefon neben dem Bett. „Jemand hat mir von der Fusion erzählt und dann vorgeschlagen, dass ich vor die Tür sehen soll.“

Gordon stand unbeweglich da, während er diese Information verarbeitete. Dann wurde er ärgerlich. „Was hat der Mann am Telefon gesagt?“

„Ich weiß nicht, ob es ein Mann war. Es hätte auch eine Frau sein können. Wer immer es war, meinte, ich wäre als Schachfigur in einem deiner Geschäfte benutzt worden.“

Gordon wartete. Als Angie freiwillig nichts weiter erzählte, drängte er vorsichtig. „War das alles?“

„Nein.“

„Denkst du nicht, du solltest mir den Rest mitteilen?“

Sie zuckte mit den Schultern. „Da war nicht viel mehr, nur dass in ein paar Jahren die Townsends merken würden, dass sie in der Firma nichts mehr zu sagen haben, weil du alle Fäden in der Hand halten würdest. Oh ja, dann war da noch die Andeutung, dass du dich von mir scheiden lassen wirst, wenn ich nicht mehr nützlich für dich bin, gleich nachdem die Aktien auf dem Markt angeboten worden sind.“

„Ich werde diesen Anrufer vernichten.“ Gordon zerknüllte das Telefax.

„Ja?“

„Verlass dich drauf. Ich werde niemandem erlauben, dich so durcheinanderzubringen. Angie, du hast diesen Unsinn mit der Schachfigur doch nicht ernst genommen, oder?“

Angies Augen leuchteten hoffnungsvoll auf. „Heißt das, es ist eine Lüge? Ist diese Presseverlautbarung nicht echt? Gordon, ich bin so erleichtert. Du weißt nicht, wie …“

Gordon atmete tief durch, ging zum Getränkeschrank hinüber und goss sich ein Glas von dem französischen Cognac ein, den er vorhin bestellt hatte. „Der Firmenzusammenschluss ist eine Tatsache. Dein Vater und ich haben heute früh die Papiere unterzeichnet, kurz vor der Zeremonie."

Die Hoffnung in Angies Augen verschwand. „Ich verstehe."

„Nein, das glaube ich nicht." Er drehte sich zu ihr um. „Du machst viel zu viel aus dieser Geschichte."

„Tatsächlich?"

„Angie, wir haben dir nichts von der Fusion erzählt, weil das Geschäft bis morgen streng geheim bleiben sollte. Du hast nichts mit der Firma deiner Familie zu tun, und es gab keinen Grund, dir zu sagen, was wir vorhatten."

„Das kann ich nicht glauben, Gordon. Ich denke, ihr habt mir nichts erzählt, weil ich mich dann gefragt hätte, warum du mich heiratest. Sag mir, hat mein Vater mich zu einem Teil des Geschäftsabschlusses gemacht? War das seine Art sicherzustellen, dass meine Familie dabei nichts verliert? Oder hat er die Hochzeit als passendes Ende der alten Fehde gesehen? Die Townsends sind ja so romantisch. Er hätte das gemocht, was du heute über Romeo und Julia mit einem Happy End gesagt hast."

„Die geschäftliche Seite dieser Angelegenheit hat nichts mit der persönlichen zu tun."

„Schwörst du das?"

„Komm schon, Angie, du weißt, dass die Dinge heutzutage nicht so laufen." Gordon lächelte. „Dies ist keine Vernunftehe, oder wie man das früher genannt hat. Ich bin kein Masochist. Ich gebe zu, dass ich diese Fusion unbedingt wollte, aber nicht so sehr, dass ich mich lebenslang an eine Frau gebunden hätte, die ich nicht will."

„Aber du bist ja nicht für immer an mich gebunden, oder? Du kannst mich loswerden, sobald die Aktien auf dem Markt sind. Wer immer da am Telefon war, hat in einem recht. Die Romeo- und Julia-Geschichte ist fantastische Publicity. Sogar ich kann das erkennen."

„Angie, beruhige dich."

Sie wedelte ungeduldig mit der Hand. „Ich kann schon die Schlagzeilen sehen – ‚Sutherland und Townsend beenden Fehde mit Hochzeit.' Die Leute werden das lieben, nicht?"

„Angie, hör mir zu", bat er sanft. „Du hast alles falsch verstanden."

„Ja? Willst du mir einreden, dass der Zeitpunkt unserer Hochzeit nichts mit dem der Fusion zu tun hat? Dass alles nur ein unglaublicher Zufall war?"

Gordon wünschte sich, er könnte Angie mit einer einfachen Erklärung zufriedenstellen, aber er wusste, dass das unmöglich war. Der Schaden war angerichtet. „Nein, es war kein Zufall, aber es war auch nicht annähernd so hinterhältig, wie du jetzt annimmst."

„Wie kann ich das glauben?", forderte Angie ihn heraus.

Gordon spürte, wie ihm seine Selbstkontrolle entglitt. Er bemühte sich, genauso ruhig und vernünftig vorzugehen, wie er das beruflich immer tat. Er sah keinen Grund, warum das in seiner Ehe nicht auch funktionieren sollte. „Ich habe mich seit über einem Jahr für eine Fusion interessiert", begann er. „Vor sechs Monaten habe ich deinen Vater darauf angesprochen. Er war bereit, darüber zu reden. Dann habe ich dich kennengelernt und beschlossen, dich zu heiraten. Diese beiden Ereignisse haben nichts miteinander gemeinsam."

„Oh, tatsächlich?"

„Ja. Aber als wir merkten, dass es sowohl eine Hochzeit als auch eine Fusion geben würde, fanden deine Familie und ich es geschäftlich vorteilhaft, beides zu verbinden. Die Publicity war einfach zu gut, um nicht genutzt zu werden, vor allem, da bald die Aktien auf den Markt kommen."

Angie hob ärgerlich das Kinn. Ihre Augen funkelten vor Wut. „Warum habt ihr mir das nicht gesagt?"

Gordon trank einen Schluck Cognac. „Weil wir wussten, dass du wahrscheinlich genau so reagieren würdest, wie du das jetzt tust. Du bist Künstlerin, keine Geschäftsfrau. Palmer und Harry waren sich mit mir einig, dass du zweifellos falsche Schlüsse ziehen würdest. Deine Mutter meinte, du würdest es schon verstehen, wenn wir es richtig erklärten, aber sie wurde überstimmt."

„Ich kann es nicht glauben! Das klingt, als hättet ihr eine Vorstandssitzung einberufen und über meine ganze Zukunft abgestimmt."

Gordon biss die Zähne zusammen. „Angie, wir haben es zu deinem eigenen ..."

„Zu meinem eigenen Besten getan, ich weiß. Gordon, ich verabscheue es, wenn Leute zu meinem eigenen Besten Entscheidungen für mich treffen. Wann sollte ich denn von der geschäftlichen Seite dieser Heirat erfahren?"

Gordon seufzte. „Morgen früh."

Sie starrte ihn an. „Warum wolltest du bis dahin warten? Was für einen Unterschied sollte das ausmachen?"

„Du wärst dann in jedem Sinne des Wortes meine Frau gewesen", erinnerte er sie ruhig. „Du hättest mit Sicherheit gewusst, dass meine Gefühle für dich nichts mit dem Geschäft zu tun haben."

Angie riss die Augen weit auf. „Du dachtest, deine wundervolle Liebeskunst würde mich so überwältigen, dass ich nicht mehr zwei und zwei zusammenzählen könnte? Dass ich dir morgen früh sexuell irgendwie hörig wäre? Du liebe Zeit! Ich weiß, dass du mich für gefühlvoll und romantisch hältst, aber ich bin nicht dumm."

Er schüttelte den Kopf und lächelte schwach. „Das habe ich nie behauptet. Ich respektiere deine Intelligenz." Er sah bedeutungsvoll auf seinen Ring hinunter. „Und dein Talent. Aber du bist keine Geschäftsfrau, Angie. Sogar du selbst gibst das zu."

„Sag mir eins", fuhr sie ihn an. „Hättest du mir einen Heiratsantrag gemacht, wenn du nicht daran interessiert gewesen wärst, die beiden Firmen zu verschmelzen? Hättest du mich geheiratet, wenn das nicht gleichzeitig eine gute geschäftliche Gelegenheit gewesen wäre?

„Angie, du bist nicht logisch", erklärte er geduldig. „Ich hätte dich nie kennengelernt, wenn ich mich nicht zu der Fusion entschlossen hätte. Townsends und Sutherlands sind sich zu den Zeiten meines Vaters niemals begegnet. Die Fehde war ein nützlicher Werbegag, aber sie war keine Erfindung. Es gab sie wirklich. Sie reicht dreißig Jahre zurück und würde immer noch andauern, wenn mein Vater nicht vor zwei Jahren verstorben wäre und mir die Firma hinterlassen hätte. Ich habe beschlossen, dass es Zeit ist, die Fehde zu beenden, und dein Vater war meiner Meinung."

„Es war verrückt", flüsterte Angie. „All diese Jahre. Ich habe mich gefragt, wie das angefangen hat."

„Es hatte etwas damit zu tun, dass die beiden Firmen sich vor dreißig Jahren schon einmal zusammenschließen wollten. Das Geschäft ist gescheitert, und Sutherland hat dadurch eine wichtige finanzielle Rückendeckung verloren, die Townsend sich später geschnappt hat. Mein Vater hat deinem die Schuld gegeben. Dein Vater dachte, es wäre die Schuld meines Vaters, dass aus dem Geschäft nichts wurde. Nach all diesen Jahren weiß niemand mehr so genau, was schiefgegangen ist, und soweit es mit betrifft, spielt es keine Rolle."

„Bist du da so sicher?", wollte Angie wissen.

„Verdammt sicher. Es ist mir egal, was vor dreißig Jahren passiert ist. Mich interessiert die Zukunft meiner Firma, nicht die Vergangenheit. Und ich halte es deinem Vater zugute, dass er bereit ist, die Fehde zu beenden. Mein Vater hat das nie in Erwägung gezogen. Wir haben uns oft deswegen gestritten."

Angie drehte Gordon den Rücken zu, und er betrachtete verlangend ihren Nacken, ihr wunderbares Haar und die Art, wie die silberne Seide ihren hübschen Po umhüllte. Dies ist meine Hochzeitsnacht, dachte er.

„Gordon, ich möchte dich etwas fragen. Ist deine Familie deshalb nicht zu unserer Hochzeit gekommen, weil sie alle noch genauso über die Fehde denken wie dein Vater?"

„So ein alter Streit ist nicht leicht aus der Welt zu schaffen", gab er zu. „Meine Familie ist nicht wie deine. Die Sutherlands sind nicht gerade offenherzig."

„Dachtest du, deine Leute würden mich mögen, wenn sie mich erst kennenlernen? Hast du damit gerechnet, dass ich sie mit meinem Charme und meiner Persönlichkeit für mich gewinne?"

„Darüber mache ich mir keine Gedanken. Sie sollen dich nur mit dem Respekt behandeln, den meine Frau verdient." Gordon schwor sich im Stillen, dass jeder, der das nicht tat, kein Einkommen mehr aus den Sutherland-Hotels beziehen würde. Er besaß die Macht, dafür zu sorgen.

„Andererseits, warum sollten sie sich die Mühe machen, mich kennenzulernen, wenn ich möglicherweise schon bald keine Sutherland mehr bin, sobald die Aktien auf dem Markt sind?", fragte Angie in verdächtig ruhigem Ton.

Gordon spürte wieder, wie ihm die Kontrolle entglitt. Daran war er nicht gewöhnt, und er mochte das Gefühl nicht. Niemand manipulierte Gordon Sutherland. Sein Vater hatte ihn gelehrt, jede Situation zu beherrschen, in der er sich befand. Diese Heirat würde da keinen Unterschied ausmachen. Er würde die Fäden in der Hand behalten. Der erste Schritt dazu war, seine Selbstbeherrschung zu wahren. „Dies ist weit genug gegangen", erklärte er kühl. „Zum letzten Mal, Angie, ich habe dich nicht wegen der Fusion geheiratet."

„Weshalb dann?", fragte sie, ohne sich zu ihm umzudrehen. „Weil ich wollte, dass du meine Frau wirst."

„Gordon, liebst du mich? Liebst du mich wirklich?" Angie drehte sich immer noch nicht um. „Du hast die Worte nie ausgesprochen, weißt du? Ich habe so viel vorausgesetzt. Ich habe mir eingeredet, dass es dir schwerfällt, über deine Gefühle zu reden, aber vielleicht habe ich nur Entschuldigungen für dich gefunden, weil ich so verliebt war."

Gordon stellte sein Glas heftig ab, durchquerte den Raum, griff nach Angies Schultern und drehte sie zu sich um. „Du brauchst keine Entschuldigungen für mich zu finden", fuhr er sie an. „Ich habe dich geheiratet. Du bist alles, was ich in einer Ehefrau sehe und brauche, und das wusste ich von der ersten Minute an, als ich dich sah. Wir stecken zusammen in dieser Geschichte, du und ich. Wir werden dafür sorgen, dass es funktioniert. Du hast mein Ehrenwort."

„Wenn ich nur sicher sein könnte."

Er sah die Verwirrung in ihrem Gesicht, stöhnte frustriert und zog Angie in seine Arme. Bevor sie ihren Satz zu Ende sprechen konnte, küsste er sie.

Gordon benutzte seine eigene Begierde, um Angies Leidenschaft zu wecken, und er war überzeugt, dass er das schaffen würde. Angie hatte in den letzten Wochen wundervoll auf ihn reagiert, immer an der Grenze zur totalen Hingabe. Gordon hatte seine sinnliche Macht über sie sanft und vorsichtig genutzt, da er sie nicht erschrecken wollte. Aber langsam begann er zu verzweifeln.

Sie war seine Frau! Er hatte das Recht, sie zu etwas zu überreden, was sie selbst ja nur zu gern wollte. Wenn er sie ins Bett bekommen konnte, würde alles wieder in Ordnung sein, da war er sich sicher.

„Gordon, bitte ..."

Er hörte das Verlangen in ihrer Stimme und fühlte, dass Angie keinen Widerstand leistete. Sie lehnte sich an ihn, ihre weichen Brüste berührten seinen Oberkörper. Zärtlich Umschlag sie seinen Nacken und öffnete bereitwillig die Lippen, als er den Kuss vertiefte.

Gordon drang mit der Zunge in ihren Mund ein und ließ die Hände über ihren Rücken gleiten. Sie seufzte leise und schloss die Augen. Gordon spürte ihre Hüften an seinen, und sein Blut geriet noch mehr in Wallung. Am liebsten hätte er Angie sofort das provozierende hauchdünne Negligé ausgezogen und sie stürmisch geliebt. Der zarte Duft, der sie umhüllte, ihre schlanke Gestalt, ihre geschmeidigen Bewegungen – alles an ihr wirkte verführerisch feminin.

Er konnte nicht mehr länger warten. Er hob sie in seine Arme und ging mit ihr auf das riesige Bett zu. Nur noch an eins konnte er denken, und das war sein außerordentliches Verlangen, Angie in jedem Sinne des Wortes zu seiner Frau zu machen. Dies war seine Hochzeitsnacht, und er brannte vor Begierde nach seiner Braut.

Und dann würde sie verstehen, dass ihre Beziehung nichts zu tun hatte mit dem Zusammenschluss der beiden Hotelkonzerne. Mit seiner Leidenschaft würde er ihre quälenden Zweifel vertreiben und sie davon überzeugen, dass er sie aufrichtig liebte.

„Gordon …“

„Ruhig, Liebling. Wir reden morgen darüber. Es ist alles in Ordnung. Vertrau mir, Angie. Alles wird wundervoll. So soll es sein zwischen uns.“

Er legte sie aufs Bett und beugte sich vor, um ihr die Träger von den Schultern zu streifen. Angie rührte sich nicht, als er langsam das seidige Etwas bis zu ihrer Taille herunterzog, sodass ihre Brüste zum Vorschein kamen. Gordon hielt den Atem an, als er die rosa Knospen sah.

Sanft nahm er eine zwischen die Finger und streichelte sie zärtlich. Angie hielt den Atem an, und Gordon spürte, wie sie erschauerte. Lächelnd richtete er sich auf und begann sich das Hemd aufzuknöpfen. Angie sah erwartungsvoll zu ihm auf.

In ein paar Minuten würde sie ihm gehören.

Das Klopfen an der Tür ließ Gordon so stark zusammenzucken, als hätte er einen elektrischen Schlag bekommen. „Verdammt!“

„Zimmerservice, Sir“, rief eine Stimme von der anderen Seite der Tür.

Gordon schloss für einen Moment verärgert die Augen, dann riss er sich zusammen und lächelte. „Das wird das Essen sein. Als ich es bestellt habe, dachte ich tatsächlich, wir würden heute Abend essen wollen. Offensichtlich habe ich mich geirrt. Bleib, wo du bist, Schatz. Ich kümmere mich darum.“

Er ging zur Tür und riss sie so heftig auf, dass der junge Kellner erschrak und nervös lächelte.

„Entschuldigen Sie, Sir … Mr Sutherland. Äh, Sie haben das Dinner bestellt, Sir?“, stammelte er.

„Richtig. Ich kümmere mich darum. Wir brauchen keine Hilfe. Wir können uns selbst bedienen.“ Gordon bemühte sich um Geduld und erinnerte sich daran, dass er immer so eine Wirkung auf die Angestellten hatte, wenn er in einem seiner eigenen Hotels übernachtete. Heute Abend war er wahrscheinlich noch Furcht einflößender als sonst.

„Ja, Sir, Mr Sutherland. Und, äh, die Küchenchefs haben mir aufgetragen, Ihnen zu gratulieren, Sir.“ Der Kellner zog sich mit hochrotem Kopf zurück, als er den Zustand von Gordons Kleidung bemerkte. „Es tut mir leid, dass ich Sie gestört habe. Lassen Sie es uns wissen, wenn Sie noch etwas brauchen."

„Das werde ich", antwortete Gordon trocken. Er schob den Rollwagen ins Zimmer und schloss die Tür. Dann drehte er sich zu Angie um, die sich im Bett aufgesetzt hatte und ihr Negligé glatt strich. Sie wich seinem Blick aus. „Wir müssen das nicht jetzt essen", meinte er vielsagend. „Es wird sich halten."

„Nein!" Angie sprang auf. „Nein, ich bin … Ich bin sehr hungrig. Bei dem Empfang habe ich kaum etwas gegessen. Und gefrühstückt habe ich auch nicht. Ich habe den ganzen Tag nicht viel gegessen, wenn ich jetzt darüber nachdenke."

„Angie …"

„Hier, ich werde dir helfen." Sie trat auf ihn zu und begann, die silbernen Hauben von den Platten zu nehmen. Artischocken, holländische Soße und perfekte Schwertfischsteaks kamen zum Vorschein. „Sieht das nicht köstlich aus?"

Gordon verkniff sich einen Fluch. Ihm war klar, dass der entscheidende Moment vorbei war. Eben noch war Angie nahe daran gewesen, sich ihm völlig hinzugeben, und nun war sie plötzlich ein Nervenbündel. Er riss sich zusammen und beschäftigte sich folgsam mit dem Dinner. „Wollen wir draußen auf der Terrasse essen?", fragte er höflich.

„Ja. Das klingt herrlich." Angie trug das Essen zu dem Tisch im Freien.

Gordon folgte ihr nach draußen und atmete tief die Nachtluft ein, um seine Sinne zu beruhigen. „Es kommt Nebel auf", bemerkte er.

„Ja, nicht? Es ist ein bisschen kühl."

„Wir können drinnen essen, wenn du möchtest."

„Nein, nein, es ist in Ordnung", entgegnete sie hastig. „Es wird noch eine Weile dauern, bis es richtig kalt wird. Und Nebel, der vom Meer kommt, hat etwas sehr Angenehmes an sich, nicht?"

„Wenn man Nebel mag."

„Ja. Nun, das tue ich." Sie hockte sich auf die Kante ihres Stuhls und trug demonstrativ das Essen auf.

Gordon setzte sich und beobachtete sie nachsichtig. „Warum bist du plötzlich so nervös, Angie? Ich habe dich schon vorher geküsst und hatte immer den Eindruck, du würdest es genießen. Und dies ist immerhin unsere Hochzeitsnacht."

„Bitte, Gordon. Könnten wir über etwas anderes reden?"

„Ober etwas anderes als unsere Hochzeitsnacht, meinst du?"

„Ja, verdammt."

Er blinzelte träge und griff nach einem knusprigen Brötchen. „Was immer du willst, Schatz."

Je mehr Angie sich aufregte, desto entspannter wurde Gordon. Er sagte sich, dass alles in Ordnung kommen würde. Angie war so heißblütig, dass sie eindeutig im Nachteil war, wenn sie mit jemandem zu tun hatte, der kühl und beherrscht war.

Solange sie nervös war, wusste Gordon, dass er die Situation unter Kontrolle hatte. Nur wenn sie so seltsam ruhig wurde wie vorhin, dann wusste er nicht, was er tun sollte.

Sie aßen mehrere Minuten lang schweigend. Gordon versuchte nicht, die Situation zu entspannen. Lass Angie ein bisschen schmoren, dachte er. Wenn er sie später in seine Arme nahm, würde sie sich ihm ohne Zweifel rückhaltlos hingeben, und dann wäre das Problem gelöst. Bei nervösen, erregbaren Menschen wie Angie, konnte man sicher sein, dass sie ihre eigenen schlimmsten Feinde waren.

Gordon aß gerade ein Stück Brie, als Angie plötzlich ihr Messer weglegte, die Hände im Schoß faltete und sich zurücklehnte.

„In Ordnung, Gordon. Ich habe während des Essens eine Menge nachgedacht und bin zu ein paar Entscheidungen gekommen."

„Interessant."

„Ich würde es zu schätzen wissen, wenn du auf den Sarkasmus verzichten könntest. Dies ist eine sehr ernste Angelegenheit."

„Zum ersten Mal miteinander zu schlafen? Ich stimme dir zu. Es ist wirklich eine ernste Sache, aber ich denke, wir werden damit fertig."

„Gordon, bitte. Dies ist keine Farce."

„Ich weiß, Liebling. Aber du bist dabei, es zu einer zu machen, nicht?"

Sie stand plötzlich auf, ging zum Geländer der Terrasse und sah auf den in Nebel gehüllten Ozean hinaus. „Ich bin zu dem Schluss gelangt, dass ich heute Abend keine vernünftige, intelligente Entscheidung über unsere Beziehung treffen kann."

„Du brauchst nichts zu entscheiden." Gordon legte sein Käsemesser beiseite. „Die Entscheidung ist schon gefallen, als ich dir heute vor dreihundert Zeugen den Ring angesteckt habe."

Angie schüttelte schnell den Kopf, drehte sich aber nicht um. Sie umklammerte das Geländer ganz fest. „Anscheinend kann ich heute

Abend nicht klar denken. Verstehst du? Ich bin verwirrt und habe Angst. Ich brauche Zeit, um über alles nachzudenken."

„Ich verstehe." Gordon begriff langsam, worauf dieses Gespräch hinauslief. Er warf seine Serviette weg und stand auf. Direkt hinter Angie blieb er stehen, aber er berührte sie nicht. „Wie viel Zeit wirst du brauchen, um zu erkennen, dass du tatsächlich mit mir verheiratet bist?"

„Bis die Aktien auf dem Markt sind", erklärte sie leise, aber entschieden.

Gordon sah rot. Einen Moment lang verlor er fast seine Selbstbeherrschung. Er brauchte mehrere Sekunden, um sich wieder zu fangen, aber danach traute er sich immer noch nicht, Angie zu berühren.

Er zwang sich, langsam zu sprechen, und hoffte, dass er sie falsch verstanden hatte. „Was genau versuchst du mir zu sagen, Angie?"

„Dass ich nicht will, dass wir ... unsere Ehe vollziehen, bis die Sutherland- und Townsend-Aktien auf dem Markt sind."

Gordon konnte nicht glauben, was er da hörte. „Aber die Aktien werden erst zu Beginn des nächsten Monats angeboten. Das sind noch drei Wochen."

„Ich weiß."

Er streckte eine Hand aus und griff entschlossen nach Angies Schulter. Sehr vorsichtig drehte er sie zu sich um. Er musste sowohl seinen Ärger als auch seine Begierde unter Kontrolle halten. „Heißt das, du willst nicht mit mir ins Bett gehen, bis du herausgefunden hast, ob der Anrufer heute die Wahrheit gesagt hat?"

Angie nickte stumm.

„Was glaubst du, wie ich mich dabei fühle, Angie?"

Tränen stiegen ihr in die Augen. „Es tut mir leid. Aber ich habe Angst, Gordon. Ich habe dir und meiner Familie erlaubt, mich zu dieser schnellen Heirat zu überreden, und nun frage ich mich, ob ich nicht einen schrecklichen Fehler gemacht habe."

„Das hast du nicht."

„Verstehst du nicht? Du und meine Familie, ihr hättet mir diese Fusion nie verschweigen dürfen. Der Anruf und die Presseverlautbarung vorhin haben mich schockiert. Dadurch habe ich erkannt, wie naiv ich war, was unsere Beziehung angeht."

„Schatz, das ist nicht wahr."

„Es ist doch wahr. Wenn du mal darüber nachdenkst, muss dir klar werden, dass ich dich nicht sehr gut kenne, Gordon. Ich kenne nicht mal deine Familie, ganz zu schweigen von deinen wahren Gefühlen für mich. Ich brauche etwas Zeit."

„Drei Wochen genau, ja? Du willst sehen, ob ich die Scheidung einreiche, wenn die Aktien auf dem Markt sind. Du willst wissen, ob diese Ehe nur ein geschäftlicher Schachzug war."

„Zum Teil, ja", gab Angie mit erstickter Stimme zu. „Aber hauptsächlich will ich Zeit, um sicher zu sein, dass ich das Richtige tue."

„Angie, vergiss nicht die Tatsache, dass deine Eltern diese Ehe gutheißen. Dein Vater und dein Bruder hatten kein Problem mit der Idee, die Fusion und die Hochzeit zur selben Zeit stattfinden zu lassen. Du weißt, dass deine Familie niemals einverstanden gewesen wäre, wenn sie nicht geglaubt hätte, dass du glücklich wirst."

„Ich weiß. Was ich nicht weiß, ist, wie überzeugend du ihnen vielleicht vorgespielt hast, dass du dir wirklich etwas aus mir machst. Verstehst du nicht?" Ihre Stimme wurde lauter. „Das ist das Problem. Es gibt zu viel, was ich noch nicht über dich weiß."

„Zum Beispiel?"

„Ich will deine Familie kennenlernen und herausfinden, warum niemand von ihnen sich die Mühe gemacht hat, zur Hochzeit zu kommen. Ich will über die Tatsache nachdenken, dass du die Fusion vor mir geheim gehalten hast. Ich fühle mich, als hätte ein Wirbelsturm mich erfasst, und jetzt will ich eine Chance, mit beiden Beinen auf den Boden zurückzukommen und mir über unsere Beziehung klar zu werden."

„Und du fühlst dich nicht fähig, klar zu denken, wenn du mit mir schläfst?" Gordon umklammerte immer noch Angies Schulter. „Ist es das?"

„Ja, das ist es."

„Verdammt, Angie", murmelte er. „Du weißt nicht, was du tust."

„Das stimmt. Deshalb brauche ich Zeit, um nachzudenken."

Gordon schüttelte bedauernd den Kopf. „Das ist nicht ganz das, was ich meine." Er zog sie sanft an sich. Ihr Körper war starr und unnachgiebig. Gordon fragte sich, was passieren würde, wenn er sie küsste. Sie reagierte immer so stark auf seine Berührungen. „Meine Familie wird nicht gerade für mich sprechen, Liebling. Ich sehe meine Verwandten selbst so wenig wie möglich."

„Gordon, das klingt schrecklich."

„Ich weiß. Du sagst das, weil die Townsends wirklichen Familiensinn besitzen, aber das heißt nicht, dass das bei jedem so ist."

„Aber verstehst du nicht, dass ich früher oder später sowieso mit deiner Familie fertig werden muss? Ich muss wissen, worauf ich mich einlasse.“

„Angie, ich wünsche, dass du mir in dieser Angelegenheit vertraust. Überlass meine Familie und das Geschäft mir. Konzentriere dich einfach darauf, meine Frau zu sein, dann kommt der Rest schon in Ordnung.“

„Du vergisst etwas, Gordon“, sagte sie leise. „Dieser Anruf heute Abend beweist, dass du unsere Beziehung nicht von dem Sutherland- und Townsend-Geschäft trennen kannst.“

Damit hatte sie recht, und Gordon wusste es. Er hatte die Entscheidung, welches Hotel sie für die Flitterwochen benutzen würden, vollkommen vertraulich gehalten, genauso wie die Fusion geheim gewesen war. Trotzdem hatte jemand beides aufgedeckt und damit einen Keil zwischen ihn und Angie getrieben.

„Und ich bezweifle ernsthaft, dass wir deine Familie ignorieren können“, fuhr Angie fort. „Egal, wie sehr du das möchtest.“

„Wir können es zumindest versuchen“, murmelte er.

Angie wand sich ruhelos in seinen Armen und hob den Kopf. „Und da ist noch etwas, das wir klären müssen, Gordon. Etwas, mit dem ich mich bis heute nicht näher beschäftigt habe.“

„Verdammt. Diese Liste wird langsam ermüdend. Worüber musst du denn noch nachdenken außer über meine Familie, mein Geschäft und meine ehrbaren Absichten?“

Sie atmete tief ein und sah ganz ernst zu ihm auf. „Ich muss wissen, ob du mich wirklich liebst, Gordon. Das ist tatsächlich das Einzige auf der Liste, wenn man es genau nimmt. Alles andere ergibt sich aus dieser grundlegenden Frage. Ich weiß die Antwort nicht.“

Etwas in ihm zog sich zusammen. „Angie, ich habe dir gesagt, dass du alles bist, was ich von einer Ehefrau will und brauche.“

„Ja, aber liebst du mich? Das ist es, was wir herausfinden müssen. Und dann müssen wir feststellen, ob du es mir und dir selbst gegenüber eingestehen kannst. Ich muss wissen, ob deine Gefühle für mich nur damit zu tun haben, dass ich dich körperlich anziehe – und dir außerdem geschäftlich nützlich bin.“

„Verdammt, Angie …“

Sie richtete sich kerzengerade auf. „Ich habe beschlossen, dass wir unsere Hochzeitsnacht aufschieben sollten, bis wir genau wissen, was die Grundlage unserer Beziehung ist und wie lange sie dauern wird.“

Gordon biss die Zähne zusammen. „Ich verstehe. Und wo zum Teufel beabsichtigst du, die Nacht zu verbringen, Mrs Sutherland?"

Sie blinzelte. „Nun, dies ist ein Hotel. Es müssen eine Menge Räume zu haben sein."

Mit ungeheurer Willensanstrengung schaffte Gordon es, seine Wut zu unterdrücken. Aber sein Gesicht kam ganz nah an Angie heran, damit sie klar erkennen konnte, wie verärgert er war. „Ich will verdammt sein, wenn ich meine Frau in unserer Hochzeitsnacht beim Empfang nach einem anderen Zimmer fragen lasse, damit sie nicht mit mir schlafen muss."

Angie biss sich auf die Lippe. „Ich will dich natürlich nicht lächerlich machen."

„Eine sehr weise Entscheidung."

„Ich verstehe, dass es etwas peinlich wäre, wenn rauskommt, dass wir die Nacht nicht zusammen verbracht haben", murmelte sie.

„Peinlich? Das gesamte Personal würde über mich lachen, ganz zu schweigen von all den anderen Leuten in der Hotelindustrie."

„Ja, wir müssen den Schein wahren, nicht?", fauchte sie. „Immerhin geht es ums Geschäft. Jeder weiß, dass Hunderttausende, vielleicht Millionen von Dollars an Sutherland- und Townsend-Aktien auf dem Spiel stehen. Wenn es dir nichts ausmacht, werde ich auf dem Sofa schlafen."

„Du wirst in dem verdammten Bett schlafen", erklärte Gordon mit zusammengebissenen Zähnen. „Und ich ebenfalls. Wir legen ein Schwert oder etwas ähnlich Passendes zwischen uns. Bist du damit einverstanden, Mrs Sutherland?"

Angie betrachtete ihn wachsam. Offenbar war ihr klar, was für ein gefährliches Spiel sie trieb. „Ja, danke", antwortete sie sehr höflich.

3. KAPITEL

Schließlich legten sie zwei riesige Kissen, die Angie im Schrank entdeckt hatte, statt eines Schwertes zwischen sich. Aber während sie hellwach auf ihrer Seite des großen Bettes lag und die Minuten bis zur Morgendämmerung zählte, dachte Angie, dass die Kissen ebenso gut aus Stahl hätten sein können. Die Wand zwischen ihr und ihrem Mann war genauso schrecklich, wie ein Schwert es gewesen wäre.

Sie fühlte sich miserabel. Schuldig und verletzt, ärgerlich und unsicher – und schlichtweg miserabel. Und das schlimmste war, dass Gordon anscheinend sofort eingeschlafen war, als sein Kopf das Kissen berührte.

Ich tue das Richtige, sagte sich Angie immer wieder, während die Stunden qualvoll vergingen. Ich tue das Richtige.

Irgendwann musste sie doch eingeschlafen sein, da sie kurz vor der Morgendämmerung ruckartig erwachte. Sie öffnete die Augen und starrte auf den grauen Ozean hinaus. Ein paar Sekunden lang wusste sie nicht, wo sie war und warum sie in dem riesigen weißen Himmelbett lag.

„Bist du wach?", fragte Gordon von der anderen Seite des Bettes her.

Angie zuckte zusammen, als sie seine kalte Stimme hörte. Aber was hätte sie anderes erwarten können von ihrem frischgebackenen Ehemann – nach einer Hochzeitsnacht wie dieser? „Ja."

„Gut. Ich habe Pläne gemacht."

„Oh."

„Sag nicht, dass du selbst welche hattest."

„Nein. Nicht direkt. Ich weiß nur, dass wir die nächsten zwei Wochen hier verbringen wollten."

„Das wäre etwas unangenehm unter diesen Umständen, meinst du nicht?"

„Ich weiß nicht." Sie überlegte. „Es ist ein herrliches Hotel, und wir sind nun mal hier. Wir könnten die zwei Wochen damit verbringen, einander kennenzulernen."

„Angie, ich werde nicht zwei Wochen damit verschwenden, dass ich vor ein paar Hundert Leuten, die zufällig für mich arbeiten und uns dauernd beobachten werden, den hingebungsvollen Bräutigam spiele", erklärte er entschieden.

„Ich verstehe, dass das schwierig sein könnte", erwiderte sie. „Den hingebungsvollen Bräutigam zu spielen, meine ich. Besonders wenn du nicht hingebungsvoll bist."

„Lass uns die Sache aus einem anderen Blickwinkel betrachten", murmelte er.

Angie drehte sich zu ihm um und stützte sich auf einen Ellbogen auf. Gordons Anblick, wie er dalag, groß, dunkel und gefährlich, brachte ihren Atem zum Stocken.

Gordon hatte sich letzte Nacht im Dunkeln ausgezogen, und Angie hatte sich bemüht, nicht hinzusehen, als er neben ihr ins Bett gestiegen war. Jetzt bemerkte sie, dass er oberhalb der Taille überhaupt nichts trug. Ob er eine Hose anhatte, konnte sie nicht feststellen, weil die untere Hälfte seines schlanken, muskulösen Körpers von einem weißen Satinlaken bedeckt war.

„Angie, hörst du mir zu?"

Sie merkte, dass sie seine breite Brust anstarrte und darüber nachdachte, wie es wäre, mit den Fingern durch das krause dunkle Haar dort zu streichen. Sie hob schnell den Kopf, und ihr war bewusst, dass sie errötete. „Ja, natürlich."

Gordon musterte sie mit halb geschlossenen Augen. Die Hände hatte er hinter dem Kopf verschränkt, und er sah aus, als würde er sich sehr wohl fühlen in diesem fremden Bett mit einer Frau, die noch nicht ganz seine Ehefrau war. „Ich fahre mit dir zum Jade-See, und dort bleiben wir, bis die Aktien auf dem Markt sind."

„Zum Jade-See? Ich dachte, deine Stiefmutter lebt dort. Und deine Tante und dein Onkel."

„Genau – eine große glückliche Familie. Vielleicht werden meine Schwester und ihr Mann auch noch vorbeikommen."

„Wenn du deine Familie nicht magst, warum sollen wir dann drei Wochen mit diesen Leuten verbringen?"

„Du hast gesagt, du willst sie kennenlernen. Ich habe dort im Haus ein Büro, das ich zwar nicht oft benutze, aber es müsste möglich sein, in den nächsten Wochen von da aus etwas Arbeit zu erledigen, sodass die Zeit nicht ganz verschwendet ist."

Angie setzte sich auf und schob den Träger ihres Nachthemdes schnell auf die Schulter zurück. Sie sah, dass Gordon ihre Brüste betrachtete, und merkte, dass die Spitzen durch die Seide hindurchschimmerten. Also schob sie die Schultern ein bisschen vor, um den Druck auf den Stoff abzuschwächen. „Warte mal. Du wirst mich nicht in einem Haus voll fremder Leute abladen, während du dich in dein Büro verziehst."

„Dies ist die gescheiteste Art, mit dem Problem fertig zu werden. Es gibt dir eine Chance, meine Familie kennenzulernen, und die Zeit, die du angeblich brauchst, um zu einer Entscheidung zu kommen. Außerdem stehen wir zwei dann nicht so im Rampenlicht, während wir darauf warten, dass die Aktien auf den Markt kommen."

„Das gefällt mir nicht. Ich denke, du willst mich verstecken, weil du Angst hast, ich könnte dieses Aktiengeschäft gefährden. Die Leute könnten anfangen, den Firmenzusammenschluss infrage zu stellen, wenn bekannt wird, dass es in unserer Ehe kriselt, nicht wahr?"

Gordon zuckte mit den Schultern. „Das ist möglich."

„Aha. Und wenn sie die Fusion infrage stellen, dann betrifft das auch den Wert der Aktien. Das bedeutet, dass ihr keinen guten Preis dafür erzielen werdet und dass Sutherland und Townsend nicht genügend Kapital bekommt, um sich zu vergrößern."

„Damit hast du recht", antwortete Gordon rau.

„Ich bin nicht annähernd so naiv in geschäftlichen Dingen, wie alle glauben", erklärte Angie mit einem Anflug von Stolz.

Gordon neigte spöttisch den Kopf, aber sein Blick war grimmig. „Jedenfalls will ich nicht, dass du in den nächsten drei Wochen irgendwelche Interviews gibst."

Angie wurde wütend. „Das würde ich nie tun."

„Reporter haben Mittel und Wege, Unschuldslämmer wie dich zum Reden zu bringen. Wenn du eine verliebte Braut wärst, die mich für einen charmanten Prinzen hält, wäre das okay. Aber in deiner jetzigen Stimmung gehe ich kein Risiko ein. Ich will dich hinter Schloss und Riegel haben, bis dieses Geschäft abgeschlossen ist."

„Schloss und Riegel!"

„Nur eine Redensart. Lass uns einfach sagen, dass wir in den nächsten Wochen ganz zurückgezogen leben werden. Der Familienbesitz liegt auf einer Insel in der Mitte eines Sees. Man kommt nur mit dem Boot hin, und niemand landet dort ohne Einladung. Glaub mir, wir werden niemanden einladen."

„Du hast wirklich Nerven, so mit mir zu reden. Wenn du tatsächlich glaubst, ich lasse mich von dir einsperren, bist du verrückt."

„Angie ..."

„In einem Punkt hast du allerdings recht. Du bist wirklich kein charmanter Prinz."

Gordon bewegte sich so schnell, dass Angie nicht reagieren konnte. Er umklammerte ihr Handgelenk, stieß die Kissen aus dem Weg und zog Angie auf seine Brust. Seine Augen glänzten. „So viel schuldest du mir. Ich lasse mir eine Menge von dir bieten. Tatsächlich beginne ich zu ahnen, wie die ursprüngliche Fehde zwischen unseren Familien angefangen haben kann. Anscheinend habt ihr Townsends die unangenehme Angewohnheit, euch aus euren Verpflichtungen davonzustehlen. Bisher hast du mir schon unsere Hochzeitsnacht und die Flitterwochen vorenthalten."

„Gordon ..."

„Ich will verdammt sein, wenn ich zulasse, dass du mir auch noch dieses Aktiengeschäft verdirbst. Und wenn du dich nicht meinetwegen gut benehmen willst, dann denk mal an deine eigene Familie. Die Townsends haben genauso viel zu verlieren wie ich. Du fährst mit mir zur Jade-Insel und bleibst die nächsten Wochen dort. Verstanden?"

„Meine Güte, du bist wirklich kaltblütig, was?"

„Ich versuche, mit einer möglicherweise verhängnisvollen Situation klarzukommen. Man nennt das Schadensbegrenzung. Du bist eine wandelnde Zeitbombe – sowohl für die Sutherlands als auch für die Townsends, und da du jetzt dem Namen nach eine Sutherland bist, bist du mein Problem."

„Vielen Dank." Heiße Tränen stiegen Angie in die Augen. „Wenn ich außer Sicht bleiben muss, warum bringst du mich dann nicht stattdessen zu meiner eigenen Familie? Ich bin dort sicher viel glücklicher, und meine Eltern und mein Bruder werden genauso darauf achten, dass ich nicht mit den falschen Leuten rede."

Gordon warf ihr einen verächtlichen Blick zu. „Wo ist dein Stolz, Angie? Wäre es dir nicht peinlich, wenn dein Bräutigam dich am Morgen nach der Hochzeitsnacht zu deiner Familie zurückbringen würde?"

Damit hatte er recht. Angie stellte sich vor, wie sie das ihren heißblütigen Verwandten erklären sollte. Die Reaktion wäre mit Sicherheit laut und explosiv. Sie bezweifelte, dass ihr Vater und ihr Bruder sich mit ihren Erklärungen zufriedengeben würden, und ihre Mutter würde in Tränen ausbrechen. Keiner von ihnen würde verstehen, dass ihre sogenannte Beschützerhaltung für Angie diesmal ein Fehlschlag gewesen war. Angie erkannte, dass sie auch Zeit brauchte, um zu überlegen, wie sie mit ihrer eigenen Familie umgehen sollte.

Sie nahm all ihren Mut zusammen und warf den Kopf zurück. „Ich werde über deinen Vorschlag nachdenken, die nächsten drei Wochen auf deinem Besitz am Jade-See zu verbringen."

„Ja, tu das. Denk ernsthaft darüber nach. Auf dem Weg zum Jade-See." Gordon setzte sich auf. „Fang an zu packen. Wir fahren in einer Stunde."

Viel später an diesem Abend dachte Angie, dass es noch eine dritte Möglichkeit gegeben hätte, wie sie die nächsten drei Wochen verbringen konnte. Sie hätte davonlaufen können. Vielleicht hätte sie sich in einem der Wäschekarren des Hotels verstecken oder von einem langen Spaziergang am Strand nicht wieder zurückkehren können.

Die Schwierigkeit dabei wäre gewesen, versteckt zu bleiben. Sie kannte Gordon gut genug, um zu wissen, dass er sie finden und zurückbringen würde. Alles nur, um die Gefahr für den Firmenzusammenschluss abzuwehren, dachte sie ärgerlich.

Das Haus der Sutherlands stand an einer kleinen Bucht an der östlichen Spitze einer dicht bewaldeten Insel. Der Jade-See war ein großes, tiefes Gewässer. Nach Sonnenuntergang wirkte es wie ein schwarzer, bodenloser Graben rund um die Sutherland-Festung.

„Festung" war das einzige Wort, das Angie einfiel, um das große alte Haus zu beschreiben. Es hatte in allen drei Stockwerken Fenster, durch die aber kein Licht einzudringen schien. Innen war alles dunkel. Von den Orientteppichen auf den Parkettböden bis zu den wuchtigen Möbeln. Beim Anblick der deprimierenden avocadogrünen Farbe an den Wänden sehnte sie sich spontan nach einem Eimer mit weißer Farbe und einem großen Pinsel.

Vom ersten Moment an, als sie kurz vor Sonnenuntergang durch die Tür getreten war, hatte sie gewusst, dass die nächsten drei Wochen ihres Lebens äußerst unerfreulich sein würden.

Als sie sich dann an den Esstisch setzte, stellte sie jedoch zu ihrer Genugtuung fest, dass Gordon sich hier ebenfalls nicht wohlfühlte. Er sah nicht so aus, als wäre ihm die Aussicht auf ein Dinner im Kreise der Familie angenehmer als ihr.

Angie stocherte in ihrem Salat und warf einen prüfenden Blick in die Runde, die um den dunklen Eichentisch versammelt war. Die Mitglieder der Sutherland-Familie waren grimmige, deprimierende Menschen, das genaue Gegenteil von Angies lauten, fröhlichen, rothaarigen Verwandten.

„Ich muss sagen, es war wirklich eine Überraschung, dass du heute hier aufgetaucht bist, Gordon. Nicht, dass wir nicht erfreut wären, deine Braut kennenzulernen.“ Celia Sutherland schenkte Angie ein kühles Lächeln.

Gordons Stiefmutter war eine attraktive, ziemlich einschüchternde Frau Anfang fünfzig, die wie eine geborene Aristokratin wirkte. Sie trug ein maßgeschneidertes schwarzes Kleid, und die Farbe ihres modisch geschnittenen Haars war viel zu perfekt, um echt sein zu können.

„Danke, Celia.“ Gordon warf seiner Stiefmutter einen kurzen Blick zu. „Ich wusste, dass ihr Angie gern kennenlernen würdet.“

„Ich muss zugeben, dass wir uns alle fragen, warum du hier bist“, fuhr Celia fort.

„Allerdings“, stimmte Helen Fulton zu. „Können wir davon ausgehen, dass es etwas mit der Fusion zu tun hat?“

Gordons Tante Helen war im selben Alter wie Celia, aber sie hatte ihr Haar auf natürliche Weise weiß werden lassen. Ihre grauen Augen und die hohen Wangenknochen verrieten, dass sie eine Sutherland war. Irgendwie ähnelte sie einem Raubvogel.

„Ihr könnt annehmen, was immer ihr wollt“, antwortete Gordon, „solange ihr euch daran erinnert, dass dieses Haus mir gehört und dass ich ein Recht habe, meine Braut hierherzubringen.“

„Zur Hölle, das ist wahr.“ Derwin Fulton, Helens Mann, warf seinem Neffen einen grimmigen Blick zu. „Dein Vater hat es dir hinterlassen zusammen mit allem anderen, einschließlich der Firma, nicht wahr? Ich frage mich, was er dazu sagen würde, dass du eine Townsend geheiratet hast.“

Derwin hatte weißes Haar und breite Schultern, und Angie fand, dass er kein bisschen senil wirkte.

„Es spielt keine Rolle, was Dad gesagt hätte“, erwiderte Gordon gelangweilt. „Nach seinen Anweisungen muss ich nur das Geschäft führen und dafür sorgen, dass niemand in der Familie von der Wohlfahrt leben muss. Bisher ist mir das gelungen.“

Celia verzog das Gesicht. „Da wir schon vom Geschäft sprechen, meinst du nicht, dass du uns allen eine Erklärung schuldest, Gordon? Die Nachricht von der Fusion war ein großer Schock. Du musst das seit Monaten geplant haben.“

„Firmenzusammenschlüsse müssen geplant werden, und zwar am besten im Geheimen.“ Gordon trank einen Schluck Wein und warf Angie einen warnenden Blick zu.

„Nun, ich muss sagen, deine Entscheidung, eine Town… Miss

Townsend zu heiraten, war beunruhigend genug", murmelte Helen. „Aber diese andere Überraschung ist doch etwas zu viel. Wir alle wissen, dass du die Firma so führst, wie mein Bruder das getan hat, ohne Rücksicht auf die Meinungen anderer Leute. Aber vor einer so drastischen Maßnahme wie einer Fusion hättest du dich schon mit uns beraten sollen. Noch dazu vor einem Zusammenschluss mit deinem größten Konkurrenten. Derwin hat recht. Dein Vater wäre entsetzt gewesen. Und was die Heirat mit einer Townsend angeht ..."

„Keine Sorge, die Firma Sutherland wird in ein paar Monaten dreimal so viel wert sein", unterbrach Gordon sie. „Dadurch dürfte der Schock für euch etwas leichter zu verkraften sein."

„Bist du da sicher?", fragte Celia. „Dreimal so viel?"

„Ja, wenn die Aktien sich so gut verkaufen, wie Palmer Townsend und ich glauben. Die Townsends und die Sutherlands werden alle bei dieser Sache gewinnen. Versucht das im Gedächtnis zu behalten, wenn ihr in Versuchung seid, unfreundlich zu meiner Frau zu sein."

Celia warf Angie einen abschätzenden Blick zu. „Soll ich das so verstehen, dass diese Heirat eher ein geschäftlicher Schachzug war?"

Helen sah interessiert auf. „Das würde jedenfalls dein seltsames Verhalten erklären, Gordon. Aber wenn die Heirat nur geschäftliche Gründe hat, warum hast du uns das dann nicht gleich gesagt?"

„Ja, wir wären vielleicht zur Hochzeit gekommen, wenn wir gewusst hätten, dass das nur eine kurzfristige Angelegenheit aus geschäftlichen Gründen ist", fügte Celia hinzu. „Immerhin hätte es überzeugend gewirkt, wenn wir dabei gewesen wären, nicht?"

Angie erstarrte, als sie begriff, was Celia Sutherlands Worte bedeuteten. „Man hat mir gesagt, Sie wären krank, Mrs Sutherland, und das wäre der Grund, warum Sie nicht zur Hochzeit kommen konnten." Sie sah Gordons Tante an. „Ich habe gehört, Sie waren wegen einer kürzlichen Knieoperation nicht fähig zu reisen, Mrs Fulton. Ist Gordons Schwester Kimberly tatsächlich mit ihrem Mann auf Hawaii, oder muss ich damit rechnen, dass sie jeden Moment hier auftaucht?"

„Sie ist wirklich auf Hawaii", antwortete Derwin. „Sie hat die Reise gebucht, gleich nachdem Gordon verkündet hat, er würde Sie heiraten. Welche Entschuldigung hat er denn für mich gefunden?"

Gordon schritt ein, bevor Angie etwas erwidern konnte. „Ich habe ihr erklärt, du wärst senil, Derwin. Tatsächlich habe ich daran gedacht, ihr zu erzählen, die ganze Familie wäre senil. Aber dann ist mir eingefallen, dass Angie und ihre Leute sich Sorgen machen könnten wegen der Gesundheit der Sutherlands. Ich hatte Angst, sie würde mich dann nicht heiraten wollen."

Die ganze Familie Sutherland hielt vor Schreck den Atem an.

Angie begann zu kichern. Sie konnte es nicht unterdrücken. Gordons Bemerkung weckte ihren Sinn für Humor.

Jeder am Tisch starrte sie an.

Das Kichern wurde zu einem Lachen. Angie betupfte sich die Augen mit ihrer Serviette. „Entschuldigen Sie. Aber wenn ich mir vorstelle, wie Gordon an seinem Schreibtisch sitzt und sich Entschuldigungen für Sie alle ausdenkt ... Das ist einfach zu viel."

Helen warf ihr einen vorwurfsvollen Blick zu. „Also wirklich, Miss Townsend."

Angie bemühte sich ohne Erfolg, ihre Heiterkeit zu bekämpfen. „Warten Sie nur, bis ich das Mom und Dad und Harry erzähle." Ihr war bewusst, dass Gordon sie mit hochgezogenen Augenbrauen beobachtete, und ihr Lachen wurde noch stärker, bis sie das Gefühl hatte, sie würde gleich vom Stuhl fallen.

Gordons mürrische Verwandten saßen schweigend da. Derwin war knallrot geworden vor Ärger. Helen hatte das Gesicht schmerzhaft verzogen, und Celia blickte noch missbilligender drein als vorher.

„Ich fürchte, ich kann nicht erkennen, was daran komisch sein soll", bemerkte sie eisig.

„Das ist eins der Dinge, an die du dich gewöhnen musst, wenn du mit den Townsends zu tun hast", erklärte Gordon seiner Stiefmutter. „Sie reagieren oft nicht so, wie man es erwartet, und sie finden die seltsamsten Dinge komisch. Sie sind eine sehr gefühlvolle Familie."

„Nicht wie die Sutherlands." Angie hatte sich jetzt etwas erholt. „Deine Familie scheint eine Gefühlsskala zu haben, die von grimmig bis deprimierend reicht, Gordon. Ich wette, ihr habt alle viel Spaß, wenn ihr bei Geburtstagspartys oder Weihnachtsfesten zusammenkommt."

„So was von unverschämt", murmelte Helen. „Sie haben die Manieren einer Straßengöre, Miss Townsend."

Gordon drehte sich wütend zu seiner Tante um. Angie hielt den Atem an und fürchtete sich vor der Explosion, die gleich erfolgen musste.

Es war die Haushälterin, Betty, eine grauhaarige stämmige Frau von Anfang sechzig, die den Tag rettete, Sie kam in diesem Moment durch die Tür und begann, den Tisch abzuräumen, um für den nächsten Gang decken zu können. Daraus machte sie eine große Show. Sie klapperte mit Geschirr und verursachte eine Menge Unruhe. Als sie nach Angies Teller griff, zwinkerte sie ihr zu. Angie unterdrückte ein Lächeln.

Der spannungsgeladene Moment verging. Gordon lehnte sich zurück. Er sah immer noch so aus, als wär er bereit zu kämpfen, aber offenbar würde er den Kampf nicht beginnen. Helen griff nach ihrem Weinglas und trank einen großen Schluck.

Als das Fischgericht serviert wurde, entdeckte Angie plötzlich, dass sie großen Appetit hatte. Sie nahm das Essen mit Begeisterung in Angriff. Es schmeckte ausgezeichnet.

„Was die Fusion und die Aktien angeht, Gordon …“ Derwin hatte offenbar entschieden, das Thema zu wechseln. „Meinst du nicht, du hättest dich mit uns beraten sollen, bevor du etwas so Radikales tust?“

„Nein.“ Gordon aß ein Stück von seinem Fisch.

„Nun, das finde ich verdammt arrogant“, fuhr Derwin ihn an. „Dein Vater hätte uns zumindest vorher von seiner Absicht unterrichtet.“

„Nein, er hätte mit mir darüber geredet, nicht mit euch. Das weißt du genauso gut wie ich, Derwin. Da Dad jetzt nicht mehr da ist, treffe ich die Entscheidungen. Es ist an der Zeit, dass die Sutherland-Hotels in den internationalen Markt einsteigen, und der schnellste und sicherste Weg dazu ist die Fusion mit Townsend. Wenn es euch nichts ausmacht, würde ich jetzt gern über etwas anderes als das Geschäft reden. Immerhin bin ich in den Flitterwochen.“

„Aber wenn diese Heirat nur eine kurzfristige geschäftliche Angelegenheit ist, warum tust du dann so, als wären jetzt deine Flitterwochen?“ Helen warf einen bedeutungsvollen Blick auf Angie.

Gordon sah seine Tante an. „Es scheint hier ein Missverständnis vorzuliegen, Helen. Diese Heirat ist keine kurzfristige Angelegenheit. Sie ist echt. Bis dass der Tod uns scheidet und so weiter. Ihr solltet euch besser an den Gedanken gewöhnen.“

Angie wusste, dass die Warnung genauso für sie galt, wie sie für die Sutherlands zutraf. Sie rümpfte die Nase und konzentrierte sich auf ihren Fisch.

„Wenn dies eine echte Heirat ist und wenn das echte Flitterwochen sind, warum, um Himmels willen, bist du dann heute hergekommen?“, wollte Celia wissen.

„Der Abgeschiedenheit wegen. Ich denke, dies ist der letzte Ort, wo Reporter und Wirtschaftsexperten nach mir Ausschau halten werden. Sie sind alle damit beschäftigt, die Sutherland- und Townsend-Hotels abzusuchen."

„Sie könnten dich auch hier finden", warnte Derwin.

Gordon lächelte grimmig. „Ich habe Jeffers Anweisung gegeben, niemanden, der nicht zur Familie gehört, ohne meine Erlaubnis an Land zu lassen. Betty hat den Befehl bekommen, alle Anrufe zu mir durchzustellen."

„Warum denn nur?" Helen wirkte bestürzt. „Du willst unsere persönlichen Telefongespräche abfangen? Das kannst du nicht tun, Gordon."

„Hör mal, du kannst nicht einfach herkommen und dem Personal Befehle erteilen", erklärte Celia ihm kalt.

„Warum nicht? Ich bezahle die Gehälter der Angestellten. Und da ich auch für das Einkommen aller anderen hier verantwortlich bin, gebe ich so viele Befehle, wie ich will, solange ich hier bin. Dieses Haus ist groß. Ich bin sicher, dass wir alle die nächsten drei Wochen hier verbringen können, ohne uns zu oft über den Weg zu laufen."

Celia funkelte ihn zornig an. „Das ist unverzeihlich. Dein Vater wollte immer, dass ich dieses Haus bekomme. Das weißt du."

„Dann hätte er es dir hinterlassen sollen, statt mir", meinte Gordon leichthin.

Celia starrte ihren Stiefsohn an und entschied dann offenbar, dass es nichts brachte, weiter zu streiten. Sie wandte sich an Angie. „Was ist mit Ihnen, Miss Townsend? Ich nehme an, Sie haben sich des Geldes wegen auf all das eingelassen?"

Angie sah sich am Tisch um und lächelte höflich. „Sprechen Sie mit mir, Celia? In diesem Fall haben Sie einen Fehler gemacht. Mein Name ist jetzt Mrs Sutherland. Mrs Gordon Sutherland. Nicht Miss Townsend!"

Wieder herrschte entsetztes Schweigen. Diesmal wurde es gebrochen, indem Gordon zu lachen anfing. „Lasst euch warnen, ihr alle", erklärte er grinsend. „Wenn ihr eine Townsend in die Ecke drängt, dann kämpft sie."

Angie hatte ihren Mann noch niemals laut lachen hören. Sie drehte sich genauso überrascht zu ihm um wie die anderen am Tisch. Er stand jetzt auf, immer noch schmunzelnd, und er streckte ihr seine Hand entgegen.

„Und nun werden wir ‚Gute Nacht' sagen. Komm mit, Mrs Sutherland. Wir sind immerhin noch in den Flitterwochen. Sicher wird jeder dafür Verständnis haben, wenn wir uns jetzt ins Schlafzimmer zurückziehen."

Angie errötete unter seinem besitzergreifenden Blick. Langsam faltete sie ihre Serviette, stand auf und nahm Gordons Hand.

Seine Finger umschlossen ihre ganz fest und verrieten auf diese Weise, wie aufgebracht er noch war, aber wie gewöhnlich war seine Miene undurchdringlich.

Er führte Angie aus dem düsteren Esszimmer und ging mit ihr die breite Treppe hinauf. „Das wäre dann wohl geklärt", sagte er sanft. „Es sieht aus, als würden du und ich gegen den Rest der Familie stehen."

„Ja?"

„Ich fürchte schon. Es tut mir leid, ich bin hier nicht sehr beliebt, wie du wohl gemerkt hast, obwohl ich zur Familie gehöre." Sie hatten den Treppenabsatz erreicht, und Gordon führte Angie zu den Räumen, in denen sie während der nächsten drei Wochen wohnen würden.

Angie überlegte. „Weißt du, Gordon, ich betrachte diese Leute nicht direkt als deine Familie."

„Nein? Als was dann?"

„Als eine Art Verpflichtung."

Er warf ihr einen überraschten Blick zu, als er die Tür zu ihrer Suite öffnete. Dann nickte er langsam. „Das sind sie wirklich. Schon als ich noch ein Kind war, hat Dad immer betont, ich würde eines Tages für den ganzen Sutherland-Clan verantwortlich sein. Damals ahnte ich jedoch nicht, wie schwer das sein würde, zumal wir keine gute Beziehung zueinander haben. Er hat mir diese Menschen zusammen mit der Firma hinterlassen. Manchmal wünschte ich, ich wäre Astronaut geworden."

Zwei Stunden später lag Gordon in dem großen Bett, das seinem Vater gehört hatte, und lauschte auf Geräusche aus dem Wohnzimmer. Dort war es schon eine Weile still. Angie war anscheinend eingeschlafen.

Gordon ahnte, dass er noch lange Zeit wach sein würde, denn sein ungestilltes Verlangen quälte ihn. Das ärgerte ihn. Es war nicht richtig, dass ein frisch verheirateter Mann die zweite Nacht seiner Flitterwochen allein verbringen musste.

Er hatte gehofft, er würde diese Nacht weniger frustriert sein, da Angie nicht das Bett mit ihm teilte, aber da hatte er sich geirrt. Ihm war jede Bewegung bewusst, die sie nebenan getan hatte, und seine Fantasie hatte ihm viele farbenprächtige Bilder von Angie vorgegaukelt, wie sie sich auszog und sich wohlig in die Kissen schmiegte.

Tatsächlich fiel es ihm verdammt leicht, sich ihre Brüste und ihre hübsch gerundeten Hüften vorzustellen. Er sehnte sich schmerzhaft nach einem leidenschaftlichen Blick aus ihren schönen Augen, und er wollte ihr herrliches rotes Haar auf dem weißen Kissen ausgebreitet sehen. Wenn er an die Gelegenheiten dachte, als er Angie hätte nehmen können und es nicht getan hatte, hätte er sich selbst am liebsten einen gehörigen Tritt versetzt.

Damals war es ihm klug erschienen, vorsichtig vorzugehen. Er wusste, dass er Angie in den ersten zwei Monaten nervös gemacht hatte. Also hatte er langsam um sie geworben, um sie nicht mehr zu drängen als nötig. Wegen der Bekanntgabe der Fusion war eine schnelle Heirat notwendig gewesen, aber trotzdem hatte er sich Angie behutsam genähert, weil er das seltsame Gefühl hatte, sie beschützen zu müssen. Das war eine neue Erfahrung für ihn. Sie war so wichtig für ihn. Wie konnte sie nur glauben, ihre Heirat wäre aus geschäftlichen Gründen erfolgt?

Seine Hauptsorge war es gewesen, Angie für sich zu gewinnen. Damals war er sicher gewesen, dass alles in Ordnung sein würde, sobald er ihr den Ring an den Finger gesteckt hatte.

Nun merkte er, wie sehr er sich geirrt hatte.

Es war ein höllisches Risiko gewesen, Angie hierher zum Jade-See zu bringen, nachdem gestern Abend alles schiefgegangen war. Die Abgeschiedenheit an diesem Ort war nicht der Grund. Diesen Unsinn hatte er nur erfunden. Zwar waren sie hier wirklich abgeschirmt, aber das hätte Gordon auch an jedem anderen Ort erreichen können.

Am Morgen nach der verpatzten Hochzeitsnacht hatte er eine Entscheidung getroffen. Er wollte einen Weg finden, um Angie vor Augen zu führen, dass sie tatsächlich miteinander verheiratet waren. Deshalb musste er dafür sorgen, dass sie sich selbst als Mrs Sutherland sah.

Celia, Helen und Derwin hatten ihn – ohne es zu wissen – bestens unterstützt in diesem Vorhaben, indem sie ihn angegriffen hatten, sobald Angie und er zur Tür hereingekommen waren. Gordon hatte natürlich gewusst, dass sie das tun würden. Es war unvermeidlich, wenn man seine Beziehung zu den übrigen Mitgliedern der Familie kannte.

Das Risiko hatte sich ausgezahlt.

Gordon stöhnte und wälzte sich in dem breiten Bett herum. Er starrte zum Fenster hinaus auf das Mondlicht, das sich im See spiegelte.

Er hatte Angie zwingen wollen, sich als seine Ehefrau zu sehen. Er ahnte, dass er das am schnellsten schaffen konnte, indem er sie dazu brachte, für ihn Partei zu ergreifen. Heute Abend hatte sie den ersten Test mit fliegenden Fahnen bestanden. Das tatsächliche Risiko hatte darin bestanden, dass sie auch ihre eigene Seite hätte wählen, sich selbst als eine Townsend gegen alle anderen stellen können, auch gegen ihren Ehemann.

Aber das hatte sie nicht getan. Gordon hatte Glück gehabt.

„Sprechen Sie mit mir, Celia? In diesem Fall haben Sie einen Fehler gemacht. Mein Name ist jetzt Mrs Sutherland. Mrs Gordon Sutherland."

„Früher oder später", murmelte Gordon, „wirst du wirklich Mrs Gordon Sutherland sein. Wir werden unsere Hochzeitsnacht bekommen, Angie. Und wenn es so weit ist, werde ich dir beweisen, dass du niemals Teil einer geschäftlichen Vereinbarung warst."

4. KAPITEL

Angie schlich ganz leise an Gordons Bett vorbei. Ihre nackten Füße verursachten kein Geräusch auf dem Teppich. Der Saum ihres Nachthemdes – ein Traum aus Satin und Spitze – schwang um ihre Knöchel. Den Morgenrock und die Hausschuhe trug sie in der Hand.

Im Mondlicht, das durch die Fenster hereinfiel, konnte Angie Gordons nackte Schultern und seinen muskulösen Rücken erkennen. Schmerzliche Sehnsucht ergriff sie, als sie ihren schlafenden Ehemann betrachtete. Und weibliche Neugier darauf, wie es wohl sein müsste, diesen Mann zu umarmen, ihn zu küssen und …

Als sie auf Zehenspitzen zur Tür schlich, dachte sie traurig daran, dass sie dieses Bett mit Gordon hätte teilen können. Es war ihr Recht, dort zu sein. Aber sie hatte Angst. Das war das Problem. Einfach Angst.

Die Fragen, die in ihrer Hochzeitsnacht aufgetaucht waren, plagten sie jetzt mehr denn je. Sie brauchte ein paar Antworten, und sie wusste, wo sie damit anfangen sollte. Harry würde es vielleicht nicht zu schätzen wissen, wenn er um drei Uhr morgens geweckt wurde, aber das war nicht zu ändern. Nach alledem, was er ihr angetan hatte, hatte er es nicht besser verdient. Sie würde ihm nicht so leicht verzeihen, dass er sich mit der ganzen Familie gegen sie verbündet hatte, um sie mit Gordon Sutherland zu verheiraten. Auch wenn er geglaubt hatte, das wäre zu ihrem eigenen Besten.

Ihr Bruder war manchmal genauso überheblich ihr gegenüber wie alle anderen in der Familie, aber Angie wusste aus Erfahrung, dass er ehrlich sein würde, wenn sie ihm eine klare Frage stellte. Und eben das hatte sie heute Nacht vor.

Sie trat in den Flur hinaus und schloss die Tür leise hinter sich. Dann zog sie schnell den Morgenrock und die Hausschuhe an. Einen Moment lang blieb sie ruhig stehen, damit ihre Augen sich an die schummerige Beleuchtung gewöhnen konnten.

Nun stieg Angie langsam die Treppe hinab und prüfte bei jeder Stufe erst einmal, ob sie knarrte, bevor sie ganz darauf trat. Unten blieb sie stehen, um sich zu orientieren. Sie erinnerte sich daran, in der Küche und in Gordons Arbeitszimmer ein Telefon gesehen zu haben. Wahrscheinlich gab es noch mehr Telefone, aber sie wollte nicht das ganze Haus danach absuchen. Da das Arbeitszimmer näher war als die Küche, wandte sie sich dorthin.

Die Tür war geschlossen, ließ sich aber leicht öffnen. Angie betrat den dunklen Raum und ging zum Schreibtisch. Das Mondlicht war hell genug, um darin den kleinen Computer erkennen zu können. Daneben stand das Telefon.

Angie zog eine winzige Taschenlampe aus der Tasche ihres Morgenrocks. Sie leuchtete mit einer Hand, während sie mit der anderen den Hörer abnahm und die Nummer ihres Bruders zu wählen begann.

Angie war erst bei der Vorwahl für Tucson angelangt, als eine Männerhand an ihr vorbeigriff, die Verbindung unterbrach und ihr den Hörer aus der Hand nahm. „Gordon!"

„Was ist los, Angie?" Er legte den Hörer wieder auf die Gabel. „Konntest du nicht schlafen?"

Angie versuchte, sich zusammenzureißen. Sie war so aufgeregt, dass sie zu zittern begann. „Du liebe Güte, Gordon! Du hast mich zu Tode erschreckt."

„Habe ich das?" Er lehnte sich lässig gegen den Schreibtisch, die Arme verschränkt. Bevor er Angie nach unten gefolgt war, hatte er Jeans angezogen, aber sonst trug er nichts. Er wirkte bedrohlich und betörend männlich.

„Ja, das hast du, und du hast absolut kein Recht, mich so einzuschüchtern."

„Wen wolltest du anrufen, Angie?"

„Das geht dich nichts an."

„Deinen Bruder?"

Sie warf ihm einen bösen Blick zu. „Wie ich schon sagte, geht dich das nichts an. Aber zufällig hast du recht. Ich wollte Harry sprechen. Er schuldet mir ein paar Antworten."

„Warum versuchst du nicht, mir die Fragen zu stellen?", schlug Gordon sanft vor.

Sie hob das Kinn. „Weil ich nicht sicher sein kann, dass ich wahrheitsgetreue Antworten bekomme. Wer weiß, was du mir einreden würdest? Zu meinem eigenen Besten natürlich", spottete sie.

„Verdammt, Angie, du drückst das so aus, als wärst du das Opfer einer Verschwörung."

„Genauso fühle ich mich auch."

„Musst du so melodramatisch sein?"

Sie atmete tief ein. „Ich habe das Gefühl, niemandem in diesem Haus trauen zu können. Du hast klargestellt, dass ich in den nächsten drei Wochen mehr oder weniger eine Gefangene bin. Offensichtlich will mich keiner von deiner Familie hier haben. Sie alle wünschen sich, du hättest mich nie geheiratet. Anscheinend besitzen sie die Unverschämtheit zu denken, ich wäre nicht gut genug für dich."

„Angie, Schatz ..."

„Ich bin nervös und wütend, und ich wollte einfach mit jemandem aus meiner eigenen Familie reden. Was ist falsch daran? Wie würdest du dich an meiner Stelle fühlen?"

Gordon stöhnte und zog Angie an sich. „Angie, es tut mir leid, dass die Dinge sich so entwickelt haben. Das war nie meine Absicht."

„Dann lass mich gehen", murmelte sie. Die Wärme seiner nackten Brust hatte eine seltsam tröstliche Wirkung auf sie.

„Das kann ich nicht. Wohin würdest du gehen?"

„Nach Hause."

„Das haben wir doch schon besprochen." Gordon streichelte ihren Rücken. „Es wäre peinlich für dich, zu deiner Familie zurückzukehren."

„Ich habe beschlossen, dass ich mit dieser Peinlichkeit leben kann. Im Moment bin ich sowieso eher wütend. Ich könnte sie alle erwürgen."

Gordon küsste ihr Haar. „Wenn du versuchen möchtest, jemanden zu erwürgen, dann sollte ich das sein."

„Glaub nicht, der Gedanke wäre mir nicht gekommen. Dummerweise bist du zu groß. Hör auf, mein Ohr zu küssen. Ich will keine romantischen Gesten von dir."

„Verdammt, die Lage zwischen uns wäre nicht so, wenn wir eine normale Hochzeitsnacht gehabt hätten."

„Sex hätte unsere Probleme nicht gelöst." Angie zitterte und wich schnell aus, als Gordon ihr Haar hochhob und die Lippen auf ihren Nacken presste. „Ich habe gesagt, du sollst aufhören. Ich meine es ernst."

Widerstrebend hob er den Kopf und sah sie nachdenklich an. „Du willst mich immer noch, Angie, selbst wenn du wütend bist. Ich kann es spüren. Du erschauderst, wenn ich dich berühre."

„Das sind nur die Nerven."

„Wirklich? Mir scheint das die gleiche Reaktion zu sein wie zu der Zeit, als du nur zu gern mit mir geschlafen hättest."

„Wenn du den Unterschied nicht erkennst, beweist das nur, wie wenig einfühlsam du bist." Sie trat einen Schritt zurück.

Gordon seufzte. „Drei Wochen, Angie. Das ist alles, worum ich dich bitte. Bleib die nächsten drei Wochen mit mir hier, bis die Aktien auf dem Markt sind. Danach wirst du sehen, dass ich dich nicht aus geschäftlichen Gründen geheiratet habe."

„Und was dann?" Sie ging zum Fenster und sah in die Nacht hinaus. „Was für eine Art von Ehe können wir führen nach diesem katastrophalen Anfang? Wie kann ich dir je wieder vertrauen?"

Er legte die Hand auf ihre Schulter. „Behaupte nicht, ich wäre ein Lügner!"

„Schon gut", gab sie nach, verwundert über den Stolz, der in seiner Stimme mitschwang, und seinen finsteren Blick.

Fluchend ließ Gordon sie los und drehte sich um. Er schob die Hände in die Taschen seiner Jeans. „Ich kann es nicht glauben. Niemand hat je mein Wort infrage gestellt. Niemand. Ich schließe Geschäfte mit einem Handschlag ab. Mein Wort gilt als genauso bindend wie ein Vertrag. So ist schon mein Vater vorgegangen, und ich tue das auch. Und nun wagt es meine eigene Frau anzudeuten, ich wäre ein Lügner und Betrüger."

„Das habe ich nicht direkt gesagt", murmelte Angie. Es war offensichtlich, dass sie ihn ernsthaft verletzt hatte.

„Du warst höllisch nahe dran. Wenn du ein Mann wärst, würde ich ..." Gordon schüttelte angewidert den Kopf. „Vergiss es. Ich habe genug von dieser idiotischen Unterhaltung." Er fuhr zu ihr herum. Seine Augen blitzten. „Wenn diese Ehe auf einem Schlachtfeld beginnen soll, dann müssen wir ein paar Regeln aufstellen."

„Du meinst, du selbst wirst das tun, oder?"

Er zuckte mit den Schultern. „Wenn ich muss, ja. Regel Nummer eins ist, dass du alles glauben kannst, was ich dir sage. Ich habe dich nie belogen und werde es auch niemals tun. Verstanden?"

Angie verschränkte die Arme unter den Brüsten. Ein seltsamer Schauer durchfuhr sie. Sie hatte Gordon noch nie in dieser Stimmung erlebt. Er war sonst immer so kühl und selbstbeherrscht. „In Ordnung", antwortete sie nachdenklich.

„Ich schätze, damit muss ich zufrieden sein, was? Meine eigene Frau lässt sich gnädig dazu herab, mir zu vertrauen. Was habe ich doch für ein Glück."

„Offenbar hattest du ein falsches Bild von mir, Gordon. Ich bin nicht ganz so naiv und leichtgläubig, wie du dachtest. Ich bin durchaus fähig, mir ein eigenes Urteil zu bilden."

„Meinst du?“

Sie lächelte grimmig. „Vorausgesetzt natürlich, ich bekomme alle notwendigen Informationen.“

„Was soll das heißen?“

Sie hob stolz den Kopf. „Das bedeutet, dass ich selbst auch eine Regel aufstelle, wenn wir schon dabei sind.“

„Und die wäre?“ Er musterte sie wachsam.

„Sie lautet, dass du mir in Zukunft keine wichtigen Informationen vorenthalten wirst. Ich bin kein Kind mehr und lasse nicht zu, dass man mich behandelt, als wäre ich eins.“

Er verzog das Gesicht. „Du verstehst aber nichts vom Hotelgeschäft. Ich sehe nicht ein, warum ich dich über jede kleine geschäftliche Entscheidung unterrichten soll.“

„Das verlange ich nicht. Ich will nur von den Entscheidungen erfahren, die mich direkt betreffen.“

„Die Pläne für die Fusion und die Aktienausgabe betreffen dich nicht, aber trotzdem wirfst du mir vor, dass ich dir nichts davon gesagt habe.“

Angie nickte. „Unbedingt. Weil ich nämlich der Meinung bin, dass sie mich doch etwas angehen.“

„Das denkst aber auch nur du. Wie soll ich denn wissen, von welchen Dingen du glaubst, dass sie dich betreffen?“

Angie lächelte. „Keine Ahnung. Du wirst eben sehr vorsichtig und gewissenhaft sein müssen, nicht? Wahrscheinlich ist es besser, du gewöhnst dir an, mir alles zu erzählen. So kannst du nichts falsch machen.“

Er starrte sie aufgebracht an. „Du kleines …“ Er brach ab und schüttelte wieder den Kopf. „Ich kann es nicht glauben. Für wen hältst du dich eigentlich?“

„Für Mrs Gordon Sutherland, in guten wie in schlechten Tagen.“ Angie ging an ihm vorbei und fühlte sich viel besser als noch vor wenigen Minuten.

„Angie, komm hierher zurück. Ich rede mit dir.“ Gordon folgte ihr. „Verdammt, wo willst du hin?“

„Etwas zu essen holen. Ich verhungere fast.“ Sie steuerte auf die Küche zu. „Die Gesellschaft deiner Familie hat mir den Appetit verdorben. Aber durch den Streit mit dir habe ich wieder welchen bekommen. Ich hoffe, deine Haushälterin hebt alle Reste auf.“

Gordon sagte nichts mehr. Als sie die riesige, tadellos saubere Küche erreichten, stand er, die Hände in die Hüften gestemmt, da und beobachtete verwundert, wie Angie einen der beiden großen weißen Kühlschränke öffnete.

Sie musterte erfreut die Fächer mit den ordentlich verpackten Resten. „Wir haben Glück. Hier sieht's aus wie in der Feinschmeckerabteilung eines erstklassigen Supermarktes." Sie hob den Deckel von einem Plastikbehälter. „Ah, Thunfisch." Sie versuchte es mit einem anderen. „Nudelsalat. Das wird immer besser. Jetzt brauchen wir nur noch ein paar Cracker."

Sie nahm ein paar Behälter aus dem Kühlschrank heraus und trug sie zu dem Tisch in der Ecke des Raumes. Dann schaltete sie die Deckenbeleuchtung ein und begann die Schranktüren zu öffnen.

„Willst du das alles essen?" Gordon rührte sich nicht.

„Ich habe dir doch gesagt, dass ich hungrig bin. Wenn ich mich streite, bekomme ich immer Appetit." Angie lächelte zufrieden, denn sie hatte gerade eine Schachtel Cracker entdeckt. „Nun kann es losgehen."

Sie fand Messer und Gabeln in einer Schublade, dann setzte sie sich an den Tisch. Gordon blieb immer noch, wo er war, als sie den ersten Cracker mit Butter bestrich. Dann lehnte sie sich zurück und sah Gordon an. „Möchtest du auch etwas?", fragte sie höflich.

Er kam langsam auf sie zu und setzte sich ihr gegenüber an den Tisch. Ohne ein Wort zu sagen, griff er nach einem Cracker und biss ab. Einen Moment lang kaute er nachdenklich.

Angie aß zwei Cracker mit Thunfisch, dann betrachtete sie interessiert den Nudelsalat.

„Angie?"

„Was?" Sie füllte sich etwas Salat auf.

„Würdest du mir bitte verraten, was hier los ist? Vor ein paar Minuten warst du noch furchtbar wütend. Jetzt isst du wie ein Scheunendrescher und tust so, als wäre nichts passiert."

Sie riss die Augen auf. „Es ist schon etwas passiert. Wir haben uns gestritten, aber das ist nun vorbei, und ich habe Hunger."

„Bist du immer so nach einem Streit?" Gordon nahm sich noch einen Cracker.

„Meistens."

„Selbst wenn du nicht gewonnen hast?"

„Wer sagt denn, dass ich verloren habe?", fragte sie zuckersüß. Ihre

Stimmung war jetzt viel besser. Es war erstaunlich, wie Essen gegen schlechte Laune wirkte.

„Du bist immer noch hier in dieser düsteren Burg eingesperrt, umgeben von Wasser und mehreren unangenehmen Verwandten", betonte Gordon trocken.

„Sie sind wirklich unangenehm, nicht?"

„Sehr." Gordon schob dieses Thema beiseite. „Angie, warum hast du nicht das Gefühl, dass du in unserem Streit unterlegen bist? Warum tobst du nicht mehr vor Wut?"

„Ich tobe niemals."

„Weich mir nicht aus. Sag mir, warum du plötzlich in so viel besserer Stimmung bist als vor einer Viertelstunde."

Angie seufzte und legte ihre Gabel beiseite. „Mir ist während unseres Streits etwas klar geworden."

„Und das wäre?"

Sie sah ihm in die Augen. „Du hast eine Menge Stolz, Gordon. Genauso viel Stolz wie die Mitglieder meiner eigenen Familie. Ich verstehe diese Art von Stolz. Jetzt habe ich das Gefühl, dass ich mich vielleicht doch nicht ganz in dir getäuscht habe. Du hast noch ein paar Empfindungen, die nichts mit dem Geschäft zu tun haben. Das ist wirklich beruhigend."

Er starrte sie an. „Du findest es beruhigend, dass ich die Beherrschung verloren habe? Wenn das alles ist, was nötig ist, damit du dich hier heimisch fühlst, dann kann ich dir helfen."

„Ich habe nur gesagt, dass ich deinen Stolz verstehen kann, das ist alles. Wir könnten doch etwas gemeinsam haben. Und nun möchte ich nicht weiter darüber reden."

„Nein?", fragte Gordon in gefährlich ruhigem Tonfall.

Angie nahm einen Cracker, häufte Thunfisch darauf und steckte ihn Gordon in den Mund. „Meine Mutter hat immer gesagt, der leichteste Weg, einen Mann zum Schweigen zu bringen, ist, ihn zu füttern."

Als Angie am nächsten Morgen aufwachte, fühlte sie sich überraschend ausgeruht. Sie lag ein paar Minuten still da und lauschte auf Geräusche aus den Nebenzimmern. Da sie nichts hörte, stand sie vorsichtig auf und spähte um die Ecke.

Gordons Bett war leer. Die Decke war nachlässig beiseitegeworfen worden. Offenbar erwartete Gordon, dass die Haushälterin sein Bett machte.

Oder er meinte, das sei die Aufgabe seiner Frau, dachte Angie. Sie ging ins Bad und drehte die Dusche an. Aber wenn er glaubte, sie werde ihn bedienen, dann hatte er sich getäuscht.

Nach dem Duschen zog sie Jeans und einen gelben Pullover an. Den Zettel am Spiegel bemerkte sie erst, als sie sich das Haar bürsten wollte.

Angie,
ich würde es zu schätzen wissen, wenn Du dein Zimmer in Ordnung bringen könntest, bevor Du das Zimmer verlässt. Betty wird später hier reinkommen, um sauber zu machen. Es wäre mir lieber, wenn sie nicht merken würde, dass wir zwei Betten benutzen. Ich bin sicher, Du verstehst das.
Gordon

Angie schnitt eine Grimasse, legte die Haarbürste beiseite und ging in den Wohnraum, den sie als Schlafzimmer verwendete. Gordons Nachricht überraschte sie nicht besonders. Kein Wunder, dass er nicht wollte, dass die Haushälterin sich Gedanken darüber machte, wer wo schlief. Es hätte Gordons männlichen Stolz verletzt.

Angie erinnerte sich daran, dass sie sowieso vorgehabt hatte, ihr Bett selbst zu machen. Daran war sie von ihrem Apartment in Tucson gewöhnt.

Bei dem Gedanken an diese schicke, im spanischen Stil eingerichtete Wohnung, die sie kurz vor ihrer Hochzeit aufgegeben hatte, wurde sie wehmütig. Sie trat ans Fenster und sah hinaus. Die Sonne spiegelte sich im Jade-See.

Angie vermutete, dass sie mit Gordon und seinen Verwandten zusammen frühstücken musste, und beschloss, stattdessen einen Spaziergang zu machen. Als sie auf den Flur hinaustrat, wäre sie beinahe mit Betty zusammengestoßen. „Oh, guten Morgen, Betty." Sie lächelte abwesend.

„Guten Morgen." Die Haushälterin musterte sie forschend. „Haben Sie es eilig?"

„Ich wollte nur Spazierengehen."

Betty nickte. „Das kann ich Ihnen nicht übel nehmen. Dieses Haus engt die Menschen ein. Da ich schon mehr als dreißig Jahre hier arbeite, bin ich daran gewöhnt, aber ich schätze, es ist hart für jemanden wie Sie. Wie ich höre, kommen Sie aus Tucson. Ich wette, Sie sind eine Menge Sonne gewöhnt."

Angie betrachtete die Frau neugierig. „Dieser Ort ist ein bisschen düster, nicht?"

„In mehr als einer Hinsicht. Aber es gibt nichts hier, das nicht in Ordnung gebracht werden könnte, wenn der richtige Mann und die richtige Frau sich dazu entschließen", meinte Betty entschieden. „Alles, was dieses Haus braucht, ist etwas Liebe."

„Liebe?"

„Ja. Häuser brauchen genauso Liebe wie die Besitzer. Und was die Liebe einer Frau angeht, so ist Gordon Sutherland immer zu kurz gekommen. Seine Mutter ist gestorben, als er noch ein Baby war, wissen Sie? Sein Vater war schon in Ordnung, aber sehr streng. Er hat seinen Sohn so aufgezogen, dass er genauso wurde wie er. Niemals einen Zentimeter nachgeben, das ist das Motto der Sutherland-Männer."

„Ich verstehe."

„Ja, wie ich schon sagte, da ist nichts, das eine gute Frau nicht in Ordnung bringen könnte. Werden Sie sich dieses Problems annehmen, Mrs Sutherland?"

Angie war zu verblüfft, um ihr zu antworten. Sie blinzelte. „Äh, Betty, wenn Sie mich entschuldigen würden, ich muss gehen."

Angie floh die Treppen hinunter und zur Vordertür hinaus. Sie sah keinen der Sutherlands, als sie über den Rasen, durch den Garten und zum Bootshaus lief. Jeffers, der gleichzeitig Gärtner und Mädchen für alles war, winkte ihr kurz zu, fuhr dann fort, an einem Außenbordmotor herumzuhantieren.

Angie winkte zurück, dann begann sie, am Ufer entlangzulaufen. Die Morgenluft war frisch und belebend. Zum ersten Mal betrachtete Angie ihre Umgebung genauer, denn gestern war sie zu aufgeregt gewesen, um die Gegend bewusst wahrzunehmen.

Am anderen Ufer des Sees konnte sie die kleine Stadt Jade erkennen. Mehrere Boote dümpelten auf dem Wasser. Zweifellos gehören sie Fischern, dachte Angie. Plötzlich hörte sie Schritte, die näher kamen. Ohne sich umzudrehen, wusste sie, dass es nicht Gordon war.

„Ich habe gesehen, wie Sie hergekommen sind", erklärte Helen. „Da dachte ich, ich könnte mich Ihnen anschließen. Ich gehe immer morgens spazieren."

„Guten Morgen, Mrs Fulton", begrüßte Angie sie ruhig.

„Sie können mich Helen nennen. Gordon wird darauf bestehen. Er ist genauso wie sein Vater. Gewöhnlich bekommt er, was er will."

Angie zuckte mit den Schultern. „Was immer Sie vorziehen."

„Was ich vorziehen würde, ist, dass diese ganze Sache mit der Fusion nie geschehen wäre. Aber es scheint, als müssten wir uns alle damit abfinden. Es werden lange drei Wochen, nicht?"

„Ganz bestimmt, wenn wir uns alle darum bemühen." Angie lächelte spöttisch. „Ich bin sicher, wir können einander das Leben wirklich schwer machen. Die Sutherlands scheinen Talent dafür zu haben."

Helen kniff die Augen zusammen. „Sie wissen nicht, wovon Sie reden. Glauben Sie mir, die Fähigkeit der Sutherlands, andere unglücklich zu machen, ist nichts zum Vergleich mit dem Talent der Townsends. Ich zumindest habe nie vergessen, was vor dreißig Jahren geschehen ist."

„Wirklich? Was ist denn passiert?"

„Das geht Sie nichts an. Es ist eine Familienangelegenheit, und ich werde nicht darüber reden, bloß um Ihre Neugier zu befriedigen. Mein Bruder wollte, dass diese Sache für immer begraben bleibt, und ich habe die Absicht, seinen Wunsch zu respektieren. Ich wünschte nur, Gordon hätte sich mit dem Rest von uns beraten, bevor er in dieses Wespennest gestochen hat. Die Fusion wird langfristig nichts als Ärger bringen."

Angie musterte sie. „Sie scheinen sich da sehr sicher zu sein."

„Das bin ich. Die Townsends bedeuten nur Ärger." Helen seufzte. „Wir können nur hoffen, dass Gordon weiß, was er tut, und alles unter Kontrolle hat."

„Das hat er für gewöhnlich, nicht?", murmelte Angie.

Helen schüttelte den Kopf. „Das glaubt er, aber in Wirklichkeit gleicht er seinem Vater nicht genug, wenn es um die Geschäftsführung geht. Der Junge hat zu viele moderne Ideen. Für meinen Bruder stand immer die Firma Sutherland an erster Stelle, und er hätte niemals einem Townsend vertraut – nicht nachdem, was vor dreißig Jahren passiert ist."

„Ich weiß nicht, was das war, und offenbar werden Sie es mir nicht sagen, Helen. Aber ich kann Ihnen garantieren, dass meine Familie Geschäftsverträge in Ehren hält."

Helen wandte sich ab. „Wie lange beabsichtigen Sie, Mrs Gordon Sutherland zu bleiben, Angie?"

Diese offene Frage brachte Angie durcheinander. Mochte Sie auch noch so viele Zweifel haben, sie würde sie niemals dieser verbitterten Frau anvertrauen. Stattdessen brachte sie ein höfliches Lächeln zustande. „Die Mitglieder meiner Familie nehmen Hochzeitsschwüre sehr ernst, Helen. Genauso ernst wie Geschäftsverträge."

„Vergessen Sie diesen romantischen Unsinn. Sagen Sie mir einfach, wie viel."

Angie schob sich eine Haarsträhne aus dem Gesicht. „Wie viel wovon?"

„Wie viel ist nötig, um Sie dazu zu bringen, nach der Aktienausgabe zu verschwinden? Wenn Sie vernünftig sind, können wir uns sicher einigen. Ich sollte Sie aber warnen. Falls Sie vorhaben, bei einer Scheidung kräftig abzusahnen, sollten Sie sich das besser noch mal überlegen. Gordon ist kein Dummkopf. Er wird dafür sorgen, dass Sie nur das Minimum erhalten."

Angie hielt den Atem an. „Bieten Sie mir Geld an, damit ich gehe, Helen?"

„Ja, genau. Vermutlich haben Sie sich Ihren Anteil an den neuen Aktien bereits gesichert. Das sollte genügen, aber wahrscheinlich werden Sie damit nicht zufrieden sein. Also frage ich Sie, welche Summe Sie dafür verlangen, dass Sie still und leise aus unserem Leben verschwinden?"

„Ich habe Neuigkeiten für Sie, Helen. Die Townsends verschwinden niemals still und leise." Angie drehte sich abrupt auf dem Absatz um und ging in den Wald.

Gordon stand mit einer Tasse Kaffee am Fenster des Frühstückszimmers und beobachtete nachdenklich, wie Angie Helen den Rücken zuwandte.

„Ich schätze, Helen hat versucht, ihr Geld anzubieten, damit sie geht", bemerkte Celia. „Es sieht aus, als wäre das erste Angebot zu niedrig gewesen."

Gordon umklammerte den Henkel seiner Tasse, aber seine Stimme blieb kühl, als er seiner Stiefmutter antwortete: „Wenn Tante Helen Verstand hätte, wüsste sie, dass das bei Angie nicht funktioniert."

Celia hob eine Augenbraue. „Warum sollte es nicht funktionieren?"

„Angie hat genauso viel Stolz wie alle Townsends." Gordon trank einen Schluck Kaffee. „Und dieser Stolz ist ebenso groß wie unserer. Meinst du, ein Sutherland würde sich bezahlen lassen, damit er verschwindet?"

„Mach dich nicht lächerlich." Celia verzog das Gesicht, während sie zusah, wie Angie zwischen die Bäume trat. „Dein Vater hat immer gesagt, man könnte die Sutherlands und die Townsends nicht miteinander vergleichen, wenn es um Stolz und Rechtschaffenheit gehe. Ein Townsend würde seine Seele verkaufen, wenn der Preis stimmt."

„Dad war nie sehr vernünftig, wenn es um die Townsends ging."

„Und dein Urteil ist besser als seins?"

Gordon zuckte mit den Schultern. „Dad hat Angie nie kennengelernt."

„Das mag sein. Aber er kannte ganz gewiss ihren Vater."

„Er glaubte es. Aber ich bin mir nicht so sicher." Gordon wandte sich vom Fenster ab. „Palmer Townsend ist ein ehrlicher Mann. Ich weiß nicht, was vor dreißig Jahren geschehen ist, aber ich bezweifle ernsthaft, dass es allein Townsends Schuld war."

Celia warf ihm einen seltsamen Blick zu. „Das mag sein, wie es will, aber wir wissen alle, dass die Sutherlands mit den Townsends wenig gemeinsam haben. Ich kann immer noch nicht glauben, dass du eine von ihnen geheiratet hast."

„Warum sagst du das?" Gordon war wirklich neugierig über Celias Antwort.

„Nun, erstens ist diese junge Frau doch offensichtlich nicht dein Typ."

„Meinst du?" Gordon lächelte. „Wer ist dann mein Typ, Celia?"

„Jemand, der etwas kultivierter und weltgewandter ist. Ganz bestimmt eine Frau mit besseren Manieren. Angie war gestern Abend richtiggehend unverschämt, und das weißt du."

Gordon zuckte mit den Schultern. „Sie hatte allen Grund dazu. Niemand von euch hat sich bemüht, sie willkommen zu heißen."

„Was hast du erwartet? Du hättest sie nicht hierherbringen sollen. Warum hast du das überhaupt getan? Ich glaube nicht, dass du nur Abgeschiedenheit wolltest. Die hättest du auch woanders finden können."

„Ich hatte meine Gründe. Darüber will ich nicht reden. Ich erwarte einfach, dass meine Frau von jetzt an mit dem Respekt und der Höflichkeit behandelt wird, die ihr zustehen. Ist das klar?"

Celia trank einen Schluck Kaffee. „Dafür kann ich nicht garantieren. Du kennst Onkel Derwin. Er hasst schon den Namen Townsend, und deine Tante ist nicht viel besser."

„Was ist mir dir, Celia?", fragte Gordon sanft. „Wie wirst du Angie behandeln?"

„Ich habe das Gefühl, in dieser Hinsicht die Wünsche deines Vaters respektieren zu müssen. Du weißt genauso wie ich, was er gesagt hätte, wenn er von deiner Absicht erfahren hätte, die Firmen zu vereinigen und eine Townsend zu heiraten. Lieber wäre er bankrottgegangen."

„Ich bezweifle es. Benimm dich, Celia. Ich warne dich und die anderen. Jeder, der Angie wehtut, bekommt es mit mir zu tun."

Celia warf ihm einen nachdenklichen Blick zu. „Du scheinst sie beschützen zu wollen."

„Sie ist meine Frau. Ich kümmere mich um das, was mir gehört."

„Wie schade, dass du nicht genauso um deine eigene Familie besorgt bist. Ich denke, Wohltätigkeit sollte zu Hause anfangen."

„Reden wir zufällig wieder einmal über den Mann meiner Schwester?"

Celia presste die Lippen zusammen. „Ja, das tun wir. Du hast kein Recht, Glen aus dem Geschäft fernzuhalten, Gordon. Du weißt, wie sehr du Kimberley damit verletzt. Du hast die Macht, ihm eine gehobene Position zu geben. Warum tust du es nicht?"

„Glen Langley ist Ingenieur. Er hat keine Ahnung vom Hotelgeschäft. Ich will verdammt sein, wenn ich ihm einen wichtigen Posten gebe, und wir beide wissen, dass Kimberley nur damit zufrieden wäre. Außerdem, was ist das für ein Mann, der eine Frau heiratet und dann erwartet, dass ihr Bruder ihn in den Familienbetrieb aufnimmt?"

„Glen hat Kimberley nicht geheiratet, um sich in unser Unternehmen einzuschleichen. Er liebt sie wirklich."

„Tatsächlich? Dann soll er sich einen Job suchen und damit anfangen, seiner Frau den Lebensstil zu bieten, den sie gewohnt ist. Ich bin nicht daran interessiert, diesen Mann finanziell zu unterstützen. Gordon stellte seine Kaffeetasse so heftig auf den Tisch, dass es laut klirrte. „Verdammt, ich hätte wissen sollen, dass dieses Thema nicht zu vermeiden ist. Ein Glück, dass die beiden auf Hawaii sind."

„Kimberley und Glen kommen heute nach Kalifornien zurück", entgegnete Celia. „Sie haben vor, morgen hierherzufahren."

„Großartig! Das bringt wenigstens Leben ins Haus", meinte Gordon ironisch und wandte sich zur Tür. „Warte nur, bis Angie meine kleine Schwester und ihren Mitgiftjäger kennenlernt. Sie wird anfangen, sich zu fragen, in was für eine Familie sie eingeheiratet hat."

5. KAPITEL

Am nächsten Morgen hatte Gordon ein langes Gespräch mit Calhoun, dem Chef seiner Public-Relations-Abteilung. Anschließend legte er frustriert den Telefonhörer auf, lehnte sich in seinem Sessel zurück und sah aus dem Fenster des Arbeitszimmers, während er über das nachdachte, was er von Calhoun erfahren hatte.

Vor dem Telefonat hatte Gordon damit gerechnet, gleich jemanden feuern zu können, aber jetzt war er bereit, weitere Informationen abzuwarten, bevor er eine Entscheidung traf. Niemand im Hauptbüro schien etwas davon gewusst zu haben, dass die Nachricht von der Fusion vorzeitig durchgesickert war.

Es gab eine Menge unbeantworteter Fragen, und Gordon hatte die Absicht, sich die Antworten zu holen. Aber der Schaden war nun einmal geschehen, und zurzeit hatte er dringendere Probleme – nämlich eine Ehe, die nur auf dem Papier bestand.

Ein kurzes Klopfen ertönte. Vermutlich war es wieder einer von seinen Verwandten. „Herein." Gordon wandte sich nicht einmal um, als die Tür aufging.

„Entweder du bringst mich über den See nach Jade, oder ich stehle ein Boot und fahre allein", verkündete Angie dramatisch.

Erstaunt drehte Gordon sich zu ihr um. Sie trug enge Jeans und einen blaugrünen Pullover, der wunderbar zur Farbe ihrer Augen passte. Ihr rotes Haar hatte sie im Nacken mit einer goldenen Spange zusammengenommen.

„Warum willst du nach Jade?", fragte er leise.

„Weil ich verrückt werde, wenn ich nicht für eine Weile aus diesem Gefängnis herauskomme." Sie lächelte ihn herausfordernd an. „Denk nur an die Schlagzeilen in der Presse: ‚Hotelmagnat versteckt seine Braut auf einsamer Insel und treibt sie in den Wahnsinn.'"

„Ich bin derjenige, der in den Wahnsinn getrieben wird." Gordon stand langsam auf. „Zu deiner Information: Jade ist ein uninteressantes kleines Nest. Es gibt dort nichts weiter als ein paar kleine Läden, einen Supermarkt, ein Café und eine Tankstelle."

„Nimm es mir nicht übel, aber das klingt immer noch aufregender als das, was wir hier haben. Kommst du mit mir, oder muss ich den armen Jeffers zwingen, mir ein Boot zu überlassen?"

„Ich bringe dich nach Jade, wenn du das wirklich willst."

„Es ist nicht das, was ich in Wirklichkeit möchte. Viel lieber würde ich für immer von hier fortgehen. Aber da das anscheinend in den nächsten drei Wochen nicht möglich ist, werde ich stattdessen den Tag in Jade verbringen."

Gordon sah sie an. Warum können wir nicht miteinander glücklich sein, so wie tausend andere Jungvermählte? schoss es ihm durch den Kopf. „Verdammt Angie, ich habe dir doch gesagt, dass es nicht sein muss."

„Ich werde in zehn Minuten fertig sein." Sie drehte sich um, als Gordon auf sie zukam. „Zuerst muss ich noch etwas in der Küche abholen."

„Was denn?"

„Den Picknickkorb, den Betty für uns gepackt hat."

Angie verschwand, und Gordon starrte ihr verblüfft nach. Dann verließ er das Haus und ging hinunter zum Dock, wo er Jeffers vorfand, der sich gerade mit einer kleinen Ölkanne an einem Außenbordmotor zu schaffen machte.

„Wollen Sie in die Stadt?", fragte er.

„Ja. Brauchen Sie etwas?"

„Nein. Nehmen Sie die Barkasse. Sie läuft wirklich gut. Ihr Onkel hat an allen Bootsmotoren herumgefummelt und einen Trick gefunden, wie sie weniger Benzin verbrauchen. Scheint zu funktionieren."

„Derwin macht immer noch Erfindungen?"

„Sie kennen ihn ja. Er bastelt gern. Das hat er immer getan."

„Ja." Gordon sah Jeffers ein paar Minuten lang zu.

„Könnte eine gute Idee sein, die kleine Lady für ein paar Stunden von hier wegzubringen. Betty sagt, die Atmosphäre im Haus sei ziemlich gespannt."

„Das kommt schon in Ordnung."

„Vielleicht, aber vielleicht auch nicht."

„Jeffers, Sie sind ein wirklicher Trost, wissen Sie das?"

„Blödsinn. Es steckt eine Menge von Ihrem Vater in Ihnen, Junge. Es müsste interessant sein zu beobachten, ob die kleine Lady es schafft, Sie etwas weicher zu machen."

Gordon verzog das Gesicht. „Das habe ich nicht nötig. Ich brauche nur Zeit, um alles wieder ins Lot zu bringen."

„Wenn Sie es sagen." Jeffers konzentrierte sich erneut auf seine Ölkanne.

Als Angie ein paar Minuten später mit dem Picknickkorb über dem Arm und einem breiten Strohhut auf dem Kopf erschien, hatte Gordon die kleine Barkasse startfertig.

Während er Angie an Bord half, betrachtete er den Picknickkorb, verkniff sich aber jeden Kommentar dazu. Wenn er zu erkennen gab, dass er diese Vorbereitungen für ein gutes Zeichen hielt, würde Angie womöglich den Inhalt des Korbes einfach ins Wasser kippen.

Und doch gab es ihm Hoffnung, dass sie sich die Mühe gemacht hatte, ein Picknick zu arrangieren. Plötzlich war er viel fröhlicher als noch vor kurzer Zeit. Er beschloss, noch einmal mit Angie zu reden, aber diesmal würde er einfühlsamer vorgehen. „Weißt du, Angie", begann er, nachdem er das Boot gestartet hatte. „Ich habe nachgedacht."

„Vorsicht. Ich bin nicht sicher, dass du wirklich Talent zum Denken hast. Deine klugen Pläne haben uns in diesen Schlamassel geführt." Sie hielt den Strohhut fest, als sie den See überquerten, und sah zu der kleinen Stadt am anderen Ufer.

„Sehr komisch." Gordon warf ihr einen finsteren Blick zu. „Die Wahrheit ist, dass unsere Situation nicht gerade normal ist."

„Das kannst du laut sagen." Angie zog eine große Sonnenbrille aus ihrer Handtasche und setzte sie auf. „Was für ein hübsches Bild das wäre. Ich wünschte, ich hätte meinen Fotoapparat mitgebracht."

„Angie, ich meine es ernst." Gordon hätte lieber nicht so laut gesprochen, aber das war notwendig, um den Motor zu übertönen. „Versuch doch, es objektiv zu sehen. Einerseits sind wir verheiratet, andererseits sind wir es nicht. Das ist unnatürlich und verursacht eine Menge unnötigen Stress in unserer Beziehung."

„Na so was."

Er sah sie ärgerlich an und merkte, dass sie immer noch auf das Ufer blickte, dem sie sich näherten. „Sarkasmus führt uns nirgendwohin, Schatz."

„Gar nichts führt irgendwohin, bis die Aktien auf dem Markt sind." Sie sah ihn an. „Also schlage ich vor, wir versuchen nicht, darüber zu diskutieren."

„Du bist unvernünftig und stur."

„Dazu habe ich ein Recht. Ich bin diejenige, der Unrecht getan worden ist, erinnerst du dich?"

„Was ist denn mit mir?", erwiderte Gordon. „Ich bin ein frischgebackener Ehemann, der um seine Hochzeitsnacht betrogen wurde. Das ist ja wohl auch ungerecht."

„Du bist nur schlecht gelaunt, weil die Dinge nicht so laufen, wie du es erwartet hast, das ist alles."
„Ich fühle mich verdammt frustriert, weil ich keine Hochzeitsnacht bekommen habe."
„Sex ist nicht alles, Gordon", meinte Angie.
„Er ist mit Sicherheit ein Schritt in die richtige Richtung, wenn es um eine Ehe geht."
„Es wird Zeit, dass du dich an die Tatsache gewöhnst, dass du nicht immer alles haben kannst, was du willst. Zumindest nicht bei mir."
Gordon riss sich zusammen. Er musste ruhig und vernünftig bleiben, wenn er diesen Krieg gewinnen wollte. Sein logischer Verstand sagte ihm, dass Angie sich früher oder später geschlagen geben würde. Hier ging es um Selbstbeherrschung. Und die besaß er.
„Vielleicht hast du recht." Er drosselte den Motor und fuhr in den kleinen Hafen ein. „Es kann sein, dass ich daran gewöhnt bin, mich meistens durchzusetzen. Ich treffe schon so lange Entscheidungen in der Firma, dass es mir natürlich erscheint, das in anderen Bereichen auch zu tun."
Angie warf ihm einen misstrauischen Blick zu. „Nett, dass du es wenigstens einsiehst. Selbsterkenntnis ist der erste Weg zur Besserung, hoffe ich."
„Danke." Gordon bemühte sich, so zu tun, als würde er nachgeben. Das war nicht leicht und eindeutig nicht normal für ihn.
Angie lächelte zögernd. „Deine Arroganz ist eigentlich keine Überraschung. Mein Vater und mein Bruder sind auch so. Manchmal macht das Mom und mich verrückt."
„Vielleicht wollen wir alle nur die Frauen schützen, an denen uns etwas liegt", meinte Gordon, als er das Boot nahe ans Dock heranlenkte.
„Das behauptet Mom auch immer, aber ich glaube es nicht. Ich denke, Männer wie du sind von Natur aus überheblich."
Das war wohl nichts mit der einfühlsamen Methode, dachte Gordon, während er aus dem Boot sprang und es festmachte. „Angie …"
„Gordon, was ist zwischen den Sutherlands und den Townsends geschehen – vor so vielen Jahren?" Angie kletterte aus dem Boot und hielt dabei ihren Hut und den Picknickkorb fest.
„Ich habe dir schon gesagt, dass ich das nicht weiß." Gordon griff nach ihrem Arm. „Dad wollte nie viel darüber reden."
„Meinst du, deine Tante und dein Onkel kennen die Geschichte?"

Gordon verzog das Gesicht. „Vielleicht. Sie haben im Lauf der Jahre ein paar Andeutungen gemacht. Aber es ist schwer zu sagen, ob sie wirklich Bescheid wissen oder nur meinem Vater gegenüber loyal sind."

Angie nahm die Sonnenbrille ab und sah Gordon an. „Bist du nicht neugierig?"

Er zuckte mit den Schultern. „Ich habe deinen Vater danach gefragt, als wir anfingen, über die Fusion zu reden. Er hat mir geschworen, dass er nicht die ganze Geschichte kennt. Er weiß nur, dass die erste Fusion gescheitert ist, als die Geldgeber sich zurückzogen. Er sagte, die Townsends wurden beschuldigt, aber niemand hat ihnen eine Erklärung gegeben, wieso. Soweit es ihn betrifft, ist die Sache vorbei, und genauso empfinde ich es auch."

Angie dachte darüber nach. „Da bin ich nicht so sicher, Gordon. Es scheint mir, dass deine Familie sich heute noch ebenso über diese Angelegenheit aufregt wie damals vor dreißig Jahren."

„Meine Familie ist anders als deine. Die Sutherlands sind nachtragend." Gordon nahm Angie den Picknickkorb ab, griff nach ihrem Arm und führte sie über das Dock. „Was hast du da drin? Der wiegt ja eine Tonne."

„Ein Picknick macht keinen Spaß, wenn es nicht eine Menge guter Sachen zu essen gibt." Angie zögerte. „Was deine Familie angeht ..."

„Vergiss meine Familie."

„Das kann ich wohl kaum", fuhr sie ihn an. „Dank dir sind deine Verwandten überall um mich herum."

Gordon fluchte leise. „Ich meine, du sollst vergessen, was vor dreißig Jahren geschehen ist. Das ist nicht mehr wichtig."

„Davon bin ich nicht überzeugt."

Er beschloss, das Thema zu wechseln. „Willkommen in der schönen Stadt Jade." Er deutete auf die kleinen, schäbigen Läden. „Was möchtest du als Erstes tun? Willst du zusehen, wie sie an der Tankstelle den Ölstand der Autos prüfen? Oder möchtest du den Supermarkt besichtigen? Wie ich höre, haben sie da eine neue Tiefkühltruhe installiert. Das müsste aufregend sein."

„Lass uns einfach spazieren gehen, ja?"

Gordon zuckte mit den Schultern. „Ganz wie du willst."

„Solange ich nicht sage, dass ich abreisen möchte, oder?" Sie warf ihm einen herausfordernden Blick zu.

„Richtig."

Gordon ging eine Weile schweigend neben Angie her und dachte nach. Schließlich verführte ihn seine Neugier dazu, eine Frage zu stellen. „Wie viel hat dir Helen angeboten, damit du nach der Aktienausgabe still und leise verschwindest?"

Angie warf ihm einen schnellen Blick zu. „Woher wusstest du das?"

„Es war ein offensichtlicher Schachzug. Einer von den dreien würde es auf jeden Fall versuchen. Ich habe dich und Helen gestern früh zusammen gesehen und daraus geschlossen, dass sie dazu ausgewählt worden ist, dich anzusprechen."

„Ich verstehe. Du bist ganz schön zynisch, nicht?"

„Ich bin Realist."

Angie seufzte. „Es wurde keine Summe genannt. So weit sind wir gar nicht gekommen."

Gordon nickte. „Sie glaubt wahrscheinlich, dass du stattdessen mit einer großen Abfindung im Falle einer Scheidung rechnest."

„Sie hat mich gewarnt, dass ich viel weniger von dir bekommen würde, als wenn ich ihr Angebot annehme. Sie sagte, ich hätte keine Chance gegen dich, wenn ich vor Gericht gehe."

„Dazu wird es nie kommen. Es gibt keine Scheidung. Angie. Wir werden uns früher oder später einigen."

Sie antwortete nicht, sondern lief neben ihm her, bis sie den kleinen Ort hinter sich gelassen hatten und den Wald erreichten.

„Ich denke, dies hier wäre ein guter Platz zum Picknicken", meinte sie schließlich und blieb stehen.

Sie waren nicht weit vom Ufer des Sees entfernt.

Angie nahm Gordon den Korb ab und stellte ihn auf den Boden.

Gordon sah zu, wie sie ein kariertes Tuch ausbreitete. Dann hockte sie sich neben den Korb und begann, eine interessante Sammlung von Sandwiches und anderen leckeren Sachen herauszuholen.

Er setzte sich und nahm sich dann eines der belegten Brote. „Hm, Thunfisch."

„Ja, frisch gefangen. Betty hat ihn extra für uns zubereitet." Angie nahm sich ebenfalls ein Sandwich. Dann lehnte sie sich zurück und sah zu dem großen Haus auf der Insel mitten im See. „Wer hat diese Festung gebaut, die du dein Zuhause nennst, Gordon?"

„Mein Urgroßvater. Er zog in den Westen, um ein Vermögen zu machen. Tatsächlich ist er mit seinem Vieh sehr reich geworden. Danach ist er nach Osten zurückgekehrt, um zu heiraten. Dieses Monstrum von einem Haus hat er für seine Braut gebaut. Seitdem war es immer in Familienbesitz. Eines Tages werde ich es jemandem verkaufen, der davon träumt, eine Pension daraus zu machen."

„Du wirst es nicht in ein Sutherland-Hotel umwandeln?"

Gordon schnitt eine Grimasse. „Niemals! Es würde ein Vermögen kosten, es auf denselben Standard zu bringen, den unsere Hotels haben. Das ist es nicht wert."

„Du magst dieses Haus nicht sehr, oder?"

„Nein. Und es ist auch nicht praktisch fürs Geschäft. Dad und ich haben nie viel Zeit hier verbracht. Aber nachdem Dad Celia geheiratet hatte, sind wir öfter hergekommen."

„Und Celia gefällt das Haus?"

Gordon lächelte wehmütig. „Ich denke, sie sieht darin den großen alten Familienbesitz oder so was. Sie hält viel von Tradition und spielt gern die Herrin des Hauses. Deshalb hat Dad das Haus nie verkauft. Aber jetzt, da er tot ist, werde ich es abstoßen."

„Hast du Celia, deiner Tante und deinem Onkel gesagt, dass du das vorhast?"

„Nicht direkt."

„Sie werden das nicht gut finden."

„Nein", gab er zu. „Aber sie sind auch nicht diejenigen, die die Rechnungen für dieses Monstrum zahlen."

„Du kannst es dir leisten."

Er verzog das Gesicht. „Darum geht es nicht. Das Haus kann nicht auf kostengünstige Weise geführt werden, also muss ich es loswerden. Es wird nicht leicht sein, einen Käufer zu finden."

„Denkst du bei allem daran, ob es sich auszahlt, Gordon?"

Er witterte eine Falle. „Nein, nicht bei allem."

„Was ist mit deiner Ehefrau? Erwartest du, dass deine Frau sich in irgendeiner Weise für dich auszahlt?"

Gordon legte sein Sandwich aufs Tischtuch und umfasste Angies Kinn. Sie versuchte nicht, ihm auszuweichen. „Ich habe bereits eine Frau, und sie zahlt sich im Moment überhaupt nicht aus für mich. Trotzdem werde ich mich nicht von ihr trennen."

Angie sagte nichts. Sie sah Gordon mit großen Augen an. Er wartete einen Moment, um ihr Gelegenheit zu geben, den Kuss zu vermeiden. Dann beugte er sich langsam vor, aber sie wich ihm gar nicht aus.

„Angie ...", flüsterte er mit rauer Stimme und zog sie an sich. Zuerst verkrampfte sie sich ein wenig, aber dann schlang sie die Arme um seinen Nacken und sank mit ihm ins Gras. Sie will mich immer noch, dachte er voller Freude und presste sie verlangend an sich. „Es kommt alles in Ordnung“, murmelte er. Inzwischen war er so erregt, dass ihm seine Jeans viel zu eng wurden.

„Gordon, ich sollte dich das nicht tun lassen, wirklich nicht.“

„Entspann dich, Darling.“ Er legte eine Hand auf ihre Hüfte. Wir sind doch verheiratet, erinnerst du dich?“

„Aber es gibt noch so viel zu klären“, protestierte sie. „Ich muss sicher sein …“

Er ließ seine Hand unter ihren Pullover gleiten und umschloss eine ihrer festen, vollen Brüste. Angie hielt den Atem an, und was immer sie noch hatte sagen wollen, war vergessen. Gordon schob ein Bein zwischen ihre Schenkel und zerrte ungeduldig am Reißverschluss ihrer Jeans.

„Gordon, hör auf.“

„Angie, du willst es doch auch. Es ist das Natürlichste von der Welt“, raunte er und zog eine Spur brennender Küsse von ihrem Mund zum V-Ausschnitt ihres Pullovers. Gleichzeitig strich er mit dem Daumen über eine Brustspitze und hatte dabei das Gefühl, vor Begierde den Verstand zu verlieren.

„Gordon, ich habe gesagt, hör auf! Es sieht uns jemand zu“, zischte Angie.

Damit drang sie schließlich zu ihm durch. Er hob den Kopf.

Er hörte einen Bootsmotor, blickte über die Schulter und bemerkte die grinsenden Teenager in dem Schnellboot direkt am Ufer. Wieder fluchte er. Es war ein Wort, das seine Gefühle in diesem Moment unmissverständlich ausdrückte.

Die Jungen brüllten vor Lachen und rasten mit dem Boot davon, während Angie sich Jeans und Pullover zurechtrückte.

Gordon stand hastig auf. „Ein verheirateter Mann sollte so was nicht durchmachen müssen“, schimpfte er. „Er sollte mit seiner Frau allein sein dürfen, wenn er sie lieben möchte.“

„Es ist ganz gut, dass wir gestört worden sind.“ Angie setzte sich schnell auf und begann, sämtliche Picknickutensilien wieder in den Korb zu packen. „Ich bin noch nicht dazu bereit, Gordon. Immer habe ich dir gesagt, dass ich warten möchte, und es wäre besser, wenn du nicht bei jeder Gelegenheit versuchen würdest, mich zu verführen. Das ist nicht fair.“

Er zog die Brauen zusammen. „Nicht fair? Ich bin dein Mann. Ich verführe dich, wann immer ich will."

Angie schüttelte entschieden den Kopf. „Nein, mir wäre es lieber, wenn du das lassen würdest." Sie seufzte. „Ich dachte nicht, dass das ein Problem sein könnte."

„Worüber redest du nun schon wieder?"

„Ich war so wütend auf dich, als ich von der Fusion und den Aktien erfuhr, dass ich dachte, ich könnte mit der körperlichen Seite unserer Beziehung fertig werden."

„Glaubtest du, du könntest mir widerstehen, nur weil du wütend auf mich bist?" Gordons Stimmung besserte sich ganz entscheidend, als ihm klar wurde, was Angie unbewusst zugegeben hatte.

„So was in der Art."

„Aber du kannst mir nicht widerstehen, nicht wahr, Liebling? Du willst mich genauso sehr wie ich dich, und wenn ich dich in meine Arme nehme wie vorhin, dann schmilzt du dahin. Das ist ganz richtig, Angie. Ich bin dein Mann. Warum willst du dich dagegen wehren?"

„Ich kann dir durchaus widerstehen und werde das auch weiterhin tun", verkündete sie und stand auf, „so lange, bis ich mit den anderen Teilen dieser Beziehung zufrieden bin."

„Hör auf, es eine Beziehung zu nennen. Wir sind verheiratet." Aber das klang nicht mehr sehr grimmig. Gordon fühlte sich in diesem Moment viel besser, als das seit seiner Hochzeitsnacht der Fall gewesen war. Er sagte sich, dass er schon letzte Nacht hätte versuchen sollen, mit Angie zu schlafen. Heute Abend würde er es bestimmt probieren. Sex, nicht Einfühlsamkeit war die Lösung seines Problems.

Angie funkelte ihn wütend an. „Lass dieses dumme Grinsen, Gordon Sutherland. Ich bin nicht so leicht rumzukriegen, wie du dir einbildest. Vorhin hätte ich dich auch dann zurückgehalten, wenn diese Jungen nicht gekommen wären."

„Ja, Liebes."

„Ich werde dir nicht erlauben, die …", sie fuhr sich mit der Zunge über die Lippen „… die körperliche Anziehungskraft zwischen uns zu benutzen, um mich zu manipulieren."

„Daran würde ich niemals auch nur denken." Gordon hob das Tischtuch auf und legte es zusammen. Dadurch hoffte er, den Ausdruck des Triumphes verbergen zu können, der sich wahrscheinlich in seinen Augen widerspiegelte.

„Ich meine es ernst, Gordon."

„Ich habe es gehört, Schatz." Er steckte das Tuch weg und hob den Korb hoch. „Bist du bereit, zurückzufahren?" Er schenkte ihr ein unschuldiges Lächeln. „Oder möchtest du lieber weiter spazieren gehen?"

„Ich bin bereit, in den Kerker zurückzukehren", erwiderte Angie undeutlich.

„Hey, sieh es mal von der positiven Seite. In zwinge dich nicht, einen Keuschheitsgürtel zu tragen. Ganz im Gegenteil."

Angie schwieg auf der Rückfahrt über den See. Heute Morgen hatte sie noch das Gefühl gehabt, sich selbst und die Situation unter Kontrolle zu haben. Jetzt merkte sie, dass die mitternächtliche Begegnung mit Gordon sie zu einem trügerischen Selbstvertrauen verleitet hatte.

Sie hatte den leidenschaftlichen Stolz in ihrem Mann gespürt und daraus geschlossen, dass er auch noch andere Leidenschaften besaß. Mit so starken Gefühlen konnte sie umgehen. Zumindest hatte sie das geglaubt.

Aber nun musste sie der Tatsache ins Auge sehen, dass sie noch genauso empfänglich für Gordons männlichen Charme war wie zuvor. Sie musste vorsichtig sein und sich zusammennehmen. Denn wenn sie jetzt ihrem Gefühl folgte und mit Gordon schlief, würde sie ihm ganz ausgeliefert sein.

Als Gordon die Barkasse in die kleine Bucht steuerte, stellten Angie und er fest, dass bereits ein Boot am Dock der Sutherlands festgemacht hatte.

„Besucher?", fragte Angie erfreut. Sie hätte gern ein freundliches Gesicht gesehen.

„Noch mehr Familie", erwiderte Gordon und half Angie beim Aussteigen. „Meine Schwester und ihr Mann. Das könnte amüsant werden."

„Ich nehme an, du sprichst nicht mit den beiden."

„Oh, wir reden schon miteinander. Kim und ich sind früher ganz gut miteinander ausgekommen. Aber die Dinge haben sich geändert, seit sie vor sechs Monaten Glen Langley geheiratet hat."

„Warum? Magst du deinen Schwager nicht?"

„Kim und Celia meinen, er sollte eine Stelle in der Geschäftsleitung unserer Firma bekommen, nur weil er in die Familie eingeheiratet hat", erklärte Gordon. „Anscheinend sieht Langley das auch so."

„Und du nicht?“, fragte Angie.

„Nein. Der Mann ist Ingenieur. Er hatte nie etwas mit Hotels zu tun.“

„Und du denkst, er hätte Kim geheiratet, um in die Firma einsteigen zu können. Ist es das?“

Gordon sah sie an. „Ich glaube, es besteht durchaus die Möglichkeit, dass er sie deshalb geheiratet hat.“

Angie lächelte. „Du hältst es nicht für denkbar, dass er sich in sie verliebt hat? Oder ist er in dieser Hinsicht zu sehr wie du?“

Gordon blieb abrupt stehen. Sein Blick war kalt. „Was soll das heißen?“

Angie trat einen Schritt zurück. „Ich habe mich nur gefragt, ob du davon ausgehst, dass dein Schwager nicht in Kim verliebt ist, weil du zufällig nicht an Liebe glaubst.“

„Angie …“

„Gordon, du hast mehr oder weniger zugegeben, dass du nicht in mich verliebt bist. Trotzdem hast du mich geheiratet. Was sollen wir daraus schließen? Dass du es aus geschäftlichen Gründen getan haben könntest? Wenn das so ist, wie kannst du es dann Glen Langley übel nehmen, dass er deine Schwester geheiratet hat?“

„Du treibst es langsam zu weit, Lady.“ Gordons Gesichtsausdruck verkündete Unheil. „Ich rate dir, mich nicht noch mehr herauszufordern. Du willst nicht durch Sex manipuliert werden? Nun, ich lasse mich nicht mit Worten manipulieren. Verstanden?“

„Ja, ich denke, wir verstehen uns sehr gut. Es ist wohl wahr, dass man einen Mann nie richtig kennenlernt, bis man mit ihm verheiratet ist“, konterte Angie und ging an ihm vorbei zur Vordertür.

„Na so was“, erklang eine männliche Stimme von der Tür her. „Sie müssen die Neuerwerbung in der Familie sein. Nett zu wissen, dass ich nicht der Einzige bin, der den Mut hatte, hier einzuheiraten. Ich bin Glen Langley.“

Angie sah auf und lächelte den attraktiven blonden Mann, der vor ihr stand, freundlich an. Er hatte ein offenes Gesicht mit blauen Augen, die die Welt mit leichtem Spott zu betrachten schienen. Angie mochte ihn sofort. Er erinnerte sie an ihren Bruder Harry. „Ich bin Angie. Wahrscheinlich haben Sie schon gehört, wer ich bin und warum ich hier bin.“

„Richtig. Gordons Verwandtschaft zufolge, sind Sie die neueste

Geschäftsinvestition. Aber ich gebe nichts auf die Meinung dieser Leute. Sie sind langweilig und deprimierend."

„Das haben Sie also auch schon bemerkt?"

„Das Problem ist, dass sie alle viel zu sehr auf ihre kostbaren Hotels fixiert sind. Ich versuche, Kimberley das abzugewöhnen."

„Das ist faszinierend", murmelte Angie, als Gordon neben ihr auftauchte. „Darüber habe ich mir selbst ein paar Gedanken gemacht."

„Hallo, Glen." Gordon hob eine Augenbraue. „Wie war Hawaii?"

„Tag, Gordon." Glen begrüßte seinen Schwager mit einem leichten Kopfnicken. „Hawaii war in Ordnung, bis ich herausgefunden habe, warum Kimberley so plötzlich dorthin wollte. Erst als wir da waren, habe ich von Ihrer Hochzeit erfahren. Wie Sie sehen, sind wir früher nach Hause gekommen. Es tut mir leid, dass wir das große Ereignis verpasst haben."

„Keine Sorge. Es hat sich auch sonst niemand aus meiner Familie die Mühe gemacht zu kommen. Aber wir haben auch niemanden vermisst. Wo ist Kim?"

„Drinnen. Sie spricht mit ihrer Mutter." Glen warf einen Blick in den dunklen Flur. „Hier kommt sie. Kim, ich möchte dir deine Schwägerin vorstellen. Ich habe mich schon dafür entschuldigt, dass wir die Hochzeit versäumt haben."

Die attraktive junge Frau, die jetzt zu ihnen trat, besaß immerhin den Anstand zu erröten. Kimberley Langley war groß, schlank und wirkte sehr elegant in ihrer grauen Hose und der cremefarbenen Seidenbluse. Sie nickte Angie kurz zu. „Hallo. Mutter und Helen haben mir schon von Ihnen erzählt."

„Nichts Gutes, nehme ich an", sagte Angie fröhlich.

Gordon warf ihr einen warnenden Blick zu, dann wandte er sich an seine Schwester. „Damit das klar ist. Ich erwarte, dass Angie mit Respekt behandelt wird. Sie ist meine Frau, und jeder, der unhöflich zu ihr ist, bekommt es mit mir zu tun."

„Niemand widerspricht dir, großer Bruder", antwortete Kim. „Wir verstehen alle, dass dies eine schwierige Situation ist. Im Interesse der Firma wird es uns wohl gelingen, uns bis zur Aktienausgabe wie zivilisierte Menschen zu benehmen."

„Ich hatte keine Ahnung, dass du es so sehen würdest. Ich bin in meinem Arbeitszimmer, falls jemand etwas von mir will." Damit ging Gordon ins Haus.

Kimberley sah ihm nach, dann wandte sie sich zu Angie. „Ich

hoffe, Sie wussten, worauf Sie sich einlassen, als Sie meinen Bruder heirateten."

„Um ehrlich zu sein, nein." Angie lächelte strahlend. „Aber ich lerne schnell. Es ist immer nett, in eine Familie zu kommen, die einen so herzlich willkommen heißt, nicht?"

„Mutter hat recht. Sie sind ziemlich unverschämt!" Kimberley drehte sich auf dem Absatz um und verschwand im Haus.

Glen wartete, bis seine Frau außer Sicht war, dann sah er Angie an. Jetzt wirkte er nicht mehr spöttisch, sondern ernst. „Ich entschuldige mich für meine Frau. So ist sie nur, wenn sie bei ihrer Familie ist. Offenbar wecken die Sutherlands das Schlimmste in jedem Menschen. Ich fühle mich immer wie ein Außenseiter, wenn ich herkomme."

„Das verstehe ich. Mir geht es ganz genauso."

Glen schmunzelte und folgte ihr nach drinnen. „Ich kann Ihnen nicht sagen, wie froh ich bin, Ihre Bekanntschaft zu machen, Angie. Etwas verrät mir, dass Sie und ich viel gemeinsam haben. Ich schlage vor, wir verbünden uns gegen diese düsteren Sutherlands. Was meinen Sie?"

Angie lächelte dankbar. „Abgemacht."

In diesem Moment spürte sie ein Prickeln im Nacken. Sie drehte sich um. Gordon stand in der Tür seines Arbeitszimmers, und sie wusste, dass er Glens Bemerkung gehört hatte.

Er sah Angie einen Moment lang an. In seinen Augen lag ein Ausdruck, den sie nicht deuten konnte. Dann drehte Gordon sich um und schloss sehr leise die Tür hinter sich.

6. KAPITEL

Gordon sagte sich später, dass er es hätte kommen sehen müssen. Angie und Glen Langley waren natürliche Verbündete. Die beiden Außenseiter in der Familie mussten zwangsläufig entdecken, dass sie viel gemeinsam hatten.

Gordon hatte die beiden während des Essens heimlich beobachtet. Als jetzt alle im Wohnzimmer Kaffee tranken, spürte er, wie die Fronten sich verhärteten. Bei dem Gedanken, dass er einen großen Fehler gemacht haben könnte, wurde ihm innerlich ganz kalt.

Wenn es ums Geschäft ging, wusste er immer, was er tat. Aber in Familienangelegenheiten war er seiner selbst nicht annähernd so sicher.

Glen und Angie saßen auf einem Sofa nahe dem Fenster und unterhielten sich angeregt über Angies Schmuckentwürfe. Glen schien fasziniert zu sein. In sehr kurzer Zeit würden Angie und Glen als Verbündete dem gesamten Sutherland-Clan gegenüberstehen. Gordon wusste, dass Angie ihn dann nicht mehr als Einzelgänger sehen würde, der sich gegen den Rest der Familie verteidigen musste. Er fluchte leise, als er sich daran erinnerte, dass es ihm an diesem Nachmittag beinahe gelungen wäre, Angie zu erobern. Ob diese besondere Art der Frustration, die ein abgewiesener Bräutigam empfand, ausreichte, um einem den Verstand zu rauben?

„Die beiden haben anscheinend ein gemeinsames Gesprächsthema gefunden", murmelte Kimberley und setzte sich neben Gordon.

„Sieht ganz so aus." Gordon sah zum Fenster hinaus auf den dunklen See und dachte wieder daran, wie wenig er diesen Ort mochte. In der Ferne konnte er die Lichter der Häuser am anderen Ufer erkennen. Dahinter lauerten endloser Wald und tiefschwarze Berge. Der Anblick weckte ein Gefühl beklemmender Enge in Gordon.

„Bitte sag mir, was los ist", bat Kimberley leise. „Diese ganze Sache ist sehr verwirrend. Zuerst haben Mutter und Tante Helen und Onkel Derwin mir erklärt, du wärst verrückt geworden. Sie meinten, Dad würde sich im Grabe umdrehen, wenn er wüsste, dass du eine Townsend geheiratet hast."

„Nett, dass sich alle solche Sorgen darum machen, wen ich mir als Frau ausgesucht habe."

„Hör mal, das ist kein Witz. Du spielst ein gefährliches Spiel mit unserer Zukunft, und wie gewöhnlich berätst du dich nicht mit uns darüber. Celia und die anderen haben mir erzählt, die Heirat wäre Teil eines Geschäftes. Sie sagen, du verbindest die beiden Firmen miteinander, und die Hochzeit wäre nur eine Publicityshow gewesen. Ist das wahr?"

„Nein. Aber ich erwarte nicht, dass irgendwer das glaubt." Zur Hölle, nicht mal Angie glaubt es, dachte er düster. Nicht mal Angie, der einzige Mensch, der wirklich zählt.

Kimberley verzog das Gesicht. „Gordon, wir haben uns nicht gerade nahegestanden seit meiner Heirat mit Glen, aber du bist mein Bruder. Meinst du nicht, dass du mir eine Erklärung schuldest, selbst wenn du das bei den anderen nicht für nötig hältst?"

„Ich habe allen die Wahrheit gesagt. Es ist nicht meine Schuld, dass niemand sie mir abkauft."

Kimberley riss die Augen weit auf. „Du hast dich doch nicht tatsächlich in sie verliebt? Nein, das kann nicht sein. Du hast niemals einer Frau erlaubt, solche Macht über dich zu haben. Du bist ein Eisberg, wenn es um Liebe geht. Und jetzt soll ich dir abnehmen, du hättest dich von einer Townsend verführen lassen?"

„So könntest du es ausdrücken." Gordon dachte an seine erste Begegnung mit Angie. Er hatte sich sofort in sie verliebt und sie erobern wollen.

Er erinnerte sich, wie vorsichtig er sie zu Anfang umworben hatte, wie behutsam er sie zur Heirat überredet hatte, wie leidenschaftlich sie auf seine Umarmung reagiert hatte, selbst als sie wütend auf ihn war. Ja, es bestand kein Zweifel daran, dass er sich hatte verführen lassen.

Seltsam. So hatte er es noch nie gesehen. Bisher war er davon ausgegangen, dass er alles unter Kontrolle hatte. Nun fragte er sich, ob das stimmte.

„Gordon, im Ernst! Wir wissen beide, dass du nicht der Typ bist, der sich von Leidenschaft überwältigen lässt." Kimberley musterte ihn. „Du ist in deinem ganzen Leben noch nicht verliebt gewesen. Ich bezweifle, dass du überhaupt die Bedeutung des Wortes kennst."

„Wir sollten besser das Thema wechseln, Kim."

„Aber ich habe ein Recht zu wissen, was los ist."

„Du weißt alles, was du wissen musst. Ich bin verheiratet. Die Firmen Sutherland und Townsend sind miteinander vereinigt. In weniger als drei Wochen kommen die Aktien auf den Markt. Was möchtest du noch wissen?"

Kimberley rührte in ihrem Kaffee. „In Ordnung. Wenn du nicht bereit bist, mir zu sagen, was du vorhast, kann ich dich nicht zwingen.

Leider bist du ja der Chef der Firma. Dad hat alles dir hinterlassen, genau wie es zu erwarten war."

Gordon drehte sich zu ihr um. „Was soll das heißen?"

„Das weißt du genau", erwiderte sie bitter.

„Ich sorge dafür, dass jeder seinen Anteil bekommt."

„Aber letzten Endes bist du derjenige, der die Fäden in der Hand hält, genau wie Dad, als er noch lebte. Der Rest von uns hat nichts zu sagen. Du warst immer der Erbe, der Erstgeborene, derjenige, der ihm am meisten bedeutete. Dich hat er dazu erzogen, die Sutherland-Hotels zu übernehmen!"

„Sei vernünftig, Kim. Du hast dich nie fürs Geschäft interessiert."

„Man hat mich nie dazu ermutigt", antwortete sie. „Aber das heißt nicht, dass es mir egal wäre. Jeder in dieser Familie macht sich Gedanken um die Firma. Unglücklicherweise sind wir alle von dir abhängig. Du triffst die Entscheidungen allein und fragst nie nach unserer Meinung."

„Wen sollte ich fragen?", wollte Gordon wissen. „Onkel Derwin, der niemals den geringsten Geschäftssinn bewiesen hat, sondern sein ganzes Leben mit Basteleien verbringt? Oder vielleicht Tante Helen, die Nachforschungen über den Stammbaum der Sutherlands anstellt und im Vorstand von Wohltätigkeitsvereinen sitzt?"

„Du bist nicht fair, Gordon."

„Vielleicht sollte ich Celia fragen, ist es das, was du vorschlägst? Machen wir uns doch nichts vor, Kim. Deine Mutter will, dass alles so läuft, wie Dad es gewollt hätte. Wenn sie glaubt, Dad hätte irgendetwas nicht getan, meint sie, ich sollte es auch nicht tun."

„Sie ist sehr loyal Dads Andenken gegenüber, das ist alles", verteidigte Kim ihre Mutter.

„Und deshalb kann sie sich nicht damit abfinden, dass ich jetzt das Unternehmen leite. Schau, Kim, es läuft doch darauf hinaus, dass niemand in der Familie qualifiziert ist, eine Hotelkette zu leiten – außer mir. Dad hatte ganz recht, als er sich dagegen entschieden hat, jedem einen Teil der Firma zu hinterlassen. Ich kann mir die Vorstandssitzungen gut vorstellen. Es gäbe über jede einzelne Entscheidung einen erbitterten Kampf, und nichts würde je getan werden."

„Mit dieser Fusion erlaubst du den Townsends, mit dir zusammen zu entscheiden. Was glaubst du, hätte Dad davon gehalten?"

Gordon zuckte mit den Schultern. „Er hätte sich die Haare gerauft. Aber er ist nicht hier, oder?"

„Glen ist hier", erinnerte Kim ihn ruhig.

„Das habe ich bemerkt." Gordon warf einen düsteren Blick zu dem Sofa hinüber, wo Angie gerade ihren Ring abnahm, damit Glen ihn sich ansehen konnte. Gordon wäre am liebsten aufgestanden und hinübergegangen, um ihm den Ring wegzunehmen und ihn wieder an Angies Finger zu stecken.

„Bitte, Gordon."

Er verzog das Gesicht, als er begriff, dass ihm etwas entgangen war, das seine Schwester gesagt hatte. „Was?"

„Bitte, gib Glen eine Chance! Das ist nur fair. Gib ihm eine Stellung in der Firma, etwas Wichtiges. Erlaube ihm, sich zu beweisen."

„Darüber haben wir schon gesprochen. Meine Antwort ist dieselbe. Glen kann sich woanders beweisen als bei der Firma Sutherland."

„Verdammt!" Kimberley stand abrupt auf. „Wer hat dich zu König und Herrscher ernannt, Gordon Sutherland? Du scherst dich einen Dreck um anderer Leute Gefühle. Du tust nur, was du willst. Du triffst alle Entscheidungen allein, egal, wer dabei verletzt wird."

„Wenn Glen sich beweisen will, hätte er das tun sollen, bevor er dich zu dieser übereilten Heirat gedrängt hat", meinte Gordon barsch.

„Du glaubst immer noch, er hätte mich aus purer Berechnung geheiratet, ja?"

Gordon sah den verdächtigen feuchten Schimmer in den Augen seiner Schwester und spürte einen Anflug von Reue. Er bemerkte, dass Celia ihm von der anderen Seite des Zimmers her einen bösen Blick zuwarf, und wünschte sich, er wäre nie zum Jade-See gekommen. „Ich will mich deswegen nicht wieder mit dir streiten, Kim. Vergiss es."

„Ich werde es versuchen." Sie schaute bedeutungsvoll zum Sofa, wo Angie mit Glen saß. „Immerhin scheinst du von dir auf andere zu schließen, nicht wahr, großer Bruder? Wenn hier jemand aus purer Berechnung geheiratet hat, dann warst du das ja wohl."

Gordon brauchte seine ganze Selbstbeherrschung, um die Wut zu unterdrücken, die in ihm aufstieg. Er stand auf, und es gelang ihm, ruhig zu antworten. „Das will ich nicht wieder von dir hören, verstanden? Meine Heirat mit Angie hat absolut nichts mit dem Geschäft zu tun."

„Aber warum hat sie dich geheiratet?" Kimberley trat nervös einen Schritt zurück. „Doch wohl kaum aus Liebe. Ihr beide schlaft ja nicht mal miteinander."

„Wer zum Teufel hat dir das erzählt?"

„Betty natürlich." Kimberley wich noch ein Stück zurück. „Sie sagt, einer von euch schläft in dem Wohnraum neben deinem Schlafzimmer. Sie kann das beurteilen, weil derjenige das Bett zwar jeden Morgen sorgfältig wieder in Ordnung bringt, aber die Ecken der Laken anders einschlägt, als Betty das tut."

„Vielleicht ist es Zeit, dass die gute alte Betty sich einen anderen Job sucht", erklärte Gordon mit zusammengebissenen Zähnen.

„Oh, komm schon, Gordon. Wenn du jemandem die Schuld daran geben willst, dass dein Geheimnis herausgekommen ist, dann gib sie mir. Ich habe Betty gefragt, was los ist, und sie hat ehrlich geantwortet, das ist alles. Du magst derjenige sein, der ihr Gehalt zahlt, aber du bist kaum jemals hier. Sie ist dem Rest von uns gegenüber seit Jahren loyal." Kimberley drehte sich auf dem Absatz um und ging zu ihrer Mutter.

Gordon beobachtete sie einen Moment lang, dann steuerte er auf die Terrasse zu. Noch nie in seinem Leben hatte er frische Luft so nötig gehabt. Er zwang sich, Angie und Glen Langley nicht anzusehen, als er den Raum verließ.

„Es macht Kim schwer zu schaffen", sagte Glen leise zu Angie.

„Was?"

„Die Tatsache, dass sie Gordon Sutherland nicht dazu bringen kann, mir einen Job in der Hotelkette anzubieten. Kim hat sich sehr übergangen gefühlt, als sie vor zwei Jahren herausfand, dass ihr Vater alles ihrem Bruder hinterlassen hat. Jetzt akzeptiert er mich nicht, und das ist für sie eine neue Art der Zurückweisung."

„Wollen Sie einen Posten in der Hotelkette?", fragte Angie neugierig.

„Zur Hölle, nein. Ich würde nicht mal für einen Sutherland arbeiten, wenn er der letzte Mann auf Erden wäre, der einen Job für mich hätte." Glen grinste schwach. „Aber ich würde meinen rechten Arm dafür hergeben, dass er mir zumindest ein Angebot macht."

„Wegen Kim?"

„Richtig. Es würde ihr eine Menge bedeuten, wenn ihr Bruder mir wenigstens eine Stellung anböte. In ihren Augen hieße es, dass er mich akzeptiert." Glen zuckte mit den Schultern. „Natürlich hätte ich dann ein großes Problem."

„Welches?"

„Ich habe keine Ahnung, wie Kim reagiert, wenn ich Gordon abweise. Ich habe ein großartiges Angebot oben in Seattle. Aber ich habe ihr noch nichts davon erzählt, weil ich nicht weiß, wie sie es aufnehmen wird."

„Haben Sie Angst, dass sie nicht mit nach Seattle will?"

„Ja. Celia hat ihr immer wieder eingeredet, dass ich für den Familienbetrieb arbeiten soll, und zwar als Vizepräsident oder sonst etwas Eindrucksvolles."

„Sie denkt wahrscheinlich, wenn ihr Schwiegersohn so eine gehobene Position hätte, dann hätten sie und die anderen auch etwas zu sagen in der Firma", überlegte Angie. „Jetzt sind sie alle von Gordons gutem Willen und seinem Verantwortungsgefühl abhängig, nicht?"

Glen schmunzelte. „Ich sehe, Sie durchschauen diese Familie bereits."

Angie verzog das Gesicht. „Nicht ganz, aber ich arbeite daran. Es gibt eine wichtige Frage, auf die ich gern eine Antwort hätte."

„Welche ist das?"

„Ich möchte wissen, was vor dreißig Jahren die Sutherland-Townsend-Fehde ausgelöst hat. Niemand scheint alle Tatsachen zu kennen."

Glen kniff die Augen zusammen. „Ich glaube eher, dass niemand darüber sprechen will. Diese Leute können wirklich verschwiegen sein, besonders Helen und Derwin."

„Das habe ich bemerkt." Angie wollte mehr sagen, aber in diesem Moment kam Derwin zu ihnen herüber.

„Ihr beide seht aus, als würdet ihr euch gut unterhalten", murmelte Derwin düster. „Ich bin froh, dass überhaupt jemand das tut."

„Es ist etwas ungemütlich hier drin, nicht?", meinte Angie trocken. „Haben Sie immer so viel Spaß nach dem Dinner?"

„Sie halten sich wohl für sehr schlau, junge Dame?" Derwin schnitt eine Grimasse. „Aber Sie sind nicht halb so klug, wie Sie glauben."

„Das habe ich auch schon vermutet", gab Angie zu. Sonst wäre ich nicht in dieser Situation, dachte sie.

Derwin wurde knallrot. „Lachen Sie nur, aber wir kennen die Wahrheit. Keine Ahnung, wie Sie Gordon dazu gekriegt haben, nach Ihrer Pfeife zu tanzen. Wir dachten immer, er wäre zu intelligent, um sich von einer Frau den Kopf verdrehen zu lassen, ganz zu schweigen von einer Townsend. Schätze, das war ein Irrtum."

Glen verzog das Gesicht. „Das reicht, Derwin."

„Nicht annähernd“, antwortete Derwin. „Miss Townsend denkt, sie führt uns alle an der Nase herum, aber das schafft sie nicht. Ich wollte nur, dass sie das weiß.“

Angie stellte sorgfältig ihre Kaffeetasse ab. „Was glauben Sie, auf welche Weise ich Sie an der Nase herumführe, Derwin?“

Sein Gesicht wurde noch röter. „Ihre Ehe ist eine reine Farce. Die Haushälterin hat Kimberley erzählt, dass Sie und mein Neffe nicht mal miteinander schlafen. Hah! Ziemlich seltsames Verhalten für Frischvermählte, wenn Sie mich fragen.“

„Niemand hat Sie gefragt, Derwin“, erklärte Glen rau. „Ich denke, Sie haben jetzt genug gesagt.“

„Das war noch nicht mal die Hälfte.“ Derwin hatte jetzt Boden gewonnen. „Sie ist eine Townsend, und wir alle wissen, dass man den Townsends nicht trauen kann. Wie ich schon sagte – ich weiß nicht, wie sie Gordon eingewickelt hat, aber bei uns schafft sie das nicht. Sie hat irgendeinen miesen Townsend-Trick vor, aber damit kommt sie nicht durch. Gordon wird früher oder später wieder zu Verstand kommen.“

Derwin drehte sich um und ging zu seiner Frau zurück. Helen sah sehr besorgt aus.

Es entstand eine kurze, unangenehme Pause, bevor Glen etwas sagte. „Achten Sie nicht auf Derwin. Er ist verbittert, weil weder Gordons Vater noch Gordon ihm jemals eine wichtige Position in der Firma angeboten haben.“

„Woher stammt Derwin?“

„Der arme alte Derwin stammt aus einer Weinbauernfamilie im Napa Valley, aber er war nie an Wein interessiert. Er bastelt gern.“

„Bastelt?“

„Sie wissen schon, er macht Erfindungen. Er hat sogar ein paar Patente angemeldet, obwohl er nie viel Geld damit verdient hat. Gordons Vater hat ihn immer für eine Art verrückten Wissenschaftler gehalten, wie Kim mir erzählt hat. Er und ich haben etwas gemeinsam, wenn man mal darüber nachdenkt.“

„Sie meinen die Tatsache, dass Sie beide keine Stellung in der Firma Sutherland bekommen können?“

„Richtig. Der Unterschied ist, dass Derwin seine Seele für das Privileg verkaufen würde, als wichtiges Mitglied der Familie behandelt zu werden. Ich würde meine schon verkaufen, nur damit ich den Job angeboten bekomme.“

„Es scheint, dass weder Gordon noch sein Vater sich je die Mühe gemacht haben, einen taktvollen Weg zu finden, mit Onkel Derwin umzugehen. Offenbar wurde er immer so weit wie möglich ignoriert." Angie schüttelte den Kopf. „Was für ein Schlamassel."

„Ja, das können Sie laut sagen." Glen hob spöttisch seine Tasse. „Willkommen auf dem Schlachtfeld. Wie Sie sehen können, sind wir alle hier eine große, glückliche Familie."

Angie schwieg. Was ihr seltsamerweise am meisten zu schaffen machte, war, dass alle wussten, dass sie und Gordon nicht miteinander schliefen, obwohl das eigentlich keine Rolle für sie hätte spielen sollen. Es ging dabei um Gordons Stolz, nicht um ihren.

Gordons Stolz! Angie wusste aus ihrer eigenen Familie, was für eine heikle Sache der Stolz eines Mannes war. Es hatte eine Menge mit seinem Selbstwertgefühl zu tun und mit dem Bedürfnis, sein Leben und seine Welt unter Kontrolle zu haben.

Angies Mutter hatte ihr erklärt, dass der Stolz eines Mannes sowohl eine Kraftquelle als auch seine größte Schwäche war. Eine kluge Frau ging sehr vorsichtig damit um.

Angie sah sich um und merkte, dass Gordon auf die Terrasse gegangen war. Irgendwer, Kim zweifellos, hatte ihm wahrscheinlich erzählt, dass der Rest der Familie Überlegungen darüber anstellte, wer wo schlief. Sie erinnerte sich an die kleine Notiz, in der Gordon sie am ersten Morgen gebeten hatte, das Bett zu machen. Sie hatte ihm den Gefallen getan, aber nun war die Wahrheit doch herausgekommen – dank Betty.

Das war bestimmt ein schwerer Schlag für Gordons Ego.

Angie lächelte Glen zu und stand auf. „Würden Sie mich bitte entschuldigen."

„Sicher." Er holte tief Luft. „Ich weiß nicht, was zwischen Ihnen und Gordon vorgeht, aber ich rate Ihnen, sich nicht um den Rest der Familie zu kümmern."

„Der Einzige, der mir etwas bedeutet, ist Gordon", sagte Angie sanft. „Ich weiß, was Sie empfinden. Die Einzige, die für mich zählt, ist Kim." Angie nickte und ging zur Terrassentür. Sie konnte die Blicke der Sutherlands spüren, als sie in die Dunkelheit hinaustrat.

Zuerst sah Angie Gordon nicht. Sie ging langsam zu der niedrigen Steinmauer, die die Terrasse umgab, und fragte sich, ob Gordon einen Spaziergang machte. Vielleicht war er zum Bootshaus gegangen.

„Hallo, Angie. Hast du vor, mit einem Boot zu verschwinden?"

„Gordon! Du liebe Zeit, ich habe dich gar nicht gesehen."

„Offensichtlich." Er stand so still im Schatten eines Baumes, dass sie an ihm vorbeigelaufen wäre, wenn er sie nicht angesprochen hätte.

„Wolltest du frische Luft schnappen?", fragte sie zögernd.

„Ja. Warum bist du herausgekommen? Es sah für mich so aus, als würdest du dich großartig mit Glen Langley unterhalten."

„Ich mag ihn." Angie trat näher zu Gordon und versuchte, seine Stimmung einzuschätzen. Ihre Augen gewöhnten sich an die Dunkelheit, und sie konnte erkennen, dass Gordon sich gegen den Baumstamm lehnte. Er hatte die Arme auf diese unterschwellig arrogante Art verschränkt, die er an sich hatte.

„Ich weiß, dass du Glen magst. Wie könnte es anders sein? Immerhin habt ihr viel Zeit gemeinsam verbracht. Du und er gegen den Rest von uns, nicht?"

Angie erschauerte, als sie Gordons gefährlich sanften Ton vernahm. Sie merkte, wie wütend er war. Ein verblüffender Gedanke kam ihr. „Bist du etwa eifersüchtig, Gordon?"

„Zur Hölle, nein. Ich habe in meinem ganzen Leben noch keiner Frau erlaubt, mich eifersüchtig zu machen. Aber ich kann eine explosive Situation erkennen, und genau das entsteht hier gerade. Wenn du dich noch mehr mit dem Mann meiner Schwester anfreundest, haben wir alle ein großes Problem."

„Es ist nichts zwischen Glen und mir. Er liebt deine Schwester sehr. Soweit ich das beurteilen kann, ist das der einzige Grund, warum er bereit ist, sich mit dir und dem Rest der Familie einzulassen."

„Er hat sich also an deiner Schulter ausgeweint, ja? Das hat nicht lange gedauert. Aber vielleicht hast du dich zuerst an seiner Schulter ausgeweint. Hast du ihm erzählt, dass du noch nicht mit deinem Mann geschlafen hast?"

Angie wurde wütend. „Darüber habe ich nie auch nur ein Wort verloren."

„Wirklich? Es scheint aber jeder Bescheid zu wissen."

„Das ist nicht meine Schuld. Um dir einen Gefallen zu tun, habe ich jeden Morgen das dumme Bett im Wohnzimmer in Ordnung gebracht."

„Ja? Dann hast du es nicht gut genug gemacht, oder? Anscheinend hat Betty gleich gemerkt, dass jemand im Wohnzimmer schläft."

„Wenn du die Art nicht magst, wie ich das Bett mache, dann kannst du es gern selbst übernehmen."

„Wenn du mit mir schlafen würdest, wie du das solltest, hätte niemand etwas bemerkt. Es gäbe überhaupt nichts zu bemerken. Jetzt weiß die ganze Familie, dass ich eine Frau habe, die das Bett nicht mit mir teilen will."

Angie atmete tief ein. Sie spürte, dass dieser Streit dabei war, außer Kontrolle zu geraten, und sie wusste nicht, was dann geschehen würde. „Es tut mir leid, Gordon. Ich habe versucht, es so aussehen zu lassen, als würden wir beide das große Bett benutzen."

„Ich hätte dich nie herbringen sollen."

„Darin sind wir uns einig. Aber wir können jederzeit abreisen."

Er warf ihr einen ungläubigen Blick zu. „Hast du den Verstand verloren? Ich gehe jetzt nicht hier weg. Ich will verdammt sein, wenn ich diesen Leuten erlaube, mich aus meinem eigenen Haus zu vertreiben."

„Gordon, du magst diesen Ort doch nicht mal."

„Darum geht es nicht, sondern darum, dass ich mich nicht verscheuchen lasse. Und ich lasse auch nicht zu, dass meine Verwandten mich für das Opfer irgendeines Townsend-Tricks halten."

Allmählich riss Angie der Geduldsfaden. „Zufällig haben wir da etwas gemeinsam, Gordon Sutherland. Ich mag es nicht, dass deine ganze Familie zu denken scheint, ich hätte dich reingelegt. Onkel Derwin sagt, ich hätte dich dazu gebracht, nach meiner Pfeife zu tanzen. Er hat angedeutet, ich hätte dich verführt oder so was."

„Warum versuchst du es nicht?"

„Was?", fragte Angie entgeistert.

„Mich zu verführen. Du bist meine Frau, nicht? Eigentlich solltest du in diesem Krieg auf meiner Seite sein. Ich dachte, das wäre dir klar. Du hast gesagt, du verstehst meinen Stolz. Mir scheint, wenn du das wirklich tätest, würdest du deine Pflichten als meine Frau erfüllen."

„Ich verstehe deinen Stolz wirklich. Aber ich habe auch meinen Stolz", erwiderte sie schroff. „Und eine Frau sollte nicht aus Pflichtgefühl mit ihrem Mann schlafen, sondern weil sie ihn liebt."

„Also, wo ist das Problem? Du liebst mich, Angie. Das hast du an unserem Hochzeitstag selbst gesagt."

„Das war vor drei Tagen", fuhr sie ihn an.

Gordon lächelte spöttisch. „Na so was! Drei ganze Tage, und schon liebst du mich nicht mehr. Und ich dachte, deine Liebe würde ein Leben lang halten. Anscheinend haben meine Leute doch recht."

„Wovon redest du?"

„Ich bin von einer Townsend reingelegt worden. Du hast mich zum Narren gemacht, und meine eigene Familie lacht über meine Blindheit."

Angie stampfte vor Wut mit dem Fuß auf. „Verflixt noch mal, Gordon Sutherland. Du verdrehst alles, und zwar absichtlich."

„Du bist diejenige, die das tut. Wenn du dich so verhalten würdest, wie eine Ehefrau das sollte, wären wir nicht in dieser idiotischen Situation."

„Erzähl mir nicht, wie eine Ehefrau sich verhalten sollte. Du weißt nichts darüber, wie eine Ehe funktioniert. Ich bin nie jemandem begegnet, der weniger davon versteht."

„Keine Sorge, ich lerne schnell, wie es in unserer Ehe läuft. Meine Frau schläft in ihrem eigenen Bett und freundet sich bei der ersten Gelegenheit mit dem Mann meiner Schwester an. Es wird interessant sein zu sehen, was als Nächstes passiert."

„Wage es ja nicht, Glen da mit reinzuziehen. Er hat nichts damit zu tun." Angie kochte vor Wut.

„Nicht ich habe Langley mit reingezogen, sondern du."

„Es ist deine eigene Schuld, dass du nicht mit ihm auskommst."

„Tatsächlich?"

„Ja", erklärte Angie entschieden. „Und ich sage dir noch was. Es ist auch deine eigene Schuld, dass du Probleme mit deiner Schwester hast. Willst du einen Rat, Mr Sutherland?"

„Von einer Ehefrau, die das nur auf dem Papier ist? Nein."

„Nun, du bekommst ihn, ob du willst oder nicht", erklärte Angie mit zusammengebissenen Zähnen. „Ich kann dir verraten, wie du mit einem Schlag eine Menge deiner Familienprobleme lösen kannst."

„Oh ja? Wie denn?"

„Biete Glen eine anständige Stellung in deiner Firma an."

„Was?" Gordon starrte sie an. Seine Augen glänzten vor Wut. Einen Moment lang rührte er sich nicht. „Das reicht", brachte er schließlich heraus. „Das ist der Gipfel, Lady. Ich war verdammt geduldig mit dir, aber diesmal bist du zu weit gegangen. Du wirst mir nicht erzählen, wie ich meine Firma zu leiten habe."

„Gordon, nein!" Angie trat hastig einen Schritt zurück, aber es war zu spät.

Gordon kam so schnell auf sie zu, dass sie keine Chance hatte zu entkommen. Ehe sie wusste, wie ihr geschah, hatte er sie über seine Schulter geworfen, als wäre sie ein Sack Wäsche.

„Lass mich sofort runter!“ Angie schlug auf seinen breiten Rücken ein, als Gordon mit ihr die Stufen zur Terrasse hinaufstieg.

„Wenn ich dich runterlasse, Lady, dann wirst du in meinem Bett sein.“ Er überquerte die Terrasse und trug Angie ins Wohnzimmer. Seine Verwandten verstummten schockiert.

„Gute Nacht, alle zusammen“, sagte Gordon ruhig, während er durch den Raum ging. „Ich weiß, es ist noch früh, aber Angie möchte jetzt ins Bett. Ich werde mich ihr anschließen. Ihr wisst ja, wie das bei Frischverheirateten ist.“

Angie stöhnte. Sie fühlte sich hin- und hergerissen zwischen dem Drang, zu lachen und dem genauso starken Wunsch, laut zu schreien.

Es war eine gefährliche Sache, den Stolz eines Mannes zu verletzen. Sie hätte wissen sollen, worauf sie sich einließ, als sie Gordon auf der Terrasse gegenübertrat. Es war, als hätte sie mit einem roten Tuch vor einem bereits sehr wütenden Stier herumgewedelt.

7. KAPITEL

Gordon trug Angie in sein Schlafzimmer, wo er sie auf das große Bett fallen ließ, und sah sie herausfordernd an. „Nun?"

„Nun was?" Sie setzte sich auf, strich sich das Haar aus dem Gesicht und zog ihren hochgerutschten Rock über die Knie.

„Willst du nicht anfangen zu schreien oder so was, damit Glen Langley angerannt kommt, um dir zu helfen?"

„Eigentlich nicht." Angie machte sich an ihrer Haarspange zu schaffen, die sich gelöst hatte. Ihre Finger zitterten so sehr, dass es ihr nicht gelang, sie zu schließen. Also warf sie die Spange auf den Nachttisch.

Gordon stützte ein Knie aufs Bett. Die Matratze gab unter ihm nach. „Warum willst du nicht, dass Langley angelaufen kommt?"

„Es ist nicht nötig, mich vor meinem eigenen Ehemann zu retten." Angie lächelte zaghaft. Ihr war klar, worauf diese Szene hinauslief.

Die Würfel waren bereits vorhin auf der Terrasse gefallen. Es war Zeit, dass sie damit aufhörte, Gordon körperlich zurückzuweisen, denn sie hatte begriffen, dass dies die einzige Art war, wie er sich mit ihr verständigen konnte. Bisher hatte sie ihm diese Quelle der Intimität vorenthalten, weil ein gefühlsmäßiges Risiko für sie damit verbunden war. Aber nun war es so weit, dass sie dieses Risiko eingehen musste. Gordon war ihr Mann, und er begehrte sie. Sie hatten einen entscheidenden Punkt in ihrer Beziehung erreicht.

„Du musst also nicht vor deinem Ehemann gerettet werden?" Gordon ließ die Hand über ihr Bein gleiten. „Falls du mich damit meinst – ich warne dich! Ich habe mich bisher nicht sehr wie ein Ehemann gefühlt."

„Fühlst du dich ungebunden?"

„Nein." Er schüttelte langsam den Kopf. „Ganz und gar nicht. Ich bin in einer Art Niemandsland gefangen. Ich will meine Frau, aber sie will mich nicht."

Angie schluckte nervös. „Das ist nicht wahr. Du weißt, dass es nicht so ist. Ich habe nie gesagt, dass ich dich nicht will."

Er schob sich über sie und drückte sie in die Kissen. Dabei blickte er ihr unverwandt in die Augen. Etwas Ursprüngliches und sehr Weibliches regte sich in Angie, und in ihrem Kopf begann sich alles zu drehen. „Du willst mich?", fragte Gordon.

„Ja."

„Zeig es mir“, bat er und strich mit den Fingern durch ihr langes, seidiges Haar. Ich bin verrückt vor Sehnsucht nach dir, mein süßer rothaariger Engel.“

Ein heißer Schauer überlief sie bei seinen zärtlich Worten. Gordon mochte vielleicht nichts von Liebe verstehen, aber umso mehr von den Qualen ungestillten Verlangens.

Ihr Ehegelübde fiel ihr wieder ein.

Gordon war ihr Mann, und sie liebte ihn, wie sie noch keinen anderen Mann geliebt hatte! „Liebling, ich brauche dich“, flüsterte sie, „und heute Nacht soll uns nichts mehr trennen.“ Sie nahm sein Gesicht zwischen die Hände und zog sanft seinen Kopf zu ihren Lippen.

„Angie.“

Gordon küsste sie mit einem verzweifelten Hunger, wie sie es noch nie an ihm erlebt hatte. Bisher hatte er sich immer unter Kontrolle gehabt. Angie hatte zwar die schwelende Glut gespürt, aber nie das wahre Feuer seiner Leidenschaft kennengelernt.

Wie in Trance erwiderte sie seinen Kuss und umklammerte Gordons Schultern. Er stöhnte. Ohne sich von ihr zu lösen, begann er ihr die Bluse aufzuknöpfen. Doch seine Ungeduld war größer als seine Geschicklichkeit.

„Zum Teufel damit“, murmelte er und riss mit einem Ruck sämtliche Knöpfe ab.

Angie unterdrückte einen Aufschrei. „Du liebe Güte, Gordon.“ Aber insgeheim fand sie sein Drängen himmlisch.

„Das ist in Ordnung“, versicherte er ihr rau, bevor er die Lippen auf ihren Hals presste. „Ich kaufe dir so viele Blusen, wie du willst, das schwöre ich dir.“ Er streichelte ihre Brüste und rieb mit dem Daumen über die schwellenden Knospen. „Hundert Blusen. Eine Million. Aber nur, wenn du wie heute keinen BH darunter trägst. Ich liebe deine hübschen, festen Brüste.“

Angie hielt den Atem an und bog sich Gordon entgegen, als er ihren Bauch und ihre Hüften streichelte.

„Wie weich du dich anfühlst.“ Gordon versuchte, den Reißverschluss ihres Rocks aufzuziehen, gab es dann aber frustriert auf und schob ihn einfach bis zu ihrer Taille hoch.

Im nächsten Moment drängte Gordon ein Bein zwischen ihre Schenkel. Hitzewellen und ein köstliches Gefühl durchströmten Angie. Sie vergaß, dass sie an seiner Liebe gezweifelt hatte, vergaß, dass sie eine Townsend und er ein Sutherland war.

„Angie, sag mir noch einmal, dass du mich willst. Sag es mir."

„Ich will dich Gordon. Ich will dich." Sie bedeckte sein Kinn und seinen Hals mit tausend kleinen Küssen.

Gordon griff nach dem Taillenband von Angies seidener Strumpfhose, zog sie ihr über die Hüften und weiter hinunter bis zu den Knöcheln. Angie stieß sie mit den Füßen weg. Genießerisch fuhr Gordon ihr Bein entlang, immer weiter hinauf, zwischen ihre Schenkel.

Angie bäumte sich stöhnend auf. „Ja, bitte. Gordon, bitte." Mit unverhohlener Lust schmiegte sie sich gegen seine Hand und bat um mehr.

Alles ging so schnell, dass sie nicht mehr klar denken konnte. Es war, als würde sie von einem Wirbelsturm erfasst.

Gordon war hingerissen von ihrer natürlichen Sinnlichkeit und fieberte dem Augenblick entgegen, da Angie und er endlich eins sein würden. „Darling, ich kann nicht länger warten."

Angie schlug die Augen auf. „Ja, komm zu mir, nimm mich."

Er löste sich nur kurz von ihr, um sich die Hose abzustreifen. Das Hemd behielt er an.

Angie umschlang seinen Nacken, und während ihre Blicke tief ineinandertauchten, drang Gordon langsam in sie ein. „Tue ich dir weh?", fragte er leise.

„Nein. Es ist wunderschön", hauchte sie. Ihr Herz pochte wie wild. In diesem Moment gehörte Gordon ihr, und sie gehörte ihm.

Er nahm ihr Gesicht in beide Hände und betrachtete sie liebevoll, sodass Angie am liebsten zur selben Zeit geweint, gelacht und vor Freude gejubelt hätte.

„Hallo, Mrs Gordon Sutherland", flüsterte er. Seine Stimme klang unglaublich zärtlich, aber gleichzeitig konnte Angie auch den männlichen Triumph deutlich heraushören. Sie sagte sich, dass sie das hätte abstoßen sollen, aber es war nicht so, denn sie spürte seine rückhaltlose Hingabe.

Und dann begann Gordon, sich in ihr zu bewegen, und Angie konnte nicht mehr länger denken. Sie schrie leise auf und überließ sich ganz den ekstatischen Wonnen ihres Liebesspiels.

Es dauerte lange, bis Angie in die Wirklichkeit zurückfand. Sie merkte, dass der Rock über ihrer Taille zusammengeschoben war. Die Bluse trug sie immer noch. Sie war offen, sodass eine Brust ganz und die andere zum Teil enthüllt war.

Gordon lag ausgestreckt neben Angie, den Arm hatte er besitzergreifend um ihre Taille geschlungen. Angie sah an ihren ineinander verschlungenen Körpern hinunter. Noch nie hatte sie sich so glücklich, so wohlig entspannt gefühlt. Träge kuschelte sie sich an Gordon und hauchte einen Kuss auf seine Wange.

„Die Ruhe nach dem Sturm", sagte Gordon, ohne die Augen zu öffnen.

„Hm." Angie lächelte. „Sturm ist genau der richtige Ausdruck dafür." Gordon sah sie an. „Dies war nicht ganz die Art, wie ich es geplant hatte, Engel."

„Ich kenne den ursprünglichen Plan. Champagner, Zimmerservice und die Flitterwochensuite. Ich war da, erinnerst du dich?" Sie schob die Finger unter sein Hemd.

„Ja, das warst du." Gordon lächelte zufrieden. „Es ist nicht so gelaufen, wie es geplant war, aber das macht nichts." Er streichelte ihre Beine. „Jetzt ist alles in Ordnung."

„Ist es das?"

Er legte eine Hand auf Angies Hinterkopf, zog sie an sich und küsste sie langsam und zärtlich. „Alles ist perfekt. Es wurde auch Zeit. Du hast mich lange genug warten lassen, Lady."

„Gordon …"

„Ruhig." Er rollte sich über sie, sodass sie nicht weg konnte. „Wir sind noch nicht fertig mit unserer Hochzeitsnacht."

„Nein?"

„Nein. Aber keine Sorge. Diesmal lieben wir uns stilvoller. Ich werde mir sogar vorher das Hemd ausziehen."

Das nächste Mal, als Angie in Gordons Armen erwachte, lag er ganz ruhig da und betrachtete die Zimmerdecke. Angie spürte, dass seine Stimmung sich verändert hatte. „Gordon? Stimmt etwas nicht?"

Er zog sie noch fester an sich. „Nein, Schatz. Ich habe nur nachgedacht, das ist alles."

„Worüber? Über uns?"

„Nein."

Angie verzog das Gesicht. „Vielen Dank."

Er sah sie überrascht an. „Was meinst du damit? Warum sollte ich über uns nachdenken? Es ist doch alles wunderbar zwischen uns."

„Oh, ich verstehe. Einfach so?"

Er griff nach ihrem Haar und zog sanft daran. „Küss mich."

Sie strich leicht mit dem Mund über seinen. Gordon knabberte zärtlich an ihrer Unterlippe und vertiefte den Kuss.

„Worüber ich nachdenken musste, war etwas, was du vorhin auf der Terrasse sagtest", murmelte er einen Moment später.

„Das, was dich von einem zivilisierten Gentleman in einen Höhlenmenschen verwandelt hat?"

Er überging ihren Scherz. „Dass ich meinem Schwager einen Job anbieten soll."

„Ach so, das meinst du."

„Ja. Was sollte das, Angie?"

„Du wirst wahrscheinlich wieder die Beherrschung verlieren, wenn ich versuche, es dir zu erklären."

„Versuch es trotzdem."

„In Ordnung." Angie begann, ihre Gründe darzulegen.

„Ich nenne dir gleich drei Gründe. Die ersten beiden sind Celia und deine Schwester Kim. Sie würden es beide mehr zu schätzen wissen, als du dir vorstellen kannst. Durch das Testament deines Vaters fühlen sie sich bereits genug zurückgewiesen. Dass du auch noch Kims Mann ablehnst, hat dieses Gefühl zusätzlich verstärkt. Wenn du Glen ein Angebot machst, beweist du damit Celia und Kim, dass du ihre Wünsche zumindest respektierst. Es wäre eine nette Geste, Gordon."

„Man führt keine Firma mit netten Gesten."

„Dieses eine Mal kannst du es dir schon leisten."

„Du hast gesagt, es gäbe drei Gründe. Was ist der dritte?"

Angie lächelte. „Dass du nicht das geringste Risiko damit eingehen würdest. Glen wird dich abweisen."

„Wie bitte?"

„Du hast mich schon verstanden. Glen hat nicht die Absicht, für dich zu arbeiten, und das kann ich ihm auch nicht verübeln. Wahrscheinlich bist du ein fürchterlicher Chef. Aber darum geht es nicht. Er hat ein ausgezeichnetes Angebot in Seattle, das er annehmen will."

„Wenn das so ist, warum soll ich ihm dann einen Job anbieten?" Gordon klang misstrauisch.

„Wegen Celia und Kim. Es macht deiner Schwester schwer zu schaffen, dass du nicht bereit bist, ihren Mann zu akzeptieren. Und Celia ist wegen Kim verletzt, weil sie so übergangen wurde."

„Warum sollte ihr das etwas ausmachen?", murmelte Gordon.

„Weil du ihr großer Bruder bist! Es ist vollkommen natürlich, dass sie deine Zustimmung will. Ich bin auch eine jüngere Schwester, Gordon. Ich weiß, wovon ich rede. Glen möchte ja nur, dass du auf Kim Rücksicht nimmst. Dann wird er freundlich ablehnen und den Job in Seattle annehmen."

„Das hat er dir gesagt?"

„Ja, als wir uns heute Abend unterhielten."

„Und du hast ihm geglaubt?"

Angie merkte erst jetzt, wie skeptisch Gordon war. „Sicher. Warum sollte Glen mich belügen?"

„Vielleicht, um dich zu bewegen, genau das zu tun, was du jetzt tust?"

Angie wurde sofort wütend. „Gordon, wie kannst du ihm nur so eine Gemeinheit unterstellen?"

„Ich habe etwas mehr Erfahrung mit Männern wie Glen Langley als du, Schatz. Du bist dein Leben lang beschützt worden. Kein Wunder, dass du ein bisschen leichtgläubig bist. Dummerweise hat Kim das gleiche Problem. Sie ist auch auf Langley reingefallen."

Angie setzte sich auf. „Sag mir die Wahrheit. Hast du irgendwelche Beweise dafür, dass Glen deine Schwester nur deshalb geheiratet hat, weil sie eine Sutherland ist?"

„Ich brauche keine Beweise. Der Kerl hat Kim im Sturm erobert. Drei Monate, nachdem sie sich kennengelernt hatten, waren sie schon verheiratet. Zwei Monate später bekniet mich Kim, ich sollte ihm einen Job in der Firma geben. Klingt das etwa nicht verdächtig?"

„Im Sturm erobert, hm?" Angie lächelte. „Drei Monate, sagst du? Genauso lange hast du um mich geworben, nicht?"

Gordon verzog das Gesicht. „Das ist nicht miteinander zu vergleichen."

Angie überlegte. „Lass mal sehen, nur drei Monate bis zur Hochzeit, und unmittelbar danach entdecken wir, dass der Bräutigam ein ernsthaftes Interesse am Familienbetrieb der Braut hat. Eine sehr verdächtige Situation, wenn du mich fragst. Ich kann deine Bedenken gut verstehen. Tatsächlich weiß ich genau, was du empfindest."

„Verdammt, Angie, fang nicht damit an. Von heute an will ich nichts mehr davon hören."

„Wie du meinst, Gordon."

Er betrachtete sie wachsam. „Das ist besser." Als sie schwieg, lächelte er und drückte spielerisch ihre Hüften gegen seine Schenkel. „Viel besser."

Gordon erwachte kurz vor Morgengrauen. Er blieb ruhig liegen und genoss es, Angies warmen, weichen Körper an sich zu spüren. So sollte es sein. Sie gehörte ihm. Seine Frau.

Er drehte den Kopf, um sie anzusehen. Ihr Haar lag zerzaust auf dem Kissen ausgebreitet, und ihre Augen waren geschlossen. Ihr Mund war leicht geöffnet und schien auf seinen Kuss zu warten, sogar wenn sie schlief: Ihr weiblicher Duft erregte ihn.

Gordon dachte daran, Angie zu wecken, aber dann beschloss er, den Gentleman zu spielen und sie in Ruhe zu lassen. Nach einer Nacht wie dieser brauchte jede Frau ihren Schlaf.

Gordon war sehr zufrieden, als er jetzt ins Bad ging. Er konnte sich nicht erinnern, wann er sich zum letzten Mal so gut gefühlt hatte.

Zwanzig Minuten später lief er die Treppe hinunter und betrat mit einem strahlenden Lächeln den Frühstücksraum. Betty stellte gerade eine Kanne Kaffee und einen Korb mit frischen Hefebrötchen auf den Tisch.

„Guten Morgen, Sir."

„Guten Morgen, Betty." Er setzte sich und griff nach der Kaffeekanne. „Übrigens, ich muss Sie warnen. Wenn Sie weiter hierbleiben wollen, schlage ich vor, dass Sie in Zukunft nicht mehr meine persönlichen Gewohnheiten mit anderen Leuten in diesem Haushalt besprechen."

Betty lächelte. „Sie können mich nicht feuern, Gordon Sutherland. Ich arbeite seit über dreißig Jahren für diese Familie und kenne Sie noch aus der Zeit, als Sie immer auf Stühle geklettert sind, um an die Keksdose heranzukommen."

„Eine rührende Erinnerung, da bin ich sicher, Betty. Aber ich muss meine Kekse nicht mehr stehlen. Ich nehme sie mir einfach, und zwar so viele ich will."

Betty fühlte sich offensichtlich überhaupt nicht eingeschüchtert. „Sparen Sie sich die Drohungen, Junge. Sie machen mir keine Angst. Und weil Sie wissen wollen, warum ich Ihrer Schwester erzählt habe, dass Sie und Ihre Frau nicht im selben Bett schlafen, werde ich es Ihnen verraten."

„Okay, warum haben Sie es Kim gesagt?"

Betty schmunzelte. „Weil ich wusste, dass Sie dann in kürzester Zeit davon erfahren und das Problem sofort in Angriff nehmen würden. Und als Sie vor ein paar Minuten hier reinkamen, war Ihrem Gesicht deutlich anzusehen, dass Sie letzte Nacht genau das getan haben."

Gordon brachte eine düstere Grimasse zustande. „Sie wollen also die Liebesgöttin spielen, ja?"

„Sicher. Ich wusste gleich, dass etwas zwischen Ihnen und Ihrer Frau nicht in Ordnung war. Ich konnte sehen, dass sie bis über beide Ohren in Sie verliebt war, sich aber unsicher fühlte. Als ich dann merkte, dass Sie nicht mal zusammen schliefen, dachte ich, dass das ein wesentlicher Teil des Problems war."

„Tatsächlich?"

„Ja. Sie brauchten nur einen kleinen Schubs, und der leichteste Weg war, Sie mitten in Ihrem Sutherland-Stolz zu treffen."

„Sie haben Glück, dass ich heute Morgen in so guter Stimmung bin, Betty. Da ist alles, was ich sagen kann." Gordon nahm sich ein Brötchen, schnitt es auf und bestrich es mit Honig.

„In guter Stimmung, ja? Mir scheint, Sie haben genau die richtige Frau geheiratet." Betty griff nach einem Tablett und ging leise vor sich hin summend aus dem Zimmer.

Gordon konnte der Haushälterin nur beipflichten. Er biss in sein Brötchen. Es schmeckte köstlich. Also aß er es auf und nahm sich noch eins.

Glen Langley kam gähnend zur Tür und betrachtete den Brötchenkorb, während er sich setzte. „Morgen, Sutherland. Wollen Sie die allein essen?"

„Sie können eins haben."

„Danke. Ich schätze, der Herr des Hauses ist heute in großzügiger Stimmung." Glen nahm ein Brötchen und goss sich Kaffee ein.

Gordon kaute einen Moment lang nachdenklich. „Sie wollen wirklich für mich arbeiten?"

Glen blinzelte überrascht. „Zur Hölle, nein! Nehmen Sie es mir nicht übel, Gordon, aber ich denke, Sie wären ein miserabler Chef – was ich will, ist ein Jobangebot, und zwar dann, wenn Kim dabei ist."

„Angie sagt, Sie lehnen ohnehin ab. Welche Garantie habe ich dafür?"

Glen zuckte mit den Schultern. „Gar keine. Es wird eine Zeugin dabei sein, nämlich Ihre Schwester. Wenn ich meine Meinung ändere und beschließe, den Job anzunehmen, haben Sie mich am Hals."

„Und genau das ist es, was ich befürchte."

„Ich kann das verstehen", meinte Glen. „Sie haben allen Grund, nervös zu sein. Glauben Sie mir, Gordon, Sie können der unangenehmste

Chef der Welt sein, aber wenn ich jemals für Sie arbeiten würde, dann würde ich Ihnen das Leben zur Hölle machen."

Gordon schmunzelte. Diese Drohung gefiel ihm. „Ja, darauf wette ich. Warum haben Sie Kim geheiratet?"

„Aus den üblichen Gründen. Ich habe mich auf den ersten Blick in sie verliebt und gemerkt, dass ich sie mir schnell schnappen muss, wenn ich sie nicht verlieren will. Ich wollte ihr nicht zu viel Zeit zum Nachdenken lassen. Wenn Frauen genügend Zeit zum Denken haben, erfinden sie alle möglichen Probleme, die man lösen muss. Wissen Sie, was ich meine?"

Gordon erinnerte sich daran, was er seit seinem Hochzeitstag durchgemacht hatte, und zuckte zusammen. „Ja, das weiß ich."

„Ich dachte es mir. Als ich Kims Familienverhältnisse durchschaut hatte, war mir klar, dass Sie den meisten Widerstand leisten würden. Also habe ich Kim so schnell wie möglich geheiratet, bevor sie eine Chance hatte, sich zu viele Gedanken über Ihre Zustimmung zu machen."

„Wieso haben Sie geglaubt, ich würde nicht zustimmen?"

„Sie sind ein großer Bruder, richtig? Große Brüder haben meistens etwas gegen die Männer, die ihre kleinen Schwestern heiraten. Ich bin selbst ein großer Bruder, also weiß ich, wovon ich rede. Abgesehen davon hat Kim ihren Vater vor zwei Jahren verloren. Das bedeutete, dass Sie auch noch den Ersatzvater spielen und es mir damit noch schwerer machen würden."

„Das wollten Sie also durch eine ganz schnelle Heirat umgehen."

Glen sah Gordon in die Augen. „So ungefähr. Jetzt muss ich das natürlich ausbaden. Aber zumindest bin ich mit Kim verheiratet und kann mir Zeit lassen, Sie zu überzeugen."

„Verflixt", entfuhr es Gordon.

„Sie und ich haben mehr gemeinsam, als Ihnen bewusst ist, Gordon. Wir scheinen beide die gleichen Methoden zu benutzen."

„Schnell den Job erledigen – und später aufräumen, meinen Sie?" Gordon aß sein letztes Brötchen auf und stützte dann die Arme auf den Tisch.

„Ist es nicht das, was Sie jetzt gerade tun?", fragte Glen ruhig. „Aufräumen? Soweit ich gehört habe, verbringen Sie nicht viel Zeit hier am Jade-See, wenn Sie es vermeiden können. Dass Sie Ihre Braut hergebracht haben, obwohl Sie wussten, dass sie nicht willkommen sein würde, bedeutet, dass Sie in einer schwierigen Lage stecken. Wahrscheinlich hat es etwas mit der Fusion zu tun. Richtig?"

Gordon antwortete nicht.

„Ich schlage Ihnen einen Handel vor, Gordon. Machen Sie mir ein Angebot, ein gutes. Ich lehne ab, und dann bringe ich Kim von hier fort. Auf diese Weise haben Sie eine Sorge weniger."

„Und wenn sie nicht mit Ihnen gehen will?", fragte Gordon. „Kim und ihre Mutter wollen, dass Sie im Hotelgeschäft arbeiten."

„Dieses Risiko muss ich eingehen. Ich verlasse mich darauf, dass Kim mich liebt und weiß, dass ich sie liebe. Ich denke, sie wird mir vertrauen."

Gordon lehnte sich zurück. Er schob die Hände in die Taschen und streckte unter dem Tisch die Beine aus. Glen war ein hartnäckiger Bursche. Also hatte Angie die Situation doch richtig eingeschätzt. Sie verstand zwar nicht viel vom Hotelgeschäft, aber dafür umso mehr von dem, was sich in seiner Familie abspielte.

Gordon dachte immer noch über Angie nach, und Glen trank seinen Kaffee, als Kim ein paar Minuten später hereinkam. Sie ging direkt auf ihren Mann zu und küsste ihn leicht auf die Wange, bevor sie sich hinsetzte und sich Kaffee einschenkte.

„Guten Morgen, Gordon", sagte sie kühl.

„Hallo, Kim."

„Du hast uns gestern Abend ja ein schönes Schauspiel geliefert."

Gordon beschloss, sich seine gute Laune nicht verderben zu lassen. „Ich habe eine Townsend geheiratet, und die Townsends neigen dazu, überschwänglich zu werden, wenn sie aufgeregt sind. Wir Sutherlands sind andererseits ziemlich empfindlich. Wir werden höllisch wütend, wenn unser Stolz verletzt wird, nicht?"

Kim musterte ihn unsicher. „Wovon redest du, Gordon?"

„Vergiss es." Er hatte sich entschieden. „Ich war gerade dabei, deinem Mann eine Stellung als Ingenieur bei Sutherland und Townsend anzubieten. Er kann sofort damit anfangen, unser erstes Hotel im Südpazifik zu planen. Nach Baubeginn wird er viel reisen müssen, aber du kannst ihn ja begleiten."

Kim ließ ihr Messer fallen. „Gordon, meinst du das ernst?" Sie starrte ihn verblüfft an.

Gordon sah Glen in die Augen. „Du kennst mich, Kim. Ich sage nie etwas, das ich nicht so meine. Der Job gehört Glen, wenn er ihn will. Irgendwie glaube ich, dass er sich gut machen wird bei Sutherland und Townsend."

„Gordon, das ist wundervoll! Ich weiß, du wirst es nicht bereuen.“ Kim sprang auf, kam um den Tisch herum und umarmte Gordon. „Danke. Vielen Dank.“

Er merkte, dass seine Schwester Tränen in den Augen hatte. „Hey, das ist okay, Kleines. Es ist doch das Mindeste, was ich für ein Familienmitglied tun kann, nicht?“

„Richtig.“ Kim lachte, ließ Gordon los und setzte sich wieder. „Das ist großartig, nicht wahr, Glen?“

„Ja“, antwortete er. „Bis auf eine kleine Tatsache.“

Kim verzog das Gesicht. „Welche Tatsache?“

„Ich habe ein besseres Angebot in Seattle. Und die Wahrheit ist, dass ich lieber an Flugzeugen arbeiten würde als an Klimaanlagen und Rohrleitungen von Hotels. Ich bin deinem Bruder dankbar, aber ich werde den Job ablehnen.“

„Aber Glen.“

Gordon unterbrach Kim. „Das Angebot gilt. Ich meine immer, was ich sage.“

Gordon lächelte. „Sprechen Sie mit Kim darüber. Was immer Sie entscheiden, ich bin einverstanden. Ich sehe Sie später.“ Damit verließ er das Zimmer.

Er fand, dass es ein herrlicher Tag war. Er konnte sich nicht daran erinnern, dass der Jade-See jemals so grün ausgesehen hatte. Sogar die Berge erschienen ihm heute Morgen malerisch und nicht ganz so düster wie sonst.

Er sah zum Fenster seines Schlafzimmers. Es war geöffnet. Angie lehnte hinaus und sah zum See hinüber. Sie trug ihren Morgenrock, und das zerzauste Haar wehte ihr um die Schultern. Als sie merkte, dass Gordon sie beobachtete, lächelte sie und warf ihm eine Kusshand zu.

Er grinste jungenhaft und winkte ihr zu. Sogar aus dieser Entfernung konnte er erkennen, dass sie rot wurde.

Pfeifend schlenderte er zum Bootshaus hinunter, um nachzusehen, was Jeffers gerade tat.

8. KAPITEL

Celia war allein im Frühstücksraum, als Angie den Raum betrat. Sie stand am Fenster, schaute nachdenklich aufs Bootshaus.

„Guten Morgen, Celia." Angie goss sich Kaffee ein.

„Guten Morgen, Angie." Celia drehte sich langsam um und lächelte unbehaglich. „Ich nehme an, wir haben es Ihnen zu verdanken, dass Gordon so plötzlich seine Meinung geändert hat."

„Wie bitte?"

„Kim hat mir erzählt, er hätte Gordon einen interessanten Job in der Firma angeboten", erklärte Celia.

„Wirklich?" Angie nahm sich ein Brötchen. „Danken Sie nicht mir. Ich habe nichts damit zu tun."

„Das kann ich kaum glauben. Gordon ist einer der stursten Männer, die ich je kennengelernt habe. Darin gleicht er seinem Vater." Celia lächelte wehmütig. „Wenn er einmal eine Entscheidung getroffen hat, ändert er fast nie seine Meinung. Sein Sutherland-Stolz erlaubt das nicht. Aber heute Morgen scheint er es getan zu haben."

Angie biss in das Brötchen. „Gordon ist zwar stur, aber nicht völlig unvernünftig."

„Vielleicht ist unvernünftig, das falsche Wort. ‚Unerbittlich' passt wohl besser."

Angie grinste. „Oder ‚störrisch'? Wie wäre es mit ‚unmöglich'? ‚Herrisch'? ‚Unnachgiebig'? Gelegentlich vielleicht sogar ein bisschen idiotisch?"

„Sie finden das alles sehr amüsant, nicht wahr?"

„Eigentlich nicht. Es tut mir leid, wenn ich Ihnen albern erscheine, Celia. Das ist zweifellos ein weiterer ärgerlicher Wesenszug der Townsends."

Celia sah sie lange an. „Zweifellos. Wie auch immer, ich schulde Ihnen Dank dafür, dass Sie die Situation zwischen Gordon und Kim bereinigt haben. Es hat mir wehgetan, mit anzusehen, wie die Beziehung der beiden sich verschlechtert hatte. Natürlich hat Kim Glen übereilt geheiratet, und seine Absichten schienen eine Weile verdächtig. Aber ich wusste, dass Kim ihn liebt, und nachdem ich Glen kennengelernt hatte, spürte ich, dass er ein ehrlicher Mann ist, dem meine Tochter viel bedeutet."

„Zufällig stimme ich mit Ihnen überein. Ich mag Glen."

„Ich dachte, Gordon würde ihn akzeptieren, wenn er ihm erst einmal begegnet. Aber dann hatte Kim diese Idee, dass Glen für die Firma arbeiten sollte, und Gordon ging an die Decke."

„Man kann Gordon zu nichts zwingen", meinte Angie.

„Das ist wahr." Celia seufzte. „Schon als Junge war er starrköpfig und verschlossen. Er war dreizehn Jahre alt, als ich seinen Vater heiratete, und hielt sich schon für einen Erwachsenen. Er hat mich nie als seine Mutter akzeptiert. Oh, er war immer höflich und hat sich gut benommen, aber wir kamen uns nie nahe."

„Ich kann mir Gordon nicht als kleinen Jungen vorstellen."

„Ich auch nicht", gab Celia zu. „Er war jedenfalls keiner mehr, als ich ihn traf, sondern eher eine jüngere Vision seines Vaters. Von Anfang an hat er klargestellt, dass er einmal der Kopf der Firma und der Familie sein würde. Diese Verantwortung hat er akzeptiert, noch bevor er wusste, was er damit auf sich nahm."

„Und das Letzte, was er wollte, war eine neue Mutter, richtig?", fragte Angie sanft.

Celia stellte ihre Kaffeetasse auf den Tisch. „Genau. Er war zwar immer höflich zu mir, aber er hat mich nie als seine Mutter gesehen. Vermutlich war ich für ihn nur jemand, für den er irgendwann würde sorgen müssen. Und er hat seine Pflicht stets gewissenhaft erfüllt, das muss ich ihm zugestehen. Das tut er immer – auf seine eigene arrogante Art."

Angie hörte Bedauern in Celias Stimme. Sie suchte noch nach den richtigen Worten, die sie darauf erwidern konnte, als Kim zur Tür hereingestürmt kam, gefolgt von Glen.

Kim sah glücklicher und hübscher aus, als Angie sie je erlebt hatte. „Hi, Angie. Da bist du ja, Mom. Ich bin gekommen, um dir zu sagen, dass Glen und ich bald abreisen. Es hat keinen Sinn, noch länger zu bleiben. Wir haben alles besprochen, und ich weiß jetzt, dass Glen viel lieber in der Flugzeugindustrie arbeiten möchte als im Hotelgeschäft. Er hat ein wundervolles Angebot von einer Firma in Seattle, nicht wahr, Darling?"

Glen lächelte seiner Frau zu. „Ich denke, es ist ein guter Job. Und Kim wird Seattle sicher mögen."

„Ich werde es lieben", versicherte Kim allen.

Derwin erschien in der Tür. „Was zum Teufel ist hier los? Wie ich hörte, hat Gordon Ihnen eine leitende Stellung angeboten, Glen. Ist das wahr?"

„Ja“, antwortete Glen leichthin. „Aber ich habe abgelehnt.“

Derwin starrte ihn an. „Abgelehnt? Das ist nicht Ihr Ernst!“

„Ich fürchte, doch.“ Glen sah auf seine Uhr, dann wandte er sich an Kim. „Wir sollten besser packen, Schatz. Dein Bruder bringt uns über den See, damit wir den Wagen abholen können. Wir haben eine lange Fahrt vor uns.“

„Keine Sorge. Ich kann in einer halben Stunde fertig sein.“ Kim drehte sich zu Angie um. „Danke, Angie. Ich weiß, dass Sie Ihre Hand im Spiel hatten. Mein Bruder kann so verdammt stur sein.“

„Ich denke, er wollte Sie nur schützen“, murmelte Angie. „Das kenne ich von meinem eigenen Bruder, Harry. So sind ältere Brüder nun mal.“

Kim legte nachdenklich den Kopf schief. „Vielleicht haben Sie recht. So habe ich es nie gesehen. Ich dachte einfach, Gordon wäre wie üblich arrogant.“ Sie umarmte Angie schnell. „Wissen Sie, ich denke, es wird interessant, Sie in der Familie zu haben. Es tut mir leid, dass ich zuerst so unfreundlich zu Ihnen war.“

„Danke.“ Angie war zugleich überrascht und gerührt von dieser unerwarteten Freundlichkeit.

Glen lachte. „Etwas sagt mir, dass die Dinge von jetzt an hier ein bisschen schwierig werden. Ich sehe Sie beim nächsten Familientreffen, Angie.“ Er trat vor und umarmte sie. „Und Danke. Ich schulde Ihnen was.“

„Nein“, antwortete Angie sofort, aber Glen hörte nicht zu. Er nickte Celia und Derwin zu, dann nahm er seine Frau an die Hand und zog sie zur Tür hinaus.

Derwins Miene verfinsterte sich. „Ich kann nicht glauben, dass der Junge die Stellung in der Firma abgelehnt hat.“

„Ich denke, es war am besten so“, meinte Celia. „Ein junges Paar sollte gleich nach der Hochzeit auf eigenen Füßen stehen. Das gibt den beiden ein Gefühl von Unabhängigkeit. Kim wollte nur wissen, dass Gordon Glen akzeptiert. Jetzt ist sie zufrieden. Und das ist es doch, was zählt, glaubst du nicht, Derwin?“

„Ich habe niemals eine leitende Stellung angeboten bekommen“, beschwerte sich Derwin, „nicht mal einen Job als Botenjunge.“ Er wandte sich an Angie. „Das ist Ihr Werk, oder?“

„Also, Derwin“, begann Celia.

„Es ist ihr Werk. Und ich zumindest wüsste gern, was hier vorgeht. Wir haben alle dieses Höhlenmenschenschauspiel gesehen, das

Gordon gestern Abend für uns aufgeführt hat. So etwas Würdeloses habe ich noch nie erlebt. Typisch für eine Townsend vielleicht, aber ganz und gar nicht für Gordon. Diese Frau hat eindeutig einen schlechten Einfluss auf ihn."

„Bitte, Derwin", bat Celia.

Doch er ignorierte sie einfach und sah Angie mit zornig funkelnden Augen an. „Sie haben Gordon verführt, das ist es. Sie haben diesen Jungen dazu gebracht, sich vor seinen eigenen Leuten zum Narren zu machen. Und jetzt mischen Sie sich auch noch in Familienangelegenheiten ein. Sie haben etwas vor. Ich weiß es."

„Derwin!", fuhr Celia ihn an. „Das reicht."

„Ich denke, es hat noch nicht mal richtig angefangen." Derwin ging zur Tür. „Man konnte den Townsends noch nie trauen. Sie sind hinterhältig und benutzen andere Menschen. Du wirst schon sehen, Celia. Denk an meine Worte! Gordon wird es bereuen, dass er eine Townsend geheiratet hat. Er wird seine Lektion auf die harte Art lernen."

Ein unbehagliches Schweigen folgte. Celia lächelte entschuldigend. „Es tut mir leid, Angie. Derwin und Helen sind ziemlich festgefahren in ihren Ansichten. Sie hassen die Townsends schon lange Zeit."

„Ich wünschte, ich wüsste, warum." Angie sah Celia forschend an. „Wissen Sie es?"

Celia schüttelte den Kopf. „Nein. Nur dass es auf den ersten Fusionsversuch der beiden Firmen zurückgeht. Ich war damals noch nicht mit Gordons Vater verheiratet, deshalb kenne ich die Einzelheiten nicht. Was immer zu der Zeit geschehen ist, hat offenbar bei allen einen schlechten Nachgeschmack hinterlassen. Ich gebe zu, dass ich – aus Loyalität der Familie gegenüber – genauso misstrauisch war wie die anderen, obwohl Sie die erste Townsend sind, die ich tatsächlich kennengelernt habe."

„Wir sind ganz sympathisch, wenn man uns besser kennt."

Bevor Celia darauf antworten konnte, kam Gordon zur Tür herein.

Gordon sah zuerst nur seine Stiefmutter. „Morgen, Celia. Hast du Angie gesehen?" Dann bemerkte er Angie, und seine Augen leuchteten. „Ah, da bist du ja, Schatz. Ich habe dich gesucht. In ein paar Minuten muss ich Kim und Glen über den See bringen. Bitte lass inzwischen von Betty einen Picknickkorb für uns beide zusammenstellen. Wir könnten später mit dem Boot zu ein paar Inseln am südlichen Ende des Sees fahren."

„Oh ja“, antwortete Angie. „Wie lange bleibst du weg?“

„Wenn ich Kim und Glen zu ihrem Wagen gebracht habe, hole ich noch einige Sachen ab, die Jeffers im Eisenwarenladen bestellt hat. Das dürfte nicht länger als zwei Stunden dauern.“

„Fein.“ Angie errötete. Sie wusste sehr wohl, was Gordon sich von einem solchen Ausflug versprach. Heiße Erinnerungen an die letzte Nacht überkamen sie und weckten ihre Sinne.

„Bis nachher.“ Gordon ging auf die Tür zu.

„Gordon?“, hielt Celia ihn zurück.

Er drehte sich um. „Ja?“

„Danke“, sagte sie leise.

„Wofür? Dass ich Glen einen Job angeboten habe? Vergiss es. Es war keine große Sache. Er hat sowieso abgelehnt.“

„Es hat Kim viel bedeutet. Und mir auch.“

Gordon lächelte. „Glen ist okay. Dad hätte ihn gemocht. Der Mann hat Mut.“

Viel später an diesem Nachmittag verankerte Gordon das Boot in einer winzigen Bucht vor einer der Inseln am Südende des Sees. „Das Wasser ist nicht sehr tief“, sagte er zu Angie. „Roll einfach deine Jeans hoch, und zieh die Schuhe aus. Oder willst du, dass ich dich trage?“

„Ich denke, ich schaffe es. Nimmst du das Essen?“ Angie reichte ihm den Korb, dann streifte sie die Schuhe ab.

Gordon rollte seine Jeans hoch. Dann stieg er aus dem Boot, stand knietief im Wasser und sah zu, wie Angie ein halb nacktes Bein über den Bootsrand schwang.

Heftiges Verlangen durchzuckte ihn bei diesem Anblick. Plötzlich konnte er es gar nicht erwarten, erneut mit seiner Frau zu schlafen.

Angie sah in diesem Moment auf. Offenbar erriet sie seine Gedanken, denn sie wurde knallrot. Schnell wandte sie sich ab und konzentrierte sich darauf, wohin sie trat. Gordon bemerkte das Glitzern an ihrer Hand, als ein Sonnenstrahl ihren Ehering traf, und ihm wurde ganz heiß, als er daran dachte, dass Angie ihm gehörte.

„Ich dachte, wir wären zum Mittagessen hergekommen.“ Angie sprang ins Wasser und watete an Land.

„Essen und andere Arten von Nahrung.“ Gordon schwenkte den Picknickkorb. „Außerdem ist es zu spät zum Mittagessen.“

„Weil du über eine Stunde länger in Jade geblieben bist“, erinnerte Angie ihn.

„Eisenwarenläden haben so etwas an sich", meinte Gordon. „Wenn ich einen betrete, fällt mir plötzlich alles Mögliche ein, was ich brauche. Dabei bastele ich nicht mal gern, so wie mein Onkel das tut. Ich repariere gar nichts im Haushalt selbst."

„Das muss eine typisch männliche Unart sein. Ich habe mal meinen Vater und meinen Bruder in einem Eisenwarenladen erlebt. Die beiden waren hin und weg." Angie hatte inzwischen den Strand erreicht und sah sich um. „Hübsch ist es hier."

„Ja." Gordon betrachtete fasziniert ihr Haar, das in der Sonne glänzte wie kostbares Mahagoni. Ob es ihm gelingen würde, Angie noch vor dem Essen zu verführen? Zumindest würde er es versuchen. „Wie wäre es mit der Stelle da?"

„Okay." Angie zog das karierte Tuch aus dem Korb, breitete es im Schatten eines Baumes aus und begann auszupacken. „Betty hat sich diesmal selbst übertroffen: Pastete, französisches Brot und eine Flasche Wein."

Gordon streckte sich behaglich neben Angie aus. „Wahrscheinlich wollte sie die Romantik zwischen uns noch verstärken. Das kann man ihr nicht übel nehmen." Leicht drückte er Angies Schenkel. „Ich fühle mich auch irgendwie romantisch."

Angie lachte. „Du meinst, dir ist nach Sex zumute."

„Wo ist da der Unterschied?" Er strich weiter an Angies Bein entlang, höher hinauf. Sie fühlte sich warm und weich an, sogar durch den Stoff der Jeans hindurch. Er beugte sich vor und küsste ihr Knie. Als er ihr in die Augen sah, erkannte er dort eine Fülle von Empfindungen. Er lächelte ermutigend, da er spürte, dass sie ihm gleich sagen würde, dass sie ihn liebte.

„Hast du die Sachen bekommen?" Angie wickelte die Pastete aus.

„Was?" Gordon verzog das Gesicht.

„Diese Sachen, die du für Jeffers im Eisenwarenladen abholen solltest. Waren sie da?"

„Oh ja. Ich habe alles bekommen." Er sah zu, wie Angie sich eine Scheibe Brot abschnitt und mit Gänseleberpastete bestrich. „Ich bin eigentlich im Moment nicht besonders hungrig."

„Nein?"

„Nein." Er nahm ihr sanft das Brot und das Messer aus den Händen und legte alles in den Korb zurück. „Komm her."

„Ich bin hier", flüsterte sie und schmiegte sich an Gordon.

„Näher." Er sank mit ihr auf das karierte Tuch und schob ein Bein zwischen ihre Schenkel. Sie schlang die Arme um ihn und beobachtete ihn aus halb geschlossenen Augen. Ihr Lächeln war einladend, auf eine zeitlose, weibliche Art. Gordon spürte Begierde in sich aufsteigen.

„Gordon?"

„Keine Angst, Liebling. Diesmal sind wir allein. Niemand kann uns vom Wasser aus sehen."

Er küsste sie auf den Mund. Das Picknick war vergessen, und kurze Zeit später lag Angie nackt unter Gordon, er war tief in sie eingedrungen. Stöhnend umklammerte sie seine Schultern, ihre Fingernägel hinterließen rote Male auf seiner Haut.

Er hob den Kopf und sah, wie Angie in seinen Armen erschauerte und sich in wilder Erregung aufbäumte. Ihre kleinen heiseren Schreie waren die aufregendsten Laute, die er je vernommen hatte. Er hatte selbst schon fast den Gipfel der Lust erreicht, als ihm auffiel, dass er noch auf etwas wartete.

Aber Angie zog ihn mit sich, und er vergaß, dass er sich einen Moment zuvor zurückgehalten hatte. Stattdessen überließ er sich ganz seinen Gefühlen und schrie vor Triumph und Vergnügen auf.

Erst nachdem die Wogen der Leidenschaft verebbt waren, erinnerte sich Gordon, worauf er vorhin gewartet hatte, nämlich darauf, dass Angie ihm sagte, dass sie ihn liebte. Plötzlich wurde ihm klar, dass sie das seit der Hochzeit nicht mehr gesagt hatte. Aber im Moment fühlte er sich zu entspannt, um sich darüber Sorgen zu machen. Selig schloss er die Augen.

Erst nach einer Weile bemerkte Gordon, dass er geschlafen haben musste. Angie war bereits angezogen. Sie hantierte im Picknickkorb herum und strich wieder Pastete auf ein Stück Brot. Diesmal sah die Zusammenstellung großartig aus. Gordon spürte, dass er außerordentlich hungrig war.

„Ich könnte ungefähr ein halbes Dutzend davon essen." Er stand auf, zog seine Jeans an und wusch sich die Hände im See.

„Ich habe schon einen Vorsprung vor dir. Beeil dich lieber, wenn du deinen fairen Anteil willst." Angie reichte ihm ein Stück Brot.

Gordon verschlang es in zwei Bissen. „Ich öffne die Weinflasche." Er machte sich am Korkenzieher zu schaffen. „Angie?"

„Hm?"

„Ich habe nachgedacht."

„Davor habe ich dich schon mal gewarnt."

Er lächelte nur. Er war viel zu glücklich, um sich zu ärgern. „Wie wäre es, wenn wir unsere Flitterwochen woanders fortsetzen würden?“ Er goss Wein in zwei Gläser und reichte Angie eins davon.

„Ich dachte, du wolltest mich hier haben, wo ich den Verkauf der Aktien nicht gefährden kann.“

„Das war nicht der Hauptgrund“, gab er zu. „Ich hätte genauso gut mit dir in eines der Hotels gehen können. Auch dort hätte man uns die neugierigen Reporter vom Leib gehalten. Schließlich bin ich der Boss.“

Angie legte ihr Brot auf eine Serviette und blickte ihn fragend an. „Warum hast du dann darauf bestanden, mich hierherzubringen?“

„Ich hatte diese wilde Idee, dass du mich verteidigen würdest, wenn du mich von dem Rest der Sutherlands umgeben siehst.“ Gordon grinste spitzbübisch. „Du bist ein Mensch, der von Natur aus auf der Seite der Unterlegenen ist. Ich dachte, wenn du die Beziehung zwischen mir und meiner Familie erkennst, würdest du aufhören, wütend auf mich zu sein. Ich hoffte, du würdest dich an deine ursprünglichen Gefühle für mich erinnern.“

„Ich verstehe.“

„Es ist nicht ganz so gelaufen, wie ich es mir vorgestellt hatte, aber was soll’s? Du erinnerst dich doch nun, was du für mich empfindest, oder?“

Angie zog die Knie an und schlang die Arme darum. Sie wirkte sehr ernst. „Du willst, dass diese Ehe funktioniert, nicht?“

„Natürlich.“

Sie nickte. „Ich auch.“

Er lächelte zufrieden. „Das wusste ich schon die ganze Zeit. Du musstest nur erst über deinen Ärger hinwegkommen und über die Angst, dass ich dich benutzt haben könnte. Ein Teil des Problems war meine eigene Schuld. Vielleicht habe ich dir keine Chance gegeben, mich gut genug kennenzulernen, bevor wir geheiratet haben. Wenn ich länger gewartet hätte, dann hättest du dich sicherer gefühlt.“

„Ich denke, du hast recht. Jetzt kenne ich dich viel besser, Gordon.“

„Allerdings.“ Er beugte sich vor und küsste sie. „Ich habe gehofft, dass du zu diesem Schluss kommen würdest, wenn sich die Dinge zwischen uns normalisiert hätten.“

„Du bist dir deiner selbst sehr sicher, nicht wahr?“

Er lachte. „Darauf werde ich nicht antworten. Das ist eine dieser Fragen, bei denen man nicht gewinnen kann. Aber wenn es dich tröstet, du hast meine Pläne für die Flitterwochen ganz schön durcheinandergebracht. Doch nun können wir wie geplant weitermachen, oder?"

„In Ordnung."

„Ist das alles, was du sagen kannst?" Er sah sie spöttisch an. „Es gefällt dir doch nicht etwa hier am Jade-See?"

„Das würde ich nicht gerade sagen. Aber ich habe in den letzten paar Tagen mehr über dich erfahren als in den drei Monaten davor."

„Das ist nicht wahr. Du bist nur zur Vernunft gekommen, das ist alles."

„Wenn du meinst."

Gordon merkte, dass seine gute Laune allmählich verschwand. „Angie, was ist los mit dir? Bist du wütend auf mich?"

„Nein, ich habe nur ein wenig nachgedacht." Sie legte das Kinn auf die Knie. „Wir sind uns einig, dass wir dieser Ehe eine Chance geben wollen."

„Das habe ich nicht gesagt", berichtigte er sie. „Ich habe dir erklärt, dass sie funktionieren wird."

Angie nickte. „Das ist durchaus möglich."

„Möglich?"

„Ja, es spricht eine Menge dafür. Da ist einmal eine starke körperliche Anziehungskraft."

„Das ist verdammt sicher." Gordon trank einen Schluck Wein.

„Und dann ist da die geschäftliche Bindung zwischen uns, besonders jetzt, da Sutherland und Townsend sich zusammengeschlossen haben. Anfangs war ich ärgerlich, aber nun denke ich, dass gemeinsame Geschäftsinteressen auch von Vorteil für unsere Beziehung sein können."

Gordon verlor die Beherrschung. „Verdammt, das Geschäft hat nichts mit unserer Beziehung zu tun."

„Doch, das hat es, Gordon." Angie sprach sehr ruhig, so als hätte sie ein widerspenstiges Kind vor sich. „Du kannst es nicht bestreiten. Schließlich hast du selbst gesagt, dass wir uns sonst nie begegnet wären. Keine Sorge, ich fange an, das als echten Pluspunkt unserer Ehe zu betrachten."

„Angie, hör auf damit."

Sie sah ihn unschuldig an. „Warum regst du dich so auf? Ich sage dir doch nur, was du hören willst."

„Ich will nichts über den geschäftlichen Aspekt dieser Ehe hören", erklärte er mit zusammengebissenen Zähnen. „Es ist nicht das Hotelgeschäft, das uns verbindet."

„Was dann?“

„Alle möglichen Dinge.“

„Körperliche Anziehungskraft? Die habe ich schon erwähnt.“

„Nicht nur körperliche Anziehungskraft“, knurrte er. „Zuneigung. Gegenseitiger Respekt, gemeinsame Interessen.“ Deine Liebe für mich, fügte er in Gedanken hinzu.

„Gemeinsame Interessen habe ich auch erwähnt. Das Hotelgeschäft.“

„Nicht nur das.“

Sie lächelte nachsichtig. „Stimmt. Ich hatte unsere Picknicks vergessen. Dafür scheinen wir uns auch beide zu interessieren.“

„Da ist noch mehr, viel mehr.“

„Zum Beispiel?“, fragte sie sanft.

Gordon fühlte sich an die Wand gedrängt. „Vertrauen, Verpflichtung, Verantwortungsgefühl.“

„Ja, ich denke, du hast recht. Dies sind alles wundervolle Dinge, wertvolle Dinge.“

„Richtig.“ Und nichts davon ist so wertvoll wie deine Liebe zu mir, dachte er. Warum sprichst du die Worte nicht aus, Angie? Warum sagst du mir nicht, wie sehr du mich liebst? Wir sind jetzt verheiratet, wirklich verheiratet. Aber du hast die Worte nicht ausgesprochen, seit wir uns das erste Mal geliebt haben.“

„Gordon? Ist etwas nicht in Ordnung?“

„Was sollte nicht in Ordnung sein?“ Er lächelte grimmig. „Ich bin allein auf einer Insel mit der Frau, die ich …“

„Ja?“

Er sah den hoffnungsvollen Ausdruck in ihren Augen, und plötzlich wusste er, worauf sie hinauswollte. Was für ein Pech, Angie, dass du so leicht zu durchschauen bist, schoss es ihm durch den Kopf. Wenn sie glaubte, sie könnte ihn so leicht dazu bringen, dass er ihr unsterbliche Liebe schwor, dann würde sie eine Enttäuschung erleben. Niemand manipulierte Gordon Sutherland. Niemals! Ein Mann, der erlaubte, dass man ihn manipulierte, war schwach. Das hatte sein Vater ihn gelehrt.

„Ich bin allein auf einer Insel mit der Frau, mit der ich zufällig verheiratet bin“, erklärte er und zog sie auf sich. „Das ist sehr praktisch, meinst du nicht?“

Von Neuem flackerte Begierde in ihm auf. Er vergaß den Ärger über Angies nutzlosen Versuch, ihn unter ihre Kontrolle zu bringen, genau in dem Moment, als er sie küsste. Er war allein auf einer Insel mit seiner Ehefrau, und sie liebte ihn, wie keine andere Frau ihn jemals geliebt hatte. Dessen war er sich ganz sicher, selbst wenn sie noch zu stolz war, um es zuzugeben.

Er hatte seinen Stolz, und er konnte warten. Angie war zu weich und zu sehr in ihn verliebt, um das lange auszuhalten. Sie würde in diesem kleinen Kampf, den sie begonnen hatte, unterliegen.

Als Angie am nächsten Morgen wieder einen Spaziergang unternahm, dachte sie, dass sie Gordons Stolz nachempfinden konnte. Und sie war bereit zu warten.

Zwischen ein paar Tannen blieb sie stehen und sah zu, wie das Sutherland-Boot den See in Richtung Stadt überquerte. Gordon war vor ein paar Minuten abgefahren, um eins der Teile umzutauschen, die er am Tag zuvor im Eisenwarenladen abgeholt hatte. Angie vermutete, dass Jeffers das auch selbst hätte erledigen können, aber Gordon hatte offenbar nach einer Entschuldigung gesucht, die Insel zu verlassen.

Angie merkte, dass er begann, ruhelos zu werden. Es war Zeit abzureisen. Gestern hatte er betont, dass sie ihre Flitterwochen woanders fortsetzen könnten. Durch ihren Versuch, ihm ein Liebesgeständnis zu entlocken, war er wieder abgelenkt worden.

Sie verzog das Gesicht, als sie sich erinnerte, wie gründlich sie gescheitert war. Gordon war so stur wie ein Maulesel. Offensichtlich genoss er es, dass Angie ihn liebte, aber ebenso klar war, dass er keinerlei Absicht hatte, bei sich selbst so ein gefährliches Gefühl zuzulassen. Die ganze Sutherland-Familie schien mit tiefen Gefühlen nicht umgehen zu können.

Angie verstand, wieso Gordon seine Empfindungen für sie nicht zugeben konnte. Als Junge hatte er seine Mutter verloren, bevor er sie richtig kennengelernt hatte. Sein Vater hatte männliche Tugenden wie Willenskraft gefördert, die Fähigkeit, andere zu beherrschen, arrogante Autorität – alles Eigenschaften, die Gordon in seiner Rolle als Erbe des Sutherland-Imperiums gut gebrauchen konnte.

Celia war zu spät in Gordons Leben eingetreten, um ihn noch ändern zu können. Mit dreizehn Jahren hatte er seinen Weg schon klar vor sich gesehen. Außerdem war Celia bald mit einem eigenen Kind beschäftigt gewesen und hatte Gordon deshalb weiter unter der Leitung seines Vaters aufwachsen lassen.

Helen und Derwin waren zu verbittert wegen ihrer eigenen Rollen in der Sutherland-Hierarchie, um sich viel um einen Jungen zu kümmern, der eines Tages an die Stelle seines Vaters treten würde. Einen Jungen, von dem sie dann abhängig sein würden und den sie deshalb schon damals in gewisser Weise abgelehnt haben mussten.

Angie drehte sie um, als sie Schritte vernahm. Derwin kam auf sie zu. Er schien es eilig zu haben.

„Guten Morgen, Angie." Er nickte kühl. „Angenehmer Tag."

„Ja."

„Ich sehe, Gordon ist unterwegs. Hörte, dass er heute Morgen nach Jade hinüber will." Derwin sah auf den See hinaus. „Wird wohl erst in ein paar Stunden zurück sein."

„Wahrscheinlich. Er hat etwas über Schraubenschlüssel und Ventile gemurmelt, als ich mich von ihm verabschiedet habe." Angie lächelte. „Sobald er im Eisenwarenladen ist, wird er sich bestimmt wieder für alle möglichen Dinge interessieren."

„Zweifellos." Derwin verzog das Gesicht, während er weiter auf den See starrte. „Ich frage mich, wer da auf uns zukommt."

Angie folgte seinem Blick und sah, dass sich ein kleines Boot der Insel näherte.

Ein junger Mann winkte, um ihre Aufmerksamkeit zu erregen. Dann legte er die Hände an seinen Mund. „Ich habe eine Nachricht für Mrs Sutherland."

„Ich bin Mrs Sutherland", rief Angie zurück.

„Von einem Mann, der sagt, dass er für Ihren Bruder arbeitet. Er behauptet, es sei wichtig. Ich soll Sie über den See bringen."

Angst stieg in Angie auf. „Ich treffe Sie am Dock", schrie sie. Dann lief sie zum Bootshaus.

9. KAPITEL

Er hat gesagt, sein Name wäre Rawlings, und er würde für Harry und Palmer Townsend arbeiten", erklärte der junge Mann im Boot Angie. „Er hat mich gebeten, Sie zu bringen, weil er sofort mit Ihnen sprechen muss. Niemand im Sutherland-Haus nimmt seine Anrufe entgegen, behauptet er."

Angie sah Derwin an, der neben ihr stand. „Wissen Sie etwas über Anrufe von einem Mr Rawlings?"

Derwin schnitt eine Grimasse. „Nein. Aber Betty hat den Befehl, alle Anrufe zu Gordon durchzustellen. Wir anderen dürfen nicht mal mehr in unserem eigenen Haus ans Telefon gehen."

Angie erinnerte sich an Gordons Anweisung. Offenbar hatte er sie noch nicht zurückgenommen. Warum sollte er auch? dachte sie. Es hatte sich ja nichts wirklich geändert zwischen ihnen, oder?

Doch, das hatte es. Wenn diesem sturen, arroganten Kerl das nicht klar war, dann sollte er mal darüber nachdenken.

„Ich komme mit zu diesem Mr Rawlings", erklärte Angie dem jungen Mann und kletterte ins Boot. „Derwin, sagen Sie bitte den anderen, dass ich bald zurück sein werde."

„Gut."

Doch statt sich in Bewegung zu setzen, starrte Derwin Angie lange nach, ehe er sich umdrehte und langsam zum Haus ging.

Angie wandte sich an den jungen Mann, der das Boot steuerte. „Wie sagten Sie, heißen Sie?" Sie musste schreien, um das laute Tuckern des Motors zu übertönen."

„Dave. Dave Markel. Meiner Familie gehört das Haus dort drüben. Ich arbeite im Hafen."

Angie strich sich das Haar aus dem Gesicht. „Leben Sie schon lange hier?"

„Ich bin hier geboren. Aber diesen Herbst gehe ich fort, aufs College."

„Gratuliere."

„Danke." Dave grinste. „Ich freue mich darauf, aus dieser Stadt rauszukommen, das können Sie mir glauben."

„Ich nehme an, Sie kennen die Sutherlands."

Dave zuckte mit den Schultern. „Nur vom Sehen. Sie mischen sich nicht unters Volk. Zumindest die älteren nicht. Den Mann, der die Hotelkette leitet, und seine Schwester sehe ich nicht oft. Ich wusste nicht mal, dass Gordon Sutherland geheiratet hat, bis dieser Rawlings aufgetaucht ist und gefragt hat, ob ich Sie kenne."

„Wann ist er erschienen? Rawlings, meine ich."

„Ich weiß nicht, seit wann er sich in Jade aufhält. Aber zum Hafen kam er vor etwa einer Stunde."

Angie merkte, dass sie nicht mehr Informationen von Dave erhalten konnte. Sie lehnte sich zurück und sah zur Stadt hinüber. Bald waren sie da, und Dave half Angie aus dem Boot. Sie sah sich erwartungsvoll um. Die Sutherland-Barkasse war ganz in der Nähe festgemacht, aber von Gordon fehlte jede Spur. „Wo ist dieser Mr Rawlings?"

„Im Café." Dave deutete auf eine schäbige kleine Gaststätte am Ende des Piers. „Er wollte dort eine Tasse Kaffee trinken, während er auf Sie wartet."

„Danke." Angie steuerte auf das Café zu.

Es fiel Angie nicht schwer zu erkennen, wer Rawlings war. Er war der einzige in der Gaststätte, der eine Krawatte trug. Sie war aus Seide und passte gut zu seinem teuren Anzug.

Angie betrachtete ihn neugierig, während sie auf ihn zuging. Rawlings schien Mitte dreißig zu sein. Er hatte dunkles Haar, dunkle Augen und das wache, aggressive Aussehen eines Aufsteigers. Als Angie sich ihm näherte, stand er auf.

„Mrs Sutherland?"

„Ja."

„Ich bin Jack Rawlings. Bitte setzen Sie sich."

Angie tat es. „Ist etwas nicht in Ordnung, Mr Rawlings? Der Junge, der die Nachricht brachte, sagte, Sie arbeiten für meinen Bruder."

Rawlings lächelte charmant. „Nicht direkt. Ich gebe zu, dass ich das gesagt habe, aber nur, weil ich es eilig hatte, mit Ihnen zu sprechen, und mir kein anderer Weg einfiel, Sie zu erreichen. Ich habe versucht, Sie anzurufen, aber ohne Erfolg."

„Ich verstehe." Angie verzog das Gesicht. „Wer genau sind Sie, Mr Rawlings, und warum wollten Sie mich treffen?"

Rawlings schob seine Kaffeetasse beiseite. „Mrs Sutherland, ich will ehrlich sein. Ich vertrete eine Gruppe von Investoren, die daran interessiert sind, einen großen Teil der Sutherland- und Townsend-Aktien zu kaufen, wenn diese auf den Markt kommen."

„Was hat das mit mir zu tun?"

„Um ganz offen zu sein, es gibt beunruhigende Gerüchte, Ihre Ehe mit Sutherland wäre nur ein Trick. Man redet davon, dass dieser Firmenzusammenschluss nicht lange funktionieren wird. Die alte Fehde wäre so stark wie eh und je, und Gordon Sutherland würde es nicht gelingen, den Frieden länger als ein Jahr oder so aufrechtzuerhalten."

Angie erstarrte. „Das ist lächerlich. Wo um Himmels willen haben Sie diesen Unsinn gehört?"

Rawlings zuckte mit den Schultern. „Es sind Gerüchte, wie ich schon sagte. Bitte verstehen Sie mich richtig, Mrs Sutherland. Meine Leute sind bereit, viel Geld zu investieren. Wenn der Sutherland- und Townsend-Firmenzusammenschluss von Beginn an auf tönernen Füßen steht, können meine Auftraggeber eine Menge verlieren."

„Sie haben mich hierherholen lassen, um herauszufinden, ob meine Ehe in Ordnung ist, damit Sie sich ausrechnen können, ob auch die Fusion funktionieren wird?", fragte Angie ungläubig.

„Lassen Sie mich es so ausdrücken, dass ich etwas Klarheit suche. Falls Ihre Ehe mit Sutherland nur ein Publicity-Trick ist, dann müssen sich meine Leute ernsthafte Sorgen machen. Wie ich hörte, hat es viel böses Blut auf beiden Seiten gegeben wegen dieser Fehde."

Angie war wütend. „Das ist lächerlich."

„Schauen Sie, Sie verstehen mein Problem, oder? Wenn diese Gefühle immer noch stark sind, werden sie zwangsläufig die Geschäftsführung beeinflussen. Und das wiederum wird mögliche Investoren abschrecken."

Angie stand auf. „Ich verstehe Ihr Problem, Mr Rawlings. Es besteht darin, dass Sie auf Klatsch hören. Ich kann Ihnen versichern, dass Ihre Informationen in diesem Fall falsch sind. Meine Ehe mit Gordon Sutherland ist alles andere als ein Mittel zum Zweck. Abgesehen davon nehme ich es Ihnen übel, dass Sie gelogen haben, um mich hier treffen zu können. Wenn das die Arbeitsmethode Ihrer Investoren ist, dann kann ich persönlich darauf verzichten, dass Sie Geld in die Firma meiner Familie stecken." Sie drehte sich um und ging.

„Beruhigen Sie sich, Mrs Sutherland." Rawlings sprang auf und eilte ihr nach. „Ich wollte nur herausfinden, was los ist."

Angie weigerte sich, weiter mit ihm zu reden. Sie steuerte gerade auf die Tür des Cafés zu, als diese aufging.

Gordon betrat das Restaurant. Er sah Angie sofort. Dann erst bemerkte er den Mann, der ihr folgte. Er griff nach Angies Arm und zog sie dicht an sich heran. „Was geht hier vor?"

„Dies ist Mr Rawlings“, antwortete Angie schnell. „Er vertritt mehrere Investoren, die an den Sutherland- und Townsend-Aktien interessiert sind.“

„Ich weiß, wer er ist.“ Gordon hielt Angie fest, während er sich Jack Rawlings zuwandte. „Falls Sie Fragen haben, können Sie mit mir reden, Rawlings. Meine Frau kümmert sich nicht um die Firma.“

„Hey, immer mit der Ruhe, Sutherland. Ich versuche nur, meine Arbeit zu tun, das wissen Sie. Mir geht es nur ums Geschäft.“

„Von wegen! Ich bin in den Flitterwochen. Zurzeit bin ich nicht an irgendwelchen Geschäften interessiert.“ Gordon lächelte Angie zu, wobei der Ärger in seinen Augen aber nicht völlig verschwand. Dann drehte er sich wieder zu Rawlings um. „Und um das klarzustellen – ich mag die Art nicht, wie Sie Ihre Arbeit tun, Rawlings. Vielleicht sollten Sie und Ihre Auftraggeber sich eine andere Anlagemöglichkeit suchen.“

„Kommen Sie mir nicht so, Sutherland“, erwiderte Rawlings. „Meine Leute haben viel Geld. Ihre Firma braucht sie.“

„Sutherland und Townsend braucht Ihre Leute nicht, und das wissen wir beide. Die Aktien werden sehr begehrt sein. Ihre Anstrengungen, den Preis runterzudrücken, sind nutzlos. Jetzt verschwinden Sie von hier, bevor ich Sie in den See werfe.“

„Ich habe ein Recht zu erfahren, ob diese Fusion von Dauer ist oder ob Sie Probleme haben. Es gibt eine Menge Gerede darüber, dass die alte Fehde noch nicht tot ist.“

„Sie ist tot.“ Gordon warf Angie einen warnenden Blick zu. „Meine Frau und ich haben sie persönlich begraben, nicht wahr, Schatz?“ Seine Finger bohrten sich in ihren Arm.

Angie zwang sich zu einem strahlenden Lächeln, wie man es von einer glücklichen Frau in den Flitterwochen erwarten konnte. „Allerdings, Darling.“

„Die Fehde ist Vergangenheit“, erklärte Gordon leichthin. „Es war sowieso nie viel dran, nur ein Publicity-Trick für beide Firmen, der früher seinen Zweck erfüllt hat. Aber die Zeiten haben sich geändert. Sutherland und Townsend kommen gemeinsam schneller voran.“

„Das ist nicht das, was ich gehört habe“, murmelte Rawlings.

Gordon zuckte mit den Schultern. „Dann hat man Ihnen etwas Falsches erzählt. Wenn Sie uns jetzt bitte entschuldigen würden, meine Frau und ich möchten wieder nach Hause. Wir sind, wie gesagt, in den Flitterwochen und haben etwas Besseres zu tun, als uns mit Ihnen über Aktienkäufe zu unterhalten.“ Ohne sich noch einmal umzudrehen, führte Gordon Angie aus dem Café und hinunter zum Dock, wo das Boot festgemacht war.

Einen Moment später waren sie unterwegs. Angie wusste, dass Gordon in gefährlicher Stimmung war. Mitten auf dem See drosselte er den Außenbordmotor und drehte sich zu Angie um. „Also, was zum Teufel war dort los?“

„Genau das, was du dachtest. Rawlings wollte interne Informationen über die Fusion.“

„Das weiß ich. Was ich wissen will, ist, wie du zu ihm ins Café gekommen bist.“

„Tatsächlich ist das eine ziemlich interessante Geschichte“, meinte Angie.

„Ja, darauf wette ich.“

„Rawlings hat einen jungen Mann zur Insel geschickt, der mir ausrichtete, dass jemand, der für meinen Bruder arbeitet, mich sprechen will.“

Gordon wandte sich ab und umklammerte das Steuer so fest, dass seine Knöchel weiß hervortraten. „Ich hätte ihm die Zähne einschlagen sollen.“

„Der Junge erwähnte, Rawlings hätte versucht, mich anzurufen, konnte mich aber nicht erreichen.“ Angie musterte Gordon. „Ist das wahr?“

„Nein. Niemand hat angerufen.“ Er sah zur Insel hinüber.

„Bist du sicher?“

Er drehte sich ganz plötzlich zu ihr um und sah sie herausfordernd an. „Beschuldigst du mich wieder, dass ich lüge?“

Angie erinnerte sich an sein Versprechen. „Nein. Du hast gesagt, du würdest mich nie belügen. Ich glaube dir.“

Etwas von dem Ärger verschwand aus seinem Blick. „Gut. Offenbar haben wir leichte Fortschritte gemacht. Man muss auch für Kleinigkeiten dankbar sein. Verdammt, wieso bist du nur auf diesen billigen Trick reingefallen? Dein Vater und dein Bruder hatten völlig recht damit, dass du zu naiv in geschäftlichen Dingen bist.“

Angie wurde wütend. „Ich bin nicht naiv. Wenn die Leute sich nur die Mühe machen würden, mich zu informieren, würde ich nicht auf solche miesen Täuschungsmanöver reinfallen. Aber niemand tut das, oder? Ihr alle lasst mich im Dunkeln tappen, und dann ärgert ihr euch, wenn ich zu falschen Schlüssen gelange.“

„Du hättest deinen gesunden Menschenverstand benutzen sollen. Der hätte dir gesagt, dass etwas faul daran ist, wenn plötzlich so ein Kerl bei dir aufkreuzt und behauptet, er arbeite für deinen Bruder."

„Hör auf damit, Gordon. Ich habe völlig normal und vernünftig reagiert, wenn man die Umstände betrachtet."

„Was waren denn die Umstände?"

„Der Mann sagte, er hätte versucht, mich anzurufen, und ich wusste ja, dass du Betty befohlen hast, alle Anrufe zu dir durchzustellen. Zu meinem eignen Besten natürlich. Weil ich so naiv bin."

„Beruhige dich, Angie. Du reagierst schon wieder übertrieben empfindlich."

„Das kann ich nicht ändern. So bin ich nun mal. Außerdem würde ich es zu schätzen wissen, wenn du mich nicht zur Ordnung rufen würdest wie eine Angestellte, die Mist gebaut hat."

„Du hast Mist gebaut", behauptete Gordon.

„Es war nicht meine Schuld."

„Das war es doch. Du hättest von Anfang an misstrauisch sein und auf mich warten sollen, statt loszurennen. Du hättest deinen Verstand benutzen sollen, verdammt."

„Du bist nur wütend, weil du Angst hast, ich könnte etwas gesagt haben, das den Verkauf der Aktien gefährdet", murmelte Angie.

„Falsch. Die Aktien sind mir im Moment völlig egal. Ich bin wütend, weil dieser Rawlings versucht hat, dich auszunutzen, und weil du genau das getan hast, was er wollte."

Angie hob das Kinn. „Ich denke, wir sollten dieses Gespräch verschieben, bis du in vernünftigerer Stimmung bist."

„Du erwartest von mir Vernunft in dieser Sache?"

„Ja."

Gordon ließ den Motor aufheulen. „Wir reden später weiter", schrie er, um den Lärm zu übertönen. „In einem Punkt hast du recht. Dies ist nicht der geeignete Moment dafür. Wenn du so weitermachst, könnte ich mich dazu entschließen, dich zur Insel zurückschwimmen zu lassen. Wir werden später weiter darüber reden. Das ist wohl besser."

Als sie anlegten, war Gordon immer noch wütend, aber zumindest hatte er sich unter Kontrolle. Er dachte daran, wie unglaublich leicht es für Angie war, seine Stimmung zu verändern. In einem Moment war er noch vernünftig und ruhig, im nächsten drehte er durch, wenn er in ihrer Nähe war.

Dass er Angie mit Rawlings in diesem Café entdeckt hatte, war der Tropfen, der das Fass zum Überlaufen brachte. Den ganzen Morgen hatte er nachgegrübelt, warum Angie sich weigerte, ihm zu sagen, dass sie ihn liebte. Das war ein kindisch durchsichtiger Versuch, ihn zu manipulieren, den er eigentlich am besten hätte ignorieren sollen. Früher oder später würde Angie sich vergessen, wenn sie in seinen Armen lag, und die Worte aussprechen, die er hören wollte. Und wenn sie das tat, hätte er diese kleine Mutprobe gewonnen.

„Gordon?“

„Ja?“ Er war gerade damit beschäftigt, das Boot zu vertäuen. „Woher wusstest du, dass ich mit Rawlings in dem Café war?“ Gordon richtete sich auf. „Ein Junge am Hafen hat gesagt, du wärst in das Café gegangen, um jemanden zu treffen.“

„Das muss Dave gewesen sein.“

„Richtig, Dave.“ Gordon musterte sie. „Und?“

„Ich habe mich nur gewundert.“

„Worüber genau, Angie?“

„Nun, um ganz ehrlich zu sein, finde ich es ziemlich interessant, dass der kleine Zwischenfall gerade zu dieser Zeit stattgefunden hat“, erklärte Angie langsam.

„Weiter.“

Sie verzog das Gesicht. „Okay, sieh es mal so. Du verlässt die Insel, und kurze Zeit später bekomme ich die Nachricht, dass jemand, der für meinen Bruder arbeitet, mich dringend sprechen will.“

„Rawlings könnte die Insel mit einem Fernglas beobachtet haben. Sobald er mich abfahren sah, schickte er den Jungen los. Er wusste, dass das der einzige Weg war, dich allein zu erwischen.“

„Richtig.“ Angie überlegte einen Augenblick. „Er hat sich auf Gerüchte berufen.“

„Was für Gerüchte? Wegen der alten Familienfehde?“

„Ja. Er schien zu denken, sie wäre noch längst nicht beigelegt und könnte Ärger in der neuen Geschäftsleitung verursachen.“

Gordon zuckte mit den Schultern. „Wenn diese Leute so nervös sind, brauchen sie keine Aktien zu kaufen. Ich mache mir keine Sorgen wegen des Verlusts von Rawlings' Investoren. Glaub mir, es besteht ein großes Interesse an den Sutherland- und Townsend-Aktien.“

„Darum geht es nicht, Gordon."

„Worum dann?"

Sie sah ihn ernst an. „In unserer Hochzeitsnacht hat jemand absichtlich einen Keil zwischen uns getrieben, indem er dafür sorgte, dass ich diese Presseverlautbarung zu sehen bekam."

„Das ist ihm ja auch beinahe gelungen", schimpfte Gordon. „Jedes Mal, wenn ich daran denke, dass ich meine Hochzeitsnacht mit einem Kissen zwischen mir und meiner Frau verbracht habe, werde ich wieder höllisch wütend."

„Das ist sehr rührend", meinte Angie trocken, „aber du verstehst immer noch nicht, was ich meine."

Er verschränkte die Arme vor der Brust. „Dann sag es mir."

„Es geht darum, dass jemand offenbar immer noch versucht, die Fusion zu verhindern. Du musst unbedingt herausfinden, wer das ist."

„Denkst du nicht, dass ich das versucht habe?", fragte er sanft.

„Nun?" Sie legte den Kopf schief. „Hast du irgendwelche Ideen?"

Er schob die Hände in die hinteren Taschen seiner Jeans. „Keine, über die ich reden möchte."

„Warum nicht?"

„Weil ich nicht sicher bin, in Ordnung?" Er bemerkte selbst, wie gereizt das klang, und zwang sich, sich zu entspannen. „Du befürchtest, dass einer deiner Verwandten dahintersteckt, nicht?" Eine Sekunde lang war er in Versuchung, es abzustreiten. Aber Angie beobachtete ihn scharf, und er wusste, dass sie instinktiv zu demselben Schluss gekommen war wie er. „Ja, verdammt."

Angie berührte leicht seinen Arm. Du musst sie nicht mir gegenüber verteidigen. Schließlich gehöre ich jetzt auch zur Familie."

„So hatte ich es noch nicht gesehen."

Sie lächelte. „Versuch nicht, mich aus dieser Sache rauszuhalten. Wir können zusammen damit fertig werden, Gordon. Ich bin deine Frau."

„Das ist alles so ungewohnt für mich", gab er zu bedenken.

„Was?"

„Du und ich", antwortete er. „Ich habe zwar eine Urkunde, auf der steht, dass du meine Frau bist. Mein Ring steckt an deinem Finger. Ich war mit dir im Bett. Aber etwas fehlt immer noch."

„Was denn?", fragte sie.

„Ich weiß nicht."

Angie hob die Augenbrauen. Dann lächelte sie. „Lass es mich wissen, wenn es dir einfällt. In der Zwischenzeit versuch mal, mich wie eine Ehefrau zu behandeln. Hab Vertrauen zu mir. Gemeinsam sind wir stark."

Er wollte widersprechen, wollte verlangen, dass sie jene drei magischen Worte aussprach, die ihn zum glücklichsten Mann der Welt machen würden. Aber er wusste nicht, wie er das bewerkstelligen sollte, solange Angie und er auf dem dummen Dock standen.

Er würde warten, bis er Angie heute Nacht in seinem Bett hatte. Vielleicht fand er dann heraus, wie er die Dinge zwischen ihnen in Ordnung bringen konnte. Im Bett schien er keine Schwierigkeiten zu haben, sich mit Angie zu verständigen.

„Gordon?"

„Es gibt nichts, was du tun könntest", sagte er kühl. Er nahm ihren Arm und führte sie das Dock entlang.

„Bitte schließ mich nicht aus. Dies ist auch mein Problem."

„Es ist ein rein geschäftliches Problem."

„Nein, es ist eine Familienangelegenheit. Das weißt du."

Gordon stöhnte. Er spürte, dass er Angie nicht länger ausweichen konnte, und war auch nicht mehr sicher, ob er das wollte. Vom Geschäft verstand er etwas, von Familienangelegenheit dagegen nichts.

Aber Angie wusste Bescheid in solchen Dingen.

„Ich bin daran gewöhnt, mit solchen Schwierigkeiten allein fertig zu werden", warnte er sie.

„Ich weiß. Aber du bist nicht mehr allein. Jetzt hast du mich." Er lächelte. „Wie könnte ich das vergessen?"

„Ich finde, wir sollten die Sache einmal Punkt für Punkt durchgehen. Vielleicht bringt uns das weiter."

Gordon dachte nach. „Das Problem ist nur, dass wir nichts Konkretes in der Hand haben. Aber ich hatte die ganze Zeit das Gefühl, dass ein Mitglied meiner lieben Familie hinter dieser Sache steckt. Niemand sonst hätte etwas davon, die Fusion zu sabotieren."

„Das trifft auf meine Familie auch zu", betonte Angie. „Allen wird es besser gehen, wenn die Aktien sich gut verkaufen."

„Das ist wahr." Gordon sah sie an. „Aber ich denke, es ist offensichtlich, dass der Störenfried ein anderes Ziel hat als Geld."

Angie nickte. „Jemand bemüht sich, die Fehde am Leben zu erhalten. Diese Person würde lieber auf den Profit verzichten als zuzusehen, wie die Townsends und die Sutherlands das Kriegsbeil begraben."

Gordon seufzte. „Celia, Derwin oder Helen. Es muss einer von ihnen sein."

„Celia war vor dreißig Jahren noch nicht hier."

„Nein, aber du kennst doch den Spruch, jemand wäre päpstlicher als der Papst. Celia hat ihren Ehrgeiz darangesetzt, eine Sutherland zu sein, und sie ist äußerst loyal gegenüber Dads Andenken. Sie könnte es darauf anlegen, die Fusion zu verhindern, weil sie weiß, dass Dad nicht damit einverstanden gewesen wäre."

„Was ist mit deiner Tante und deinem Onkel?"

„Ich weiß nicht. Genauso wie Dad haben sie sich immer geweigert, über das zu reden, was vor dreißig Jahren passiert ist."

„Warum sprechen wir nicht mit Betty?"

Gordon verzog das Gesicht. „Betty?"

„Sie hat damals schon für euch gearbeitet, nicht?"

„Ich glaube, sie hatte gerade bei uns angefangen. Aber ich bezweifle, dass sie etwas Näheres darüber weiß, was damals passiert ist."

„Du würdest dich wundern, wie viel Arbeitnehmer wissen. Lass uns mit Betty reden."

Gordon zögerte kurz. Dann entschied er, dass ein Versuch nichts schaden konnte. „In Ordnung."

Betty griff nach dem pfeifenden Kessel, nahm ihn vom Herd und goss kochendes Wasser in eine Teekanne. „Natürlich merkte ich, dass etwas Schreckliches geschehen war. Niemand redete darüber, aber alle liefen wochenlang mit finsteren Mienen herum." Sie sah Gordon an, während sie die Kanne zum Tisch brachte. „Ihre Tante hat viel geweint, Ihr Vater war wütend. Derwin traf sich häufig mit Helen und hatte vor, sich mit ihr zu verloben. Ich denke, er wusste auch, was los war. Er benahm sich sehr seltsam."

„Aber Sie wissen nicht, was tatsächlich passiert ist?"

„Nur, dass es etwas mit dem Geschäft zu tun hatte und dass alle wütend waren auf jeden, der den Namen Townsend trug." Sie warf Angie einen Blick zu. „Nichts für ungut."

„Ihr Nachname ist jetzt Sutherland, nicht Townsend", erklärte Gordon. „Also brauchen Sie sich deswegen keine Sorgen zu machen."

Betty schenkte Tee ein. „Wissen Sie, es ist schwer zu glauben, dass diese alte Geschichte nach all den Jahren noch immer die Gemüter erhitzt. Das konnte ich nie verstehen. Es gehen doch dauernd Geschäfte schief, aber niemand nimmt das einem anderen dreißig Jahre lang übel."

„Nur wenn es um mehr als Geschäfte geht", murmelte Angie und sah Gordon an. „Und wir sind bereits zu dem Schluss gekommen, dass dies keine geschäftliche Angelegenheit ist."

„Ja", stimmte Gordon zu. „Irgendjemand in der Familie ist tief in seinen Gefühlen getroffen."

„Ich wünschte, ich könnte Ihnen helfen", erklärte Betty. „Alles, was ich weiß, ist, dass die Townsends hier vor dreißig Jahren eine Menge Schmerz verursacht haben. Soweit es mich betrifft, ist es Zeit, dass die alte Fehde begraben und vergessen wird."

„Sie wurde begraben", bekräftigte Gordon. „Aber es gibt jemanden, der nicht vergessen kann."

„Es wird alles bald vorbei sein", prophezeite Betty und warf Gordon einen bedeutungsvollen Blick zu. „Ich wusste immer, dass Sie mehr Verstand haben als Ihr Vater. Er war in vielerlei Hinsicht ein guter Mann, aber über manche Dinge konnte man mit ihm nicht vernünftig reden. Die Townsends waren einer dieser Schwachpunkte."

„Ich weiß", sagte Gordon und lächelte Angie zu. „Aber man hat es auch nicht immer leicht mit den Townsends. Dafür muss man Talent haben."

Angie streckte ihm die Zunge heraus. Gordon schmunzelte.

10. KAPITEL

Eine Viertelstunde später verließen Angie und Gordon Hand in Hand die Küche. Sie hatten nichts Neues erfahren. „Was nun?“, fragte Angie.

„Ich weiß nicht genau. Ich könnte alle zusammenrufen, sie zur Rede stellen und versuchen, die Wahrheit aus ihnen herauszubekommen.“

„Hast du keine Angst, du könntest jemandem sehr wehtun?“

„Das ist mir völlig egal, nachdem, was heute Nachmittag passiert ist.“

Angie sah ihn an. „Was war denn an dem Vorfall heute Nachmittag schlimmer als an den anderen?“

Gordon blieb mitten im Flur stehen und packte Angies Schultern. „Ist dir nicht klar, was heute geschehen ist?“

„Doch natürlich. Offensichtlich hat jemand Rawlings erzählt, unsere Ehe wäre ein Schwindel. Das war ein weiterer Versuch, deine Pläne zu durchkreuzen.“

Gordon stöhnte über Angies Naivität. „Das war nur ein Teil davon. Was der Betreffende wirklich vorhatte, war, einen weiteren Keil zwischen uns beide zu treiben.“

„Wovon redest du?“

„Verstehst du nicht? Jemand wollte, dass ich dich mit Rawlings reden sehe. Du bist eiskalt reingelegt worden, Angie, und Rawlings auch.“

„Ich verstehe nicht.“

„Du bist wirklich blind! Hör zu. Es ist kein Zufall, dass mir erzählt wurde, du wärst in dem Café mit Rawlings. Ich sollte denken, du würdest ihm Informationen verkaufen. Jemand wollte mir beweisen, dass man einer Townsend nicht trauen kann.“

Angie riss schockiert die Augen auf. Dann wurde sie wütend. „So eine Frechheit!“, fauchte sie. „So etwas Hinterlistiges, Niederträchtiges! Eine Falle! Es sollte aussehen, als wäre ich eine Verräterin.“

„Richtig. Nun hast du es erfasst.“ Gordon konnte sich ein kleines Grinsen nicht verkneifen. „Und du fragst dich, warum wir bösen, schlimmen Männer dich für ein bisschen naiv halten?“

„Aber ich war unschuldig“, rief sie.

„Das wusste ich doch“, erklärte er ungeduldig.

Angie blinzelte. Dann fing sie an zu lächeln. Es war ein sehr zufriedenes, ganz und gar weibliches Lächeln. „Ja, das wusstest du", sagte sie.

Gordon betrachtete sie irritiert. „Was ist daran so komisch?"

„Nichts." Sie wirkte ganz unschuldig. Jetzt war sie sich sicher, dass er sie liebte. Eine wilde Freude stieg in ihr auf.

„Angie, ich bin nicht in der Stimmung für Spielchen", warnte Gordon.

„Ja, Liebling."

Er schüttelte sie leicht. „Warum dieses geheimnisvolle Lächeln?"

„Weil ich gerade zu einem außerordentlich logischen Schluss gekommen bin", erklärte sie. „Es wird dich freuen zu hören, dass ich das ohne Gefühlsüberschwang, ohne jede Spur von weiblicher Intuition oder Wunschdenken geschafft habe. Es war kalte, klare Logik, deine Art zu denken, Gordon. Nur die Tatsachen – und nichts als die Tatsachen."

„Angie, wovon zum Teufel redest du?"

„Wohlgemerkt, ich war schon vorher ziemlich sicher. Aber ich wusste, es würde dich freuen, dass ich auch auf deine Weise zu dieser Erkenntnis gelangt bin, nicht nur auf meine."

„Verdammt, Angie, wenn du mir nicht sagst, was los ist, werde ich …"

„Natürlich sage ich es dir. Du liebst mich."

Er starrte sie verständnislos an. „Was?"

„Ich sagte, du liebst mich. Du hast es gerade bewiesen."

„Habe ich das?"

„Ja." Sie schlang die Arme um seinen Nacken. „Du gibst zu, dass du heute in dieses Lokal gekommen bist, mich mit Jack Rawlings in einer verfänglichen Situation gesehen hast, und dass du dennoch keinen Moment lang geglaubt hast, ich würde der Firma schaden, indem ich etwas ausplaudere, was ich für mich behalten sollte."

Gordons Blick verhärtete sich. „Das hast du vielleicht nicht getan, aber ein paar anderer Vergehen hast du dich doch schuldig gemacht."

„Zum Beispiel?"

„Impulsivität, Mangel an gesundem Menschenverstand und die Tatsache, dass du nicht über die Konsequenzen nachgedacht hast. Vor allem neigst du leider dazu, eigenmächtig zu handeln, ohne dich vorher mit deinem Ehemann abzusprechen."

„Du warst nicht da."

„Du hättest auf mich warten sollen."

In diesem Moment kam Derwin herein. „Ist etwas nicht in Ordnung?“

„Nein“, antwortete Angie und lächelte ihm zu.

„Nein.“ Gordon sah seinen Onkel böse an. „Dies ist eine Privatangelegenheit.“

Derwin nickte ernst. „Ich verstehe. Tut mir leid, dass ich euch unterbrochen habe. Ich nehme an, Sie konnten Ihre Verabredung heute Nachmittag am Hafen einhalten, Angie?“

Angie fiel Derwins interessierter Blick auf. Das Glücksgefühl, das sie eben noch gespürt hatte, verschwand. „Ja, danke, Derwin.“

Gordon wandte sich an seinen Onkel. „Woher wusstest du von Angies Verabredung am Hafen?“

„Oh, hat sie dir das nicht gesagt? Ich habe zufällig gerade einen Spaziergang gemacht, als dieser junge Mann, Dave, mit der Nachricht kam, dass jemand Angie sprechen wollte.“

„Tatsächlich?“ Gordon rührte sich nicht.

„Ja. Ich habe sie selbst zum Dock begleitet, nicht wahr, Angie?“

„Ja.“ Sie griff nach Gordons Hand, aber er versuchte, sich ihr zu entziehen. Sie spürte seine Anspannung und hielt seine Hand fester. Anscheinend verstand er ihre Botschaft, denn er entkrampfte sich.

„Ich habe gesehen, dass du Angie vor einer Weile über den See gebracht hast.“ Derwin warf Gordon einen scharfen Blick zu. „Ihr habt euch also in Jade getroffen, nicht wahr?“

Gordon lächelte kühl. „Ich habe sie ihm Hafencafé mit Jack Rawlings zusammen vorgefunden. Du hast vielleicht von ihm gehört. Rawlings vertritt eine Gruppe von Investoren, die Sutherland- und Townsend-Aktien kaufen wollen.“

„Ich verstehe.“ Derwin sah von Gordon zu Angie. „Ziemlich seltsam, nicht?“

„Eigentlich nicht.“ Gordon schwenkte sanft Angies Hand. „Aber eindeutig unredlich. Rawlings hat sich fälschlich für einen Angestellten von Angies Bruder ausgegeben, aber sie hat sein mieses Spiel schnell durchschaut und erkannt, dass er sie nur aushorchen wollte. Daraufhin hat sie ihn zum Teufel geschickt.

„Natürlich.“

Derwin warf Gordon einen finsteren Blick zu. „Und du hast ihr geglaubt?“

„Sicher. Sie ist meine Frau. Warum sollte ich ihr nicht glauben?“

„Sie ist eine Townsend, deshalb. Aber offensichtlich bist du zu vernarrt in sie, um zu sehen, was vor deinen Augen vorgeht." Derwin ging ohne ein weiteres Wort davon.

Angie schaute Gordon an. Er starrte seinem Onkel mit grimmigem Gesicht nach. „Gordon?"

„Lass uns aus dieser verdammten Halle verschwinden." Er zog sie in sein Arbeitszimmer und schloss die Tür. Angie setzte sich auf einen Stuhl, und Gordon ließ sich in den großen Sessel hinter dem Schreibtisch fallen. Einen Moment lang herrschte betroffenes Schweigen.

„Du solltest keine voreiligen Schlüsse ziehen", meinte Angie schließlich.

„Es ist Derwin, der hinter all dem steckt. Er muss es sein." Gordon blickte aus dem Fenster. „Er ist verbittert, weil er von Anfang an aus der Geschäftsleitung der Firma ferngehalten worden ist, erst von meinem Vater, dann von mir."

„Du weißt nicht, ob er es ist, Gordon."

„Doch, das weiß ich."

„Woher?"

„Du hast ihn doch vor ein paar Minuten selbst erlebt. Er dachte, wir würden uns streiten, weil du mit Rawlings geredet hast."

„Das haben wir ja auch getan."

„Ja, aber ich bin nicht zu dem Schluss gekommen, den Derwin erwartet hat. Ich war nur wütend, weil du dich dazu hast überreden lassen, Rawlings zu treffen, aber ich habe keine Minute lang geglaubt, du hättest einen Handel mit ihm abgeschlossen. Doch Derwin sah aus, als könnte er es gar nicht abwarten, mich sagen zu hören, du hättest die Sutherlands verraten. Er hat dieses Treffen in die Wege geleitet, Angie."

„Und die anderen Vorfälle? Das Telefax, das ich in unserer Hochzeitsnacht bekommen habe? Der anonyme Anruf?"

Gordon nickte. „Das alles."

„Aber wie soll er das gemacht haben? Er war hier draußen am Jade-See. Und du hast selbst gesagt, die Fusion wäre geheim halten worden. Niemand wusste davon außer dir, meinen Eltern und Harry."

Gordon betrachtete nachdenklich den Computer, der auf seinem Schreibtisch stand. „Heutzutage muss man nicht immer Spione innerhalb der Firma haben, um herauszufinden, was los ist. Nicht wenn man mit einem Computer umgehen kann. Derwin brauchte dieses Haus nie zu verlassen, um von unseren Plänen zu erfahren."

„Du meinst, er hat es mit diesem Computer geschafft?“

„Pass auf.“ Gordon drückte auf ein paar Tasten und sah dann zu, wie der Monitor aufleuchtete. „Heute braucht man nur einen Computer und ein Telefon. Daran hätte ich schon vor langer Zeit denken sollen. Es ist die offensichtliche Antwort.“

Angie stand auf und kam um den Schreibtisch herum. Sie las, was auf dem Monitor erschien. „Was ist das?“

„Aus Sicherheitsgründen habe ich die Informationen über die Fusion bis zur letzten Woche nicht in den Computer eingegeben“, erklärte Gordon. „Aber direkt vor der Hochzeit musste ich meinen PR-Chef wissen lassen, was los ist, damit er die Presseverlautbarung aufsetzen konnte. Sobald Calhoun die Anweisungen hatte, bestand die Gefahr, dass das Geheimnis herauskam.“

„Weil er seine Arbeit auch mit dem Computer erledigt hat?“

„Richtig. Ich wusste von der Möglichkeit, dass Informationen durchsickern könnten. Schon durch unsere Verlobung sind Gerüchte entstanden. Erinnerst du dich an diese Reporter, die nach der Hochzeit an der Limousine auf uns gewartet haben?“

„Allerdings“, antwortete Angie trocken.

„Dein Vater, dein Bruder und ich sind oft genug zusammen gesehen worden, um Klatsch zu verursachen. Palmer, Harry und ich waren uns einig, dass das nichts schaden konnte, solange …“ Er brach ab.

„Solange ich nichts davon hörte?“, ergänzte Angie zuckersüß.

„Es war nicht wahrscheinlich, dass du in der Woche vor der Hochzeit etwas davon mitbekommen würdest. Du hattest alle Hände voll zu tun. Und laut Palmer und Harry hast du dich sowieso nie viel ums Geschäft gekümmert.“

„Meine Interessen haben sich in letzter Zeit mit Sicherheit erweitert, nicht?“

„Sehr komisch“, knurrte er. „Entscheidend ist, dass Derwin durch diesen Computer erfahren konnte, was vorging. Offenbar hat er sich selbst beigebracht, damit umzugehen, um Zugang zu unserem System zu bekommen.“

„Was ist mit dem Telefax?“

„Mit dieser Anlage hier ist es leicht, eins zu verschicken.“ Gordon trommelte mit den Fingern auf den Schreibtisch. „Sobald er wusste, dass das Telefax abgeliefert worden war, griff er einfach nach dem Telefon und wählte die Nummer unserer Suite.“ Gordon ballte die Faust. „Mein eigener Onkel!“

„In Ordnung", sagte Angie ruhig. „Wir wissen, wie es geschehen ist, aber immer noch nicht, warum."

„Das habe ich dir doch erzählt. Derwin ist zutiefst beleidigt, weil er keine Stellung in der Firma bekommen hat."

„Aber er hat kein finanzielles Interesse an den Sutherland-Hotels, genau wie jeder andere in dieser Familie. Warum sollte er die Aktienausgabe gefährden? Es geht um viel Geld."

Gordon zuckte mit den Schultern. „Er hat diesen Groll jahrelang genährt."

„Ich denke, es steckt mehr dahinter." Angie dachte einen Moment lang nach. „Es hat etwas mit der alten Fehde zu tun."

Gordon verzog das Gesicht. „Es spielt keine Rolle, warum Derwin so verbittert ist. Es genügt zu wissen, dass er ein Motiv und die Gelegenheit hatte." Er deutete auf den Computer.

„Das trifft auch auf alle anderen hier zu. Tatsächlich hatten auch deine Schwester und Celia Motive, bevor du deinem Schwager einen Job angeboten hast. Selbst deine Tante hasst die Townsends. Und sie hatten alle Zugang zu diesem Computer. Kim und Glen hätten einen anderen benutzen können, während sie auf Hawaii waren."

„Tante Helen versteht nichts von Computern. Sie interessiert sich nicht so für Technik, wie Derwin das tut. Und Celia und Kim auch nicht. Glen hätte es vielleicht fertiggebracht, aber ich glaube nicht, dass er es war. Er hatte keinen Grund dazu."

Angie musterte Gordon. „Was wirst du tun?"

Er schwieg einen Moment lang. „Derwin zur Rede stellen, ihm mitteilen, dass ich Bescheid weiß. Ich werde ihm sagen, dass das sofort aufzuhören hat, sonst streiche ich sämtliche Einkünfte, die er von der Firma bekommt. Und Helens auch."

„Es könnte einen besseren Weg geben." Angie setzte sich auf die Kante des Schreibtisches.

„So? Was schlägst du vor?"

„Du solltest herausfinden, warum genau dein Onkel das getan hat. Vielleicht könntest du dann die Dinge etwas anders handhaben, als dein Vater es gewohnt war. Wäre es so schlimm, Derwin einen Sitz im neuen Aufsichtsrat von Sutherland und Townsend zu geben?"

Gordon sah sie verblüfft an. „Bist du verrückt?"

„Bitte denk darüber nach. Du könntest mit Derwin fertig werden, wenn er versuchen sollte, Ärger zu machen. Aber ich vermute, er würde keine Schwierigkeiten machen, sondern voll hinter dir stehen."

„Das ist wirklich der Gipfel. Zuerst muss ich Glen Langley einen Job anbieten und jetzt Derwin. Angie, hör auf, mir zu sagen, wie ich meine Firma leiten und mit meiner Familie umzugehen habe."

„Mich betrifft beides. Warum sollte ich den Mund halten?"

„Weil du nicht weißt, wovon du redest." Gordon stand auf. „Ich will jetzt kein Wort mehr hören, ist das klar? Ich treffe meine eigenen Entscheidungen."

„Weißt du, wenn wir schon dabei sind, solltest du wirklich darüber nachdenken, ob du nicht dieses Haus Celia überschreiben könntest. Anscheinend hat sie das Gefühl, dein Vater hätte es ihr versprochen. Und du magst es ja sowieso nicht."

„Das Haus Celia überschreiben? Lieber Himmel, du weißt wirklich nicht, wann es genug ist, was?"

„Nur ein Gedanke, Gordon." Sie lächelte.

„Hör auf zu denken, verdammt!"

„Ja, Gordon."

„Ich meine es ernst, Angie. Glaub nicht, ich hätte nicht gemerkt, wie du in letzter Zeit versucht hast, mich zu manipulieren."

„Das ist nicht wahr", erklärte sie empört. „Das habe ich nicht getan."

„Komm schon, Angie."

„Ich habe nur ein paar Vorschläge gemacht, die du klugerweise in Erwägung gezogen hast, das ist alles. Ich weiß sehr gut, dass ich dich nie dazu bringen könnte, etwas zu tun, das du nicht willst, Gordon. Niemand könnte das."

Er kniff die Augen zusammen, lehnte sich zurück und winkte mit einem Finger. „Komm her, Angie."

Sie sah den verräterischen Glanz in seinen Augen, rutschte von der Tischkante und trat einen Schritt auf Gordon zu. „Warum? Was willst du?"

„Komm her, und ich verrate es dir."

„Ich mag diesen Blick nicht, Gordon Sutherland."

„Komm her, Angie."

„Dann sag mir, was du vorhast!"

„Hierher, Mrs Sutherland." Seine Stimme wurde tiefer, und sein Blick hing wie gefesselt an ihr.

Ein Anflug von sinnlicher Erregung erfasste Angie. Sie spürte Gordons Verlangen und war wie elektrisiert. Sie trat noch einen Schritt heran und lächelte.

Gordon fasste nach ihrem Handgelenk, stand auf, zog sie an seine Brust und hielt sie dort fest, während er mit der anderen Hand ihren Po streichelte. Er spreizte die Beine, sodass Angie zwischen seinen Schenkeln stand.

„Nun?", fragte Angie erwartungsvoll. „Was willst du, Gordon?"

„Sag mir, dass du mich liebst." Er legte eine Hand in ihren Nacken.

Seine Antwort überraschte sie. Es war nicht ganz das, was sie erwartet hatte. Sie zögerte. „Warum sollte ich das tun? Du machst dir nichts aus Liebe."

„Ich will dich die Worte aussprechen hören." Er küsste sie leicht auf den Mund. „Du hast sie seit unserem Hochzeitstag nicht mehr gesagt."

„Ich hatte keinen Grund dazu." Sie schlang die Arme um seinen Nacken, und ihr waren Gordons Kraft und Hitze sehr bewusst.

„Jetzt hast du einen." Er küsste sie auf die Stirn, dann auf die Nasenspitze.

Angie erschauerte. Wohlige Wärme durchströmte sie. „Ich kann keinen erkennen. Du hast diese Worte auch nicht zu mir gesagt."

„Wir reden über dich, Angie, nicht über mich." Er umschloss ihre Hüften fester mit den Schenkeln und begann, ihr die Bluse aufzuknöpfen. „Wir werden sehen, wer hier wen manipuliert."

„Gordon, das ist nicht fair."

„Ich will hören, wie du mir sagst, dass du mich liebst."

„Warum?"

„Ich mag es." Er schob ihre Bluse auseinander und umfasste eine ihrer Brüste.

„Gordon, warte."

„Sag es mir, Angie." Er ließ seinen Mund über ihre Kehle gleiten, dann schob er ihren Kragen beiseite und küsste sie auf die Schulter.

„Gordon, hör auf. Was hast du vor?" Angie kämpfte kurz gegen ihn an, als sie merkte, dass er sie einer süßen Folter unterziehen wollte. Dann gab sie auf.

„Sag die Worte, Angie." Er griff nach dem Bund ihrer Jeans.

Angie merkte, wie der Reißverschluss ihrer Jeans aufgezogen wurde. Sie zitterte und atmete schneller. „Warte. Lass uns darüber reden. Du ärgerst dich, weil du glaubst, ich hätte versucht, dich zu manipulieren. Aber ich schwöre, dass es nicht so war, Gordon."

„Sag mir, dass du mich liebst, Angie." Er schob eine Hand in ihren Slip.

Sie hielt den Atem an. „In Ordnung. Vielleicht habe ich ein bisschen versucht, dich unter Druck zu setzen. Aber ich wollte dich nicht manipulieren, sondern nur in die richtige Richtung führen. Ich wollte, dass du über deine Gefühle nachdenkst und erkennst, was du wirklich für mich empfindest, Gordon."

„Sag es, Angie." Seine Hand glitt zwischen ihre Beine.

„Betrachte es mal aus meiner Sicht. Es ist offenbar ein Problem für dich, deine tiefsten Gefühle zu akzeptieren, geschweige denn, sie anderen gegenüber einzugestehen. Aber ich weiß, dass du … Oh."

„Liebst du mich, Angie?"

„Gordon, hör auf. Jemand könnte hereinkommen."

„Falls irgendwer das tut, wird er oder sie sich umdrehen und wieder rausgehen." Er nahm seine Hand weg, schob stattdessen ein Bein zwischen ihre Schenkel und presste sich verlangend an sie. „Liebst du mich, Angie?"

Sie spürte, dass Gordon nicht zugeben würde, dass er sie liebte. Er hatte viel mehr Widerstandskraft als sie. „Ich liebe dich, verdammt." Sie nahm seinen Kopf zwischen die Hände und küsste ihn mit einer Mischung aus Verzweiflung und Begeisterung. „Ich liebe dich, ich liebe dich, ich liebe dich. Und du liebst mich, Gordon Sutherland. Gib es zu!"

Er ignorierte ihre leidenschaftliche Forderung. Stattdessen küsste er sie rau und hungrig. Seine Begierde war überwältigend.

Und er liebt mich doch, dachte Angie, als er sie hochhob und zur Couch trug. Wenn er sich nur dazu überwinden könnte, es zuzugeben.

Ohne jede Warnung wurde die Tür aufgerissen, und Helen kam herein. „Gordon? Gordon, was ist los? Ich habe gerade mit Derwin gesprochen. Er hat mir erzählt, du hättest Angie mit einem Mr Rawlings zusammen getroffen und dass du … Ach, du meine Güte!"

Angie lag flach auf der Couch. Sie stöhnte, schloss die Augen und zog schnell ihre Bluse über die Brüste. Gordon, der ein Knie auf die Couch gestützt hatte, drehte sich mit gereizter Miene seiner Tante zu.

„Entschuldigung", sagte Helen kalt. Sie machte keinerlei Anstalten, den Raum zu verlassen, sondern stand nur da und zeigte deutlich Ärger und Missbilligung.

Gordon richtete sich resigniert auf und wandte sich zu Helen. „Wo liegt das Problem?"

„Ich möchte wissen, was los ist", forderte Helen.

Gordon strich sich mit den Fingern durchs Haar. „Nun, da du

schon fragst, ich wollte gerade mit meiner Frau schlafen. Hast du etwas dagegen?"

Helen wurde rot. „Dein schlechtes Benehmen ist mir im Moment egal. Hat Angie diesen Rawlings interne Informationen über die Firma gegeben?"

„Nein." Gordon schob seinen Hemdzipfel in die Jeans und warf Helen einen amüsierten Blick zu. „Meinst du, ich würde jetzt mit ihr schlafen, wenn ich sie gerade dabei erwischt hätte, wie sie mich verkauft?"

„Wer kann das wissen? Offensichtlich hat sie dich verführt", erklärte Helen verkniffen. „Derwin hat recht. Diese Frau hat dich in der Hand. Ich habe dich schon früher davor gewarnt, dass die Townsends gefährliche Betrüger sind, aber du willst ja nicht auf mich hören." Tränen glänzten in Helens Augen.

„Helen ..." Gordon trat auf sie zu.

„Geh zurück zu deiner billigen kleinen Verführerin. Geh schon! Du wirst noch herausfinden, wie die Townsends wirklich sind." Helen drehte sich um und floh. Die Tür knallte hinter ihr zu.

Es wurde still im Raum. Angie setzte sich vorsichtig auf. Jede Spur von Leidenschaft war verflogen. „Gordon, an dieser Sache ist mehr dran, als wir je ahnten, mehr als nur Derwins Bitterkeit, weil er keinen Job in der Firma bekommt. Die Wut deiner Tante richtet sich ganz gegen meine Familie."

Gordon starrte die geschlossene Tür an. „Du denkst, das hat mit den Ereignissen vor dreißig Jahren zu tun?"

„Ich bin nicht sicher, aber ich weiß, dass wir herausfinden müssen, was damals passiert ist, bevor wir weitere Schritte unternehmen."

„Celia?" Gordon hob eine Augenbraue.

„Ich glaube nicht, dass sie uns mehr sagen kann als Betty, aber wir können es versuchen."

„Zur Hölle damit." Gordon brachte seine Kleidung in Ordnung und ging dann zur Tür. „Ich werde alle in einem Zimmer versammeln, und wir klären das ein für alle Mal."

„Gordon, warte." Angie rannte ihm nach. „Ich weiß nicht, ob das eine gute Idee ist."

„Ich bin nicht besonders an deiner Einschätzung der Situation interessiert", rief Gordon über die Schulter zurück. „Ich will ein paar Antworten, und zwar sofort. Geh und hol Celia. Sag ihr, ich will sie in fünf Minuten im Wohnzimmer sehen."

„Aber, Gordon ..."

„Tu es einfach, Angie."
Sie blieb stehen. Vielleicht hatte er recht. Vielleicht war es Zeit, eine Entscheidung zu erzwingen, vorausgesetzt, es gelang Gordon, alle zum Reden zu bringen. „In Ordnung."

Zehn Minuten später saß Angie auf dem Sofa am Fenster und beobachtete aufmerksam die Gesichter ihrer neuen Verwandten. Celia wirkte ängstlich und besorgt. In Derwins und Helens Mienen war Bitterkeit zu erkennen, vielleicht auch etwas Angst.

Gordon stand am Fenster und sah aus, als hätte er alles vollständig unter Kontrolle. Angie fragte sich, ob er so war, wenn er seine leitenden Angestellten zusammenrief. Plötzlich war sie sehr froh, dass sie nicht für ihn arbeitete.

Gordon schaute auf den See, dessen Farbe in der rasch einsetzenden Abenddämmerung von Dunkelgrün in Schwarz übergegangen war.

Er drehte sich langsam zu den anderen um. „Ich habe genug von diesem Unsinn über die alte Fehde zwischen den Sutherlands und den Townsends. Ich weiß sehr gut, dass bestimmte Vorfälle, die Angie und mich auseinanderbringen sollten, von jemandem in diesem Haus in die Wege geleitet wurden."

„Wie kannst du es wagen, uns zu beschuldigen?", entgegnete Derwin beleidigt.

„Glaub mir, das ist verdammt leicht, wenn man die Tatsachen kennt." Gordon blickte seinen Onkel an. „Nur ein Narr würde das nicht durchschauen. Die Townsends sind unschuldig."

„Da wäre ich an deiner Stelle nicht so sicher", murmelte Derwin.

„Hör mal", begann Gordon, „ich weiß, wie und wann gewisse Dinge gehandhabt worden sind. Mir ist völlig klar, dass der Computer in meinem Arbeitszimmer benutzt worden ist. Das Einzige, was ich nicht weiß, ist, warum jemand hier unbedingt meine Pläne durchkreuzen will. Würdest du mir das bitte verraten?"

„Ich weiß nicht, wovon du redest", fuhr Derwin ihn an.

„Ich rede von dem, was vor dreißig Jahren geschehen ist."

Helen straffte die Schultern. „Warum fragst du nicht die Townsends?"

„Das habe ich", antwortete Gordon ruhig. „Palmer Townsend sagt, er hat keine Ahnung, was damals schiefgegangen ist, und ich glaube ihm. Alles, was er weiß, ist, dass die Fusion in letzter Minute geplatzt ist und dass mein Vater danach nie wieder mit ihm gesprochen hat."

Derwin kniff die Augen zusammen. „Palmer Townsend weiß genau Bescheid. Er war ja die Ursache dieses Ärgers."

Angie wurde wütend. „Das ist nicht wahr."

Gordon warf ihr einen Blick zu. „Ruhig, Angie. Wir gehen dieser Sache gleich auf den Grund. Dies ist nicht die richtige Zeit, deine Familie zu verteidigen. Spar dir deine Gefühlsausbrüche für später."

„Wenn du glaubst, ich lasse deinen Onkel meinen Vater verleumden, hast du den Verstand verloren", erwiderte Angie empört.

„Was ich denke, ist, dass du ruhig sitzen bleiben solltest, während ich diese Geschichte kläre. Das Letzte, was ich jetzt gebrauchen kann, ist theatralisches Townsend-Gehabe."

Er hatte recht, und Angie wusste es. Sie gab nach und beschränkte sich auf einen finsteren Blick.

Gordon wandte sich an seinen Onkel. „Derwin, wir sollten mit dir anfangen. Erzähl mir, was vor dreißig Jahren geschehen ist."

„Ich sehe keinen Grund, die Vergangenheit wieder aufzurollen", widersprach Derwin.

„Lass es mich so ausdrücken", begann Gordon in drohendem Ton, „entweder du sagst mir, was passiert ist, oder du und Helen könnt euch eine neue Einkommensquelle suchen."

Derwin starrte ihn erschüttert an. „Du würdest uns Helens Anteil am Firmengewinn vorenthalten?"

Angie stöhnte und schloss kurz die Augen. Die anderen sahen Gordon ungläubig und schockiert an. Er achtete nicht darauf.

„Du fängst an, mich zu verstehen. Rede!", drängte er seinen Onkel.

„Nun gut, wenn du es so willst. Aber was du zu hören bekommst, wird dir nicht gefallen."

„Rede endlich."

Derwin sah erst Helen an, dann wieder Gordon. „Es ist ganz einfach. Townsend hat nie wirklich die Absicht gehabt, die beiden Firmen zu vereinigen. Was er vorhatte, war eine feindliche Übernahme der Sutherland-Hotelkette. Danach wäre von der Firma Sutherland nichts mehr übrig gewesen, und wir hätten alle in der Kälte gestanden."

„Versuch es mit einer anderen Geschichte, Derwin", schlug Gordon vor.

„Das ist die Wahrheit! Dein Vater hat herausgefunden, dass Townsend heimlich von einem Strohmann Sutherland-Aktien hat aufkaufen lassen. Sobald er genug davon gehabt hätte, hätte Palmer Townsend die Fusion nach seinen eigenen Bedingungen erzwingen können. Das wäre ihm fast gelungen. Aber dein Vater hat es noch rechtzeitig gemerkt, um es zu verhindern. Es hat die Firma Sutherland ein Vermögen gekostet, weil wir einen Haufen unserer eigenen Aktien zurückkaufen mussten. Für eine Weile standen die Dinge auf der Kippe, aber wir haben es geschafft."

„Mein Bruder konnte gerade so eben noch eine feindliche Übernahme vereiteln", mischte Helen sich ein. Danach hat er zwei Entscheidungen getroffen. Die eine war, niemals wieder die Kontrolle über die eigenen Aktien zu verlieren. Die zweite war, niemals einem Townsend zu vertrauen."

Gordon schüttelte angewidert den Kopf. „Das ist Blödsinn. Erwartet nicht, dass ich euch das abkaufe."

Celia verzog das Gesicht. „Und warum glaubst du es nicht?"

„Weil ich mir aus Neugier die Unterlagen von damals angesehen habe. Mein Vater war kein Dummkopf. Er hat immer sichergestellt, dass ihm mindestens einundfünfzig Prozent der Anteile gehörten. Deshalb bestand nie die Gefahr einer feindlichen Übernahme. Aber etwas ist passiert, das ihn dazu gebracht hat, seine Meinung über die Fusion zu ändern, und ich will wissen, was das war."

„Beschuldigst du mich zu lügen – über die Ereignisse damals?", wollte Derwin wissen.

„Ja", antwortete Gordon. „Das tue ich. Die Frage ist, warum."

Alle schwiegen entsetzt. Angie sah zum Fenster hinaus, da sie niemandem in die Augen sehen wollte. Da bemerkte sie, dass sich ein kleines Schnellboot der Insel näherte. Drei Personen saß darin. „Gordon?"

„Nicht jetzt, Angie."

„Ich denke, wir bekommen Gesellschaft."

„Wovon redest du?" Gordon drehte sich um.

Der Motor des Bootes wurde gedrosselt, dann legte es am Dock an. Im Licht des Bootshauses war jetzt zu erkennen, wer da gerade ausstieg und schnell den Weg zum Haus heraufkam. Es waren Angies Eltern und ihr Bruder.

„Zur Hölle", murmelte Gordon. „Genau, was ich jetzt brauche. Ein ganzer Schwung Townsends, der kommt, um Angie vor einem Schicksal ‚schlimmer als der Tod' zu retten. Wisst ihr was? Das ist wirklich der Tropfen, der das Fass zum Überlaufen bringt."

11. KAPITEL

„Ich gehe zur Tür", sagte Gordon zu Betty, als er die Halle betrat. „Es sieht so aus, als würden wir ein paar Gedecke mehr beim Dinner und zwei weitere Schlafzimmer für heute Nacht brauchen. Meine Schwiegereltern und mein Schwager sind unerwartet gekommen."

Betty schmunzelte und wischte sich die Hände an der Schürze ab. „Das dürfte interessant werden."

„An Ihrer Stelle würde ich in der Küche bleiben, bis keine Funken mehr fliegen."

„Ich denke, das werde ich tun. Sie können damit fertig werden, Gordon. Sie haben eine Frau, die Ihnen hilft."

Gordon öffnete die Tür und stand einem wütenden Schwiegervater, einem aufgebrachten Schwager und einer besorgten Schwiegermutter gegenüber. „Was für eine angenehme Überraschung", bemerkte er. „Wir haben gerade über die Townsends gesprochen."

„Ich verlange eine Erklärung, Sutherland", fuhr Palmer Townsend ihn an, noch ehe er das Haus betreten hatte.

Harry drängte sich an Gordon vorbei. „Wo ist Angie? Was zum Teufel geht hier vor, Sutherland? Wir haben heute Morgen erfahren, dass Sie Angie hier bis zur Aktienausgabe verstecken und sich danach sofort von ihr scheiden lassen wollen."

„Das ist eine Lüge", antwortete Gordon ruhig. „Kommen Sie herein, Marian", forderte er Angies Mutter auf. „Sie sehen aus, als hätten Sie eine lange Reise hinter sich."

„Es ist kaum zu glauben, was ich heute durchgemacht habe." Marian lächelte unsicher. „Palmer und Harry sind durchgedreht, als heute Morgen diese Nachricht kam. Wir sind nach San Francisco geflogen, haben einen Wagen gemietet und waren stundenlang unterwegs auf der Suche nach dem Jade-See. Weder Palmer noch Harry waren bereit anzuhalten, um nach dem Weg zu fragen. Es war unglaublich."

„Sie kommen gerade rechtzeitig zum Essen", meinte Gordon.

Angie kam in die Halle und lächelte strahlend. „Hallo, ihr alle. Was soll die ganze Aufregung?"

„Eine typische Townsend-Reaktion auf eine Familienkrise, Liebes", erklärte Marian. „Alle spielen verrückt."

„Ich spiele nicht verrückt", protestierte Palmer. „Und Harry auch nicht. Aber wir fordern ein paar Antworten."

„Sie werden sie bekommen." Gordon legte besitzergreifend einen Arm um Angies Schultern. Sie schmiegte sich an ihn und zeigte auf diese Weise unmissverständlich, auf wessen Seite sie stand.

Palmer und Harry entging diese kleine, aber bedeutsame Geste nicht. Harry warf seiner Schwester einen Blick zu. „Bist du sicher, dass es dir gut geht, Angie?"

„Ja, danke." Palmer sah Gordon an. „Was zum Teufel ist hier los? Ich dachte, ihr beide wolltet die Flitterwochen in einem Sutherland-Hotel verbringen."

„Das dachte ich auch. Unsere Pläne haben sich geändert." Gordon führte seine Gäste ins Wohnzimmer. „Bitte nehmt Platz. Ich glaube, bald wird sich alles klären."

Palmer nickte Helen zu, und dabei glätteten sich seine Gesichtszüge. „Hallo, Helen. Es ist eine Weile her. Ich hätte dich fast nicht erkannt."

„Hallo, Palmer", begrüßte Helen ihn leise.

Gordon bemerkte den seltsamen Blick seiner Tante und beobachtete sie weiter, während er die anderen einander vorstellte. Ihm fiel auf, dass Angie seine Tante ebenfalls im Auge behielt.

„Wenn das alles vorbei ist, werden wir essen und ins Bett gehen", verkündete er. „Morgen früh wollen Angie und ich abreisen, um den Rest unserer Flitterwochen in einem Sutherland-Hotel zu verbringen."

Angie warf ihm einen amüsierten Blick zu. „Werden wir das?"

„Ja, ganz bestimmt. Jetzt lass uns weitermachen mit dieser unerfreulichen Angelegenheit. Helen, ich denke, du bist dran."

Helen wirkte verblüfft. „Aber ich habe nichts zu sagen über das, was vor all diesen Jahren passiert ist. Gordon, kannst du die Vergangenheit nicht ruhen lassen?"

„Nein, das kann ich nicht."

Verärgert schaltete Derwin sich ein. „Was vor dreißig Jahren geschehen ist, hat nichts mit dir zu tun, Gordon. Du warst damals noch ein Kind."

„Du irrst dich. Die Geschehnisse von damals beeinflussen meine Ehe und mein Geschäft. Die Sache muss endlich aus der Welt geschafft werden. Niemand verlässt diese Insel, bis ich die Wahrheit weiß." Gordon sah wieder seine Tante an. „Helen?"

Derwin sprang auf. „Hör auf, sie zu quälen. Du könntest wenigstens etwas Respekt für deine eigene Tante zeigen. Schließlich ist sie die Schwester deines Vaters."

Gordon spürte, wie Angie sanft nach seiner Hand griff. Er wusste, sie wollte ihm damit zu verstehen geben, dass er weitermachen sollte. „Es tut mir leid, Helen, aber ich brauche ein paar Antworten."

„Ich weiß", flüsterte Helen. „Ich wusste immer, dass früher oder später alles rauskommen würde." Sie brach in Tränen aus.

Derwin eilte zu ihr und reichte ihr ein Taschentuch. „Du brauchst ihm gar nichts zu erzählen, Helen."

Sie putzte sich die Nase. „Doch, Gordon hat recht. Es muss endlich Schluss sein mit der Geheimniskrämerei. Wir haben all die Jahre damit gelebt, und mir zumindest reicht es jetzt."

Palmer musterte sie aufmerksam. „Es hat etwas mit mir zu tun, nicht wahr, Helen?"

„Ja, so ist es. Es tut mir leid, Palmer."

Gordon bemerkte, wie Marian Angie einen Blick zuwarf und die Augenbrauen hob, aber sie sagte nichts.

„In Ordnung, Helen. Erzähl uns, was passiert ist", forderte er seine Tante sanft auf.

„Vor dreißig Jahren habe ich einen dummen Fehler begangen." Helens Stimme wurde fester, während sie sprach. „Meine einzige Entschuldigung ist, dass ich noch ziemlich jung war. Und ich war wohl verwöhnt, schätze ich. Um es ganz klar zu sagen, ich habe mich auf den ersten Blick in Palmer Townsend verliebt, und mit typischer Sutherland-Arroganz bin ich davon ausgegangen, dass er meine Gefühle erwiderte."

Palmer wirkte sehr betroffen. Marian schien Mitleid mit Helen zu haben. Harry wirkte überrascht.

„Damals herrschte große Aufregung wegen der Pläne für eine Fusion beider Firmen", fuhr Helen fort. „Alle überschlugen sich vor Begeisterung. Ich fand, nichts könnte romantischer sein, als wenn Palmer und ich heiraten und die Familien durch eine Märchenhochzeit vereinigen würden."

„Helen, du brauchst nichts mehr zu sagen." Derwin griff nach ihrer Schulter.

„Er hat recht, Helen. Hör nicht auf Gordon", erklärte Palmer. „Dies ist persönlich. Du brauchst uns deine Geheimnisse nicht zu verraten."

Sie lächelte traurig. „Aber das, was damals geschehen ist, betrifft nicht nur mich, sondern uns alle. Der Rest der Geschichte ist schnell erzählt. Ich ging zu Palmer und sagte ihm, dass ich mich in ihn verliebt hätte und ihn heiraten wolle. Er war verblüfft, um es milde auszudrücken. Entsetzt wäre ein noch treffenderes Wort."

Palmer sah auf seine Fußspitzen hinunter und wurde rot.

Helen lächelte entschuldigend. „Er hat versucht, ein Gentleman zu sein und es mir leicht zu machen. Aber als ich begriff, dass er nie mehr als eine flüchtige Bekannte in mir gesehen hatte und sich sogar gerade mit einer Frau verloben wollte, der ich nie begegnet war ... Ich war furchtbar enttäuscht und zornig. Ich habe etwas ganz Schlimmes getan, etwas, das ich seit dreißig Jahren bereue."

„Helen, das ist genug." Derwin tätschelte zärtlich ihre Schulter.

„Nein, nicht ganz." Sie berührte leicht seine Hand und sah erst Palmer, dann Gordon an. „In meiner Eifersucht beschloss ich, die Fusion zu verhindern. Ich war diejenige, die damals gewissen Investoren geheime Informationen gegeben hat. Daraufhin waren sie nicht mehr bereit, dem neuen Konzern die notwendigen Darlehen zu gewähren. Dieselben Leute beschlossen später, den Ausbau der Townsend-Hotelkette zu finanzieren. Mein Bruder nahm natürlich an, Palmer Townsend hätte von Anfang an darauf hingearbeitet."

Alle im Raum hielten den Atem an. Gordon beugte sich vor. „Was waren das für Informationen, und wie hast du sie bekommen?"

Helen zuckte mit den Schultern. „Eins der Sutherland-Hotels war in Schwierigkeiten. Eine Sekretärin hat mir die Unterlagen gegeben. Das war nicht schwer. Ich hatte meinen Bruder darüber sprechen hören und wusste, dass er das bis nach der Fusion geheim halten wollte. Als ich die Informationen anonym an die Investoren schickte, deutete ich an, dieses Hotel wäre nur eins von vielen, die in Schwierigkeiten steckten. Sie haben es geglaubt. Du weißt, wie Klatsch sich auf Geschäftsabschlüsse auswirkt."

Palmer sah Gordon an. „Ich erinnere mich an dieses Hotel. Es war ein schlechter Standort. Ihr Vater hatte vor, es zu verkaufen, und das hat er dann auch getan."

Helen sah auf ihre Hände. „Mein Bruder war wütend, als die Investoren sich zurückzogen und dann Geld in die Firma Townsend steckten. Er war sicher, dass da eine geheime Abmachung getroffen worden war."

„Er dachte, ich hätte diese Leute davon überzeugt, dass Townsend höhere Gewinne abwerfen würde als bei einem Zusammenschluss mit Sutherland", erklärte Palmer langsam. „Er glaubte, ich hätte meine Meinung wegen der Fusion geändert und interne Informationen benutzt, um stattdessen Rückendeckung für Townsend zu bekommen."

Helen nickte. „Mein Bruder hat die Firma auf den Kopf gestellt, um den Spion zu finden. Schließlich kam er zu mir, und da erzählte ich ihm eine Lüge."

Palmer kniff die Augen zusammen. „Du hast ihm gesagt, ich hätte dich verführt, um an die Informationen zu kommen, nicht?"

„Ja", gestand Helen. „Ein paar windige Geschäftstricks hätte mein Bruder verzeihen können, aber ich wusste, dass er dir niemals vergeben würde, dass du seine Schwester als Mittel zum Zweck benutzt hattest."

„Und wegen dieses angeblichen Verrats hat er mich all diese Jahre gehasst." Palmer schüttelte verwundert den Kopf. „Aber weshalb hat er mich nicht zur Rede gestellt?"

„Ich habe ihn gebeten, es nicht zu tun. Er hat verstanden, dass mein Stolz dabei auf dem Spiel stand."

„Der berühmte Sutherland-Stolz", murmelte Gordon.

Angie lächelte ihm zu. „Ich wusste immer, dass es viel Leidenschaft in dieser Familie gibt, alle Arten von Leidenschaft."

Gordon drückte verstohlen ihre Hand. „Offenbar sind die Sutherlands doch nicht so kühl." Er sah Helen an. „Habe ich mich geirrt, als ich dachte, Derwin würde hinter den jüngsten Vorfällen stecken? Warst du es?"

„Ja", antwortete Derwin ruhig. „Du hattest recht. Ich war derjenige, der dafür verantwortlich ist. Von der Fusion und der Heirat habe ich zu spät erfahren, um etwas dagegen unternehmen zu können. Aber ich dachte mir, wenn die Aktien sich nicht gut verkaufen, würdet ihr – du und Townsend – die Fusion wieder rückgängig machen. Das war eine unsichere Sache, aber das Einzige, was mir einfiel. Ich musste es versuchen."

Palmer starrte ihn an. „Um Himmels willen, warum? Wir werden alle viel Geld verdienen durch die Fusion."

„Manche Dinge sind wichtiger als Geld", erklärte Derwin. „Ich musste versuchen, Helen vor dem Schmerz zu schützen, den sie mit Sicherheit erleben würde, wenn Sutherland und Townsend sich auf Dauer zusammengeschlossen hätten. Ich wusste, was vor dreißig Jahren passiert ist, verstehen Sie? Ich wusste, wie leidenschaftlich Helen Sie geliebt hat, Palmer, und ich habe Sie verabscheut, weil Sie sie so unglücklich gemacht haben."

Palmer nickte bedächtig. „Sicher, ich kann das verstehen."

Auch Harry zeigte Verständnis. „Ja, ich sehe, warum Sie das Gefühl hatten, etwas tun zu müssen, Derwin."

„Ich verstehe Ihre Gründe, Derwin", murmelte Marian. „Und ich begreife, warum Sie so gehandelt haben, Helen. Unerwiderte Liebe kann furchtbar wehtun."

„Mir ist das alles ein bisschen zu dramatisch", meinte Celia. „Aber ich denke, es ist verständlich."

„Auf jeden Fall", bekräftigte Angie. „Arme Helen. Es muss schrecklich für Sie gewesen sein. Und es war wunderbar von Ihnen, Derwin, dass Sie versucht haben, Helen davor zu schützen, meinem Vater gegenüberzutreten zu müssen und auf diese Weise wieder gedemütigt zu werden."

Helen lächelte traurig. „Die Wahrheit ist, dass es nur mein dummer Stolz war, mit Liebe hatte es nichts zu tun. Das habe ich bald genug herausgefunden, als ich merkte, dass es Derwin war, der mir wirklich etwas bedeutete. Aber ich hatte Angst zuzugeben, was ich getan hatte, und es ist sowieso zu spät, den Schaden zu reparieren. Ich habe gehofft, mit der Zeit würde es in Vergessenheit geraten, doch leider kam es anders."

Gordon sah von einem zum anderen, dann stöhnte er. „All diese Gefühle! Sogar mein Vater ist ihnen zum Opfer gefallen. Ich kann nicht glauben, dass ich von Menschen umgeben bin, die mühelos verstehen können, wie dreißig Jahre lang Geschäftsentscheidungen von Rache und unerwiderter Liebe beeinflusst worden sind. Dreißig Jahre lang!"

Angie klopfte ihm mitfühlend auf die Schulter. „Jetzt übertreibst du. So schlimm ist es gar nicht."

„Nicht so schlimm? Bist du verrückt? Es ist absolut unglaublich, dass die beiden Firmen so lange überlebt haben mit so gefühlvollen Menschen an der Spitze. Wie zum Teufel sollen wir den neuen Betrieb leiten, wenn der Aufsichtsrat aus lauter leidenschaftlichen Menschen wie diesen besteht?"

Alle im Raum starrten ihn an. Gordon wirkte düster. Angie lächelte.

„Sie werden einige Ihrer Verwandten in den Aufsichtsrat berufen?", fragte Palmer interessiert.

„Warum nicht?", erwiderte Gordon. „Sie und ich können jeder eine gleich große Anzahl von Aufsichtsratsmitgliedern benennen, richtig?"

„Richtig."

„Sie werden zweifellos Harry einsetzen."

„Sicher. Und meine Frau. Ich habe gern Leute hinter mir, auf die ich im Notfall zählen kann", erklärte Palmer.

„Ja? So geht es mir auch.“ Gordon blickte seinen Onkel an. „Ich könnte die Art von Loyalität gebrauchen, die du Tante Helen dreißig Jahre lang bewiesen hast, Derwin. Wie wäre es mit einem Sitz im neuen Aufsichtsrat?“

„Nun, ich … Ja, ja, natürlich. Ich werde dir gern helfen.“ Derwin richtete sich auf und strahlte vor Stolz.

„Und was ist mit dir, Celia?“ Gordon wandte sich an seine Stiefmutter. „Wenn du im Aufsichtsrat bist, kannst du Kims Interessen wahrnehmen. Wahrscheinlich wird es demnächst auch Enkelkinder geben, deren Zukunft du sichern willst.“

„Ich fühle mich geehrt, Gordon.“ Celia sah ihn nachdenklich an. „Aber ich verstehe nichts von Management und Bilanzen.“

„Etwas sagt mir, dass du es schnell lernen wirst. Außerdem schätze ich deine Loyalität. Das zählt eine Menge. Übrigens, da wir gerade beim Thema Enkel sind, du kannst dieses Haus für sie haben. Es gehört dir. Ich weiß, Dad hätte es so gewollt. Er hat sich bloß nicht die Mühe gemacht, das im Testament aufzuführen. Du weißt, wie Dad die Dinge geregelt hat.“

„Er hat von dir erwartet, dass du dich um alles kümmerst, ja.“ Celia lächelte. „Danke, Gordon. Vielen Dank. Und ich nehme den Sitz im Aufsichtsrat an.“

Gordon warf Helen einen fragenden Blick zu.

„Nein, danke“, antwortete Helen sanft. „Ich vertraue darauf, dass ihr anderen euch um die geschäftlichen Belange der Familie kümmert. Ich würde mich lieber meinen Wohltätigkeitsprojekten widmen.“

Gordon akzeptierte dieses Vertrauensvotum. „Danke.“

„Hey, was ist mit mir?“ Angie winkte mit der Hand, um Gordons Aufmerksamkeit zu erregen. „Ich wäre auch gern im neuen Aufsichtsrat. Ich nehme den Sitz, den Helen nicht will. Das wird Spaß machen. Ich habe alle möglichen tollen Ideen für die Firma, einschließlich eines neuen Firmenzeichens.“

Gordon hörte Palmer und Harry stöhnen. Er ignorierte die beiden, während er sich an seine Frau wandte. Zuerst wollte er es mit Logik versuchen. „Du hast doch schon eine Karriere als Schmuckdesignerin.“

„Ja, aber ich kann sicher mit beidem fertig werden“, antwortete sie schnell.

„Angie, Schatz, du wirst Aktien der neuen Firma besitzen. Das gibt dir ein Mitspracherecht. Du brauchst keinen Sitz im Aufsichtsrat.“

„Aber, Gordon …“

„Um Himmels willen“, explodierte er. „Du bist doch schon mit dem Direktor verheiratet. Wie viel Einfluss willst du denn noch?“

„Das ist nicht dasselbe.“ Sie wurde knallrot, als alle schmunzelten. „Lass es mich versuchen, Gordon, ja? Ich weiß, ich wäre ein großartiges Aufsichtsratsmitglied. Ich nehme an allen Sitzungen teil und melde mich freiwillig für besondere Komitees und alles.“

„Darauf wette ich.“ Gordon lächelte. „Ich will ganz offen sein, Angie. Ich werde dich den Rest meines Lebens lieben, aber eher friert die Hölle ein, als dass ich dich in den Aufsichtsrat lasse. Etwas sagt mir, dass du schon genug Ärger machen wirst, wenn du nur Aktien besitzt.“

„Gordon!“ Angie riss erstaunt die Augen auf. „Was hast du gerade gesagt?“

„Du hast es gehört.“

„Gordon, du liebst mich wirklich. Ich wusste es.“ Sie warf sich in seine Arme, klammerte sich an ihn und überschüttete ihn mit Küssen, während der Rest der Familie in Jubelrufe ausbrach.

Betty kam ins Wohnzimmer und sah, wie die Sutherlands und die Townsends zusammen lachten. Über Angies Kopf hinweg warf sie Gordon einen Blick zu und lächelte. „Ich wusste immer, dass hier nichts falsch war, was nicht durch die Liebe einer guten Frau wieder in Ordnung kommen könnte. Also, das Dinner ist serviert. Ich kann es gar nicht erwarten, alle Sutherlands und Townsends zusammen bei einer Mahlzeit zu erleben.“

Am folgenden Abend stand Angie auf der Terrasse der Flitterwochensuite eines vertrauten Sutherland-Hotels. Der Abendwind bauschte ihr silbernes Negligé. Sie legte die Ellbogen aufs Geländer und beobachtete den Sonnenuntergang über dem Pazifik. Ihre langen goldenen Ohrringe schwangen sanft hin und her.

Sie drehte sich um, als hinter ihr die Tür der Suite geöffnet wurde. Gordon kam mit einer Flasche Champagner und zwei Gläsern herein. Er trug noch seinen schwarzen Anzug, den er beim Dinner getragen hatte.

Nachdem er die Tür verschlossen hatte, ließ er den Blick durch den elegant eingerichteten Raum schweifen, bis er Angie auf der Terrasse bemerkte. Sein Lächeln war voll sinnlicher Erwartung, als er auf sie zuging.

Angie erschauerte unter seinem Blick. Sie beobachtete, wie Gordon das Zimmer durchquerte, sah die Liebe und das Begehren in seinen Augen und dachte, dass es nie einen anderen Mann für sie geben würde.

Gordon blieb hinter ihr stehen, entkorkte den Champagner und schenkte ein. Dann reichte er Angie ein Glas und hob sein eigenes. „Auf dich, Mrs Sutherland."

„Auf dich, Mr Sutherland."

Er wartete, bis Angie einen Schluck Champagner getrunken hatte, dann nahm er ihr das Glas aus der Hand und stellte es weg. Er umfasste das Geländer zu beiden Seiten von Angies Taille, sodass sie zwischen seinen Armen gefangen war.

„Also, Mrs Sutherland." Er küsste sie zärtlich und ließ sich Zeit, Angie zu beweisen, wie sehr er sie brauchte und liebte.

Angie lächelte und schlang die Arme um seinen Hals. „Ja, Mr Sutherland?"

„Ich glaube, wir beide haben noch etwas zu Ende zu bringen." Er küsste ihre Kehle.

„Tatsächlich?" Sie zitterte, legte den Kopf zurück und ließ das Haar über die Schultern fallen. „Und was könnte das sein?"

„Unsere Hochzeitsnacht."

„Ah, das." Sie fing an, sein Hemd aufzuknöpfen. „Müssen wir eine Aufsichtsratssitzung einberufen, um die Zustimmung zu dieser Fusion zu bekommen, oder meinst du, wir schaffen das allein?"

„Der Aufsichtsrat von Sutherland und Townsend hat bereits seine volle Zustimmung erteilt. Ich denke, die Einzelheiten können wir allein aushandeln." Gordon küsste sie, hob sie in seine Arme, trug sie ins Zimmer und legte sie aufs Bett.

Angie sah zu ihm auf, griff nach den Enden seiner Frackschleife und zog sanft daran.

Gordon lachte leise, als sie ihn aufs Bett hinabzog. Dann lag er auf ihr und strich ihr mit den Fingern durchs Haar. „Sag mir, dass du mich liebst, Angie."

„Ich liebe dich, Gordon. Ich werde dich mein ganzes Leben lang lieben." Sie streichelte seine Wange.

„Das ist gut so, weil ich mit dir zusammensein will, solange wir beide leben. Ganz gleich, was kommt." Er nahm ihre Hand und küsste ihren Ehering. „Ich liebe dich, Angie. Für immer."

„Für immer."

Zehn Monate später blieb Gordon vor der Tür eines Krankenhauszimmers stehen. Er hatte ein Dutzend roter Rosen in einem Arm und einen großen Umschlag in dem anderen. Als er das Zimmer betrat, gab er sich keinerlei Mühe, sein stolzes Lächeln zu verbergen. Der Raum war gefüllt mit Geschenken der verschiedenen Mitglieder der Sutherlands und Townsends. Rosa Schleifen und buntes Einwickelpapier lagen überall herum.

Angie, die ihr Baby im Arm hielt, hob den Kopf. Sie lächelte, und ihre Augen glänzten vor Glück. Gordon dachte besorgt, dass sie müde wirkte. Aber er musste zugeben, dass er nie etwas so Schönes gesehen hatte wie seine Frau und seine kleine Tochter.

Angie betrachtete die Blumen. „Gordon, sie sind wunderschön. Was ist in dem Umschlag?"

„Der erste Anteil unseres Kindes an den Sutherland- und Townsend-Aktien." Gordon öffnete den Umschlag und nahm eine Urkunde heraus, die auf den Namen Samantha Helen Sutherland ausgestellt war. „Glaubst du, das wird ihr gefallen?"

Angie lachte. „Sehr sogar. Wenn sie mit der Highschool fertig ist, wird sie mit ihrem Anteil ein Jura- oder Medizinstudium finanzieren können, so wie die Aktien jetzt steigen."

„Vielleicht beschließt sie, die nächste Geschäftsführerin von Sutherland und Townsend zu werden." Gordon beugte sich vor, um das Baby zu bewundern. Das kleine Mädchen öffnete nicht die Augen, aber seine winzige Hand schloss sich fest um Gordons Daumen. Er lachte über diese Kraft und Entschlossenheit. „Sie weiß, dass sie, was sie will, festhalten muss."

„Genau wie ihr Vater", stimmte Angie zu.

„Richtig." Gordon sah Angie an. „Und ich werde dich nie gehen lassen, Mrs Sutherland. Denk daran."

„Das werde ich." Und sie lächelte ihn an wie an ihrem Hochzeitstag, als er ihr den Ring an den Finger gesteckt hatte.

– ENDE –

Linda Winstead Jones

Traumfrau mit Geheimnis

Roman

Aus dem Englischen von
Stefanie Rudolph

MIRA®

1. KAPITEL

Jemand beobachtete ihr Haus. Reva blieb überrascht stehen, und ihr Herzschlag beschleunigte sich.

Der Fremde stand reglos im Schatten einer alten Eiche und ließ ihre Haustür nicht aus den Augen. Sie hatte das Licht in der Küche brennen lassen, also vermutete er wahrscheinlich, dass jemand zu Hause war.

Der Rest der Straße lag friedlich und verlassen da. Es war zwar noch vor neun, doch bereits dunkel. Nur die spärlich gesäten Straßenlaternen und ein paar Gartenleuchten gaben etwas Licht, doch Reva hatte den Heimweg zum größten Teil im Dunkeln zurückgelegt. Normalerweise machte ihr das nichts aus, doch natürlich begegnete sie sonst auch keinem Fremden.

Der Mann hatte sich seinen Standort gut ausgesucht. Der Stamm der Eiche verdeckte ihn fast völlig, und wenn nicht der Mond geschienen hätte, hätte Reva ihn überhaupt nicht bemerkt.

Sie kam vom Haus ihrer Freundin Tewanda Hardy, wo sie ihren Sohn Cooper abgeliefert hatte. Cooper und Tewandas Sohn Terrance waren beste Freunde und übernachteten oft miteinander. Es war so ein herrlicher Frühlingsabend, dass sie beschlossen hatten, die knapp zwei Kilometer zu Fuß zu gehen. Nach einem angeregten Gespräch mit ihrer Freundin und Coopers obligatorischem Gutenachtkuss hatte sie ihre Baseballkappe wieder aufgesetzt und sich auf den Heimweg gemacht.

Jetzt war sie froh, dass sie das Auto in der Garage gelassen hatte. Wenn sie nicht die Abkürzung durch den Garten genommen hätte, wäre ihr der Fremde gar nicht aufgefallen.

Sie sagte sich, dass sie in der Dunkelheit ebenfalls schwer zu entdecken war und betrachtete den Mann. Obwohl er sich auf ihrem Grundstück befand, fühlte sie sich nicht bedroht. Zum einen trug er einen Anzug, was ja nicht unbedingt die gängige Berufskleidung für einen Einbrecher war. Und zum anderen verhielt er sich auch sonst nicht verdächtig, indem er sich zum Beispiel nervös umschaute. Unschlüssig nagte sie an ihrer Unterlippe. Ihr Instinkt hatte schon früher versagt. Dies war sicherlich kein guter Anlass, ihm wieder zu vertrauen.

Bevor sie sich entschieden hatte, was sie tun sollte, bewegte sich der Fremde. Er stieß sich vom Baumstamm ab, machte eine Kehrtwende und kam direkt auf sie zu.

Reva hatte eine Reihe von Möglichkeiten, aber keine Zeit, lange darüber nachzudenken. Wegrennen. Verstecken. Stehen bleiben.

Der Fremde drehte den Kopf und blickte in ihre Richtung. Zum Verstecken war es also zu spät. Er hatte lange Beine, also würde auch Flucht nichts nützen. Ihre Nachbarn waren alle ältere Leute. Wenn sie um Hilfe schrie, würde irgendjemand den Sheriff benachrichtigen, aber bis dahin war sie auf sich gestellt.

Reva blickte sich hektisch um und sah einen langen Ast, den die Gärtner vom Birnbaum abgesägt, aber noch nicht entsorgt hatten. Sie machte einen Schritt zur Seite, ging in die Hocke und griff danach, federte dann wieder hoch und umfasste ihn mit beiden Händen.

„Hi", sagte der Fremde gelassen.

Reva entspannte sich ein wenig, ließ den Ast jedoch nicht los. „Hi. Wieso schleichen Sie hier rum?"

Sie wollte ihn ja nicht gleich mit der Nase draufstoßen, dass er *ihr* Haus beobachtet hatte.

„Ich bin nicht …" Er zögerte. „Bin ich herumgeschlichen?" Zwar konnte sie im Dunkeln seine Gesichtszüge nicht genau erkennen, doch sie sah, dass er etwas schief lächelte. „Na ja, ich kann mir denken, warum es so gewirkt haben muss. Ich habe im Haus gegenüber ein Zimmer gemietet. Und da ich erst vor etwa einer Stunde hier angekommen bin, wollte ich mich ein wenig umsehen."

Er kam auf sie zu und streckte die Hand aus. „Mein Name ist Dean Sinclair."

Reva trat einen Schritt zurück. Vielleicht sagte er die Wahrheit, vielleicht aber auch nicht. Jedenfalls hatte sie nicht vor, ihre einzige Waffe fallen zu lassen, um ihm die Hand zu schütteln, auch wenn er normal und höflich klang und einen Anzug mit Krawatte trug. Auch ihr Name ging ihn überhaupt nichts an.

Als sie seine Geste nicht erwiderte, verschwand sein Lächeln. „Sie haben nicht vor, mich mit dem Stock zu schlagen, oder?"

Die Frage enthielt die Spur einer Drohung, und sie war froh, dass sie auf der Hut gewesen war.

In Somerset gab es so gut wie keine Verbrechen. Und unbefugtes Betreten eines Grundstücks kann man ja auch nicht gleich so nennen, dachte Reva, den Ast fester umklammernd. Dennoch war etwas an diesem Mann, das sie nicht mochte. Die Tatsache, dass sie ihn dabei erwischt hatte, wie er ihr Haus beobachtete, gar nicht mitgezählt.

„Nicht, wenn Sie mir keinen Grund dafür geben", gab sie zurück.

Gleichmütig verschränkte er die Arme vor der Brust. Wieso hatte sie dennoch das Gefühl, dass seine Gelassenheit nur gespielt war?

„In diesem Viertel gibt es ein paar wunderbare alte Häuser", sagte er mit seiner ruhigen, tiefen Stimme. „Ich bin nur ein bisschen herumgelaufen und habe sie mir angesehen, weil ich mich für die Architektur des 19. Jahrhunderts interessiere."

„Die Details dieser Epoche kommen bei Tageslicht noch viel besser zur Geltung", entgegnete Reva kühl.

„Wie gesagt, ich bin gerade erst angekommen." Er zuckte die Achseln. „Ich konnte es einfach nicht abwarten, mich umzusehen. Wohnen Sie in der Nähe?"

„Nein", sagte sie. „Ich laufe nur hier im Dunkeln herum, um mir die Architektur anzusehen."

Ihre Antwort bewirkte ein weiteres schiefes Lächeln auf dem Gesicht des Fremden. Er wirkte ganz eindeutig nicht wie ein Verbrecher, aber ganz harmlos war er auch nicht. Unter dem Anzug verbarg sich ein durchtrainierter Körper, das konnte sie an seinem Gang und seiner Haltung erkennen. Er hatte nichts Weiches an sich, wenn man seine Stimme nicht zählte.

Reva war vor Männern immer auf der Hut, besonders vor solchen wie diesem hier. Er war zu glatt, zu selbstsicher und zu sehr auf ihrem Grundstück. Von seinem Architekturfimmel konnte er seiner Großmutter erzählen.

„Ich gehe jetzt", sagte er und trat einen Schritt zurück. „Ich würde sagen *nett, Sie kennengelernt zu haben*, aber leider weiß ich Ihren Namen nicht."

Er hielt inne, doch sie schwieg.

„Und ich kann auch Ihr Gesicht nicht sehen", fuhr er fort und legte den Kopf schräg, als würde das helfen. „Jedenfalls nicht unter der Schirmmütze. Aber wenn ich jemals eine misstrauische Frau sehe, die einen großen Ast mit sich rumträgt, werde ich auf jeden Fall Hallo sagen."

Reva hob den Ast etwas höher. Flirtete er etwa mit ihr? Unmöglich. Sie beschloss, überhaupt nicht zu antworten.

„Tut mir leid, wenn ich Sie erschreckt habe", sagte er.

„Haben Sie nicht", gab sie zurück.

Dean nickte, sah aber so aus, als glaubte er ihr kein Wort. Konnte er etwa hören, wie laut ihr Herz schlug? Oder hatte er das leichte Zittern in ihrer Stimme erkannt?

„Ich glaube, ich sollte meine Erkundungstouren ab jetzt tagsüber machen. Ich wusste nicht, dass hier so früh die Bürgersteige hochgeklappt werden.“

„Jetzt wissen Sie's“, erwiderte sie knapp.

„Gute Nacht, Ma'am“, sagte er, senkte leicht den Kopf und drehte sich auf dem Absatz um. Reva beobachtete, wie er durch den Garten ging, die Straße überquerte und vor Evelyn Fisters Haustür stehen blieb. Tatsächlich stand in der Einfahrt des Hauses, in dem Dean angeblich das Zimmer mietete, ein ihr unbekannter Wagen.

Also hatte er vielleicht doch die Wahrheit gesagt. Vielleicht.

Dennoch nahm sie den Ast mit, als sie zum Haus ging.

Beschattungsjobs waren nicht gerade Deans Lieblingsaufgabe in seinem Beruf. Stunden-, tage- oder wochenlang herumzusitzen und darauf zu warten, dass sich etwas tat, war ein mühseliger, aber unumgänglicher Teil der Arbeit eines stellvertretenden Polizeichefs der Bundesbehörde.

Obwohl er gut geschlafen hatte, ging ihm seine derzeitige Aufgabe bereits auf die Nerven. Dabei waren er und sein Partner, Alan Tanner, erst seit dreizehn Stunden in Somerset, Tennessee, das mit seinen zweitausenddreihundertzweiundfünfzig Einwohnern nicht gerade eine Großstadt darstellte.

Alan, der die Nachtschicht übernommen hatte, stand auf, als Dean aus dem Schlafzimmer der gemieteten Mansarde kam. Nach sechs Stunden auf seinem Posten war er ganz offensichtlich müde.

Als Junggeselle war Alan dünn und drahtig gewesen, doch jetzt bekam er langsam einen Bauch, ein Anzeichen für die Kochkünste seiner Frau. Er war ein paar Jahre älter als Dean, bekam die ersten grauen Haare und marschierte stramm auf die vierzig zu.

Ihr neues Zuhause umfasste den gesamten dritten Stock des Hauses, das im Jahr 1820 gebaut worden war. Alles quietschte, knarrte oder brauchte dringend einen neuen Anstrich, doch immerhin hatte das Haus einen gewissen Charme.

Den großen Raum im dritten Stock hatte ihre Vermieterin ihnen als *den Salon* vorgestellt. Die Möblierung war älter als die reizende alte Dame selbst, und einige der Polstermöbel rochen etwas muffig. Doch ihr Quartier war sauber und lag in idealer Entfernung zu *Miss Reva's*, dem Restaurant auf der anderen Straßenseite.

Sie hatten jeder ein Schlafzimmer, den Salon und ein Bad, dazu ein paar andere Räume, die sie nicht benutzen würden.

Alan stand von seinem Fensterplatz vor dem Teleskop auf und streckte sich. „Eine Person hat das Haus heute Morgen betreten."

„So früh schon?" Es war gerade erst acht, und das Restaurant servierte erst ab ein Uhr Mittagessen.

„Ja. Allerdings keine Ähnlichkeit mit Pinchon. Etwa eins fünfzig groß, weiße Haare, vierzig Kilo, und schätzungsweise dreiundneunzig Jahre alt."

Alan gähnte und zog sich in sein Zimmer zurück, um ein paar Stunden Schlaf nachzuholen.

Die Linse des Teleskops war auf das große Südstaaten-Haus schräg gegenüber gerichtet. Dean ließ sich auf dem Stuhl beim Fenster nieder und betrachtete das weiße Gebäude. Das Ziel ihrer Beschattung, eine gewisse Reva Macklin, wohnte in dem Gästehaus hinter dem großen Gebäude, das zu einem beliebten Restaurant umgebaut worden war. Von ihrem Beobachtungspunkt aus konnten sie das Gästehaus nur teilweise sehen, weil es von der umlaufenden Veranda des Restaurants und ein paar Bäumen verdeckt war.

Deshalb hatte Dean sich letzte Nacht aufgemacht, um es aus der Nähe zu betrachten, wo er von einer mit einem Ast bewaffneten Anwohnerin gestellt worden war.

Er musste lächeln, als er daran dachte. Er hatte nur ihre Beine wirklich sehen können, aber die waren wundervoll geformt, lang und schlank.

Dieses Bild hatte ihm in der Nacht angenehme Gedanken beschert. Außerdem war ihm ihre leicht rauchige Stimme vom ersten Augenblick an unter die Haut gegangen.

„Glaubst du, er taucht wirklich hier auf?", fragte Alan mit einem Gähnen.

Dean schob seine Träumerei von einer Frau, die er wahrscheinlich nie wieder sehen würde, zur Seite und konzentrierte sich wieder auf seinen Job. Er war hier, um einen geflohenen Verbrecher einzufangen.

Eddie Pinchon hatte ein lebenslängliches Urteil abgebüßt, bevor er vor zwei Tagen aus dem Gefängnis in Florida entkommen war. Laut seiner Akte galt der Mann als gemeingefährlich. Er war gewalttätig, intelligent, gierig und gelegentlich etwas verrückt. Die meiste Zeit schien er völlig normal zu sein, nur um dann etwas zu tun, was sich kein vernünftiger Mensch jemals einfallen lassen würde. Wie zum Beispiel einen Mann, der ihn bei einem Drogendeal betrogen hatte, mitten in einem Schnellimbiss vor Dutzenden von Zeugen umzubringen.

Dean blickte zu dem Foto, das sie an eine Wand neben dem Fenster gehängt hatten. Das acht Jahre alte Bild war mehrfach vergrößert worden und daher grob gerastert. Doch es würde reichen.

Reva war vor Eddies Verhaftung zwei Jahre lang seine Freundin gewesen. Auf dem einzigen Foto, das aufzutreiben war, lächelte sie glücklich. Sie war neunzehn und trug in allem etwas zu dick auf: zu viel Make-up, zu viele Ohrringe in einem Ohr, ein zu tiefer Ausschnitt, der ihre Vorteile großzügig zur Schau stellte. Ihr Haar war ganz offensichtlich blondiert. Nicht der Typ Frau, der Dean interessierte. Für ihn fiel sie in die Sparte Frauen, die man allgemein als *billig* bezeichnete.

Dennoch war sie recht hübsch, wenn man über das zu blonde Haar und die zu roten Lippen hinwegsah. Darunter lag eine klassische Schönheit, die auch ihre geschmacklose Aufmachung nicht völlig verdecken konnte.

Daher war er fast sicher, dass Pinchon den Weg nach Somerset finden würde. Reva war keine Frau, die ein Mann wie Pinchon ohne Bedauern zurückließ.

Andere Beamte beobachteten Pinchons Freunde und Familie, in der Hoffnung, dass der entflohene Häftling dumm genug war, seine Mutter oder alte Saufkumpane zu besuchen. Doch damit rechnete Dean eigentlich nicht. In Revas Fall hoffte Pinchon allerdings vielleicht, dass die Beamten sie übersehen hatten. Oder sein Verlangen nach ihr war einfach stärker als jede Vernunft.

„Ja“, sagte Dean leise mit einem Blick auf das Foto. „Er wird hier aufkreuzen.“

Alan ging nicht sofort zurück in sein Zimmer, sondern lehnte sich an den Türrahmen und seufzte. „Connie hasst diese Jobs.“

Connie war Alans zweite Frau, und es lief gut zwischen den beiden. Sie waren seit sechs Jahren verheiratet, hatten zwei Kinder – einen Jungen und ein Mädchen –, und Alan sprach von nichts anderem als Connie, wenn er auf einem Außenjob war. Nach ein paar Tagen ging es Dean oft auf die Nerven, von der wunderbaren Connie und den prachtvollen Kindern zu hören.

Alan klang so häuslich – und so glücklich. Diese Bilderbuchidylle konnte Dean manchmal fast auf die Palme bringen.

„Wie steht's mit … wie hieß sie doch gleich?“, fragte Alan gut gelaunt. „Die Braunhaarige. Penny, Patty, Pansy …“

„Patsy“, antwortete Dean schroff.

„Genau“, fuhr Alan fort, als hätte er den Namen von Deans neuester Flamme nicht von Anfang an gewusst. „Ist sie wieder mal sauer?“

„Keine Ahnung“, erwiderte Dean. „Ich habe sie seit drei Monaten nicht gesehen.“

Sie schwiegen beide einen Moment lang, dann stieß Alan erleichtert die Luft aus. „Gott sei Dank. Sie war so ein ... na ja, ich mag das Wort Biest nicht, aber wie soll man sie sonst bezeichnen? Ich bin froh, dass du's endlich gemerkt hast und sie losgeworden bist. Das Einzige, was sie gut konnte, war sich beklagen. Du bist nie zu Hause, du bist zu oft zu Hause, ihr könnt keine Pläne machen ...“ Alan unterbrach sich. „Jetzt warte mal. Drei Monate? Du hast vor drei Monaten mit ihr Schluss gemacht und mir nie einen Piep davon gesagt?“

Dean ließ das Haus gegenüber nicht aus den Augen. „Um die Wahrheit zu sagen, sie hat mit mir Schluss gemacht.“ Nicht, dass es ihm was ausmachte. Ihre Beziehung, wenn man es denn so nennen konnte, hatte schon lange vorher auf wackeligen Füßen gestanden.

„Autsch“, sagte Alan leise.

„Bist du nicht müde? Willst du nicht schlafen?“, fragte Dean, der das leidige Thema gerne fallen lassen wollte.

„Gleich.“ Alan kam näher. „Weißt du, was dein Problem ist?“

Dean seufzte. „Nein, aber ich bin mir sicher, du wirst mich nicht im Ungewissen darüber lassen.“

„Du hast immer nur den Job im Kopf“, sagte Alan liebenswürdig.

„Na und? Du doch auch.“

„Nein, schon lange nicht mehr.“

Dean sah aus dem Augenwinkel, wie Alan den Kopf schüttelte. „Ich liebe meine Arbeit, und ich würde nie was anderes machen wollen. Aber es hat mich meine erste Ehe gekostet, dass ich nach Feierabend auch noch über den Job nachdachte. Wenn ich jetzt nach Hause gehe, bleibt die Arbeit draußen. Ohne das wäre meine zweite Ehe auch schon vor Jahren den Bach runtergegangen.“

„Okay, ich geb's zu, du bist ein Heiliger.“

„Nein, das bist du, mein Lieber“, schoss Alan zurück. „Du hast diesen Pfadfinder-Komplex. Du willst die ganze Welt retten und alle in deiner Familie. Und die ganze Zeit über hältst du dich an alle Regeln. Hast du dich nie gefragt, wer sich um dich und deine Bedürfnisse kümmert?“

Dean blickte seinen Partner mit hochgezogenen Brauen an. „Hast du wieder mal zu viele Talk-Shows geschaut?“

Alan wurde rot. „Nein, aber es gibt da diese neue Show mit einem Psychologen, der ein paar echt gute Ansätze hat …“

„Geh ins Bett.“ Dean wandte sich wieder dem Teleskop zu und atmete auf, als er hörte, dass Alan in sein Zimmer zurückging. Wenn sein Partner nun auch noch damit anfing, Deans Privatleben zu analysieren, würde es ein verdammt langer Beschattungsjob werden.

Als neben dem Haus auf der anderen Straßenseite eine Frau auftauchte, richtete er das Teleskop auf sie. Ihr Gang war beschwingt, doch außer einem langen gelben Rock, der ihr bis zu den Waden reichte, konnte er nichts sehen, weil ein tief hängender Ast ihm die Sicht versperrte.

Erst als sie weiterging, bekam er sie voll in den Blick. Zuerst war er sich sicher, dass es sich nicht um Reva Macklin handelte. Ihr Haar war dunkelblond und zu einem dicken Pferdeschwanz gebunden. Ihr schlichtes Kleid umspielte lose ihren Körper. Wenn sie überhaupt Make-up trug, dann war es sehr dezent. Doch als Dean sich auf die Merkmale ihres Gesichts konzentrierte, die Form ihrer Nase und die hohen Wangenknochen, wurde ihm klar, dass er doch das Zielobjekt vor sich hatte.

Sie war erwachsen geworden und hatte sich zu einer klassischen Schönheit gemausert. Das kam unerwartet. Dennoch, die Frau, die mit einem heiteren Gesichtsausdruck durch den Garten ging, war eindeutig Reva Macklin.

Ihr beeindruckender Wandel vom Flittchen zur femininen Grazie erstaunte ihn. Jetzt war sie eine Frau, die so viel elegante Weiblichkeit ausstrahlte, dass jeder Mann sich nach ihr umdrehen würde.

Ja, früher oder später würde Eddie Pinchon sich in Somerset, Tennessee, blicken lassen. Und dann würden Dean und Alan auf ihn warten.

In der Küche herrschte Chaos, doch es war die Art von geordneter Unordnung, an die Reva gewöhnt war.

Außer ihrer Freundin Tewanda Hardy, die in ihrem Alter war, bestand ihre ganze Belegschaft aus älteren Frauen. Sie waren alle grauhaarig, rüstig und im Alter zwischen sechzig und siebzig. Einige halfen beim Kochen, die anderen beim Service, und während einige nur einmal die Woche kamen, hatten die anderen eine Vier- oder Fünftagewoche. Sie alle liebten ihre Jobs, in denen sie taten, was sie am besten konnten: Kochen, die Küche in Schuss halten und Durchreisenden und Touristen die historischen Anekdoten der Stadt erzählen, in deren Nachbarschaft immerhin im Bürgerkrieg eine aufregende Schlacht stattgefunden hatte.

„Habt ihr schon gehört?“, fragte Miss Frances, während sie den Kuchenteig knetete. „Evelyn hat ihre Mansarde an zwei Fremde vermietet. Sie kommen aus Georgia, hat sie, glaube ich, gesagt.“

Reva spitzte die Ohren, als sie sich an die Begegnung der letzten Nacht erinnerte.

„Tatsächlich?“ Miss Edna schälte einen Apfel, der in dem selbst gemachten Apfelmus enden würde, das eine ihrer Spezialitäten war. „Sind sie Touristen?“

„Das wusste Evelyn auch nicht so genau.“ Frances senkte die Stimme. „Die Herren haben keine genaueren Gründe angegeben, warum sie in der Stadt sind.“ Sie verzog missbilligend den Mund. „Die Touristensaison fängt erst im Sommer an, und die meisten übernachten in den großen Hotels am Stadtrand. Wenn du mich fragst, ist die ganze Sache ziemlich seltsam. Ich kann gar nicht glauben, dass Evelyn Zimmer in ihrem Haus an Fremde vermietet, die nicht mal sagen, was sie hier wollen.“

„Nun ja“, sagte Edna und beugte sich näher zu Frances. „Sie braucht das Geld. Aber ich weiß, dass sie das Gewehr ihres Vaters unterm Bett aufbewahrt und auch weiß, wie man es benutzt. Ich glaube nicht, dass sie in Gefahr ist.“

Der allmorgendliche Küchentratsch war ein weiterer Aspekt der Arbeit, den ihre Angestellten genossen. Die zwei mysteriösen Fremden würden für Stunden Gesprächsstoff liefern. Reva hatte nicht vor, zu verraten, dass sie einen davon schon am Vorabend getroffen hatte. Sie wollte ihren Namen aus den Gerüchten raushalten, die bald die Runde machen würden. Schließlich lag ihr daran, so wenig wie möglich aufzufallen.

„Vielleicht sollten wir heute Nachmittag mal ein Wörtchen mit den Herren reden“, schlug Frances vor. „Nur um sicherzustellen, dass alles mit rechten Dingen zugeht.“

Reva lächelte, während sie Okraschoten schnipselte. Ganz egal, wer oder was Dean und sein Freund waren, sie würden es hier nicht leicht haben.

„Vielleicht wird einer der beiden Reva den Hof machen“, sagte Edna mit einem verschmitzten Lächeln. „Evelyn sagte, dass sie gut aussehende Männer sind, wenn auch einer schon einen kleinen Bauch hat.

Aber es ist längst nicht so schlimm wie zum Beispiel bei Rafer Johnson", fügte sie eilig hinzu. „Nur ein gesundes Anzeichen dafür, dass er gutes Essen zu schätzen weiß."

„Wahrscheinlich ist er verheiratet", vermutete Frances.

„Wieso würde er dann zusammen mit einem anderen Mann eine Mansarde mieten?"

Die beiden Frauen blickten sich an und schwiegen eine Weile. „Du glaubst doch nicht etwa ...", begann Frances leise.

„Nein, bestimmt nicht", erwiderte Edna etwas entrüstet.

„Na ja, zwei gut aussehende Männer, die zusammenleben und sich darüber ausschweigen, warum sie hier sind ..."

„Wann sind sie angekommen?", unterbrach Reva, um zu prüfen, ob Dean ihr am Vorabend die Wahrheit gesagt hatte.

„Gestern Nacht."

Reva lachte. „Warum geben wir ihnen nicht ein bisschen Zeit, sich einzugewöhnen und uns kennenzulernen, bevor wir voreilige Schlüsse ziehen?"

„Da hat sie natürlich recht", stimmte Edna zu. „Und immerhin besteht die Chance, dass der, der keinen Bauch hat, Reva den Hof macht."

„Nein danke", erwiderte Reva schärfer als beabsichtigt. Männer wie Dean gehörten nicht zu der Sorte, die irgendjemandem den Hof machten. Und außerdem war er nicht ihr Typ. Kein Mann war ihr Typ!

„Hättest du lieber den mit dem Bauchansatz?", fragte Frances. „Deshalb willst du also nicht mit Sheriff Andrews ausgehen? Ich weiß, dass er mehrmals um Erlaubnis gefragt hat, dir den Hof zu machen, und du jedes Mal abgelehnt hast. Ich hatte ja keine Ahnung, dass du nach jemandem Ausschau hältst, der ein bisschen besser im Futter steht. Sheriff Andrews ist ja nun nicht gerade klein, aber auch nicht besonders kuschelig. Wenn du willst, bringen wir ihm Essen in die Polizeistation, bis er sich gemausert hat ..."

Reva lachte. „Bloß nicht! Warum könnt ihr nicht einfach akzeptieren, dass ich mir von niemandem *den Hof machen* lassen will?" Sie betonte die altmodische Formulierung, die die alten Damen mit solcher Begeisterung verwendeten.

„Weil es nicht normal ist", konterte Frances.

„Ich wünschte, ich hätte einen Mann", seufzte Edna. „Ich vermisse es, abends mit jemandem zu reden, seit mein John nicht mehr ist."

„Ich vermisse den Sex", gab Frances freimütig zu.

„Na ja“, erwiderte Edna süffisant, „dein Billy war ja auch nie besonders redselig.“

Die beiden Frauen lachten, und Reva zog sich unauffällig aus der Küche zurück.

Ihre Belegschaft der älteren Generation hatte ihre Meinung über das Älterwerden grundlegend revidiert. Die Damen hatten ihren Spaß und genossen das Leben. Sicher, die üblichen Zipperlein machten auch ihnen zu schaffen, doch davon ließen sie sich die Lebensfreude nicht verderben.

Ihre Meinung über Männer hatten jedoch auch sie nicht ändern können. Egal ob mit oder ohne Bauch, Reva hatte vom anderen Geschlecht die Nase voll. Sie brauchte keinen Mann, sie wollte keinen Mann, und deshalb hatte sie jeden Möchtegern-Romeo abblitzen lassen, der sich in den drei Jahren, die sie jetzt in Somerset wohnte, Chancen bei ihr ausgerechnet hatte.

Sie lehnte sich im Flur an die Wand und wischte sich die Hände an der Schürze ab. Würden die Damen es jemals aufgeben, sie verkuppeln zu wollen? Ihr Leben gefiel ihr, wie es war. Sie hatte eine Bleibe gefunden, war zufrieden. Für nichts in der Welt hätte sie das eingetauscht. Bei ihrem schrecklichen Pech mit Männern ließ sie lieber ganz die Finger von ihnen. Eine Beziehung würde nur alles durcheinanderbringen, und an die große Liebe glaubte sie sowieso nicht. Das eine Mal, als sie darauf reingefallen war, hatte es eine Katastrophe gegeben, und sie hatte Jahre gebraucht, darüber hinwegzukommen.

Nein, nie wieder. Auf keinen Fall.

Edna und Frances waren noch immer dabei, ihre Vermutungen über die Männer im gegenüberliegenden Haus auszutauschen, als Reva wieder die Küche betrat, und kamen dabei auf immer abstrusere Ideen. So langsam fingen die beiden Untermieter an, ihr wirklich leidzutun.

Die neueste Entwicklung gefiel Dean gar nicht.

Schon vor zwölf waren die ersten Autos eingetroffen und hatten am Straßenrand und auf dem Schotterparkplatz des Restaurants geparkt.

Miss Reva's war beliebter, als er vermutet hatte.

Die Gäste spazierten im Garten herum, bewunderten die Blumen, saßen auf der großen Veranda in der Sonne. Und es kamen immer mehr.

Mittlerweile war der Parkplatz seitlich vom Haus kaum noch einzusehen. Eddie Pinchon konnte leicht bis zur Seitentür vorfahren, ohne dass Dean ihn überhaupt bemerkte.

Als die Gästeschar um Viertel vor eins immer noch wuchs, traf Dean eine Entscheidung. Er griff nach seinem Jackett, das über der Stuhllehne hing, und zog es über. Die anderen Gäste waren weniger formell gekleidet, und er würde in der Gruppe auffallen, aber es war die einzige Möglichkeit, die Waffe zu verbergen, die er im Schulterhalfter trug.

Zügig ging er die Treppen hinunter. Als er gerade die Haustür erreicht hatte, fing ihn seine Hauswirtin, Mrs Evelyn Fister, geschickt ab. Er musste scharf bremsen, um sie nicht über den Haufen zu rennen.

„Mr Sinclair", sagte sie im Plauderton. „Wo wollen Sie denn heute Nachmittag hin?"

„Ich dachte, ich gehe einen Happen essen", antwortete er und versuchte, an ihr vorbeizukommen.

Doch sie war schneller, als er ihr zugetraut hätte, und versperrte ihm den Weg. „Meine Vorratsschränke sind gut gefüllt. Wenn Sie etwas nicht finden sollten …"

„Ich hatte vor, auswärts zu essen", unterbrach er sie.

Sie legte den Kopf schräg. „Aber wo? Es gibt nur eine Bäckerei in der Stadt, sie gehört Louella Vine. Auf dem Schild steht *Somerset Bäckerei und Delikatessen*, aber jeder nennt es nur *Louella's*. Sie ist eine ganz passable Köchin, aber sie hat nur Kuchen und Sandwiches. Um was Ordentliches zu bekommen, müssten Sie ganz bis zum Einkaufszentrum an der Autobahn fahren."

„Was ist denn mit dem Restaurant gegenüber?", fragte er. Servierte Reva Macklin nichts, was von den Stadtbewohnern als *ordentlich* angesehen wurde?

Die Hauswirtin lachte. „Lieber Junge, bei *Miss Reva's* können Sie nicht einfach so reinschneien. Da müssen Sie reservieren. Im Augenblick könnten Sie vielleicht einen Tisch für nächste Woche bekommen. Im Sommer und Herbst, wenn die Touristen in der Stadt sind, müssten Sie mindestens zehn Tage im Voraus reservieren."

Wie bitte? Somerset war eine Stadt mit einer einzigen Ampel und tauchte auf der Landkarte nur als winziger Punkt auf. Jeder kannte jeden, und man musste *reservieren*, um einen Tisch in Reva Macklins Restaurant zu bekommen?

„Ich sehe, Sie sind verwirrt", stellte Mrs Fister zufrieden fest.

„In der Tat", gab Dean zu.

„Nun ja", sagte Mrs Fister, nahm Deans Arm und führte ihn auf die Veranda hinaus, „es ist eine interessante Geschichte."

Von der Veranda aus konnten sie die Gäste sehen, die noch immer in Scharen ankamen. Sie waren unterschiedlich gekleidet – einige in Shorts und T-Shirts, manche in feineren Sommerkleidern, manche Männer in Jeans und gebügelten Hemden.

„Als Reva vor ein paar Jahren hierherzog, war sie entschlossen, mit dem alten Haus einen Erfolg zu landen. Ich weiß nicht, warum sie sich gerade für Somerset entschied, aber ich nehme an, es hatte etwas mit dem Kaufpreis des Hauses zu tun. Wir liegen hier ein bisschen abseits, und die Grundstückspreise sind in den letzten dreißig Jahren gewaltig gesunken."

„Kann ich mir vorstellen."

„Gleich im ersten Jahr gelang es Reva, sich mit dem Restaurant einen guten Namen zu machen. Es war nichts Außergewöhnliches, aber sie kann auf jeden Fall kochen." Mrs Fister sagte das in einem Tonfall, als wäre es das höchste Kompliment, was sie zu vergeben hatte. „Es war der Zeitungsartikel, mit dem sie wirklich groß rauskam."

„Aha."

„Ein Jungspund aus Nashville kam hier durch, hat bei ihr gegessen und einen Artikel darüber geschrieben. Ein paar Monate später ist er in einer Hochglanzzeitschrift erschienen. Das war vor zwei Jahren, und seitdem kriegen Sie bei Miss Reva keinen Tisch ..."

„... ohne Reservierung", vollendete Dean.

Mrs Fister tätschelte ihm tröstend die Hand. „Aber Sie können rübergehen und sich auf die Warteliste setzen lassen. Manchmal gibt es eine Absage." Sie warf ihm einen abschätzenden Blick zu. „Nicht oft, aber vielleicht haben Sie ja Glück."

Im Grunde ging es ihm ja nicht ums Essen, er wollte sich nur kurz umschauen, um zu sehen, ob sich Eddie Pinchon unter den Gästen befand. In dem Bewusstsein, dass seine Hauswirtin ihn beobachtete, überquerte er die Straße. Das war der Grund, warum er Beschattungsjobs in Kleinstädten hasste – es war unmöglich, in so einem winzigen Ort nicht aufzufallen.

Gleichzeitig war es das perfekte Versteck. Wieso war Reva Macklin hierhergezogen? Hatte auch sie etwas zu verbergen?

Eine ältere Frau mit einem strengen Knoten begrüßte ihn an der Tür. Sie hielt einen kleinen Block in der Hand. „Guten Tag, junger Mann. Verraten Sie mir Ihren Namen?"

Na wunderbar. Vom *lieben Jungen* seiner Hauswirtin war er jetzt zum *jungen Mann* aufgestiegen. Er fing an, sich wie ein Teenager zu fühlen. „Ich habe keine Reservierung", sagte er.

Die Frau runzelte die Stirn. „Hmm, das ist ein Problem. Vielleicht möchten Sie für nächste Woche reservieren? Ich glaube, da hätten wir was frei am Mittwoch und am Freitag."

Dean wollte gerade sagen, dass er es sich anders überlegt hatte. Er konnte auch so auf dem Grundstück herumlaufen und die Gäste in Augenschein nehmen. Doch dann stieg ihm der Duft in die Nase.

„Was ist das?", fragte er mit einem tiefen Atemzug.

Die Empfangsdame hob die Nase und schnupperte, lächelte dann breit. „Brathähnchen, gefüllte Paprika, Kartoffelbrei mit Soße, frittierte Okraschoten, gebratener Kürbis, Apfelmus, Brokkoli und Reis, Maiscremesuppe, grüne Bohnen und Karamelltorte."

Sie beugte sich vertrauensvoll zu ihm. „Ich habe heute die Torte gebacken. Und das Apfelmus gemacht."

„Nächste Woche passt mir gut", sagte Dean laut genug, um seinen knurrenden Magen zu übertönen. „Mittwoch."

Sie überblätterte ein paar Seiten in ihrem Buch und zückte den Bleistift. „Und Ihr Name?"

„Dean Sinclair. Ich wohne gegenüber."

Die alte Dame hob langsam den Kopf und betrachtete ihn mit funkelnden Augen, ohne die Reservierung einzutragen. „Na so was", sagte sie. „Wie interessant."

2. KAPITEL

Reva brauchte nicht länger selbst die Gastgeberin zu spielen und den Gästen während des Essens die Geschichte des Hauses und der Stadt zu erzählen. Das übernahmen jetzt ihre Angestellten, die als Alteingesessene sowieso viel mehr Anekdoten kannten. Reva hatte sich hinter den Kulissen stets wohler gefühlt und war mit dieser Entwicklung sehr zufrieden. Ihr Restaurant war ein Publikumsmagnet, ihre Speisekarte weithin gepriesen. Neuerdings lebte sie nicht nur von den Einkünften des Restaurants, sondern auch vom Verkauf ihres Kochbuchs.

Die Gäste ließen sich gerade an den Tischen nieder, als Edna in Revas Büro im zweiten Stock platzte. „Hier steckst du. Ein Glück!"

Ihre offensichtliche Erleichterung erstaunte Reva. Sie war um eins immer im Büro.

„Ich frage nur ungern", sagte Miss Edna liebenswürdig, „aber könntest du heute vielleicht meinen Tisch übernehmen? Ich habe Tisch zwei."

Reva legte die Speisekarten für die kommende Woche zur Seite und stand auf. „Geht's dir nicht gut?"

Edna ließ nur selten eine Mahlzeit ausfallen. Sie war eine der Glücklichen, die jeden Tag opulent essen konnten und kein Gramm zunahmen.

„Ich habe nur Kopfschmerzen", sagte Edna leise. „Nichts Schlimmes, aber für ein Aspirin und ein Nickerchen wäre ich dankbar."

„Natürlich." Reva hielt sich für weniger unterhaltsam als ihre Damen, aber immerhin hatte sie früher sechs Tage die Woche selbst die Gastgeberrolle gespielt. Wenn es um den Erfolg des Restaurants ging, war sie immer bereit, überall mit anzupacken.

„Wunderbar, danke." Edna nahm Revas Arm, als sie zusammen das Büro verließen. „Ich habe einen Extragast mit reingeschoben", sagte sie beiläufig auf der Treppe. „Er sah ziemlich verhungert aus, und ich wollte ihn nicht einfach wieder wegschicken."

„Ohne Reservierung?"

„Tisch zwei ist doch unser größter, und wir haben jede Menge Platz. Ich dachte, ein zusätzlicher hungriger Gast würde da nicht weiter auffallen."

Verwundert schüttelte Reva den Kopf. Gerade Edna überwachte sonst immer streng die Einhaltung der Regeln. Ohne Reservierung kein Platz am Tisch.

„Sei nett zu ihm", mahnte Edna, als sie sich dem Gastraum näherten. „Er ist unser neuer Nachbar."

Damit ließ sie Revas Arm los und verschwand schnell durch die Vordertür.

Na prima.

Reva beobachtete durch den Türspalt, wie zwei Kellner mit schweren Tabletts ankamen und die Schüsseln auf dem Drehteller in der Mitte des runden Tisches abstellten. Normalerweise war für zehn gedeckt, die Gastgeberin mitgezählt, heute waren es elf. Schnell ließ sie den Blick über die Gruppe schweifen.

Drei Pärchen waren offensichtlich Touristen im Alter zwischen Mitte dreißig und Ende sechzig. Ihre Sandalen, T-Shirts und der überraschte Ausdruck, mit dem sie die Unmengen von Essen betrachteten, die auf dem Tisch standen, verrieten sie. Die Mitglieder einer dreiköpfigen Familie waren Stammgäste, die mindestens einmal im Monat kamen. Sharon Phillips und ihr Mann Doug saßen rechts und links von ihrer einzigen Tochter, einer scheuen Neunzehnjährigen namens Tracy.

Der zehnte Gast war der Mann, den sie am Vorabend beinahe mit einem Ast von ihrem Birnbaum erschlagen hatte, und er saß direkt neben dem Platz der Gastgeberin. Außerdem betrachtete er im Gegensatz zu den anderen nicht die dampfenden Schüsseln, sondern ganz eindeutig sie.

Dafür würde Edna büßen! Der nicht eingeplante Gast war gut aussehend und hungrig, und es war bestimmt kein Zufall, dass er neben ihr sitzen würde. Kopfschmerzen, was? Dies war ein dreister und unnötiger Versuch, sie zu verkuppeln. Seufzend nahm sich Reva zusammen. Wie konnte sie einer Frau böse sein, die ihre Großmutter hätte sein können?

Sie hoffte nur, dass Dean sie nicht erkannte. Dank der Baseballkappe und der Dunkelheit hatte sie vielleicht Glück. Obwohl sie keinen Grund hatte, sich schuldig zu fühlen – immerhin war der Mann auf ihrem Grundstück herumgeschlichen –, hatte sie keine Lust, das Thema wieder aufzuwärmen.

„Guten Tag", sagte sie lächelnd, als sie in den Raum trat, der früher der Musiksalon gewesen war. Ein paar antike Instrumente und einige der Originalmöbelstücke erinnerten noch daran.

„Reva!" Sharon Phillips lächelte erfreut. „Wie schön, Sie zu sehen. Sie machen sich in letzter Zeit rar."

„Miss Edna lässt sich wegen Kopfschmerzen entschuldigen. Ich bin nicht halb so unterhaltsam wie sie, aber ich hoffe, Sie werden es mit mir aushalten.“

Reva setzte sich auf ihren Platz zwischen Dean zu ihrer Linken und einer Touristin mit leuchtend rotem Haar zur Rechten.

Ihre Gäste füllten sich die Teller aus den dampfenden Schüsseln. Reva schlug vor, dass sich jeder vorstellte, während sie sich bedienten. Sie selbst nahm von allem ein bisschen und vermied es, den Mann neben ihr anzusehen. Nicht einmal, als sie zur gleichen Zeit nach einer Schüssel griffen und ihre Hände sich kurz berührten, blickte sie auf. Gerade da nicht. Sie war viel zu verwirrt über den Funken, den sie bei der minimalen Berührung gespürt hatte, und der von Rechts wegen nicht hätte da sein dürfen.

Wie sie vermutet hatte, waren die drei Pärchen auf Urlaubsreise. Zwei waren bereits pensioniert und reisten ständig, während das dritte Ehepaar seinen zweiwöchigen Urlaub für eine Rundreise durch die Südstaaten nutzte. Ihre Stammgäste aus Alabama stellten sich vor und priesen ihre Speisekarte und ihr Kochbuch. Und dann war er an der Reihe.

Auch wenn sie sich bemüht hatte, ihn nicht anzusehen, war es unmöglich, ihn zu ignorieren. In seinem dunklen Anzug, der gestreiften Krawatte und dem weißen Hemd wirkte er fehl am Platz, doch daran lag es nicht. Ganz gleich, welche Kleidung er trug, er war einfach niemand, den man übersah. Er hatte eine beeindruckende Ausstrahlung, der sie sich nur schwer entziehen konnte. Ein paarmal musste sie sich geradezu zwingen, ihn nicht anzusehen.

Wahrscheinlich war er verheiratet. Gut aussehende Männer wie er waren selten ohne Anhang. Natürlich trug er keinen Ring, aber das hatte heutzutage ja nicht viel zu bedeuten.

Er wirkte, als hätte er normalerweise jede Situation unter Kontrolle und fühlte sich selten fehl am Platz. Seltsam, dass er gerade hier so angespannt war. Während die anderen Gäste lächelten, plauderten und es sich schmecken ließen, verzog er kaum eine Miene.

Wenn er nicht hier sein wollte, wieso war er dann gekommen?

„Dean Sinclair“, stellte er sich vor, und das war alles. Offenbar hatte er nicht die Absicht, den anderen mehr über sich mitzuteilen. Reva fand das ziemlich unhöflich, da die anderen alle erwähnt hatten, woher sie kamen, was sie herbrachte und was sie machten, wenn sie nicht auf Reisen waren. Dean schien zu glauben, dass es reichte, wenn er seinen Namen nannte.

Auch gut.

Die anderen Gäste waren damit allerdings nicht zufrieden.

„Wo wohnen Sie, Mr Sinclair?“, fragte Sharon.

Er blickte zu ihr hinüber und zögerte. Reva beobachtete ihn, während sie alle auf seine Antwort warteten. Liebe Güte, der Mann war atemberaubend attraktiv. Er hatte ein markantes Kinn, eine gerade, perfekt geformte Nase, volle Lippen und unglaublich blaue Augen. Letzte Nacht hatte sie seine Augenfarbe natürlich nicht sehen können. Zum Glück schien auch er sie tatsächlich nicht wiederzuerkennen.

Ein Mann mit Geheimnissen, dachte sie, als sein Schweigen sich ausdehnte. Jemand, der die Welt einer gutgläubigen Frau gewaltig durcheinanderbringen konnte. Zum Glück gehörte Reva nicht mehr zu der Sorte, die einem gut aussehenden Mann alle Lügen fraglos abkaufte. Eine Lektion hatte ihr mehr als gereicht.

„Atlanta“, sagte er schließlich.

„Was bringt Sie nach Somerset?“, fragte einer der Pensionäre. Es war allen klar, dass dieser Gast im Anzug nicht auf Urlaubsreise war.

Wieder zögerte er. „Ich plane, hier ein Geschäft zu eröffnen.“

Reva blickte ihn erstaunt an. „Was für ein Geschäft?“ Somerset wurde nicht oft von Geschäftsmännern in Anzügen besucht.

Er erwiderte ihren Blick, mehr als das, er sah ihr in die Augen und atmete tief durch. Beinah lächelte er sogar. Es war dasselbe widerwillige schiefe Lächeln, das er ihr am Vorabend gezeigt hatte. Als wäre er gegen seinen Willen amüsiert. „Ich habe ein Baugeschäft, spezialisiert auf die Reparatur und Erhaltung alter Häuser. Die Architektur des 19. Jahrhunderts hat mich immer schon fasziniert.“

Damit war sie wohl ertappt. Womit hatte sie sich verraten? Oder interpretierte sie sein Lächeln falsch und er hatte sie doch nicht erkannt?

So wichtig war es sowieso nicht. Sicher, sie hatte ihn peinlicherweise bedroht, wo er offensichtlich unschuldig war, aber immerhin war er auf ihrem Grundstück herumgeschlichen.

Ein Handwerksbetrieb! Reva vergaß fast augenblicklich seine unglaublich blauen Augen, seine unberingten Hände und ihre Verlegenheit. Stattdessen dachte sie an das wackelige Treppengeländer im oberen Stock, die losen Ziegel im Küchenkamin und die vor sich hinrottende Veranda auf der Rückseite des Hauses. „Wie interessant“, sagte sie.

„Ich bin nicht sicher, dass wir uns hier niederlassen werden“, erwiderte er schnell. „Wir bleiben nur für ein paar Tage, um die Stadt und die Einwohner kennenzulernen."

„Wir?" Vielleicht hatte er doch eine Frau.

„Mein Geschäftspartner reist mit mir."

Reva lächelte warm. „Sie müssen ihn demnächst zum Essen mitbringen. Ich würde ihn gerne kennenlernen."

Sein Partner musste der mit dem Bauchansatz sein. Im Gegensatz zu ihm wirkte Dean wie aus Stein gemeißelt. Bestimmt war sein ganzer Körper so gut geformt wie sein Kinn.

Ein unerwarteter wohliger Schauer lief ihr über den Rücken, und sie ließ den Gedanken ganz schnell wieder fallen. Edna und Frances lagen völlig falsch. Sie brauchte keinen Mann. Und ganz bestimmt keinen wie Dean Sinclair.

„Ob ich was dabeihabe?" Alan war noch nicht ganz wach. Er rieb sich den Schlaf aus den Augen und blickte zum Fenster, wo Dean auf Posten saß.

„Du weißt schon, Werkzeug", antwortete Dean. „Vielleicht einen Hammer, einen Schraubenzieher oder eine Bohrmaschine."

Alan schüttelte den Kopf. „Wieso?"

Dean ließ das Haus gegenüber nicht aus den Augen, obwohl der letzte Gast vor einer Weile gegangen war. „Ich habe dem Restaurant einen Besuch abgestattet, während du schliefst." Und noch immer war er so satt, dass er sich kaum rühren konnte. Wie ein Besuch bei einer Großmutter, die erst zufrieden war, wenn man fast platzte.

Er konnte sich nicht erinnern, jemals so gut gegessen zu haben. In seiner Familie waren sie alle keine großen Köche, und selbst an Feiertagen kam nie so etwas Gutes auf den Tisch wie heute bei Reva.

„Es war köstlich", erklärte er.

„Freut mich", sagte Alan gelassen. „Aber was hat das mit Werkzeug zu tun?"

„Die Gäste essen an großen Tischen", erklärte Dean, „und alle stellen sich vor. Du weißt schon, wo man herkommt, was man macht …"

„Hi!", sagte Alan übertrieben jovial. „Ich bin der stellvertretende Polizeichef Dean Sinclair, der die Besitzerin überwacht, für den Fall, dass sie einen Besuch von ihrem Exfreund, dem Schwerverbrecher, bekommt."

„Ja, von wegen. Die Besitzerin saß direkt neben mir."

Er erinnerte sich nur zu gut an Reva Macklin. Ihre Hände hatten sich einmal zufällig berührt, und es hatte sich gut angefühlt. Viel besser, als ihm recht war. Sie war zerbrechlich und stark zugleich, hatte dieses besondere Etwas.

Und sie war weitaus attraktiver als das alte, groß gerasterte Foto oder der Blick durchs Teleskop zeigten. Erst aus nächster Nähe entfaltete sich ihre ganze Schönheit – ihr perfekter Teint, der Schimmer in ihrem Haar, der Glanz in ihren großen braunen Augen. Außerdem hatte er noch immer ihren Duft in der Nase, nach Zimt und Erdbeeren. Wenn er die Augen schloss …

„Was hast du also gesagt?“, fragte Alan.

„Dass ich ein Handwerksunternehmen habe.“

Alan klappte der Unterkiefer herunter. „Du?“

„So witzig ist das auch wieder nicht.“

„Und wie. Du bringst deinen Wagen zum Ölwechsel in die Werkstatt, lebst in einer Wohnung ohne Balkon oder Garten. Im ganzen Leben hast du noch nie was repariert. Weißt du überhaupt, wie ein Hammer aussieht?“

„Natürlich“, schnappte Dean. „Jetzt krieg dich wieder ein.“

„Wie denn?“, begann Alan, noch immer lachend.

„Ich hatte keine Zeit, mir was Besseres auszudenken“, unterbrach ihn Dean. „Außerdem hat sie mich letzte Nacht auf ihrem Grundstück erwischt.“

„Du meinst die Lady mit den langen Beinen ist Reva Macklin?“

„Jawohl. Ich wusste es gleich, als sie sich vorstellte. Sie hat diese leicht rauchige Stimme.“

Die ein Mann so schnell nicht vergaß.

„Da ich ihr schon erzählt hatte, dass ich mich für Architektur interessiere, musste ich mir was einfallen lassen, was dazu passt. Mein Schwager ist Bauunternehmer und repariert alte Häuser, daher bin ich darauf gekommen. Und alte Häuser gibt’s hier ja im Überfluss. Es war immerhin logisch.“ Dean warf Alan einen Blick über die Schulter zu. „Du bist übrigens mein Geschäftspartner.“

„Prima.“ Alan klang nicht begeistert.

Dean war in seinen Gedanken immer noch bei Reva Macklin. Er hatte einen völlig anderen Typ Frau erwartet. Eddie Pinchon war ein brutaler Krimineller. Was hatte Reva nur in ihm gesehen? Er betrachtete das alte Foto. Entweder hatte sie sich in acht Jahren völlig verändert, oder sie spielte eine Rolle. Aber war sie eine so gute Schauspielerin?

Im Allgemeinen hatte er ein gutes Gespür für Menschen. Man konnte ihn nicht anlügen, und Falschheit entdeckte er schon von Weitem. Die Reva, die er heute kennengelernt hatte, war echt. Sie gab sich freundlich, ohne zu vertraut zu tun, behielt eine professionelle Distanz, ohne wie ein Snob zu wirken. Ihre natürliche Gastfreundschaft war ganz im Stil einer echten Südstaatenlady.

„Wenn du als Reva Macklins neuer Handwerker ins Haus kommst, könntest du vielleicht ein paar Wanzen platzieren", sagte Alan nachdenklich.

„Wir haben keinen Durchsuchungsbefehl."

„Inoffiziell", erwiderte Alan schnell. „Und wenn du sogar bis ins Gästehaus kämst …"

„Nein", widersprach Dean. „Nicht ohne Absegnung von oben."

Alan schüttelte den Kopf. „Wir können nicht mal jeden Eingang zum Restaurant beobachten, und das Gästehaus bekommt man von hier überhaupt nicht in den Blick. Immerhin sind wir nur zu zweit. Pinchon kann jederzeit hier auftauchen, und wenn wir nicht zufällig in die richtige Richtung schauen, geht er uns glatt durch die Lappen."

Dean wusste, dass Alan recht hatte, dennoch behagte ihm die Idee nicht. Sein Partner kritisierte ihn oft genug dafür, dass er sich so strikt an die Regeln hielt, während andere Beamte sie ohne Bedenken beugten oder brachen. Dean wollte Pinchon genauso dringend wieder einfangen wie Alan, doch er sah nicht ein, dass er deshalb seine Arbeitsethik vergessen sollte.

„Gib uns ein paar Tage Zeit. Miss Macklin hat hier ein gut gehendes Geschäft, sie wird nicht Hals über Kopf verschwinden. Wenn Eddie auftaucht, kriegen wir ihn."

„Ich glaube trotzdem, dass eine Wanze nicht schaden könnte", murmelte Alan.

Dean stand auf. In diesem Punkt würde er sich mit seinem Partner nie einig werden. „Ich gehe in die Stadt", sagte er.

Da die *Stadt* hier aus einer Reihe von Geschäften in roten Ziegelhäusern bestand, die gerade mal einen Kilometer entfernt lagen, war das keine große Expedition.

„Bring mir was zum Essen mit", gähnte Alan.

Es war angenehm, an die frische Luft zu kommen. Revas Gäste waren mittlerweile wieder abgefahren, und die Straßen lagen ruhig und verlassen da. Dean konnte sogar die Blätter der Bäume in der leichten

Brise rascheln hören. Wie von selbst verlangsamte er seine Schritte, als ob Eile hier fehl am Platz wäre.

Auch in der Geschäftsstraße ging alles seinen ruhigen Gang. Es gab einen Lebensmittelladen, eine Modeboutique, einen Friseur, einen Schönheitssalon. Und einen kleinen Eisenwarenladen.

Eine Stunde später und um einige Hundert Dollar ärmer machte sich Dean auf den Heimweg. Seine Einkaufstaschen waren schwer, und er hoffte, dass er alles hatte, was er brauchte. Jeans, ein paar billige T-Shirts, Arbeitsstiefel, eine Baseballkappe und einen Hammer.

Er hatte sich die Auswahl angesehen und sich gefragt, was sein Schwager Nick kaufen würde. Das erleichterte die Entscheidung. Mittlerweile wusste wahrscheinlich ganz Somerset, dass er der neue Handwerker war, da jeder, mit dem er zu tun hatte, dieselben Fragen gestellt hatte wie Revas Gäste.

Dabei hatte er in seinem ganzen Leben kaum je einen Nagel in die Wand geschlagen.

In einer weiteren Tasche befand sich Alans Abendessen. Er hatte es in dem Delikatessen- und Bäckereigeschäft gekauft, das neben dem Schönheitssalon lag. Es war tatsächlich mehr eine Bäckerei als ein Delikatessengeschäft, und da es um drei Uhr schloss, war er gerade noch rechtzeitig gekommen. Die rundliche Frau hinter der Theke hatte sich als Louella Vine vorgestellt und war offenbar entzückt, ihn zu sehen. Vielleicht lief das Geschäft ja so schlecht, dass jeder Kunde eine angenehme Überraschung war. Aber vielleicht war sie auch nur eine extrem extrovertierte Frau, die kein Problem hatte, mit Fremden ein Gespräch anzufangen.

Als er hinter sich schnelle Schritte hörte, blickte er über die Schulter und sah zwei kleine Jungen, einer hellhäutig und blond, der andere schwarz und einen Kopf größer. Sie waren dabei, ihn einzuholen, und er trat zur Seite, um sie vorbeizulassen. Stattdessen blieben sie stehen.

„Hi!“, rief der Blondschopf und blieb direkt vor ihm stehen. „Wer bist du?“

Der andere Junge blieb hinter seinem Freund stehen und beobachtete Dean misstrauisch.

„Hat euch niemand beigebracht, nicht mit Fremden zu sprechen?“, mahnte Dean streng.

„Bist du denn gefährlich?“, fragte der blonde Junge mit großen Augen, wenig beeindruckt von Deans harschen Worten.

„Nein."

Der Kleine grinste. „Ich heiße Cooper. Ich kenne jeden, der in der Straße wohnt, aber dich nicht. Das ist Terrance." Er deutete mit dem Daumen auf den Jungen hinter ihm. „Er ist mein bester Freund. Wir gehen in die erste Klasse." Cooper sprach schnell und ohne Pause. „Letztes Jahr waren wir im Kindergarten, dort sind wir beste Freunde geworden, aber ich kenne ihn schon, seit ich klein war."

Der Junge redete wie ein Wasserfall. Als er eine Pause zum Luftholen machte, fragte Dean: „Wohnst du hier in der Straße?"

„Ja!"

Na wunderbar. „Okay, Cooper, ich bin Mr Sinclair. Ich bin neu hier. Und jetzt zieht ab und sprecht keine Fremden mehr an." Dean setzte sich wieder in Bewegung, doch die Jungs folgten ihm.

„Hast du Kinder?", fragte Cooper.

„Nein", erwiderte Dean kurz angebunden.

„Schade. Wir brauchen mehr Kinder in Somerset, fürs Baseballteam. Wir sind nicht sehr gut bisher. Besonders fehlt uns ein guter Werfer. Warum hast du keine Kinder? Magst du Kinder nicht?"

Beinahe hätte Dean brutal ehrlich *Nicht wirklich* gesagt. „Kinder sind okay", antwortete er stattdessen. Im Stillen fügte er hinzu: solange es nicht meine sind. „Ich habe eine Nichte und drei Neffen."

„Kommen sie dich mal besuchen?"

„Wahrscheinlich nicht. Außerdem sind sie noch zu klein für Baseball."

„Oh", machte Cooper enttäuscht.

Dean dachte an seine wachsende Verwandtschaft. Der Sohn seiner Schwester war zwei und in der Trotzphase, Boones Kleine völlig verwöhnt, und die Zwillinge seines anderen Bruders Clint waren noch Säuglinge. Er hatte nur einen Blick auf die beiden zappelnden Würmchen geworfen und Clint gesagt, er solle ihn anrufen, wenn sie sprechen konnten. Wieso fand alle Welt Babys nur so süß?

Diese Einstellung machte ihn wohl nicht gerade zu einem freundlichen Onkel im Sinne des Wortes.

Die Kinder hatten ihn jetzt in die Mitte genommen. Terrance versuchte, einen Blick in die Einkaufstüten zu erhaschen, und machte sich nicht mal die Mühe, es unauffällig zu tun.

Zum Glück war er fast bei seinem Quartier angelangt.

„Und was ist mit dir?", fragte er Terrance. Der Junge zuckte zusammen, als hätte er ihn erwischt – was ja auch stimmte.

„Was?“

„Wünschst du dir auch, dass mehr Kinder in die Stadt ziehen?“

Der Junge dachte einen Moment ernsthaft über die Frage nach. „Nicht wirklich. Ich habe meinen besten Freund Cooper und meinen zweitbesten Freund Johnny, zwei Brüder und meinen Dad und meine Mom. Das ist genug.“ Er klang zufrieden mit seinem jungen Leben.

„Kluges Kind“, murmelte Dean.

„Aber wir könnten wirklich einen Werfer gebrauchen“, fügte Terrance nachdenklich hinzu.

Dean blieb stehen. „Hier wohne ich“, sagte er. Beinahe hätte er die Kinder mit einer Handbewegung weggescheucht, doch er nahm sich zusammen.

„Das ist Miss Evelyns Haus“, sagte Cooper und nickte weise. „Iss nicht von den Zuckerkeksen“, fügte er mit Grabesstimme hinzu.

Dean wollte gerade fragen, warum, als er abgelenkt wurde.

Reva Macklin kam aus dem Restaurant und trat im Schatten der Bäume auf den Bürgersteig. Wieso sah sie nur so aus, als wäre sie von einem goldenen Schimmer umgeben? Sie ließ ihn an Sonne und Zimt denken, Erdbeeren und … lieber Himmel, das war eine Frau, die sich im Kopf eines Mannes festsetzen und ihn langsam verrückt machen konnte.

Sie kam auf ihn zu, und für einen Augenblick sah Dean nichts anderes. Gefährlich. Dabei trug sie nicht einmal etwas Aufreizendes. Ganz im Gegenteil, sie kleidete sich einer Kleinstadt angemessen, schlicht und etwas altmodisch.

Dennoch gelang es ihm nicht, den Blick abzuwenden, als sie die Straße überquerte. Ihr Haar trug sie jetzt offen, und es fiel ihr bis auf die Schultern. Es war nicht lockig, aber auch nicht völlig glatt, sondern umschmeichelte in weichen Wellen ihr Gesicht. Sonnenlicht, gefiltert von den Bäumen, setzte kleine Glanzlichter darauf.

Sie lächelte ihn kurz und freundlich an. Dean fragte sich, was wohl als Nächstes passieren würde. Warum war sie hier? Vielleicht brauchte sie auf der Stelle einen Handwerker. Ein Rohrbruch. Ein loses Brett. Eine knarrende Stufe.

Na schön, er hatte nicht den leisesten Schimmer von Reparaturen jeglicher Art, aber für sie würde er es probieren.

Ganz kurz dachte er daran, dass Reva vielleicht aus einem viel persönlicheren Grund auf ihn zukam. Sicher, sie kannte ihn kaum, es gab keine Verbindung zwischen ihnen. Aber vielleicht …

„Cooper Macklin“, sagte sie streng und wandte sich dem Kind zu. „Du bist spät dran.“

„Ich musste nachsitzen.“

Reva hatte die Straße überquert und stand jetzt mit auf der Brust verschränkten Armen vor ihnen. „Was war es diesmal?“

„Ich wollte Mrs Berry nur helfen“, erklärte er. „Sie hat uns eine Geschichte vorgelesen, aber sie ganz falsch erzählt. Ich kenne das Buch und ich weiß, dass sie anders geht!“

„Cooper!“, rief Reva mit dem nötigen Entsetzen.

„Ich wollte nur helfen!“, wiederholte er leidenschaftlich. „Aber sie wollte keine Hilfe. Sie wollte die Geschichte ganz falsch erzählen.“

„Ich bin auch dageblieben“, erklärte Terrance ruhig. „Damit Cooper nicht allein nach Hause zu gehen brauchte.“

Dean war mehr als überrascht, er war überwältigt. Sein Herz schlug schneller, und sein Mund war trocken. Ungläubig blickte er von Reva zu Cooper.

Erste Klasse, das bedeutete, der Junge war sechs Jahre alt. Vor knapp sieben Jahren hatten sie Eddie Pinchon verhaftet. Cooper war Revas Sohn, und er hatte blonde Haare, blaue Augen, Grübchen und war ohne Furcht, ganz wie sein Vater.

Ganz wie Eddie Pinchon.

3. KAPITEL

Reva schloss die Augen und schüttelte den Kopf. „Cooper, wie oft habe ich dir gesagt …"

„Das ist mein neuer Freund, Mr Sinclair", unterbrach Cooper mit heller Stimme. Ihr Sohn war ein Meister darin, das Thema zu wechseln, seit er drei Jahre alt war.

„Er hat keine Kinder, also ist er wahrscheinlich einsam. Wir sollten ihn fragen, ob er nicht mit uns zu Abend essen will. Am besten gleich heute!"

Reva vermied es, Sinclair anzusehen. Wie kam sie da nun wieder heraus? Bevor ihr eine elegante Möglichkeit eingefallen war, plapperte Cooper schon weiter. „Du sagst doch immer, ich soll gute Manieren haben, Mom. Mr Sinclair einzuladen bedeutet doch gute Manieren, oder?"

Coopers große blaue Augen leuchteten hoffnungsvoll.

„Ich bin sicher, dass Mr Sinclair bereits andere Pläne hat", erwiderte Reva ruhig.

„Wetten, dass nicht?" Cooper drehte sich zu seinem neuen Freund um. „Hast du schon Pläne?"

„Na ja …", begann Sinclair.

„Bitte, bitte!", bettelte Cooper. „Ich will, dass du uns von deinen ganzen Nichten und Neffen erzählst, auch wenn sie noch nicht alt genug sind, um Baseball zu spielen."

„Danke für die Einladung, aber ich glaube nicht, dass ich heute noch was essen kann", sagte er mit einem Blick auf Reva. „Ich hatte zu viel Mittagessen."

„Dann eben nur Nachtisch", beharrte Cooper. „Du könntest zum Nachtisch rüberkommen."

„Nun lass Mr Sinclair aber in Ruhe", mahnte Reva.

„Ist schon gut", erwiderte Sinclair.

Sie hob den Kopf und betrachtete ihn. Er trug noch immer das weiße Hemd und Anzughosen, doch das Jackett und die Krawatte hatte er abgelegt. Sein oberster Knopf stand offen, und er hatte die Ärmel hochgekrempelt, sodass sie die Muskeln an seinen Unterarmen sah. Wie verführerisch.

Reva zwang sich, an etwas anderes zu denken. Sieben Jahre lang hatte sie sich erfolgreich von Männern ferngehalten – wieso rief ausgerechnet dieser hier so ungeahnte Gefühle in ihr hervor? Wahrscheinlich nur sexuelle Anziehungskraft, sagte sie sich. So was kam vor. Und was sollte es auch sonst sein? Sie kannte Dean Sinclair ja nicht mal richtig. Schließlich war er nicht der einzige attraktive Mann, den sie in den letzten sieben Jahren gesehen hatte.

Ihre Blicke trafen sich, und es schien ihr, als wäre ihm die Situation ebenso unangenehm wie ihr.

„Die Karamelltorte war sehr gut", bemerkte er.

„Oh, heute Abend gibt's keine Torte zum Nachtisch", sagte sie. „Mögen Sie Erdbeeren?"

Kam ihr das nur so vor, oder brachte ihn ihre unschuldige Frage aus dem Konzept? Er wirkte überrascht.

„Ich liebe Erdbeeren", sagte er leise.

„Ich mache heute Abend Erdbeercreme."

Er nickte.

Reva richtete ihre Aufmerksamkeit auf Cooper und seinen schweigsamen Freund. „Jetzt aber nach Hause. Terrance, deine Mutter macht sich bestimmt schon Sorgen. Sie wartet seit einer halben Stunde mit dem Essen auf dich."

„Wir beeilen uns besser, bevor sie sauer wird", sagte Terrance, dann liefen die beiden Jungs über die Straße zum Restaurant.

„Terrance' Mutter arbeitet für Sie?", fragte Sinclair.

Reva nickte und wandte sich ihm wieder zu, als die Kinder im Haus verschwunden waren. „Tewanda Hardy. Ohne sie könnte ich den Betrieb nicht führen."

Sie holte tief Luft. „Also, wegen des Nachtischs …"

„Fühlen Sie sich nicht verpflichtet", unterbrach Sinclair sie. „Kinder kriegen es immer gut hin, ihre Eltern in peinliche Situationen zu bringen."

Es war ihre Chance, aus der Sache herauszukommen. Auf Nummer sicher zu gehen. Den einzigen Mann, der in sieben Jahren solche Gefühle in ihr hervorgerufen hatte, stehen zu lassen. Sicher war es besser so. Aus ihrem Interesse für ihn konnte nichts Gutes entstehen, und außerdem mochte sie ihr Leben, wie es war. Ein Mann … Dean Sinclair würde nur alles durcheinanderbringen.

Sie brauchte nur zu lächeln und zum Haus zurückzugehen, und die Gefahr wäre vorbei.

„Sie sind herzlich willkommen", sagte sie. „Wenn Sie mögen."

„Erdbeercreme", erwiderte er. „Welcher Mann kann dazu schon Nein sagen?"

„Ich würde wirklich gern mit Ihnen über Ihre Pläne reden“, sagte sie. Wieso ließ die Art, wie er das Wort *Erdbeere* aussprach, ihre Haut prickeln? „Ein Handwerker wäre wirklich ein Segen für das Haus. Wenn Sie sich entscheiden, Ihr Geschäft hier zu eröffnen, kann ich Ihnen eine Menge Aufträge liefern.“

„Also laden Sie mich zu einer geschäftlichen Besprechung ein.“

Das klang gut. Sicher. Distanziert. „Wie wär’s um sieben? Bringen Sie Ihren Partner mit, wenn Sie möchten.“

Er schüttelte den Kopf. „Er ist nicht sehr gesellig.“

Sie drehte sich um und ging über die Straße. Etwa in der Mitte blieb sie stehen und wandte sich noch einmal zu ihm um. Er hatte sich nicht gerührt, sondern blickte ihr nach.

„Ach, und Mr Sinclair ...“

„Dean“, sagte er schnell. „Nennen Sie mich Dean.“

„Wenn Sie heute Abend vorbeikommen, Dean, dann tragen Sie bitte keinen Anzug.“

Also konnte er wieder mal seine Waffe nicht mitnehmen. Als Dean auf das alte Südstaatenhaus zuging, versuchte er nicht daran zu denken, dass er unbewaffnet war. Reva hatte darum gebeten – oder vielmehr angeordnet –, dass er nicht im Anzug kam. Und in Jeans und einem eng sitzenden T-Shirt konnte er unmöglich seine Pistole verbergen. Sogar das Schienbeinholster sorgte bei jedem Schritt für eine verräterische Ausbuchtung. Also hatte er auch das zu Hause gelassen.

Falls Eddie beschloss, ausgerechnet heute zum Nachtisch zu kommen, waren sie alle in großen Schwierigkeiten.

Allerdings war das nicht die größte Gefahr, die Dean für diesen Abend voraussah. Der, mit der er rechnete, konnte man sowieso nicht mit einer Waffe begegnen.

Als er sich für das Dessert mit Reva und Cooper umzog, hatte Alan lachend bemerkt, dass Dean zwar tatsächlich mal wieder guten Sex brauchte – aber nicht gerade hier und mit seinem Beschattungsobjekt. Und er hatte natürlich recht. So etwas war der schnellste Weg ins Verderben und nur eine gute Idee, wenn er tatsächlich seinen Polizistenberuf an den Nagel hängen und Handwerker werden wollte.

Ja, sie war hübsch, auf altmodische Weise sexy, und sie duftete fantastisch. Aber nur, weil er sich zu ihr hingezogen fühlte, brauchte er ja nicht gleich mit ihr zu flirten.

Als ob sie es dazu überhaupt kommen lassen würde. Der einzige

Grund für ihre Einladung war, dass sie dringend einen Handwerker für etliche Projekte in dem alten Haus brauchte.

Als er an die Tür des Gästehauses klopfte, fragte er sich, wie dringend.

Die Tür wurde aufgerissen, und Cooper stand vor ihm. „Komm rein!“, grinste er.

Dean folgte ihm. Das Gästehaus war aus derselben Epoche wie das Restaurant, aber kleiner und gemütlicher. Es war modern eingerichtet, doch Reva war es gelungen, den alten Südstaatencharme zu erhalten. Die weißen, lichtdurchlässigen Vorhänge bauschten sich in einer leichten Brise, ein antiker handgewebter Teppich bedeckte den Boden, und die übergroße Couch und Sessel luden mit farbenfrohen Kissen zum Sitzen ein.

Reva kam aus dem Flur herein. „Hi“, sagte sie lächelnd. Auch sie hatte sich umgezogen und trug nun verwaschene Jeans und ein rosafarbenes T-Shirt. Das Haar hatte sie wieder zum Pferdeschwanz gebunden, was ihre klaren, klassisch schönen Züge umso besser zur Geltung brachte.

„Wir essen in der Küche“, sagte sie zu Dean und bedeutete ihm, ihr und Cooper zu folgen.

Ein leichter Duft von Erdbeeren und Kaffee lag in der Luft. Die Küche war hell, ebenfalls modern eingerichtet und in Apfelgrün und Weiß gehalten. Ein Raum, der sofort zum Verweilen einlud. Der kleine runde Eichentisch in einer Ecke wirkte viel gemütlicher als die große Tafel im eigentlichen Esszimmer, das Dean durch die offene Tür sehen konnte. Es war bereits gedeckt, und an jedem Platz stand eine große Schüssel mit Erdbeercreme, dazu zwei Tassen Kaffee und ein Glas Milch für Cooper.

Danach zu urteilen saßen sie sich gegenüber, wie Dean erleichtert zur Kenntnis nahm. Neben ihr zu Mittag zu essen war schon schwierig genug gewesen. Mit einem Tisch zwischen ihnen fühlte er sich viel wohler. Zumindest würde er nicht zufällig ihre Hand berühren oder zu deutlich sehen, wie ihre Brust sich hob und senkte, wenn sie atmete.

Bevor Dean den ersten Schluck Kaffee nehmen konnte, fragte Cooper: „Mom sagt, dass du Sachen reparierst. Was für Sachen? Ich habe ein ferngesteuertes Auto, das kaputt ist. Kannst du es reparieren? Und letztes Jahr habe ich aus Versehen den Kopf von meinem Lieblingsactionheld abgerissen. Kannst du das auch reparieren? Und Terrance hat einen Dinosaurier, der mal reden konnte, aber jetzt nur noch komische Geräusche macht. Kannst du das reparieren?“ Er ließ Dean keine Zeit zu antworten, bis Reva einschritt.

„Cooper“, sagte sie streng, aber mit einem kleinen Lächeln, dass ihre Rüge abmilderte. „Essen Sie.“ Sie warf Dean einen entschuldigenden Blick zu.

„Also“, begann sie, als er ihrer Aufforderung folgte, „wie gefällt Ihnen Somerset bis jetzt so?“

„Es ist sehr hübsch hier“, sagte er ehrlich. „Und ganz anders als Atlanta.“

Reva lachte. „Ja, das glaube ich. Bevor Sie sich hier ganz niederlassen, sollten Sie wissen, dass das Kleinstadtleben ein paar entscheidende Nachteile hat.“

„Nämlich?“

„Hier können Sie nichts geheim halten.“

Dean fragte sich einen Moment, ob seine Lüge bereits aufgedeckt war. „Sie meinen, das Herumschleichen im Dunkeln?“

Darauf antwortete sie nicht, errötete aber. „Es ist schwer, sich in einer Kleinstadt zu verstecken. Wenn Sie niesen, kommen innerhalb einer Stunde drei freundliche Damen mit hausgemachter Hühnerbrühe vorbei. Alles was Sie tun und sagen, macht bis zum Sonnenuntergang die Runde, wenn es auch nur den geringsten Unterhaltungswert hat. Hier gibt es keine Geheimnisse.“

„Ich bin sicher, dass es auch ein paar Vorteile gibt.“

Reva lächelte, und es gab ihr eine warme, zufriedene Ausstrahlung. „Natürlich. Wenn Sie niesen, kommen innerhalb einer Stunde drei freundliche Damen mit hausgemachter Hühnerbrühe vorbei. Bis zum Sonnenuntergang haben Sie alles Wichtige erfahren, was am Tag so passiert ist.“ Ihr Blick wurde weicher. „Hier gibt es keine Geheimnisse.“

Dean wurde klar, dass Reva keine Ahnung davon hatte, wenn Eddie Pinchon tatsächlich auf dem Weg zu ihr war. Die Erkenntnis traf ihn unvermutet und heftig. Sie war nicht mehr dieselbe Frau wie vor sieben Jahren, als Eddie verhaftet worden und aus ihrem Leben verschwunden war. Sie war unschuldig und durch und durch gut. Verflixt, das würde nie funktionieren. Sollte er ihr alles sagen? Gleich jetzt und hier?

„Was ist ein Telefonverdreher?“, fragte Cooper übermütig.

Beide blickten das Kind an. „Was?“, fragte Dean.

„Ein Telefonverdreher. Meine Lehrerin hat gesagt, das soll ich werden, wenn ich groß bin. Aber ich weiß nicht, was das ist. Sie sagt, ich bin beharrlich, aber ich weiß auch nicht, was das heißt.“

„Telefonvertreter", grinste Reva.

„Ist das was Gutes? Mrs Berry wollte es mir nicht sagen. Ich weiß nicht, ob ich ein Telefonverdreher werden will. Telefonvertreter, meine ich. Ich will Baseballspieler werden. Oder Finanzbeamter."

Dean verschluckte sich beinahe an seinem Kaffee. „Finanzbeamter?"

„Ja! Dann kann ich jeden dazu bringen, seine Steuern zu bezahlen. Vielleicht wäre ich lieber ein Telefonvertreter, aber da ich nicht weiß, was das ist ..."

„Cooper", unterbrach ihn Reva. „Konzentrier dich einfach darauf, dass du Baseballspieler werden willst. Das ist ein absolut normaler Berufswunsch für einen Sechsjährigen."

„Okay." Cooper, der mit seiner Erdbeercreme und Milch fast fertig war, begann wieder Dean danach auszufragen, was er reparieren konnte. Fahrräder, Spielzeug, Sportgeräte. Diese Stadt schien wirklich dringend einen Handwerker zu brauchen.

Und dann fragte Cooper, der trotz seines unaufhörlichen Redeschwalls einen unwiderstehlichen Charme besaß, nach seinen Nichten und Neffen. Dean entspannte sich. Endlich ein Thema, über das er reden konnte, ohne zu lügen.

Nach dem Essen schickte Reva Cooper ins Bad und trat mit Dean auf die Veranda. Sie brachten beide ihre Tassen mit und ließen sich in den Schaukelstühlen nieder.

Es war schon beinahe ganz dunkel, und das Licht aus dem Wohnzimmer drang durch die dünnen Vorhänge und zauberte eine friedliche Stimmung. Mai war in dieser Gegend ein fantastischer Monat. Es war bereits warm, aber noch nicht zu heiß, mit lauen Frühlingsnächten.

Dean betrachtete den grünen Rasen, der sich zwischen dem Gästehaus und dem Restaurant erstreckte.

Da Cooper nicht zuhörte, fühlte Reva sich unerwartet mutig. „Warum sind Sie wirklich hier?"

Dean zuckte zusammen, doch es gelang ihm, nichts von seinem Kaffee zu verschütten.

„Das habe ich Ihnen doch erzählt."

„Aber nicht die ganze Geschichte. Ich frage mich nur, warum ein Mann, der sich im Anzug wohler fühlt als in Jeans und T-Shirt, in eine Kleinstadt ziehen will, um der lokale Mann für alle Fälle zu werden."

Sie war überzeugt, dass hinter der Sache mehr steckte, als Dean zugab. Ihre Warnung war ernst gemeint gewesen: In Somerset gab es keine Geheimnisse. Sie wollte ihn fragen, vor wem oder was er davonlief, doch für eine so persönliche Frage war es noch zu früh.

„Sie haben im Werkzeugladen heute einen Hammer gekauft", fuhr sie fort. „Schraubenzieher, Nägel, Klebstoff, Arbeitskleidung – und einen Hammer. Die anderen Sachen lassen sich zur Not ja irgendwie erklären, aber welcher Handwerker hat nicht bereits mindestens einen Hammer?"

Er wirkte nicht verlegen. „Da haben Sie wohl recht mit dem Kleinstadtleben. Ich kaufe einen Hammer, und bevor die Sonne untergeht, weiß es die ganze Stadt."

Reva lächelte. „Sagen Sie nicht, ich hätte Sie nicht gewarnt." Sie sollte ihn wirklich höflich verabschieden und sich in Zukunft von ihm fernhalten. Das Letzte, was sie in ihrem Leben brauchte, war ein Mann mit Geheimnissen. „Sie brauchen es mir natürlich nicht zu erklären. Ich bin bloß neugierig."

Dean saß ein paar Schritte von ihr entfernt und schaukelte sacht, was den alten Schaukelstuhl zu leisem Quietschen veranlasste. Er hatte beide Hände um die Tasse gelegt. Ein völlig normaler Anblick. Warum also klopfte ihr Herz so schnell? Was verursachte dieses Flattern im Magen, das sie so lange nicht gespürt hatte?

„Ich war nicht immer ein Handwerker", sagte Dean schließlich. „Man kann eher sagen, dass ich auf der Suche nach einer neuen Karriere bin. Etwas mit weniger Stress als mein alter Beruf."

„Und das war?" Sie musste es einfach wissen. Wenn aus dieser Sache jemals etwas werden sollte – und das war natürlich völlig undenkbar –, dann durfte es keine Geheimnisse oder dunklen Stellen in seiner Vergangenheit geben. Keine Überraschungen, die wie eine Bombe einschlugen. Einen solchen Schock würde sie kein zweites Mal überleben.

Liebe Güte! Schnell wandte Reva den Blick ab. Sie kannte den Mann kaum und machte sich schon Sorgen um die Zukunft?

Dean holte tief Luft. „Polizeidienst", sagte er knapp.

Das hatte sie nicht erwartet. Die Eröffnung überraschte sie, und sie hielt kurz den Atem an. Ihre Finger begannen leicht zu zittern, allerdings nicht so stark, dass er es bemerken konnte. Sie war ziemlich gut darin, ihre Gefühle zu verbergen, zumindest vor bestimmten Leuten.

Einen Augenblick später entspannte sie sich wieder. Sie hatte nichts zu befürchten, weder von Dean Sinclair noch von jemand anderem. „Tatsächlich?"

„Ja“, antwortete Dean leise. Er blickte sie an, auf eine Antwort wartend.

„Das ist ziemlich gefährlich, oder?“, sagte sie. Natürlich. Dumme Frage. Polizisten trugen Waffen. Wieder begannen ihre Hände leicht zu zittern.

„Es war nie die Gefahr, die mich gestört hat“, sagte er.

„Was dann?“

Würde er ihr antworten? Sie waren auf ein ziemlich persönliches Terrain geraten, wenn man bedachte, dass sie sich erst letzte Nacht getroffen hatten.

„Manchmal fühle ich mich, als ob ich im Kreis laufe“, sagte er. „Wir gewinnen ein paar Schlachten, aber nie den Krieg. Es gibt immer wieder neue Verbrechen, und irgendwann ist man müde. Man arbeitet und arbeitet, gibt alles für den Beruf, aber am Ende …“ Er zuckte die Schultern. „Manchmal gibt es einen echten Erfolg, aber zu oft kommt der Verbrecher wegen einer Formalität frei, sitzt ein paar Monate ab und begeht dann prompt die nächste Straftat.“

„Klingt frustrierend.“

„Und wie. Und die Scheidungsrate ist eine der höchsten in allen Berufen.“

„Sind Sie?“ Sie bereute die Frage sofort, aber es war zu spät.

„Bin ich was?“

„Geschieden.“

Er schüttelte den Kopf. „Ich habe nie geheiratet. Ein paarmal war ich dicht dran, aber … hier sitze ich, fünfunddreißig Jahre alt und Junggeselle. Und Sie?“

„Ich was?“ Das Herz schlug ihr bis zum Hals.

„Geschieden?“

„Auch nie verheiratet gewesen“, gab sie leise zu. Würde er jetzt gehen? Es gab auch in diesen modernen Zeiten noch jede Menge Männer, die ein Problem damit hatten, wenn eine unverheiratete Frau allein ein Kind aufzog. Sie bedauerte ihre Mutterschaft nicht und würde auch nichts an der Vergangenheit ändern, wenn sie gekonnt hätte, doch einen Ausdruck von Missbilligung oder Enttäuschung in Deans Augen zu sehen hätte geschmerzt.

Stattdessen schenkte er ihr ein weiteres schiefes Grinsen. „Vielleicht sind wir die Cleveren.“

Sie erwiderte sein Lächeln. „Vielleicht.“

Reva atmete tief durch und entspannte sich wieder. Es war einer dieser perfekten Momente – die warme Nacht, die Gesellschaft. Sie mochte Dean und hatte das Gefühl, dass das auf Gegenseitigkeit beruhte. Natürlich würde daraus nicht mehr entstehen, aber es war einfach eine schöne Erfahrung. Sie erlaubte sich die Fantasie, was geschehen würde, wenn nichts zwischen ihnen stünde. Doch natürlich stand eine ganze Menge zwischen ihnen, und er würde niemals etwas davon erfahren.

Als Dean aufstand, nahm Reva ihm die leere Tasse ab. Ihre Hände berührten sich. Der Kontakt war kurz und elektrisierend, wie schon früher beim Mittagessen.

Er dankte ihr für den Nachtisch, und sie sagte: „Gern geschehen", sprach aber keine Einladung für den kommenden Abend aus. Oder für alle kommenden Abende.

Dean küsste sie nicht, aber sie merkte, dass er darüber nachdachte. Da war sie ganz sicher. Seine blauen Augen ruhten einen Augenblick zu lang auf ihrem Mund, seine Lippen öffneten sich, dann blickte er zur Seite und verabschiedete sich mit einem gemurmelten „Gute Nacht".

Als er durch den Garten davonging, rief Reva ihm nach: „Was machen Sie morgen früh?"

Er drehte sich auf dem Absatz um. „Nichts."

„Warum kommen Sie nicht vorbei und schauen sich mein Treppengeländer an? Es muss wirklich dringend repariert werden."

Grinsend hob er die Hand und winkte ihr zu. „Da kann ich gleich meinen neuen Hammer ausprobieren."

Das Licht im Zimmer war ausgeschaltet, sodass niemand Alan und das Teleskop am Fenster sehen konnte.

„Du siehst ziemlich lächerlich aus, weißt du", sagte Alan, ohne sich umzudrehen, als Dean hereinkam und die Tür hinter sich schloss.

„Nein, wusste ich nicht."

„Ein Black & Decker-T-Shirt?", witzelte Alan.

Dean blickte an sich hinunter. Der kleine Eisenwarenladen bot keine große Auswahl. Aber während seines Besuchs bei Reva Macklin hatte er sowieso nicht daran gedacht, wie er gekleidet war.

Und das war es gewesen. Ein Besuch. Ein netter Abend. Der Beginn von etwas Unerwartetem?

„Sie hat nichts mit unserer Sache zu tun", sagte Dean, während er den Raum durchquerte. „Ich denke, wir sollten Reva erklären, wer wir und wieso wir hier sind und sie fragen, ob sie von Eddie gehört hat seit seiner Flucht. Sie könnte uns helfen."

Langsam drehte Alan sich um. „Hast du den Verstand verloren?"

„Nein, aber ..."

„Irgendetwas Seltsames geht hier aber vor." Alan fuhr sich mit einer Hand durchs Haar. „Du hast sonst nicht so komische Ideen. Es ihr erzählen? Sie um Hilfe bitten? Auf keinen Fall. Sie würde Eddie anrufen und ihn warnen, dass wir hier sind. Dann taucht er unter, und wir finden ihn nie."

„Würde sie nicht", widersprach Dean. „Sie weiß nicht mal, wo Pinchon ist, da bin ich ganz sicher."

Alan lehnte sich im Stuhl zurück und grinste. „Ach nee. Sie hat dich bezirzt, was?"

„Natürlich nicht."

„Und wie, das kann ich doch sehen", erwiderte Alan. „Eine hübsche Frau klimpert mit den Wimpern und erweckt den Eindruck, dass sie dich in ihr Bettchen lässt, und schon ist sie Fräulein Unschuldig."

„Reva ist nicht mehr dieselbe wie vor sieben Jahren."

Alan schnappte sich das Foto, das an der Wand hing, und wedelte damit vor Deans Nase herum. „Das hier ist die Frau, über die wir reden. Ja, sie sieht niedlich aus, wenn sie sich zurechtmacht. Sie hat sich hier ein hübsches Nest gebaut und hat nicht vor, den Leuten zu zeigen, wer sie wirklich ist. Aber das hier ist die Realität."

Er hielt Dean das Bild unter die Nase. „Sie war achtzehn und arbeitete als Bardame, als sie Eddie traf. In einer schmierigen Kneipe und dank eines gefälschten Ausweises. Sicher, man konnte ihr nie was anhängen, aber du kannst dir doch denken, dass sie nicht sauber blieb in zwei Jahren mit Eddie."

Deans Stimmung verdüsterte sich. „Sie hat sich geändert ..."

„Menschen ändern sich nicht", erwiderte Alan etwas ruhiger. „Das weißt du selbst genauso gut wie ich. Reva Macklin war ziemlich lange mit Eddie Pinchon zusammen. Sie ist die Mutter seines Kindes. Wenn er hierherkommt, wird sie ihn aufnehmen, ihm Essen kochen und das Bett mit ihm teilen, ohne groß darüber nachzudenken. Sie wird zum zweiten Mal auf seine hübsche Visage reinfallen und ihn vor allem und jedem beschützen. Sie wird ihn vor uns verstecken, sich zwischen uns und Pinchon stellen und ganz auf seiner Seite sein."

Es fiel Dean schwer, das zu glauben, aber andererseits hatte er genau dieses Szenario schon allzu oft gesehen.

„Du denkst im Moment mit deinem besten Stück, Kumpel“, sagte Alan tröstend. „Mach dir nichts draus, das geht uns allen mal so.“

Alan meinte es nicht böse. Er war ein Freund und hatte selbst ein paar Krisen durchgestanden. Und natürlich war er es nicht gewöhnt, dass Dean Sinclair seinen Job nicht mehr ernst nahm.

Dean machte nie Fehler, setzte Gefühl nie über den Verstand und verfiel nicht plötzlich einer Frau, nur weil sie nach Erdbeeren duftete. Sein ganzes Leben lang dachte er gründlich nach, bevor er handelte, wägte im Geist die Vor- und Nachteile ab, wenn eine wichtige Entscheidung anstand. Und er dachte nie mit seinem besten Stück.

„Hör zu“, fuhr Alan ruhig fort. „Ich weiß, wie du dich fühlst. Patsy hat dich vor über drei Monaten verlassen, und du brauchst einfach ein bisschen Zuwendung. Warum fährst du nicht nach Nashville rüber und machst dir einen netten Abend? Bis Sonnenaufgang kannst du zurück sein, und ich verspreche dir, dann sieht alles anders aus. Alles, aber besonders Reva Macklin.“

Dean nahm Alan das Foto aus der Hand und betrachtete es. Ja, das war sie, eindeutig. Junger, wilder, kühner, aber Reva. Er hatte sie heute ein paarmal lächeln sehen, aber nie so wie auf dem Bild. Nicht offen und frei. Das Mädchen auf dem Bild sprühte vor Lebenslust.

Vielleicht hatte Alan recht. Vielleicht fühlte er sich zu Reva hingezogen, weil sie attraktiv und sexy war und er allein. Brauchte er so dringend eine Frau in seinem Bett, dass er etwas in ihr sah, das gar nicht existierte? Oder etwas übersah, das eindeutig da war? Er glaubte es nicht, aber ganz sicher konnte er auch nicht sein. Im Moment war es besser, seinen Gefühlen nicht zu trauen.

Also gab er den Gedanken auf, Reva alles zu erzählen.

Aber er fuhr auch nicht nach Nashville.

4. KAPITEL

In die vertrauten Geräusche und Gerüche aus der Küche mischten sich an diesem Morgen ungewohnte Laute: gelegentliches Hämmern, das Knirschen von Holz und halblaute Fluchtiraden.

Als sich die Bürotür öffnete, blickte Reva von ihren Papieren auf. Tewanda kam herein, schloss die Tür hinter sich und lehnte sich mit einem breiten Lächeln an den Rahmen. Sie war dunkelhäutig, hochgewachsen und einfach umwerfend. Tewanda hatte die Angewohnheit, alle sechs Monate ihren Stil zu ändern und mit einer neuen Frisur und neuer Kleidung zu überraschen. Im Moment war sie in einer Garçon-Phase. Ihr schwarzes Haar trug sie kurz, und Hose und Hemd hätten aus einer Herrenboutique stammen können, was aber ihre Kurven nur noch mehr betonte. Ganz gleich, wie sie sich kleidete, sie war immer eine auffallend schöne Frau.

„Im dritten Stock sitzt ein gut aussehender Mann auf der Treppe und spielt mit deinem Geländer“, meldete sie.

„Aus deinem Mund klingt das direkt lasterhaft“, erwiderte Reva, legte das Scheckbuch weg und schenkte ihrer Freundin und Angestellten ihre volle Aufmerksamkeit.

„Süße, dieser Mann bietet eindeutig lasterhafte Möglichkeiten.“

Daran wollte Reva lieber gar nicht denken.

„Wie läuft's in der Küche?“

„Miss Edna und Miss Judith streiten sich darüber, wie viel Pfeffer in den Kürbisauflauf gehört, und Miss Frances stiehlt sich immer wieder unter einem Vorwand davon, um einen Blick auf deinen jungen Mann zu werfen.“

„Er ist nicht mein junger Mann!“

„Das klingt bei Miss Frances aber ganz anders“, wandte Tewanda ein.

Reva seufzte und lehnte sich im Stuhl zurück, während Tewanda näher kam und sich auf der Schreibtischkante niederließ. „Er ist nicht mein, und jung ist er auch nicht.“

„Jung ist relativ“, entgegnete Tewanda weise.

In Revas Augen hatte Tewanda das perfekte Leben. Ihr Mann, mit dem sie über zehn Jahre verheiratet war, betete sie an. Sie hatten drei wunderbare, gut erzogene Söhne, von denen Terrance der jüngste war. Nichts konnte Tewanda aus der Ruhe bringen, nicht einmal Cooper, der oft bei seinem Freund übernachtete.

Manchmal war Reva direkt neidisch auf ihre Freundin.

„Er ist süß“, sagte Tewanda leise und beugte sich vertraulich zu Reva hinunter, „aber ich schwör dir, Reva, dein junger Mann hat noch nicht oft einen Hammer in der Hand gehabt. Ich hab ihm nur ein paar Minuten zugesehen, aber es erinnerte mich daran, wie Russell mit seinen Mathe-Hausaufgaben kämpft.“

Russell war Tewandas ältester Sohn, der sich gerade vor Kurzem darüber beklagt hatte, dass die vierte Klasse einfach zu schwer war.

„Dean ist neu in dem Beruf“, sagte sie. „Gib ihm eine Chance.“

Tewanda pfiff durch die Zähne. „Aha, du verteidigst ihn also schon. Sheriff Andrews wird über diese Entwicklung nicht besonders begeistert sein.“

„Der Sheriff hat in meinem Leben nichts zu sagen.“

„Aber er hätte gern.“

Reva blickte nervös auf den Schreibtisch. Lieber schrieb sie Schecks aus, als weiter mit Tewanda über Ben Andrews oder Dean Sinclair zu diskutieren. „Du gehst besser wieder runter und kostest den Auflauf“, sagte sie. „Die Schecks hier müssen heute noch zur Post.“

„Na gut“, erwiderte Tewanda, stand auf und ging zur Tür. „Schneid mir das Wort ab, wirf mich raus, ohne mir Näheres zu erzählen. Wenn du dann jemanden brauchst, wo Cooper übernachten kann, weil du mit deinem Handwerker ein Schäferstündchen hast …“ Sie hielt inne, drehte sich um und grinste. „Zu blöd, du weißt ja, dass du immer auf mich zählen kannst.“

„Ich werde nicht …“, begann Reva.

„Streite es nicht ab“, unterbrach sie Tewanda. „Es ist höchste Zeit, dass du wieder Interesse am anderen Geschlecht zeigst. Es ist nicht natürlich, jahrelang ohne einen Mann zu sein.“

Reva hob das Kinn. „Woher willst du denn wissen, dass ich jahrelang keinen hatte? Vielleicht habe ich außerhalb des Restaurants ein erfülltes Liebesleben.“

Tewanda lachte. „Erstens bist du gerade rot geworden wie eine Tomate, weil du einfach nicht lügen kannst. Und zweitens sind wir hier in Somerset, Süße.“ Sie legte eine Hand auf ihre Brust. „Wenn auch nur ein Mann in deine Nähe gekommen wäre, hätte ich es erfahren. Gib’s zu, in deinem Leben gibt es keine romantischen Geheimnisse, und der Einzige, der in den Genuss deiner Liebe kommt, ist Cooper. Und der hat, drittens, nie ein Wort von einem Mann in eurem Haus erwähnt. Bis auf heute Morgen natürlich. Wo ich auf dem Schulweg davon hörte, dass Mr Sinclair gestern zum Nachtisch bei euch war."

Reva ließ den Kopf auf die Schreibtischplatte sinken. Sie hatte nicht übertrieben, als sie Dean erklärte, dass diese Stadt keine Geheimnisse kannte. „Erdbeercreme, sonst nichts", sagte sie. „Ich schwör's."

„Ja, klar", sagte Tewanda im Hinausgehen und schloss leise die Tür hinter sich.

Reva schrieb die Schecks aus, plante die Speisekarte für die kommende Woche und sah einige Rezepte daraufhin durch, ob sie in ihrem neuen Kochbuch erscheinen sollten. Ihr erstes verkaufte sich sehr gut, und es bestand durchaus Bedarf an einem Folgeband.

Ab und zu wurde sie durch die Geräusche aus dem dritten Stock abgelenkt. War Dean wirklich so ein ungeschickter Handwerker? Vielleicht hatte Tewanda übertrieben. Eigentlich konnte doch jeder Mann mit einem Hammer umgehen, oder?

Als sie es nicht mehr aushielt, schlüpfte Reva aus dem Büro und ging so leise wie möglich die Treppen hinauf. Sie trug flache Schuhe, was ihr einen Vorteil verschaffte. Nur der lange Rock ihres cremefarbenen Kleides raschelte leise.

Leider war es unmöglich, sich lautlos anzuschleichen, da einige der Stufen verräterisch knarrten. Sie ertappte Dean dabei, wie er sie durch das Treppengeländer beobachtete. Er saß im dritten Stock auf dem Boden, den Hammer in der Hand.

„Wer schleicht jetzt?", fragte er lächelnd.

„Das muss wohl ich sein", sagte Reva und gab ihren Versuch auf, die Stufen geräuschlos hinaufzusteigen.

„Wenn ich bisher Stufen knarren hörte, tauchte normalerweise gleich darauf eine grauhaarige ältere Dame auf", sagte Dean.

„Das ist Miss Frances." Reva ließ sich auf der obersten Stufe nieder. „Ich wollte Sie nur warnen, dass die ersten Gäste bald eintreffen. Dann sollten Sie bis heute Nachmittag eine Pause einlegen."

Dean blickte auf die Uhr. „Es ist noch nicht mal zwölf. Die Gäste kommen um eins, richtig?"

Sie nickte. „Die meisten treffen allerdings etwas früher ein, um im Garten spazieren zu gehen, das Haus anzuschauen oder auf der Veranda zu sitzen. Hämmern und Fluchen stört die Atmosphäre etwas."

„Ich dachte nicht, dass jemand mich hört. Tut mir leid."

„Das Haus ist ziemlich hellhörig. Machen Sie sich deswegen keine Gedanken." Sie blickte an ihm vorbei. „Wenn ich den dritten Stock renoviere, das Geländer wieder sicher ist und ich die Räume einrichte, können wir diesen Teil des Hauses auch für Gäste öffnen. Ich dachte daran, ein paar der alten Schlafzimmer zu einem Aufenthaltsraum zu machen. Dann könnte ich den Stock hier oben sogar für kleine Partys oder Events nutzen."

Dean legte den Hammer vorsichtig ab. Obwohl er sich große Mühe gab, wirkte er nicht im Geringsten wie ein Handwerker. Sein Haarschnitt war zu akkurat, die Jeans und Arbeitsstiefel zu neu, das T-Shirt mit dem Black & Decker-Logo hatte keinen einzigen Fleck.

Und sein glatt rasiertes Gesicht zeigte nicht eine einzige Bartstoppel.

„Sind Sie heute wieder als Gastgeberin eingesetzt?", wollte er wissen.

Reva schüttelte den Kopf.

„Wunderbar", sagte Dean leise. Seine tiefe Stimme sandte einen wohligen Schauer über ihren Rücken. „Dann essen Sie doch mit mir."

Es war bereits nach eins, als Reva wieder in den dritten Stock stieg. Bis hier drangen die Geräusche des Restaurants kaum noch, und sie ließ das Geschirrklappern, die Gesprächsfetzen und das gelegentliche Gelächter gern hinter sich.

Dean nahm ihr die beiden Teller aus der Hand und trug sie in eins der Schlafzimmer, wo bereits ein Krug mit Eistee und zwei Gläser warteten. Er war froh, dass kein Bett in dem Raum stand, sondern nur eine antike Kommode, ein paar rostige Farbeimer und eine seltsam geformte Couch, die Reva eine Chaiselongue nannte. Ein kleiner Tisch mit zwei Stühlen stand davor, an dem sie essen würden.

Es war die perfekte Gelegenheit, um sie über Eddie Pinchon auszuhorchen. Eigentlich hätte er lieber über andere Dinge gesprochen und sie zum Lachen gebracht, aber das war ja nun mal nicht sein Job.

Heute gab es Roastbeef, Gemüse und Kartoffelpüree. Nachdem er die bis zum Rand gefüllten Teller abgestellt hatte, rückte Dean für Reva einen Stuhl zurecht. Überrascht setzte sie sich. Dean nahm ihr gegenüber Platz.

Eine Weile sprachen sie über das Essen und das Wetter, dann breitete sich ein peinliches Schweigen aus.

„Waren Sie immer schon im Restaurantgeschäft?", fragte Dean schließlich.

Reva hob den Kopf und blickte ihn misstrauisch an. „Seit sechs Jahren."

„Und wie hat es angefangen?"

Sie lächelte, ihr Misstrauen war offenbar vergessen. „Nachdem Cooper geboren war, fand ich Arbeit bei einem älteren Mann mit einem kleinen Restaurant, das in den letzten Zügen lag. Donald hatte gehofft, dass seine Söhne es übernehmen würden, doch die hatten andere Pläne. Dann geriet er an eine Reihe schlechter Geschäftsführer und stand kurz davor, alles zu verlieren. Als er mich einstellte, gab er mir die Freiheit, das Restaurant nach meinen eigenen Vorstellungen zu führen, und ich hatte Glück und machte es wieder profitabel."

Dean nahm eine Gabel von dem lockeren Kartoffelpüree. „Ich glaube nicht, dass das etwas mit Glück zu tun hatte."

Reva lächelte. „Donald machte mich zum Partner. Das Geschäft wuchs, und schließlich haben wir es mit gutem Gewinn verkauft. Mit dem Geld bin ich dann hierhergekommen."

„Und davor? Was haben Sie gemacht, bevor Cooper geboren wurde?"

Dies war seiner Meinung nach ihre Chance, reinen Tisch zu machen, ihm alles zu erzählen und zu erklären, wie sie sich verändert hatte.

Sicher, er kannte sie erst zwei Tage, aber dennoch erwartete er, dass sie die Wahrheit sagen würde. In Deans Weltbild gab es nur zwei Sorten von Menschen, die Aufrichtigen und die Unaufrichtigen. Dazwischen blieb nur wenig Raum für Kompromisse. Seine Schwester warf ihm manchmal vor, dass er unflexibel war. Er selbst hielt sich für vernünftig und geradeheraus.

„Erzählen Sie doch was von sich", bat Reva, seine Frage ignorierend. „Waren Sie lange bei der Polizei?"

Er nickte. „Ja, kann man so sagen."

„Sie sehen jedenfalls aus wie ein Polizist. Ihre Haltung, die Art, wie sie Dinge betrachten. Es tut mir leid, Dean, ich weiß, dass Sie ihren Beruf wechseln wollen, aber irgendwie kann ich Sie mir nicht als Handwerker vorstellen."

Kein Wunder. „Das wird sich mit der Zeit geben. Menschen können sich ändern, wissen Sie. Sie fangen ein neues Leben an, werden jemand anderes. Es braucht nur ein wenig Motivation."

Zum Beispiel ein Kind. War das Revas Anlass gewesen, sich zu ändern?

„Das ist wohl so", sagte sie leise.

Sie aßen wieder ein paar Bissen, um das erneute Schweigen zu überbrücken. Schließlich fragte Reva: „Wollten Sie immer schon Polizist werden? Schon als Kind? Wussten Sie die ganze Zeit, was Sie machen würden?"

„Weiß das überhaupt jemand jemals genau?“

„Sie kommen mir so selbstsicher vor. Ich selbst war nie so“, gab sie zu. „Ich habe immer an mir gezweifelt, jede Entscheidung hinausgezögert, mich immer gefragt, ob ich das Richtige tue. Aber Sie wirken wie ein Mann, der nie einen Fehler macht.“

„Jeder macht Fehler.“

„Vielleicht.“ Sie rutschte unbehaglich auf dem Stuhl herum. „Aber Sie haben mir immer noch nichts von sich erzählt. Kommen Sie. Sie kennen jetzt alle meine Abenteuer im Restaurantgeschäft. Was können Sie mir über Dean Sinclair verraten?“

„Ich rede nicht gerne über mich selbst“, gab er zurück. „Ich möchte mehr über Sie wissen. Woher Sie kommen, was Sie mögen, was Sie vom Leben erwarten. Erzählen Sie mir von Reva Macklin. Ich möchte alles wissen.“

Ein paar Minuten vorher war sie bei seiner Frage errötet und hatte gelächelt. Jetzt wurde sie blass. „Da gibt's nicht viel zu erzählen. Wie schmeckt Ihnen der Kürbisauflauf? Ich denke, er ist zu stark gepfeffert.“

„Er ist lecker“, sagte er unwirsch. „Alles schmeckt hervorragend.“

Sie legte die Gabel weg, schob ihren Teller von sich und stand auf. „Ich muss mich wirklich um die Gäste kümmern“, sagte sie mit unsicherer Stimme. Sie blickte ihn nicht an, sondern hielt den Kopf gesenkt.

„Es tut mir leid.“ Dean stand ebenfalls auf. „Ich hätte nicht so aufdringlich sein dürfen.“

„Essen Sie weiter“, sagte Reva und eilte zur Tür. „Ich sehe Sie später.“

Sie bemühte sich, ruhig zu wirken, doch am Knarren der Stufen merkte er, dass sie beinahe rannte.

Was hatte sie sich bloß dabei gedacht? In ihrem Leben gab es keinen Platz für einen Mann. Das war ihr natürlich von Anfang an klar gewesen, doch Dean hatte es mit seinen Fragen überdeutlich gemacht. Wenn sie sich mit ihm oder irgendjemand anderem einließ, würde sie sich den Fragen früher oder später nicht mehr entziehen können.

Und wo ist Coopers Vater?

Tewanda hatte recht, sie hatte kein Talent zum Lügen. Etwas zu verschweigen war eine Sache, aber eine direkte Lüge kam ihr einfach nicht über die Lippen. Sie wurde rot, begann zu stottern. Ein Lügendetektor war gar nicht erst nötig.

Und was würde Dean Sinclair oder auch ein anderer Mann sagen, wenn sie ihm die Wahrheit über Coopers Vater erzählte – dass er ein Mörder war, der lebenslänglich im Gefängnis saß?

Reva schüttelte sich angewidert. Nachdem sie vor Dean davongelaufen war, hatte sie nicht an der Haustür haltgemacht, sondern war einfach weitergegangen, auf die Straße hinaus. Ihr schneller Gang half ihr, ihre Gedanken zu klären und sich zu beruhigen. Und er brachte Abstand zwischen sie und die Versuchung.

Sie hätte ihn mit dem Ast prügeln sollen, gleich am ersten Abend. Dann würde er sie auf jeden Fall in Ruhe lassen. Er würde denken, dass sie eine Schraube locker hatte und sich von ihr fernhalten, statt sie anzusehen, als ob … Reva schüttelte entschlossen den Kopf und beschleunigte ihre Schritte noch. Es gab kein *als ob*, nicht mit Dean und mit keinem anderen Mann.

„Bauchlandung", sagte Dean, als er zum Beobachtungsposten zurückkehrte.

„Was ist passiert?"

„Wenn ich das wüsste." Er warf seine Werkzeugtasche in eine Ecke und ließ sich auf die durchgesessene Couch sinken. „Wahrscheinlich bin ich zu schnell vorgeprescht. Ich habe zu viele Fragen gestellt und Reva nervös gemacht. In einem Moment essen wir zusammen, und ich versuche herauszufinden, was sie über Eddie weiß, und im nächsten läuft sie davon."

Alan pfiff durch die Zähne. „Das klingt tatsächlich nach einer Bauchlandung. Aber das kommt mir gerade recht."

„Wieso das?"

„Du bist ihr zu nahegekommen, sie ist zu hübsch, und du hättest wirklich nach Nashville fahren sollen." Alan lehnte sich im Stuhl zurück und streckte die Beine aus. „Jetzt weißt du's jedenfalls."

„Jetzt weiß ich was?"

Alan schüttelte langsam den Kopf. „Mensch, wenn sie nichts zu verbergen hätte, wäre sie doch nicht weggelaufen."

Das stimmte natürlich. Wer unschuldig war, rannte nicht weg. Wovor hatte Reva Angst?

Er mochte sie, von Anfang an, und dabei glaubte er nicht einmal an Sympathie auf den ersten Blick. Normalerweise nahm er sich Zeit, Menschen kennenzulernen, wog ihre guten und schlechten Seiten ab, beobachtete sie sorgfältig. Doch kaum hatte er Revas lange Beine gesehen, fühlte er sich verrückterweise zu ihr hingezogen. Vielleicht hatte Alan recht und es waren wirklich nur die Hormone.

Er war wegen eines Jobs hier. Und sich mit der Frau einzulassen, die möglicherweise bis zur Halskrause in dem Kriminalfall steckte, den er hier ermitteln sollte, war das Letzte, was er brauchte.

Auf keinen Fall wollte er eine Frau, um die er sich kümmern musste. Noch dazu eine mit einem Kind. Sein ganzes Leben lang hatte er sich um seine jüngeren Geschwister gesorgt, und erst jetzt, wo sie alle längst eigene Kinder hatten, begann er langsam, sich zu entspannen.

Warum also war es so wichtig, dass sie ihm die Wahrheit erzählte? Wieso machte es ihm etwas aus, dass sie ihm nicht vertraute, obwohl sie ihn erst ein paar Tage kannte?

Sein Leben war eingeteilt in Schwarz und Weiß, und er war immer gut damit gefahren. Reva allerdings ließ sich nur in Grautönen beschreiben.

Ein leises Klopfen an der Tür unterbrach seine trüben Gedanken. Alan sprang auf und nahm das alte Foto von der Wand, warf dann eine Häkeldecke vom Sofa über das Teleskop. Die verbarg das silberne Gestell natürlich nicht völlig, also stellte er sich beiläufig zwischen das Gerät und die Tür.

Dean öffnete und sah Miss Evelyn, die ein silbernes Tablett mit Limonade und Keksen trug.

„Guten Tag, Jungs“, sagte die alte Dame und trat ein. „Ich dachte, ich bringe euch an diesem warmen Tag eine kleine Erfrischung vorbei. Kalte Limonade und meine hausgemachten Zuckerkekse.“

Dean dachte sofort an Coopers eindringliche Warnung. „Danke“, sagte er, nahm ihr das Tablett ab und stellte es auf den Couchtisch. „Das ist sehr aufmerksam von Ihnen.“

Dean versuchte, sie so sanft wie möglich zur Tür zu dirigieren. „Ich bringe das Tablett in die Küche zurück, wenn wir fertig sind. Sie sollten so wenig wie möglich Treppen steigen.“

Als sie gegangen war, gab Alan seinen Posten auf und griff nach einem Keks.

„Na, das ist doch wirklich nett von ihr“, meinte er zufrieden.

„Warte“, rief Dean, „Cooper hat gesagt …“

Bevor er den Satz beenden konnte, hatte Alan bereits herzhaft in den Keks gebissen. Gleich darauf verzog er das Gesicht, obwohl er höflicherweise weiterkaute, anstatt den Bissen auszuspucken.

„… dass man den Zuckerkeksen besser fernbleibt“, schloss Dean.

Alan schluckte und griff nach der Limonade. „Jetzt weiß ich, woran ihr Mann gestorben ist." Er nahm einen langen Schluck. „Sollten Zuckerkekse nicht süß sein?" Wieder trank er hastig. „Und sie sollten keinen bitteren Nachgeschmack haben, oder? Du hättest mich etwas früher warnen können", sagte er anklagend. „Oder dich zwischen mich und die Kekse werfen. Was für ein Partner bist du?"

Dean musste lachen. „Was machen wir jetzt mit den Keksen? Wir können sie nicht essen, aber wenn wir sie in die Küche zurückbringen, verletzen wir die Gefühle der alten Dame."

Alan betrachtete nachdenklich das Silbertablett. „Schick sie einem deiner Brüder."

„He, ich mag meine Brüder."

„Dann vielleicht Patsy?" Jetzt grinste Alan geradezu heimtückisch.

„Nein!"

„Aber irgendjemandem müssen wir sie schicken! Hier können sie jedenfalls nicht bleiben."

„Myron Troy", schlug Dean vor. Das war der Beamte auf dem Polizeirevier in Atlanta, der einen Fall vermasselt hatte, mit dem Alan monatelang beschäftigt gewesen war. Alan redete ständig davon, wie er seinem ehemaligen Kollegen eins auswischen wollte – jetzt hatte er die Chance.

„Du bist ein Genie, Sinclair", sagte Alan bewundernd. „Ein absolutes Genie. Ich bin beeindruckt."

Draußen bewegte sich etwas, und Dean ging an Alan vorbei, um hinauszublicken. Es war Reva Macklin, die zu ihrem Restaurant zurückkehrte. Die meisten Gäste waren gegangen, nur einige wenige hielten sich noch im Garten auf.

Sie hatte sich eindeutig erholt, weshalb auch immer sie vor ihm davongelaufen war. Ruhig, gelassen, so schön und elegant wie immer ging sie aufs Haus zu. Ihr Haar trug sie offen, und es fiel in sanften Wellen über ihre Schultern. Zu schade, dass ihre herrlichen Beine vom langen Rock des Kleides verdeckt waren. Er wollte sie zu gerne noch einmal sehen, und irgendwie hatte er den Verdacht, dass es dazu nie kommen würde.

Zumindest hätte sie den Kopf drehen und zu seinem Haus hinüberblicken sollen, um zu sehen, ob er da war und sie beobachtete. Doch sie tat nichts dergleichen.

Eine absolute Bauchlandung.

5. KAPITEL

Sieben Jahre lang war sie allein und zufrieden gewesen – da sollte es jetzt nicht schwer sein, die Schmetterlinge in ihrem Bauch zu ignorieren, wenn Dean Sinclair in der Nähe war. Besonders, wenn sie sicherstellte, dass er gebührenden Abstand wahrte.

Zuerst hatte sie ihn entlassen wollen, aber das war nicht die beste Lösung. Schließlich würde er immer noch gegenüber wohnen und sie möglicherweise weiter verfolgen. Also achtete sie darauf, dass sie sich einfach nicht begegneten. Das Grundstück war groß genug. Wenn er im Restaurant arbeitete, hielt sie sich im Gästehaus auf. Wenn sie im Haupthaus gebraucht wurde, gab sie ihm einen Job im Garten oder im Gästehaus.

Zu tun gab es genug. Der Zaun, die Regenrinne, der tropfende Wasserhahn im Gästehaus. Und natürlich der dritte Stock im Restaurant.

Auf diese Weise konnte sie gut kontrollieren, wo Dean sich gerade aufhielt. Solange sie sich nicht ständig Gedanken machen musste, wo sie ihn treffen würde, oder ihm andauernd zufällig in die Arme lief, war alles in Ordnung.

Fünf Tage lang ging das gut. Zwar versuchte er ab und zu, sie irgendwo zu stellen, doch sie hatte stets dringende Aufgaben, die sie erledigen musste. Und in der kurzen Zeit, die er ihr gegenüberstand, teilte sie ihm knapp mit, warum sie sein jeweiliges Angebot nicht annehmen konnte. Mittagessen, Abendessen, ein Spaziergang. Ausreden gab es genug. Schließlich fragte er nicht mehr.

Reva liebte besonders die Sonntage in Somerset, an denen sich fast alle Einwohner zu den Gottesdiensten in den drei Kirchen trafen und hinterher zusammen Picknicks oder Grillfeste abhielten. Diese Gemeinschaft gab ihr ein Gefühl von Ruhe und Frieden.

In der Vergangenheit hatte sie zu wenig davon gehabt. Als ihr Stiefvater gestorben war, hatte sich ihre Mutter abgesetzt, ohne sich je wieder zu melden, und Reva hatte schließlich Eddie kennengelernt. Mit ihm zusammen zu sein gab ihr ein Gefühl von Stabilität und Zugehörigkeit. Alles, was sie wollte, war ein Ersatz für ihre Familie.

Sie hatte ihn in der Bar getroffen, wo sie arbeitete. Hinter der Theke zu arbeiten war nicht gerade ihr Traumjob, aber der einzige, den sie hatte finden können. Eddie hatte mit seinem gewinnenden Lächeln und seinen blauen Augen sofort ihr Interesse geweckt. Er redete freundlich mit ihr, gab ihr große Trinkgelder und holte sie an seinen Tisch, wenn es nichts zu tun gab. Er brauchte nur eine Nacht, um ihr das Gefühl zu geben, dass er sie verstand. Dass er ihr geben konnte, was sie wollte und brauchte.

In den folgenden Wochen zeigte er ihr in jeder möglichen Art und Weise, dass er ihr die Sterne vom Himmel holen würde.

Sie glaubte ihm jedes Wort. Kaum hatte er sie, wo er sie haben wollte, verlangte er, dass sie den Job aufgab, und sie folgte ihm nur zu gerne. Dass er stets wissen musste, wo sie war und was sie tat, legte sie als Liebe aus. Er sprach oft davon, dass sie eines Tages heiraten würden. Mit seinem charmanten Lächeln beschrieb er das Leben, das sie sich immer gewünscht hatte. Ein Häuschen mit Garten, einen Ehemann, der sie anbetete, Kinder.

Die Realität sah allerdings ganz anders aus. Zwei Jahre lang hatte er ein Doppelleben geführt, ihr Lügen erzählt und ihr fast jeglichen Kontakt mit der Außenwelt untersagt. Dann war das Kartenhaus eingestürzt.

Rückblickend sagte sie sich, dass sie es hätte wissen müssen. Wenn sie mehr Fragen gestellt und auf Antworten bestanden hätte, wäre sie nicht so lange ahnungslos geblieben. Doch sie hatte Angst gehabt. Angst, ihn zu verlieren, wieder allein dazustehen, das Familienleben, mit dem Eddie sie köderte, ohne ihn niemals zu finden.

Als sie herausfand, was wirklich vorging, war es schon zu spät. Er schwor, dass er sie niemals gehen lassen würde.

Eddies Vorstellung von Liebe war, sie zu besitzen.

Jetzt, wo sie älter und weiser war, würde niemand sie je wieder so vereinnahmen. Jedes Mal, wenn sie in Versuchung geriet, doch Zeit mit Dean zu verbringen, ihn besser kennenzulernen, ihm eine Chance zu geben, erinnerte sie sich an dieses Versprechen.

Sie blickte von ihrem Spaziergang auf, als Cooper sie auf dem Bürgersteig überholte. Dies war ihre Zukunft. Er würde hier in dieser friedlichen Kleinstadt aufwachsen, wo niemand wusste, wer sein Vater war. Sie würde ihm all die Liebe geben, die sie selbst nie erfahren hatte, und seine einzige Sorge würde sein, ob er nun Baseballspieler, Finanzbeamter oder Telefonverdreher werden sollte.

Ein kalter Schauer lief ihr über den Rücken. Hatte nicht sie selbst gesagt, dass es in dieser Stadt keine Geheimnisse gab? Und dabei war sie es, die das allergrößte hütete. Niemand durfte je erfahren, dass Eddie Pinchon Coopers Vater war.

„Du weißt, dass sie bis zur Halskrause mit drin steckt", sagte Alan.

Dean starrte seinen Partner finster an. Er hatte beobachtet, wie Reva von ihrem Spaziergang zurückkam, und sich gefragt, ob sie vor ihm wegrennen würde, wenn er ihr *zufällig* auf der Straße begegnete. Da er die Antwort kannte, hatte er es gar nicht erst versucht.

„Reva mag mich nicht. Das heißt nicht, dass sie schuldig ist."

„Wenn mich nicht alles täuscht, war sie ganz angetan von dir, bis du anfingst, zu viele Fragen zu stellen." Alan hob belehrend den Zeigefinger, und Dean hätte ihm am liebsten eine gelangt. „Sie weiß etwas, das sie niemandem erzählen will."

Dean war von Revas Schuld nicht so fest überzeugt wie Alan, aber auch ihm war klar, dass etwas Seltsames vorging.

„Halt den Mund, Alan", sagte Dean und wandte sich wieder dem Fenster zu. Reva ging durch den Garten aufs Gästehaus zu, den Blick auf Cooper gerichtet, der vorneweg rannte. „Du hast bisher nicht ein einziges Wort mit ihr gewechselt."

„Ich ziehe es vor, meine Beschattungsobjekte aus sicherer Entfernung zu beobachten. Auf diese Weise vermeide ich Schlamassel."

Dean zuckte leicht zusammen. Reva Macklin steckte in Schwierigkeiten, so viel stand fest. Es war wirklich das Beste, um eine Ablösung zu bitten und sich aus der ganzen Sache herauszuhalten.

Doch natürlich würde er nichts dergleichen tun. Nicht, bevor Eddie Pinchon wieder im Gefängnis saß, wo er hingehörte, und Reva und Cooper in Sicherheit waren.

Der Schlamassel ließ sich wohl nicht mehr abwenden.

Endlich hatte sie ihm eine Aufgabe gegeben, die er fachmännisch ausführen konnte. Ihr alter Gärtner schaffte es nicht, die dicken Zweige der Bäume zu entsorgen. Die Äste in gleichmäßige, kurze Stücke für das Kaminfeuer zu sägen, war eine Arbeit, die kein Wissen über Strom, Rohrleitungen oder Farbe erforderte.

Allerdings war es ganz schön anstrengend.

Der Schweiß lief ihm in Strömen übers Gesicht, und sein Black & Decker-T-Shirt klebte ihm auf der Haut. Körperlich anstrengende Arbeit war er nicht gewöhnt, wenn man das gelegentliche Gewichtstraining in einem klimatisierten Fitnessstudio nicht mitrechnete.

Unter den gegebenen Umständen fand er die Arbeit allerdings äußerst beruhigend. Ein ungewohnter, aber wirkungsvoller Weg, um seine wachsende Frustration abzubauen.

Als er aufblickte, entdeckte er zu seiner Überraschung Alan, der mit einem Mobiltelefon in der Hand über den Rasen auf ihn zukam.

Sein Partner hob grüßend die Hand. „Wieso gehst du nicht ran?"

Dean machte eine Kopfbewegung zu seiner Werkzeugkiste hin, auf der sein eigenes Telefon lag. Offenbar hatte er das Klingeln beim Lärm der Kettensäge nicht gehört. Sein Grinsen verschwand. „Was ist los?"

„Wir sind hier fertig", antwortete Alan. „Zum Glück. Das hier war ja wohl der bizarrste Job, den wir je hatten. Tschüss, Somerset, auf Nimmerwiedersehen."

„Sie haben Pinchon gefasst?"

Alan schüttelte den Kopf und senkte die Stimme. „Nein. Aber er wurde letzte Nacht im Haus seines Cousins in North Carolina gesehen. Die Polizei versuchte einen Zugriff, kam aber zu spät. Pinchon entkam durch ein Fenster und verschwand im nahen Wald. Allerdings redet sein Cousin wie ein Wasserfall. Wir wissen, wo Eddie war und wo er hin will." Er blickte zum Restaurant hinüber. „Und Reva Macklin hat er nicht mal erwähnt."

Dean stieß einen erleichterten Seufzer aus. Es war also fast vorbei. Fast.

„Dann mach dich aus dem Staub", sagte er. „Ich bleibe hier, bis Pinchon gefasst ist."

Alan schüttelte den Kopf. „Wir sollen heute Nacht zum Team in North Carolina stoßen. Laut Cousin plant Eddie ein Treffen mit ein paar seiner alten Komplizen."

„Wo er wahrscheinlich nicht auftaucht, da er sich ja denken kann, dass sein Cousin verhaftet wurde und singt."

Alan fuhr sich mit einer Hand durchs Haar. „Das ist nicht unser Problem, Partner. Wir verschwinden von hier, Ende der Geschichte."

Nur, dass es eben nicht vorbei war. Verdammt. Er sollte froh sein, aber die Erleichterung wollte sich einfach nicht einstellen.

„Ich nehme mir frei und bleibe auf eigene Kosten hier."

Schweigend blickte Alan Dean an. „Ich hätte dich höchstpersönlich nach Nashville fahren sollen", sagte er schließlich düster.

„Das hier hat nichts mit meinem mageren Sexleben zu tun."

„Natürlich."

„Ich habe es einfach im Gefühl, dass Pinchon doch noch hier auftaucht.“

„Also verwendest du deinen kostbaren Urlaub dafür, um auf Eddie Pinchons …“

„Sprich es nicht aus“, warnte Dean, der wusste, was kam.

Alan schwieg. Der Mann konnte einem auf den Geist gehen, gab zu allem seinen Senf dazu und ließ einfach nicht locker. Aber er war ein guter Partner, und Dean hätte ihm ohne Zögern sein Leben anvertraut.

„Also schön“, murmelte Alan schließlich. „Ich werde dich auf dem Laufenden halten, was Pinchon angeht. Und du bist gefälligst vorsichtig.“

„Bin ich doch immer.“

„Ja, das habe ich auch geglaubt“, sagte Alan und wandte sich zum Gehen. „Aber im Moment bin ich mir da nicht so sicher.“

Reva wollte eigentlich Feierabend machen, doch Dean war noch immer im Garten mit den Ästen beschäftigt. Normalerweise hätte sie ihn eine Weile beobachtet und ihren Weg so abgestimmt, dass sie ihm nicht in die Arme laufen würde, doch an diesem Nachmittag war das einfach nicht möglich.

Irgendwann hatte Dean nämlich sein T-Shirt ausgezogen. Es sollte verboten sein, dass ein Mann so attraktiv aussah, wenn er schmutzig, verschwitzt und halb nackt war. Sosehr sie sich auch sagte, dass es falsch und gefährlich war, sie musste ihn einfach aus der Nähe sehen.

Dann wieder verbot sie sich, auch nur daran zu denken. War sie völlig verrückt geworden?

„Netter Ausblick“, sagte Tewanda, die neben Reva ans Küchenfenster trat.

„Ich finde es eher ordinär“, sagte Reva, bemüht angemessen angewidert zu wirken.

„Klar. Deshalb stehst du auch schon seit zwanzig Minuten hier am Fenster und betrachtest das anstößige Schauspiel.“

Reva drehte sich zu ihrer grinsenden Freundin um. Bei jedem anderen hätte sie versucht, eine Ausrede zu finden, doch Tewanda konnte sie nicht anlügen. „Er hat interessante Muskeln.“

„In der Tat“, stimmte Tewanda zu. „Wie wär’s, wenn du dem armen Mann Eistee oder ein Glas Wasser bringst? Oder einen Snack? Das gäbe dir doch eine gute Gelegenheit, die Muskeln näher zu betrachten.“

Reva zuckte zusammen. „Nein!“, rief sie.

Seufzend verschränkte Tewanda die Arme vor der Brust. „Was fange ich nur mit dir an? Ganz offensichtlich magst du den Mann, aber seit einer Woche oder so behandelst du ihn, als hätte er die Pest. Und ich sage ja gar nicht, dass es nur deine Schuld ist. Wenn er ein richtiger Mann wäre, würde er dich in eine Ecke drängen, dich küssen, bis dir die Knie weich werden, dich auf deinen Schreibtisch werfen und dich heiß und leidenschaftlich lieben."

„Auf meinem Schreibtisch?"

„Na gut", sagte Tewanda, ungeduldig mit der Hand wedelnd. „Auf der Chaiselongue im dritten Stock, wenn das mehr dein Stil ist. Oder auf der Treppe, wenn er es nicht abwarten kann, bis ihr ein weiches Plätzchen gefunden habt. Der Ort spielt eigentlich keine Rolle. Du weißt schon, was ich meine."

Das stimmte leider. „Ich habe kein Interesse an so was." Weder mit Dean noch mit jemand anderem.

„Ehrlich jetzt?" Tewanda wurde ernst. „Manchmal versteh ich dich nicht, Reva."

Reva wandte dem Fenster und dem halb nackten Mann im Garten den Rücken zu. „Ich kann keine Beziehung eingehen. Mein Leben ist Cooper, und nichts anderes zählt."

„Aber ..."

„Wir haben ja schon früher darüber diskutiert, als du mich zu überzeugen versuchtest, mit dem Sheriff auszugehen", unterbrach Reva sie.

Tewanda war kein Dummkopf. Sie hatte sich natürlich zusammengereimt, dass Reva von Männern genug hatte wegen ihrer schlechten Erfahrung mit Coopers Vater. Doch Reva hatte ihr nicht die ganze Geschichte erzählt, und Tewanda hatte nicht weitergebohrt. Gute Freunde wussten eben, wann die Grenze erreicht war.

Normalerweise.

„Also schön", sagte Tewanda ungeduldig. „Er ist groß, gut gebaut und hat blaue Augen. Das bedeutet nicht, dass du ihn heiraten musst. Dass du keinen Mann in deinem Leben willst, heißt doch nicht, dass du nicht mit ihm schlafen kannst!"

„Tewanda!"

„Sex macht Spaß, Reva. Du scheinst das vergessen zu haben. Und dabei bist du erst siebenundzwanzig. Es ist einfach nicht normal."

„Aber ich kann doch nicht einfach ..."

Tewanda legte eine Hand auf ihre Schulter. „Aber sicher kannst du", flüsterte sie. „Natürlich nur, wenn du willst", fügte sie schnell hinzu.

„Ich würde dich nie zu etwas drängen, das dir unangenehm ist. Aber ich habe jetzt lange genug beobachtet, wie dir bei seinem Anblick das Wasser im Mund zusammenläuft, und er scheint ja auch nicht abgeneigt zu sein. Mit einem Mann zu schlafen bedeutet nicht gleich, dass du dein Leben und deine Geheimnisse mit ihm teilen musst."

„Ich kann so was nicht", sagte Reva leise. „Es ist einfach nicht richtig ..."

„Dann tut es mir leid, dass ich was gesagt habe", sagte Tewanda. „Ich kann nur einfach nicht mit ansehen, wie du hin und her gerissen bist."

Reva nickte und widersprach nicht mal.

Als gute Freundin wechselte Tewanda das Thema. „Am Sonntag ist nach der Kirche eine Picknick-Versteigerung für einen guten Zweck."

„Ja, ich weiß."

„Kommst du diesmal?"

„Muss ich mir noch überlegen."

Tewanda drohte ihr spielerisch mit dem Finger. „Besser, du kommst. Letztes Mal haben sich ein paar Leute darüber aufgeregt, dass das berühmteste Restaurant im Umkreis nichts zur Versteigerung beigetragen hat."

In einer Kleinstadt gab es immer ein paar Hitzköpfe, die um solche Kleinigkeiten ein großes Getue machten.

„Außerdem sieht es nicht gut aus, wenn meine beste Freundin nicht mitmacht. Es ist schließlich eine Wohltätigkeitsveranstaltung, und ich habe den Vorsitz."

„Na schön. Ich werde was zusammenstellen."

„Danke. Wir brauchen das neue Dach für die Kirche. Jeder Dollar zählt." Reva sah zu, wie ihre Freundin ein großes Glas Eistee eingoss. „Ich nehme Cooper mit zu mir. Terrance und er müssen an einem Schulprojekt arbeiten. Willst du, dass er über Nacht bleibt?"

„Nein." Gerade heute Nacht wollte sie lieber nicht allein sein. „Ich komme später rüber und hol ihn ab."

„Komm doch zum Abendessen, wenn du magst."

„Danke, aber das schaffe ich nicht. Im Büro stapelt sich der Geschäftskram. Da sollte ich besser den ruhigen Nachmittag nutzen."

Tewanda nickte verständnisvoll. „Dann hol ihn einfach so gegen sieben ab."

„Mach ich."

Mit einem Augenzwinkern drückte ihr Tewanda den Eistee in die Hand. „Ich suche die Kinder, und du kannst das hier zu dem Traummann da draußen bringen. Mit ihm zu schlafen brauchst du nicht, aber es wäre sehr unhöflich, ihn verdursten zu lassen, während er sich in deinem Garten abschuftet. Was würden die Nachbarn dazu sagen?“

Reva drehte sich zum Fenster um und sah, wie Dean mit der leeren Schubkarre zurückkam, mit der er das Holz zum Stapelplatz hinter dem Haus gebracht hatte.

Ihr Magen kribbelte, als Dean ein schweres Aststück aufhob und seine Arm- und Schultermuskeln sich anspannten. Nachdem er es in die Schubkarre geworfen hatte, wischte er sich mit der Hand den Schweiß von der Stirn. Er wirkte so entschlossen, so … verführerisch.

Sieben Jahre lang war sie solchen Anwandlungen erfolgreich aus dem Weg gegangen. Aber Dean war einfach anders.

Das Letzte, was sie brauchte, war einem Mann, der solche Gefühle in ihr hervorrief, ständig über den Weg zu laufen. Sie überzeugte ihn besser davon, dass er sein Geschäft nicht gerade in Somerset eröffnete.

6. KAPITEL

Um halb sieben bekam Reva einen Anruf von Cooper, der bettelte, die Nacht bei Terrance verbringen zu dürfen. Sie waren mit ihrem Projekt noch nicht fertig, Russell hatte versprochen, ihnen nach dem Abendessen damit zu helfen, und er schloss seine Ausführungen mit einem eindringlichen „Bitte, bitte, ja?“.

Reva gab nach, packte seine Tasche und ging zu Fuß zu Tewandas Haus, um sie ihm zu bringen. Es wäre nicht richtig gewesen, Cooper nach Hause zu zitieren, nur weil sie nicht allein sein wollte. Es war gut für ihn, Zeit in einer richtigen Familie zu verbringen, mit Brüdern und einem Vater. Charles war auch der Trainer für das Jugendbaseballteam, und Cooper mochte ihn sehr.

Auf dem Heimweg ließ sich Reva Zeit und ihre Gedanken schweifen. Als sie sich wieder dem Restaurant näherte, fiel ihr auf, dass der Wagen, in dem Dean und sein Geschäftspartner nach Somerset gekommen waren, von der Einfahrt zu Evelyns Haus verschwunden war.

Natürlich hatten sie allen Grund, den Abend woanders zu verbringen. Nach dem peinlichen Zwischenfall heute Nachmittag, bei dem sie den armen Mann aus Versehen mit Eistee überschüttet hatte, waren sie vielleicht ganz abgereist. Und das war für alle das Beste, nicht wahr?

Einen winzigen Augenblick lang dachte Reva über Tewandas schockierenden Vorschlag nach. Natürlich konnte sie mit Dean schlafen, ohne irgendwelche Versprechen zu machen oder ihn gar in ihre Vergangenheit einzuweihen. Es war ein verführerischer, wenn auch völlig egoistischer Gedanke.

Das einzige Problem dabei bestand darin, dass sie Sex und Liebe schlecht voneinander trennen konnte. Für sie gab es das eine nicht ohne das andere.

Eddie war bisher der einzige Mann in ihrem Leben und ihrem Bett gewesen, und ihn hatte sie vorbehaltlos geliebt. Natürlich war sie jung, unerfahren und dumm gewesen, aber das änderte nichts an der Tatsache, dass sie ihm ihr ganzes Herz geschenkt hatte. Seine Lügen und sein Verrat zerstörten am Ende alles und hatten ihr den Glauben an das Gute und Schöne genommen. Wenn Cooper nicht gewesen wäre, hätte sie diesen Schlag kaum überlebt.

Was ihr guten Grund gab, sich nie wieder zu verlieben. Ein zweites Mal würde sie sich nicht davon erholen, wenn jemand ihr das Herz brach. Und heute fiel sie natürlich auch nicht mehr darauf herein, wenn ein Mann ihr die große Liebe vorspielte, um zu bekommen, was er wollte. Obwohl sie zugeben musste, dass Dean sie möglicherweise doch überzeugen konnte.

Alan hatte das Teleskop in den Wagen gepackt und war davongefahren, sodass Dean praktisch in Somerset festsaß. Das störte ihn im Moment weniger als die Tatsache, dass er ohne das Teleskop das Haus nicht mehr sehen konnte, sobald es dunkel geworden war. Er saß am Fenster und blickte auf die leere Straße hinunter.

Bisher war jede Nacht ohne Ausnahme ruhig, geradezu langweilig verlaufen. Wenn in Revas Haus die Lichter ausgingen, lag die Straße verlassen da und nichts rührte sich mehr. Warum also fiel es ihm so schwer, zu Bett zu gehen?

Vielleicht hatte Alan recht, und Pinchon war schon so gut wie verhaftet. Aber wieso hatte sein Partner dann nicht angerufen? Er brannte doch geradezu darauf, Dean mitzuteilen, dass seine Anwesenheit in Somerset nicht mehr nötig war.

Es ging auf elf zu, als sein Mobiltelefon klingelte.

„Sinclair."

„Pinchon ist uns entwischt", gab Alan zähneknirschend zu. „Du hattest wahrscheinlich recht. Er muss seine Pläne geändert haben."

„Kommst du zurück?", fragte Dean, ohne das Haus auf der anderen Straßenseite aus den Augen zu lassen.

„Wenn du mich brauchst, kann ich es hinbiegen. Aber eigentlich glaube ich, dass ich hier von größerem Nutzen bin."

Dean dachte einen Augenblick nach. „Bleib, wo du bist", sagte er dann. „Und halt mich auf dem Laufenden."

„Natürlich."

Als er aufgelegt hatte, dachte Dean ernsthaft darüber nach, ins Bett zu gehen. Es war ein langer Tag gewesen, und Muskeln schmerzten an Stellen, wo er gar keine vermutet hatte.

Allerdings erinnerte er sich nur zu gerne daran, wie Reva ihm am Nachmittag Eistee in den Garten gebracht hatte. Sie hatte den Rasen überquert wie eine Fee. Der Saum ihres langen Kleides umschmeichelte ihre Beine bei jedem Schritt, und er konnte den Blick nicht lösen von ihrer schlanken, sexy Gestalt.

Als sie herangekommen war, hatte sie den Kopf gehoben, ihn direkt angesehen, war über ihre eigenen Füße gestolpert und hatte ihn mit einem Schwall Eistee übergossen. Eine herrliche Erfrischung.

Ihr zuzusehen, wie sie ihre mühsam aufrechterhaltene Fassung verlor, war sogar noch besser.

Mochte auch Alan davon überzeugt sein, dass sie log wie gedruckt – er selbst war von ihrer Unschuld überzeugt.

Plötzlich blitzte gegenüber ein Licht auf. Dean stand auf und trat dichter ans Fenster. Atemlos wartete er, und der Lichtblitz wiederholte sich. Es sah aus wie der Strahl einer Taschenlampe, und er kam aus Revas Restaurant.

Pinchon ist uns entwischt, hörte er Alan sagen.

Dean griff nach seiner Waffe und steckte sie in den Hosenbund. So schnell und leise wie möglich schlich er die Treppe hinunter, zuckte zusammen, als eine Stufe knarrte. Hoffentlich hatte Miss Evelyn einen festen Schlaf. Dass die alte Dame alle Lichter einschaltete und ihm mit der Schrotflinte nach draußen folgte, hätte ihm gerade noch gefehlt.

Im Schatten der Bäume lief er über die Straße und behielt das Fenster, in dem er das Licht gesehen hatte, im Auge.

Auf dem Grundstück war alles ruhig. Er überprüfte den Haupteingang und danach die Seitentür. Beide waren abgeschlossen.

Auf Geräusche von drinnen achtend, ging er zur hinteren Veranda. Die Tür zur Küche stand einen Spalt offen, und er zog seine Waffe.

Wie immer rief das Gefühl der schweren Pistole in seiner Hand einen Adrenalinstoß hervor, doch er geriet nicht in Aufregung. Angst oder Erregung hatten in seinem Beruf keinen Platz. Zu leicht führten sie dazu, dass man eine Kugel abbekam oder aus Versehen jemanden erschoss, der nur zur falschen Zeit am falschen Ort war.

Dean blieb ruhig, doch er spitzte die Ohren und blickte sich aufmerksam um, als er in die vom Mondlicht erhellte Küche trat.

Alles war still. Dann hörte er aus dem oberen Stockwerk einen Laut. Es klang wie eine knarrende Bodendiele. War es nur das alte Holz, das arbeitete, oder der Einbrecher?

Dean hatte lange genug im Restaurant gearbeitet, um seinen Weg auch im Dunkeln zu finden. Der erste Stock war leer. Auf dem Weg zur Treppe in den zweiten hörte er das Knarren wieder.

Mit dem Rücken zur Wand und vorgehaltener Waffe bewegte er sich die Treppe hinauf, angespannt auf Bewegungen über ihm achtend. Auf diese Weise knarrten auch die Stufen nicht, das hatte er entdeckt, als er einige lose Dielen befestigt hatte. Wer immer auch im zweiten Stock war, er würde ihn nicht kommen hören.

Es war nicht schwierig für Eddie, Reva zu finden. Artikel über das Restaurant waren in mehreren großen Zeitschriften erschienen. Er brauchte lediglich ihren Namen in eine Internetsuchmaschine einzugeben, und er bekam die gesamte Adresse.

Vielleicht hatte Alan ja doch recht, und Reva erwartete den Vater ihres Kindes. Am Ende war sie selbst im zweiten Stock und besorgte Eddie ein Versteck, weil sie ihn noch liebte und alles tun würde, um ihn zu schützen.

Als er auf dem Treppenabsatz angekommen war, entdeckte er die Silhouette einer Person, die sehr vorsichtig einen der Räume betrat, die Taschenlampe diesmal ausgeschaltet. Dean hörte die gedämpften Schritte. Er hielt sich an die Wand gedrückt und schlich bis zur Tür. Der Eindringling hatte eine Runde durch das Zimmer gemacht und war jetzt wieder auf dem Weg zum Flur.

Dean steckte die Waffe zurück in den Hosenbund, damit er beide Hände freihatte. Aufgrund der Schritte schloss er, dass es sich um eine einzelne Person von eher kleiner Statur handelte.

Als der Einbrecher aus dem Zimmer kam, hielt Dean ihn fest, griff geschickt nach dem Handgelenk und drehte ihm den Arm auf den Rücken.

Der Schrei war kurz, doch die Stimme kam ihm bekannt vor. Sofort ließ Dean los. *Reva.*

Sie rannte nicht weg und überschüttete ihn auch nicht mit Vorwürfen, sondern drehte sich um und begann, ihn mit den Fäusten zu bearbeiten und nach ihm zu treten. Ihre Schläge landeten auf seiner Brust, seinen Armen, ihre Fußspitze machte unangenehmen Kontakt mit seinem Schienbein. Reva war nicht groß, aber sie legte ihre ganze Kraft in ihren Angriff.

„He, aufhören, ich bin's doch", sagte er, während er versuchte, den Schlägen auszuweichen. Entweder Reva hörte ihn nicht, oder es war ihr egal.

Wieder griff er nach ihr, hielt diesmal beide Handgelenke fest. „Schluss jetzt", befahl er leise. Doch obwohl er ihre Arme eisern im Griff hatte, wehrte sie sich weiter. Dean lehnte sich mit seinem ganzen Gewicht gegen sie und drückte sie an die Wand.

Da er sie von den Schultern bis zu den Knien an der Wand hielt, hatte sie keinen Raum mehr, auszuschlagen. Sie beruhigte sich, bis nur noch ihre Brust sich heftig hob und senkte. Jetzt konnte er sie loslassen. Sie hatte ihn erkannt, sie würde ihn nicht mehr attackieren. Dennoch hielt er sie weiter fest, genoss es, ihren Körper so nah an seinem zu spüren, die zarte Haut ihrer Handgelenke zu berühren. Überwältigt atmete er tief durch.

Um sie herum war alles still und dunkel. Durch ein Fenster am Ende des Flurs fiel Mondlicht, und er sah die weiche Rundung ihrer Wange und Schulter. Davon hatte er geträumt. Revas Körper schmiegte sich mit seinen sanften Kurven perfekt an seinen. Ihre überwältigende Weiblichkeit nahm ihm seine übliche Selbstbeherrschung. Sein Körper reagierte ganz von selbst auf ihren herrlichen Duft und die Berührung. Sicherlich fühlte sie, wie hart er wurde. Sie waren sich so nah …

„Was zum Teufel machen Sie hier?“, fragte sie mit rauer Stimme.

„Ich dachte, dass jemand eingebrochen ist.“

Da seine Finger ihre Handgelenke umschlossen, konnte er ihren schnellen Puls spüren. Auf einmal fühlte sie sich auch wärmer an, und ihre Brüste hoben sich bei jedem Atemzug und streiften seinen Oberkörper.

„Ich habe auch ein Geräusch gehört“, sagte sie leise. „In der Küche hat etwas geklappert. Ich dachte, es wäre eine von Mrs Gibsons Katzen, die mal wieder durch ein offenes Fenster hereingekommen ist. Ich wollte sie nur rausjagen.“

Eine Katze? „Wo ist Ihre Taschenlampe?“

„Ich habe keine mit. Wozu auch? Ich kenne dieses Haus wie meine Westentasche und finde meinen Weg auch im Dunkeln.“

„Sie haben kein einziges Licht angeknipst“, sagte er anklagend.

Reva seufzte tief, schien sich dann zu entspannen. „Nein. Mrs Logan nebenan hat einen leichten Schlaf, und wenn sie sich wundert, was ich mitten in der Nacht im Restaurant mache und herausfindet, dass eine Katze in der Küche war, würde das nur jede Menge Gerüchte in Umlauf setzen.“

Sie war besorgt über den Klatsch der Nachbarn. War das der Grund, warum sie ihm so hartnäckig aus dem Weg gegangen war? Damit ihre Beziehung nicht die Zielscheibe der Gerüchteküche wurde?

Lächerlich. Sie hatten keine Beziehung.

Dennoch war es möglich. Er senkte den Kopf, schloss die Augen und atmete ihren verführerischen Duft ein. Allein daran würde er sie immer erkennen, auch im Dunkeln, ohne sie zu berühren. Keine Frau hatte je solche Gefühle in ihm ausgelöst.

Und ihr gelang es mühelos, dabei war es nicht mal ihre Absicht, ihn zu verführen. Gefährlich. Er musste sie einfach küssen. Nur ein einziges Mal. Auf der Stelle. Sie hielt den Atem an, als sein Mund sich ihren Lippen näherte. Im Haus rührte sich nichts.

Tagelang war sie ihm aus dem Weg gegangen, doch im Augenblick schien sie sich zu entspannen. Sie hielt still.

Im unteren Stockwerk quietschte die Küchentür, und auf dem Holz des Verandabodens ertönte ein Schritt. Dean stieß einen Fluch aus, ließ Reva los und sprintete die Treppe hinunter. Diesmal bemühte er sich nicht, leise zu sein.

Die Küchentür stand weit offen, und der Garten schien menschenleer. Es gab zu viele Verstecke im Schatten hier, und er hatte keine Ahnung, welche Richtung der Eindringling eingeschlagen hatte. Er suchte das Gelände mit den Augen ab, doch er fand keinen Hinweis.

Hinter sich hörte er Reva und drehte sich um. Unwillkürlich fiel sein Blick auf ihre Beine. Ihr Schlafanzugoberteil war nur ein Trägertop, die dazugehörige Hose war sehr kurz und sehr knapp. Sie trug keine Schuhe, und ihr Haar war im Nacken zu einem Pferdeschwanz zusammengebunden. Im Mondlicht sah sie einfach umwerfend aus.

Leider war seine Chance unwiderruflich vorbei. Sie hatte es sich gefallen lassen, an die Wand gedrückt zu werden, damit sie aufhörte, auf ihn einzuschlagen. Doch so nahe würde er ihr nie wieder sein. Schon jetzt kam ihm der Augenblick wie ein Traum vor. Die Gelegenheit, sie zu küssen, hatte er verpasst – dank eines Einbrechers, den er nicht mal geschnappt hatte.

Reva trat neben ihn und blickte ihn mit großen Augen an.

„Jemand war in meinem Restaurant."

„Ja." Wahrscheinlich nicht Eddie. Pinchon wäre nicht kampflos abgezogen. „Hatten Sie jemals vorher Probleme mit Einbrechern? Vandalismus? Diebstahl?"

Sie schüttelte den Kopf. „Nein, nie."

„Wir sollten den Sheriff anrufen und Anzeige erstatten. Gleich morgen werde ich in alle Türen bessere Schlösser einbauen." Er versuchte, nicht daran zu denken, was im Obergeschoss geschehen war. „Ich kann heute Nacht im Restaurant bleiben, wenn Sie wollen, nur für den Fall …"

„Sie tragen eine Waffe", unterbrach ihn Reva. Sie wirkte sehr verstört und zerbrechlich.

„Ja."

Sie schwankte ein wenig, und Dean streckte eine Hand aus, um ihr Halt zu geben.

„Ich hasse Waffen", flüsterte sie.

Dean bestand darauf, sie zum Gästehaus zu begleiten und alle Räume zu durchsuchen, als sie gestand, dass sie nicht abgeschlossen hatte.

Immer wieder schweifte ihr Blick zu der Waffe, die in seinem Hosenbund steckte. Es war lange her, dass sie eine aus der Nähe gesehen hatte. Sheriff Andrews trug seine Dienstpistole in einem schweren Lederholster, das sie verdeckte. Außerdem erwartete sie natürlich von einem Sheriff, dass er bewaffnet war, und konnte sich innerlich darauf vorbereiten. Bei Dean war es eine Überraschung, und ohne Halfter wirkte der Anblick viel brutaler.

Deans Pistole sah anders aus als die Waffe, mit der Eddie sie bedroht hatte, doch die Ähnlichkeit war groß genug. Zu groß. Sie fühlte, wie ihr Magen sich zusammenzog. Nein. Sie würde sich nicht übergeben. Nicht hier und nicht jetzt.

Jedenfalls nicht, bevor Dean gegangen war.

„Mir geht's gut", sagte sie, als er mit besorgtem Gesichtsausdruck auf sie zukam.

„So sehen Sie aber nicht aus."

In ihren Ohren rauschte es, und es fiel ihr schwer, sich zu konzentrieren. Dennoch versuchte sie, ruhig und normal zu wirken. Sonst würde er nie gehen. „Ich werde den Sheriff morgen früh anrufen", sagte sie. „Heute Nacht kann er sowieso nichts ausrichten. Wahrscheinlich war es nur ein dummer Streich."

Dean legte den Kopf schräg und hob die Augenbrauen. „Sind Sie sicher, dass Sie okay sind?"

Sie las von seinen Lippen, denn das Rauschen in ihren Ohren übertönte seine Stimme. Alles, was sie sah, war die Waffe in seinem Hosenbund. Kaltes Metall, blitzend und gefährlich.

Als er die Hand ausstreckte, um sie zu berühren, trat sie einen Schritt zurück.

„Sie sollten besser gehen", sagte sie. Es war lange her, doch sie konnte noch immer den kalten Lauf von Eddies Waffe spüren, den er an ihre Schläfe gedrückt hatte, an ihre Wange, in ihren Mund. Sie erinnerte sich daran, wie Eddie gelacht hatte, als sie in Tränen ausgebrochen war.

Sie war schon mit Cooper schwanger gewesen, aber sie hatte es ihm nicht gesagt, nicht einmal, als ihr klar wurde, dass sie gleich sterben würde. Niemals hätte sie Eddie von dem Kind erzählen können. Wenn er sie schon nicht gehen ließ, würde er das Kind niemals freigeben.

Dean begann wieder zu sprechen, doch sie verstand die Worte nicht.

„Gehen Sie", sagte sie. „Raus mit Ihnen." Wie hypnotisiert starrte sie auf die Waffe. „Sie dürfen nicht hier sein."

Wieder sagte er etwas, was sie nicht hörte.

„Sie haben eine *Waffe*", brachte sie hervor.

Dean ging in die Küche und kam kurz darauf zurück. Ohne die Pistole. Jedenfalls konnte sie sie nicht mehr sehen. Das Rauschen in ihren Ohren begann nachzulassen.

„Die Waffe hat Ihnen Angst gemacht", sagte er sanft.

Reva nickte. „Ist schon wieder in Ordnung." Doch es klang so schwach, dass sie es nicht einmal selbst glaubte.

Dean nahm ihren Arm und führte sie zur Couch. Als sie sich gesetzt hatte, ließ er sich neben ihr nieder. Dicht neben ihr. Viel zu dicht.

„Wo ist sie?", fragte sie.

„Auf dem Kühlschrank hinter dem Brotkasten", antwortete er. „Liebes, Ihnen kann nichts passieren. Ich weiß mit einer Waffe umzugehen. Kein Grund, Angst zu haben."

„Hat Ihnen schon mal jemand eine in den Hals gesteckt?", fragte sie mit aufblitzendem Ärger. Gleich darauf bereute sie es. Mit ihrem impulsiven Ausbruch hatte sie viel zu viel von sich verraten.

Dean nahm ihr Gesicht in beide Hände und zwang sie, ihm in die Augen zu sehen.

Sie war auf Abscheu gefasst, doch sein Ausdruck verriet Ärger und Mitgefühl.

„Wer?", fragte er leise. „Wann?"

Sie schüttelte den Kopf. „Gehen Sie einfach nach Hause, Dean. Vergessen Sie, was ich gesagt habe."

„Wie kann ich so was einfach vergessen?" Er ließ ihr Gesicht nicht los, senkte den Kopf und küsste sie – auf die Stirn.

Wenn er nicht bald ging, würde sie ihn bitten zu bleiben. Ganz sicher wollte sie heute Nacht nicht allein sein, nicht mit der Erinnerung, die wie ein Gespenst aufgetaucht war, als wäre es erst gestern geschehen und nicht vor sieben Jahren.

Reva rückte ein wenig näher an ihn heran. Sie wusste, dass er sie begehrte, das hatte seine Reaktion heute Nacht ja deutlich gezeigt. Und sie wollte wirklich nicht allein sein.

„Also schön", flüsterte sie. „Wenn du nicht gehen willst, dann küss mich."

Seine Lippen berührten die ihren in einem sanften ersten Kuss. Hatte sie nicht immer schon gewusst, dass Dean sie küssen würde, bevor er die Stadt verließ? Natürlich. Das unausgesprochene Versprechen hatte immer in der Luft gehangen, sie geneckt und gereizt.

Und sosehr sie sich auch bemüht hatte, davor davonzulaufen, jetzt hatte es sie eingeholt. Sie öffnete den Mund und erwiderte seinen Kuss.

Wieder begann das Rauschen in ihren Ohren, doch diesmal war es leiser, angenehmer. Es war Leidenschaft, die in ihrem Blut sang, nicht böse Erinnerungen.

Sie schlang die Arme um ihn und gab sich seinem Kuss ganz hin. Es war die Art von Kuss, die ihr helfen würde, alles zu vergessen – erregend, verführerisch, zuerst sanft und forschend, dann inniger und ungestümer.

Seine Umarmung rief ungeahnte Gefühle in ihr wach. Er war so stark, so warm. In seinen Armen fühlte sie sich sicher und lebendig. Ihr ganzer Körper reagierte auf den Kuss. Und ganz gleich, wie leidenschaftlich er sie auch küsste, sie wollte mehr.

Als all die vergessen geglaubten Regungen durch ihren Körper strömten, begriff Reva, dass Tewanda recht gehabt hatte. Sie konnte tatsächlich mit einem Mann schlafen, Sex mit ihm haben, ohne dass Liebe oder Verpflichtungen ins Spiel kamen, ohne dass sie ihre tiefsten Geheimnisse mit ihm teilen musste.

Sie war eine erwachsene Frau im zwanzigsten Jahrhundert. Es war verrückt, sich durch althergebrachte Moralvorstellungen von etwas abbringen zu lassen, was sich so gut und richtig anfühlte.

Heute Nacht wollte sie nicht allein sein. Sie wollte Dean neben sich spüren, auf sich, in sich, und die Welt draußen einfach vergessen.

Dean löste sich von ihr, und sie hielt den Atem an. Dann spürte sie die Sofalehne im Rücken. Irgendwie waren sie ins Liegen gekommen. Deans Gewicht ruhte warm auf ihr.

Sie schlang die Arme um seinen Hals. „Cooper übernachtet heute bei Terrance."

„Ich weiß."

Sie hob die Augenbrauen.

„Ich habe Tewanda mit den Jungs nach Hause gehen sehen. Später bist du dann mit einer Sporttasche losgezogen und ohne zurückgekommen."

„Du bist ziemlich aufmerksam."

„Ich bin Polizist, schon vergessen? Dafür werde ich bezahlt."

Ein Schauer überlief sie. Daran hatte sie tatsächlich nicht mehr gedacht. Wie an so viele andere Dinge auch. „Ehemaliger Polizist, oder?"

Dean seufzte. „Nein. Im Urlaub."

Wenn sie sich schon in einen Mann vergucken musste, warum dann ausgerechnet in einen Polizisten? Die stellten doch immer zu viele Fragen und gaben erst Ruhe, wenn sie die ganze Wahrheit kannten.

Doch ihr Körper war in Aufruhr, ihre Sehnsucht geweckt, und sie beschloss, dass es ganz gleich war, als was Dean arbeitete. Es ging nur um eine einzige Nacht.

Wieder küsste sie ihn. Es war ein Wunder, dass er überhaupt Interesse an ihr hatte. Sie hatte sich wie ein Idiot benommen, ihn zwei Mal bedroht, war vor ihm weggelaufen, hatte ihn mit Eistee überschüttet. Aber seine harte Männlichkeit an ihrem Schenkel verriet ihr, dass er sie wollte. Trotz allem.

„Du kannst heute Nacht hierbleiben", sagte sie. Ein warmes, süßes Gefühl breitete sich in ihrer Mitte aus. „Ich wäre nicht gern allein."

„Ich bleibe, wenn du es willst", sagte er.

Sie waren sich so nahe. Er hatte die eine Hand tief in ihr Haar gewühlt, streichelte mit der anderen ihr Gesicht. Alles führte auf den nächsten Schritt hin, von dem es kein Zurück gab. Wenn sie nur ein wenig die Hüften bewegte … Allein der Gedanke daran ließ in ihrer Mitte ein kleines Feuerwerk explodieren.

„Wir können Sex haben", flüsterte sie. Die Worte *uns lieben*, beschloss sie, würden viel zu weit führen. So viel war sie nicht bereit zu geben.

Dean küsste sie zärtlich. Sein Kuss versprach Sicherheit, Wärme, Leidenschaft und Erfüllung. Eine Nacht, die sie nie vergessen würde.

Doch dann richtete er sich langsam auf und sagte leise: „Nicht heute Nacht."

7. KAPITEL

Ihr Körper versteifte sich unter ihm.

„Ich kann nicht glauben, dass ich das gerade gesagt habe“, stöhnte er.

Er hatte sie vom ersten Augenblick an gewollt, noch bevor er wusste, wer sie war. Und auch nachdem er es erfahren hatte, war das Verlangen unstillbar geblieben. Doch all das zählte nicht, solange sie Angst hatte.

„Was ist los?“, flüsterte sie.

„Nimmst du die Pille?“

Sie schüttelte den Kopf.

„Hast du irgendein anderes Verhütungsmittel im Haus?“

Wieder verneinte sie, diesmal mit einem Seufzen. „Du solltest etwas dabeihaben“, sagte sie etwas vorwurfsvoll. „Schließlich bist du der Mann. Sind Männer nicht immer vorbereitet?“

„Ich habe nicht damit gerechnet“, antwortete er ehrlich.

„Ich auch nicht.“

Er verriet ihr nicht, dass das Verhütungsproblem nicht der einzige Grund war, weshalb er Nein gesagt hatte. Wenn sie ihn immer noch wollte, nachdem sie sich wieder beruhigt hatte, wenn sie ihn am nächsten Tag noch einmal fragte, würde er bereit sein. Nur zu gerne.

„Aber ich bleibe hier“, sagte er und küsste sie wieder. „Jedenfalls so lange, bis ich weiß, dass du okay bist.“

Er setzte sich auf und zog sie mit sich hoch. Wenn er heute Nacht ein edler Ritter sein wollte, musste er etwas Abstand zwischen sie bringen. Er war zwar ein Gentleman, aber kein Heiliger.

Als er sich zurücklehnte, legte Reva sofort den Kopf an seine Schulter. Er strich ihr übers Haar und versuchte, nicht auf ihre Beine zu schauen.

Dann fiel ihm ein, wieso sie überhaupt so weit gekommen waren. Ihre Angst vor seiner Waffe.

„Du solltest es dir von der Seele reden, weißt du“, sagte er. „Welcher Kerl dir das angetan hat.“

War es Pinchon selbst gewesen oder einer seiner Komplizen, der ihr die Pistole in den Mund gesteckt hatte? Es spielte keine Rolle. Pinchon war derjenige, der Reva einem Milieu ausgesetzt hatte, in dem solche Dinge passierten. Er wollte ihr sagen, dass er sie verstand, dass er alles wusste ... aber das ging nicht.

Noch etwas fiel ihm ein. Wenn Pinchon Reva bedrohte, wieso hatte sie in den letzten Tagen nicht in der Angst gelebt, dass er sie aufspüren würde? Über seine Flucht war in allen großen Zeitungen berichtet worden, und sein Fahndungsfoto erschien regelmäßig in den Nachrichten. Sie musste doch wissen, dass er ausgebrochen war?

Dachte sie, dass er sie hier in Somerset niemals finden würde? So naiv konnte sie nicht sein. Heutzutage war es kein Problem, jemanden zu finden, egal, wo er sich aufhielt.

Auf jeden Fall hätte sie nicht einfach im Dunkeln ins Restaurant hinüberlaufen sollen, als sie ein Geräusch hörte. Es konnte nicht Pinchon sein, vor dem sie Angst hatte. Aber was war es dann?

„Ich habe niemals jemandem davon erzählt“, gestand sie. „Und dir gegenüber hätte ich es auch nicht erwähnen sollen.“

„Vielleicht hilft es ja, wenn du darüber sprichst.“

Sie lachte bitter. „Es ist so lange her. Wie soll es da helfen, wenn ich jetzt darüber rede?“

Reva bewegte sich in seinen Armen und schmiegte ihre Wange an seine Brust. Himmel, das machte es ihm wirklich nicht leichter. Schlimm genug, dass sie warm und weich und willig war. Konnte sie sich nicht wenigstens ruhig verhalten?

„Wenn du ein Geheimnis zu lange in dir vergräbst, beginnt es, dich zu vergiften“, sagte er. „Manchmal muss die Sache einfach an die Luft, damit man sie aus der Welt schaffen kann.“

Sie dachte einen Augenblick darüber nach, schüttelte dann den Kopf.

„Du hättest mich heute Nacht anrufen sollen, als du den Lärm hörtest“, bemerkte er.

„Ich bin es gewohnt, auf mich selbst aufzupassen“, gab sie zurück. „Ich brauche niemanden, der meine Probleme für mich löst. Außerdem dachte ich ja, es wäre nur eine von Mrs Gibsons Katzen.“

„Aber es war keine.“

„Ich weiß. Wer würde in ein Restaurant einbrechen?“

Sie zitterte in seinen Armen. Dean griff nach der Decke auf der Lehne und deckte sie zu. „Vielleicht waren es nur Kinder“, sagte er, als sie sich enger an ihn kuschelte. „Ein dummer Streich oder eine Mutprobe.“

Er wusste, dass das die Erklärung war, an die sie am liebsten glauben wollte. „Aber wenn du wieder etwas hörst, dann rufst du mich an“, schärfte er ihr ein.

„Ich kann doch nicht …“

„Du rufst mich an“, wiederholte er eindringlich.

Sie zögerte. „Ich will mich gar nicht erst daran gewöhnen, dass ich mich mit meinen Problemen an jemand anderen wende. Nicht mal an dich. Ich muss selbst damit fertig werden.“

„Es ist doch nicht schlimm, wenn man ab und zu mal jemanden um Hilfe bittet.“

Reva entspannte sich und schloss die Augen. „Doch, ist es.“

Fünf Minuten später war sie in seinen Armen eingeschlafen, den Kopf auf seiner Brust, einen Arm um ihn geschlungen. Sosehr sie auch versuchte, sich auf niemanden zu verlassen und von niemandem abhängig zu sein, die Art, wie sie an ihn gekuschelt schlief, zeigte ihm, dass sie ihm vertraute. Und dass sie ihn brauchte, auch wenn sie sich das nicht eingestehen wollte. Dean blickte auf sie hinunter, schüttelte den Kopf und fragte sich, ob er die richtige Entscheidung getroffen hatte.

Daran gab es natürlich keinen Zweifel. Es war nur ein Teil von ihm, der anderer Meinung war. Ein sehr körperlicher Teil.

Reva wachte davon auf, dass ihr die Sonne ins Gesicht schien. Es dauerte eine Weile, bis ihr klar wurde, wo sie war und wen sie als Kopfkissen benutzte.

„Oh nein“, sagte sie leise und setzte sich auf.

Ihre Bewegung weckte Dean, der sie verschlafen anblinzelte.

„Oh nein was?“, fragte er.

„Oh nein, du bist hier.“ Sie stand schnell auf und wickelte die Decke um sich, da ihr Schlafanzug im Tageslicht nun wirklich nicht mehr viel verbarg. „Oh nein, es ist halb acht.“

Oh nein, in meiner Küche liegt eine Waffe. Und habe ich diesen Mann auf meiner Couch wirklich letzte Nacht gefragt, ob er Sex mit mir haben will?

„Ganz allgemein *oh nein*“, sagte sie.

Dean Sinclair sah am frühen Morgen einfach verboten gut aus. So männlich, stark und ungezähmt. Sein normalerweise akkurat gekämmtes Haar war verstrubbelt, auf seinem Gesicht zeigten sich dunkle Bartstoppeln, und auf seinem T-Shirt prangte ein kleiner feuchter Fleck. Speichel, stellte sie entsetzt fest. Ihrer.

Es war einfach nicht fair. Zumindest hätte er beim Aufwachen griesgrämig und missgelaunt aussehen können.

„Du solltest nicht hier sein“, sagte Reva, drehte ihm den Rücken zu und ging in Richtung Flur.

„Ich bin eingeschlafen."

„Zumindest jetzt solltest du gehen", erwiderte sie ruhig. „Und nimm um Himmels willen die Waffe mit." Allein der Gedanke daran ließ sie erschauern.

Im Flur blieb sie stehen und lauschte. Die Couch quietschte, dann hörte sie Schritte auf dem Teppich und auf dem Fliesenboden der Küche. Er ging zum Kühlschrank, nahm sie an, um seine Pistole zu holen.

Sie war vor ihrer Schlafzimmertür angekommen und blieb stehen. Noch zwei Schritte, und sie war in Sicherheit. Stattdessen ließ sie die Decke fallen, drehte um und lief den Flur entlang. Sie erwischte Dean, als er gerade die Hand auf die Klinke der Haustür legte, und bekam sein T-Shirt zu fassen. „Halt."

Als er stehen blieb, ließ sie ihn los.

„Du hast doch gesagt, dass ich gehen soll", bemerkte er, ohne sich umzudrehen.

„Es ist zu spät. Jemand wird dich sehen."

Dean wandte sich zu ihr um, behielt jedoch eine Hand hinter dem Rücken, sodass sie die Waffe nicht sehen konnte. Würde sie jetzt bei Tageslicht ebenso in Panik geraten wie letzte Nacht?

„Und was soll ich jetzt machen?", fragte er. „Den ganzen Tag hierbleiben?"

Reva starrte auf sein T-Shirt, wo der kleine feuchte Fleck zum Glück langsam trocknete. Hatte sie wirklich mit dem Kopf an seiner Brust geschlafen? Sie erinnerte sich an die angenehmen Träume, die sie gehabt hatte.

„Du könntest eine Weile hierbleiben und dich dann rausschleichen", sagte sie. „Wenn dich später jemand sieht, kannst du behaupten, dass du die Spüle repariert hast."

„Wenn ich hier arbeite, warum sollte ich dann schleichen?"

„Kannst du nicht schleichen, ohne so auszusehen, als ob du schleichst?"

„Ich glaube nicht", murmelte Dean.

Letzte Nacht war es ihr wie eine gute Idee erschienen, ihn zu fragen, ob er mit ihr schlafen wollte. Doch nicht allein sein zu wollen, war nicht die beste Entschuldigung für etwas, das sie so lange vermieden hatte.

Allerdings musste sie zugeben, dass das nicht alles war. Dean Sinclair erinnerte sie daran, wie sich Sehnsucht und Verlangen anfühlten. Welch ungeahnte, herrliche Empfindungen ein Kuss hervorrufen konnte. Sie sollte ihn dafür hassen, dass er ihr gezeigt hatte, was sie nicht haben konnte. Wenn sie erst einmal mit ihm geschlafen hatte, würde es wahrscheinlich ein zweites und drittes Mal geben, und bevor sie es sich versah, war er zu einem Teil ihres Lebens geworden und sie musste ihm alles gestehen.

Und das Entsetzen, das sie dann in seinen Augen sehen würde, konnte sie einfach nicht ertragen.

Er senkte den Kopf, als wolle er sie küssen. Schnell trat sie einen Schritt zurück, und er hielt inne.

„Du kannst nicht einfach vorne rausspazieren, Mrs Logan würde dich auf jeden Fall sehen. Die Küchentür geht auf das Grundstück der Bodwins hinaus, und die sitzen morgens immer auf der Terrasse und trinken Kaffee."

„Was schlägst du also vor? Dass ich zum Fenster rausklettere?", fragte er ungeduldig.

„Gute Idee!" Sie lächelte erleichtert. „Das Fenster in Coopers Zimmer liegt im Schatten einer Baumgruppe. Dort würde dich niemand sehen."

Dean hob die Augenbrauen. „Das ist ein Witz, oder?"

„Bitte", sagte sie leise.

Wieder beugte Dean den Kopf zu ihr hinunter. „Letzte Nacht ist nichts geschehen. Wieso siehst du so schuldbewusst aus?"

„Es hat nichts damit zu tun, was wirklich war und was nicht. Und ganz gleich, was wir sagen, wenn jemand dich sieht …"

„Was werden die Nachbarn denken?"

„Genau."

Einen Arm noch immer hinter dem Rücken, hob er die andere Hand, legte sie auf ihre Wange und zog sie langsam und sanft zu sich heran. Reva hielt den Atem an, als er sie küsste.

Sie liebte seine Küsse, auch wenn sie sich sagte, dass es nicht richtig war. Wenn seine Lippen ihre berührten, konnte sie an nichts anderes denken als an verbotene Herrlichkeiten.

Dennoch war sie entschlossen, sich ihm diesmal nicht hinzugeben, sondern den Kuss kurz und leidenschaftslos zu halten. Als er sich ein paar Minuten später von ihr löste, war es dafür etwas zu spät.

„Das nächste Mal, wenn ich hier übernachte", sagte er mit rauer Stimme, „werde ich nicht auf der Couch schlafen, und wir werden einen Grund haben, uns vor den Nachbarn zu verstecken."

Reva schüttelte den Kopf. „Du kannst nicht … wir können nicht … Es war ein Fehler, als ich letzte Nacht vorschlug … Du hattest recht, wir sollten nicht …“

„Ich sagte *nicht heute Nacht*“, unterbrach Dean ihr hilfloses Gestammel. „Nicht *niemals*. Ich will dich, Reva, aber nicht, wenn du verängstigt bist. Wenn der richtige Zeitpunkt kommt, wirst du nur an mich denken. Keine Furcht, keine bösen Erinnerungen.“ Er ließ seinen Finger an ihrem Hals hinunterwandern. „Wenn du in meinen Armen zitterst, dann nicht, weil du dich fürchtest. Wenn du mich bittest, dich zu lieben, dann, weil du mich willst, nicht weil du Angst hast, allein zu sein.“

„Ich werde dich um gar nichts bitten“, beharrte Reva. „Nie wieder.“

„Oh doch, du wirst.“ Er gab ihr keine Gelegenheit zu widersprechen, sondern ging an ihr vorbei in Richtung Flur. „Wo ist Coopers Zimmer?“

„Zweite Tür links.“ Sie folgte ihm bis zum Fenster, wo er stehen blieb und sie über die Schulter angrinste. Zwar lächelte er selten, doch wenn er es tat, berührte es Reva tief. Ein weiterer Grund, sich nicht zu sehr mit ihm einzulassen.

Er öffnete das Fenster, vergewisserte sich, dass niemand in der Nähe war und kletterte dann leichtfüßig hinaus. Bevor er sich fallen ließ, blickte er ihr kurz in die Augen.

Die ganze Zeit über hatte er darauf geachtet, dass sie die Waffe nicht sah. Rücksichtsvoll und attraktiv – eine gefährliche Kombination.

Dean hielt sich auf dem Weg zu seiner Mansarde im Schatten der Bäume und achtete darauf, nicht den Spaziergängern, Joggern, Schulkindern und vor allem nicht Revas Angestellten über den Weg zu laufen. Der einzige Moment ohne Deckung war, als er über die Straße lief.

Die Waffe hatte er in den Hosenbund geschoben und unter dem T-Shirt verborgen, für den Fall, dass ihn doch jemand anhielt. Es war doch besser, wenn niemand ihn mit einer Pistole durch die Stadt schleichen sah.

Leise öffnete er Miss Evelyns Haustür. Wenn er es jetzt noch die Treppen hinauf schaffte, war alles in Ordnung. Ein paarmal hatte er sich auf dem Weg gefragt, warum er bei diesem lächerlichen Versteckspiel mitmachte. Schließlich war er fünfunddreißig und eindeutig zu alt, um herumzuschleichen, zumal er nichts zu verbergen hatte.

Aber natürlich tat er es für Reva. Sie musste hier leben, wenn er abgereist war, und er wollte nicht, dass die Leute über sie redeten.

Er war bereits auf der Treppe, als eine zittrige Stimme aus der Küche „Guten Morgen!“ rief.

Dean drehte sich um, als Miss Evelyn ins Treppenhaus trat und ihn von unten in Augenschein nahm. „Lieber Himmel, Sie sehen ja furchtbar aus. Funktioniert der Heißwasserboiler wieder mal nicht?“

„Nein, Ma’am“, antwortete Dean. „Ich wollte nur eine Tasse Kaffee trinken, bevor ich dusche. Heute Morgen bin ich nur schwer aus den Federn gekommen.“ Er machte sich wieder auf den Weg nach unten. „Der Kaffee duftete so gut, dass ich dachte, er würde mich aufwecken.“

Seine Vermieterin folgte ihm in die Küche. „Heute Nachmittag mache ich wieder Zuckerkekse. Ich werde Ihnen einen großen Teller raufbringen.“

Sie hatten bereits drei Päckchen mit Keksen zu Troy geschickt. Während er sich Kaffee eingoss, zerbrach sich Dean den Kopf, wie er eine weitere Portion vermeiden konnte. „Ich bin nicht so ein großer Fan von Süßigkeiten“, sagte er schließlich. „Außerdem muss ich auf mein Gewicht achten.“

Miss Evelyn nickte. „Es war Alan, der meine Kekse so mochte, nicht wahr?“

„Ja, Ma’am.“

„Dachte ich mir. Er hat einen kleinen Bauch.“

„Einen ganz kleinen.“ Dean verbarg sein Lächeln, indem er einen Schluck Kaffee nahm.

„Er ist verheiratet, nicht wahr?“

„Ja.“

„Natürlich. Er hatte diesen zufriedenen Ausdruck. Und natürlich trug er einen Ring. Wieso sind Sie nicht verheiratet?“

Auf diese Frage war er nicht vorbereitet, und er verschüttete beinah seinen Kaffee. „Wahrscheinlich habe ich nie die richtige Frau gefunden.“ Das war seine Standard-Antwort, die einen großen Teil der Wahrheit ausließ.

„Blödsinn.“ Miss Evelyn zog sich einen Stuhl heran und setzte sich.

„Wie bitte?“

„Sie haben es gehört. Ich sagte *Blödsinn*. Jetzt setzen Sie sich.“ Sie deutete auf einen Stuhl, und Dean nahm seine Tasse und folgte ihr.

„Ich muss wirklich …“

„Ich sagte, setzen Sie sich. Ich bin alt genug, um Ihre Großmutter zu sein, und ich habe nicht alle Zeit der Welt.“ Sie hustete und wedelte mit einer Hand vor ihrer Brust herum. „Tun Sie mir den Gefallen.“

Er setzte sich.

„Sie sind einer dieser Männer, die zu viel nachdenken", sagte Miss Evelyn energisch. „Das habe ich gleich gesehen. Wahrscheinlich sitzen Sie herum und machen sich Sorgen, was alles passieren könnte, und während Sie imaginäre Probleme wälzen, zieht das Leben an Ihnen vorbei."

„Ich wälze nicht …"

„Unterbrechen Sie mich nicht, das ist unhöflich."

Dean klappte den Mund wieder zu. „Jawohl, Ma'am."

„Manchmal müssen Sie einfach zum Sprung ansetzen, ohne darüber nachzudenken, ob Sie im Sattel bleiben. Natürlich können Sie vom Pferd fallen und ein bisschen Staub schlucken, aber wenn Sie schlau und hartnäckig sind, dann steigen Sie wieder auf und versuchen es noch mal."

Sein Liebesleben als Reitturnier. Na wunderbar.

„Das ist interessant, aber …"

„Sie unterbrechen mich schon wieder."

„Entschuldigung. Ich dachte, Sie wären fertig."

„Nein." Die alte Dame nahm einen Schluck von ihrem Kaffee. „Ich glaube nicht, dass ich schon fertig bin."

„Darf ich Sie etwas fragen?"

„Natürlich, junger Mann."

Dean stützte die Ellenbogen auf den Tisch. „Was ist, wenn ich vom Pferd falle und nicht nur Staub schlucke, sondern unter den Hufen zermalmt werde?"

Miss Evelyn grinste und beugte sich ebenfalls vor. „Was, wenn Sie das Hindernis überwinden und feststellen, dass dahinter eine völlig neue Welt liegt? Ein Paradies, in dem Sie den Rest Ihres Lebens bleiben wollen?"

Dean stand auf. „Miss Evelyn, Sie sind eine Romantikerin."

„In der Tat", seufzte sie.

„Und ich muss dringend duschen und zur Arbeit."

Er nahm die Kaffeetasse mit, verließ aber eilig die Küche, bevor seine Vermieterin mit weiteren weisen Ratschlägen aufwarten konnte. Als er sein Zimmer erreichte, lehnte er sich erleichtert von innen an die Tür. Bisher war der Morgen ein bisschen zu aufregend für seinen Geschmack gewesen.

Bevor er unter die Dusche ging, musste er noch eine Sache erledigen. Er griff nach seinem Mobiltelefon und wählte.

Sein Bruder Clint antwortete beim zweiten Klingeln. „Dean!“, rief er, da er offenbar die Nummer im Display erkannte. „Du bist ja früh dran. Alles in Ordnung bei dir?“

„Alles bestens.“ *Wenn man davon absieht, dass das Reitturnier meines Liebeslebens etwas außer Kontrolle geraten ist.* „Könntest du mir einen Gefallen tun?“

8. KAPITEL

Reva erreichte die Küche, bevor die anderen eintrafen, und fand recht schnell die Quelle des Lärms in der vergangenen Nacht. Der Fliesenboden war mit Glasscherben bedeckt. Sie beeilte sich, sie aufzukehren.

Es sah nicht so aus, als ob etwas fehlte, obwohl sie sich sicher war, dass nicht alles an seinem Platz stand. Eine Vase war zur Seite gerückt worden, ein alter Krug stand nicht an seinem Platz. Die Kochbücher auf dem Regal hatten nicht die gewohnte Ordnung, aber das konnten auch Tewanda oder Miss Frances gewesen sein, die oft neue Rezepte zu Hause ausprobierten.

Es gab keinen Grund, den anderen überhaupt etwas zu erzählen, und ganz sicher nicht dem Sheriff. Dabei würde nur Deans Eingreifen bekannt werden, und das wollte sie auf jeden Fall vermeiden. Es war nur ein kleiner Zwischenfall, sonst nichts.

Sobald ihre Angestellten ankamen und in der Küche zu werkeln begannen, verschanzte sich Reva in ihrem Büro.

Allerdings konnte sie sich einfach nicht genügend konzentrieren, um wirklich etwas zu schaffen. Sie sortierte ein paar Akten um, räumte hier und da auf, mit den Gedanken ganz woanders.

An kleinen Zwischenfällen mangelte es weiß Gott nie. Das Restaurant und ihr Sohn sorgten für genügend Aufregung und Abwechslung für eine einzelne Frau. Ganz gewiss brauchte sie keinen Mann, um ihr Leben noch komplizierter zu machen. Und genau das tat Dean. Sie konnte einfach nicht vergessen, wie selbstsicher er ihr erklärt hatte, dass sie ihn ein zweites Mal bitten würde, mit ihr zu schlafen. Und er hatte nicht von Sex gesprochen, sondern von Liebe. *Wenn du mich bittest, dich zu lieben …* Reva erschauerte. Natürlich wusste sie, dass es nur dahingesagte Worte waren, die nichts zu bedeuten hatten, aber so, wie er sie ausgesprochen hatte, konnte sie sie einfach nicht vergessen. Als ob er es tatsächlich so meinte, wie ein großes, aufregendes Versprechen.

Aber Liebe hatte in ihrem Leben nun wirklich nichts zu suchen!

Reva lehnte sich im Stuhl zurück und schloss die Augen. Schluss mit der Tagträumerei. Sie hatte Cooper und das Restaurant, und so schön es sich auch anfühlte, wenn Dean sie küsste, es war einfach die zusätzliche Unsicherheit und Sorge nicht wert.

Dean hatte gesagt, sie würde in seinen Armen erzittern, und daran zweifelte sie nicht. Es reichte ja schon, wenn sie an ihn dachte. Aber sie brauchte ihn nicht, und ein oder zwei leidenschaftliche Nächte wogen nicht den Schmerz und die Reue auf, die unweigerlich folgten.

Wenn sie sich bloß selbst davon überzeugen konnte.

Dean wartete, bis die Mittagsgäste abgefahren waren, bevor er in alle Türen des Restaurants neue Schlösser einsetzte. Er wartete darauf, dass der Sheriff auftauchte, um den Einbruch zu untersuchen, doch bis jetzt hatte er ihn nicht gesehen.

Auch Reva war ihm den ganzen Nachmittag nicht über den Weg gelaufen. Versteckte sie sich wieder vor ihm?

Als Miss Edna ihm ein Glas Eistee brachte und den Einbruch mit keinem Wort erwähnte, zählte er zwei und zwei zusammen. Er fragte Miss Edna, wo er Reva finden würde, trank seinen Eistee aus und stieg die Treppe ins Büro hinauf.

Die Tür war geschlossen, also klopfte er. Ein leises „Herein" ertönte.

Er trat ein und machte die Tür hinter sich zu. „Du hast den Sheriff gar nicht angerufen."

„Dir auch einen schönen guten Tag", sagte Reva und lehnte sich im Stuhl zurück.

„Guten Tag. Du hast den Sheriff nicht angerufen."

Die gelassene Geschäftsfrau hinter dem Schreibtisch hatte keine Ähnlichkeit mit dem verängstigten jungen Mädchen, das ihn vor ein paar Stunden gebeten hatte, die Nacht mit ihr zu verbringen. Sie war beherrscht, ruhig, kühl. „Es gab keinen Grund dafür."

„Jemand ist ins Restaurant eingebrochen."

„Es fehlt nichts. Wahrscheinlich war es nur ein Streich, und es ist kaum der Mühe wert, deshalb eine Anzeige zu erstatten."

Dean lehnte sich an die Tür. „Ich habe gehört, dass Sheriff Andrews ein Auge auf dich geworfen hat."

Aha. Damit hatte er sie erwischt. Sie reagierte zwar nicht stark, doch eine leichte Röte stieg in ihre Wangen. „Wer erzählt denn so was?"

„Du sagst doch selbst immer, dass es hier keine Geheimnisse gibt."

Reva runzelte die Stirn. „Zwischen mir und dem Sheriff läuft nichts."

„Das habe ich ja auch nicht behauptet. Aber trotzdem ist er hinter dir her." Er trat auf den Schreibtisch zu. „Und er trägt eine Waffe, nicht wahr?"

Reva wurde blass.

„Ich will dir keine Angst machen“, fuhr Dean schnell fort. „Aber ich würde gerne verstehen, was los ist.“ Er stützte die Hände auf den Schreibtisch und beugte sich zu ihr hinunter. „Hat Miss Evelyn jemals mit dir über Reitturniere gesprochen?“

„Wie bitte?“

„Hindernisse. Die man überspringen muss. Mit der Gefahr, abgeworfen zu werden.“

„Nein.“

„Du solltest sie mal darauf ansprechen. Können wir zusammen zu Abend essen?“

Die Einladung traf sie unvorbereitet. Sie fiel beinahe vom Stuhl. „Nein! Ich meine, ich habe andere Pläne.“

„Was für Pläne?“

„Geht dich nichts an.“

„Wie wär's dann mit Nachtisch?“

Reva schüttelte den Kopf. „Mr Sinclair, ich …“

„Mr Sinclair? Seit wann zum Teufel bin ich wieder Mr Sinclair?“

Sie antwortete nicht, blickte ihn aber zumindest an. „Wann reist du ab?“

„Weiß ich noch nicht.“

„Aber du verlässt Somerset.“

„Irgendwann, ja.“

Erleichterung breitete sich auf ihrem Gesicht aus.

„Hast du es eilig, mich loszuwerden?“

Bevor sie antworten konnte, ertönte von der Straße lautes Motorengeräusch. Reva stand auf und ging zum Fenster, dicht gefolgt von Dean. Ein weißer Pick-up parkte vor Miss Evelyns Haus. Der laute Motor wurde abgestellt, und die Fahrertür öffnete sich.

Die Sicht war teilweise durch Bäume versperrt, doch Dean hatte genug gesehen. „Mist“, murmelte er.

„Wer ist das?“, fragte Reva.

Dean war schon auf dem Weg nach draußen. „Mein Bruder.“

Er erreichte den Wagen, als sein jüngster Bruder Clint gerade den zweiten Zwilling aus dem Kindersitz hob.

„Was machst du hier?“, fragte er entgeistert.

Clint grinste. „Du hast noch nie vorher angerufen und um einen Gefallen gebeten. Ich wollte nur sichergehen, dass du so schnell wie möglich bekommst, was du brauchst.“

„Ich habe doch gesagt, schick es mit FedEx."
„Na komm, wir wohnen nur zwei Stunden entfernt. Es war wirklich kein Umweg. Außerdem bin ich jetzt schon neugierig, warum mein so korrekter Bruder eine Schachtel Kondome per Expressversand braucht."
„Neugier ist ein gefährlicher Charakterzug", sagte Dean düster.
„Und das ist nicht der einzige Grund, warum ich gekommen bin. Zane und Riley wollten ihren Onkel Dean sehen. Nicht wahr, Jungs?"
Zane und Riley, Clint und Marys Zwillinge, schliefen tief und fest.
„Wo ist Mary?", fragte Dean.
„Jemand hatte die Unverfrorenheit, in Jackson County ermordet zu werden. Sie muss arbeiten."
„Und du passt auf die Kinder auf."
„Jawohl."
Clint entdeckte etwas hinter Dean, und anhand seines Lächelns war leicht zu erraten, dass es wohl Reva sein musste. „Na so was", sagte sein Bruder leise.
Dean drehte sich um. Warum versteckte sie sich jetzt nicht vor ihm? Es wäre ein günstiger Augenblick für sie gewesen, sich in ihrem Büro zu verschanzen. Doch ihr Gesichtsausdruck, mit dem sie die Babys betrachtete, zeigte ihm nur zu deutlich, warum sie gekommen war.
„Hallo", sagte Clint, als sie herankam.
„Hi."
Widerwillig stellte Dean die beiden einander vor. Es konnte einfach nichts Gutes dabei herauskommen, das ahnte er schon.
„Wie alt sind die beiden?", fragte Reva.
„Zwei Monate." Clint drehte die beiden schlafenden Kinder so, dass sie ihre Gesichtchen sehen konnte.
Reva streckte die Arme aus. „Darf ich?"
Vorsichtig reichte ihr Clint eins der Bündel. „Das ist Zane", stellte er vor. „Er ist der Ältere. Fünfeinhalb Minuten."
„Wie schön er ist", hauchte Reva. Sie warf Dean einen Blick zu. „Sind sie nicht zum Anbeißen?"
„Sicher", erwiderte Dean unbehaglich. „Ich denke schon."
„Du denkst?" Reva strahlte über das ganze Gesicht. „Es gibt auf der ganzen Welt nichts Wunderbareres als ein Baby."
„Hier." Clint drückte ihm das andere Kind, Riley, in die Arme. Bevor er es zurückgeben konnte, hatte Clint sich umgedreht und ging

zum Kofferraum des Wagens. „Ich habe die, äh, Sachen mitgebracht, um die du mich gebeten hast."

„Sachen?", fragte Reva und blickte fragend zu ihm auf.

„Das hat Zeit bis später", sagte Dean. Natürlich beschloss das Baby auf seinem Arm, genau in diesem Moment aufzuwachen. Es wand sich, zog die Nase kraus und begann zu schreien.

Clint zog eine große Schachtel aus dem Kofferraum, und Dean hatte eine Horrorvision. Clint würde stolpern, die Schachtel aufplatzen, und Tausende Kondome würden auf den Bürgersteig flattern.

Zum Glück war Clint nicht ganz so ungeschickt. „Wo soll das hin?"

„Dritter Stock." Dean machte eine Kopfbewegung zu Miss Evelyns Haustür.

Als Clint im Haus verschwand, atmete Dean erleichtert auf.

Er beobachtete, wie selbstvergessen Reva auf das Baby in ihren Armen hinunterlächelte. Wenn die Jungs auch nur ein bisschen nach ihrem Vater kamen, standen Clint ein paar interessante Jahre bevor.

Die Babys schienen Reva an die Zeit zu erinnern, als Cooper klein gewesen war. Aber vielleicht sah sie ja auch die Zukunft, nicht die Vergangenheit. Dean begann, seinen Zwilling leicht zu schaukeln, damit er zu schreien aufhörte. Das Heulen war das Schlimmste. Ob es eine Frau oder ein Kind war, es machte ihn absolut hilflos.

„Sollte Cooper nicht bald nach Hause kommen?", fragte er.

„Er hat nach der Schule Baseballtraining", gab sie zurück. „Er kommt frühestens in einer Stunde."

Auf diese Weise wurde er sie also nicht los.

Wieso machte es ihm so viel aus, Reva mit einem Baby im Arm zu sehen? Wahrscheinlich war es ihr Gesichtsausdruck, der deutlich sagte: *Ich will auch eins.*

Sie war die Art von Frau, die einen ganzen Stall voll Kinder haben sollte, und jung genug dafür war sie außerdem. Allerdings würde er nicht der Vater sein.

War es das, was ihn störte? Dass ein anderer Mann Revas Träume von Mutterschaft erfüllen würde, die ihr Gesicht von innen heraus erstrahlen ließen?

Zu schnell kam Clint wieder aus dem Haus, Miss Evelyn im Schlepptau. Die Kondomschachtel hatte er zum Glück irgendwo sicher verstaut.

„Babys!", rief Miss Evelyn hocherfreut aus. „Und so winzige!"

„Haben Sie eine Möglichkeit, die Flaschen für sie aufzuwärmen?“, fragte Clint.

„Selbstverständlich“, antwortete Miss Evelyn. „Und für die anderen gibt es Zuckerkekse.“

„Ja, Clint“, sagte Dean, reichte seinem Bruder das Baby und griff nach der Windeltasche auf dem Beifahrersitz. „Du musst unbedingt ihre Kekse probieren.“

Rache war süß. Oder in diesem Fall nicht süß. Wie man’s nahm.

Als sie gemeinsam zum Haus gingen, hielt Miss Evelyn Dean am Ärmel fest und flüsterte ihm ins Ohr: „Junge, das ist das Paradies, von dem ich gesprochen habe.“ Sie deutete auf Clint und die Babys. „Atemberaubend, nicht wahr?“

Reva behielt ihren Zwilling auf dem Arm und folgte den Sinclairs ins Haus. Natürlich hätte sie besser wieder an die Arbeit gehen sollen, doch sie wollte diese unerwartete Freude so lange wie möglich genießen.

Zu gerne hätte sie eines Tages ein zweites Kind gehabt. Oder vielleicht sogar zwei. Aber natürlich war das nur ein Traum. Sie konnte keinen Mann so nah an sich heranlassen. Jedenfalls, wenn es darum ging, eine Familie zu gründen.

Es hatte sie gerührt, wie verlegen es Dean machte, das Baby zu halten. Der starke Mann, der immer alles unter Kontrolle hatte, war einen Moment lang so hilflos gewesen wie das Kind, das sich in seinen Armen wand. Sie konnte sehen, dass er selbst nicht so bald plante, Vater zu werden. Für einen Mann wie ihn war das wahrscheinlich zu anstrengend.

In Miss Evelyns Küche reichte Clint dem widerstrebenden Dean erneut das warme Bündel, während er und die Hauswirtin die Flaschen zubereiteten. Revas Zwilling zappelte nur, während Riley in Deans Arm zuerst wimmerte und dann aus vollem Hals zu schreien anfing.

„Hier hast du dein Kind“, sagte Dean und ging auf seinen Bruder zu.

„Nun komm aber, du Feigling“, sagte Reva. „Hier, nimm du Zane, während ich Riley beruhige.“

Er blickte sie düster an, gehorchte aber. Die Babys zu tauschen war nicht so einfach, wie es sich anhörte. Sie standen viel zu nah beieinander, während sie die Kinder in ihren Armen zurechtlegten. Es war eine mindestens ebenso vertraute und intime Geste wie alles, was in der letzten Nacht zwischen ihnen geschehen war. Sobald sie die Babys wieder sicher im Arm hielten, traten sie beide schnell einen Schritt zurück.

Reva hatte Cooper von Anfang an allein großgezogen und ihre Entscheidung, das Kind zu behalten, nie bereut. Doch manchmal fragte sie sich schon, wie es gewesen wäre, die Verantwortung mit einem Mann zu teilen. Jemand, der Fläschchen wärmte, während sie das schreiende Baby beruhigte. Jemand, der nachts aufstand und ihr das Kleine brachte.

Aber es war nur ein Gedankenspiel. Ihr Leben war bestens in Ordnung. Kein Grund, sich mit falschen Fantasien aus dem Konzept zu bringen.

Als die Flaschen warm waren, reichte Clint Reva eine. „Wären Sie so freundlich?"

„Aber gerne." Riley fand den Sauger und machte sich gierig über sein Mahl her.

Dean wollte seinen Zwilling gerade an Clint zurückgeben, als Miss Evelyn ihm die Flasche in die Hand drückte. „Hier. Versuchen Sie es nur. Dieser junge Mann hier sieht aus, als bräuchte er selbst eine Stärkung."

Sie war bereit, seinen Protest im Keim zu ersticken, doch Dean grinste nur und nahm die Flasche widerspruchslos. „Natürlich. Lass es dir schmecken, Clint."

Miss Evelyn richtete ihm einen Teller mit ihren Zuckerkeksen und goss ihm ein großes Glas Milch ein. Clint setzte sich an den Tisch und betrachtete zufrieden seine Söhne. Er trank einen Schluck Milch und biss dann in einen der Kekse. Einen Moment lang kaute er, griff dann wieder zum Glas.

„Wie finden Sie meine Zuckerkekse?", fragte Miss Evelyn lächelnd.

Dean lächelte wissend.

„Nun ja", begann Clint kopfschüttelnd, „sie könnten etwas mehr Zucker vertragen."

Miss Evelyn schien unverzagt. „Finden Sie wirklich?"

Clint nickte, nahm dann einen weiteren kleinen Bissen. „Und ist das Mandelaroma, was ich schmecke?"

„Ja."

„Zu viel. Nehmen Sie die Hälfte, oder versuchen Sie es mit Vanille."

Ungläubig starrte Dean seinen Bruder an.

„Du brauchst mich nicht gleich aufzufressen", sagte Clint. „Ich bin bloß ehrlich." Er lächelte Miss Evelyn charmant an. „Ich hoffe, es macht Ihnen nichts aus, Ma'am. Meine Frau lernt gerade kochen und ist noch in der Probierphase. Ich habe gelernt, dass Ehrlichkeit in allen Dingen das Beste ist."

Er warf Dean einen Blick zu. „Mein großer Bruder hat mir das beigebracht."

„Wissen Sie, Sie haben wahrscheinlich recht. Mein verstorbener Mann sagte immer, dass er diese Kekse liebt, aber persönlich fand ich das Rezept nie besonders gut."

Revas Magen zog sich schmerzhaft zusammen. Dean hatte seinem kleinen Bruder beigebracht, immer ehrlich zu sein. Was würde er sagen, wenn er herausfand, wie viele Geheimnisse sie hatte, vor ihm und allen anderen?

Dean öffnete die Tür zu seinem Zimmer und ließ Clint eintreten. Unten waren Reva und Miss Evelyn dabei, die Windeln zu wechseln. Offenbar waren sie ganz heiß auf diese Aufgabe, und Dean hatte ganz gewiss nicht vor, sich mit ihnen darum zu streiten.

Außerdem wollte er einen Moment mit seinem kleinen Bruder allein sein.

Die Schachtel stand in der Mitte des Raumes. Sie hatte die Größe eines mittleren Postpakets, und Dean betrachtete sie kopfschüttelnd.

„Ich habe dich um einen einfachen Gefallen gebeten ..."

Clint zog ein Taschenmesser aus seiner Hose und öffnete das Paket. „Du hast nicht gesagt wie viele, welche Marke, oder ob du die einfachen oder die verspielten bevorzugst."

„Die verspielten?"

Clint griff in die Schachtel und holte eine Handvoll heraus. Liebe Güte, sie war wirklich bis zum Rand mit Kondomen gefüllt. Einige in Silbertütchen, einige in Klarsichtfolie. „Mit Geschmack, bunt, mit Dingsbums ..."

„Dingsbums?"

„Und diese hier leuchten im Dunkeln." Clint wackelte verheißungsvoll mit den Augenbrauen. „Ich glaube, davon behalte ich ein paar." Er steckte die Tütchen nonchalant in seine Tasche.

„Ich sagte mit FedEx", wiederholte Dean streng.

Clint stand auf und betrachtete Dean aufmerksam. „Möchtest du mir vielleicht erklären, warum du deine Verhütungsmittel neuerdings geliefert haben willst?"

Dean trat einen Schritt auf ihn zu und senkte die Stimme. Diese alten Häuser waren nicht gut schallisoliert. „Das ist hier eine Kleinstadt. Wenn ich in die Drogerie gehe und Kondome kaufe, weiß es am Abend ganz Somerset."

„Ja und? Das kann dir doch egal sein. Geht niemanden was an außer dir. Du bist schließlich erwachsen. Außerdem wirst du hier nicht hinziehen, oder?"

„Nein."

„Also?"

„Ich bin nicht um *meinen* Ruf besorgt."

„Oh." Clint schien ein Licht aufzugehen. „Jetzt hab ich's. Sehr rücksichtsvoll von dir." Dann runzelte er die Stirn. „Aber warum bist du nicht einfach in die nächste Stadt gefahren und hast sie dort gekauft?"

„Kein Auto", antwortete Dean. „Lange Geschichte."

„Kein Auto?", fragte Clint entsetzt. „Du sitzt hier fest? Das ist gruselig, Mann. Gibt's hier Maisfelder? Kinder mit komischen, glänzenden Augen?"

„Nein", sagte Dean kurz angebunden. Er war nicht in der Stimmung für Clints manchmal weit hergeholten Humor.

„Du bist hier bei einem Auftrag, richtig?"

„Nicht mehr. Es hat als einer angefangen, aber im Moment bin ich offiziell im Urlaub." Die Grenze zwischen Dienst und Freizeit war im Moment allerdings mehr als verschwommen. Und das kam bei ihm sonst nie vor.

Clint nickte. „Weißt du was? Ich lass dir meinen Wagen hier. Mary kann heute Abend vorbeikommen und mich und die Kinder abholen."

„Danke, aber das ist doch viel zu umständlich."

„Nach allem, was du für mich getan hast? Es macht wirklich keine Mühe, ehrlich. Außerdem schlafen die Jungs immer besonders gut nach einer langen Autofahrt." Wieder wackelte er anzüglich mit den Augenbrauen und kramte in der Schachtel. „Oh, welche mit Dingsbums. Darf ich?"

„Bedien dich", seufzte Dean. „Sieht so aus, als hätten wir mehr als genug."

Und dabei war er noch nicht mal sicher, dass er überhaupt eins brauchen würde.

9. KAPITEL

Das kleine Baseballteam der Fünf- und Sechsjährigen war nicht in bester Form, und wenn sie gegen das Team der Nachbarstadt antraten, verloren sie meistens.

Dennoch hatten sie ihren Spaß.

Reva sah Cooper mit Begeisterung zu. Er gab alles und war mit Freude dabei, doch er war kein geborener Athlet.

Na und? Manchmal war ihr Sohn so überschäumend fröhlich, dass es ihr vorkam, als stecke er sie mit seiner Lebenslust an. Auch jetzt blickte er zu ihr hinüber, winkte mit beiden Armen und grinste übers ganze Gesicht. Reva winkte zurück. Dann fiel ihr auf, dass Cooper gar nicht sie meinte, sondern Dean, der hinter ihr auftauchte.

Es war ihr gelungen, ihm den ganzen Tag aus dem Weg zu gehen, nachdem sie am Vorabend seine Familie kennengelernt hatte. Mit Mary hatte sie nur ein paar Minuten verbracht, doch sie mochte sie auf den ersten Blick.

Clints Gesicht hatte geleuchtet, als seine Frau aus dem Wagen gestiegen war. So wie Tewanda und ihr Charles schienen sie das Glück gepachtet zu haben.

Dean ließ sich neben ihr nieder. Am liebsten hätte sie ihn weggescheucht, doch das hätte mehr Gerede verursacht, als wenn sie ihn neben sich sitzen ließ.

„Was machst du hier?“, fragte sie leise.

„Cooper hat mich gebeten, zu seinem Spiel zu kommen.“

Während Dean seine Aufmerksamkeit dem Geschehen auf dem Spielfeld zuwandte, fühlte sich Reva durch seine Aufmerksamkeit aus dem Konzept gebracht. Ihn so nah neben sich zu haben, dass sich ihre Arme beinahe berührten, störte ihren Wochenendfrieden empfindlich.

Und das, obwohl er sich äußerst rücksichtsvoll verhielt. Er nutzte die Gelegenheit nicht, um sie zum Essen einzuladen, erwähnte nicht den Einbruch oder das sonstige Geschehen jener Nacht. Alles, was er tat, war Cooper anzufeuern.

Dennoch brachte sie es nicht über sich, ihn einfach zu ignorieren. „Deine Familie ist nett“, sagte sie auf der Suche nach einem unverfänglichen Gesprächsthema.

Er schnaubte geringschätzig.

Das brachte sie trotz ihrer Nervosität zum Lachen. „Nicht gerade eine schmeichelhafte Antwort.“

„Du kennst meine Familie nicht gut genug. Wenn man sie nur einmal trifft, wirken sie ganz normal, aber glaub mir, der Eindruck täuscht."

„Trotzdem ist es schön", beharrte sie. „Und sie sind alle verheiratet."

„Ja. Ich bin das schwarze Schaf."

Reva lehnte sich auf der Bank zurück. „Du kannst dich glücklich schätzen. Ich wünschte, ich hätte eine Familie."

Er wandte sich ihr zu. „Du hast keine Geschwister? Keine Eltern?"

Sie schüttelte den Kopf. „Cooper und ich waren immer allein. Und es geht uns prima dabei", fügte sie schnell hinzu. „Nicht alle Familien sind so nett wie deine." Ihre eigene jedenfalls nicht.

„Cooper hat Glück. Du bist eine wunderbare Mutter."

Sagte er das nur, um sich bei ihr einzuschmeicheln? „Manchmal frage ich mich, ob das stimmt."

„Nein, das ist nicht zu übersehen." Aus seinen blauen Augen blickte er sie aufmerksam an. „War es schwer, ihn allein großzuziehen?"

„Ich kenne ja nichts anderes. Aber manchmal fühle ich mich schuldig, weil ich ihm nicht die ideale Familie bieten kann, du weißt schon, Vater, Mutter, zweieinhalb Kinder."

Dean nickte nachdenklich. „Zwei Eltern zu haben bedeutet nicht automatisch, dass sie gute Eltern sind. Meine Eltern waren ständig aus dem Haus. Vater arbeitete von früh bis spät. Es wäre ihm nicht im Traum eingefallen, sich Zeit zu nehmen, zu einem Spiel von mir oder meinen Brüdern zu kommen. Mutter war so beschäftigt mit ihren Klubs und sozialen Verpflichtungen, dass wir sie auch nie zu Gesicht bekamen." Er runzelte die Stirn. „Bis jetzt haben sie nicht mal Clints Zwillinge gesehen. Die Kleinen sind mittlerweile zwei Monate alt, und die Großeltern haben keine Zeit, mal zu Besuch zu kommen. Wenn Clint und Mary nicht zu ihnen fahren, gehen die Kids zur Schule, bis sie ihre Großeltern treffen. Aber lange bleiben werden sie dann auch nicht, denn meine Eltern fühlen sich durch Kinder leicht gestört."

Er schüttelte den Kopf. Es fiel Reva schwer, eine Entschuldigung für solche Gleichgültigkeit zu finden, und sie sagte schlicht: „Das ist blöd."

Ihr Kommentar brachte Dean zum Lächeln. „In der Tat."

Revas Mutter, Vicky Lynn, war ebenfalls ziemlich gleichgültig gewesen. Ihr Hauptziel bestand darin, einen Ersatz für den Mann zu suchen, der sie schwanger zurückgelassen hatte. Der Stiefvater, den sie schließlich für Reva gefunden hatte, als das Mädchen zwölf war, erwies sich zwar als rechtschaffen, aber nicht übermäßig interessiert an Kindern. Als er später starb, war Vicky Lynn verschwunden. Reva hatte nie wieder von ihr gehört.

Wie oft hatte sie sich einen Bruder oder eine Schwester gewünscht! Sie stellte sich vor, dass solche Bande unzertrennlich waren.

„Immerhin hast du nette Geschwister als Ersatz für deine Rabeneltern", sagte sie.

„Ja."

„Und sie haben alle Kinder."

Dean nickte. „Ja, sie vermehren sich wie die Lemminge."

„Alle, außer dir." Sofort bereute sie die Bemerkung und wandte sich wieder dem Spielfeld zu. „Tut mir leid. Das geht mich nichts an."

Dean schwieg eine Weile, dann sagte er: „Was, wenn ich eines Tages wirklich Kinder habe und sich herausstellt, dass ich ein genauso miserabler Vater bin wie mein eigener?"

Er klang so verunsichert, dass sie nicht anders konnte als seine Hand zu nehmen. Es bewegte sie tief, dass ein Mann wie er, stets so selbstsicher und zielstrebig, mit ganz unerwarteten Ängsten zu kämpfen hatte.

Doch sobald ihre Handflächen sich berührten, ließ sie ihn wieder los, als hätte sie sich verbrannt. Die kurze Berührung war intimer gewesen als die ganze Nacht, die sie in seinen Armen verbracht hatte!

Ein peinliches Schweigen entstand, dann rettete Cooper sie. Dean deutete auf das Spielfeld. „Dein Sohn trägt seinen Handschuh auf dem Kopf." Er brach in Lachen aus, und die Welt war wieder in Ordnung.

Auf der anderen Seite des Spielfelds sah sie Charles, den Trainer des Teams, und neben ihm Tewanda. Sie entdeckte Reva in den Rängen, winkte und grinste wissend.

Reva seufzte und versuchte, sich wieder auf das Spiel zu konzentrieren. Warum war nur alles so kompliziert? Sie fühlte sich viel zu sehr zu Dean Sinclair hingezogen, schlimmer noch, sie mochte ihn. Und das durfte nicht sein.

Doch sosehr sie sich auch einredete, dass aus dieser Geschichte einfach nichts werden konnte, es gelang ihr nicht, sich dementsprechend zu verhalten. Die Situation war hoffnungslos verfahren, und es konnte einfach nicht schlimmer werden.

Doch da täuschte sie sich. Sheriff Ben Andrews tauchte am Rand der Zuschauerränge auf, kam näher und setzte sich neben sie. Nun hatte sie Dean auf einer Seite und den Sheriff auf der anderen.

Laut Miss Evelyn hatte der Sheriff ein Auge auf Reva geworfen. Als Dean ihm zum ersten Mal begegnet war, hatte er weder besonders große Sympathie noch Abneigung gegen den jungen Polizisten empfunden, der gebaut war wie ein Footballspieler. Doch im Augenblick hätte er ihn am liebsten auf den Mond geschossen.

Ben Andrews kannte den Grund, warum Dean in Somerset war, doch er hatte strengste Anweisung, das für sich zu behalten.

„Sheriff, das ist Dean Sinclair", stellte Reva vor. „Dean, Sheriff Andrews."

„Erfreut, Sie kennenzulernen", sagte der Sheriff, dessen Stimme und Gesichtsausdruck eher das Gegenteil ausdrückten. „Ich habe eine Menge über Sie gehört."

Zweifellos. Dean nickte, blickte dann hinunter auf die Waffe des Sheriffs, die er in einem Holster an der Hüfte trug, die von Reva abgewandt war. Gut.

Das Sheriffbüro war in Cross City, doch Ben Andrews unterhielt eine Nebenstelle in Somerset, die meist von Hilfssheriffs besetzt war. Nach allem, was Dean gehört hatte, kam er selbst nur ab und zu nach Somerset.

„Was führt Sie ins Stadion, Sheriff?", fragte Dean, den Blick aufs Spielfeld gerichtet.

„Nennen Sie mich Ben", antwortete der Polizist. „Ich werde das Gefühl nicht los, dass ich Sie schon kenne. Dean, nicht wahr?"

Dean wandte den Kopf und warf dem Sheriff einen warnenden Blick zu. „Richtig."

„Nun, Dean, ich bin hier, um mir das Spiel anzusehen. Und natürlich, um Reva und Cooper zu treffen. Es ist schon viel zu lange her, dass ich der besten Köchin und schönsten Frau im Bezirk meine Aufwartung gemacht habe."

Dean spürte, wie sich Reva versteifte. „Also wirklich, Ben", sagte sie errötend.

„Ich sage nur die Wahrheit, Reva", entgegnete Andrews. Er lehnte sich zurück und ließ den Blick übers Spielfeld schweifen. „Außerdem habe ich die ganze Woche versucht, Sie zu erreichen. Hat Tewanda meine Nachrichten nicht weitergegeben?"

„Doch, hat sie", sagte Reva schnell. „Tut mir leid, dass ich nicht zurückgerufen habe. Ich war die ganze Woche sehr beschäftigt."

Andrews warf Dean einen missbilligenden Blick zu. „Ach ja?"

Nach ein paar Minuten begann der Sheriff, auf seinem Sitz hin und her zu rutschen und mehrmals die Krawatte, die er zu seinem Kakihemd trug, zurechtzurücken. Schließlich sagte er zögernd: „Samstagabend gibt die Veteranen-Organisation einen Ball in Cross City. Ich muss mich da sehen lassen – Sie wissen ja, wie das ist. Ich dachte, dass Sie vielleicht mit mir hingehen möchten?“

„Ich kann leider nicht“, erwiderte Reva mit einem Kopfschütteln. „Ich habe schon Pläne.“

„Pläne“, sagte der Sheriff leise.

„Ja, tut mir leid.“

„Was für Pläne?“

Dean hatte Reva lange genug beobachtet, um zu wissen, dass ihr Leben ziemlich gleichförmig verlief. Langweilig. Sie arbeitete, kümmerte sich um Cooper, war eine gute Mutter und erfolgreiche Geschäftsfrau. Und sie hatte keine Pläne für Samstagabend. Das wusste wahrscheinlich jeder in der Stadt, einschließlich des Sheriffs.

Dean blickte Andrews geradewegs in die Augen. Er hatte Verständnis für seine Gefühle, aber Reva hatte sich klar ausgedrückt. „Sie hat eine Verabredung mit mir“, sagte er gelassen.

Reva zuckte zusammen und wandte sich zu ihm um.

„Eine Verabredung“, wiederholte Andrews. Der Arme klang, als hätte ihm jemand die Luft rausgelassen.

Mit einem tiefen Atemzug drehte sich Reva wieder zum Sheriff um. „Ja, ich denke, man könnte es eine Verabredung nennen. Dean ist zum Essen mit Cooper und mir eingeladen.“

Sehr geschickt. Indem sie Cooper mit einschloss, entschärfte sie die Situation und hatte dennoch eine Entschuldigung für ihre Absage an den Sheriff.

„Ich verstehe“, sagte Andrews und stand auf. „Sinclair.“ Er stand über Dean gebeugt, das Gesicht ärgerlich verzogen. „Sie und ich sollten uns in absehbarer Zeit einmal ausführlich unterhalten.“

„Jederzeit“, antwortete Dean. „Wann immer es Ihnen passt.“

Reva blickte starr geradeaus, als sie sich zu dritt auf den Heimweg machten. Zu dritt. Das klang so natürlich, so richtig. Es war bereits dunkel, und die Bäume hüllten den Bürgersteig in dichte Schatten.

Cooper und Dean gingen hinter ihr und unterhielten sich über Baseball. Sie spürte deutlich Deans Ausstrahlung, doch nicht so deutlich wie in dem Moment, als er mit Sheriff Andrews aneinandergeraten war.

Ihr Magen verkrampfte sich. Sicherlich würde Dean verstehen, dass er nicht wirklich am Samstag zum Essen kommen konnte. Sie war dankbar für seine Improvisation, doch es war eine List gewesen, nichts weiter.

Ben Andrews war kein schlechter Kerl, aber leider unglaublich hartnäckig. Vielleicht würde er sie in Ruhe lassen, wenn er merkte, dass sie bereit war, mit anderen Männern auszugehen, aber eben nicht mit ihm. Zwar fiel es ihr nicht leicht, seine Gefühle zu verletzen, aber sie wollte auch nicht noch weitere drei Jahre damit verbringen, ihm regelmäßig eine Abfuhr zu erteilen.

„Mom", sagte Cooper fröhlich und zupfte an ihrem Ärmel. „Mr Sinclair wird mir dieses Wochenende beibringen, wie ich einen Ball in der Luft fange!"

„Das weißt du doch schon."

„Aber er kann mir helfen, noch besser zu werden. Er hat im Außenfeld gespielt, er weiß alles übers Fangen." Wie immer sprach Cooper ohne Punkt und Komma.

„Ich bin sicher, dass Mr Sinclair am Wochenende was anderes zu tun hat."

Dean kam an ihre andere Seite. „Nicht wirklich", sagte er.

Reva seufzte. Auf keinen Fall wollte sie Dean und Cooper im Garten Baseball üben sehen, wie Vater und Sohn es tun würden. Schon jetzt steckte sie viel zu tief in dieser Geschichte drin. Einer so unschuldigen Wochenendaktivität zuzuschauen würde wahrscheinlich schmerzen, weil es sie daran erinnerte, was sie ihrem Sohn nicht geben konnte. Aber wie konnte sie ihm diese Freude verderben?

Als sie sich dem Restaurant näherten, rannte Cooper voraus. Sie hatten beinahe Miss Evelyns Haus erreicht. Sicherlich würde sich Dean jetzt verabschieden und die Straße überqueren. Liebe Güte, sie bekam kaum genügend Luft, wenn er ihr so nahe war!

Aber Dean machte keine Anstalten, Gute Nacht zu sagen. Er beobachtete Cooper, der durch den Garten zum Gästehaus lief.

„Hat er seinen eigenen Schlüssel?", fragte er.

„Die Küchentür ist nicht abgeschlossen."

Dean griff nach ihrem Arm und blieb unvermittelt stehen. „Was?"

Sie hob den Kopf. „Ich hab doch gesagt, dass wir hier in Somerset die Türen offen lassen."

„Das ist doch lächerlich. Wie kannst du wissen, dass dein Haus sicher ist, wenn du nicht abschließt?"

Erst, als sie stirnrunzelnd auf seine Hand blickte, mit der er sie noch immer festhielt, ließ er sie widerstrebend los. „Im Restaurant verriegele ich immer alle Türen, und das hat die Einbrecher auch nicht abgehalten.“

An seinem Kinn zuckte ein Muskel. „Du solltest vorsichtiger sein.“

„Wir sind hier nicht in Atlanta, sondern in Somerset. Jeder hier weiß, dass der Schlüssel unter der Matte liegt, wenn abgeschlossen ist.“

„Du hast den Schlüssel unter der Matte?“, fragte Dean entsetzt.

„Natürlich. Schau.“ Sie setzte sich wieder in Bewegung, und Dean blieb an ihrer Seite. „Wenn jemand wirklich in mein Haus einbrechen will, dann findet er einen Weg. Er schlägt ein Fenster ein, knackt ein Schloss – ich lebe schließlich nicht in einer Festung.“

Noch immer machte er keine Anstalten, sich zu verabschieden.

„Das stimmt, aber für solche Fälle gibt es Alarmanlagen.“

Sie lachte. „Eine Alarmanlage? In Somerset?“

Fassungslos schüttelte er den Kopf.

„Warum verfolgst du mich eigentlich bis nach Hause?“, fragte sie, als sie an dem Baum vorbeikamen, unter dem sie ihn bei ihrem ersten Treffen gestellt hatte.

„Ich will mich nur kurz umsehen, sichergehen, dass alles in Ordnung ist.“

Je näher sie dem Gästehaus kamen, desto schwerer wurde ihr Herz.

„Du hast nicht wirklich vor, deinen Job zu kündigen und ein Handwerker zu werden, oder?“

„Darüber haben wir doch gestern schon gesprochen.“

Sicher. Aber sie musste es einfach noch einmal hören, um wirklich sicherzugehen. „Du bist durch und durch Polizist. Vielleicht genießt du im Moment deinen Urlaub, aber du bist dafür geschaffen, für Recht und Ordnung zu sorgen. Ich kann mir nicht vorstellen, dass ein anderer Beruf dich glücklich machen würde.“

„Ich fühle mich hier wohl“, sagte er. „Wirklich.“

„Das bezweifle ich ja gar nicht“, antwortete sie. „Aber du wirst nicht bleiben.“

„Nein“, gab er leise zurück.

Auch gut. Mehr als das – genau, was sie von Anfang an gewollt hatte. Wenn sie sich jemals dazu entschloss, ihre Vorsicht aufzugeben und sich wieder zu verlieben, dann bestimmt nicht in einen Polizisten. Ein Mann, der eine Waffe trug, sich jeden Tag mit Kriminellen abgab, ständig in Gefahr geriet und Zugang zu den Fakten hatte, die am besten nicht ans Tageslicht kamen.

„Es ist nett von dir, dass du Zeit mit Cooper verbringst", sagte sie, als sie die Stufen zum Gästehaus hinaufstieg. „Wirklich. Aber bitte lass ihn nicht denken, dass du bleiben wirst. Gib ihm nicht das Gefühl, dass du jemand bist, der … der du nicht bist, und verschwinde dann. Das würde ihm das Herz brechen."

Dean blieb am Fuß der Treppe stehen. Heute Nacht würde sie ihn nicht einladen zu bleiben.

„Und was ist mit deinem Herz?", fragte er.

„Mein Herz ist nicht in Gefahr", erwiderte sie kühl. Es war die Wahrheit. Die Splitter, die sie noch übrig hatte, ließen sich nicht weiter brechen.

So leise wie möglich ging Dean die Treppen zu seinem Zimmer hinauf. Heute Nacht hatte er wirklich keine Lust auf weitere Weisheiten seiner Vermieterin.

Als er die Tür zum Salon aufmachte, merkte er sofort, dass er nicht allein war. Auch Miss Evelyn schloss ihre Türen nie ab.

Als Dean sah, wer in dem Polstersessel in der Ecke saß, war er froh, dass er die Schachtel mit den Kondomen in sein Schlafzimmer gebracht hatte.

„Ich habe Ihren Wagen nicht in der Einfahrt gesehen", sagte er und schloss die Tür hinter sich.

„Er ist in der Parallelstraße geparkt. Ich bin gelaufen", sagte Andrews mit seinem starken Südstaatenakzent. „Ich dachte, Sie und ich sollten uns mal unterhalten, ganz privat."

Dean knipste die antike Stehlampe neben der Tür an. „Schießen Sie los, Sheriff."

„Weiß Reva, wer Sie sind und was Sie hier machen?"

„Nein."

„Dann sollte ich Ihnen einen gewaltigen Tritt in den Hintern verpassen, ganz gleich, für wen Sie arbeiten."

„Nur zu."

Sheriff Andrews blieb sitzen und entspannte sich. „Ist das wirklich Reva?" Er griff nach dem Foto auf dem Couchtisch.

Dean runzelte die Stirn. Auf keinen Fall durfte dieses Bild von ihr die Runde in Somerset machen. „Dieses Foto ist Eigentum der Bundesbehörde, Sheriff. Es ist ebenso vertraulich zu behandeln wie der Grund meines Hierseins."

„Ich hatte nicht vor, es in der Zeitung zu veröffentlichen", sagte

Andrews ärgerlich und legte es wieder zurück. „Und ich werde auch niemandem erzählen, wer Sie wirklich sind und was Ihre Aufgabe hier ist. Das würde Reva schaden.“ Er stand auf und reckte seine massigen Schultern. „Aber ich werde auch nicht zulassen, dass Sie hier reinschneien und sie ausnutzen.“

„Das ist nicht meine Absicht.“

„Dann passen Sie auf, dass das so bleibt.“ Andrews ging zur Tür, legte die Hand auf die Klinke und drehte sich dann noch einmal um. „Wenn Sie vorhaben, eine Frau so anzusehen, wie Sie Reva Macklin ansehen, dann sollten Sie sie besser nicht anlügen.“

„Darin habe ich leider keine Wahl.“

„Blödsinn. Es gibt immer eine Wahl, Sinclair. Immer. Ich muss selbst eine Entscheidung treffen.“ Er senkte die Stimme. „Ich könnte ihr die Wahrheit sagen. Ihr erzählen, wer Sie wirklich sind und dass Sie glauben, sie würde mit ihrem alten Liebhaber gemeinsame Sache machen.“

„Alles, was Sie über diesen Auftrag wissen, unterliegt der Geheimhaltungspflicht.“

„Wie gesagt, man hat immer eine Wahl.“ Der Sheriff nickte zufrieden und öffnete die Tür. „Entweder Sie sagen ihr die Wahrheit, Sinclair, oder ich werde es tun.“

10. KAPITEL

Und?", fragte Miss Edna säuselnd, als sie am Freitagmorgen in die Küche kam. „Was kochst du morgen Schönes für den netten jungen Mann?"

Einen Augenblick lang war Reva zu erstaunt, um zu antworten. „Wie bitte?"

„Der nette junge Mann, der hier die Reparaturen macht. Ich rede natürlich von Dean. Wie ich höre, ist er morgen Abend bei dir zum Essen eingeladen." Sie hob die Augenbrauen und lächelte. „Eine Verabredung! Wie aufregend."

Offenbar verbreitete sich der Klatsch in Somerset mittlerweile mit Schallgeschwindigkeit.

„Wo hast du das denn aufgeschnappt?"

„Nun ja", gab Miss Edna zu, „Lisa Carlton war gestern im Stadion, und natürlich fiel ihr auf, dass dir von zwei gut aussehenden jungen Männern der Hof gemacht wurde. Sie hörte, wie du etwas von einer Verabredung für Samstagabend sagtest, und hat es ganz beiläufig gegenüber ihrer Schwester Constance am Telefon erwähnt, als sie nach Hause kam, und natürlich erzählte es Constance …"

„Mehr brauche ich nicht zu wissen", unterbrach sie Reva, die Hände erhoben. Wenn sie Edna gegenüber erwähnte, dass es keine Verabredung gab, würde es der Sheriff noch vor dem Mittagessen erfahren.

„Also, was wirst du kochen?", nahm Edna den Faden wieder auf. „Sicherlich hast du schon ein Menü zusammengestellt."

„Noch nicht."

„Was?" Miss Edna war entsetzt. „Dean hat oft genug hier gegessen, aber wenn es auch deine Rezepte waren, du hast nicht gekocht. Das erste Mahl, das du für einen Mann selbst zubereitest, ist was ganz Besonderes, weißt du. Du musst dir Gedanken darüber machen, was du servierst."

„Werde ich." Vielleicht würde sie ihm Toast Hawaii und Tomatensuppe aus der Dose vorsetzen. Auf keinen Fall hatte sie vor, Dean Sinclair mit ihrer Kochkunst zu beeindrucken.

Wenigstens war sie geistesgegenwärtig genug gewesen, Cooper in die Einladung einzubeziehen. Auf diese Weise konnte jedenfalls keiner von einem romantischen Abendessen reden. Es war eine Verabredung im weitesten Sinne des Wortes.

Tewanda kam herein, übers ganze Gesicht grinsend. „Wie ich höre, werde ich morgen Abend Babysitten."

„Auf keinen Fall!", erklärte Reva.

„Natürlich", widersprach Tewanda. „Ich habe bereits Cooper gesagt, dass er bei uns schlafen kann. Charles macht Pizza für die Jungs, und wir werden ein paar Videos ausleihen."

„Das ist nicht nötig", beharrte Reva, während sie ihren Angestellten in die Küche folgte.

„Aber sicher. Das ist deine erste Verabredung, seit ich dich kenne, und das sind über drei Jahre. Da brauchst du ganz sicher keine Anstandsdame namens Cooper."

„Es ist keine richtige Verabredung", sagte Reva. „Ich habe nur einen Freund zum Abendessen da." Vielleicht würde sie auch die Tomatensuppe weglassen.

„Jetzt ist er also ein *Freund*", sagte Tewanda anzüglich. „Was wirst du anziehen?"

„Es ist keine Verabredung!"

Miss Edna und Tewanda ignorierten Reva und begannen, den Menüplan für den Tag zu diskutieren. Reva stolzierte aus der Küche und floh ins Büro, auf dem Weg vor sich hinmurmelnd: „Und es ist *keine* Verabredung!"

Im Büro war sie zwar allein, aber das nützte auch nicht viel. Sie ging auf und ab, an einem Fingernagel kauend. Als sie sich schließlich genügend beruhigt hatte, um sich hinzusetzen, ging sie die Papiere auf ihrem Schreibtisch durch, ohne wirklich zu sehen, was sie tat.

Schließlich atmete sie tief durch und sah der Wahrheit ins Gesicht. Sie hatte eine Verabredung. Mit Dean Sinclair. Das war der Haken daran. Hätte sie sich mit jemand anderem so in die Ecke gedrängt gesehen, dem Sheriff zum Beispiel, wäre sie völlig gelassen geblieben, überzeugt, dass keinerlei Gefahr drohte. Weil eine solche Verabredung bedeutungslos und nichtssagend war.

Mit Dean lagen die Dinge anders. Zeit mit ihm war eindeutig weder bedeutungslos noch nichts sagend. Warum machte ihr das solche Angst? Er war ein guter Mann, daran bestand kein Zweifel. Das war nicht das Problem. Die Schwierigkeit bestand darin, dass sie ihn zu sehr mochte. Dass sie mehr von ihm wollte, obwohl sie genau wusste, dass das nicht ging.

Draußen bewegte sich etwas, und sie blickte aus dem Fenster. Es war Dean, auf dem Weg zur Arbeit. Alles an ihm – sein Gang, seine

Figur in Jeans und engem T-Shirt, sein Gesicht – ließ Gefühle in ihr erwachen, die sie zu lange unterdrückt hatte. Er weckte die Frau in ihr, den Teil, den sie Cooper und sich selbst zuliebe vor sieben Jahren vergraben hatte. Um ihr gebrochenes Herz zu schützen.

Sie wollte Dean noch einmal berühren, seine Küsse spüren. Mehr als das – sie wollte ihn ganz.

Dean fluchte wie ein Rohrspatz. Zum Glück waren Revas Angestellte bereits gegangen. Im Moment war er auf keinen Fall die richtige Gesellschaft für die alten Damen, nicht, während er mit seiner Aufgabe für den Nachmittag kämpfte.

Tapeten. Auf den ersten Blick schien es eine simple Sache zu sein. Er hatte die Anweisungen genau befolgt, doch das verdammte Papier klebte überall, nur nicht da, wo es hingehörte.

Im Augenblick klebte es an ihm, warf hässliche Falten und zog Kleisterschlieren über den Boden.

Dean war dabei, den Schlafraum, in dem er mit Reva zu Mittag gegessen hatte, in einen Salon zu verwandeln. Das war zumindest der Plan. Die alte Kommode würden sie in ein anderes Zimmer bringen, doch die Chaiselongue sollte stehen bleiben.

Die Gartenarbeit war hart gewesen, aber dabei hatte er zumindest Erfolge verbuchen können. Er würde vielleicht nie ein richtiger Handwerker werden, doch zumindest der grüne Dschungel, der das Restaurant umgab, begann wirklich gut auszusehen. Als er am Morgen weitere Zweige weggebracht hatte, kam ihm die Idee, dass er vielleicht selbst ein Haus kaufen sollte.

Doch wie groß war der Anteil, den Reva an dieser Anwandlung hatte? Es hatte seinen Reiz, sich bei der Arbeit umzudrehen und sie dabei zu ertappen, wie sie ihm von der Veranda aus zusah. Diese kurzen Augenblicke gaben ihm ein warmes, gutes Gefühl. Doch dann schnaubte er verächtlich über den dummen Gedanken. Warme, gute Gefühle waren nicht sein Ding. Zu viel Ärger.

Vielleicht würde er seine Wohnung aufgeben und sich eines Tages ein Haus kaufen, doch ganz gewiss würde er es nicht tapezieren.

Als er Schritte auf der Treppe hörte, hielt er mit dem Fluchen inne.

„Dean?“, rief Reva, als sie im oberen Stock angekommen war.

„Hier“, antwortete er und versuchte, das klebrige Papier von seinem T-Shirt zu lösen.

„Was ist passiert?“, fragte sie und blieb in der Tür zu dem Raum stehen, der bald ein Salon sein würde – wenn er jemals die verdammte Tapete dorthin bekam, wo sie hingehörte. „Ich wollte nur wissen, was du …“

Sie unterbrach sich und lehnte sich lächelnd an den Türrahmen, während sie ihn von oben bis unten betrachtete.

Sie sah immer etwas altmodisch aus, als ob sie aus einer anderen, freundlicheren Zeit käme. Er nahm an, dass es an der Art lag, wie sie sich kleidete. Das Kleid, das sie heute trug, war knöchellang, lavendelfarben mit kleinen weißen Blumen darauf, und es war vom Ausschnitt bis zum Saum mit kleinen, perlartigen Knöpfen geschlossen, die nur darauf warteten, einer nach dem anderen langsam aufgeknöpft zu werden.

Aber vielleicht lag es auch nicht nur am Kleid, sondern an ihren klassischen Gesichtszügen und den Wellen in ihrem honigfarbenen Haar, dass sie aussah, als gehörte sie in die vierziger Jahre.

Ihr Lächeln war sanft.

„Das ist nicht komisch“, sagte Dean ungehalten.

„Oh doch“, erwiderte sie.

Seine Frustration löste sich in Luft auf. Sie sollte öfter so lächeln wie in diesem Moment. Ihr Gesicht war ohne Furcht, ohne Sorge, ohne ihre kühle Entschlossenheit. Sie war ganz Reva, zufrieden und heiter.

„Du könntest mir aus der Patsche helfen“, schlug er vor.

Reva trat ins Zimmer, wo ein Strahl Sonnenlicht durchs Fenster fiel. Der dünne Stoff ihres Kleides war so durchscheinend, dass er einen Moment lang ihre wundervollen Beine sehen konnte.

„Was soll ich machen?“

Die Frage war weniger unschuldig, als sie klang. Dean versuchte, sich die Gedanken, die sofort in ihm aufstiegen, aus dem Kopf zu schlagen.

„Halt die Tapete unten fest, während ich das obere Ende anklebe. Mit etwas Glück kriege ich das Ding an die Wand, bevor der Kleister trocknet.“

Sie musste neben ihm knien, um seiner Anweisung Folge zu leisten. Er zwang sich, nicht auf sie hinunterzublicken oder den Augenblick zu genießen, in dem sie sich leicht vorbeugte, sodass er in ihren Ausschnitt schauen konnte. Nein, er konzentrierte sich ganz auf die Tapete, damit er den verdammten Streifen Papier möglichst gerade neben den bekam, den er unter viel Mühe bereits an die Wand geklebt hatte.

Doch auch wenn er Reva nicht sehen konnte, ihre Anwesenheit spürte er überdeutlich. Jede kleinste zufällige Berührung sandte einen heißen Strom durch seinen Körper. Als sie sah, was er vorhatte, rückte sie noch näher an ihn heran, sodass sie zwischen ihm und der Wand kniete, und er spürte ihren warmen Atem an seinem Bein, sogar durch den Stoff seiner Jeans.

Er beeilte sich, fertig zu werden, damit sie wieder aufstehen konnte. Sie um Hilfe zu bitten war keine besonders gute Idee gewesen.

Doch sosehr er sich auch bemühte, Tapeten zu kleben war einfach keine Aufgabe, die sich wesentlich beschleunigen ließ.

Reva versuchte, seinen Bewegungen zu folgen, und kurz darauf saß sie zwischen seinen Beinen auf dem Boden, den langen Rock malerisch um sich drapiert, die Tapete so gerade wie möglich haltend.

Jedes Mal, wenn er sich bewegte, streifte er sie, und als das obere Ende der Tapete endlich an der Wand klebte, hatte er eine Erektion, die selbst der dicke Jeansstoff nur schwer verbergen konnte.

Er strich die Tapete mit den Händen nach unten hin glatt, und als er bis zur Mitte gekommen war, rückte Reva zur Seite und stand auf. Diesmal ließ er sich Zeit, ein paar Falten und Blasen zu glätten und den Überhang am unteren Ende abzuschneiden. Reva hatte mehr als genug Gelegenheit, den Raum zu verlassen und sich in Sicherheit zu bringen. Doch sie blieb.

Als Dean fertig war und sich ihr zuwandte, lächelte sie nicht mehr. Ihre Wangen waren gerötet, ihre Augen glänzten, die Lippen schimmerten feucht. Ihr Kleid war leicht verrutscht, und ihr Haar, das immer so ordentlich frisiert war, wirkte, als hätte er bereits seine Hände hineingewühlt. Eine Locke fiel ihr in die Stirn.

„Du solltest besser gehen", sagte er, die Tapete eingehend nach weiteren Falten absuchend.

„Da hast du wahrscheinlich recht", stimmte sie zu. Ihre Stimme war leise und weich. Doch sie machte keine Anstalten, den Raum zu verlassen.

Dean stieß einen Fluch aus, streckte die Hand aus, ergriff ihren Arm und zog sie an sich. Sie schien nicht überrascht zu sein und protestierte nicht einmal. Stattdessen fiel sie ihm in die Arme, blickte zu ihm auf und legte ihm eine Hand auf die Hüfte.

Als sie den Mund öffnete, erwartete er ein verspätetes „Wir dürfen nicht …" oder „Lass mich gehen", doch stattdessen hörte er: „Du solltest mich jetzt vielleicht besser küssen."

Reva erlaubte sich nie, die Kontrolle zu verlieren. Es war zu gefährlich, den Verstand abzuschalten und sich ganz ihren Gefühlen und Sehnsüchten zu überlassen.

Doch als Deans Lippen sie berührten, hörte sie auf, sich mit Fragen zu quälen, die sie sowieso nicht beantworten konnte. Warum er? Warum jetzt, nachdem sie sieben Jahre lang ohne einen Mann zufrieden gewesen war?

Er hatte sich so langsam und unauffällig in ihr Leben geschlichen wie in ihren Garten, und jetzt wurde sie ihn nicht mehr los. Jedes Mal, wenn sie ihn ansah, wollte sie ihn mehr.

Natürlich würde er nicht in Somerset bleiben, und das war der einzige Grund, warum sie sich dieser Fantasie hingeben konnte. Sie hatte kein *Und sie lebten glücklich bis ans Ende ihrer Tage* zu bieten, aber immerhin die kommende Nacht.

Dean zog sie fest an sich und küsste sie innig, bevor er sie freigab. „Sind wir allein hier?", flüsterte er.

„Ja", gab Reva ebenso leise zurück. „Es ist niemand hier."

„Cooper?"

„Beim Baseballtraining."

Dean widmete sich wieder ihrem Mund. Mit seinen starken Armen hielt er sie fest, während sie sich langsam durch den Raum bewegten, bis Reva mit dem Rücken an einer Wand landete.

Sie hob die Hand und streifte seinen Hals, genoss es, seinen Pulsschlag unter ihren Fingern zu spüren. Noch immer küssten sie sich, und bereits jetzt wollte sie mehr. Beide Arme um ihn geschlungen, drückte sie sich eng an ihn, teilte ihm wortlos ihre Wünsche mit.

Ohne den Kuss abzubrechen, begann er, ihr Kleid aufzuknöpfen. Während seine Zunge mit ihrer spielte, er sanft an ihrer Unterlippe saugte, fanden seinen Hände einen der winzigen Knöpfe nach dem anderen. In der Kunst des Verführens war er eindeutig geschickter als bei Reparaturen. Jede seiner Bewegungen war leicht und zielstrebig.

Reva schloss die Augen und überließ sich ihren Empfindungen. Nur seine Hände, seine Zunge, seine Lippen zählten im Augenblick, nichts sonst. Als er ihr Kleid bis zur Taille aufgeknöpft hatte, schob er den Stoff sanft über ihre Schultern. Mit einer schnellen, geschickten Bewegung öffnete er ihren BH und streifte ihn ab. Dann legte er eine Hand unter eine ihrer Brüste, und das Gefühl war so stark, dass sie aufstöhnte.

Langsam beugte sich Dean zu ihr hinunter und begann, an ihrer Brustspitze zu saugen. Sie drückte den Rücken durch und kam ihm so weit wie möglich entgegen. Wie ein heißer Strom spürte sie Lust und Verlangen durch ihren Körper fließen und in ihrer Mitte zu einem pulsierenden Feuer werden, das er mit jeder Berührung und jeder Liebkosung weiter schürte. Ihr Herzschlag raste.

Ihre Bereitschaft steigerte sich mit jeder Sekunde, und sie fühlte, wie feucht sie war. Hilflos ihren Empfindungen ausgeliefert, presste sie Deans Kopf mit beiden Händen an ihre Brust, während er mit seiner Zunge ihr brennendes Verlangen zu pulsierender Notwendigkeit steigerte.

Ein unwillkommener Gedanke tauchte in ihr auf. „Hast du ein …"

„Ja", unterbrach er sie, bevor sie die Frage beenden konnte.

Reva entspannte sich wieder, lächelte und lehnte den Kopf zurück, während sich Dean ihrer anderen Brust zuwandte.

Die andere Hand ließ er unter ihrem Rock an ihrem Bein hinaufwandern, um ihr Höschen herunterzuziehen. Sie half ihm und kickte es schließlich ungeduldig weg.

„Ich liebe deine Beine", sagte er, als er mit beiden Händen ihre Schenkel streichelte. „So lang, glatt und stark. Ich träume davon, dass du sie um mich schlingst."

Er hob ihr Kinn an und küsste sie wieder, so leidenschaftlich diesmal, dass sie den Kuss überall in ihrem Körper spürte. Als er kurz darauf mit dem Finger ihre geheimste Stelle berührte, gaben ihre Knie unter ihr nach, und er fing sie auf.

Mühelos hob er sie hoch und trug sie von der Wand weg. Sie schlang die Beine um ihn und presste ihre Mitte gegen seine männliche Härte, rieb sich an ihm. Das Einzige, was zählte, war, wie sehr sie ihn wollte. Wohin er sie trug, wusste sie nicht, und es war ihr auch egal.

Sanft bettete er sie auf die Chaiselongue, die an die gegenüberliegende Wand gerückt worden war. Sie war schmal, aber weich. Bevor er sie losließ, zupfte sie an seinem T-Shirt. Sie war bereits halb nackt, es war nur fair, dass auch sie seine Haut berühren, ihre Finger über seine starken Muskeln gleiten lassen konnte.

Dean half ihr, das T-Shirt über seinen Kopf zu ziehen und warf es achtlos zur Seite. Danach griff sie nach seiner Gürtelschnalle.

Ihr Mund wurde trocken, und sie hielt den Atem an, als sie den Reißverschluss seiner Jeans öffnete. Sie streichelte ihn, brachte ihn zum Stöhnen, wie er es vorher mit ihr getan hatte.

Dean zog seine Brieftasche aus der Jeans, klappte sie auf, holte eine kleine Folienpackung heraus und ließ die Brieftasche auf den Boden fallen. Sie half ihm, das Kondom überzuziehen, dann legte er die Hände sanft auf die Innenseite ihrer Schenkel und spreizte ihre Beine weiter. Ihr Kleid lag wie eine duftige Wolke um ihre Taille, doch darüber und darunter war sie nackt.

Dennoch fühlte sie sich nicht ausgeliefert oder ungeschützt. Sie wollte ihn mit jeder Faser ihres Körpers, und sie sah ihm geradewegs in die Augen.

In seinem Blick spiegelten sich Leidenschaft und eine unerwartete Wildheit. Dean Sinclair hatte normalerweise immer alles unter Kontrolle, und die Ungezähmtheit in seinen Augen überraschte sie. Ein angenehmer Schauer überlief sie.

Sie durchwühlte sein Haar, strich ihm über die Wange. Wie konnte ein Mann gleichzeitig so wild und zärtlich sein? Dean war ein außergewöhnlicher Mensch, und in diesem Augenblick gehörte er ganz ihr.

Nach all den Jahren, die sie mit ihren Ängsten gerungen hatte, war sie nun völlig furchtlos.

Er näherte sich ihr und drang langsam und vorsichtig in sie ein. Reva schloss die Augen und genoss die Empfindung. Sie schlang die Beine um ihn und öffnete sich ihm weiter, drängte ihn tiefer in sich hinein. Die Arme um seinen Hals gelegt, hielt sie ihn fest an sich gedrückt, sodass ihr Busen seine Brust berührte und ihre Beine miteinander verschlungen waren. Als sich ihre Lippen wieder trafen, waren sie wie ein einziger Körper.

Im Rhythmus seiner Hüften ließ Dean seine Zunge in ihren Mund gleiten. Er nahm sie, er schlief mit ihr, doch sie spürte Liebe, nicht nur Sex. Die Zärtlichkeit und Schönheit, mit der sie zusammenkamen, machte ihre Erfahrung zu einem intimen Erlebnis, das weit über das Körperliche hinausging.

In diesem einen Augenblick, losgelöst von Raum und Zeit, liebte er sie. Und sie erwiderte das Gefühl.

Jeder Stoß war schneller als der letzte, tiefer, intensiver, bis Reva sich atemlos unter ihm bewegte und sich ihr Körper der Erfüllung entgegenbog. Sie kam mit einem Aufschrei, und die Intensität des Gefühls überraschte sie. Die köstlichen Nachbeben überfluteten sie in einer Welle nach der anderen, und sie erschauerte unter ihm. Er stieß ein letztes Mal tief in sie hinein und kam dann selbst, ebenso von seinen

Empfindungen überwältigt wie sie. Sie lagen eng umschlungen da, atemlos, schweißbedeckt.

Schließlich richtete sich Dean langsam auf, ohne aus ihr herauszugleiten. Er sah so wundervoll aus, dass ihr Herz sich zusammenzog. Was für ein Traummann er war!

„Ich hatte das nicht geplant“, sagte er.

Sie strich ihm lächelnd durchs Haar. „Ich auch nicht.“

„Sag mir, dass es dir nicht leidtut.“

„Es tut mir nicht leid. Kein bisschen.“

Zärtlich küsste er sie. „Ich verliere nie den Kopf, Reva, nie. Aber ein Kuss von dir, und ich kann nicht mehr klar denken.“

Sie küsste seinen Hals und legte eine Hand auf seine Brust, unter der sie seinen schnellen, harten Herzschlag spürte. Es hätte ihr Angst gemacht, wenn sie die Einzige gewesen wäre, die über der Anziehungskraft zwischen ihnen die Kontrolle verloren hatte.

Aber zum Glück ging es ihm ebenso.

„Sag mir, dass es *dir* nicht leidtut“, flüsterte sie.

Dean legte seine große, warme Hand auf ihre nackte Brust und hob den Kopf, sodass er ihr in die Augen sehen konnte. Mit diesem schiefen Lächeln, das sie fast um den Verstand brachte, sagte er leise: „Liebling, mir tut es ganz eindeutig nicht leid.“

11. KAPITEL

Dean saß in seinem dunklen Zimmer und beobachtete die leere Straße. Sein Kopf schmerzte, und er hatte ein ungutes Gefühl im Magen. Sollte er jetzt nicht bei Reva sein? Natürlich würde Cooper dafür sorgen, dass sie sich anständig benahmen. Aber dennoch sollte er bei ihr sein.

Noch nie im Leben hatte er einen so großen Fehler begangen. Dieser hier war unverzeihlich und konnte nicht mal behoben werden. Er hätte Reva sagen müssen, warum er hier war, bevor er mit ihr schlief. Vorher, nicht hinterher. Aber eins hatte zum anderen geführt, und bevor er wusste, wie ihm geschah, wollte er nur noch eins, und das hatte nichts damit zu tun, ihr die Wahrheit zu sagen.

All die Lügen, die zwischen ihnen standen, waren vergessen gewesen, als sie ihn bat, sie zu küssen. Und dann hatte er nur noch ihre Hände auf seinem Körper gespürt, hatte gesehen, wie sie den Atem anhielt, als sie darauf wartete, dass er in sie eindrang. Er hatte sie geliebt wie ein Verdurstender, dem in der Wüste ein Schluck Wasser angeboten wird.

Und was sollte er jetzt bloß tun? Schließlich konnte er nicht einfach bei ihr hereinschneien, als wäre nichts gewesen, und sagen: „Ach, übrigens …"

Nein, diesmal konnte er sich nicht einfach so herausreden.

Als das Telefon klingelte, war er froh über die Ablenkung.

„Sinclair."

„Du klingst aber gar nicht glücklich", sagte Alan am anderen Ende.

„Bin ich ja auch nicht. Was gibt's?"

„Keine Neuigkeiten. Pinchon läuft noch immer frei herum und hält sich, soweit wir wissen, in der Gegend auf. Er schlüpft uns immer wieder durch die Finger wie ein Aal. Wie gefällt dir der Urlaub, Don Juan?"

Dean beschloss, seine Sorgen für sich zu behalten. „Gut."

Alan lachte. „Du hast schlechte Laune, stimmt's?"

„Na, dann weißt du ja alles", erwiderte Dean.

„Hat Reva was davon erwähnt, dass ihr Exfreund aus dem Gefängnis ausgebrochen ist?"

Deans Herz wurde noch schwerer. „Kein Wort." Und das war das Problem, nicht wahr? Reva hätte Angst haben sollen oder zumindest besorgt sein. Um Coopers Sicherheit fürchten. Doch sie schloss nicht mal die Türen ab.

Morgen Abend würde er reinen Tisch mit ihr machen und ihr die Wahrheit sagen. Die ganze hässliche Wahrheit. Sie würden zu Abend essen, während Cooper die Nacht in Tewandas Haus verbrachte. Reva hatte ihm alles über die *Verabredung* erzählt, während sie auf der Chaiselongue ihr Kleid wieder angezogen hatte.

Natürlich erwartete sie einen romantischen Abend, und er selbst wünschte sich nichts mehr als das. Doch stattdessen würde es ein Feuerwerk geben.

„Na so was“, sagte Tewanda. „Einen ganzen Tag frei?“

„Du brauchst mich nicht“, erwiderte Reva. „Und außerdem bin ich im Notfall ja nicht weit weg.“

„Das letzte Mal, als du dir freigenommen hast, hatte Cooper die Masern.“

„Ich weiß.“

Sie standen im Foyer des Restaurants. Die alten Damen waren bereits in der Küche beschäftigt.

„Hat dieser freie Tag vielleicht irgendetwas mit der Verabredung zu tun, die keine ist?“

Reva lächelte. Konnte Tewanda ihr ansehen, was sie fühlte? War das Glühen, das sie in ihrem Innern spürte, auch auf ihrem Gesicht zu sehen?

„Es ist eine Verabredung“, gab sie zu. „Was soll ich bloß anziehen?“

„Etwas Aufregendes“, schlug Tewanda vor.

„So was habe ich nicht im Kleiderschrank“, erwiderte Reva mit einem kurzen Lachen.

Tewanda widersprach ihr nicht. „Ich kann dir mein rotes Seidenkleid leihen. Dann kannst du zusehen, wie ihm das Wasser im Mund zusammenläuft.“

Reva schüttelte den Kopf. „Danke, das ist lieb, aber das geht nicht. Das Kleid sieht an dir fantastisch aus, aber es ist nicht mein Stil.“

„Tja, dann könntest du ihm immer noch ganz ohne was die Tür aufmachen.“

„Wohl eher nicht!“

Tewandas Lächeln vertiefte sich. „Ich glaube, es ist völlig egal, was du anhast. Der Gute ist sowieso hin und weg von dir.“

Revas Herzschlag beschleunigte sich. Das war das Letzte, was sie wollte. Sie hatten eine rein körperliche Beziehung, und es war wichtig, dass das so blieb.

„Was wirst du kochen?"

Auf diesem Gebiet fühlte sie sich sicherer, und sie zählte Tewanda die Gerichte auf. Kein Toast Hawaii und auch keine Tomatensuppe. Sie wollte ihn mit dem Abendessen gehörig beeindrucken. Und hinterher natürlich auch.

„Süße", sagte Tewanda, „wenn Liebe durch den Magen geht, hat unser Handwerker nach diesem Abendessen keine Chance."

Doch sie war nicht an Deans Herz interessiert. Für Liebe gab es in ihrem Leben keinen Raum. „Das Essen macht mir keine Sorgen", erwiderte Reva. „Aber was ziehe ich bloß an?"

Dean warf einen Baseball hoch in die Luft. Der Ball beschrieb einen sanften Bogen in Richtung Cooper, der im Zickzack durch den Garten hinter dem Gästehaus rannte.

„Schau auf den Ball!", rief Dean.

Cooper blieb schließlich stehen und hob die Hand mit dem Fanghandschuh. Der Ball landete etwa einen Meter hinter ihm im Gras. Er hob ihn auf und warf ihn Dean zu, zielte jedoch vorbei, sodass der Ball etwa drei Meter an Dean vorbeiflog.

Und das ging jetzt schon den ganzen Nachmittag so.

„Wie wär's mit einer Pause?", fragte Dean, als er sich nach dem Ball bückte.

„Ich bin nicht müde", rief Cooper und rannte wieder los. „Ich muss üben."

„Nur ein paar Minuten. Wir machen gleich weiter, aber erst trinken wir was."

„Ich möchte Limonade", sagte Cooper auf dem Weg zum Gästehaus.

„Und ich könnte eine Tasse Kaffee vertragen."

Cooper stieg die Stufen zum Gästehaus hinauf und drehte sich dann um, sodass er Dean geradewegs in die Augen blickte. Sein blondes Haar war zerzaust, die Wangen gerötet. „Kaffee ist eine Droge", sagte er ernst.

„Ach ja?"

„Das hat Sheriff Andrews gesagt, als er in die Schule kam, um über Drogen zu sprechen. Bist du 'hängig?"

„Abhängig", korrigierte Dean den Jungen automatisch. „Vielleicht."

„Meine Mom verbietet mir, was mit Koffein zu trinken."

„Deine Mom ist eine kluge Frau", erwiderte Dean, in dem die bloße Vorstellung von Cooper unter Koffeineinfluss Horror hervorrief.

„Ich weiß. Ich darf auch keine Süßigkeiten haben. Nur manchmal, zu besonderen Gelegenheiten wie Halloween. Aber nicht zu viel. Mom sagt, es macht mich süßer."

„Ich glaube, du meinst *hyper*."

„Ja, das war's." Cooper drehte sich um und rannte zur Haustür, riss sie mit mehr Energie auf, als er nach über einer Stunde Baseballtraining hätte haben sollen, und rief: „Mom, kann Mr Dean reinkommen?"

Dean hatte gerade die Veranda erreicht und hörte von drinnen Revas überraschtes „Nein!".

„Aber er braucht Kaffee", sagte Cooper, ging ins Haus und ließ die Tür hinter sich offen. „Weil er 'hängig ist."

Von irgendwo aus dem Haus, vielleicht der Küche, erschallte Revas Lachen. „Ich mache ihm welchen."

„Und ich möchte Limonade."

Dean setzte sich auf einen der Schaukelstühle auf der Veranda, atmete tief durch und genoss die Ruhe. Cooper war ein netter Junge, aber anstrengend.

Und wieso wollte Reva nicht, dass er hereinkam?

Einen Moment lang stellte er sich vor, dass sie dabei war, einige Überraschungen für ihre Verabredung vorzubereiten. Doch dann meldete sich seine vernünftige Polizistenstimme, die sich fragte, was sie wohl zu verbergen hatte.

Dass sie etwas vor ihm verheimlichte, stand außer Zweifel. Die Frage war nur, wie viel? Steckte sie mit Eddie Pinchon auf irgendeine Weise unter einer Decke?

Nach ein paar Minuten kam Cooper auf die Veranda gehüpft, gefolgt von Reva, die eine große Tasse Kaffee trug. „Bitte schön", sagte sie mit einem warmen Lächeln.

„Danke." Er nahm die Tasse und betrachtete Reva prüfend. Ihr Haar war zu einem strengen Pferdeschwanz zusammengebunden, ihr blaues T-Shirt mit Mehl bedeckt. Sie trug abgeschnittene Jeans, sodass er ihre wunderbaren Beine betrachten konnte.

„Keine Ursache." Sie blickte ihn an, ihr Lächeln vertiefte sich noch, dann schlenderte sie ins Haus zurück.

Cooper setzte sich auf den Schaukelstuhl neben Dean und schlürfte seine Limonade. „Nächstes Jahr lernen wir im Baseballtraining das

Werfen“, sagte er. „Wenn du dann noch da bist, kannst du mir ja vielleicht wieder beim Üben helfen.“

„Ich bin nächstes Jahr nicht mehr da“, sagte Dean. Er würde den Jungen nicht anlügen.

„Oh. Na ja, vielleicht trainiert ja Trainer Charles wieder unser Team, und er kann mit mir üben. Einige Väter helfen ihm manchmal beim Training, obwohl er sagt, dass er keine Hilfe braucht. Aber nächstes Jahr wird er froh sein, wenn wir erst mit dem Werfen anfangen.“ Er nahm einen großen Schluck Limonade und sagte dann: „Mein Vater ist tot. Er starb, bevor ich geboren wurde.“

Coopers Aussage kam für Dean völlig überraschend. Er nahm einen Schluck Kaffee und überlegte, was er sagen sollte. Das hatte Reva also ihrem Sohn erzählt. Das klang nicht, als ob sie vorhatte, mit dem Kerl jemals wieder Kontakt zu haben. „Das tut mir leid“, sagte er schließlich.

„Mir auch. Manchmal denke ich, ich sollte versuchen, einen anderen zu finden, einen Stiefvater wie Jimmy Lee letztes Jahr, als seine Mutter geheiratet hat. Aber Mom sagt, wir brauchen keinen Vater.“

Dean wusste nicht, was er sagen sollte. Schließlich entschied er sich für: „Du hast eine tolle Mutter.“

Cooper blickte Dean aus großen Augen an. „Glaubst du wirklich, sie ist *toll*?“

„Aber sicher.“ Dean trank den Kaffee aus und stellte die Tasse neben dem Schaukelstuhl ab. Bevor Cooper vorschlagen konnte, dass Dean sein neuer Vater werden könnte, griff er nach dem Baseball und ging in den Garten.

„Komm, wir haben nicht den ganzen Tag Zeit“, rief er Cooper zu. „Wenn ich mit dir fertig bin, bist du der beste Baseballspieler in ganz Tennessee.“

Schnell trank Cooper aus, rannte an Dean vorbei und stellte sich in Position.

Reva war zwischen Aufregung und Entsetzen hin- und hergerissen, wenn sie an den Abend dachte. Die Wachteln waren im Ofen, also hatte sie Zeit, beinahe panisch ihren Kleiderschrank durchzugehen, in der Hoffnung, etwas zu finden, an das sie jahrelang nicht gedacht hatte. Etwas, das sexy aussah, etwas Aufregendes.

Wenn Dean klingelte, wollte sie die Tür aufmachen und ihn *Wow!* sagen hören. Aber was würde diese Reaktion bei ihm hervorrufen?

Vielleicht hätte sie sich ja doch Tewandas rotes Seidenkleid ausleihen sollen.

Es hatte eine Zeit gegeben, wo alles, was sie besaß, zu eng, zu kurz und zu tief ausgeschnitten war. Das war der Stil, den Eddie sexy fand, und er hatte darauf bestanden, dass sie sich so kleidete. Allerdings war sie auch vorbelastet gewesen von der Philosophie ihrer Mutter, mit der sie aufgewachsen war: *Zeig, was du hast.*

Dieser Gedanke ließ sie mit der Suche innehalten. Was tat sie nur? Dean mochte sie so, wie sie war. Sie musste sich nicht verkleiden, um ihn zu beeindrucken. Auf einmal wurde sie ganz ruhig. Ja, sie wollte heute Abend nett aussehen. Doch das bedeutete nicht, dass sie zeigen musste, was sie hatte. Diese Phase lag weit hinter ihr.

Schließlich entschied sie sich für ein schlichtes schwarzes Etuikleid. Schuhe mit einem kleinen Absatz, aber nicht zu hoch. Perlen – falsche zwar, aber elegant. Sie würde sich erst umziehen, wenn sie in der Küche fertig war, aber wenn alles bereitlag, würde sie nicht unter Zeitdruck geraten.

Durchs Fenster sah sie Dean Cooper einen weiteren Ball zuwerfen. Cooper lief im Zickzack durch den Garten, blieb stehen, hob den Fängerhandschuh und fing den Ball. Es war nicht sein erster heute Nachmittag. Mittlerweile fing er mehr, als er verpasste.

Diesen neuen Erfolg feierte er mit einem Freudentanz nach jedem Fang, und sie sah, wie Dean laut lachte.

Wenn sie es sich hätte leisten können, hätte sie Dean zu überzeugen versucht, in Somerset zu bleiben. Wenn sie jemals wieder einen Mann in ihr Leben ließ, dann musste es jemand wie er sein. Dean war anständig und stand mit beiden Beinen auf der Erde. Außerdem verstand er es, mit Cooper umzugehen.

Sicher, die Gefühle, die er in ihr hervorrief, wenn er sie küsste und berührte, waren herrlich. Noch nie hatte sie Sex so genossen. Aber Sex war nicht alles.

Für sie allerdings schon. Wenn Dean ihr nicht versprochen hätte, dass er auf keinen Fall in Somerset bleiben würde, hätte sie sich nie zu der Verabredung heute Abend bereit erklärt.

Es war fast dunkel, als Dean durch den Garten zum Gästehaus ging. Er hatte geduscht, sich rasiert, trug Kakihosen und ein Golfhemd, die einzige Freizeit-Garnitur, die er für Somerset eingepackt hatte. Er hatte das Gefühl, dass hundert Augenpaare ihn beobachteten, und wahrscheinlich lag er damit gar nicht mal so falsch. Miss Evelyn zumindest schien an seiner Verabredung viel zu interessiert, und sie hatte ihm sogar einen Strauß gelber Rosen aus ihrem Garten in die Hand gedrückt, als er das Haus verließ. Die Blumen waren in Seidenpapier gehüllt, und sie hatte alle Dornen entfernt.

Als er die Tür hinter sich zuzog, hatte sie wieder etwas vom Paradies gemurmelt.

Dean wurde langsamer. Für ihn gab es kein Paradies, weder heute Nacht noch später. Bevor ihre Beziehung noch weiterging, musste er Reva sagen, warum er wirklich nach Somerset gekommen war. Vielleicht würde sie ihn ja nicht umbringen, wenn er hinzufügte, dass er mittlerweile nicht mehr in offiziellem Auftrag hier war. Aber darauf wettete er lieber nicht.

Er würde sich nicht dafür entschuldigen, dass er seinen Job machte. Seine Entscheidungen waren vielleicht nicht alle richtig gewesen, seit er hier war, aber das hieß nicht, dass die eigentliche Aufgabe falsch war. Eddie Pinchon musste wieder eingefangen werden, und wenn das bedeutete, dass alle seine Bekannten überwacht wurden, dann konnte er nichts daran ändern.

Vielleicht würde sie es verstehen.

Er glaubte nicht wirklich daran.

Dean stieg die Stufen hinauf und klopfte. Wie sollte er bloß anfangen? *Es gibt da etwas, was du wissen musst. Ich hätte es dir schon lange sagen sollen – ich bin nicht nur irgendein Polizist, sondern ein Agent der Bundesbehörde, und mein Auftrag ist es, dich zu überwachen. Weißt du übrigens, wo Eddie Pinchon sich versteckt?*

Ja, sie würde ihn umbringen.

Als sie die Tür öffnete, vergaß er all das. „Wow!“ Mehr brachte er nicht heraus.

Reva lächelte, und ihre braunen Augen funkelten. „Du bist pünktlich wie die Handwerker.“

Dean trat ein, gab ihr die Rosen und betrachtete sie ausgiebig. Sie war von Kopf bis Fuß perfekt. Ihr schlichtes Kleid brachte ihre schlanke Figur und ihre herrlichen Beine zur Geltung, ohne aufdringlich zu sein. Ihr Haar glänzte seidig. Perfekt.

Und er würde den Abend verderben, bevor er überhaupt richtig angefangen hatte.

„Reva, ich muss dir wirklich …“

Weiter kam er nicht. Sie legte die Rosen zur Seite, hob den Kopf und küsste ihn. Es war ein süßer, zärtlicher Begrüßungskuss, und er konnte nicht weitersprechen.

„Die stelle ich besser ins Wasser“, sagte sie und drehte sich um. Er folgte ihr. „Das Essen ist fast fertig.“

„Duftet herrlich“, sagte er.

Durch die Küchentür schaute er ins Esszimmer. Die dunkle antike Möblierung passte gut ins Gästehaus, doch man konnte sehen, dass die eleganten Polsterstühle selten benutzt wurden. Reva und Cooper aßen in der Küche, wie an dem Abend, als er zum Nachtisch vorbeigekommen war.

Doch heute Nacht hatte sie sich selbst übertroffen. Das Esszimmer war mit einem Dutzend Kerzen geschmückt, die die Blumenarrangements aus ihrem eigenen Garten festlich beleuchteten. Zwei Plätze waren mit feinem Porzellan, Kristallgläsern und Silberbesteck gedeckt. Es war ihr gelungen, den Raum gleichzeitig gemütlich und auf elegante Weise romantisch zu dekorieren. Einige Schüsseln standen bereits auf dem Tisch, und ein ausgefallen verzierter Schokoladenkuchen krönte die Anrichte.

Auf keinen Fall konnte er jetzt ihre ganze Mühe mit ein paar Worten zunichtemachen.

Nach dem Essen war auch noch Zeit.

12. KAPITEL

Reva nahm Deans Hand und führte ihn aus dem Esszimmer. Als er anbot, ihr beim Abräumen zu helfen, schüttelte sie lächelnd den Kopf. Das konnte warten.

Dean hatte es sich schmecken lassen und die Austern, die Wachteln in Sherrysauce, den Spargel und das selbst gebackene Brot gelobt. Doch die ganze Zeit über hatte er etwas zerstreut gewirkt. Vielleicht dachte er bereits an das *Danach*, so wie sie selbst. Dieser Abend würde perfekt sein. Das Essen, die Unterhaltung, Küsse, Sex. Eine Nacht, die sie für den Rest ihres Lebens in glücklichen Erinnerungen schwelgen lassen würde.

„Der Kuchen ist für später“, sagte sie, als sie ins Wohnzimmer traten. Sollte sie eine CD auflegen, oder war Stille besser?

Sie entschied sich gegen die Musik. Nichts sollte sie ablenken. Sie setzte sich aufs Sofa und zog sanft an seiner Hand, um ihn einzuladen, sich neben ihr niederzulassen. Er folgte ihr, doch nur widerstrebend.

„Alles war wirklich wunderbar“, sagte er. Ohne ein Lächeln.

„Danke.“ Sie zauste zärtlich sein Haar. Vielleicht war er nur nervös. Ihr ging es ähnlich, doch nicht zu sehr.

„Reva, es gibt etwas, das ich dir sagen muss.“

Sie mochte den Ton nicht, in dem er sprach. Es klang nach schlechten Nachrichten, wo er sie doch stattdessen schon längst hätte küssen sollen. Er sah unschlüssig aus, und an seinem Kiefer zuckte ein Muskel.

Er wollte sie nicht mehr und wusste nicht, wie er es ihr beibringen sollte. Der Gedanke ließ Reva frösteln. Sie war sich so sicher gewesen, dass er ihre Gefühle teilte, dass sie zumindest die gleiche Leidenschaft füreinander empfanden, wenn schon nichts anderes.

„Als ich hierherkam …“

Reva beugte sich schnell über ihn und drückte ihre Lippen auf seinen Mund. Er war überrascht und schwieg. Es war der einzige Weg, wie sie herausfinden konnte, was er für sie empfand. Worte konnten viel verschleiern, doch seine Reaktion auf ihren Kuss würde die Wahrheit zeigen. Nach einem winzigen Zögern legte er einen Arm um sie und erwiderte ihren Kuss. Ja, er wollte sie. Sie konnte seine Sehnsucht schmecken. Doch schließlich löste er sich wieder von ihr und lehnte sich zurück.

„Hör zu …“

„Nein.“ Sie legte eine Hand auf seine Wange, vermied es jedoch, ihm in die Augen zu blicken, und konzentrierte sich stattdessen auf seinen Mund. Das war sicherer. „Keine Geheimnisse, Dean, keine Geständnisse. Ich will deine nicht wissen, und du wirst meine nicht hören."

„Aber …"

„Hast du deine Meinung geändert? Wirst du in Somerset bleiben?"

„Nein."

„Natürlich nicht", flüsterte sie. „Das Kleinstadtleben ist nichts für dich. Es mag eine nette Abwechslung sein, aber hier zu wohnen würde dich nach einer Weile zum Wahnsinn treiben. Wir fangen hier keine Beziehung an, in der wir uns alles erzählen müssen. Es ist nur für eine Nacht."

„Ich will dich nicht verletzen."

„Wirst du auch nicht. Weil du es gar nicht kannst." Sie würde nie wieder jemandem Gelegenheit dazu geben.

Sie ließ die Hand zu seinem Hals hinuntergleiten und begann, ihn zu streicheln. „Zeig mir, dass ich eine Frau bin", flüsterte sie. „Das ist alles, was ich will. Schon so lange habe ich nicht mehr so gefühlt … und ich brauche es. Ich brauche dich. Verdirb uns nicht diese Nacht mit langen Erklärungen, warum du nicht bleiben kannst oder warum wir nicht zusammenpassen. Ich weiß, dass das hier nicht von Dauer ist, und ich weiß, dass du nicht mehr willst als eine Urlaubsaffäre. Sonst wären wir beide nicht hier. Ich kann dir nicht viel geben, außer heute Nacht, und vielleicht morgen und übermorgen. Mach dies zu einer Nacht, die ich nie vergessen werde. Zerstör es nicht mit …"

Diesmal war er es, der sie mit einem Kuss zum Schweigen brachte. Er schob seine Zunge zwischen ihre Lippen, und sofort spürte sie das sanfte, stete Pulsieren in ihrer Mitte. Die peinlichen Momente der Geständnisse waren vorüber, und stattdessen begann, wonach sie sich den ganzen Tag gesehnt hatte – Berührungen, Zärtlichkeiten, Leidenschaft. Dean hielt sie im Arm, eng an sich gedrückt, doch nicht zu fest. Wie war es nur möglich, dass ihre beiden Körper so perfekt zueinanderpassten, wo er so groß war und sie so zierlich?

Eine Weile war sie sich sicher, dass sie Dean die ganze Nacht lang küssen konnte. Sie schwebte wie auf einer Wolke, und um sie herum drehte sich alles. Doch dann ließ er seine Hand über ihre Brüste wandern, liebkoste ihre Schenkel, und schon war ein Kuss nicht mehr genug. Sie wusste, was sie wollte.

Er stand langsam auf, reichte ihr eine Hand und zog sie hoch. „Keine Sofas mehr", sagte er.

Der Gedanke, Dean in ihrem Bett zu haben, ließ sie wohlig erschauern. Den ganzen Tag über hatte sie es schon vor sich gesehen. Dean nackt zwischen ihren Laken. Ihr Körper von Kopf bis Fuß an seinen geschmiegt, ohne einen Streifen Stoff dazwischen.

Sie führte ihn in den Flur und zu ihrem Schlafzimmer. Langsam. Sie hatten alle Zeit der Welt, auch wenn sich alles in ihr danach sehnte, ihn wieder in sich zu spüren.

Auf dem Weg zog Dean den Reißverschluss ihres Kleides auf, Stück für Stück, mit jedem Schritt ein wenig weiter. Bei jeder Berührung erzitterte sie unter seinen Händen.

Das Licht im Schlafzimmer ließ sie ausgeschaltet, die Tür offen, sodass die Lampe im Flur genügend Helligkeit in den Raum warf. Ihr schmiedeeisernes Bett stand in der Mitte des Raumes. Wie alles heute Nacht war auch das Licht perfekt. Sie hatte sich ein paar Nächte wie diese verdient.

Mit dem Rücken zu Dean zog sie die Steppdecke zur Seite, unter dem frische weiße Laken warteten. Als sie sich wieder zu ihm umdrehte, streifte er ihr das Kleid über die Schultern. Es fiel zu Boden, und sie stieg heraus und schob es mit dem Fuß zur Seite. Nur mit schwarzer Spitzenunterwäsche und den halbhohen Schuhen bekleidet stand sie vor ihm. Er nahm sich Zeit, sie ausgiebig zu betrachten, und lächelte schließlich.

„Du hast meine Welt auf den Kopf gestellt, Reva Macklin."

„Ist das gut oder schlecht?", flüsterte sie.

„Das weiß ich noch nicht." Er nahm sie in die Arme und küsste sie wieder, ausgehungert, als wäre es nicht erst ein paar Minuten her, dass ihre Lippen sich berührt hatten. Doch sie konnte es ihm nachfühlen. Wie hatte sie nur ein ganzes Leben ohne seine Berührungen ausgehalten, wenn jetzt schon ein paar Sekunden zu lange waren?

Er öffnete ihren BH, der lautlos neben ihrem Kleid landete. Langsam bewegten sie sich aufs Bett zu, wo sie sich schließlich zurücksinken ließ, während er mit den Lippen ihre Brustspitzen umschloss, sie zärtlich liebkoste und immer mehr erregte.

Genüsslich schloss sie die Augen und gab sich ganz ihren Gefühlen hin. Die kühlen Laken auf ihrer Haut, Deans warme Hände und Lippen auf ihrem Körper. Es war wie ein Tanz, bei dem jede Bewegung, jede Berührung seiner Zungenspitze den Rhythmus steigerte.

Behutsam zupfte sie an seinem Hemd. Er setzte sich auf, streifte es über seinen Kopf und warf es neben das Bett, zog ihr dann die

Schuhe aus und schob einen Finger unter den Bund ihres Höschens. Hier ließ er sich Zeit, enthüllte ihre zarte Haut nur in winzigen Schritten, während er ihr Gesicht, ihre Brüste und ihren Bauch mit Küssen bedeckte.

Als auch ihr Slip bei den anderen Sachen gelandet war, legte er die Hände auf die Innenseite ihrer Schenkel und schob ihre Beine sacht auseinander. Revas Herz hämmerte immer schneller, und das Ziehen in ihrer Mitte wurde dringlicher.

Die Küsse, mit denen er die empfindliche Haut auf der Innenseite ihrer Schenkel bedeckte, ließen sie aufseufzen. Jede kleinste seiner Bewegungen erregte sie mehr. Sie wollte, dass es nie endete, und gleichzeitig sehnte sie sich nach der Erlösung. Mit unendlichem Geschick hielt er sie auf der Schwelle, sodass sie unter seinen Händen zitterte. Wellen der Ekstase liefen durch ihren Körper.

Als er seine Lippen auf ihre geheimste Stelle drückte, bog sie sich ihm überrascht entgegen, stöhnte dann vor Lust unwillkürlich auf. Um nichts auf der Welt hätte sie diesen Laut unterdrücken können. Immer wieder ließ er seine Zunge über ihr Lustzentrum gleiten. Sie klammerte sich an den Laken fest und kam mit einem heiseren Schrei.

Erfüllt und erschöpft lag sie atemlos da. Ihre Knie zitterten, und ihr Herz schlug so laut, dass sie glaubte, er müsse es hören.

Mit einer fließenden Bewegung glitt er neben sie.

„Du bist noch nicht mal ganz ausgezogen“, sagte sie mit einem wohligen Lächeln und griff nach seiner Gürtelschnalle. „Das sollten wir ändern.“

Dean zog ein Kondom aus seiner Brieftasche, als Reva ihm die restliche Kleidung abgestreift hatte. Wenn seine Hände über ihren Körper strichen, ihre Lippen die seinen berührten, war es einfach, alles andere zu vergessen und ganz im Augenblick aufzugehen.

Sie war so schön. Ihre gebräunte Haut auf den weißen Laken, das seidige Haar über die Kissen gebreitet, ihr verführerisches und gleichzeitig scheues Lächeln.

Ihre Hände dagegen kannten keine Schüchternheit. Sie berührte ihn furchtlos, erkundete seinen Körper mit Offenheit und Entdeckungslust. Erst als er ebenfalls nackt war, gab sie sich zufrieden. Sie drückte sich an ihn, genoss das Gefühl, dass nichts mehr zwischen ihnen war.

In seiner Hose, die auf dem Boden lag, klingelte das Mobiltelefon.

„Geh nicht ran“, flüsterte sie.

„Keine Sorge.“

Er küsste sie, und sie erwiderte den Kuss leidenschaftlich. Nach ein paar weiteren Klingeltönen gab das Telefon wieder Ruhe.

Spielerisch nahm ihm Reva das Kondom ab und riss die Silberfolie auf. Als sie es herausgeholt hatte, zog sie die Stirn kraus und hielt es ins Licht. „Ich glaube, mit dem hier stimmt etwas nicht.“

Dean stöhnte. „Es ist blau.“ Er hatte wahllos ein paar Kondome aus der Schachtel gegriffen und nicht auf die Details geachtet. Schließlich war er mit den Gedanken ganz woanders gewesen, zumal er sich nicht sicher war, ob er überhaupt eins brauchen würde. Er hatte noch ein zweites in der Brieftasche. Bei seinem Glück war es eins, das im Dunkeln leuchtete. „Aber es wird seinen Dienst tun.“

Er konnte nicht mehr warten.

Reva lächelte und half ihm, es überzustreifen. Allein die Berührung ihrer Hände brachte ihn beinahe zum Höhepunkt. Er wollte diesmal in ihr sein, spüren, wie sie sich unter ihm wand, ihr lustvolles Stöhnen hören und am Ende fühlen, wie sie um ihn herum pulsierte. Sie wollte sich wie eine Frau fühlen und diese Nacht nie vergessen. Er würde alles tun, um ihr diesen Wunsch zu erfüllen.

Als er sich ihr näherte, schloss sie die Augen und seufzte. Kaum war er in sie gedrungen, als sie die Beine um ihn schlang, die Hüften anhob und ihn tiefer in sich aufnahm.

Sie fanden ihren Rhythmus und gaben sich den lustvollen Gefühlen hin, bis ihre Körper schließlich die Führung übernahmen und mehr verlangten. Mit ungezähmter Leidenschaft trieben sie sich gegenseitig an, bis sie zusammen den Höhepunkt erreichten. Reva schrie auf und klammerte sich an ihm fest.

Auch als ihr Herzschlag und ihre Atmung sich wieder beruhigten, lagen sie eng umschlungen aufeinander.

Reva bewegte sich zuerst, strich ihm zärtlich durchs Haar, lächelte ihn an.

Dean hob den Kopf und blickte auf Reva hinunter. Aus ganzem Herzen wünschte er sich, dass die Dinge anders lägen. Dass sie keine Vergangenheit mit Eddie Pinchon hätte, dass er nicht versprochen hätte, nicht zu bleiben, dass er ihr keine Lügen über den Grund seines Hierseins erzählt hätte. Alles würde dann anders aussehen. Noch vor einer Woche hätte er geschworen, dass er keine feste Beziehung wollte. Er hatte es ein paarmal ausprobiert, und es hatte nie funktioniert. Ein Ehering war einfach nichts für ihn.

Wieso also wünschte er sich plötzlich, er könnte mit Reva ins Paradies einziehen?

„Du musst jetzt gehen", flüsterte Reva widerwillig. Dean lag neben ihr und fühlte sich in ihrem Bett sehr wohl.

„Warum?"

„Weil die Nachbarn uns im Auge haben. Miss Evelyn ist bestimmt noch auf und wartet auf deine Rückkehr. Du warst jetzt lange genug hier für das Abendessen, einen Film im Fernsehen und ein bisschen Schmusen."

„Nur ein bisschen?" Er rollte sich auf die Seite, küsste sie, legte eine Hand um ihre Brust und strich mit dem Daumen über die Spitze, die sich sofort wieder aufstellte.

Reva erschauerte wohlig. Wie konnte sie nur schon wieder bereit sein für ihn?

„Nur ein bisschen", murmelte sie.

„Ich will nicht gehen", sagte er und unterstrich seine Aussage mit einem weiteren Kuss und weiteren Liebkosungen.

„Du kannst ja zurückkommen", sagte sie. „Ich werde Coopers Fenster für dich offen lassen. Du bist Polizist. Du solltest gut darin sein, im Dunkeln herumzuschleichen."

Dean wurde ganz still, hielt sogar für einen Moment den Atem an. „Ich bin nicht wirklich Polizist, nicht so, wie du meinst", sagte er leise.

„Aber du hast doch gesagt ..."

„Ich sagte, dass ich im Polizeidienst bin. Ich bin Beamter der Bundesbehörde."

„Oh." Sie hatte keine Ahnung, was das bedeutete. „Was genau machst du also?"

„Zurzeit bin ich in der Abteilung, die entflohene Sträflinge stellt. Die Bundesbehörde kümmert sich unter anderem auch um die Gerichtssicherheit und das Zeugenschutzprogramm."

„Entflohene Sträflinge. Du jagst also böse Jungs?"

„So kann man es auch sagen."

Sie lächelte. „Ich wette, du bist gut in deinem Job."

„Normalerweise." Er blickte ihr forschend ins Gesicht, als hoffte er, etwas darin zu entdecken.

„Ich kann mir vorstellen, dass du manchmal viel Stress hast und ab und zu einen kleinen Urlaub brauchst."

„Bevor ich hierherkam, hatte ich jahrelang keinen."

„Dann sollten wir ganz sichergehen, dass du diesen hier nie vergisst."

„Dafür haben wir schon gesorgt."

Sie lächelte und richtete sich auf. Am liebsten hätte sie ihn gar nicht gehen lassen, auch wenn sie wusste, dass es nur für kurze Zeit war.

„Hoch mit dir. Zeig dich dem Volk."

Er hob die Augenbrauen, und sie musste lachen. Wann hatte sie jemals so viel gelacht? Noch nie. Jedenfalls nicht in Gesellschaft eines Mannes. „Nachdem jeder gesehen hat, wie du brav nach Hause gingst, werden sie sich in ihre eigenen Bettchen begeben, zufrieden, dass in ihrer kleinen Stadt alles seinen ordentlichen Gang geht."

„Und ich schleiche mich durch Coopers Fenster wieder herein."

„Genau." Der Klatsch hätte ihr nichts ausgemacht, wenn es nur um sie gegangen wäre. Sie hatte schon Schlimmeres durchgestanden. Aber Cooper würde darunter zu leiden haben, wenn seine Mutter einen schlechten Ruf bekam. Sie wollte ihren Nachbarn keinen Grund geben, sich den Mund zu zerreißen.

„Du gehst nach Hause und hast einen netten Plausch mit deiner Vermieterin, und ich rufe Tewanda an und erzähle ihr, was für einen reizenden Abend wir hatten, und dann kommst du zurück, und wir genießen den Rest der Nacht."

Dean sah nicht überzeugt aus. „Ich bin fünfunddreißig Jahre alt und noch nie in meinem Leben durch ein Fenster eingestiegen, um bei einer Frau zu sein."

„Du musst ja nicht zurückkommen, wenn du nicht willst", sagte sie, da sie wusste, dass nichts ihn zurückhalten würde. „Ich habe noch andere Sachen zu tun. Zum Beispiel Zeitung lesen." Sie griff zum Nachtisch, wo die Wochenzeitung lag. Sie hatte ein paarmal angefangen, sie zu lesen, war jedoch nie weit gekommen. Es war eine anstrengende Woche gewesen.

Dean blickte auf den Titel. „Was ist das für eine?"

„Der Somerset-Kurier. Kommt jeden Donnerstagnachmittag ins Haus." Sie faltete die Zeitung auseinander und zeigte auf die Schlagzeile. *Zwei Wilderer mit Beute verhaftet.*

„Bekommst du keine Zeitung aus Nashville oder Atlanta?"

„Nein."

Er schwieg erstaunt. „Und wie erfährst du die Nachrichten? Hast du CNN? Oder einen anderen Nachrichtenkanal im Kabelfernsehen?"

Sie schüttelte den Kopf. „Nein. Zu viel Fernsehen ist nicht gut für

Cooper. Ich habe eine Hausantenne für die lokalen Kanäle, aber der Einzige, den ich richtig reinkriege, ist einer aus Cross City."

„Und wie erfährst du die Nachrichten?"

„Ist das nicht ein seltsames Thema für zwei nackte Menschen in einem Bett?", fragte sie lächelnd.

„Ich bin nur neugierig."

Was konnte sie Dean von sich preisgeben? Ihren Körper? Ohne Probleme. Ihr Herz? Niemals. Ihr Vertrauen? Vielleicht.

„Manchmal kommen Menschen in eine Kleinstadt, um sich zu verstecken", sagte sie leise. „Um der Welt zu entkommen, die man in den Nachrichten sieht. Ich will gar nicht wissen, was da draußen vor sich geht. Es gibt sowieso nie gute Nachrichten. Und wenn etwas wirklich Wichtiges geschieht, erfahre ich es schon früh genug."

„Du versteckst dich", flüsterte er.

„Ja."

„Wovor?"

Sie legte eine Hand auf seine Brust und seufzte. „Heute Nacht wollten wir keine Geheimnisse austauschen, schon vergessen?"

„Aber vielleicht morgen?"

„Es gibt kein Morgen." Sie beugte sich über ihn und küsste ihn, zunächst zärtlich und unschuldig, dann immer leidenschaftlicher. Als sie sich wieder von ihm löste, erinnerte sie ihn ernst: „Wir haben nur heute Nacht."

13. KAPITEL

Dean verabschiedete sich an der Tür, sich voll bewusst, dass sie wahrscheinlich beobachtet wurden. Beide waren sie vollständig bekleidet und ordentlich frisiert.

Reva reichte ihm die Hand für einen freundschaftlichen Händedruck, doch Dean zog sie zu sich heran und küsste sie. Es war kein schneller, oberflächlicher Kuss und weitaus mehr als freundschaftlich. Am liebsten wäre er zurück ins Haus gegangen, um da weiterzumachen, wo sie aufgehört hatten.

Als er sie freigab, grinste er und sagte: „Ich muss meinem Ruf treu bleiben."

„Du hast doch hier in Somerset gar keinen."

„Jetzt schon."

Er drehte sich um und ging davon. Es kostete ihn Mühe, nicht zu rennen, so eilig hatte er es, zu ihr zurückzukehren.

Als er die Straße überquerte, holte er sein Mobiltelefon heraus und rief seine Nachrichten ab. Alan bat um einen Rückruf.

Dean wählte Alans Nummer. „Was ist los?"

„Wir wissen, dass Pinchon nach dem Ausbruch in sein altes Revier zurückgekehrt ist", begann Alan ohne Einleitung. „Es geht das Gerücht, dass er sich Geld abholen will, das aus einem Deal stammt, der kurz vor seiner Verhaftung über die Bühne ging. Und nicht wenig. Eine Viertelmillion, heißt es. Es ist weg, und Pinchon sucht danach. Wenn das Gerücht stimmt, ist das der Grund, warum er alle seine alten Komplizen abklappert, anstatt sich abzusetzen."

„Dann sollten wir ihn doch leicht finden können."

„Wir kriegen ihn früher oder später", sagte Alan.

Dean lehnte sich an den Stamm einer alten Eiche. „Reva weiß nicht einmal, dass Pinchon geflohen ist."

„Ich bin sicher, dass sie dich das gerne glauben lassen will."

„Sie liest keine überregionalen Zeitungen und hat kein Kabelfernsehen."

„Nehmen wir also an, sie hat wirklich keine Ahnung. Ich wette hundert Dollar, dass sie verschwindet, sobald du es ihr erzählst."

„Ja. Ich glaube, sie hat furchtbare Angst vor ihm."

Alan seufzte entnervt. „Das meinte ich nicht. Was, wenn sie das Geld hat, das er sucht? Wo sollte sie sonst das Kapital herhaben, um das Restaurant zu eröffnen?"

„Nein", erwiderte Dean. „Das kann nicht sein. Ich habe ihr heute Abend erzählt, dass ich ein Beamter der Bundesbehörde bin, und sie hat nicht mal mit der Wimper gezuckt."

„Hast du ihr auch gesagt, warum du hier bist?"

„Nein."

„Glaub mir, das wird sie aufrütteln."

Er wusste, dass Alan recht hatte. Dennoch ... „Sie hat das Geld nicht, und ganz bestimmt wartet sie nicht darauf, dass Eddie aufkreuzt und da weitermacht, wo sie aufgehört haben."

Eine Weile war nichts zu hören, dann fragte Alan leise: „Schläfst du mit ihr?"

„Nicht in diesem Augenblick."

Alan stieß eine Reihe von Flüchen aus und atmete dann tief durch. „Okay, ich komme morgen Nachmittag vorbei und löse dich ab. Du musst die Stadt verlassen."

„Nein."

„Ich werde nicht tatenlos zusehen, wie du für eine Frau deine Karriere wegwirfst!"

„Tue ich ja auch nicht."

„Aber du bist nahe dran."

Das stimmte leider. „Ich nehme an, dass jemand bereits dabei ist, Revas Finanzen zu überprüfen, um festzustellen, ob sie Geld hat, das ihr nicht gehört?", fragte Dean mürrisch.

„Genau. Es wird allerdings ein paar Tage dauern. Sei vorsichtig." Alan klang jetzt etwas ruhiger. „Ich will mich nicht an einen neuen Partner gewöhnen müssen."

„Ich pass schon auf mich auf." Dean schaltete das Mobiltelefon aus und steckte es weg. Wenn Alan sich noch einmal melden würde, musste er eben eine Nachricht hinterlassen.

Reva saß auf Coopers Bett. Sie trug einen rosafarbenen Morgenmantel und nichts darunter. Das Fenster hatte sie schon vor ein paar Minuten geöffnet. Jetzt saß sie in der leichten Nachtbrise, die hereinwehte, und wartete auf Deans Rückkehr.

Was, wenn er nicht zurückkam? Der Gedanke ließ sie frösteln. Vielleicht hatte er, was er wollte, und würde sich nicht die Mühe machen.

Als sie weitere endlose Minuten gewartet hatte, begann sie zu glauben, dass Dean wirklich nicht zurückkommen würde. Die Erkenntnis hätte sie nicht so tief treffen sollen, doch ihr Magen zog sich schmerzhaft zusammen. Er hatte sie benutzt und dann achtlos weggeworfen. Offenbar war sie immer noch leicht zu täuschen. Wie dumm sie war, hier im Dunkeln zu sitzen und zu glauben, dass sie – wenn auch nur für eine Weile – etwas haben konnte, das sie sich so sehr wünschte.

Eine Hand erschien auf dem Fensterbrett, und kurz darauf zog sich Dean daran hoch und kletterte herein. Er trug jetzt Jeans und ein dunkles T-Shirt, das im dunklen Garten nicht auffiel.

„Ich fürchtete schon, Miss Evelyn würde mich nie ins Bett lassen", sagte er. Hoffentlich konnte er im Dunkeln nicht sehen, dass Tränen in ihren Augen standen. „Sie wollte alles haarklein wissen."

„Ich hoffe, du hast ihr nicht alles erzählt", sagte Reva und stand auf.

„Natürlich nicht. Ich habe ihr das Menü in allen Einzelheiten beschrieben. Und falls jemand fragt, wir haben Karten gespielt. Ich wusste nicht, was heute im Fernsehen läuft, da bin ich also lieber kein Risiko eingegangen."

„Ich werde dran denken."

Er zog sie in seine Arme, als wäre es das Natürlichste der Welt.

„Was hast du in der Tasche?", fragte sie, als er sie freigab.

„Eine peinliche Auswahl", antwortete er, hob sie hoch und trug sie durch den Flur. „Kondome in jeder nur denkbaren Farbe, einige, die im Dunkeln leuchten, und ein paar mit Dingsda."

„Dingsda?"

„Frag nicht."

Als sie vor ihrem zerwühlten Bett angekommen waren, legte er sie behutsam darauf und band den Gürtel ihres Morgenmantels auf.

Noch vor ein paar Minuten hatte sie Angst gehabt, dass Dean nicht zurückkommen würde. Wie hatte sie an ihm zweifeln können? Er wollte sie, und er war stets aufrichtig.

Er zog sich aus, legte sich zu ihr aufs Bett und nahm sie in die Arme.

Beinah hätte sie ihm ihre Befürchtungen gestanden. Doch dann küsste er sie, und sie beschloss, dass solche Eröffnungen in einer Affäre keinen Platz hatten.

Um vier Uhr morgens warf ihn Reva zum zweiten Mal hinaus. Sie schien das für einen sicheren Zeitpunkt zu halten, um ungesehen die Straße zu überqueren.

Viel Schlaf hatte er nicht bekommen. Eine Stunde hier oder da. Er war erschöpft, ausgepumpt. So müde, dass er sich kaum auf den Beinen halten konnte.

Und wenn Reva ihn nicht fortgeschickt hätte, hätte er den Rest der Nacht auch nicht geschlafen, sondern die kostbare Gelegenheit genutzt.

Er schlich sich in Miss Evelyns Haus, darauf bedacht, keinen Lärm zu machen.

Als er den ersten Stock erreicht hatte, begrüßte ihn eine helle Stimme: „Guten Morgen! Meine Güte, Sie sind heute aber früh auf!"

Langsam drehte Dean sich um. Die gute Frau war mindestens so leise wie er. „Ich konnte nicht schlafen und wollte zum Joggen."

„Ich nehme an, ein junger Mann wie Sie muss sich anstrengen, seine Figur zu behalten."

Er war sich nicht sicher, ob das als Beleidigung gemeint war oder nicht. Langsam ging er die Treppe wieder hinunter. Verflucht. Alles, was er wollte, waren ein paar Stunden Schlaf. War das zu viel verlangt? Offensichtlich.

„Wenn Sie zurückkommen, mache ich Ihnen etwas zu essen."

„Wissen Sie", sagte Dean, als er die Haustür erreicht hatte, „vielleicht lasse ich das Laufen ausfallen und mache mir einfach eine Tasse Kaffee."

„Aber nein." Miss Evelyn schubste ihn sacht zur Tür hinaus. „Sie joggen mal schön, und ich mache das Frühstück. Es ist in etwa einer halben Stunde fertig. Ist das zu früh?"

„Nein, Ma'am", sagte Dean und trabte zum Bürgersteig.

Ein Dauerlauf am frühen Morgen. Das hatte ihm gerade noch gefehlt. Und das alles nur, weil Reva so auf ihren Ruf bedacht war.

Er war noch nicht weit gekommen, als er im Licht einer Straßenlaterne sah, dass eins der Fenster des Restaurants weit offen stand.

Dean rannte zum Haus hinüber, alle Müdigkeit war mit einem Schlag verflogen. Vielleicht hatte jemand das Fenster aus Versehen offen gelassen, doch angesichts des vorherigen Einbruchs glaubte er das nicht.

Er stützte die Hände aufs Fensterbrett, hangelte sich hinein und landete in einer der Gaststuben. Soweit er sehen konnte, stand alles an seinem Platz. Leise machte er eine Runde durch das Haus. Überall war es still, und nichts deutete auf einen Eindringling hin.

Ein paar Minuten später kletterte er wieder aus dem Fenster im Erdgeschoss und schloss es sorgfältig von außen.

Von Rechts wegen hätte Reva an diesem Sonntagmorgen völlig übermüdet sein müssen, doch stattdessen fühlte sie sich seltsam beschwingt. Sie war früh aufgestanden, um den Picknickkorb für die Versteigerung vorzubereiten. Cooper war rechtzeitig nach Hause gekommen, um sich für die Kirche umzuziehen, und bald darauf saßen sie auf ihren gewohnten Plätzen in einer der hinteren Reihen.

Louella Vine, die Besitzerin der Bäckerei, wandte sich zu Reva um und starrte sie an. Reva lächelte ihr zu, und sie warf den Kopf zurück und drehte sich wieder um.

Reva hatte nie verstanden, warum Louella sie hasste, doch es war kaum zu übersehen. In gewisser Weise waren sie natürlich Konkurrenten, doch ihre Restaurants hatten nicht viel gemeinsam. Es war schwer vorstellbar, warum Louella sich bedroht fühlte.

Kurz vor Beginn des Gottesdienstes tauchte jemand im Gang auf und schob sich an der Frau am Ende der Bankreihe vorbei. Überrascht zuckte Reva zusammen, als sie sah, dass es Dean war. Er trug seinen dunkelgrauen Anzug und ein blaues Hemd mit gestreifter Krawatte. Völlig selbstverständlich rückte er an ihr vorbei und ließ sich rechts von ihr nieder. Cooper, der auf ihrer linken Seite saß, grinste und winkte ihm zu.

„Du kannst nicht hierbleiben", flüsterte sie so leise, dass er wahrscheinlich ihre Lippen lesen musste, um sie zu verstehen.

„Warum nicht?"

Ein Abendessen war vertretbar. Doch sich mit ihr in der Kirche sehen zu lassen, ging zu weit. Die Leute würden zu reden anfangen.

„Wenn ich schnarche, gib mir einfach einen Schubs mit dem Ellenbogen."

Reva blickte ihn stirnrunzelnd an. „Was machst du hier?"

Er grinste. „Wenn ich es recht verstanden habe, gibt es nach der Kirche ein Picknick mit Gebäckverkauf und einer Essensversteigerung."

Sie schüttelte den Kopf. Die anderen Kirchenbesucher standen auf, um mit der ersten Hymne zu beginnen. „Geh nach Hause."

Falscher, aber enthusiastischer Gesang ertönte. Dean zuckte die Schultern und formte mit den Lippen: „Zu spät."

Er sollte im Bett liegen und schlafen. Dean schlenderte an den Tischen mit dem Gebäck entlang und betrachtete die Auswahl. Kuchen, Kekse,

Torten. Alles sah lecker aus, doch es war nur noch wenig übrig. Die Kirchgänger hatten bereits heftig zugeschlagen.

Miss Evelyn hatte ihm von dem Picknick erzählt, als er gerade ins Bett gehen wollte. Doch die Idee, den Vormittag mit Reva zu verbringen, war einfach zu verführerisch.

Auf einem der Tische stand ein großer Teller mit Zuckerkeksen. Er erkannte das Rosenmuster auf der Platte, die Miss Evelyn am Morgen aus dem Haus getragen hatte. Die Damen, die das Gebäck gestiftet hatten, standen in einer kleinen Gruppe zusammen. Miss Evelyn sah immer wieder zu ihrem Teller hinüber, der bisher unberührt schien.

Dean blickte die junge Frau an, die offenbar den Verkauf übernommen hatte. „Wie viel kosten die Zuckerkekse?“, fragte er und deutete auf Miss Evelyns Teller.

„Wie viele?“

„Alle.“

Das Mädchen bedachte ihn mit einem überraschten Lächeln und packte die Kekse für ihn ein. Er bezahlte, nahm die schwere braune Papiertüte entgegen und machte sich auf die Suche nach Reva und Cooper.

Im Garten der Kirche gab es einen kleinen Spielplatz. Eine Schaukel, eine Rutsche, eine Wippe, die Standardausrüstung. Dort fand er Reva. Sie sah Cooper zu, der mit seinem Freund an den Geräten herumturnte.

„Keks?“, fragte er von hinten.

Sie drehte sich überrascht um. „Was machst du hier?“, fragte sie leise. „Geh weg.“

Dean grinste, ignorierte ihre Bitte und holte einen Keks aus der Tüte. Wer nicht wagt, der nicht gewinnt. Vorsichtig nahm er einen kleinen Bissen. Offenbar war Miss Evelyn Clints Ratschlag gefolgt. Die Kekse schmeckten richtig gut.

„Warum sollte ich weggehen?“, fragte er. „Die halbe Stadt ist hier. Die andere Hälfte ist im Park. Ich habe in der Kirche nicht geschnarcht und dir keine unanständigen Angebote gemacht. Bis jetzt.“

„Die Leute werden reden.“

„Dann lass sie doch“, sagte Dean. „Was sollen sie schon groß sagen?“

Reva blickte zu Cooper hinüber, der sich mit seinem Freund auf der Schaukel abwechselte. „Sie werden sagen, dass ein Mann sich nicht in der Kirche neben eine Frau setzt, wenn er nicht irgendwelche Absichten hat.“

„Absichten?“

Reva errötete. „Ich meine es ernst. Geh einfach nach Hause, bevor du alles noch schlimmer machst.“

Dean wollte ihr gerade widersprechen, als der Sheriff sich zu ihnen gesellte. Auf keinen Fall würde er Reva mit diesem Kerl allein lassen. Er hielt Ben Andrews die offene Tüte hin.

„Keks?“

14. KAPITEL

Reva fühlte sich, als ob sie jeden Moment ohnmächtig werden würde.

Wenn Tewanda nicht den Vorsitz über diese verflixte Picknickversteigerung gehabt hätte, wäre sie einfach mit ihrem Lunchkorb wieder nach Hause gegangen.

Ein Einwohner bot fünfundzwanzig Dollar für Louellas Picknickkorb, und Louella blickte stolz in die Runde, als sie ihm den Korb reichte. Das war das höchste Gebot bisher. Die meisten Lunchpakete waren einfach und brachten höchstens fünfzehn Dollar. Ehemänner kauften die Körbe, die ihre Frauen gepackt hatten, junge Männer die Lunchpakete ihrer Angebeteten. Enkel zahlten zu viel für die Sandwiches und Teekuchen ihrer Großmütter.

Tewanda hob Revas Korb auf, lugte hinein und erzählte den Zuschauern, was sie sah. Limonenschnitten. Frisches Obst. Gegrillte Hähnchenbrust und Kartoffelsalat. Bevor sie mit dem Bieten beginnen konnte, rief Sheriff Andrews: „Dreißig Dollar."

Ein Zuschauer schnappte nach Luft. Wahrscheinlich Louella. Gemurmel erhob sich.

Tewanda grinste und nickte dem Sheriff zu. Einen Moment lang war alles still, und sie machte einen Schritt auf ihn zu, um ihm den Korb zu reichen.

„Vierzig." Das war Dean.

Das aufgeregte Gemurmel steigerte sich. Reva schloss die Augen und wünschte sich ein Mauseloch.

Ben rief laut und ärgerlich: „Fünfzig."

„Einen Augenblick", sagte Dean. Alle Blicke richteten sich auf ihn, als er in sein Jackett griff, die Brieftasche herausholte und die Banknoten zählte.

„Siebenundsiebzig Dollar. Und ich werde für den Spielplatz ein Indianerfort stiften."

Cooper und seine Freunde hüpften auf und ab und schrien: „Hurra!" Damit war die Versteigerung vorüber. Ein sehr unglücklicher Sheriff stolzierte davon, und Dean nahm von Tewanda den Picknickkorb entgegen und überreichte ihr seine gesamte Barschaft.

Reva bahnte sich einen Weg zu Cooper und versuchte, das anzügliche Grinsen auf den Gesichtern zu übersehen. Es war Jahre her, dass sie so wütend gewesen war. Wie konnte er nur? Er hatte sie in Verlegenheit gebracht, sie öffentlich zur Schau gestellt. Niemals würde sie ihm das verzeihen!

„Komm, Cooper“, sagte sie, als sie ihren Sohn erreicht hatte. „Wir gehen nach Hause.“

„Oh nein, noch nicht. Bitte, bitte. Wir wollten Fangen spielen, und Terrance hat …“

„Nein“, unterbrach sie ihn. „Wir müssen gehen.“ Sie nahm Coopers Hand und zog ihn zur Straße. Doch sie waren nicht schnell genug. Dean holte sie ein, bevor sie den Bürgersteig erreicht hatten.

„Wollt ihr mir nicht beim Picknicken helfen?“, fragte er vollkommen entspannt. Er hatte ja keine Ahnung, wie wütend sie war!

Sie ließ Cooper los und wandte sich Dean zu. „Nein, wir werden nicht mit dir picknicken!“

„Aber das hier kann ich unmöglich alles alleine essen“, sagte er unschuldig.

„Das ist nicht mein Problem“, erwiderte Reva, nahm Cooper wieder an die Hand und wandte sich zum Gehen.

„Warte.“ Dean kam an ihre Seite. „Du bist wirklich sauer.“

„Clever kombiniert, Sherlock. Kein Wunder, dass du Polizist geworden bist.“

„Aber ich habe doch nur …“

„Du hast mich *nur* zum Gespött der Stadt gemacht“, unterbrach ihn Reva. „Die Leute werden sich jahrelang die Mäuler darüber zerreißen. Du hast ja keine Ahnung, *was* du getan hast.“

„Er wird uns ein Indianerfort bauen“, mischte sich Cooper ein. „Kannst du ein großes machen, mit einer Leiter und einer Hängebrücke und einem Dach, damit wir spielen können, auch wenn’s regnet?“

„Klar“, sagte Dean.

„Ich glaube nicht“, fauchte Reva. „Etwas, das Dean Sinclair gebaut hat, wird wahrscheinlich bei der ersten Benutzung in sich zusammenfallen.“

„Autsch. Ich bin doch schon besser geworden“, verteidigte er sich. Und das war das Problem. Tatsächlich lernte er jeden Tag dazu und verbesserte seine Fähigkeiten langsam, aber stetig. Sein neuer Job gefiel ihm inzwischen richtig.

„Warum musstest du bloß herkommen und alles durcheinanderbringen? Alles war in Ordnung, bevor du aufgetaucht bist, und nun …“

Dean fasste sie sanft, aber bestimmt am Arm und zwang sie, stehen zu bleiben. „Hier.“ Er drückte Cooper den Korb in die Hand, ließ Reva jedoch nicht aus den Augen. „Geh zurück in den Park und reservier uns einen der Picknicktische. Und lass die Finger von den Keksen und den Limonenschnitten, bevor wir richtig gegessen haben. Wir kommen gleich nach.“

Cooper blickte fragend zu seiner Mutter auf, und sie nickte. Als Cooper außer Hörweite war, sagte Dean: „Das hier hat nichts damit zu tun, dass ich mitgeboten habe oder zur Kirche gekommen bin oder für Aufsehen gesorgt habe.“

Ihr Herz schlug zu heftig, sodass es ihr schwerfiel, genug Luft zu bekommen. „Es ist einfach alles verkehrt.“

„Du willst doch nicht, dass ich bleibe.“

„Du hast gesagt, dass du nicht die Absicht hast.“

„Wovor hast du Angst?“

Genau das konnte sie ihm ja nicht sagen. „Ich befürchte, dass ich dich zu sehr mag“, gab sie schließlich zu. Sie würde leiden, wenn er sie verließ.

Weil sie sich in ihn verliebt hatte.

Vielleicht war es am einfachsten, ihn loszuwerden, wenn sie ihm die halbe Wahrheit sagte. „Ich kann keine Beziehung zu einem Mann eingehen, der eine Waffe trägt. Du weißt, wie ich darüber denke.“

„Du wusstest vor letzter Nacht darüber Bescheid und hast mir trotzdem nicht die Tür gewiesen. Außerdem …“, fuhr er schnell fort, als sie zu einer Erwiderung ansetzte, „musst du dich eines Tages damit auseinandersetzen, dass es nicht eigentlich die Waffen sind, die du fürchtest. Ein Bewaffneter mit schlechten Absichten ist gefährlich, aber es ist die Person, die du fürchten solltest, nicht die Waffe.“

Das tat sie ja auch. Nicht Dean allerdings. Niemals Dean. „Es ist mehr als das“, sagte sie leise. „Es gibt vieles, was du nicht über mich weißt.“

„Dann erzähl es mir doch.“

Seine Antwort war so einfach, so direkt, als wäre es das Natürlichste der Welt.

„Ich werde darüber nachdenken.“

Cooper hatte den Picknicktisch ausgesucht, der dem Spielplatz am nächsten stand. Terrance gesellte sich zu ihnen und warf begehrliche Blicke auf den Picknickkorb.

Dean hatte das Jackett ausgezogen und die Krawatte gelockert, weil es so warm war. Reva trug ein hellblaues Kleid, das wie ihre anderen fast bis zu den Knöcheln reichte. Ihre Schuhe hatten flache Absätze und wirkten bequem, das Haar hatte sie zu einem Pferdeschwanz zusammengebunden.

Beim Essen war sie schweigsam. Das Gespräch drehte sich hauptsächlich um das Fort, und Cooper und Terrance teilten Dean ihre Ideen mit. Wenn er alles baute, was sie sich vorstellten, würde das Fort größer als die Kirche werden.

Schließlich trollten sich die beiden zum Spielplatz, und Dean war mit Reva endlich wieder allein. Sie saß neben ihm auf der hölzernen Bank, doch sie war so weit wie irgend möglich an das entfernte Ende gerückt. Noch ein Stück, und sie würde auf dem Boden landen.

„Also gut", sagte er leise. „Rede mit mir."

Sie blickte weiter in Coopers Richtung, drehte sich dann langsam zu ihm um. „Du hast mich nie gefragt, wer Coopers Vater ist."

„Ich dachte mir, dass du über ihn reden würdest, wenn du wolltest."

„Du hättest nicht so lange hierbleiben dürfen", rief Reva anklagend. „Du solltest längst abgereist sein."

„Richtig."

Sie seufzte. „Es hat keinen Mann in meinem Leben gegeben, seit Cooper geboren wurde. Nicht vor dir."

Deans Herzschlag beschleunigte sich. „Der Junge ist sechs!"

Sie lächelte leicht. „Es kommt mir nicht so lange vor. Ich habe viel Arbeit im Restaurant und versuche, eine gute Mutter zu sein. Da bleibt nicht viel Zeit für andere Dinge. Das einzig Wichtige für mich ist, dass Cooper eine bessere Kindheit hat als ich. Er wird niemals kein Essen vorfinden, wenn er Hunger hat. Niemand wird ihm je sagen, dass er dumm und zu nichts nütze ist. Niemand wird ihn auslachen oder die Nase über ihn rümpfen ..."

Ihre Augen glänzten. „Die Leute werden nicht mit dem Finger auf ihn zeigen und tuscheln, wenn er zur Schule geht."

In Dean stieg heiße Wut auf über die, die Reva das angetan hatten. „Soweit ich sehe, hat Cooper hier ein wunderbares Leben. Das beste."

„Wenn die Leute herausfinden, wer ich früher war, wer Coopers Vater ist, wird sich das ändern. Ich werde dir meine Geheimnisse nicht erzählen, aber andererseits kann ich mich nicht weiter mit dir einlassen, wenn Lügen zwischen uns stehen. Was soll ich also tun?"

„Ich habe selbst ein paar Geheimnisse", gestand Dean.

„Nicht solche wie ich", flüsterte sie. „Ich schwöre dir, wenn ich vorher gewusst hätte …“ Sie unterbrach sich, wandte sich ab und hob das Kinn. „Ich dachte, es wäre in Ordnung, wenn ich mit dir schlafe und du dann aus meinem Leben verschwindest. Mehr ist für mich einfach nicht drin. Aber ich wusste nicht, dass es so schwer sein würde.“

Dean beugte sich zu ihr. Reva konnte nicht vor ihm zurückweichen, ohne von der Bank zu fallen. „Du kannst mir vertrauen. Und nichts, was du mir erzählst, wird etwas an meinen Gefühlen für dich oder Cooper ändern. Die Vergangenheit ist lange vorbei und längst nicht so wichtig, wie du zu glauben scheinst.“

Sie schüttelte den Kopf. „Ich kann nicht …“

Er küsste sie leicht auf den Mund. Sicherlich wurden sie beobachtet, doch es kümmerte ihn nicht. Vielleicht ging es ihr ähnlich, denn sie erwiderte den Kuss.

Als sie sich voneinander lösten, flüsterte sie: „Bitte sag mir noch mal, dass du nicht hierbleiben wirst.“

„Ich kann nicht“, erwiderte er.

Sie seufzte eindeutig erleichtert.

Auf dem Heimweg trug Dean Cooper auf den Schultern, und ihr Sohn redete wie ein Wasserfall.

Dean hörte zu und gab ab und zu einen Kommentar ab. Hin und wieder blickte er zu Reva hinüber, und sie spürte jeden seiner Blicke brennend auf ihrer Haut. Warum wünschte sie sich nur so sehr, was sie einfach nicht haben konnte?

Kaum hatten sie den Garten erreicht, wollte Cooper abgesetzt werden und rannte aufs Gästehaus zu. Dean blickte Reva unschlüssig an.

„Danke für das Picknick“, sagte er.

„Keine Ursache. Du hast es teuer bezahlt.“

„Es war jeden Penny wert.“ Er machte eine Kopfbewegung zum Restaurant hin. „Ich wollte es dir schon früher sagen, bin aber nicht dazu gekommen. Du musst deinen Angestellten einschärfen, besser abzuschließen. Heute Morgen stand eins der Fenster weit offen.“

Reva seufzte. Na wunderbar, eine Sorge mehr. „Meinst du, der Einbrecher von letzter Woche war wieder da?“

„Ich weiß nicht. Ich bin durchs Fenster eingestiegen und habe eine Runde durchs Haus gemacht, aber alles wirkte ruhig.“

„Gleich morgen werde ich mit Tewanda sprechen. Wenn sie sicher ist, dass alle Fenster zu waren, als sie ging, muss ich wohl doch eine Alarmanlage einbauen lassen.“

„Gute Idee."

„Gut und teuer!", rief Reva. „Aber ich habe wohl keine Wahl." Sie blickte Dean prüfend an. War er es wert, dass sie alles für ihn riskierte, einschließlich Cooper? Nein, niemals. Ihr eigenes Leben und ihren Ruf hätte sie gerne gegeben, aber nicht Coopers.

„Apropos Geld, was hast du nun vor, da du deine ganze Barschaft für den Picknickkorb ausgegeben hast?"

„Die Bank in der Stadt hat einen Geldautomaten. Ich werde morgen früh vorbeigehen und Geld abheben."

„Es wäre mir nicht recht, wenn du ohne Geld hier strandest, nur weil du für Aufsehen sorgen wolltest."

„Du machst dir viel zu viel Sorgen um diese Dinge."

Mit einem Achselzucken wandte sie sich zum Gehen.

„Willst du mich nicht zum Abendessen einladen?"

Sie drehte sich schnell um. „Hast du etwa schon wieder Hunger?"

„Nein."

Natürlich wusste sie, was er wollte. Ihr ging es ja nicht anders. Dean wollte jede Sekunde der kostbaren Zeit, die sie miteinander hatten, ausnutzen. „Um sechs. Wir essen Reste", sagte sie.

„Ich liebe Reste", erwiderte er ernst.

Das Abendessen mit Cooper gab Dean das Gefühl, dazuzugehören, und es machte ihm ein wenig Angst.

Als sie alle zusammen im Wohnzimmer saßen, klingelte das Telefon. Reva lächelte, als sie abnahm, wurde dann jedoch immer ernster, während sie dem Anrufer zuhörte.

Dean ging sofort in Alarmbereitschaft. War es Eddie? Hatte er sie gefunden?

Sie beendete den Anruf und legte auf. „Cooper", sagte sie ruhig, „mach dich bitte fürs Bett fertig."

„Aber Mom", bat der Kleine, „ich habe Dean noch gar nicht mein absolutes Lieblingsbuch gezeigt!"

Innerhalb der letzten Tage war Dean von Mr Sinclair über Mr Dean zu ganz einfach Dean aufgestiegen.

„Keine Widerrede", sagte Reva. Am Ton ihrer Stimme erkannte Cooper, dass es ihr ernst war.

Dean sagte ihm Gute Nacht, bekam eine überraschende und herzhafte Umarmung und wartete dann, bis das Kind im Bad verschwunden war, bevor er fragte: „Wer war das?"

„Tewanda“, erwiderte Reva kurz.

Erleichterung überflutete ihn. „Was ist passiert?“

Sie seufzte. „Ich hätte es wissen sollen.“

„Was denn?“

„Ich dachte, es würde klappen, aber …“ Sie schüttelte den Kopf. „Wie konnte ich nur so dumm sein?“

Mühsam beherrscht stand Dean auf. „Willst du mir jetzt vielleicht endlich sagen, was los ist?“

Sie hob den Kopf und blickte ihn geradewegs an. „Jemand hat dich gestern Nacht durch Coopers Fenster einsteigen sehen. Oder um vier wieder herausklettern. Es ist auch egal, denn morgen wird die ganze Stadt wissen, dass du die Nacht mit mir verbracht hast.“

15. KAPITEL

„Niemand kann mich gesehen haben", beharrte Dean. „Das Fenster ist von allen Seiten durch Bäume verdeckt. Man kann nicht …" Er unterbrach sich, und Reva konnte beinahe sehen, wie er zwei und zwei zusammenzählte. „Wer hat das Gerücht in die Welt gesetzt?"

„Keine Ahnung", sagte sie. „Macht das einen Unterschied?"

„Allerdings. Die einzige Stelle, von wo aus man Coopers Fenster sehen kann, ist die Seite vom Restaurant, wo das Fenster offen stand. Der Urheber des Gerüchts ist der Einbrecher."

„Bist du sicher?"

„Es ist die einzige Möglichkeit."

Reva war nicht so sicher wie Dean, aber sie rief Tewanda zurück und fragte, von wem sie den Klatsch gehört hatte.

Zwei weitere peinliche Telefonate später wusste Reva, wo das Gerücht seinen Anfang genommen hatte.

Sie teilte es Dean mit, der in sich hineinlächelte, als ergäbe das Ganze einen Sinn für ihn. Er versprach ihr, sich am nächsten Morgen darum zu kümmern, und schien sich um den Klatsch, der unweigerlich die Runde machen würde, nicht weiter den Kopf zu zerbrechen.

Im Gegenteil, er zog sie in seine Arme, als wäre nichts passiert.

„Wie kannst du nur so ruhig sein?", fragte sie.

„Warum nicht? Ein paar Leute in der Stadt wissen also, dass ich die Nacht mit dir verbracht habe. Ist das so eine Katastrophe?" Zärtlich strich er ihr über den Rücken. „Wir sind erwachsen, Reva. Was wir hinter geschlossenen Türen tun, geht niemanden etwas an außer uns. Nächstes Mal, wenn ich die Nacht hier verbringe, komme und gehe ich durch die Haustür."

Die Nachricht, dass Eddie Pinchon seit ein paar Tagen nicht mehr gesehen worden war, beunruhigte Dean. Was, wenn der entflohene Sträfling auf dem Weg nach Somerset war oder sich bereits in der Nachbarschaft versteckt hielt?

Nach dem Telefongespräch mit Alan packte Dean ein paar Sachen in seine Reisetasche. Entweder würde er bei ihr wohnen oder sich ein Zimmer im Restaurant aussuchen, von dem aus er das Gästehaus im Blick hatte. Die gemietete Mansarde reichte jedenfalls nicht mehr aus.

Schnelle Schritte ertönten von der Treppe her, und kurz darauf wurde die Tür aufgerissen. Ohne Klopfen oder sonstige Ankündigung stand Reva vor ihm, das Gesicht gerötet und atemlos.

„Was ist los?“ Doch als er den Sheriff hinter Reva auftauchen sah, wusste Dean die Antwort.

„Ist es wahr?“, fragte sie.

„Ich weiß nicht, was er dir erzählt hat.“

„Dass du hierhergekommen bist, um mich auszuspionieren.“ Sie legte den Kopf schräg und betrachtete ihn, als wäre er ein Fremder, ein Monster, das dabei war, sie zu verschlingen. „Stimmt das?“

„Reva“, sagte Dean ruhig. „Ich kann es erklären.“

Sie lachte ihn aus, fuhr sich mit der Hand nervös durchs Haar. „Ich verdiene wirklich einen Preis für das größte Pech mit Männern.“

Ärgerlich trat sie in den Raum. Der Sheriff folgte ihr gelassen.

„Welche Erkenntnisse hast du denn erwartet? Ich hoffe, du bist nicht allzu enttäuscht. Mein Leben ist ziemlich langweilig. Aber natürlich hast du selbst für etwas Abwechslung gesorgt, nicht wahr?“

Dean blickte den Sheriff finster an. „Was haben Sie ihr bloß erzählt?“

„Ich bin nicht weit gekommen, bevor sie davonstürmte“, antwortete Ben Andrews. Wenigstens sah er angemessen zerknirscht aus. „Ich wollte sie nicht aufregen, aber nachdem ich gehört hatte, dass ... Ich konnte einfach nicht zulassen, dass Sie sie weiter belügen.“

„Raus“, sagte Dean.

„Reva?“, fragte Andrews, Dean ignorierend. „Ich kann hierbleiben, wenn du mich brauchst. Und dich nachher nach Hause begleiten.“

Sie schüttelte den Kopf und setzte sich auf den Stuhl am Fenster. „Danke, aber hiermit muss ich alleine fertig werden.“

Widerwillig verließ der Sheriff den Raum, und Dean schlug die Tür hinter ihm zu. Als er sich wieder umdrehte, hob Reva das alte Foto vom Tisch auf.

„Nicht ...“, begann Dean. Zu spät.

Reva starrte das Foto lange an. „Ich hatte solche Angst, dass du etwas über meine Vergangenheit herausfinden würdest, und du wusstest es die ganze Zeit.“

Ihre Stimme war dünn und unsicher. Dean machte einen Schritt auf sie zu, doch sie hob abwehrend die Hand. „Bleib weg von mir“, sagte sie, ohne von dem Foto aufzublicken. Schließlich hielt sie es hoch und blickte ihn anklagend an. „Wenn das die Frau ist, die du in Somerset gesucht hast, dann hast du Pech. Sie war naiv und leicht zu manipulieren. Sie starb an dem Tag, als Cooper geboren wurde.“

„Reva, es tut mir so leid."

„Ja, von wegen. Was genau hast du erwartet, hier zu finden? Ich habe nichts zu tun mit den Leuten, die ich damals kannte. Du verschwendest deine Zeit."

Er seufzte. Die Zeit der Ausflüchte war vorbei.

„Eddie Pinchon ist vor zweieinhalb Wochen aus dem Gefängnis ausgebrochen. Alan und ich sind hierhergekommen, weil die Möglichkeit bestand …"

Dean hatte keine Zeit, den Satz zu beenden, denn Reva wurde weiß wie die Wand, sprang auf und rannte davon. Dean griff nach seiner Reisetasche und folgte ihr, holte sie an der Haustür ein.

„Beruhige dich."

„Ich habe Cooper allein zu Hause gelassen", sagte sie, ohne langsamer zu werden. „Ich muss ihn wecken. Wir müssen die Stadt verlassen. Eddie darf uns nicht finden. Niemals hätte ich damit gerechnet, dass er aus dem Gefängnis kommt!"

Sie war in Panik, also versuchte er erst gar nicht, sie aufzuhalten. Er blieb an ihrer Seite und folgte ihr nach Hause.

„Ich kann dich beschützen", sagte er, als Reva die Treppen zur Haustür im Sprung nahm.

„Aber sicher", sagte sie und riss die Tür auf. „Bisher hast du mich ja auch ganz fabelhaft *beschützt*."

Vor Coopers Zimmer blieb sie stehen, holte ein paarmal tief Atem und trat in den dunklen Raum. Als sie Cooper selig schlafend im Bett vorfand, schwankte sie leicht. Dean versuchte, ihr Halt zu geben, doch sie schob seine Hände weg.

Leise schloss sie die Tür wieder und lehnte sich im Flur an die Wand. Nach einer Weile rutschte sie langsam zu Boden.

„Hast du mich die ganze Zeit ausgelacht?", fragte sie leise.

„Nein", antwortete er und ging neben ihr in die Hocke. „Niemals."

„Was war es dann? Der Beobachtungsposten wurde dir zu langweilig, also hast du zum Zeitvertreib ausprobiert, ob du mich herumkriegen kannst?"

„Nein", antwortete er schnell. „Verdammt, Reva …"

„Rede nicht mit mir, als ob ich etwas falsch gemacht hätte. Ja, ich habe Geheimnisse, ich bin nicht perfekt. Aber ich habe dich nie darüber belogen, wer ich bin."

„Ich wollte es dir sagen. Hundert Mal. Einmal war ich kurz davor."

„Was hat dich abgehalten?"

„Dass du mich so ansehen würdest wie jetzt, wenn du es erfährst."

Reva verbarg das Gesicht in den Händen. „Ich habe keine Zeit für so was. Wir müssen weg von hier."

„Vielleicht versucht Eddie gar nicht, dich zu finden", sagte Dean beruhigend. „Bis jetzt hat er jedenfalls ..."

„Oh doch, er wird kommen", unterbrach sie ihn. „Früher oder später taucht er hier auf."

„Glaubst du, jemand würde ihm von Cooper erzählen? Wer weiß überhaupt etwas von ihm? Kennst du jemanden, der ..."

Er hielt inne, als Reva aufstand und an ihm vorbeiging. Sie steuerte auf einen Einbauschrank im Flur zu, öffnete ihn und warf einen Stapel Handtücher auf den Boden. Das Regalbrett, auf dem sie gelegen hatten, folgte. Danach löste sie die Rückwand und zog eine schwarze staubige Reisetasche aus dem Hohlraum dahinter.

Sie warf sie Dean vor die Füße. „Los, mach sie auf", sagte sie heiser. „Nur zu, Deputy Sinclair. Tun Sie Ihre Arbeit", fügte sie hinzu.

Dean blieb fast das Herz stehen. Er wusste, was sich in der Tasche befand. Wieder ging er in die Hocke und zog den Reißverschluss auf. Säuberlich gebündelte und gestapelte Hundertdollarnoten, ganz wie er vermutet hatte.

„Es fehlt kein Cent", flüsterte Reva. „Das ist der Grund, warum du hier bist, oder? Ihr habt nach dem Geld gesucht ..."

„Nein. Bis gestern Nacht wussten wir überhaupt nichts davon. Woher stammt das Geld?"

„Das weiß ich nicht. Als ich hörte, dass Eddie in Florida wegen Mordes verhaftet worden war, nutzte ich die Chance zur Flucht. Das Geld war im Kofferraum des Wagens, ich habe es erst Tage später gefunden. Was sollte ich machen? Ich konnte es nicht ausgeben, aber ich wusste auch nicht, wie ich es loswerden sollte, ohne auf mich aufmerksam zu machen. Es ist Drogengeld. Keine Ahnung, woher, aber ganz bestimmt hat Eddie es nicht ehrlich verdient."

Als Dean sie nur ansah, fuhr sie fort: „Was hätte ich tun sollen? Es bei der Polizei abgeben? Ich war schwanger, verängstigt und wollte mich bloß verstecken, bis alles vorbei war. Schließlich konnte ich nicht sicher sein, dass Eddie nicht wieder freikam. Es verbrennen? Das hatte ich ein paarmal vor." Hektisch strich sie sich das Haar aus dem Gesicht. „Ich wollte meinen Namen ändern, aber ich wusste nicht, wie. Ich brauchte meinen Führerschein und meine Sozialversicherungsnummer, um Geld für Cooper und mich zu verdienen. Eddies Freunde hätten sicher gewusst, was zu tun war, aber genau mit diesem Gesindel wollte ich ja nie wieder etwas zu schaffen haben." Ein Schauer überlief sie. „Ich glaube nicht, dass Eddie meinetwegen hierherkommen würde. Aber ich habe sein Geld, und sobald er das herausfindet, kommt er auf jeden Fall. Wenn ich Glück habe, nimmt er es sich einfach und verschwindet dann wieder." Wieder wurde sie blass und schwankte. „In letzter Zeit habe ich aber eher eine Pechsträhne", stellte sie fest.

Dean übernahm ruhig die Führung.

Er erlaubte ihr nicht, kopflos zu fliehen, sondern arbeitete einen Plan mit ihr aus. Sie packten eine Tasche für Cooper, dann trug Dean ihn zum Auto.

Tewanda war sofort einverstanden, ihn für die Nacht aufzunehmen, und fragte nicht nach dem Grund.

Reva brauchte Bargeld, um zu fliehen, doch sie wollte auf keinen Fall etwas von Eddies Drogengeld nehmen. Lieber verbrachte sie noch eine Nacht in ihrem Haus. Außerdem hatte sie Angst vor Eddie. Wenn er sie fand und entdeckte, dass das Geld fehlte, würde er sie ohne zu zögern umbringen.

Schweigend fuhr Dean sie nach Hause, nachdem sie Cooper abgeliefert hatten.

„Pack ein paar Sachen zusammen", schlug er vor, als sie nervös ins Haus trat.

„Das mache ich morgen früh, bevor ich zur Bank gehe", sagte sie.

Sie trat zögernd ins Wohnzimmer, wo sie das Licht hatte brennen lassen, als erwartete sie, dass Eddie jeden Moment hinter dem Sofa hervorsprang.

„Du kannst heute Nacht nicht hierbleiben", beharrte Dean. „Du wirst bei Miss Evelyn schlafen."

„Ich kann nicht …"

„Es ist zu spät, sich darüber Gedanken zu machen, was die Leute denken werden", sagte Dean ungehalten. „Du musst morgen ausgeruht sein, und hier wirst du kaum ein Auge zutun."

„Warum hast du mir nicht von Anfang an die Wahrheit gesagt?", fragte sie leise. „Wenn ich gewusst hätte, dass Eddie auf freiem Fuß ist, hätte ich Cooper schon viel früher in Sicherheit bringen, ein paar Angelegenheiten regeln und innerhalb von ein paar Stunden die Stadt unauffällig verlassen können. Stattdessen hast du …"

„Als ich herkam, kannte ich dich nicht. Nach allem, was wir wussten, hättest du mit Eddie unter einer Decke stecken können."

Sie lachte bitter auf.

„Ich konnte es mir nicht leisten, dir zu sagen, warum ich hier war. Und als ich wusste, dass du nichts mit Pinchon zu tun hattest, war es zu spät. Ich hatte zu viel zu verlieren."

Reva hatte sich wieder gefangen. „Gehört es zum normalen Ermittlungsprozess für dich, das Beobachtungsobjekt zu verführen, Deputy Sinclair?"

„Nein", erwiderte er scharf.

„Wie kam ich dann zu der Ehre?" Sie marschierte an ihm vorbei auf ihr Schlafzimmer zu. Tränen brannten in ihren Augen, und sie wollte nicht, dass er sie sah. „Ich gehe nirgendwohin, und ganz bestimmt nicht mit zu dir. Lieber riskiere ich es, Eddie zu begegnen. Er ist gefährlich, aber das weiß ich wenigstens schon. Eddie würde mir ohne Zögern ein Messer ins Herz rammen. Du ziehst es anscheinend vor, Leute von hinten zu erwischen."

„Du kommst mit zu Miss Evelyn", beharrte Dean und lief ihr nach.

„Ich gehe nirgendwo mit dir hin."

„Sollst du ja auch nicht." Sie blieben vor der Schlafzimmertür stehen. Letzte Nacht hatte er sich in ihrem Bett so heimisch gefühlt, als könnte er den Rest seines Lebens dort verbringen. Heute trat er nicht mal über die Schwelle.

„Du schläfst in Miss Evelyns Haus. Ich bleibe hier."

16. KAPITEL

Dean saß lange in Revas dunklem Wohnzimmer, nachdem er sie zu Miss Evelyns Haus begleitet hatte. Sicherlich würde sie trotzdem nicht viel Schlaf bekommen, aber zumindest brauchte sie keine Angst zu haben, dass Eddie an ihrem Bett stehen würde, wenn sie aufwachte.

Das Gästehaus war zu still ohne Coopers Geplapper und Revas Lachen. Ohne sie wirkte das sonst so charmante Haus leer und kalt.

Es war nicht richtig, dass Reva fliehen musste und dadurch ihr Restaurant verlor. Sobald Eddie verhaftet war, konnte sie zurückkommen und so tun, als wäre nichts gewesen.

Es klang wie ein guter Plan, doch irgendwie hatte er das Gefühl, dass es so einfach nicht sein würde.

Reva vermied Deans Blick, als sie nebeneinander in die Stadt gingen. Sie brauchten beide Bargeld, und er hatte darauf bestanden, sie zu begleiten. Was ihr nicht unrecht war, solange sie nicht wusste, wo Eddie steckte.

Außerdem hatte sie noch immer nicht erfahren, wer in ihr Restaurant eingebrochen war. Dean sagte, dass er diesen Fall schnell aufklären konnte.

Im Moment sah er allerdings bemitleidenswert aus.

„Hast du überhaupt geschlafen?", fragte sie.

„Nein."

Es sollte ihr egal sein. Sie wollte ihn hassen, doch es gelang ihr nicht.

„Versuch, einen Mittagsschlaf zu machen", schlug sie vor. „Nachdem Cooper und ich die Stadt verlassen haben."

Dean seufzte. „Was das angeht …"

„Du wirst mir nicht befehlen, dass ich hierbleibe, oder?", fragte sie ärgerlich.

„Nein", erwiderte er schnell. „Es geht hier nicht um Befehle. Aber ich habe letzte Nacht über deine Situation nachgedacht und jede Möglichkeit auf Vor- und Nachteile überprüft."

Kein Wunder, dass er nicht geschlafen hatte.

„Ich glaube, es wäre besser, wenn du hierbleibst."

Sie lachte ungläubig. „Machst du Witze?"

„Nein. Ich habe wirklich jedes Detail bedacht. Eddie kommt hierher, das wissen wir beide. Was, wenn er sofort herausfindet, dass du nicht mehr hier bist? Wenn er zum Restaurant kommt, werde ich ihn erwarten. Aber wenn er jemanden in der Stadt fragt oder die Nachbarn und ich ihn gar nicht erst zu Gesicht bekomme, wird er dir folgen."

Ihr wurde eiskalt. Am liebsten hätte sie Dean widersprochen, doch sie wusste, dass er recht hatte.

„Was schlägst du also vor?"

„Cooper bleibt bei den Hardys, du schläfst in Miss Evelyns Haus, ich wohne im Gästehaus und warte drauf, dass er auftaucht."

Der Gedanke, dass Dean und Eddie sich begegnen würden, machte ihr Angst.

„Ich weiß nicht …"

„Willst du für den Rest deines Lebens fürchten, dass er dich eines Tages findet?"

Natürlich nicht. „Ich werde darüber nachdenken."

„Tu das. Heutzutage ist es nicht so einfach, sich zu verstecken. Du müsstest deinen und Coopers Namen ändern, dir die Haare färben. Und selbst dann könntest du nicht sicher sein, dass er nicht an der nächsten Ecke auf dich wartet."

Die Vorstellung, was es für sie und Cooper bedeuten würde, so zu leben, ließ sie erschauern.

Auf dem Weg zur Bank blieb Dean vor der Bäckerei stehen. Louella blickte ihm finster entgegen, als er an die Theke trat.

Reva wusste nach den Telefongesprächen letzte Nacht, dass es Louella gewesen war, bei der das Gerücht über sie und Dean ihren Anfang genommen hatte, doch sie konnte sich nicht vorstellen, warum die Frau in ihr Restaurant einbrechen sollte.

Gelassen bestellte Dean eine Tasse Kaffee. Reva schüttelte den Kopf, als er sie fragte, was sie wollte. Miss Evelyn, die über den neuen Gast erstaunlich wenig überrascht war, hatte ihr ein herzhaftes Frühstück zubereitet.

Dean zahlte den Kaffee. Als Louella ihm das Wechselgeld gab, fragte er beiläufig: „Wonach haben Sie gesucht?"

Sie zuckte zusammen, und die Münzen fielen auf die Theke und rollten zu Boden. „Ich habe keine Ahnung, wovon Sie reden." Schnell hockte sie sich hin, um die Münzen aufzusammeln.

„Aber sicher", erwiderte Dean. „Sie sind in Revas Restaurant eingedrungen und haben nach etwas gesucht. Ich weiß bloß nicht, wonach."

„Das ist doch lächerlich", fauchte Louella, kam wieder hoch und knallte die Münzen auf den Tresen. Ihr Gesicht war hochrot.

Dean stützte sich auf die Theke. „Ich nehme an, Sie haben das Schloss an der Küchentür geknackt. Mit einer Kreditkarte? Das ist ein alter Trick. Nachdem ich das Schloss ausgewechselt hatte und das nicht mehr funktionierte, sind Sie durch ein Fenster eingestiegen. War es nicht verriegelt, oder haben Sie das auch aufgebrochen?“ Er nahm einen großen Schluck Kaffee. „Kommt wohl nicht drauf an. Der Tatbestand des Einbruchs ist erfüllt.“

Louellas Gesichtsfarbe wechselte von rot zu kalkweiß. „Sie können nicht beweisen ...“

„Wie hätten Sie mich sonst sehen sollen?“, unterbrach Dean sie. „Selbst wenn Sie um diese Zeit einen Spaziergang gemacht hätten, das Fenster kann man vom Bürgersteig aus nicht sehen.“

„Sie geben es also zu!“, sagte sie, den Zeigefinger anklagend auf ihn gerichtet.

„Wir reden im Moment nicht über mich. Was den Beweis angeht ... Wenn ich den Sheriff bitte, Fingerabdrücke von der Fensterbank zu nehmen, wird er meine und Ihre finden, nehme ich an. Was denken Sie?“

„Ich denke, dass Sie jetzt gehen sollten.“

„Nicht, bevor ich weiß, wonach Sie gesucht haben. Es gab keine Anzeichen für Vandalismus, nichts fehlte. Sie haben nur alles durchsucht, und ich will nur zwei Dinge: wissen, warum, und dass Sie damit aufhören. Ansonsten muss ich den Sheriff anrufen und Anzeige erstatten.“

Louella schien immer kleiner zu werden, und schließlich blickte sie zum ersten Mal in Revas Richtung. „Ich wollte doch bloß das Rezept für ihre Schokoladentorte!“

Dean verschluckte sich beinah an seinem Kaffee. „Sie haben ein Rezept gesucht?“

„Jeder schwärmt davon, und ich bin es leid, ständig zu hören, wie fantastisch diese verdammte Torte ist. Ich dachte, dass das Geschäft besser laufen würde, wenn ich sie hier anbiete.“

„Warum haben Sie nicht gefragt?“ Reva stand auf und trat an den Tresen. „Ich hätte Ihnen das Rezept gegeben.“

„Das sagen Sie jetzt, aber wenn ich tatsächlich gefragt hätte, wäre Ihnen schon ein Grund eingefallen, warum nicht.“

„Das Rezept wird in meinem nächsten Kochbuch erscheinen!“, rief Reva. „Es ist kein großes Geheimnis. Warum hätte ich es nicht mit Ihnen teilen sollen?“

Louella starrte sie nur aus großen Augen an.

„Und warum hassen Sie mich so sehr?“, fuhr Reva fort. Sie hatte sich immer darüber gewundert, und es war eine gute Gelegenheit, den Grund herauszufinden.

Louella verzog das Gesicht. „Sie haben es so leicht mit Ihrem tollen Restaurant und den Artikeln in allen Zeitschriften, während ich hier sitze und ums Überleben kämpfe. Es ist einfach nicht fair.“

Dean fluchte leise und stellte die Tasse ab. „Lass uns gehen.“

„Nein“, widersprach Reva. Sie stützte die Hände auf den Tresen. „Ich habe auch meine Sorgen.“ Sie würde Louella nicht alles erzählen, aber sie konnte sich einfach nicht vorwerfen lassen, dass in ihrem Leben alles Sonnenschein war. Und schon gar nicht heute.

„Im ersten Jahr musste ich einen Kredit aufnehmen, um das Restaurant überhaupt halten zu können. Oft genug hatte ich Glück, wenn am Ende des Monats gerade genug übrig war, um meinem Sohn was zu essen zu kochen, wenn die Rechnungen und das Personal bezahlt waren. Ja, inzwischen läuft es besser, aber ich habe hart gearbeitet, um so weit zu kommen. Niemand hat mir das Restaurant auf einem Silbertablett serviert.“

„Ich wollte doch nur das Rezept.“

Reva wandte sich zum Gehen. „Sie können es haben. Kommen Sie heute Nachmittag vorbei, und ich mache Ihnen eine Kopie.“

Dean folgte ihr nach draußen, und sie gingen weiter zur Bank.

„War es wirklich so schwer?“, fragte er.

„Ja.“

„Und du hast nie daran gedacht, etwas von Eddies Geld zu nehmen.“

Sie zog die Augenbrauen hoch. „Natürlich habe ich daran gedacht, aber es nie über mich gebracht. Ich wollte nicht, dass mein Erfolg auf Drogengeld basiert. Ich nehme an, das findest du dumm oder lächerlich, aber …“

„Nein“, sagte er und hielt ihr die Tür zur Bank auf. „Weder noch. Und ich bin auch nicht überrascht.“

„Du kennst mich nicht gut genug, um das zu sagen“, widersprach sie, als sie an ihm vorbei in die kühle Schalterhalle trat.

„Oh doch“, sagte er und ließ die Tür hinter ihr zufallen.

Dean entschied, dass er etwas Schlaf nachholen konnte, während der Gästeansturm im Restaurant am größten war. Eddie würde höchstwahrscheinlich nachts kommen.

Doch Reva war nicht allein. Solange Pinchon frei herumlief, wurde sie ständig überwacht. Heute Mittag würde der Sheriff im Restaurant essen und sie dabei im Auge behalten, bis Dean ihn ablöste.

Es hatte Dean zunächst überrascht, dass sie so schnell zugestimmt hatte, in Somerset zu bleiben. Doch dann wurde ihm klar, dass sie lieber sich selbst in Gefahr brachte, als Coopers Leben mit einer kopflosen Flucht durcheinanderzubringen.

Natürlich hätte Dean Alan anrufen sollen. Seine Abteilung hätte eine ganze Armee geschickt, wenn er ihnen mitteilte, dass Reva Pinchons Geld hatte. Doch entgegen seiner Natur, immer alle Regeln zu beachten, hatte er Alan noch nicht informiert. Und er würde es auch nicht tun, es sei denn, ihm blieb keine andere Wahl.

Wie konnte er Reva in Schwierigkeiten bringen für etwas, das nur ein dummer Fehler war, der auf Naivität und jugendlicher Unerfahrenheit beruhte? Und wenn man erst mal auf sie aufmerksam geworden war, konnte die Sache schnell unangenehm werden. Eventuell würde der Staatsanwalt sie in Verbindung bringen mit einigen von Eddies früheren Verbrechen. Wenn es zu einem Prozess kam, hatte sie zwar gute Chancen, weil es keine Beweise gab, doch bis dahin war ihr Leben und alles, was sie sich aufgebaut hatte, bereits gründlich zerstört.

Schließlich gelang es Dean, sich von diesen düsteren Gedanken abzulenken und einzuschlafen. Seine Waffe lag auf dem Nachttisch, die Türen waren abgeschlossen.

Er schlief unruhig, aber traumlos, und fuhr erschrocken auf, als ein Geräusch ihn weckte.

In einer fließenden Bewegung griff er nach der Pistole und stand auf. Der Radiowecker zeigte 4:15 in roten Ziffern. Er hatte länger und tiefer geschlafen als beabsichtigt.

Als Reva die Tür öffnete und die Waffe in seiner Hand sah, zuckte sie erschrocken zusammen. Genau wie er.

„Warum schleichst du hier herum?“, fragte er und legte die Pistole schnell weg. Reva warf einen kurzen Blick darauf, ging dann zum Schrank.

„Ich brauche ein paar Kleider, und ich dachte, du schläfst.“

„Wo ist Andrews?“

„Er wartet auf der Veranda auf mich.“

Dean seufzte und strich sich mit beiden Händen das Haar aus der Stirn, während Reva in ihrem Schrank wühlte. Er spürte ihre Anspannung deutlich, obwohl sie ihm den Rücken zuwandte.

Dies war seine Chance, zu erklären, wie ihm die ganze Sache aus der Hand geglitten war. Aber würde sie zuhören?

„Ich musste so handeln“, sagte er leise.

„Zweifellos“, erwiderte sie kühl.

„Es war nie meine Absicht, dich zu verletzen.“ Er stand auf und stellte sich zwischen sie und die Waffe, sodass sie sie nicht anzusehen brauchte.

Reva drehte sich um, einen Bügel mit einem hellgrünen Kleid in der Hand. Jetzt war sie ärgerlich. „Dachtest du, das Flittchen auf deinem Foto hat keine Gefühle? Stell dir vor, selbst damals hatte ich welche!“

„Ich hatte nie geplant, dass wir uns näherkommen.“

„Was *war* denn dein Plan?“

„Reva ...“

„Ach, vergiss es einfach.“ Sie drehte sich schnell um und ging zur Tür. Im Türrahmen blieb sie stehen und wandte sich zu ihm um.

Traurig blickte sie ihn an und sagte: „Warum konntest du nicht einfach ein Handwerker sein?“

Dean wollte ihr folgen, als sie sich umdrehte und in den Flur ging, doch dann blieb er im Türrahmen stehen. Es gab wirklich nichts, was er sagen konnte. Sie würde ihm nicht glauben, dass er unter der ganzen Sache genau so litt wie sie.

Das Einzige, was er tun konnte, war, sie zu beschützen und Eddie zu verhaften. Und danach würde er ihr den Gefallen tun und aus ihrem Leben verschwinden, damit sie wieder Frieden fand.

17. KAPITEL

Die nächsten zwei Tage verbrachten sie gezwungenermaßen unter den neuen Regeln. Reva schlief in Miss Evelyns Haus, Dean in ihrem Bett. Cooper, der mittlerweile eine Menge Fragen stellte, blieb bei den Hardys, kam aber an den Nachmittagen ins Restaurant, um Zeit mit seiner Mutter zu verbringen.

Auf dem Schulweg wurden die Jungs entweder von Charles, dem Sheriff oder einer seiner Mitarbeiter begleitet. Dean bestand darauf, auch wenn er Reva damit beruhigte, dass es nur eine Vorsichtsmaßnahme war. Die Kinder waren noch zu klein, um sich darüber zu wundern, dass in den letzten Tagen immer einer der Erwachsenen, die sie kannten, zufällig in die gleiche Richtung ging.

Dean und Ben wechselten sich damit ab, in Revas Nähe zu bleiben. Sie konnte nur hoffen, dass Eddie bald gefasst wurde und dieser Albtraum ein Ende nahm.

Doch natürlich war es damit noch nicht vorbei. Dean wusste von dem Geld, und es fiel ihm sicherlich schwer, diese Information auch nur ein paar Tage geheim zu halten. Würde er sie später wegen des Geldes verhaften? Er hatte nichts davon erwähnt, aber das wäre ja auch nicht besonders klug gewesen. Vielleicht hatte er alles längst geplant und benutzte sie schon wieder nur, um an Eddie heranzukommen. Sobald sie ihren Zweck erfüllt hatte, würde er ihr Handschellen anlegen.

Reva saß im Büro, während sie über diese beängstigende Möglichkeit nachdachte. Aus dem dritten Stock klangen Arbeitsgeräusche. Dean arbeitete im Flur, von wo aus er ihre Tür im Auge hatte. Zu tun gab es genug – einige Stäbe im Treppengeländer mussten ersetzt werden, der Flur brauchte einen neuen Anstrich.

Sie schloss ihre Bücher, stand auf und trat in den Flur hinaus. Dean beobachtete sie, bereit, ihr zu folgen. Doch sie wandte sich zur Treppe und kam zu ihm hinauf, was ihn offensichtlich überraschte.

Schnell legte er das Schmirgelpapier zur Seite und klopfte sich das Sägemehl vom T-Shirt. „Ist alles in Ordnung?“, fragte er, bevor sie den oberen Treppenabsatz erreicht hatte.

„Nein, nicht wirklich.“

Manchmal dachte sie, es würde nie wieder alles in Ordnung sein. Doch immerhin hatte sie Eddie überlebt, da würde sie auch über Dean hinwegkommen.

„Ich muss etwas wissen“, sagte sie leise, damit niemand im unteren Stockwerk sie hörte. „Wirst du mich ins Gefängnis stecken?“

Dean schüttelte den Kopf. „Natürlich nicht.“

„Aber das Geld …“

„Du warst an keinem Verbrechen beteiligt“, sagte Dean. „Es war ein Fehler, das Geld zu behalten, aber ich glaube, ich kann darlegen, dass es nicht nötig ist, Anklage gegen dich zu erheben, da du uns unterstützt, Eddie zu verhaften, und ja auch keinen Cent des Geldes ausgegeben hast. Selbst wenn der Staatsanwalt daran interessiert wäre, hätte er nicht wirklich etwas gegen dich in der Hand.“

Das *ich glaube* jagte ihr einen gehörigen Schrecken ein. „Du kannst nicht wirklich beeinflussen, ob Anklage gegen mich erhoben wird oder nicht, richtig?“

Er zögerte. „Nein. Nicht, wenn die Sache beim Staatsanwalt von North Carolina oder dem Bundesgericht landet.“

Damit lag ihr Schicksal in den Händen eines Fremden, der keine Ahnung hatte, unter welchen Umständen sie damals das Geld behalten hatte.

„Ich weiß nicht mal, was Eddie genau gemacht hat“, sagte sie. „Mir erzählte er immer, er wäre ein Vertreter. Als ich endlich herausfand, was wirklich vorging, war es zu spät.“

„Es ist nie zu spät.“

„Wenn ich mich nicht mal jetzt vor Eddie verstecken kann, wie hätte das dann damals funktionieren sollen? Ich habe versucht, ihn zu verlassen. Du weißt, was passiert ist.“

„Die Waffe.“

„Genau.“ Sie wusste, dass auch er im Augenblick irgendwo eine am Körper trug. Er konnte schlecht unbewaffnet Geländer reparieren, wenn Eddie jeden Moment auftauchen würde.

Dean streckte den Arm aus und nahm vorsichtig ihre Hand. Sie wusste, wenn sie sich ihm entzog, würde er sie in Ruhe lassen, doch sie rührte sich nicht. Ein warmes Gefühl ging von dem Punkt aus, an dem er sie berührte, und floss durch ihren Körper. Wie sehr sie das vermisst hatte!

„Es fällt mir schwer, dich so in Angst zu sehen“, sagte er, den Blick auf ihre Handfläche gerichtet.

„Das hast du schon mal gesagt.“

Deans Argument, dass die Gefahr von der Person ausging, nicht von der Waffe, war natürlich richtig. Doch das änderte nichts an der tödlichen Furcht, die der Anblick in ihr auslöste. Vielleicht würde sie nach Monaten oder Jahren weniger empfindlich reagieren, doch so viel Zeit hatten sie leider nicht.

Er hielt sie weiter fest, und sie betrachtete seine großen starken Hände. Sie waren gebräunt und hatten einige Kratzer, die nicht da gewesen waren, als er nach Somerset kam. Sie strich mit einem Finger leicht über eine kleine, frische Abschürfung auf seinem Handrücken.

„Vor ein paar Tagen hast du gesagt, dass du wünschst, ich wäre ein Handwerker“, sagte Dean leise. „Zum ersten Mal in meinem Leben habe ich denselben Wunsch.“

„Nicht …“

„Aber ich bin keiner. Und ich werde niemals einer sein.“

Er zog sie näher zu sich, und sie folgte ihm. „Aber ich wünschte wirklich, ich hätte dir früher gesagt, warum ich wirklich hier bin.“

Reva legte den Kopf in den Nacken und küsste ihn. Damit hatte er nicht gerechnet, und sie selbst offenbar auch nicht. Es geschah einfach, als hätte ihr Körper die Regie übernommen und seine eigene Entscheidung getroffen.

Sie klammerte sich an seinem T-Shirt fest, als er ihren Kuss erwiderte. Zuerst sanft, dann immer heftiger. Seine Arme umschlossen sie, beschützten sie vor allem, was außerhalb lag. Er küsste sie anders als sonst, verzweifelter.

Der Kuss tröstete sie. Wie seltsam … ihre Lippen berührten sich, und sie war nicht mehr allein in dem Chaos, das sie selbst geschaffen hatte. Dean war bei ihr, und alles war gut.

Ihre Knie gaben nach und Wärme breitete sich in ihr aus. Wie sehr sie sich wünschte, er wäre ein Handwerker!

Dean folgte ihr die Treppe hinunter. Beide waren sie aufgewühlt. Gerade, als er akzeptiert hatte, dass zwischen ihnen alles vorbei war, kam sie ihm so nahe.

Hoffentlich tauchte Eddie bald auf. So konnte es auf keinen Fall lange weitergehen.

Cooper und Terrance kamen durch die Haustür gehüpft, gefolgt vom Sheriff. Als er Dean sah, nickte er kurz und ging wieder hinaus.

„Hi!“, grinste Cooper. „Sheriff Andrews ist wieder mit uns nach Hause gelaufen, aber er sagt, er kann keine Limonade mit uns trinken, weil er ein paar böse Jungs fangen muss oder so. Er hat heute wieder in der Schule einen Vortag gehalten, aber nicht über Drogen, sondern über Fremde. Dass wir nicht mit Fremden reden sollen und auf keinen Fall mit ihnen irgendwohin gehen."

„Aber das wussten wir schon", fügte Terrance etwas genervt hinzu.

„Ja", sagte Cooper.

„In der Küche gibt's was zu essen", sagte Reva, und die Jungs rannten sofort los.

„Können sie überhaupt langsam gehen?", fragte Dean. Wann immer er Cooper sah, schien er zu hüpfen oder zu rennen.

„Nein." Reva ging ebenfalls in Richtung Küche, überlegte es sich dann aber anders. Sie lehnte sich an die Wand und blickte ihn an. „Ich möchte dich etwas fragen", begann sie. „Bisher konnte ich nie mit jemandem darüber sprechen, weil niemand etwas davon weiß. Ich liebe Cooper, und ich tue alles, um ihn gut zu erziehen und ihm alles zu geben, was er braucht."

„Und das machst du prima."

„Aber reicht das aus?", fragte sie. „Cooper ist Eddies Sohn. Er hat seine Gene." Sie erschauerte. „Er sieht ihm jeden Tag ähnlicher. Was, wenn ..."

Dean ging auf sie zu, blieb jedoch in gebührendem Abstand von ihr stehen. „Cooper wird nicht wie sein Vater."

„Wie kann ich da sicher sein?"

„Er ist auch dein Kind, Reva." Dean kannte Eddies Vorgeschichte in allen Einzelheiten. Der Vater gestorben, als er vier war, ein Stiefvater, der ihn misshandelt und mit zwölf ins Drogengeschäft eingeführt hatte. Eddie war verdorben worden, doch er war nicht so geboren.

„Cooper ist ein wunderbarer Junge, und das wird er auch bleiben, weil du auf ihn aufpasst. Weil du ihn liebst und ihm den Unterschied beibringst zwischen Recht und Unrecht. Eine Garantie gibt es natürlich nie, aber Cooper hat die besten Chancen auf ein gutes Leben. Dank dir."

„Sagst du das nur, damit ich mich besser fühle?"

„Nein. Keine Lügen mehr, nicht mal mehr kleine."

Sie schüttelte den Kopf. „Ist es dafür nicht ein bisschen spät?"

„Ich weiß nicht. Meinst du?" Er rückte näher an sie heran. „Und du brauchst Cooper nicht allein aufzuziehen. Es gibt ehrliche Männer, die dich nie belügen würden." Wie gern wäre er derjenige gewesen, der ihr Leben mit ihr teilte, doch diese Chance hatte er vertan. „Cooper braucht einen Vater und du einen Mann an deiner Seite. Mehr Kinder.

Tanzen gehen am Wochenende, romantische Abendessen. Ein Mann, der dich liebt."

„Aber …"

„Dem Richtigen ist deine Vergangenheit oder Coopers Vater egal."

„Und wo soll ich den Richtigen finden?"

Hier. Das Wort blieb ihm im Hals stecken. *Er steht genau vor dir.*

Die Eingangstür wurde aufgerissen, und ein Mann, der eine Baseballkappe trug, trat ein. Mit einem Fußtritt knallte er die Tür zu. Als er den Kopf hob, klammerte sich Reva unwillkürlich an Deans T-Shirt fest und schnappte nach Luft.

„Hey, Baby", sagte Eddie Pinchon mit einem breiten Grinsen. „Hast du mich vermisst?"

Sie hatte gedacht, allein sein Anblick würde sie in Panik versetzen, doch es gelang ihr, ruhig zu bleiben. Allerdings breitete sich kalte Furcht in ihr aus, als Eddie sie an Dean vorbei von oben bis unten betrachtete.

Er nahm die Kappe ab und warf sie achtlos beiseite. Sein Haar war noch immer blond, aber sehr kurz. Früher hatte er es länger getragen. Der Schnurr- und Kinnbart waren neu, und er hatte abgenommen. Dennoch war es unverkennbar Eddie.

„Was willst du hier?", fragte sie.

„Das weißt du doch genau." Sein Grinsen erstarb. „Es hat eine Weile gedauert, bis ich herausfand, wo es ist, aber da niemand sonst es hat, ist es wohl bei dir."

Es. Da Dean zwischen ihnen stand, war Eddie vorsichtig genug, das Wort *Geld* nicht zu erwähnen.

Eddie wandte seine Aufmerksamkeit Dean zu. „Und wer ist das?"

„Nur ein Handwerker", sagte Reva schnell.

„Der Handwerker." Wieder grinste Eddie. „Und für welche Aufgaben beschäftigst du ihn?"

Dean machte einen Schritt auf Eddie zu, der sofort eine Hand hinter seinem Rücken verschwinden ließ. Natürlich hatte er eine Waffe. Revas Herz begann ängstlich zu klopfen.

„Warum verschwindest du nicht, Handwerker?", sagte Eddie. „Die Lady und ich haben etwas Wichtiges zu besprechen."

Wieder machte Dean einen Schritt in Eddies Richtung. „Ich denke nicht." Reva sah die Ausbuchtung über seinem Hosenbund, wo das T-Shirt die Waffe nur dürftig verbarg.

Eddie zog gleichzeitig mit Dean seine Waffe. Es ging so schnell, dass Reva den Bewegungen nicht folgen konnte. Und dann standen sie sich im Flur gegenüber, die Waffen aufeinander gerichtet. Sofort wurde Revas Mund trocken und ihre Ohren begannen zu rauschen.

„Reva“, sagte Dean ruhig, „warum gehst du nicht in die Küche und sagst deinen Angestellten, dass sie nach Hause gehen können? Schick sie durch die Hintertür raus. Wir wollen nicht, dass jemand verletzt wird, und je weniger Leute hiervon erfahren, desto besser.“

„Für einen Handwerker redest du zu viel“, sagte Eddie, als Reva langsam rückwärtsging. „Und gehst zu gut mit einer Pistole um.“

Dean wartete, bis sie das Ende des Flurs erreicht hatte, rief dann: „Und du gehst mit ihnen nach draußen, Reva.“

„Vergiss das!“, rief Eddie. „Wenn du nicht in zwei Minuten zurück bist, erschieße ich deinen kleinen Handwerker-Freund.“

Reva rannte in die Küche. „Wir haben ein kleines Problem vorne“, sagte sie so ruhig wie möglich, doch es gelang ihr nicht, das Zittern in ihrer Stimme zu unterdrücken. „Ihr müsst bitte gehen. Sofort.“

„Aber Mom“, begann Cooper, „was ...“

„Geh mit Tewanda, bis ich dich abhole.“

„Aber warum?“

Sie hatte keine Zeit, mit ihm zu diskutieren. Zwei Minuten, hatte Eddie gesagt, dann würde er schießen. Zwar hatte Dean auch eine Waffe, aber das würde jemanden wie Eddie nicht abhalten.

„Geht.“

Während die Kinder mit den Erwachsenen sich durch die Küchentür in Sicherheit brachten, verließ Reva im Laufschritt die Küche. Wenn sie die Fassung verlor, würde sie Dean nur schaden oder sie beide umbringen. Sie musste sich beruhigen. Aber wie?

Dean hatte recht gehabt. Es war nicht die Waffe, in der das Übel lag, sondern die Person, die sie hielt. Dean würde seine Pistole niemals benutzen, um jemanden zu quälen, nicht mal einen Verbrecher.

Sie fand die beiden, wie sie sie verlassen hatte, sich gegenüberstehend wie bei einem Duell.

„Ich hatte gesagt, du sollst gehen“, sagte Dean, als er ihre Schritte hörte.

„Vielleicht will sie nicht, dass ich dich erschieße, Handwerker“, höhnte Eddie und bewegte sich zur Seite.

Reva warf einen Blick auf Eddies Waffe. Ihr Herz zog sich schmerzhaft zusammen, doch sie geriet nicht in Panik. Das Dröhnen in ihren Ohren hatte aufgehört, und sie wusste, dass sie nicht schreien würde.

Dennoch hatte sie Angst. Die Waffe war auf Dean gerichtet, und Eddie kannte keine Skrupel.

„Du wirst mich nicht erschießen“, sagte Dean.

Eddie lachte. „Ach ja? Was macht dich da so sicher?“

„Ich weiß als Einziger, wo dein Geld ist.“

18. KAPITEL

Er konnte es sich nicht leisten, Pinchon aus den Augen zu lassen, um sich zu vergewissern, wie es Reva ging. Sie stand schräg hinter ihm, viel zu sehr in der Schusslinie.

„Los", sagte Dean. „Verschwinde von hier."

„Er wird dich erschießen", widersprach sie und kam langsam näher.

„Nicht, wenn er an sein Geld will."

„Was hast du damit gemacht?"

Dean versuchte, sich zwischen sie und Eddie zu stellen, doch sie ging weiter auf den Verbrecher zu.

„Ich habe die Tasche versteckt", sagte Dean. „Niemand außer mir weiß, wo sie ist."

Eddie war über diese Eröffnung nicht glücklich. „Du lügst. Sie weiß, wo das Geld ist." Er deutete mit dem Kopf zu Reva.

„Nein. Ich habe die Tasche vor ein paar Tagen aus ihrem Haus gebracht."

Es stimmte tatsächlich. Das Geld war in einem der unbenutzten Räume in Miss Evelyns Mansarde versteckt.

Eddie runzelte die Stirn. Er konnte schlecht widersprechen, und das wurmte ihn. „Ich hoffe für dich, dass es vollzählig ist", sagte er. „Wenn du mein Geld für diesen alten Schuppen hier ausgegeben hast …"

„Ich habe keinen Pfennig angerührt."

Eddie glaubte ihr anscheinend, denn er sah erleichtert aus und lächelte sogar. „Braves Mädchen. Du warst immer ziemlich schlau. Warum verlässt du diesen Trottel nicht und kommst mit mir?"

Sie schüttelte den Kopf. „Nein."

„Du kannst den Jungen mitbringen, wenn du willst."

Reva machte unwillkürlich einen weiteren Schritt auf Eddie zu. „Was für einen Jungen?"

Sie war die schlechteste Lügnerin, die Dean je gesehen hatte.

„Erinnerst du dich an den guten alten Levy?", fragte Eddie im Plauderton. „Ich habe ihn letzte Woche getroffen, als ich nach meinem Geld suchte. Er erzählte mir, dass er dich vor ein paar Jahren in einem Restaurant in Raleigh gesehen hat und dass jemand ihm erzählte, du hättest einen Jungen. Das ist dann wohl meiner, oder?"

Reva setzte zu einer Antwort an, doch Dean war schneller. „Nein, ist es nicht. Ich bin sein Vater."

Es klang ziemlich überzeugend und fühlte sich auch so an. In den letzten Wochen war Cooper mehr und mehr zu seinem Sohn geworden. Eddie würde nie sein Vater sein, Gene hin oder her.

„Du hast nicht viel Zeit verloren, was?“, fragte Eddie kühl.

„Na ja, du warst ja nicht da“, erinnerte Dean ihn spitz.

Eddie starrte ihn einen Moment lang finster an, zuckte dann die Schultern. „Ist ja auch egal. Komm, Reva. Du kannst den Jungen trotzdem mitnehmen. Die Polizei sucht mich. Familienvater ist die perfekte Tarnung.“

„Sie geht nirgendwo mit dir hin“, sagte Dean. „Reva, lauf über die Straße zu Miss Evelyns Haus. Durch die Küche.“

„Ich lasse dich nicht mit ihm allein“, widersprach Reva. „Gib ihm das Geld und lass ihn laufen.“

„Genau, Handwerker. Gib mir das Geld“, sagte Eddie. Er konnte es sich nicht leisten, Dean zu erschießen, also richtete er die Waffe auf Reva. „Wieso trägt ein Handwerker eigentlich eine Pistole?“, fragte er. „Und noch dazu das Polizeimodell? Du bist kein Handwerker.“

„Macht das einen Unterschied?“

Eddie zuckte die Achseln. „Solange ich mein Geld kriege, nicht.“

Das Einzige, was Dean interessierte, war, Reva aus der Schusslinie zu bringen. Sehr bald schon würde es zu einem Schusswechsel kommen, und dann durfte sie nicht in der Nähe sein.

„Wir gehen nirgendwohin, bevor du nicht aufhörst, die Waffe auf Reva zu richten, verstanden?“

Eddie schüttelte ungeduldig den Kopf. „Schluss mit den Spielchen. Du hast kein Recht, mir irgendetwas zu befehlen. Willst du wissen, wer hier das Sagen hat? Ich zeige es dir. Ich kann Reva an vielen Stellen treffen, bevor sie stirbt. Knie, Ellenbogen, die Hände oder Füße. Sie hat eine sehr niedrige Schmerzschwelle. Immer schon.“ Er grinste und krümmte den Finger am Abzug. „Du denkst, ich meine es nicht ernst, was?“

Ganz im Gegenteil. Kurz bevor Eddie feuerte, warf sich Dean auf Reva, stieß sie zu Boden und aus der Gefahrenzone. Die Kugel streifte seinen Arm. Er fühlte den stechenden Schmerz, als er selbst schoss, während er Reva mit seinem Körper deckte.

Er zielte besser als Eddie. Die Kugel traf den Verbrecher mitten in die Brust, und er sackte in sich zusammen.

Schnell rollte sich Dean zu ihm hinüber und schlug ihm die Waffe aus der Hand. Sicher war sicher. Erst dann prüfte er Pinchons Puls, fand aber keinen.

Reva hockte an der Wand auf dem Boden. Das Haar fiel ihr ins Gesicht, und sie hatte die Hände zu Fäusten geballt. Sie hatte sich nicht gerührt, seit er sie aus der Schusslinie gestoßen hatte. Als er sie ansah, hob sie den Kopf und strich sich mit beiden Händen die Haarsträhnen aus dem Gesicht.

„Du bist verletzt“, flüsterte sie.

Dean warf nur einen kurzen Blick auf den Kratzer an seinem Arm. „Nichts Schlimmes. Wir müssen ein paar Anrufe machen …“

Mit Tränen in den Augen kroch Reva auf ihn zu, bis sie ihn erreicht hatte. Einen Moment lang saß sie nur da, das Gesicht an seinen Hals gepresst, während sie zitternd Luft holte. Dann schob sie seinen zerfetzten Ärmel zur Seite und sah nach der Wunde. Blut sickerte daraus hervor, doch es floss nicht in Strömen. Für eine Schusswunde war es nicht zu ernst, doch es sah dennoch schlimm aus.

„Ich dachte, du würdest sterben“, sagte sie. „Ein paar Sekunden lang dachte ich, du wärst tot. Alles blieb stehen, und ich konnte nur daran denken, was ich dir alles nicht gesagt habe. Es war eine Ewigkeit.“

„Mir geht’s gut. Wie steht’s mit dir?“ Er hob ihr Kinn an und blickte ihr in die Augen. Sie hatte Angst, war aber nicht völlig kopflos.

„Es ist vorbei“, sagte er.

Sie nickte, legte den Kopf auf seine Schulter. Er hielt sie fest, während er sich fragte, was es war, das sie ihm nie gesagt hatte.

„Sieht so aus, als hätte ich was verpasst“, sagte Sheriff Andrews, der durch die Küche hereingekommen war. „Tewanda hat mich angerufen. Ich war schon fast wieder in Cross City.“

Reva hob den Kopf, löste sich jedoch nicht aus Deans Umarmung. „Wo ist Cooper?“

„Es geht ihm gut. Ich habe Tewanda gesagt, dass sie die Kinder vom Restaurant fernhalten soll, und das hat sie getan.“ Er blickte auf Eddie hinunter und runzelte die Stirn. „Ich nehme an, jetzt muss ich diese Überreste hier auf Eis legen und für die Bundesbehörde frisch halten.“

„Das wäre nett“, sagte Dean.

„Sie sehen aus, als könnten Sie einen Arzt gebrauchen“, meinte Andrews gelassen.

Dean schüttelte den Kopf. „Nein, das geht schon.“

„Kommt nicht infrage.“ Revas Stimme klang wieder fester. „Ich will, dass du damit zum Arzt gehst.“ Sie blickte zum Sheriff auf. „Er ist angeschossen worden. Befehlen Sie ihm, dass er einen Arzt aufsucht. Er kann nicht einfach ein Pflaster draufkleben und ein Aspirin nehmen. Er braucht ärztliche Hilfe!“

Lächelnd hielt Dean Revas Kinn fest. „Jetzt weiß ich, wo Cooper seine Redegabe herhat.“

„Das mache ich nur, wenn ich nervös bin.“ Sie errötete. „Sehr nervös.“

„Wie wär's, wenn ich Doc Fredericks bitte, vorbeizuschauen und sich Ihren Arm anzusehen“, schlug Andrews vor. „Dann sollten alle zufrieden sein. Außer mir natürlich. Ich kann mir jetzt die ganze Nacht mit dem Papierkram um die Ohren schlagen. Und bis Mitternacht werden die Bundesbeamten die Stadt überrennen.“ Er blickte Dean mürrisch an. „Es hätte wohl nicht gereicht, den Kerl nur zu verwunden, oder?“

„Er wollte Reva erschießen“, sagte Dean schlicht.

„In dem Fall ist Ihr Handeln natürlich völlig gerechtfertigt“, erwiderte Andrews.

Reva legte die Hände auf Deans Gesicht und blickte ihm in die Augen, küsste ihn dann schnell auf den Mund. „Du hast recht“, sagte sie leise. „Du wirst nie ein Handwerker.“

Doc Fredericks hatte Deans Wunde gesäubert und verbunden und ihm Bettruhe verordnet, was Dean angesichts der vergangenen schlaflosen Nächte nicht unrecht war.

Eddies Leiche war von der örtlichen Polizei abtransportiert worden, ein Reinigungsunternehmen war dabei, den Flur wieder herzurichten. Morgen würden die Gäste wie immer zum Mittagessen kommen und nie erfahren, was hier geschehen war.

Reva klopfte leise an die Tür zur Mansarde in Miss Evelyns Haus. Als sie keine Antwort bekam, balancierte sie ihr Tablett in einer Hand und öffnete die Tür. Dean lag auf dem Bett. Das T-Shirt hatte er ausgezogen, doch er trug noch dieselben Jeans. Und einen weißen Verband um den Arm. Es sah aus, als wäre er einfach aufs Bett gefallen und sofort eingeschlafen.

Sie trat ein und betrachtete ihn in Gedanken versunken.

„Was ist in der Schüssel?“, fragte er, als er die Augen öffnete.

„Hühnersuppe.“ Sie stellte das Tablett auf den Nachttisch. „Außerdem habe ich Zuckerkekse von Miss Evelyn – das neue Rezept – und Kräutertee von Miss Frances. Miss Ednas berühmte Zitronentorte und ein Buch.“ Sie reichte ihm ein dünnes Bilderbuch – *Elefant Elton findet einen Freund.* „Cooper hörte, dass du dich nicht wohlfühlst und bestand darauf, dass ich dir etwas zum Lesen mitbringe.“

Dean lächelte und versuchte, sich aufzurichten.

„Nein“, sagte sie schnell, „du musst dich ausruhen. Ich wollte nur nach dir sehen und dafür sorgen, dass du alles hast, was du brauchst. Na ja, eigentlich wollte ich sichergehen, dass du hier oben nicht mutterseelenallein verblutest.“

„Alles in Ordnung“, sagte er ernst. „Wie steht's mit dir?“

„Ich bin nicht angeschossen worden.“

„Davon rede ich nicht.“

Reva ließ sich auf der Bettkante nieder. „Mir geht's gut“, sagte sie leise.

Dean fiel ein, dass seine Waffe offen auf dem anderen Nachttisch lag, und er streckte die Hand danach aus. „Tut mir leid, ich werde sie in die Schublade legen.“

Reva hielt ihn auf. „Das ist nicht nötig.“

„Bist du sicher?“

Sie nickte, und er zog die Hand zurück. Solange Dean in der Nähe war, würde der Anblick einer Waffe sie nicht mehr in Panik versetzen.

„Ich nehme an, dass deine Kollegen bald eintreffen.“

Dean nickte. „Alan wird in ein paar Stunden hier sein, und er kommt nicht allein.“

Sie hatte keine Zeit, ihm länger böse zu sein. Müde legte sie sich neben ihn und schlang einen Arm um ihn. Sehr bald schon würde sie ohne dieses wunderbare Gefühl auskommen müssen.

„Geht es dir wirklich gut?“, fragte sie.

„Absolut. Es ist nur ein Kratzer.“

In ein paar Stunden würde er fort sein. Sie hatten heute Nacht, vielleicht morgen früh. Natürlich hatte sie die ganze Zeit gewusst, dass er abreisen würde. Warum tat es nur so wahnsinnig weh?

Weil sie ihn liebte. Und das würde sich so bald nicht ändern. Er war ein Mann, den eine Frau nie vergaß.

Wenn er schon ging, dann sollte seine letzte Erinnerung an sie nicht ein Schusswechsel oder ihre Vorwürfe sein.

Langsam richtete sie sich auf, legte eine Hand auf seine Wange und küsste ihn. Er erwiderte den Kuss. Sie hatten beide Fehler gemacht, aber das hier zählte nicht dazu.

Sie gestand ihm nicht ihre Liebe, während sie langsam ihr Kleid aufknöpfte. Keine Geständnisse, keine Versprechen, keine Zukunftspläne. Nur sie beide, ihre Körper, ihre Herzen.

Er hatte vorausgesagt, dass sie ihn noch einmal bitten würde, mit ihr zu schlafen, und er hatte recht behalten. Vorsichtig zog sie ihm die Jeans aus.

„Liebe mich, Dean", sagte sie. „So möchte ich mich an dich erinnern, hier und jetzt. Kein peinlicher Abschied, wenn du morgen die Stadt verlässt. Nur dies hier."

Er half ihr, sich weiter auszuziehen. Zwar schonte er seinen verletzten Arm ein wenig, doch nicht so sehr, dass sie sich Gedanken machen musste, es würde ihm schaden.

Bei jeder Berührung, jedem Kuss war sie sich bewusst, dass dies das letzte Mal war. Schließlich hielten sie es beide nicht mehr aus, und sie legte sich auf ihn und nahm ihn in sich auf. Er erfüllte ihren Wunsch und liebte sie, bis sie gemeinsam in einer Welle der Ekstase kamen.

Danach ließ sie sich auf ihn sinken. Wenn er doch nur bleiben könnte … Wenn sie mutiger gewesen wäre, hätte sie ihm jetzt gestanden, dass sie ihn liebte. Ihn gebeten, sie nicht zu verlassen.

Doch leider war sie ein Feigling. Sie wartete, bis er eingeschlafen war, zog sich dann leise an und schlüpfte hinaus.

Somerset sah noch genau so aus, wie er es vor drei Wochen vorgefunden hatte. Dennoch war etwas anders, und Dean nahm an, dass es an ihm lag.

Alan war am Abend vorher angekommen, zusammen mit einem weiteren Ermittlungsteam. Sie hatten Revas Aussage aufgenommen, Eddies Leiche abtransportiert und dann die Stadt wieder verlassen.

Das meiste davon hatte Dean verschlafen. Alan hatte ihn kurz geweckt, um auch seine Aussage zu notieren, doch danach war er sofort wieder eingenickt.

Das Geld hatte er niemandem gegenüber erwähnt, und er hatte auch Reva eingeschärft, kein Wort davon zu sagen. Es war jetzt sein Problem, nicht mehr ihres. Soweit er wusste, hatte die Behörde entschieden, dass das Geld gar nicht existierte oder von Eddies Komplizen längst ausgegeben worden war. Bis Dean herausgefunden hatte, woher das Geld stammte, würde es ihr Geheimnis sein.

Während Dean seine Sachen in den Wagen seines Bruders lud, blickte er immer wieder zum Restaurant hinüber.

„Fährst du weg?", fragte Cooper, als er sah, wie Dean einen Koffer in den Wagen lud.

„Ja. Mein Urlaub ist vorbei."

„Oh." Enttäuschung breitete sich auf Coopers Gesicht aus. „Ich dachte, du würdest vielleicht bleiben. Ich kann dir helfen, Arbeit zu finden. Mom würde dich bestimmt im Restaurant arbeiten lassen, wenn du sie fragst. Oder du könntest dem Sheriff helfen. Vielleicht."

„Danke, Kleiner, aber ich habe bereits einen Job." Dean öffnete die Fahrertür. Unter dem Beifahrersitz steckte die Reisetasche mit einer Viertelmillion Dollar.

„Aber du hast versprochen, ein Fort für den Spielplatz zu bauen", sagte Cooper leise.

„Ich werde der Kirche Geld geben, und sie werden jemanden finden, der ..."

„Aber ich wollte doch mithelfen", unterbrach ihn Cooper. „Terrance und ich hatten ein paar prima Ideen, weißt du nicht mehr?"

„Doch. Und ich werde sie aufschreiben und mitschicken, wenn ich das Geld überweise."

Dean wollte so schnell wie möglich weg, bevor seine Stimmung noch mehr sank. Eilig stieg er in den Wagen. Als er die Hand an den Türgriff legte, rief Cooper mit zitternder Stimme: „Ich werde auch immer brav sein, das verspreche ich."

Dean schloss die Augen und stieg wieder aus, ging auf Cooper zu und hob ihn hoch, sodass er ihn direkt ansehen konnte. Er war so leicht, so jung, noch so klein ... „Du bist ein wunderbarer Junge und sehr brav. Das hat nichts damit zu tun, dass ich gehen muss."

Cooper bemühte sich sehr, nicht zu weinen, und Dean setzte ihn wieder ab.

„Wenn ich jemals ein Kind habe, dann hoffe ich, dass es genauso ist wie du", sagte Dean. Und seltsamerweise meinte er es auch so.

Cooper hob den Kopf. „Ehrlich?"

„Ganz ehrlich."

„Vielleicht kannst du mal wieder herkommen, wenn du Urlaub hast. Du hast Terrance' Dinosaurier noch nicht repariert."

„Ja, das ist eine gute Idee“, sagte Dean. „Jetzt muss ich aber wirklich los.“

Cooper trat ein paar Schritte zurück und schaute ihm nach, selbst noch, als er bereits das Ende der Straße erreicht hatte. Dean sah ihn im Rückspiegel und wünschte sich, das Kind würde nach Hause hüpfen, wie er es sonst tat. Doch Cooper rührte sich nicht und stand noch da, als Dean um die Ecke bog und die Magnolia Street hinter sich ließ.

19. KAPITEL

Der Juni war tropisch heiß. Für Cooper begannen die Sommerferien, und das Restaurant lief gut. Ein Reporter aus Atlanta schrieb einen Artikel über *Miss Reva's*, und kurz darauf bekamen sie die ersten Reservierungen aus der großen Stadt.

Reva dachte darüber nach, jemanden einzustellen, um den dritten Stock fertig zu renovieren, um ein paar mehr Tische aufzustellen. Doch irgendwie kam sie nie dazu. Der dritte Stock gehörte Dean.

Mitte Juni bekam sie einen Brief mit einem Zeitungsausschnitt. Zuerst dachte sie, es wäre der Artikel übers Restaurant, weil er aus Atlantas Tageszeitung stammte. Doch es war eine kleine Nachricht darüber, dass ein Frauenhaus in der Stadt eine anonyme Spende erhalten hatte. Ein paar Tage später kam ein weiterer Ausschnitt ähnlichen Inhalts. Diesmal war ein Anti-Drogen-Zentrum mit einer großzügigen Summe bedacht worden.

Einmal kam Ben vorbei, freundlich wie immer. Doch er hatte seine gute Laune nicht mal verloren, als sie seine Einladung zum Abendessen in Cross City ablehnte. Und ausnahmsweise lobte er Dean Sinclair in höchsten Tönen. Offenbar hatte Dean es hinbekommen, dass sein Polizeirevier Geld von der Bundesbehörde bekam, um das völlig veraltete Computersystem zu modernisieren.

Reva hatte die Zeitungsausschnitte abgeheftet, zusammen mit dem Sparbuch, das eine Woche später eintraf. Diesmal hatte Dean eine Notiz beigefügt.

Ich habe alles genau überprüft. Niemand hat je Anzeige wegen des Geldes erstattet oder es als gestohlen gemeldet. Es stammt wohl aus einem Drogendeal, und ich dachte mir, es sollte zumindest einem guten Zweck zugeführt werden. Das meiste habe ich gespendet, wie Du gesehen hast, aber einen kleinen Teil solltest Du für Coopers Ausbildung zurücklegen. Ob Steuereintreiber oder Baseballspieler, der Junge braucht einen guten Start. Denk darüber nach.

Das Sparbuch war auf Cooper ausgestellt.

Sie vermisste Dean mehr, als sie erwartet hatte. Natürlich waren die ersten Wochen besonders schwer. So viele Kleinigkeiten erinnerten sie an ihn.

Trotzdem tat es ihr nicht leid, dass sie ihrem Herzen gefolgt war.

„Mom!" Cooper kam ins Büro gestürmt, atemlos und hochrot vor Aufregung. „Komm! Das musst du sehen!"

Er drehte sich um und rannte die Treppen wieder hinunter. Zum Glück waren die ersten Gäste noch nicht eingetroffen, wenn auch schon geschäftiges Treiben herrschte. Miss Edna war aufgeregt, weil sie eine Zwölfergruppe erwartete. Eine Familie namens Taggert, die ausdrücklich um Reva als Gastgeberin gebeten hatte.

Reva folgte Cooper in den Garten. Er war schon weit voraus, blickte sich aber immer wieder zu ihr um, und blieb sogar einmal stehen, um sie zur Eile anzutreiben.

Er rannte den Bürgersteig entlang zur Kirche und durch den kleinen Park direkt zum Spielplatz. Ein schwarzer Pick-up parkte in der Nähe sowie eine Reihe anderer Autos mit Nummernschildern aus Alabama und Georgia.

Ein weiterer Truck stand direkt neben dem Spielplatz, und vier Männer entluden Bretter und halbe Baumstämme. Cooper und Terrance standen in der Nähe und hüpften vor Aufregung auf und ab.

Als sie helles Lachen hörte, drehte Reva sich um und sah drei Frauen, die auf einer Decke im Schatten saßen, umgeben von vier Kindern. Ein dunkelhaariger kleiner Junge, ein rotblondes Mädchen im Krabbelalter und zwei Säuglinge. Zwillinge. Als Mary zu ihr aufblickte, erkannte Reva sie sofort wieder.

Sie betrachtete die Männergruppe genauer und sah Clint. Dann hob Dean den Kopf.

„Ganz ruhig, Reva", redete sie sich gut zu. „Er ist nur gekommen, um das Fort zu bauen, das ist alles. Er ist nicht deinetwegen hier."

Doch dann kam er auf sie zu, als *wäre* er ihretwegen hier, etwas verlegen lächelnd und mit zögernden Schritten. Er trug, wie alle anderen, Jeans, T-Shirt und Stiefel. Allerdings kein Black & Decker-Emblem diesmal, sondern das Abzeichen des Football-Teams von Atlanta.

„Was machst du hier?", fragte sie geradeheraus.

„Meinen Picknickkorb bezahlen", sagte er gelassen. „Ich habe mir ein paar Hilfskräfte angeheuert."

„Das sehe ich." Ihr Herz begann schneller zu schlagen, als er einen Arm um sie legte und mit der anderen Hand auf die arbeitenden Männer zeigte.

„Clint kennst du schon. Der, der aussieht, als wüsste er, was er tut, ist Nick, mein Schwager. Der Kerl mit den langen Haaren ist mein Bruder

Boone.“ Er wandte sich den Frauen zu. „Mary hast du getroffen. Die dunkelhaarige Schönheit ist meine Schwester Shea und ihr Sohn Justin. Das hier ist Jayne“, er deutete auf die Frau, die versuchte, das rothaarige Mädchen zu bändigen, „Boones Frau mit ihrer Tochter Miranda.“

„Du hast die ganze Familie mitgebracht“, bemerkte Reva überflüssigerweise.

„Jawoll.“

„Um ein Fort zu bauen.“

Dean beugte sich zu ihr hinunter und küsste sie. Diesmal zögerte er nicht, obwohl die ganze Familie sie sehen konnte. „Unter anderem.“

Er zog eine Fotografie aus der Tasche, die klein zusammengefaltet war, und reichte sie ihr wortlos. Sie faltete sie auseinander. Das Bild zeigte ein Haus, das im Stil ihrem Restaurant ähnelte. Es hatte nur zwei Stockwerke, doch ein beeindruckender Balkon lief um das ganze Obergeschoss. Ganz eindeutig musste es renoviert werden, doch es schien eine solide Substanz zu haben.

„Das Haus steht in einer kleinen Stadt in der Nähe von Atlanta“, sagte er.

„Es ist wirklich hübsch.“

„Ich habe es gekauft“, sagte Dean.

„Du hast was?“ Sie hatte gewusst, dass er nicht bleiben würde, doch in einer Ecke ihres Herzens hatte sie es doch immer gehofft. Ein Haus zu kaufen, das so weit entfernt lag, war der Beweis dafür, dass er nie nach Somerset zurückkehren würde.

„Ich habe es gekauft und bereits mit der Renovierung begonnen.“

„Also hast du doch das Zeug zum Handwerker.“ Sie versuchte, es ihrer Stimme nicht anmerken zu lassen, wie enttäuscht sie war.

Er nickte. „Sieht wohl so aus.“ Er zog sie in den Schatten eines alten Baumes, wo die anderen sie nicht sehen konnten. „Ich habe immer gesagt, dass ich nicht hierbleiben kann.“

„Ich weiß.“

„Und das ist auch immer noch so“, fuhr er fort. Er nahm ihre Hand und verschränkte die Finger mit ihren. „Ich bin gut in meinem Job, und auch wenn ich manchmal denke, dass ich gegen Windmühlen ankämpfe, bewirke ich doch etwas. Das kann ich nicht aufgeben, nur weil ich dachte, mir bricht das Herz, als ich die Stadt verließ.“

Sie drückte seine Hand.

„Aber vielleicht kannst du mit mir kommen.“

Reva setzte zu einer Antwort an, doch Dean fuhr bereits fort. „Das

Haus, das ich gekauft habe, steht nördlich von Atlanta, etwa zwei Stunden von hier entfernt. Wir könnten jedes Wochenende herkommen, Tewanda würde das Management für das Restaurant hier übernehmen, und wenn du ein zweites eröffnen willst …“

Reva stellte sich auf die Zehenspitzen und brachte ihn mit einem Kuss zum Schweigen. Allein seine Lippen auf ihren zu spüren, fühlte sich an wie eine Heimkehr. Als sie sich gerade bewusst geworden war, wie sehr sie ihn vermisst hatte, löste er sich von ihr. „Die Schulen sind gut, und es gibt ein Jugend-Baseballteam. Und Fußball.“

Reva schlang die Arme um ihn. „Du hast mich doch schon überzeugt. Wir werden eine Lösung finden, mit der wir leben können.“

„Auf jeden Fall.“ Er beugte sich zu ihr hinunter und legte seine Stirn an ihre. „Ich liebe dich.“

„Und ich liebe dich.“

„Heirate mich.“

„Ja.“

Er griff in seine Tasche und zog ein kleines, samtbezogenes Kästchen hervor, öffnete es und zeigte ihr den Ring. Er war ein Solitär-Diamantring in einer antiken Fassung, und als er ihn ihr überstreifte, passte er perfekt.

„Ich brauche aber etwas Hilfe beim Tapezieren des neuen Hauses“, sagte er verschmitzt.

Reva lachte und umarmte ihn. Er war zurückgekommen.

„Du hast die gesamte Familie mitgebracht, um mir einen Heiratsantrag zu machen“, sagte sie.

„Ich dachte mir, du solltest gleich wissen, auf was du dich einlässt“, sagte er. Er legte einen Arm um sie und betrachtete seine Verwandten. „Eine Sinclair zu sein ist keine leichte Aufgabe. Offenbar geraten wir andauernd in Schwierigkeiten.“

„Aber ihr habt euch doch alle ganz gut geschlagen“, lächelte sie.

„Ja, sieht so aus, was?“

Sie standen nebeneinander und genossen den Moment, die Sonne, die durch die Zweige schien und das wunderbare Gefühl in ihren Herzen.

Die anderen Männer arbeiteten weiter, die Frauen beschäftigten sich mit den Kindern, mit denen Cooper und Terrance sich bereits anzufreunden begannen. Nach ein paar friedlichen Minuten zuckte Reva zusammen. „Oh nein, ich muss zum Restaurant zurück. Wir haben eine große Gästegruppe, für die ich die Gastgeberin machen soll und …“

„Taggert, zwölf Personen", sagte Dean. Er deutete auf seine Schwester. „Sie hat einen Taggert geheiratet."

Reva zählte durch. „Fehlt noch jemand? Es sind nur elf."

„Cooper sollte sich doch mit seiner neuen Familie bekannt machen, meinst du nicht?"

Er hatte an ihren Sohn gedacht, noch bevor sie seinen Antrag angenommen hatte.

Noch nie hatte Reva mit so einer großen Familie zu tun gehabt, und auf einmal wurde sie ein wenig nervös.

„Komm", sagte Dean und setzte sich in Bewegung, den Arm noch immer um sie gelegt. „Lass mich dich ihnen vorstellen."

„Jetzt?" Reva zögerte. „Ich sollte mich umziehen, Make-up auflegen, mich kämmen ..." Doch Dean ging zielstrebig vorwärts. „Was, wenn sie mich nicht mögen?", platzte sie schließlich heraus.

„Sie werden dich lieben, das verspreche ich dir."

„Das kannst du doch gar nicht wissen."

„Ich liebe dich, also werden sie es auch tun. Wenn es ein Problem gibt, weiß ich schon, wie ich sie herumkriege."

Dean blieb stehen, umarmte sie und grinste. „Falls du es nicht bemerkt hast, gibt es in der Familie einen Jungenüberschuss. Cooper verstärkt die Männermannschaft nur noch. Jayne hat Angst, dass Miranda keine Cousinen haben wird, mit denen sie Streiche aushecken kann, und Shea und Mary verlangen dringend nach Verstärkung."

Seine Lippen streiften ihr Ohr, als er flüsterte: „Was meinst du, sollten wir darauf hinarbeiten, Cooper eine kleine Schwester zu bescheren?"

Sie nickte lächelnd.

„Nun komm", sagte Dean und nahm ihre Hand. „Außerdem gibt es noch einen zweiten Grund, warum alle nur zu glücklich sein werden, dich in die Familie aufzunehmen."

„Und der ist?"

Dean grinste breit. „Ich habe ihnen gesagt, dass du dieses Jahr das Thanksgiving-Essen kochst."

Sie lachte. „Thanksgiving ist im Oktober! Du planst langfristig, was?"

Er nickte etwas verlegen. „Jawohl. Ist das schlimm?"

Reva atmete tief durch und ging dann furchtlos ihrer neuen Familie entgegen. „Kein bisschen."

– ENDE –

Debra Webb

Verliebt in den besten Freund

Roman

Aus dem Englischen von
Brigitta Merschmann

MIRA®

PROLOG

Mehr als dreißig Jahre zuvor

Die drei Frauen hatten sich in dem eleganten Salon rings um den exquisiten Chippendale-Tisch niedergelassen. Zwei saßen auf dem Sheraton-Sofa, die dritte in einem imposanten Lehnsessel. Der Tee in der blitzenden Silberkanne, die von der Hausherrin nur für ganz besondere Gäste aus dem Schrank geholt wurde, war lauwarm geworden.

Gespannte Erwartung lag in der Luft, bevor eine der drei Frauen endlich wieder das Wort ergriff: „Ich glaube, es wäre die beste Lösung für alle Beteiligten", erklärte sie und lächelte, um ihre Nervosität zu überspielen. Zum Glück war sie auf die Idee gekommen, die beiden Frauen zusammenzubringen! Prüfend blickte sie ihre Freundin an, die neben ihr auf dem Sofa saß. Ja, es würde klappen, davon war sie überzeugt.

„Ich bin ganz deiner Meinung, meine Liebe", erwiderte ihre Freundin, die älteste der drei. Man merkte ihr sofort an, dass sie ein hochkarätiges Internat besucht hatte. „Ich verspreche dir, dem Kind wird es an nichts fehlen, wenn du deine Zustimmung gibst", sagte sie zu der Jüngsten. „Es wird alles bekommen, was es sich nur wünschen kann, die besten Ärzte und eine hervorragende Ausbildung. Geld spielt dabei keine Rolle. Vor allem aber wird es Eltern bekommen, die ihn oder sie von ganzem Herzen lieben werden."

Sie sah Tränen in den Augen ihrer Freundin glänzen und blinzelte, um die eigene Rührung zu unterdrücken. Es war einfach die perfekte Lösung. Und wem schadeten sie schon damit? Niemandem. Sonst hätte sie dieses Treffen ja auch gar nicht arrangiert.

„Ich ... ich weiß, ihr habt beide recht", stimmte die junge Frau zögernd zu. Sie war gerade achtzehn, ledig und schwanger und völlig verzweifelt. Der Vater des Kindes war spurlos verschwunden, wahrscheinlich sogar tot. „Es ist nur so schrecklich schwer." Tränen liefen über ihre blassen Wangen. Sie legte die Hand auf ihren noch flachen Bauch und schien all ihren Mut zu sammeln. „Aber es ist wohl am besten so. Das ist mir schon klar. Mein Kind wird es bei euch besser haben." Sie lächelte schwach. „Also, was tun wir jetzt?"

Die älteste der drei Frauen strahlte. „Zerbrich dir nicht länger den Kopf, liebes Kind, wir kümmern uns schon um alles. Du wirst dir nie wieder Sorgen machen müssen."

1. KAPITEL

Er hatte keine andere Wahl.

Zum ersten Mal in seinem Leben würde Zach Ashton sein Privatleben über das Berufsleben stellen, und das fiel ihm nicht leicht. Normalerweise kam die Karriere für ihn immer zuerst, alles andere war zweitrangig. Das war seit jeher ein ehernes Gesetz für die Ashtons.

„Sind zwei Wochen auch wirklich kein Problem?" Zach, der nervös auf und ab gegangen war, blieb stehen und warf einen prüfenden Blick auf Victoria Colby, die Chefin der angesehenen Anwaltskanzlei, für die er seit Jahren arbeitete.

„Ja, ganz im Ernst. Nimm dir so viel Zeit, wie du brauchst. Wir kommen hier schon zurecht."

Er stützte sich auf einen der beiden Lehnstühle, die den Schreibtisch aus massiver Eiche flankierten, und seufzte. „Johnson und Wilks haben ja so weit alles unter Kontrolle. Und für Notfälle lasse ich dir die Telefonnummer meiner Mutter da."

Victoria schaute ihn prüfend an und traf mit ihrer Frage den Nagel auf den Kopf: „Wen musst du hier eigentlich überzeugen, Zach – mich oder dich?"

„Mich selber vermutlich." Zach ließ sich seufzend in einen der Sessel fallen. „Sie ist alles, was ich von meiner Familie noch habe, und außerdem hänge ich an ihr. Ich kann sie nicht im Stich lassen, schon gar nicht an ihrem Geburtstag." Mit dieser Entscheidung hatte er sich die ganze Nacht gequält. „Ich muss zu ihr. Aber müssen es gleich zwei Wochen sein?" Er schüttelte den Kopf. „Kann ich zwei Wochen leben, ohne einen meiner großen Coups vor Gericht zu landen?"

Victoria hob beschwichtigend die Hände. „Du hast selbst gesagt, zwei Wochen wären das allermindeste. Für deine Mutter war es schon der zweite Herzanfall, und das in ihrem Alter!"

Zach nickte. „Fünfundsiebzig Jahre – das ist schon ein wichtiger Meilenstein. Ihr Herzanfall war ein ziemlicher Schock für mich. Nein, zwei Wochen muss ich schon investieren. Ich weiß nur noch nicht, wie wir es anstellen sollen, uns nicht gegenseitig die Köpfe einzuschlagen. Wir sind es beide gewöhnt, unseren Willen zu kriegen."

Victoria lächelte mitfühlend. Sie wusste nur zu gut, wie schwer es Zach fiel, ein Nein zu akzeptieren, wenn er sich erst einmal etwas in den Kopf gesetzt hatte. Sieh an, die Sturheit hatte er also von seiner Mutter geerbt.

„Vergiss die Arbeit mal eine Zeit lang“, schlug Victoria vor. „Genieß die Zeit mit deiner Mutter und verwöhn sie mal so richtig. Wer weiß, vielleicht hast du mehr Spaß, als du glaubst.“

Seine Miene war skeptisch. „In Kelso, Indiana? Wo so gut wie nichts los ist? Das wage ich zu bezweifeln.“ Zach stand auf. „Aber meine Entscheidung ist gefallen – ich fahre.“

„Gut so.“ Victoria erhob sich ebenfalls. „Wir sehen uns dann in zwei Wochen.“

Auf dem Weg zur Tür drehte er sich noch einmal um. „Auf jeden Fall bin ich entschlossen, jede einzelne Minute zu einem Ereignis zu machen – und wenn es mich umbringt!“

Die Chance, dass er sich zumindest handfesten Ärger einhandeln würde, stand nicht schlecht. Doch das sagte Zach nicht, als er das Zimmer seiner Chefin verließ. In all den Jahren hatte er nicht mehr als einen oder zwei Tage an einem Stück zu Hause verbracht. Zum Teil lag es daran, dass seine Mutter und er sich so ähnlich waren. Aber Zach liebte seine Mutter innig und gab in der Regel nach.

Sie war es, die ihm beigebracht hatte, sich hohe Ziele zu stecken und niemals nie zu sagen. Und wie jeder gute Sohn hatte Zach seine Lektion gelernt. Nur einmal im Leben hatte er gekniffen, als er das Glück fast in den Händen gehalten hatte. Und genau das war der zweite Grund, warum er so selten nach Hause fuhr.

Aber eigentlich brauchte er sich in dieser Hinsicht keine Sorgen zu machen, denn „sie“ würde nicht da sein.

„Sag dem alten Drachen, ich verzichte darauf, ihre Geburtstagsfeier auszurichten. Und wenn sie mich auf Knien darum bittet – ich schmeiße den Kram hin!“

Entsetzt starrte Beth McCormick ihre Mutter an, dann wandte sie sich der Hausherrin zu. „Mrs Ashton, ich bin sicher, Mutter wollte nicht ‚Drachen‘ sagen, es ist ihr nur so herausgerutscht. Sie müssen ihr verzeihen, in letzter Zeit stand sie unter großem Druck und …“

„Und ob ich ‚Drachen‘ sagen wollte“, fuhr Mrs McCormick auf. Ihre Augen funkelten vor Zorn. „Ich wasche jedenfalls meine Hände in Unschuld! Ich will mit dieser ganzen Affäre nichts mehr zu tun haben!“

Äußerlich war Colleen Ashton keine Reaktion auf den Gefühlsausbruch ihrer Freundin anzumerken – nur ihre Wangen hatten sich gerötet. Gelassen wandte sie sich Beth zu. „Nun, Beth, wenn sie unbedingt von ihrem Posten als Vorsitzende des Festkomitees zurücktreten will, mir soll's nur recht sein. Ich bin überzeugt, die Feier wird viel interessanter und lebendiger, wenn jemand anders die Leitung hat – nicht so eine alte Schachtel wie sie."

Helen riss die Augen auf. „Oh, ich sollte dir …"

„Mutter." Beth war mit einem Satz bei ihr und zog sie mit sich zur Tür. „Bitte machen Sie sich keine Gedanken, Mrs Ashton. Wir werden das alles aufklären. Ihre Geburtstagsfeier wird genau so, wie Sie es sich erträumt haben."

Colleen richtete sich auf. „Zweifellos – denn Sie werden diese Aufgabe viel besser bewältigen als Ihre Mutter."

Beth blieb abrupt stehen. Sie konnte doch nicht im Ernst meinen … „Aber ich …"

„Keine Angst, liebes Kind", sagte Colleen, „Sie sind ja nicht allein. Zach wird heute Nachmittag eintreffen. Er wird überglücklich sein, Ihnen bei den Vorbereitungen unter die Arme greifen zu können. Da sind andere völlig überflüssig", fügte sie mit einem vielsagenden Blick auf ihre alte Freundin hinzu.

Helen McCormick warf ihr einen vernichtenden Blick zu, verbiss sich aber, das musste man ihr lassen, eine scharfe Erwiderung. Jedenfalls verbal. Stattdessen segelte sie aus dem Zimmer, durch die Diele und zur Haustür hinaus, die sie heftig hinter sich zuknallen ließ.

Beth zuckte die Achseln. Was sollte sie dazu sagen? Lieber hielt sie erst einmal den Mund, um sich nicht unwillentlich eine Aufgabe aufzuhalsen, die ihr später nichts als Scherereien einbringen würde. Sie lief hinaus und folgte ihrer Mutter.

„Mutter!" Sie rannte über die Veranda und die Stufen hinunter, dann versuchte sie, mit ihrer Mutter Schritt zu halten, die wütend durch den Garten stapfte. „Was sollte das alles?"

„Zu diesem Thema sage ich kein einziges Wort mehr", erwiderte Helen, dann presste sie fest die Lippen zusammen. Was auch passiert sein mochte, Beths Mutter, die gewöhnlich nichts aus der Ruhe bringen konnte, war vollkommen aufgelöst.

„Das ist doch lächerlich", hakte Beth nach. „Ihr zwei seid befreundet, solange ich denken kann. Was ist denn vorgefallen? Ich habe es noch nie erlebt, dass ihr euch derart an die Kehle geht."

Helen blieb jäh stehen und wandte sich ihrer Tochter zu. Eigentlich sah sie aus wie immer, gepflegtes weißes Haar, perfekt gebügelte Jeans und Arbeitshemd – die Seelenruhe und Bodenständigkeit in Person. Und doch trog dieser Eindruck.

Vierzig Jahre hatte Beths Mutter als Haushälterin und Köchin in der Ashton-Villa gearbeitet. Nach dem Tod von Beths Vater hatte sie auch die Verwaltung des Besitzes übernommen. Auch wenn sie heute viele der anfallenden Arbeiten nicht mehr selbst erledigte, wagte es niemand, ihre Autorität anzuzweifeln, wenn Entscheidungen über das Haus und den Besitz getroffen wurden. Ganz zu schweigen davon, dass Helen fast die ganzen vierzig Jahre die Gefährtin und beste Freundin der Herrin dieses Reichs gewesen war. Noch nie hatte Beth die beiden derart zerstritten gesehen.

„Ich will nur so viel sagen: Es gibt da ein paar Dinge, die unbedingt geklärt werden müssen, aber mir steht es nicht zu, sie auszusprechen", sagte Helen, womit sie natürlich gar nichts gesagt hatte.

Und ohne ein weiteres Wort zu verlieren, lief sie über die Einfahrt und den Steinpfad, der durch den Garten führte, auf ihr Cottage zu.

Beth starrte ihr nach, bis sie im Haus verschwunden war. Nachdenklich musterte sie das kleine, hübsche Cottage. Hier war sie aufgewachsen. Die grauen Steinmauern waren von Efeu umrankt, und es lag inmitten des malerischen Gartens mit seinen Rosenbüschen und anderen blühenden Sträuchern, die Beths Vater ein halbes Jahrhundert lang liebevoll gehegt und gepflegt hatte. Mächtige alte Bäume überragten das Holzdach, Gefährten ihrer Kindheit, die von glücklichen Erinnerungen kündeten. An den stabilen Ästen der großen Eiche hatte ihr Vater die Schaukel mit dem hölzernen Sitz an dicken geflochtenen Seilen befestigt. Die Schaukel hing immer noch dort.

Plötzlich stieg vor Beth das Bild auf, wie Zach Ashton die Schaukel schwungvoll anstieß und sie höher und höher in die Lüfte wirbelte. Sie schloss die Augen und spürte, wie der Wind sich auf ihrem Gesicht angefühlt hatte, hörte sein tiefes, klangvolles Lachen. Zach war zwar einige Jahre älter als sie, aber trotzdem ein verlässlicher Freund und sogar manchmal ein Spielgefährte gewesen. Beth schlug die Augen auf und verzog das Gesicht. Wahrscheinlich würde Zach diese Zeit mit ihr eher unter „Babysitten" verbuchen. Aber das Allerschlimmste war, dass sie sich schon mit zwölf Jahren unsterblich in ihn verliebt hatte.

Sie hatte miterlebt, wie er den Highschool-Abschluss machte und zur Uni ging, um Jura zu studieren, und in ihrem tiefsten Inneren war sie überzeugt gewesen, dass er, sobald er das Studium beendet hatte, zurückkommen und sie holen würde.

Aber das war nicht eingetroffen.

Er war zwar gekommen, aber nicht ihretwegen.

Dabei hatte sie so fest an eine gemeinsame Zukunft mit Zach geglaubt, dass sie mit siebzehn alles getan hatte, um ihm zu zeigen, wie sehr sie ihn liebte. Ihr wurde übel vor Verlegenheit, als ihr einfiel, wie sie sich ihm an den Hals geworfen hatte, als er einmal seine Mutter besuchte. Sie hatte ihm ihre Liebe gestanden und ihm in aller Unschuld ihren Körper angeboten.

Er hatte abgelehnt.

Beth holte tief Luft und verbannte den Gedanken und das Gefühl heißer Scham, das sich nach all den Jahren immer noch einstellte, in den dunkelsten Winkel ihres Gedächtnisses – da, wo all das hingehörte. Jetzt war nicht der richtige Zeitpunkt, um in der Vergangenheit zu wühlen. Zuallererst musste sie Mittel und Wege finden, um den Bruch zwischen ihrer und Zachs Mutter zu kitten. Andernfalls würde sie wirklich noch die Geburtstagsparty organisieren müssen.

Dann bekam sie auf einmal einen Riesenschreck, als ihr bewusst wurde, was Mrs Ashton zuletzt gesagt hatte. Zach würde heute Nachmittag kommen!

Beths Knie wurden weich. Am liebsten hätte sie die Flucht ergriffen, um ihre Ferien anderswo zu verbringen. Nur nicht hier ... Aber das war ausgeschlossen. Ihre Patienten brauchten sie. Besonders eine konnte sie nicht im Stich lassen.

„Kopf hoch, Mädchen, du stehst das schon durch." Sie holte noch einmal tief Luft und steuerte dann entschlossen aufs Haus zu.

Es war ja schließlich nicht das erste Mal, dass Zach zu einem Kurzbesuch nach Hause kam. Und es war ja auch nicht so, als wäre sie ihm seit dem Tag, als er sie so kühl zurückgewiesen hatte, nicht begegnet. Sie hatte ihn sogar mehrmals wiedergesehen, und sie hatten beiläufig ein kurzes „Hallo" und ein „Wie geht's dir" ausgetauscht. Sie blieb stehen.

Aber sie hatte ihn nicht gesehen seit dem Tag, als sie ihre Heirat angekündigt hatte, eine Heirat, die sich später als ein katastrophaler Fehltritt entpuppte.

Na, war sie nicht der Inbegriff der erfolgreichen Karrierefrau? Einunddreißig Jahre alt, geschieden und lebte bei ihrer Mutter, dachte Beth sarkastisch. Und zu allem Überfluss versank sie jetzt auch noch in Selbstmitleid.

Beth riss sich zusammen. Inzwischen war das neue Jahrtausend angebrochen. Scheidung war keine Krankheit, und die Rückkehr in ihr Elternhaus bedeutete ja nicht, dass ihr Leben ein kompletter Misserfolg war. Beides war einfach eine Tatsache.

Genau genommen war Zach Ashton ja nichts weiter als eine Kindheitserinnerung. Zwar hatte er einen fast schon legendären Ruf als der reichste, begehrteste Heiratskandidat von ganz Higdon Country. Alle Mädchen waren in ihn verliebt gewesen. Aber das war damals, und heute war heute. Sie kannte mehr als genug Anwälte. Vermutlich war er längst zu dick, kriegte eine Glatze und brauchte eine Lesebrille.

Wie lange hatte sie ihn eigentlich nicht mehr gesehen? Fünf Jahre? Das müsste ungefähr hinkommen. Er war kurz zu Hause gewesen, als Mrs Ashton nach ihrem Herzanfall ins Krankenhaus eingeliefert worden war. Beth hatte damals an einem Ärztekongress teilgenommen. In den vier Monaten, seit sie wieder bei ihrer Mutter lebte, hatte Zach sich nicht blicken lassen.

Jetzt fühlte sie sich schon bedeutend wohler. Sie mochte geschieden sein und bei ihrer Mutter leben, aber immerhin hatte sie es verstanden, sich ihre gute Figur zu erhalten. Sie achtete sehr sorgfältig auf ihr Äußeres. Jeden Tag joggte sie fünf Kilometer, und sie ging regelmäßig zum Fitnesstraining. Ihre Haut war immer noch zart, und sie hatte kein einziges graues Haar auf dem Kopf. Und ihr Gehalt als Ärztin erlaubte es ihr, sich gut anzuziehen, wenn sie ihr Geld klug investierte.

Normalerweise jedenfalls.

Heute war sie eher lässig gekleidet, da sie ihrer Mutter im Garten geholfen hatte und keinen Bereitschaftsdienst hatte. Mit ihren fünfundsechzig Jahren war Helen um einiges langsamer geworden, weigerte sich jedoch, den Gärtner an ihre Rosen heranzulassen – die Rosen, die Beths Vater gepflanzt hatte.

Beth lächelte. Seit sie wieder hier wohnte, war es das allermindeste, ihrer Mutter ab und zu zur Hand zu gehen. Außerdem hatte sie Blumen immer geliebt! In ihrer Freizeit zog sie eben am liebsten Jeans und T-Shirt an. Und selbst wenn der Präsident heute Nachmittag vorbeikommen würde – was ging es sie an! Sie hatte nicht vor, sich anders zu verhalten als sonst.

Das Geräusch eines Wagens, der in die Einfahrt bog, brachte sie unvermittelt in die Gegenwart zurück. Langsam drehte sie sich um und hielt die Hand über die Augen, um sich gegen die Sonne zu schützen. Bitte lass es nicht ihn sein, lieber Gott, betete sie. Ich weiß, gerade habe ich noch gesagt, dass es mir egal ist, aber das war ja bloß eine Notlüge. Ich muss mich erst darauf vorbereiten, diesem Mann gegenüberzutreten.

Ein roter Sportwagen bremste, und dann stieg der Fahrer auch schon aus und streckte sich, als hätte er viel zu lange hinter dem Steuer gesessen. Beth erkannte den Wagen zwar nicht wieder, hatte aber die untrügliche Ahnung, dass es Zach war. Als er in ihre Richtung blickte, setzte ihr Herzschlag aus. Ein strahlendes Lächeln breitete sich auf seinem Gesicht aus, als er sie schließlich erkannte.

„Beth!“

Mit großen Schritten kam Zach Ashton auf sie zu, und ihr war, als hätte ihr Herz ihr jetzt völlig den Dienst versagt ... was natürlich unmöglich war, denn sie fiel ja nicht tot um.

Er war nicht dick.

Kriegte auch keine Glatze.

Und ebenso wenig hatte er eine Brille auf.

Er war einfach vollkommen. Genau so, wie sie ihn in Erinnerung hatte: groß, schlank und umwerfend attraktiv! Seine Kakihose mochte zwar von der Reise zerknittert sein, aber das marineblaue Polohemd, das seine perfekten Brustmuskeln und breiten Schultern betonte, glich das schon längst wieder aus.

Er blieb vor ihr stehen, nahm seine Designersonnenbrille ab und zog sie fest an sich.

Er duftete nach frischer Luft und Sandelholz. Und in seinen starken Armen zu liegen, war einfach himmlisch. Etwa zwei Sekunden lang kämpfte sie gegen den Drang, ihre Wange an seine Brust zu schmiegen, dann gab sie jeden Widerstand auf. Wie oft hatte er sie so gehalten! Zum Beispiel als Sammy Potter sie von der Schaukel geschubst hatte. Als sie mit elf ihre Periode bekommen hatte und akzeptieren musste, dass sie ein Mädchen war. Und schließlich nach dem Tode ihres Vaters, als die Verzweiflung sie übermannte. Damals war sie sechzehn gewesen.

Schließlich trat Zach zurück, hielt aber immer noch ihre Taille umfasst. Er schaute zu ihr hinunter. „Mann, du siehst fantastisch aus.“

Das Blut schoss ihr in die Wangen. Sie sah alles andere als fantastisch aus in Jeans, T-Shirt und den alten Turnschuhen. Außerdem war sie verschwitzt und schmutzig vom Wühlen in den Blumenbeeten.

Sie sah – verflixt noch mal – wie eine Vogelscheuche aus.

„Hallo, Zach“, stieß sie hervor. „Du siehst ... großartig aus.“

Und das war die reine Wahrheit. Er hatte immer noch dunkelbraunes und volles Haar, selbst wenn er es jetzt kürzer geschnitten trug. Und diese Augen! So klar und blau wie damals. Sie schmolz dahin unter seinem Blick. Und erst sein Gesicht! Wie konnte jemand, der fast vierzig war, noch so unverschämt gut aussehen? Hier und da hatte sich ein kleines Fältchen eingegraben, was seinem Gesicht aber nur noch mehr Charakter verlieh.

„Mensch, hast du mir gefehlt!“, sagte er. „Was machst du denn hier? Besuchst du deine Mom?“

Das war‘s. Was von ihrer selbstbewussten Fassade noch übrig war, brach in sich zusammen. Sie war nicht nur geschieden und lebte bei ihrer Mutter – sie war immer noch in Zach Ashton verliebt!

„Nein“, gestand sie, und ihre Worte fielen überlaut in die Stille. „Ich wohne wieder hier. Ich arbeite im Cartersville General Hospital.“

Als sie sein erstauntes Gesicht sah, fühlte sie sich zutiefst gedemütigt.

„Ich dachte, du wärst glücklich ver…“

Sie schüttelte den Kopf und schnitt ihm das Wort ab. „Nicht mehr.“ Offenbar hatten beide Mütter Wort gehalten und Beths gescheiterte Ehe nicht erwähnt.

Zach ergriff ihre linke Hand und inspizierte ihren Ringfinger. „Ich …“ Er blickte ihr besorgt in die Augen. „Tut mir leid.“

Beth setzte ein künstliches Lächeln auf. „Mir nicht.“ Sie befreite ihre Hand. „Deine Mutter ist im Haus. Sie erwartet dich bestimmt schon sehnsüchtig.“

Er nickte geistesabwesend. „Ja, natürlich.“ Unvermittelt zeigte er mit dem Daumen auf seinen Wagen. „Ich sollte wohl besser meine Koffer holen.“

Beth blinzelte. „Deine Koffer?“

Das aufreizende Lächeln, das den Frauen des ganzen Distrikts – und denen des benachbarten obendrein – den Kopf verdreht hatte, erschien auf seinem ungemein attraktiven Gesicht. „Hat sie es dir denn nicht erzählt? Ich mache ein bisschen Urlaub. Ich bleibe zwei Wochen hier. Deshalb bin ich mit dem Auto gekommen, statt den Flieger zu nehmen.“

Zwei Wochen?

Zwei Wochen Tür an Tür mit ihm – das würde sie nicht überleben! Garantiert würde die Vergangenheit zur Sprache kommen. Er würde darüber reden wollen. Sie würde … Entschlossen verbot sie sich, diesen Gedanken zu Ende zu denken.

„Ich hab mir überlegt, dass ich vielleicht bei den Vorbereitungen zur Geburtstagsparty helfen könnte“, fügte er hinzu, als sie nicht antwortete.

„Das ist ja … großartig“, stieß sie hervor. „Einfach großartig.“

Er wich ein paar Schritte zurück, ohne diese faszinierenden blauen Augen von ihr abzuwenden. „Wie wär's mit einem gemeinsamen Abendessen oder so", schlug er beiläufig vor, in diesem unnachahmlichen erotischen, maskulinen Tonfall, der ihm angeboren schien wie das Atmen.

„Klar, gern", log sie.

Ein gemeinsames Abendessen kam überhaupt nicht infrage. Sie konnte nicht mit ihm zusammen essen. Sie konnte gar nichts mit ihm zusammen unternehmen. Panik stieg in ihr auf. Was war denn plötzlich in sie gefahren? Würde es denn nie aufhören, dass sie in seiner Gegenwart den Kopf verlor?

Zach war schon halb bei seinem Wagen angelangt, als er sich noch einmal umwandte und sie anerkennend musterte. „Du siehst umwerfend aus. Wirklich schön, dich wiederzusehen."

Beth gelang es zu lächeln, bis er gegangen war. Erst jetzt begann ihr Herz wieder in einem normalen Takt zu schlagen.

Sie kam sich vor wie eine Verurteilte.

Dazu verurteilt, eine Neuauflage ihrer qualvollen Jahre als Teenager zu durchleben, als sich ihr ganzes Leben um Zach Ashton gedreht hatte.

Sie würde alles daransetzen, zwischen ihrer Mutter und Mrs Ashton Frieden zu stiften. Zwei Wochen lang Tür an Tür mit Zach zu leben, war schlimm genug. Aber mit ihm gemeinsam eine Party dieser Größenordnung zu organisieren, ging entschieden über ihre Kräfte. Denn das würde bedeuten, Stunde um Stunde in seiner Nähe zu sein, um gemeinsam über Dekorationen, Musikauswahl, Speiseplan und das Verschicken von Einladungen zu entscheiden.

Beth legte den Rest des Weges zum Cottage im Laufschritt zurück. Jetzt musste sie unbedingt herausfinden, was plötzlich zwischen den beiden Freundinnen stand. Wie schwer konnte es schon sein, ein kleines Missverständnis – und das war es doch wohl – aus der Welt zu schaffen?

SIE WAR HIER.

Und sie war schöner denn je. Das Beste war, sie war nicht nur eine erwachsene Frau, sie war auch frei. Zach holte tief Luft und zwang sich, an etwas anderes als an Beth zu denken. In ihrer Gegenwart fühlte er sich wie benommen. Entschlossen verdrängte er, welch ein Schock es gewesen war, sie wiederzusehen.

Zach betrat das Haus durch den Haupteingang, erfuhr jedoch von Betty, der Haushälterin, dass seine Mutter sich hingelegt hatte.

Also beschloss er, seiner Mutter ein wenig Ruhe zu gönnen und sich in der Zwischenzeit schon mal häuslich einzurichten. Er schleppte sein Gepäck nach oben in sein altes Zimmer. Später trat er leise in das Zimmer seiner Mutter. Einen Moment lang betrachtete er sie lächelnd. Selbst mit fünfundsiebzig war sie noch eine attraktive Frau.

Er sog den Duft ihres Parfüms White Shoulders ein und schaute sich dann im Raum um. Hier sah es immer noch genauso aus wie in seiner Kinderzeit. Elegant, luxuriös. Seine Mutter hatte einen tadellosen Geschmack. Doch hinter der Fassade eines Snobs verbarg sich ein liebevolles Herz. Die ganze Stadt respektierte und liebte sie. Sie war die beste Mutter, die ein Mann sich wünschen konnte.

Auf einmal war Zach sehr froh, dass er gekommen war. Leise schloss er die Tür hinter sich und kehrte in sein Zimmer zurück. Auch hier war die Einrichtung unverändert geblieben: Überall wimmelte es von Fußballtrophäen, Mannschaftsfotos und Fähnchen, Andenken an Urlaubsreisen der Familie. Zach nahm ein Foto seines Vaters auf und lächelte wehmütig. Der Tag seiner Abschlussprüfung an der Uni. Sein Vater war förmlich vor Stolz geplatzt. Er fehlte Zach immer noch, obwohl er vor mehr als zehn Jahren gestorben war.

Vorsichtig stellte er das Bild wieder an seinen Platz auf der Kommode zurück und trat an das Doppelfenster gegenüber. Ans Fensterbrett gelehnt, beobachtete er Mrs McCormick und Beth unten im Rosengarten.

Wie wunderschön war sie gewesen, als sie ihn vor all den Jahren geküsst hatte! Bei der Erinnerung an ihren weichen Körper, daran, wie sie sich an ihn gepresst hatte, durchfuhr ihn ein Hitzestrom. Er hatte sie so sehr begehrt, wusste aber, dass es nicht sein durfte. Sie war erst siebzehn gewesen und er vierundzwanzig.

Aber er hatte sich so nach ihr verzehrt. Er liebte sie, solange er denken konnte. Erst später waren erotische Gefühle hinzugekommen. Dabei wusste er genau, dass es nicht richtig war. Jede Nacht hatte er sich Vorwürfe gemacht wegen dieser Träume, denen er nicht zu entrinnen vermochte. Dabei hatte er alles getan, was nur möglich war, um sie aus seinen Gedanken zu verbannen. Aber ganz gleich, mit wie vielen Mädchen er ausging, an seinen Gefühlen für Beth änderte das gar nichts.

Deshalb war er ihr schließlich konsequent aus dem Weg gegangen. Zum Glück war sie meistens nicht da, wenn er nach jenem Vorfall nach

Hause kam, weil sie inzwischen die Uni besuchte. Ein- oder zweimal nur waren sie sich über den Weg gelaufen, wenn er einen seiner Kurzbesuche bei seiner Mutter machte. Und dann hatte er gehört, dass sie heiraten werde, und gedacht, es sei gut so. Wenn sie einen anderen heiratete, dann konnte er endlich aufhören, auf sie zu warten, und sein Leben in vollen Zügen genießen.

Zach schloss die Augen und schüttelte den Kopf. Er hatte darauf gewartet, dass sie erwachsen wurde und mit dem Abschluss in der Tasche nach Hause kam. Aber sie konnte es ihm wohl nicht verzeihen, dass er sie damals zurückgewiesen hatte, und dann war es plötzlich zu spät.

Er dachte daran, wie sie sich vorhin angefühlt hatte, als er sie in den Armen hielt, und wie sie ihn dabei ansah. Ob sie es auch immer noch fühlte?

Aber diese alberne Idee schüttelte er schnell wieder ab. Sie hatten sich beide verändert. Alles war anders geworden.

Zach berührte die Glasscheibe, als könne er so Kontakt mit der Frau aufnehmen, die vor so langer Zeit, vor vierzehn Jahren, sein Herz erobert hatte.

Aber die Vergangenheit ließ sich nun einmal nicht zurückholen.

2. KAPITEL

Beth hatte schnell geduscht, um sich von dem Schmutz der Gartenarbeit zu befreien. Aber was sie an diesem Nachmittag auch tat, nichts befreite sie von dem Feuer, das Zach in ihrem Innern entfacht hatte. Sie schaffte es einfach nicht, ihn aus ihren Gedanken zu verbannen, so wie sie ihn sich früher nicht aus dem Herzen hatte reißen können. Er war immer da, drängte sich in all ihre Gedanken. Aber sie wollte nicht an ihn denken!

Sie seufzte und strich mit den Händen über den Baumwollstoff ihres Kleides. Dann musterte sie sich in dem großen ovalen Spiegel – und war zufrieden mit dem, was sie sah. Das Blassgelb des Stoffes bot einen reizvollen Kontrast zu ihrer gebräunten Haut. Sie hielt sich nicht damit auf, ihr schulterlanges Haar aufzustecken, sondern ließ es lose herabhängen, etwas, das sie eher selten tat. In ihrem Haar, entdeckte sie, waren mehr goldene Strähnen als gewöhnlich nach dem Sommer. Sie hatte ihrer Mutter so oft im Garten geholfen. Hausarbeit hatte ihr nie besonders gelegen. Stattdessen lockte es sie ins Freie. Ihr Vater hatte ihr die Liebe zur Natur eingeflößt, und obwohl er schon lange tot war, vermisste sie ihn immer noch schmerzlich.

Es half alles nichts. Zach drängte sich in ihre Gedanken und schob alles andere beiseite. Wenn er sie jetzt anschaute, sah er dann immer noch das kleine Mädchen von nebenan? Immerhin hatten sie sich vor fünf Jahren das letzte Mal gesehen. Oder nahm er sie als die Frau wahr, die sie so gern vor all den Jahren für ihn gewesen wäre? Beth schüttelte den Kopf, um diese lästigen Fragen zu verscheuchen. Was Zach dachte, war ihr doch letztlich gleichgültig. Ginge es nach ihr, dann würde er seine Koffer packen und jetzt gleich zu seiner schicken Anwaltskanzlei in Chicago zurückkehren. Wie hieß die noch gleich? Colby – ach ja.

Warum musste er eigentlich gleich zwei Wochen bleiben? Aber natürlich – vermutlich hatte Mrs Ashton ihn angerufen und ihm von ihrem Streit mit Beths Mutter erzählt. Wahrscheinlich hatte Colleen ihren einzigen Sohn angefleht, ihr beizustehen. Das konnte Beth gut verstehen, nach dem Herzanfall, den sie erlitten hatte. Und da sie keine anderen Kinder hatte – wen sollte sie sonst anrufen? Dennoch war Zachs Auftauchen ein Schlag für Beth. Es war reichlich egoistisch von ihr, so zu denken, aber es war die Wahrheit.

Alles, was sie während seines Aufenthalts tat oder sagte, würde von ihr daran gemessen werden, was er wohl denken mochte und ob sie Gefahr lief, ihm zu begegnen, sobald sie den Fuß vor die Tür setzte.

Es war wieder alles genauso wie damals vor vierzehn Jahren. Warum stand sie zum Beispiel jetzt sonst so lange vor dem Spiegel? Normalerweise warf sie nur einen flüchtigen Blick auf ihr Äußeres. Sie war nicht die Sorte Frau, die wer weiß wie viel Zeit vor dem Spiegel verbrachte, sorgfältig Make-up auflegte und sich eine aufwendige Frisur zulegte. War sie nie gewesen. In ihrem Bad gab es weder Haarspray noch Lockenstab, im Regal standen so gut wie keine Kosmetika. Dieser Gedanke veranlasste sie, ihr Gesicht und Haar einer noch strengeren Prüfung zu unterziehen. Seit Jahren hatte sie denselben Haarschnitt. Wurde es allmählich Zeit für eine Veränderung?

Beth warf der plötzlich unsicher gewordenen Frau im Spiegel einen strafenden Blick zu. „Du bist eine erwachsene Frau", sagte sie. „Also benimm dich auch wie eine."

Und nach diesem Schlusswort machte sie sich auf die Suche nach ihrer Mutter. Sie mussten sich in neutraler Umgebung, außerhalb des Dunstkreises der Ashtons, unter vier Augen unterhalten.

Beth wollte herausbekommen, was mit Colleen und Helen los war. Wenn es ihr gelang, die beiden miteinander zu versöhnen, wäre das auch die Rettung für sie. Helen würde darauf bestehen, die Planung der Party selber in die Hand zu nehmen, und Beth müsste sich dann nicht mit Zach treffen, um die Feier für seine Mutter auszurichten. Es wäre nicht mehr so schwierig, ihm aus dem Weg zu gehen.

Als Beth in die Küche kam, war Helen McCormick damit beschäftigt, Kartoffeln zu schälen. Mit fünfundsechzig war Helen immer noch eine anziehende Erscheinung. Sie hatte sich fit gehalten und hatte eine positive Einstellung zum Älterwerden. Zwar war ihr Haar jetzt mehr weiß als blond, aber sie flocht es immer noch genauso wie in Beths Kindheit und drehte sich die Zöpfe um den Kopf. Beth lächelte. Ihre Mutter war eine tolle Frau, die harte Arbeit nicht scheute und das Leben dennoch in vollen Zügen genoss.

Das war die wichtigste Gemeinsamkeit zwischen Helen und Colleen – ihre Lebenslust. Zacharius Ashton, Zachs Vater, hatte auch Helen in seinem Testament großzügig bedacht, aus keinem anderen Grund, als ihr seine Wertschätzung für all die Jahre zu zeigen, in denen sie seiner Frau eine so gute Gefährtin gewesen war. Nicht, dass die McCormicks irgendetwas verlangt hätten. Das Cottage gehörte Helen auf Lebenszeit. Ihr Gehalt hatte immer über dem Durchschnitt gelegen, ebenso wie das von Beths Vater. Eines konnte man den Ashtons ganz gewiss nicht vorwerfen: mangelnde Fairness.

Ein halbes Jahrhundert lang war alles völlig reibungslos verlaufen. Was war also passiert, dass sich in einer so stabilen Beziehung wie der zwischen ihrer Mutter und Mrs Ashton Brüche zeigen konnten?

„Lass uns doch heute Abend lieber auswärts essen, Mom", schlug Beth vor. Sie ging zu ihrer Mutter hinüber. „Du hast heute schwer geschuftet, du brauchst eine Pause."

Helen schaute nicht auf. „Danke, mein Schatz, aber ich habe mir fest vorgenommen, die Kartoffelsuppe nach dem Rezept deiner Großmutter zuzubereiten."

Beth zuckte die Achseln. Umsonst, das ganze Styling. „Und was kann ich tun?" Sie streckte die Hand nach der Schublade aus, in der die Schürzen lagen, und überlegte, welche Zutaten sie brauchen würden.

„Du kannst dich ausruhen", sagte Helen, die sie immer noch nicht ansah. „Ich muss noch ein bisschen nachdenken."

Beth lehnte sich seitlich an den Küchentresen. „Mom, guck mich doch mal an." Sie verschränkte die Arme vor der Brust und wartete. Als ihre Mutter endlich nachgab und sich ihr zuwandte, fuhr sie fort: „Ich weiß nicht, was hier los ist, aber ich wünschte, du würdest mich ins Vertrauen ziehen. Diese Spannungen zwischen euch sind zermürbend. Ich merke doch, wie sich die Situation auf dich auswirkt, und erst recht auf Mrs Ashton."

Helen ließ das Messer fallen, und die fast fertig geschälte Kartoffel purzelte in das Spülbecken. „Ich kann es dir nicht sagen", erwiderte sie, während sie sich die Hände an einem Geschirrtuch abtrocknete. Dann faltete sie das Tuch fein säuberlich und legte es auf den Tresen. „Das ist eine Sache zwischen Colleen und mir."

So leicht ließ Beth sich nicht abschrecken. „Du hast aber doch gesagt, bestimmte Dinge müssten endlich mal zur Sprache kommen."

Helen schaute sie aus ihren dunkelbraunen Augen, die Beth von ihr geerbt hatte, an. „So einfach ist das leider nicht."

Beth schüttelte den Kopf. „Das verstehe ich nicht. Was kann denn so schlimm sein, dass du es nicht laut auszusprechen wagst?"

Helen wandte den Blick ab, aber Beth hatte schon gesehen, dass sie mit ihren Worten den Nagel auf den Kopf getroffen hatte. Es war also schlimm! Es war sogar sehr schlimm.

„Na schön." Beth hatte plötzlich einen Kloß im Hals. „Wir müssen ja nicht jetzt gleich darüber sprechen. Entschuldige. Du bist schon so lange mit Colleen befreundet, ihr werdet euch schon wieder zusammenraufen. Kommt Zeit, kommt Rat."

Helen stützte sich mit beiden Händen auf den Tresen und starrte in die Schüssel mit den Kartoffeln.

Beth wollte sich schon ein zweites Mal entschuldigen, da läutete das Telefon. Sie seufzte, ging zur Hintertür und nahm den Hörer von dem alten beigefarbenen Wandapparat. Sie brachte sogar ein leidlich freundliches „Hallo" zustande.

„Miss Beth?"

„Ja." Sie runzelte die Stirn. Die Stimme eines Mannes, die klang wie ...

„Hier ist Bürgermeister Chadwick." Die aristokratische Stimme, wie immer eine Spur zu laut, war unverkennbar.

„Wie geht es Ihnen?" Beth hoffte, dass er mit ihrer Mutter sprechen wollte. Wenn dieser Mann erst mal loslegte, dann konnten Stunden vergehen, ehe er zum Punkt kam.

„Mir geht's gut, meine Liebe, und Ihnen?"

„Könnte nicht besser sein", log Beth unverfroren.

„Heute Abend trifft sich der Stadtrat im Restaurant, um Miss Colleens Geburtstagsfeier zu koordinieren. Da Sie ja jetzt für die Planung zuständig sind, wollte ich nur mal fragen, ob Sie nicht zu uns stoßen wollen."

Um ein Haar hätte Beth laut aufgestöhnt. „Und wann?" Sie schaute auf ihre Uhr. Es war sechs.

„Geht halb sieben in Ordnung? Josie hat heute Hähnchensteak im Angebot." Er kicherte. „Das beste Hähnchensteak weit und breit, wissen Sie."

Das hatte ihr noch gefehlt, eine Überdosis Cholesterin und Langeweile. „Gern", sagte Beth, der vor dem Abend grauste. „Ich komme dann."

„Zach habe ich schon angerufen. Er wird auch da sein."

Beth blieb der Mund offen stehen. Bevor sie sich eine Antwort einfallen lassen konnte, verabschiedete sich der Bürgermeister und legte auf. So schnell schon – das konnte einfach nicht wahr sein. Sie brauchte mehr Zeit, um sich vorzubereiten. Sich gegen Zachs unwiderstehlichen Charme zu stählen.

Nun, vielleicht konnte sie Helen ja überreden, sie zu begleiten. Beth war bereit, nach jedem Strohhalm zu greifen.

„Das war der Bürgermeister. Er hat mich gebeten, mich mit dem

Stadtrat zu treffen. Es geht um Mrs Ashtons Geburtstag. Warum kommst du nicht mit, Mom?"

Ihre Mutter drehte sich zu ihr um. Beth erschrak, als sie die Tränen in ihren Augen sah. Helen McCormick weinte nie. Sie war eine starke Frau. Beth hatte sie nur ein Mal im Leben weinen sehen, und das war nach dem Begräbnis ihres Vaters gewesen.

„Bitte lass mich dir doch helfen", sagte Beth leise. „Es gibt für alles eine Lösung."

„Was auch geschehen mag", erwiderte ihre Mutter, und ihre Stimme zitterte dabei, „du darfst nicht vergessen, dass ich dich mehr als alles andere auf der Welt liebe."

„Mutter ..."

Helen schüttelte den Kopf. „Geh nur." Sie griff nach der nächsten Kartoffel. „Ich will jetzt nicht mehr darüber reden."

Zach setzte sich ans Steuer und fuhr zum Haus der McCormicks. Bürgermeister Chadwick hatte erwähnt, dass er Beth auch zu dem Essen einladen wollte. Da ihr Wagen noch in der Einfahrt stand, war sie wohl noch nicht losgefahren. War es da nicht vernünftiger, zusammenzufahren? Während der Fahrt würden sie außerdem die Gelegenheit haben, über ihre Mütter zu reden.

Als wären diese Überlegungen sein wahres Motiv!

Die Wahrheit war, dass er ein paar Minuten mit ihr allein verbringen wollte. So einfach war das, und so kompliziert zugleich.

Während er den Motor ausschaltete, verbannte er diesen Gedanken in einen Winkel seines Kopfes. Er wäre ein schlechter Nachbar, wenn er sie nicht fragte, ob er sie mitnehmen könne. Zach lächelte, als er ausstieg und auf die Tür zuging. Ganz genau. Dies war nicht die Großstadt. Hier scheuten die Leute nicht die Mühe, ihren Nachbarn tatkräftig zu helfen. Diese Geste würde nicht falsch verstanden werden. Denn er wollte auf keinen Fall, dass Beth ihn missverstand.

Dabei verstand er sich eigentlich selber nicht. Er hatte nicht die geringste Ahnung, was in seinem Kopf vorging. In seinem Gefühlsleben herrschte Aufruhr – nicht nur wegen seiner Mutter. Die pure Verwirrung. Eins war klar: Seine Mutter brauchte ihn, und alles andere musste dagegen in den Hintergrund treten. Ganz besonders diese verrückten Anwandlungen, die Beth in ihm auslöste.

Vor der verwitterten Tür des Cottages blieb Zach stehen. Er betrachtete den von Efeu umrankten Torbogen. Für ihn war dieses Haus immer ein magischer Ort gewesen. Beths Vater war ein Zauberer mit Pflanzen und Blumen. Ihre Mutter rührte immer in irgendeinem großen Topf, und bei ihr gab es die leckersten Plätzchen der Welt. Und Beth … nun ja, sie war die Feenprinzessin, die über dieses Schloss herrschte. Die im Mondlicht Pirouetten drehte und tagsüber in wundersamer Weise immer genau da auftauchte, wo er sich gerade aufhielt. Ob er Fußball spielte oder ein Geschichtsreferat schrieb, sie war da, stellte Fragen, wollte ihm helfen, lenkte ihn ab, brachte ihn zum Lachen. Verdrehte ihm den Kopf.

Du willst es nicht so weit kommen lassen, sagte er sich wieder.

Dann schüttelte er den Gedanken an die Vergangenheit ab und hob die Hand, um anzuklopfen. Im selben Augenblick ging die Tür auf.

Beth stieß einen überraschten Laut aus und presste die Hand an ihren Hals. „Oh, hallo, Zach“, sagte sie mit dieser rauchigen Stimme, die nur zu klar zeigte, wie erwachsen die süße kleine Beth geworden war.

Er konnte nicht dagegen an: Sein Blick glitt über ihren Körper. Ihr blassgelbes Kleid war nicht zu kurz, der Saum endete ein paar Zentimeter über den Knien. Direkt figurbetont war es nicht, sondern umspielte locker ihren Körper. Der Halsausschnitt war für seinen Geschmack nicht tief genug. Alles in allem war es ein schlichtes Kleid, das vor allem bequem sein sollte. Aber an ihr war es perfekt – und wahnsinnig sexy. Die Farbe bildete einen lebhaften Kontrast zu ihrer frischen, gesunden Haut. Sie trug kein Make-up, und ihr seidenweiches Haar schmiegte sich an ihre glatten Wangen. Sie sah nicht wie einunddreißig, sondern wie einundzwanzig aus.

Beth McCormick war wunderschön.

Plötzlich überkam ihn der unwiderstehliche Impuls, sie zu berühren. Schnell steckte er die Hände in die Hosentaschen und erstickte dieses Gefühl im Keim, bevor es sie beide in schreckliche Verlegenheit stürzen konnte.

„Chadwick hat mir erzählt, dass er dich anrufen würde“, sagte Zach und neutralisierte seine Gefühle, wie er es im Gerichtssaal oder in zähen Verhandlungen tat. „Ich dachte, wir könnten zusammenfahren.“

Die dunklen Augen weiteten sich, und es sah fast so aus, als wolle sie ihm einen Korb geben. Ja, sie wirkte sogar ausgesprochen panisch.

„Los, komm schon, Beth“, stichelte er. „Ich beiße nicht. Wir fahren nur gemeinsam in die Stadt.“

Überzeugt wirkte sie nicht. Gereiztheit stieg in ihm auf und vertrieb die Gelassenheit, die er in ihrer Gegenwart hatte an den Tag legen wollen. Was sollte das? Wofür hielt sie ihn? Für den bösen Wolf, der sie fressen wollte? Früher hatte sie nie Angst vor ihm gehabt. War sie immer noch sauer auf ihn, weil er sie vor all den Jahren abgewiesen hatte? Wenn sie nur wüsste, wie gern er auf ihr Angebot eingegangen wäre …

„Ich wollte selber fahren“, verkündete sie und schaute ihm ohne jede Spur von Angst oder Scheu in die Augen.

Er seufzte demonstrativ. „Hör zu.“ Er erwiderte ihren offenen Blick. „Lassen wir die Vergangenheit endlich ruhen. Wir sind doch beide erwachsene Menschen.“

Ihr Blick veränderte sich kaum merklich – er wusste es sich nicht zu deuten.

„Du hast recht“, sagte sie dann und trat über die Schwelle, sodass sie direkt vor ihm stand. „Ich freue mich, dass du das endlich bemerkst.“

Sie schob sich an ihm vorbei. Der flüchtige Körperkontakt jagte ihm einen Schauer über den Rücken. Ein Hauch von Rosenduft umschwebte ihn.

Verblüfft fuhr Zach herum und beobachtete, wie sie zu seinem Auto ging. Was für Beine! Und dieser sanfte Hüftschwung! Er hatte Mühe zu atmen.

Oh ja. Eine erwachsene Frau, das war sie in der Tat.

Aber sie war immer noch Beth, und das durfte er nicht vergessen. Sie war nicht wie die Frauen, mit denen er sich normalerweise traf. Beth war eine Frau, mit der man sein Leben teilte. Er runzelte die Stirn bei dem Gedanken an den Exehemann, den er nie offiziell kennengelernt hatte. Aber Zach brauchte ihn auch nicht zu kennen, um zu wissen, dass er ihn nicht leiden konnte. Jeder, der Beth kränkte, war sein Feind.

Zach biss die Zähne zusammen und ging Beth nach zum Wagen. Wie sehr er sich auch zu ihr hingezogen fühlte, er würde niemals die Situation ausnutzen. Dazu bedeutete ihm Beth zu viel. Selbst wenn sie Rachegelüste hegte und den Plan fassen würde, ihm zu beweisen, dass sie ihn jederzeit verführen konnte, er würde es nicht so weit kommen lassen. Bei diesem Gedanken lachte er fast laut heraus. Wunschdenken. Was er für sie fühlte, konnte er nicht leugnen. Aber … er würde sie beschützen, so wie er es immer getan hatte.

Er würde sie sogar vor seinen verbotenen Gefühlen schützen.

„Eine Parade?“, wiederholte Beth. Sie musste sich verhört haben. Die Geburtstagsparty für Mrs Ashton verwandelte sich allmählich in einen Zirkus.

„Ja“, bestätigte Mr Chadwick begeistert. „Na, Miss Colleen ist doch unsere meistgeschätzte Mitbürgerin. Und dieser feierliche Anlass ist mehr als Grund genug, mal so richtig auf den Putz zu hauen.“

„Wir wollen auch eine hochoffizielle Ehrung vorbereiten“, mischte sich Harve Baker, der zweite Bürgermeister, ein. „Wie eine Art Schlüsselübergabe, nur feierlicher.“

„Und Sie sind sicher, dass das nicht zu viel des Guten wäre?“, hakte Zach nach. Er meldete sich zum ersten Mal zu Wort, seit die Gruppe sich begrüßt und die Diskussion eröffnet hatte.

Beth warf einen verstohlenen Blick auf ihn. Bei ihrer Ankunft hatte sie dafür gesorgt, dass er sich nicht neben sie setzen konnte. Als er sah, dass alle Plätze am Tisch besetzt waren, hatte er sich in einer Nische gegenüber dem Bürgermeister niedergelassen und wirkte völlig entspannt.

Er sah unverschämt gut aus. Sein hellblaues Hemd unterstrich das Himmelblau seiner Augen. Die dunkelblaue Hose spannte sich über dem knackigsten Hintern, den sie je gesehen hatte. Und als Ärztin hatte sie so einige gesehen.

„Das glaube ich nicht“, warf Viola, das einzige weibliche Mitglied des Stadtrats, ein. „Dasselbe haben wir für Bert Sacks gemacht, nachdem er es geschafft hatte, in eine Fernsehshow eingeladen zu werden. Warum also nicht auch für Colleen?“

Mit Mühe unterdrückte Beth ein Aufstöhnen. An die Parade für Bert erinnerte sie sich nur zu gut. Die einzige Berühmtheit der Stadt. Obgleich Beth damals nicht hier gelebt hatte, war sie an einem Wochenende zu Besuch und bekam mit, wie die ganze Stadt auf den Beinen war, um Bert zu feiern. Um ein Haar hätte sie gleich wieder kehrtgemacht, um nach Indianapolis zurückzufahren. Das Einzige, was sie davon abhielt, war, dass sie dringend eine Auszeit brauchte, weniger von der Arbeit als von ihrer Beziehung, die eine Katastrophe war. Aber diese Ehe war von Anfang an zum Scheitern verurteilt gewesen …

Rasch schob Beth die Gedanken an Matt und die Scheidung weg. Im Moment hatte sie keine Zeit, über Männer, ob verflossene oder anwesende, nachzudenken.

„Ganz recht, Viola“, sagte der Bürgermeister gerade. „Wir werden Colleen nicht enttäuschen. Ihre Parade wird der von Bert mindestens ebenbürtig sein.“

Viola und die anderen Ratsmitglieder nickten zustimmend. Beth verzog unauffällig das Gesicht. Das Schulorchester, die Pfadfinderinnen, die örtlichen Freizeitklubs – alle würden mitmischen. Beth presste die Finger an ihre Schläfen und wünschte, sie wäre wer weiß wo, nur nicht hier.

„Das wäre doch genau das Richtige für dich, Beth, findest du nicht auch?“, fragte Viola.

Beth schreckte aus ihren Träumereien auf. Ihre Wangen wurden heiß. Niemand – ganz besonders nicht Zach – sollte merken, dass sie nicht aufgepasst hatte. „Oh, sicher“, sagte Beth, ohne zu wissen, worum es ging. „Klingt großartig.“

Er beobachtete sie, stellte sie fest, und lächelte leicht. Ein Blick auf seine vollen Lippen – und sie malte sich aus, wie sein Mund sich wohl anfühlte.

„Aufgepasst“, ließ sich hinter ihr die energische Stimme einer Frau vernehmen.

Die Kellnerin ging um den Tisch herum und verteilte die Teller, die sie auf beiden Händen balancierte. Ein weißer Keramikteller, beladen mit grünen Bohnen, Hähnchensteak und Kartoffelbrei mit dicker Sahnesoße, wurde vor sie auf den Tisch gestellt. Schon bei dem Anblick spürte Beth, wie sich ihre Arterien verstopften. War sie die Einzige, die ein bisschen länger leben wollte? Sie sah sich verstohlen um und fing dabei Zachs Blick auf, der sie neugierig beobachtete. Er lächelte jetzt unverhüllt, nahm eine Gabel voll Kartoffelbrei und schob sie sich in den Mund – eine demonstrative Herausforderung!

Sofort war Beth wieder in jenem Sommer, als sie zwölf Jahre alt und überzeugt war, sie könne Zach in allem, was er tat, übertreffen – sogar mehr von der Zitronenbaisertorte verdrücken, die ihre Mutter gebacken hatte.

Bis heute konnte sie Zitronentorte nicht ausstehen. Schon bei dem Anblick wurde ihr übel.

Aber dann verbannte Beth die Vergangenheit in den hintersten Winkel ihres Kopfes. Es würde Zach Ashton nicht gelingen, ihre vorbildliche Disziplin zu untergraben. „Verzeihung“, sagte sie zu der Kellnerin. „Ich hab‘s mir anders überlegt. Ich hätte gern einen Salatteller. Das Dressing getrennt, bitte.“

„Unglaublich, dass du dir Josies Hähnchensteak hast entgehen lassen.“ Zach lachte, während er auf dem Heimweg mit dem Auto in die Main Street einbog. „Es hat vorzüglich geschmeckt.“ Er warf einen Blick auf seine stumme Mitfahrerin. Im Mondlicht sah sie sogar noch schöner aus! Schnell schaute er wieder nach vorn und blinzelte mit den Augen, um ihr Bild zu verscheuchen. Er durfte so nicht denken, aber irgendwie schaffte er es nicht, seinen Verstand und seine körperlichen Empfindungen in Einklang zu bringen.

„So was nennt sich Gesundheitsbewusstsein“, erklärte Beth spitz. „Du solltest vielleicht auch mal darüber nachdenken. Schließlich wirst du nicht jünger.“

„Autsch, Volltreffer“, erwiderte er. „Wenn ich ein einziges Mal beim Abendessen über die Stränge schlage, wird mich das schon nicht unter die Erde bringen.“ Er runzelte die Stirn. „Seit wann bist du eigentlich so verkrampft in solchen Kleinigkeiten?“

Sie winkte ab. „Das war wieder mal typisch Mann, Ashton“, sagte sie gereizt. „Du denkst, weil du hin und wieder mal eine Partie Squash spielst oder ein-, zweimal die Woche ein paar Kilometer auf dem Laufband absolvierst, bist du gegen das Älterwerden gefeit.“

Unglaublich! Wollte sie etwa andeuten, dass er gealtert war? „Was hat mein Alter denn damit zu tun?“, wollte er wissen. Er joggte jeden geschlagenen Tag fünf Kilometer. Und dreimal die Woche rackerte er sich im Fitnesscenter ab.

„Spielchen, Ashton“, fuhr sie ihn an. „Du spielst immer noch dieselben pubertären kleinen Spielchen. Du dachtest, wenn du es isst, dann esse ich es auch. Und sag jetzt bloß nicht, mit dieser ersten Gabel Kartoffelbrei hättest du mir nicht den Fehdehandschuh hinwerfen wollen. Weißt du noch, die Zitronentorte? Du wolltest immer beweisen, dass du besser bist als ich, weil du ein paar Jahre älter warst und obendrein ein Junge.“

„Ein Junge?“ Er warf einen Blick auf seine hübsche, aber nichtsdestoweniger verwirrende Begleiterin. Dann grinste er. Sie bebte vor Zorn. Was sie so wütend machte, konnte er nicht mit Sicherheit sagen. Wenn es nach ihm ginge, konnten sie die Vergangenheit ruhig begraben – falls es das war, was sie aufbrachte. „Ich dachte, wir wären uns einig, dass wir jetzt beide erwachsene Menschen sind.“

Sie verschränkte die Arme vor der Brust. „Nun ja, zumindest einer von uns.“

Er bremste an einer roten Ampel. Wie bitte, war er jetzt auf einmal unreif, weil er das Steak und Kartoffelbrei gegessen hatte? Er überhörte die innere Stimme, die ihm sagte, dass sie recht hatte. Er hatte sie herausgefordert. Es war Instinkt. Wenn er mit Beth zusammen war, achtete er darauf, sie wie einen der Jungs zu behandeln. Nur so konnte er vermeiden, dass er etwas ausgesprochen Dummes tat – sie küssen zum Beispiel.

„Wärst du so nett, mir diese Bemerkung zu erklären?“, sagte er, um ihrem Verhalten ein für alle Mal auf den Grund zu gehen. Das merkwürdige Verhalten seiner Mutter lag ihm schon schwer genug im Magen. Konnten Beth und er nicht wenigstens höflich zueinander sein? „Die Beweislast liegt beim Antragsteller“, fügte er hinzu, als sie keine Antwort gab.

Beth verdrehte die Augen. „Verschone mich mit deinem Rechtsanwaltsjargon. Du weißt ganz genau, was ich meine.“

„Du behauptest, einer von uns sei unreif. Und da möchte ich eben gern wissen, wie du zu dieser Schlussfolgerung gelangt bist.“

Sie wandte sich ihm zu. Sie hatte die Beine übereinandergeschlagen und merkte nicht, dass ihr Kleid hochgerutscht war und ein ganzes Stück ihrer Oberschenkel freiließ. Zach wurde bei diesem Anblick der Mund trocken.

„Na, mal sehen“, begann sie und zählte die einzelnen Punkte auf der Liste an den Fingern ab. „Da wäre erstens der knallrote Sportwagen und dann das Styling wie aus dem Männermagazin.“ Sie schüttelte bedauernd den Kopf, als litte er an einer unheilbaren Krankheit. „Ganz zu schweigen von dieser durch und durch machohaften Einstellung.“

Sein Fuß ging automatisch zum Gaspedal, als die Ampel auf Grün schaltete. „Was ist denn verkehrt an meinem Auto und der Art, wie ich mich kleide?“ Er wurde wütend. Zugegeben, ein wenig Macho war er schon – na und? Ohne eine kräftige Portion Selbstbewusstsein konnte ein Mann in seinem Job sich nicht durchsetzen.

Sie hob gleichgültig eine Schulter, oder war es eine verächtliche Geste? „Ich finde, jeder Mann um die vierzig, der das Bedürfnis hat, seine Unsicherheit so deutlich zum Ausdruck zu bringen, ist unreif.“

Unsicherheit? Der Blick, den er ihr zuwarf, schleuderte Blitze. „Du meinst also, ich hätte mir diesen Wagen zugelegt, weil ich auf die vierzig zugehe und deswegen die Nerven verliere?“

Sie legte triumphierend den Kopf auf die Seite. „Ja, genau das meine ich.“

Jetzt konnte er seine Wut nicht mehr bezähmen. Er fuhr nicht einmal langsamer, als die nächste Ampel von Gelb auf Rot schaltete, bevor er sie passiert hatte.

„Das stimmt nicht“, sagte er betont langsam und präzise. „Ich bin nicht in der Midlife-Crisis. Dieses Auto habe ich mir gekauft, weil es mir gefällt. Und mit meiner Kleidung ist alles hundertprozentig in Ordnung." Er bog in die Hunter Ridge Road ein. „Oder mit meinen Essgewohnheiten. Ich darf gelegentlich ruhig was anderes als Blätter und Zweige zu mir nehmen."

Sie lächelte nachsichtig. „Jedes Wochenende gehst du mit einer anderen Frau aus. Unter der Woche hast du keine Freizeit", fügte sie hinzu und hatte damit sein Privatleben in zwei kurzen Sätzen auf den Punkt gebracht. „Du redest dir ein, dass später noch genug Zeit für Ehe und Kinder sei. Das rechtfertigt dein Singledasein und befreit dich von der Verpflichtung, dich zu binden."

Er schüttelte ungläubig den Kopf. Woher wusste sie das alles? „Was soll das sein? Ein Kurs in Amateurpsychologie?"

„Habe ich nicht recht?"

Oh, jetzt begriff er. Es war ein Trick! Sie hatte diesen Köder ausgelegt, um ihn zu Geständnissen zu bringen. Sie wollte mehr über sein Privatleben wissen – sein Sexleben.

„Habe ich recht?", wiederholte sie und legte besondere Betonung auf das letzte Wort.

„Wenn du wissen willst, wie oft ich Sex habe, dann frag doch direkt. Und wie würdest du es außerdem nennen, wenn man sich nach fünf Jahren von dem Mann scheiden lässt, den man angeblich geliebt hat?" Die nächste Ampel gab ihm die Gelegenheit, sie anzusehen und auf ihre Antwort zu warten.

Die Stille zog sich quälend in die Länge.

Sie würde nichts sagen. Diese Runde ging an ihn. Das verschaffte ihm allerdings keinerlei Befriedigung. Außerdem war ihm klar, dass er sich mit seiner herzlosen Frage verraten hatte – die Tinte auf ihren Scheidungspapieren war noch nicht einmal trocken. Und sie wusste jetzt, dass er Bescheid wusste.

„Ich würde sagen, es war ein Fehler", erwiderte sie schließlich. Ihr Kinn zitterte leicht.

Er wich ihrem Blick nicht aus, so schwer es ihm auch fiel nach dem Schlag, den er ihr versetzt hatte. Am liebsten hätte er sie in die Arme genommen und sich wortreich entschuldigt.

„Die Scheidung oder die Heirat?", fragte er leise.

Sie wollte lügen. Gott, wie gern hätte sie die Wahrheit geleugnet …

„Die Heirat", stieß sie hervor. „Ein Riesenfehler. Aber wir sind immer noch Freunde."

Sie sah das Mitgefühl in seinen Augen aufflackern. Wie erbärmlich das alles war!

„Tut mir leid", sagte er zerknirscht. „Ich hätte nicht …"

„Ist schon gut." Sie wollte nicht hören, was sie bereits in seinen Augen gesehen hatte.

„Sind wir fertig mit dem Streiten?", fragte er sanft – zu sanft.

Sie starrte in die Ferne. „Vermutlich."

„Was fangen wir denn jetzt mit unseren Müttern an?"

Beth schloss die Augen. „Keine Ahnung. Ich weiß ja nicht mal, was überhaupt los ist."

Zach fuhr weiter. „Ich komme auch nicht dahinter. Aber Mom ist nicht so wie sonst. Ganz verändert."

„Verändert? Inwiefern?"

Er stieß die Luft aus. „Ich weiß auch nicht genau. In drei Minuten hat sie mir dreimal gesagt, dass sie mich liebt. Sie war richtig anhänglich."

Beth verstand, was er meinte. Colleen Ashton war eine starke Frau, darin übertraf sie sogar ihre Mutter. Und es war noch nie ihre Art gewesen, ihre Gefühle zu zeigen. Sie gab sich immer betont zurückhaltend.

„Und deine Mutter sagt dir nichts?", erkundigte er sich, während er anhielt und den Motor und das Licht ausschaltete.

„Kein Wort."

„Wir müssen dieser Sache auf den Grund gehen", sagte er. Seine Stimme hüllte sie in der stillen, dunklen Abendluft ein. „Sie sind beide zu alt, um verfeindet zu sein. Überleg mal, wie sie sich fühlen würden, wenn einer von ihnen was passieren würde."

Beth nickte. „Was können wir tun?"

„Einfach weiterbohren, bis wir rauskriegen, was passiert ist."

Auf einmal wünschte sich Beth, Zach würde sie in die Arme nehmen. Noch ein Beweis, dass sich im Grunde nichts geändert hatte. Sie konnten sich anschreien, und im nächsten Augenblick war alles wie vorher. „Gute Idee", murmelte sie, dann stieg sie schnell aus. Sie würde sich nicht von ihren Gefühlen überwältigen lassen.

Zach folgte ihr zum Haus. Vor der Tür blieb sie stehen und betrachtete ihn im Licht der Außenlampe. Sie würde ihm gleich hier Gute Nacht sagen und ihn nicht ins Haus bitten. Mehr konnte sie heute nicht verkraften.

„Danke fürs Mitnehmen", sagte sie lahm.

„Jederzeit wieder." Seine tiefe Stimme war heiser.

„Gute Nacht, Zach." Sie sprach atemlos. Aber wie sollte es auch anders sein, wenn er ihr so nah war und ihr Herz so heftig schlug? Sie wollte zurückweichen, aber die Tür schnitt ihr den Weg ab.

Als er auf ihren Mund schaute, stieß sie die Luft aus.

„Gute Nacht", murmelte er.

Langsam, ganz langsam beugte er sich zu ihr hinunter. Ihr Herz schlug so wild, dass sie dachte, er könne es hören. Sie befeuchtete ihre Lippen, bereitete sich darauf vor, dass er sie mit den seinen berühren würde.

Doch das tat er nicht. Stattdessen drückte er ihr nur einen Kuss auf die Stirn.

Wie bei einem Kind. Einer kleinen Schwester.

„Bis morgen dann." Mit einem letzten atemberaubenden Lächeln drehte er sich um und ging. „Ach, übrigens – ich finde es toll, dass du es übernommen hast, das Motto für die Party zu finden." Er zwinkerte ihr zu und stolzierte davon.

Das Motto?

Beth sank entnervt gegen die alte Holztür und sah ihm nach. Das also hatte Viola gemeint. Sie verwünschte sich im Stillen. Was hatte sie eigentlich mit diesem Motto zu schaffen? Schließlich war sie Ärztin und kein Partyservice.

So oder so musste sie zwischen den beiden Müttern vermitteln und für eine Versöhnung sorgen. Das stand ganz oben auf ihrer Liste. Denn es ging einfach über ihre Kräfte, so viel Zeit mit dem einzigen Mann zu verbringen, den sie je wirklich geliebt hatte – und der in ihr immer noch das Mädchen von nebenan sah.

3. KAPITEL

Schwungvoll unterschrieb Colleen Ashton den Brief, den sie soeben geschrieben hatte, faltete ihn sorgfältig zusammen und schob ihn in den geprägten Umschlag. Dann versiegelte sie ihn, schrieb den Namen ihres Sohnes auf das Kuvert und legte ihn beiseite, um ihn später im Safe zu deponieren.

Obwohl sie normalerweise nicht so nah am Wasser gebaut war, kämpfte sie schon zum zweiten Mal an diesem Tag mit den Tränen. Trotzdem – nichts und niemand würde sie davon überzeugen können, dass sie einen Fehler machte. Nicht einmal Helen, der sie unbegrenztes Vertrauen entgegenbrachte. Der Gedanke, dass sie und Helen nun schon länger als vierundzwanzig Stunden kein Wort mehr miteinander gewechselt hatten, lastete ihr schwer auf der Seele. Colleen bezweifelte, ob sie Helen jemals würde umstimmen können.

„Wir haben ein Problem!"

Colleen blickte überrascht auf. Mit Helen hatte sie nicht gerechnet. Sie stand auf und straffte die Schultern.

„Ich dachte, wir reden nicht mehr miteinander", sagte Colleen entschlossen, als ihre Freundin vor dem antiken Schreibtisch stehen blieb.

„Das tun wir auch nicht", konterte Helen. „Es handelt sich um einen Notfall."

„Und um welche Art von Notfall?"

Es brachte Helen maßlos auf, dass Colleen selbst in Kleinigkeiten so entsetzlich pedantisch sein konnte.

„Beth hat Verdacht geschöpft."

Colleen behielt die Nerven. „Das wundert mich überhaupt nicht. Nach der kleinen Vorstellung, die du hier gestern hingelegt hast, weiß bestimmt die ganze Welt, dass es irgendwelche Probleme gibt."

„Nein", entgegnete Helen scharf. Das Wort traf Colleen wie ein Peitschenhieb. Furcht stieg in ihr auf.

„Sie hat einen konkreten Verdacht. Und ich bin mir sicher, sie hat mit Zach darüber geredet."

Colleen nickte. „Hat sie. Gestern Abend hat Zach mich ins Kreuzverhör genommen."

„Es ist also höchste Zeit." Helen sah Colleen eindringlich an. „Stell dir vor, du wärst an deinem Herzanfall gestorben, was dann? Ich kann dieses Geheimnis nicht mit ins Grab nehmen, ich ertrage es einfach nicht mehr."

„Aber ich bin nun einmal nicht gestorben“, erwiderte Colleen trotzig. „Und selbst wenn, hätte das nichts geändert. Das weißt du genauso gut wie ich.“

„Wir machen einen großen Fehler, wenn wir noch länger die Wahrheit verschweigen“, beharrte Helen verzweifelt. „Das musst du doch einsehen.“

„Wenn das alles ist, was du zu sagen hattest, dann ist es sinnlos, dieses Gespräch fortzusetzen.“ Colleen wich keinen einzigen Zentimeter zurück. „Du und Beth, ihr gehört beide zu dieser Familie, Helen. Aber so viel du mir auch bedeutest, ich werde nicht zulassen, dass du in dieser Sache eigenmächtig handelst.“

Helen schüttelte den Kopf. Tränen glänzten in ihren Augen. „Aber wir waren doch noch so jung. Wir haben nicht über die Konsequenzen nachgedacht.“

Auch Colleen kämpfte mit den Tränen. „Helen McCormick, ich verlange von dir, dass du diesem Schwur bis zum Tage meines Todes treu bleibst.“

„Wir sind im Unrecht.“ Helen wischte sich eine Träne von der Wange, die sich trotz ihrer eisernen Selbstbeherrschung ihren Weg gebahnt hatte.

„Das mag sein. Dennoch bleibe ich bei meiner Entscheidung. Wenn es ein Fehler ist, dann trage ich die Verantwortung. Du hast nichts zu verlieren.“

Qualvolle Sekunden verstrichen, bevor Helen den Raum verließ.

Colleen sah ihr traurig nach. Was geschehen war, war geschehen. Es gab kein Zurück mehr.

„Trauen Sie sich diesen Job auch wirklich zu, Mr Ashton?“ Hank, der Mann für alles in der Stadt, musterte Zach nachdenklich. Mit seinen sechzig Jahren hatte er sich an allen erdenklichen Reparaturarbeiten versucht, einschließlich der dramatischen Aktion zur Rettung der defekten Wasserleitungen in Witwe Murphys Haus. Zach, der damals zehn Jahre alt gewesen war, erinnerte sich noch lebhaft daran, wie Hanks mächtiger Körper unter den Rohren eingeklemmt gewesen war. Erst die Feuerwehr hatte ihn aus seiner misslichen Lage befreien können.

Zach wandte sich wieder dem dekorativen Gartenhäuschen zu, das hinter dem Haus lag. Hier hatte er als Kind unbeschwerte Stunden verbracht. Seit seine Mutter entschieden hatte, dass der Pavillon die

Kulisse für ihre Geburtstagsparty abgeben solle, bestand sie darauf, er müsse neu gestrichen werden. In Zachs Augen war der Zustand des Gebäudes zwar passabel, aber schließlich war er kein Maler, und außerdem war es nicht sein Geburtstag.

„Keine Sorge, das werde ich schon hinkriegen", erklärte Zach, dem diese Ablenkung nur zu willkommen war. Wenigstens würde er so seinen Grübeleien über Beth entfliehen können.

Hank rieb sich nachdenklich das Kinn, während er das Häuschen begutachtete. „Sie werden die geeignete Ausrüstung brauchen. Leiter, Pinsel und so weiter."

Zach nickte. „Könnten Sie sich darum kümmern?"

„Na klar, kein Problem. Wenn Sie möchten, besorge ich alles sofort; wegen der Farbe mache ich einen kurzen Abstecher zum Baumarkt. Ich würde einen halbmatten Anstrich vorschlagen."

„Dann fangen wir an!", sagte Zach, der niemals Zeit verschwendete, wenn er einen Entschluss gefasst hatte.

„In einer Stunde bin ich zurück."

„Wunderbar. Also bis dann."

Zach schlenderte zu den Glastüren an der Rückseite des Pavillons. In der letzten Nacht hatte er kaum ein Auge zugetan, und daran war nur er selbst schuld. Schließlich hätte er wissen müssen, welches Risiko er einging, sollte Beth auch hier sein. Hinzu kam noch die chronische Ruhelosigkeit, die ihn plagte. Er war ein Mann der Tat, Stillsitzen lag ihm nicht. Körperliche Arbeit würde dieses Problem schon lösen, doch mit Beth war das eine ganz andere Sache.

Nicht im Traum hatte er damit gerechnet, dass sie wieder bei ihrer Mutter lebte. Er widerstand dem Impuls, einen Blick aufs Cottage zu werfen. Sie war sowieso nicht da. Schon am frühen Morgen hatte sie das Haus verlassen, vermutlich war sie zum Krankenhaus gefahren. Er hatte sie von seinem Zimmerfenster aus beobachtet, wie er schon früher jeden ihrer Schritte beobachtet hatte, als er noch zu Hause lebte oder in den Semesterferien zu Besuch kam.

Vor sechzehn Jahren hatte er eigene Pläne geschmiedet, was Beth betraf. Sie war damals noch zu jung für ihn. Er wusste, wie wichtig es ihrer Mutter war, dass Beth eine gute Ausbildung erhielt. Helen McCormick wollte, dass ihre Tochter es einmal besser hatte als sie selbst. Alle Eltern wünschten das wohl, dachte Zach. Auch seine Mutter war da keine Ausnahme.

Resolut, wie sie war, hatte sie den Dekan einer der besten Universitäten angerufen, um Beth dort einen Studienplatz zu sichern, und hatte ihr zur Abschlussfeier der Highschool einen großzügigen Scheck überreicht, der zusammen mit Helens Ersparnissen alle Kosten decken würde. Helen und Beth waren zwar Sturm gelaufen, doch gegen die Entscheidung einer Ashton war nichts auszurichten.

Die McCormicks waren eben nicht nur Angestellte, sie gehörten zur Familie. Zach übte sich in Geduld, um den richtigen Zeitpunkt abzuwarten. Obwohl es ihm schwerfiel, hielt er Beth auf sichere Distanz, besonders seit sie zur Highschool ging. Sie machte kein Hehl aus ihren Gefühlen für ihn. Noch bevor sie auch nur ein Wort gesagt oder ihn geküsst hatte, hatten ihre großen dunklen Augen ihm verraten, wie sehr sie ihn liebte. Doch er hatte gewusst, es wäre ein nicht wiedergutzumachender Fehler gewesen, wenn er darauf eingegangen wäre.

Er hätte mehr gewollt als diesen Kuss … er hatte alles gewollt. Eins hätte zum anderen geführt, und das konnte er nicht zulassen, bis Beth alt genug war, um zu entscheiden, ob sie den Rest ihres Lebens mit ihm verbringen wollte. Sie musste begreifen können, was eine lebenslange Bindung bedeutete. Ihr Glück war ihm viel zu wichtig.

So hatte er sich als der kultivierte Gentleman, zu dem seine Eltern ihn erzogen hatten, im Hintergrund gehalten und gewartet.

An dem Tag, an dem sie die Universität verlassen würde, wollte er ihr dann seine Gefühle für sie gestehen. Sie würde ihm vergeben, dass er sie vor all den Jahren zurückgewiesen hatte. Sie würde verstehen, dass er immer nur ihr Bestes gewollt hatte. Aber als er dann mit Blumen und Ring erschienen war, war sie bereits verlobt. Er hatte sich zurückgezogen, und Beth hatte nie erfahren, was er vorgehabt hatte.

All seine Träume hatten sich in Luft aufgelöst, als er Beth in den Armen eines anderen Mannes gesehen hatte. Zach blieb stehen, um sich zu fassen, bevor er den Pavillon betrat. Er hatte das alles vor Jahren hinter sich gelassen und konnte nicht begreifen, warum er sich dem von Neuem aussetzte. Schließlich war es ja nicht so, dass er Frauen gemieden hätte, im Gegenteil. Er hatte viele Frauen gehabt, während er auf die einzige, die er wirklich wollte, gewartet hatte. Aber er hatte eben zu lange gewartet.

Zach verscheuchte diese Gedanken aus seinem Kopf. Die Vergangenheit zählte nicht mehr. Er war wegen seiner Mutter hergekommen, nicht wegen Beth. Zwar war es schön, sie wiederzusehen, aber was immer zwischen ihnen gewesen war, war vorbei – die Gelegenheit war einfach verpasst.

Er biss die Zähne zusammen. Er wollte sie immer noch, wenigstens sexuell. Sein Instinkt sagte ihm, dass auch sie ihn immer noch begehrte. Was sprach also gegen eine kurze Affäre? Vielleicht eine Zweiwochenaffäre? Nein, das konnte er nicht über sich bringen. Beth war nicht an Kurzbeziehungen gewöhnt wie er. Er konnte es nicht riskieren, sie zu verletzen.

Andererseits gab es kein Zurück mehr für ihn. Den Wunsch nach Ehe und Familie hatte er endgültig an dem Tag begraben, als Beth einen anderen heiratete. Er hatte sich an das Junggesellenleben gewöhnt. Und um ehrlich zu sein, er genoss diese Freiheit. Was konnte er an diesem Punkt in seinem Leben mit einer festen Beziehung anfangen? Wahrscheinlich war er einfach schon zu alt, um sein Leben zu ändern.

Aber er und Beth konnten Freunde bleiben, das blieb ihnen immerhin. Er würde alles tun, was in seinen Kräften stand, um dieses kostbare Band zu bewahren.

Zach öffnete die Tür und betrat das Gartenhäuschen. Der Wintergarten lag still und verlassen vor ihm. Warmes Sonnenlicht durchflutete den Raum und beschien die bequemen Polstermöbel und die zahlreichen Pflanzen und Bäumchen. Der Wintergarten war immer Zachs Höhle gewesen, weil hier der einzige Fernseher stand. Wie viele Filme hatte er sich hier mit Beth angesehen! Sie hatten sich mit einer großen Schüssel Popcorn auf dem Teppich ausgestreckt. Noch heute wallte der Beschützerinstinkt in ihm auf, wenn er an jene Zeit zurückdachte.

Zach rieb sich die Stirn und fluchte. Er musste unbedingt einen klaren Kopf behalten und sich auf das anstehende Problem konzentrieren. Seine Mutter.

Die plötzlich vor ihm stand. „Du solltest dich schämen, Zacharius Ashton. Wo hast du so hässliche Worte aufgeschnappt?“

„An der Uni“, log er. Er beugte sich zu ihr und küsste sie auf die Wange.

Seine Mutter lächelte zärtlich und strich ihm über die Wange. „Du bist deinem Vater so ähnlich. Selbstbewusst, stark und gut aussehend.“

„Aber er hat immer gesagt, die blauen Augen hätte ich von unserem Milchmann“, erwiderte Zach lächelnd.

Colleen tätschelte seine Schulter. Sie zwinkerte ihm zu. „Und die breiten Schultern. Der Milchmann sah aber auch wirklich aus wie ein Filmstar.“

„Komm, setzen wir uns kurz hin“, forderte Zach seine Mutter auf, ergriff ihre Hand und zog sie neben sich auf das Sofa.

Colleen setzte sich kerzengerade auf die Kante. Ihr maßgeschneidertes rosa Kleid akzentuierte das Rouge auf ihren blassen Wangen. „Hast du schon mit Hank über die Renovierung des Wintergartens gesprochen?“

Zach streckte seine langen Beine aus. „Ja, habe ich. Aber ich habe mich entschlossen, den Pavillon allein zu streichen.“

„Das kann nicht dein Ernst sein.“ Colleen sah ihn entgeistert an. „Du hast noch nie in deinem Leben gestrichen. Du könntest von der Leiter fallen und dir den Hals brechen.“

„Solange ich mir nicht das Herz breche ...“, murmelte Zach und grinste schief.

Seine Mutter kannte ihn zu gut, um weiter in ihn zu dringen. „Du wirst es schon schaffen. Und dann können wir jedem auf der Party erzählen, dass du höchstpersönlich den Pavillon auf Hochglanz gebracht hast.“

„Warte lieber, bis du siehst, was dabei herauskommt, ehe du mich in den höchsten Tönen lobst“, wandte er lachend ein. „Übrigens, apropos Party, ich glaube, Beth und ich werden Helens Hilfe brauchen. Besteht vielleicht eine Chance, dass du sie dazu überreden kannst, uns zu unterstützen?“

„Ich glaube, ihr werdet auch allein gut zurechtkommen“, antwortete Colleen, plötzlich unnahbar geworden, und sprang auf. „Ich muss mich jetzt um das Abendessen kümmern.“

Zach griff nach ihrer Hand, um sie aufzuhalten. „Lass uns noch ein bisschen reden. Das ist doch lächerlich, Mutter. Warum sagst du mir nicht, was zwischen dir und Helen vorgefallen ist?“

„Darüber gibt es nichts zu sagen. Wir sind nur verschiedener Meinung über eine Sache, die ich weder mit dir noch mit irgendjemandem sonst diskutieren will.“

„Das klingt ziemlich endgültig“, sagte Zach sanft. „Bist du dir auch sicher, dass du das Richtige tust? Und wenn dir etwas zugestoßen wäre?“

„Dann hätte sie die Verantwortung dafür getragen.“ Colleen sah ihn fest an. „Ich kann nichts tun.“

Überrascht runzelte Zach die Stirn. Niemals hatte er seine Mutter derart erbittert gegen ihre Freundin erlebt. „Aber es muss doch einen Weg geben, die Sache zu klären.“

„Nein, gibt es nicht." Seine Mutter entzog ihm ihre Hand und entfernte sich aus seiner Reichweite. „Wenn du mich jetzt bitte entschuldigen würdest, ich habe noch zu tun."

Zach ließ sie gehen. Seine einzige Hoffnung war jetzt noch Helen. Es musste doch möglich sein, sie zum Sprechen zu bringen. Das aber würde bedeuten, dachte er beunruhigt, dass er mehr Zeit mit Beth verbringen und gegen Gefühle ankämpfen müsste, die er nicht wollte, und dass er von einer Zukunft träumte, die unerreichbar war.

Niedergeschlagen starrte Beth auf die Krankenakte, die vor ihr auf dem Schreibtisch lag. Sie schloss die Augen. Leukämie, die aggressive, bösartige Form. Hätte es nicht etwas anderes sein können?

Beth öffnete die Augen und ging den Bericht noch einmal durch. Laurie Ellroy würde ohne die richtige Therapie sterben müssen. Es gab keine Alternative. Zwar würde der Onkologe eine Chemotherapie vorschlagen, doch die Heilungschancen waren so minimal, dass der Versuch praktisch von vornherein zum Scheitern verurteilt war. Man würde sie mit hohen Dosen des giftigsten chemischen Cocktails traktieren, den es gab, und trotzdem würde Laurie ohne eine Knochenmarktransplantation nicht überleben. Lauries Mutter kam als Spenderin nicht infrage, sie hatte selbst gesundheitliche Probleme, ihr Vater war tot und Geschwister hatte sie nicht. Die Chance, einen anderen geeigneten Spender zu finden, war gleich null.

Die erst zweiundzwanzigjährige Laurie, die gerade den Collegeabschluss in der Tasche hatte, war zum Tode verurteilt.

Beths Hände zitterten. Sie biss sich auf die Unterlippe, um die Fassung zu bewahren. Laurie durfte nicht sterben, ihr Leben hatte doch gerade erst begonnen. Beth wischte sich eine Träne von der Wange. Diesen Teil ihres Berufes hasste sie, die aussichtslosen Fälle, in denen ihr die Hände gebunden waren. Als sie Laurie zu einem Internisten geschickt hatte, hatte sie gehofft, er würde irgendetwas weniger Schlimmes finden.

Lauries Mutter war am Boden zerstört. Beth konnte sich den Schmerz, ein Kind zu verlieren, nicht einmal ausmalen. Sie musste an ihre eigene Mutter denken, der sie so nahe stand. Als ihr Vater starb, war sie völlig verzweifelt gewesen, aber sie und ihre Mutter hatten einander gestützt, bis der Schmerz erträglicher wurde. Und auch Zach war für sie da gewesen, wie auch sie ihm zur Seite gestanden hatte, als sein Vater starb.

Unvermittelt fiel ihr der vergangene Abend wieder ein. Sie kämpfte die aufsteigende Wut nieder. Zach Ashton war der verwirrendste, frustrierendste Mann, dem sie je begegnet war. Einerseits wollte sie am liebsten auf ihn losgehen und ihm die Augen auskratzen, andererseits sehnte sie sich danach, sich in seine Arme zu flüchten und ihn nie wieder loszulassen.

Beth seufzte. Wie konnte sie ihn nach allem, was er ihr angetan hatte, immer noch so sehr begehren? Die raffinierten, erfahreneren Frauen, die er am College kennengelernt hatte, und seine Karriere waren ihm immer wichtiger gewesen als sie. Die Erinnerung, wie naiv sie mit siebzehn gewesen war, versetzte sie immer noch in heillose Wut. Eigentlich hätte sie ihn längst aus ihrem Leben streichen müssen, aber sie konnte es einfach nicht. Dabei hatte sie es weiß Gott versucht.

Zum Beispiel Matt Daniels. In der Nacht vor dem Examen hatte sie entschieden, seinen Heiratsantrag anzunehmen. Er hatte schon dreimal um sie angehalten, und er schien verrückt nach ihr zu sein. Außerdem sah er nicht schlecht aus, und sie teilten die Liebe zur Medizin. Zach war offensichtlich nicht interessiert an ihr, und sie war es müde, auf ihn zu warten. Natürlich war Matt nicht der einzige Mann, mit dem sie sich getroffen hatte, um Zach zu vergessen.

Beth schob ihren Stuhl zurück. Es war nach fünf, sie war müde, und es gab nichts mehr, was sie hier tun konnte. Der Gedanke, nach Hause zu fahren, war zwar nicht besonders verlockend, zumal sie zweifellos Zach über den Weg laufen würde. Aber wie sollte sie ihm auch aus dem Weg gehen, solange die Planung der Party nicht abgeschlossen war? Das Motto! Sie musste sich noch irgendein blödes Motto einfallen lassen.

Beth zog die Gelben Seiten unter dem Blätterstapel auf dem Schreibtisch hervor. „P“, murmelte sie. „Parfümeriewaren, Parkettrenovierung, Partyausstattung.“ Sie fuhr mit dem Finger über die Liste der Einträge, bis sie fand, was sie suchte. Der Partyladen. Genau die richtige Adresse. Da konnte sie doch bestimmt Anregungen finden. Sie griff nach ihrer Handtasche. Wenn sie Glück hatte, fiel ihr dort sogar ein passendes Motto ein.

Bevor sie ging, rief Beth bei ihrer Mutter an und sagte ihr, dass sie noch ein paar Besorgungen machen wolle. Helen ermahnte sie, etwas zu essen, sie mache sich Sorgen. Beth lächelte bitter. Wenigstens einer machte sich Sorgen um sie. Dass Zach sich jemals über irgendetwas Sorgen machte, bezweifelte sie, höchstens über seinen nächsten Fall.

Sie wusste zwar, wie ungerecht dieser Vorwurf war, aber sie musste alle Argumente gegen ihn sammeln, um ihre erotischen Fantasien zu vertreiben und endlich diese alberne Vernarrtheit loszuwerden.

Sie war diese Schwärmerei satt. Er war auch nur ein Mann wie alle anderen. Warum hatte sie das nicht schon vor all den Jahren erkannt? Sicher, er war attraktiv und sehr klug. Perfekt gebaut und bestimmt auch mit allen Raffinessen des Liebesspiels vertraut, fügte eine hinterhältige innere Stimme hinzu.

Beth ging hinaus, schloss die Tür ihres Büros hinter sich ab und eilte den Flur hinunter. Unsinn, er war einfach nur ein Typ, der ihr ganzes Leben lang Tür an Tür mit ihr gewohnt und in den sie sich verguckt hatte. Wenn sie damals, als sie ein Teenager gewesen war, ihrer Leidenschaft nachgegeben hätten, dann hätte sie vielleicht erkannt, dass nichts Besonderes an ihm war, und wäre weitergezogen. Beth ging langsamer, als sie das Hospital verließ. Würde es wirklich so einfach sein, ihn aus dem Kopf zu kriegen?

Wieso war sie nicht schon viel früher auf diesen Gedanken gekommen? Ein Lächeln breitete sich auf ihrem Gesicht aus. Zach war ihr nur deswegen wie ein Gott vorgekommen, weil er unerreichbar für sie war. Sie musste ihn nur ein einziges Mal haben, dann würde sie aus ihrem Jungmädchentraum aufwachen. Das Geheimnis wäre gelüftet, die Spannung wäre dahin.

Beth stand auf dem für das Personal reservierten Parkplatz und stemmte die Hände in die Hüften. Die ganze Zeit hatte sie geglaubt, Zach sei ein Mann, wie es sonst keinen gab. In ihrer Fantasie hatte sie ihn zu einer Art Supermann aufgebaut, weil er nett zu ihr gewesen war. Sie würde sich erst von dieser Vorstellung befreien können, wenn sie sich ein für alle Mal davon überzeugte, dass es eben nur eine Fantasie war.

Vor Aufregung lief ihr ein Schauer über den Rücken. Konnte es wirklich so einfach sein?

Es gab nur einen Weg, um das herauszufinden.

Sie musste Zach jetzt nur noch dazu bringen mitzumachen. Beth runzelte die Stirn. Wie sie ihn kannte, würde er darauf beharren, dass sie nur Freunde blieben. Ihr fiel der aufreizende platonische Kuss vom gestrigen Abend ein. Immer noch sah er eine kleine Schwester in ihr, das Mädchen von nebenan. Aber sie war erwachsen und würde von nun an nicht mehr nach Zachs Spielregeln spielen. Beth lächelte. Dieses Mal war es ihr Spiel.

Und dieses Spiel hieß Verführung.

Der Partyladen bot zwar eine reiche Auswahl an Ideen zum Thema Geburtstag, aber keine einzige schien passend für Colleen Ashton. Beth inspizierte noch einmal die Angebote, die wenigstens annähernd ihr Interesse geweckt hatten. Allmählich formte sich eine verschwommene Idee in ihrem Kopf.

„Entscheide dich, entscheide dich“, murmelte eine unverkennbar männliche Stimme ganz nah an ihrem Ohr.

Beth schrie auf und sprang zur Seite. Ein tiefes, wohlklingendes Lachen verwandelte die Panik in Wut. Sie wirbelte herum und stand Zach gegenüber.

„Was hast du denn hier zu suchen?“

Er grinste herausfordernd. „Deine Mutter hat gesagt, dass du hier bist, und da dachte ich, du könntest vielleicht meine Hilfe brauchen.“

„Ich komme gut allein klar, vielen Dank“, erwiderte Beth.

Zach musterte sie skeptisch. „Das sehe ich. Vermutlich hast du deswegen noch nichts ausgesucht.“

Beth kämpfte ihre Gereiztheit nieder. Den Triumph wollte sie ihm nicht gönnen. „Ich schaue mich heute nur um. Es gibt so viele Möglichkeiten, und ich will nichts außer Acht lassen.“

„Du hast doch nicht die geringste Ahnung, was du tun sollst. Ich gehe jede Wette ein: Du würdest hundertmal lieber Zitronenbaisertorte essen, als dich mit dem Motto für die Party herumzuschlagen.“

Die Wut schnürte ihr die Kehle zu. „Wenn du nicht bereit bist, mir mit ein paar Tipps zu helfen, warum hast du dir dann überhaupt die Mühe gemacht, nach Cartersville zu kommen?“

Zach zuckte lässig die Achseln. „Eigentlich wollte ich mein Auto in die Werkstatt bringen und dachte, du würdest mich mitnehmen, wenn du nach Hause fährst.“

So, jetzt sollte sie auch noch sein Chauffeur sein! Das hatte ihr gerade noch gefehlt: zwanzig Minuten allein mit ihm im Auto, ohne dass sie sich vorher darauf vorbereiten konnte. „Gut“, stieß sie hervor. „Ich bin gleich fertig.“

Er nickte. „Prima.“

Sie betrachtete ihn – zum ersten Mal, seit er sich angeschlichen und sie zu Tode erschreckt hatte. Er steckte in verwaschenen Jeans, übersät mit weißen Farbklecksen, und einem alten schwarzen T-Shirt. Das Shirt hatte noch mehr Farbspritzer abgekriegt. Trotzdem saßen ihm Hose und Shirt wie angegossen, so, als wäre er direkt nach der Anprobe beim Schneider hier hereinspaziert.

Ihr Puls reagierte sofort. Beth riss den Blick von seiner perfekt modellierten Brust los und schaute in sein Gesicht. Aber das machte alles nur noch schlimmer. Sie entdeckte einen niedlichen Farbspritzer auf seiner linken Wange. Er war so unglaublich sexy!

„Ich habe den Pavillon gestrichen", sagte er so, als hätte er ihre Gedanken gelesen und müsse ihr seinen Aufzug erklären. Ohne seine Armani-Anzüge schien er sich unwohl zu fühlen. „Ich musste alles stehen und liegen lassen, um den Mechaniker noch zu erwischen. Später hätte er keine Zeit mehr für mich gehabt."

Die Vorstellung, wie er oben auf der Leiter stand und sich bei jedem Pinselstrich seine Muskeln lockerten und wieder anspannten, vertrieb jeden anderen Gedanken aus Beths Kopf. Ihr Mund wurde trocken. Es war eigentlich der perfekte Moment, um ihren Plan in die Tat umzusetzen. Ihr Körper war nur zu bereit dazu.

Und genau das tat sie. Sie ließ seine Maskulinität auf sich wirken. Allein dieser Mund! Seine Lippen waren voll, aber nicht feminin. Auch wenn er so ernst blickte wie jetzt, sah sie die verlockenden Grübchen vor sich, die erschienen, wenn er lächelte. Blaue Schlafzimmeraugen, so verführerisch, dass man sich ihnen nicht entziehen konnte ... Bis zu seinen Haaren kam sie nicht mehr. Sie konnte ihren Blick nicht von seinen Augen abwenden.

„Du machst es mir aber schwer", murmelte er.

Sie wusste, er redete mit ihr, aber was er sagte, schien ihr nicht wichtig. Was sie jetzt nur interessierte war das heiße Verlangen, das zwischen ihnen vibrierte. Sie spürten es beide. Sie sah es in seinen Augen und erkannte es an seiner Stimme.

„Beth, ist alles in Ordnung?"

Sie riss ihren Blick von diesem verführerischen Mund los und schaute ihm direkt in die Augen. „Nein", sagte sie. „Ich glaube, mir geht es erst wieder gut, wenn ich das hier tue."

Sie umfasste seinen Kopf und zog ihn zu sich herunter, um ihn zu küssen.

Zuerst reagierte er nicht, sein Mund blieb hart und unnachgiebig. Doch dann überließ er sich dem Kuss. Sie vergrub ihre Finger in seinem Haar und küsste ihn noch leidenschaftlicher. Mit der Zunge fuhr sie sanft über seine Lippen, und er öffnete vorbehaltlos seinen Mund. Ihre Zunge glitt hinein und überließ sich seinem Geschmack. Er schmeckte süß, nach Limone, doch auch heiß und fordernd.

Zach schlang die Arme um ihre Taille und zog sie fest an sich. Fast stöhnte sie auf, als sie seinen schlanken, muskulösen Körper so nah an ihrem spürte. Wie sehr hatte sie sich das gewünscht, seit so langer Zeit. Ihr Herz begann rasend schnell zu schlagen, als er die Kontrolle über den Kuss übernahm. Sie spürte seine drängende Begierde, er wollte mehr – und das wollte sie auch. Sie schmiegte sich an ihn, und er stöhnte, oder hatte sie gestöhnt? Das konnte sie nicht mehr unterscheiden. Sein Körper wurde hart von dem Feuer, das sie beide immer weiter anfachten. Seine spürbare Erregung weckte in ihr das Verlangen, sich ihm auf der Stelle hinzugeben.

Er löste sich von ihr und starrte dann auf ihre Lippen, als wollte er sie von Neuem verschlingen. In seinen Augen sah sie denselben Kampf, der in ihr tobte.

„Nun ja“, stieß er rau hervor, seine Stimme belegt von Begierde, „das war … interessant.“

Sie lächelte verführerisch. Mit dem Finger zog sie seine Unterlippe nach und leckte sich dann über die Lippen, auf denen noch sein Geschmack lag. „Das war erst der Anfang.“

4. KAPITEL

Zwanzig Minuten unter der kalten Dusche hatten zwar die Spuren der körperlichen Arbeit abgespült, aber nichts gegen das Feuer in seinem Inneren ausgerichtet. Immer wieder dachte er an Beth, stellte sich vor, wie es wäre, sie zu streicheln und zu küssen. Er wollte sie. Bittersüße Begierde wühlte ihn auf.

Er lehnte seine Stirn an die kühlen Fliesen und verwünschte seine eigene Dummheit. Er hätte es besser wissen müssen. Beth war keine Frau für eine Nacht. Sie gehörte zu den Frauen, die ein Mann heiratete. Und verflixt, er war nicht diese Sorte Mann. Er hatte all das hinter sich gelassen.

Außerdem hätte sie ihn sowieso nicht haben wollen. Sie war schon mal verheiratet gewesen und hatte einen Partner ausgesucht, der gleichaltrig war und dieselben beruflichen Interessen hatte wie sie. Einen Mann, der in jeder Hinsicht das völlige Gegenteil von ihm war. Zach biss die Zähne zusammen und kämpfte gegen den Impuls, auf irgendetwas einzuschlagen – zum Beispiel auf den Kerl, der Beth das Herz gebrochen hatte.

Dabei war er, Zach, der Erste gewesen, der sie verletzt hatte. Er strich sich das nasse Haar aus dem Gesicht. Es war pure Arroganz, die ihn daran gehindert hatte einzusehen, wie weh er ihr getan hatte. Bis es zu spät war. Ihm kam kurz der Gedanke, dass er jetzt vielleicht eine zweite Chance bekam, den er jedoch schnell wieder verwarf. Es war inzwischen viel zu viel geschehen.

Und offenbar lag das Stadtleben Beth absolut nicht. Schließlich war sie ja nach der Scheidung in die Kleinstadt zurückgekehrt, in der sie aufgewachsen war. Er dagegen konnte sich nicht vorstellen, anderswo zu leben als in der Stadt. Er brauchte die pulsierende Hektik einer Großstadt, und er brauchte die Anwaltskanzlei Colby. Die Arbeit war sein Lebensinhalt.

Er drehte das Wasser ab, griff nach einem flauschigen weißen Badetuch und begann lustlos, sich abzutrocknen. Das war seine größte Schwäche: maßloser Ehrgeiz. Diese unbezähmbare Eigenschaft hatte er von seiner Mutter geerbt. Hatte er ein Ziel vor Augen, konnte ihn nichts und niemand davon abbringen.

Was Beth betraf, hatte er voll und ganz versagt. Er fuhr sich mit den Fingern durchs Haar und schaute dabei in den Spiegel. Plötzlich fühlte er sich alt. Er stützte sich mit den Händen auf das kühle Porzellan des Waschbeckens, als die Vergangenheit erneut auf ihn einstürmte. Es war Zeitverschwendung zu bedauern, was man getan hatte. Dieses Gefühl ließ er selten zu. Was ihn jetzt aber nicht davon abhielt, heiße Reue zu empfinden. Er schloss die Augen und stellte sich vor, was hätte sein können.

Hätte er anders gehandelt, wäre er klüger gewesen, könnten Beth und er jetzt verheiratet sein. Vielleicht hätten sie sogar Kinder. Bei diesem Gedanken krampfte sich ihm der Magen zusammen. Verheiratet ... Kinder. Er sagte sich jeden Tag, dass er es darauf nicht anlegte, was jedoch eine Lüge war. Er wollte es nur nicht mit einer anderen Frau, hatte es nie gewollt.

Zach seufzte und schlug die Augen auf, um sein Spiegelbild zu inspizieren. Diese Chance war vertan. Das musste er akzeptieren. Beth wollte ihn nicht ... jedenfalls nicht so. Vielleicht wollte sie sich rächen für all die Jahre, in denen er sie nicht beachtet hatte. Oder sie wollte sich beweisen, dass sie ihn dazu bringen konnte, sie zu begehren.

Es war absurd. Er machte sich Vorwürfe, weil er auch nur daran dachte, Beth auf diese Weise zu benutzen, dabei war es ja vielleicht sie, die ihn benutzen wollte. Es konnte ein Rachefeldzug sein, nicht mehr. Sie wusste, dass er nur zwei Wochen hier sein würde. Vielleicht wollte sie nur wissen, wie es so war mit ihm ...

Er durfte nicht vergessen, dass Beth kein Kind mehr war. Sie war eine Frau. Ihre sanften Kurven und ihr üppiger Mund gingen ihm nicht aus dem Kopf. Eine erwachsene, wunderschöne Frau. Die längst keine Jungfrau mehr war ... kein naives Schulmädchen, das Tür an Tür mit ihm wohnte und ihn permanent in Versuchung führte.

Aber sie hatte einen anderen geheiratet. Wieder stieg der Ärger in ihm auf, wie immer, wenn er auch nur daran dachte. Sie hatte ihn damals nicht gewollt. Wie kam er auf die Idee, dass sie ihn jetzt wollte? Für mehr als ein Sexabenteuer?

„Du bist am Ende, mein Freund.“ Zach trat vom Waschbecken zurück und ging in sein Zimmer. Dort schaltete er die Deckenlampe ein und dachte nach, was er jetzt tun sollte. In etwa einer Stunde würde es dunkel sein. Seine Mutter war mit einem Freund verabredet, der sie ausführen wollte. Er musste es irgendwie schaffen, den Gedanken an Beth und Sex aus seinem Kopf zu vertreiben, am besten beides. Die nahezu permanente Erregung brachte ihn um den Verstand.

Er überlegte kurz, ob er in die Stadt fahren solle, um sich ins Nachtleben zu stürzen, verwarf diese Möglichkeit jedoch schnell wieder. Ein

Nachtleben, das diesen Namen verdiente, gab es dort nicht, und jeder, der ihm begegnete, würde entweder seine Mutter oder ihn kennen. Dass sich eine Schlange junger Frauen an seine Fersen heftete, konnte er nun wahrlich nicht gebrauchen. Und so würde es kommen. Er war nicht blind. Er sah nicht schlecht aus und hatte sich fit gehalten. Aber vor allem war es der Name Ashton, der die Frauen anlockte. Und er war nicht darauf aus, sich Ärger einzuhandeln, genauso wenig wollte er irgendeine Frau ausnutzen, die eigentlich auf einen Heiratsantrag aus war.

Damit blieb nur ein Mittel übrig, um seinen körperlichen Zustand unter Kontrolle zu bringen. Er würde trainieren müssen. Eine Runde Jogging? Ein schöner Dauerlauf würde Abhilfe schaffen, zumindest vorübergehend.

„Warum bist du nicht eher darauf gekommen, Ashton?“, murmelte er, während er in der Kommode nach Sportklamotten kramte. Wenn er sein Pensum absolviert hatte und hierher zurückkam, wäre er viel zu erschöpft, um noch an Sex zu denken.

Beth band ihre Joggingschuhe zu und stand auf. Sie schaute sich im Zimmer um und unterdrückte einen Seufzer bei dem Gedanken, was sie alles noch zu tun hatte. Ihr Wäschestapel war kniehoch. Fünf Berichte warteten darauf, durchgesehen zu werden. Die Akten und der Minirekorder, den sie zum Diktieren benutzte, lagen auf dem Bett bereit. Und dieses blöde Motto für Mrs Ashtons Geburtstagsfeier wusste sie immer noch nicht. In ein, zwei Tagen würde der Bürgermeister ihr deshalb auf die Nerven gehen. Aber im Moment musste sie erst mal hier raus. Das ganze Adrenalin loswerden.

Sie hatte die feste Absicht, sich vor dem Zubettgehen die Berichte und die Wäsche vorzunehmen, und begann mit ihren Aufwärmübungen. Zuerst streckte sie ihren Oberkörper, dann kamen die Beinmuskeln dran. Zwei, drei Kilometer würden ihr guttun, in mehr als einer Hinsicht.

An den Fall der todkranken Laurie Ellroy musste sie ganz sachlich herangehen. Sie war ein Profi; da durfte sie es nicht zulassen, das Ganze so persönlich zu nehmen. Aber es tat doch weh zu sehen, an welch seidenem Faden das Leben der jungen Frau hing. Wenn kein Spender gefunden wurde, würde sie sterben.

Dabei war Laurie, medizinisch gesehen, im Grunde gar nicht mehr Beths Fall. Ein Krebsspezialist hatte den Fall übernommen, ein ausgezeichneter Arzt, für den Beth große Hochachtung empfand. Aber

Mrs Ellroy bestand darauf, dass Beth sich nicht ganz zurückzog. Und im Grunde wollte sie das auch gar nicht. Dieser Fall und die Menschen, die in diesen Fall verwickelt waren, bedeuteten ihr sehr viel.

Beth verbannte ihre Gedanken daran, holte tief Luft und beugte den Oberkörper hinunter. Die nächsten sechzig Minuten würde sie nicht über die Arbeit nachdenken. Sie würde laufen, bis sie müde war, und anschließend würde sie ein langes, entspannendes Bad nehmen.

Und an Zach denken.

Sie richtete sich auf und schüttelte den Kopf. Nein, genau das würde sie nicht tun. Heute Nachmittag hatte sie sich zu weit vorgewagt. Ihren Plan wollte sie zwar nach wie vor in die Tat umsetzen, aber zu einem passenderen Zeitpunkt und an einem geeigneteren Ort. Ihr Verhalten hatte Zach schockiert. Auf dem Heimweg im Auto hatte er unaufhörlich geredet, über alles Mögliche vom Wetter bis zu den Benzinpreisen. Er wich ihr aus.

In dieser Hinsicht hatte sich nichts geändert.

Sie kämpfte gegen den Drang, irgendetwas durchs Zimmer zu werfen, nahm ihr Haar in einer Hand zusammen und band es schnell zu einem praktischen Pferdeschwanz. Mochte ja sein, dass sich nichts geändert hatte, aber das hieß nicht, dass es so bleiben musste. Sein Verstand mochte sich vielleicht gegen sein Begehren sträuben, weil er in ihr immer noch das Kind sah, aber sein Körper hatte reagiert. Sie hatte seine Härte deutlich gespürt, und das war ein Beweis, den er nicht leugnen konnte.

Aber war es wirklich das, was sie wollte?

War sie bereit, erneut zu versuchen, Zach Ashton einzufangen?

Ärgerlich schaute sie aus dem Fenster, in die Richtung seines Zimmers, wie sie es als verknalltes pubertierendes Mädchen tausendmal getan hatte. Als hätte sie ihn herbeigezaubert, erschien er in ihrem Blickfeld. Ohne nachzudenken, ging sie zum Fenster, lehnte sich an die Kommode, die dort stand, und betrachtete ihn. Die Sonne ging unter, malte pinkfarbene und lila Muster auf die Landschaft und hüllte alles in ein sinnliches Licht, das Beths erotische Fantasien noch anfeuerte – sie stellte sich vor, wie es sein würde, mit ihm in diesem Zimmer zusammen zu sein.

Als sie die Spannung nicht länger ertragen konnte, riss sie die oberste Schublade der Kommode auf und nahm ihr Fernglas heraus.

„Du bist erbärmlich“, murmelte sie. So etwas hatte sie nicht mehr getan, seit sie siebzehn gewesen war. Nicht einmal der Gedanke, dass dies noch schlimmer war als ihre Nummer von heute Nachmittag, die sexhungrige Nymphomanin, konnte sie aufhalten. Sie musste ihn sehen! Sie hielt das Fernglas dicht an ihre Augen und spähte durch Zachs Fenster.

Plötzlich war sie wieder der Teenager, und ihr Herz raste so wie damals. Es raubte ihr den Atem, als ihr Blick über seine breiten Schultern glitt, über seinen kräftigen nackten Rücken und seine schmale Taille. Um die schmalen Hüften hatte er locker ein Handtuch geschlungen. Er suchte irgendwas in seiner Kommode. Dann fischte er Shorts aus der Schublade und grinste, als wäre er auf eine Goldader gestoßen.

Sie hatte Zach schon Dutzende Male in Badehose gesehen. Sie erinnerte sich noch genau an seinen tollen Körper, aber jetzt sah er sogar noch besser aus. Jahre des Trainings hatten seinen Oberkörper perfekt modelliert. Sie atmete schneller, im Takt mit ihrem ungeduldig klopfenden Herzen. Aus einer anderen Schublade zog er ein T-Shirt und warf es zu den Shorts aufs Bett.

Ihr Blick folgte seiner wohlgeformten Brust, den mit feinen Härchen geschmückten gewölbten Brustmuskeln. Die Härchen zogen sich bis hinunter zu seinem Nabel. Unter dem mit seiner gebräunten Haut kontrastierenden weißen Handtuch waren die Umrisse seiner schmalen Hüften deutlich zu erkennen.

„Du liebe Güte", hauchte sie. Was für ein umwerfend attraktiver Mann. Sie musste damit aufhören. Sie sollte nicht ...

Das Handtuch fiel auf den Boden.

Sie hielt die Luft an.

Er ging zum Bett, sie konnte jeden Muskel seiner langen Beine erkennen ... und, oh mein Gott, war er schön! Er war in keiner Hinsicht zu kurz gekommen – nicht an Intelligenz, Aussehen, noch ... sie hätte nie gedacht ...

Was tat sie da eigentlich?

Beth ließ das Fernglas sinken und wandte sich vom Fenster ab. Sie fasste es nicht: Sie hatte Zach, splitternackt wie er war, mit Blicken verschlungen, ohne dass dieser im Entferntesten ahnte, dass er beobachtet wurde!

Sie war ja pervers. Schnell legte sie das Fernglas in die Schublade zurück. Nur vierundzwanzig Stunden in Zachs Nähe, und schon kehrte sie in diese verrückte hormonvernebelte Zeit zurück, als sie an nichts anderes denken konnte als an ihn.

Sie musste sich beherrschen. Wenn er es jemals herausfand ...

Sie schüttelte sich. Daran wollte sie nicht einmal denken. Nach ihrem kleinen Auftritt von heute Nachmittag hielt er sie vermutlich ohnehin schon für eine Kandidatin für die Klapsmühle. Und vielleicht stimmte das ja auch, denn trotz allem hielt sie an dem Plan fest, ihn zu verführen. Das Bild, wie er splitternackt da gestanden hatte, leicht erregt, sodass seine Männlichkeit unverhüllt zu sehen war, hatte sich ihr eingebrannt.

Oh ja, sie wollte ihn. Wenigstens ein einziges Mal. Damit würde sie seinem Geheimnis auf die Spur kommen – seiner erotischen Wirkung auf sie. Körperlich hatte sie ja schon alles gesehen, was es zu sehen gab. Dann würde sie wissen, dass er so wie jeder Mann war, zugegebenermaßen ein besonders attraktives und intelligentes Exemplar, sehr gut ausgestattet obendrein, aber dennoch auch nur ein Mann.

Ihr Plan würde ein für alle Mal zeigen, dass er nicht der Gott war, zu dem sie ihn vor all den Jahren gemacht hatte.

Und sobald diese Theorie sich bestätigt hatte, könnte sie ihn vielleicht endgültig vergessen.

Aber sie würde es auf ihre Weise machen, nach ihren Bedingungen. Sie lächelte bei diesem Gedanken, als sie ihr Zimmer verließ und die Stufen hinunterlief. Der charmante, arrogante Zach Ashton würde ihr auf Gedeih und Verderb ausgeliefert sein.

„Um Himmels willen, du bist ja gar nicht angezogen“, rief Colleen Ashton entgeistert aus, als Zach die Treppe herunterkam.

Er hob skeptisch eine Augenbraue. „Natürlich bin ich angezogen. Nur nicht, um groß auszugehen.“

Seine Mutter wedelte mit der Hand. „Ich dachte, du willst uns begleiten.“

Er blieb auf der untersten Stufe stehen und lehnte sich gegen den polierten Mahagonipfosten. „Ich glaube nicht, dass Harold davon besonders erbaut wäre.“ Harold Winthrop warb seit sieben Jahren um Zachs Mutter – vergeblich. Colleen war nach all den Jahren immer noch in Zachs Vater verliebt.

„Du gehst sofort wieder nach oben und ziehst dich an“, befahl sie in ihrem entschlossensten Ton, der keinen Widerspruch duldete. „Harold sollte sich glücklich schätzen, dass ich überhaupt bereit bin, mit ihm essen zu gehen.“

Zach konnte sich ein Lächeln nicht verkneifen. „Tut er ja auch bestimmt.“

Colleen setzte eine Miene schwer erkämpfter Geduld auf. „Bist du sicher, dass du uns nicht Gesellschaft leisten willst, Zach?“

Er ging zu ihr und gab ihr einen zärtlichen Kuss auf die Wange. „Mach dir um mich keine Sorgen. Ich laufe ein bisschen.“

Sie runzelte die Stirn. „Ach, ihr jungen Leute. Immer lauft ihr vor irgendwas davon.“

Wenn sie wüsste, dachte Zach. „Ich esse später. Ich kann mir schon irgendwas zusammenbrauen. Und du …“, er hob ihr Kinn und schaute unverwandt in ihre besorgten grauen Augen, „amüsier dich gut. Sag Harold, dass mir das allmählich verdächtig vorkommt. Sieben Jahre sind eine lange Zeit.“

Sie rümpfte die Nase. „Und das von einem Mann, der noch kein einziges Mal verheiratet war und auf die vierzig zugeht.“

„Ich bin achtunddreißig – und wenn schon.“ Wollte ihm neuerdings jeder sein Alter unter die Nase reiben? Zach verschränkte die Arme vor der Brust und betrachtete seine Mutter misstrauisch. „Wenn ich dich nicht besser kennen würde, dann würde ich meinen, du ziehst mich bloß auf, aber den Blick kenne ich. Seit wann denkst du denn, dass ich heiraten sollte?“

Sie räusperte sich, und ihre Wangen röteten sich leicht. „Das machen doch die meisten Menschen so. Ich kann nicht behaupten, dass ich nicht gelegentlich den Wunsch nach einem Enkelkind verspüre.“

Diese Worte erstaunten ihn zwar, er fing sich jedoch schnell wieder. „Ein Enkelkind?“ Er bezähmte die Gefühle, die bei ihrem sehnsüchtigen Blick in ihm aufstiegen. „Ich schätze, daran kann ich arbeiten“, sagte er ein wenig verlegen. „Aber versprechen kann ich nichts. Du weißt, ich bin für so was zu beschäftigt.“

Sie drohte ihm mit dem Finger. „Diese Einstellung ist grundfalsch, Zacharius Ashton. Eines Morgens wirst du aufwachen und merken, dass du alt und einsam bist.“

Zach hob beide Hände. „Schon gut, schon gut, ich gebe mich geschlagen. Wie gesagt, ich werde daran arbeiten.“ Wie er das machen wollte, war ihm allerdings schleierhaft. Wie kam es, dass sie bei diesem Thema so ernst wurde? Das war neu. Vielleicht hatte der letzte Herzanfall ihr vor Augen geführt, wie vergänglich das Leben war.

Sie seufzte, ließ die Schultern hängen und sah plötzlich merkwürdig zerbrechlich aus. „Helen hat gehofft, dass Beth …“, begann sie, dann merkte sie, was sie da sagte, und brach ab.

Er legte den Kopf auf die Seite. „Wie bitte? Dass Beth ihr ein Enkelkind schenken würde? Wenn dieser Wunsch sich erfüllt hätte, würdet ihr wohl noch miteinander sprechen, nehme ich an, dem Kind zuliebe", sagte er. Die Vorstellung, Beth könne ein Kind von einem anderen Mann haben, machte ihn total wütend, sosehr er sich auch dagegen wehrte.

Colleen straffte die Schultern. „Das hat nicht das Geringste mit meiner Beziehung zu Helen zu tun." Sie zuckte die Achseln, als wäre ihr dieses Thema völlig egal. „Ich meinte nur, dass Beth durchaus noch einmal heiraten und Helen ein Enkelkind schenken würde. Ich kann nur hoffen, dass du mich nicht hängen lässt."

Seine Wut steigerte sich noch. „Willst du damit sagen, dass Beth irgendwelche Pläne in der Richtung hat?"

Colleen war überrascht, zeigte es jedoch nicht. „Pläne haben ist nicht ganz das richtige Wort", sagte sie ausweichend.

„Also trifft sie sich mit einem Mann", erwiderte er, entschlossen, dem Sinn ihrer Worte auf die Spur zu kommen.

„Na, das ist doch klar. Sie ist eine schöne junge Frau. Und klug. Eine Ärztin", sagte sie anerkennend. „Welcher Mann, der bei Sinnen ist, würde diese Gelegenheit nicht ergreifen?"

Zach biss die Zähne zusammen. Dieser Hieb war auf ihn gemünzt, das wusste er ganz genau. Hatte seine Mutter es sich etwa zur Aufgabe gemacht, ihn und Beth zusammenzubringen? Hatte sie Beth vielleicht sogar diesen verrückten Plan mit dem Enkelkind in den Kopf gesetzt? Das würde erklären, warum Beth sich plötzlich so verändert hatte. Zuerst hatte sie so getan, als wolle sie nicht in seine Nähe kommen, und dann küsste sie ihn plötzlich, als würde ihr Leben davon abhängen.

„Mutter, du hast doch nicht ..." Die Türglocke unterbrach ihn.

„Da ist Harold. Viel Spaß beim Laufen, Zach." Sie klopfte ihm auf den Arm und eilte dann hinaus, perfekt frisiert und in einem pinkfarbenen Designerkostüm aus Seide.

Zach schüttelte den Kopf und steuerte auf den Hinterausgang zu. Er musste in die Äußerung seiner Mutter zu viel hineingelesen haben. Sie würde sich niemals in sein Liebesleben einmischen. Und Beth würde auf keinen Fall bei einem so absurden Plan mitmachen. Anscheinend verlor er während dieses Kurzurlaubs langsam die Fähigkeit, logisch zu denken.

Seine Mutter hatte angedeutet, dass Beth etliche Bekannte hatte. Hieß das, sie ging mit einem besonderen Mann aus? Warum hatte sie ihn dann heute so leidenschaftlich geküsst? Er konnte ihre Lippen immer noch schmecken. Konnte spüren, wie sie sich an ihn gepresst hatte. Er hatte sie haben wollen, egal wie.

Genug jetzt, Ashton, dachte er, es reicht. Er musste all seine Willenskraft aufbieten, um jeden Gedanken an Beth oder an Sex auszuschalten, und schließlich gelang es ihm auch.

Etwa eine halbe Stunde lief Zach in gleichmäßigem Tempo, dachte an seinen Job in der Anwaltskanzlei und daran, was er wohl alles verpasste. Heute Morgen hatte er Victoria angerufen, und sie hatte ihm versichert, dass alles bestens lief. Dennoch fehlte ihm die Arbeit – der erregende Adrenalinstoß, wenn er an einem spannenden Rechtsstreit arbeitete, morgens bei Tagesanbruch aufzustehen, die Fälle mit Victoria und Ian durchzugehen, bis sieben oder acht Uhr abends durchzuarbeiten und dann essen zu gehen. Hin und wieder dann ein Abend für das körperliche Vergnügen mit einer Freundin. Was konnte ein Mann sich sonst wünschen?

Beths braune Augen tauchten vor ihm auf und verjagten alles andere. Der Klang ihrer Stimme, ihr süßer Duft, wie sich ihre Haut anfühlte – alles fiel ihm wieder ein. Seine guten Vorsätze, nicht an sie zu denken, zerschlugen sich. Wie sollte er die nächsten zwei Wochen überstehen? Sosehr er seine Mutter liebte, sein Aufenthalt hier entpuppte sich als ein fataler Fehler.

Es gab zu viele Erinnerungen hier. Sofort musste er an Beths Geschmack denken. Wie kam es, dass er sie immer noch so sehr begehrte? Sie war wunderschön, und er liebte sie, solange er denken konnte, aber seine Liebe sollte die eines Bruders sein. Schließlich hatte sie einen anderen geheiratet. Er hätte längst über sie hinweg sein sollen ... er dachte, er hätte es geschafft.

Er steigerte sein Tempo, um seinen Gedanken davonzulaufen. Die Worte seiner Mutter, ihr lauft immer vor irgendwas davon, klang ihm in den Ohren. War sie eine so gute Beobachterin, oder war er schlicht so leicht zu durchschauen? Er lief davon, oh ja. Lief vor den Gefühlen davon, die Beth in ihm weckte ... vor der Vergangenheit, an der er nichts mehr ändern konnte.

Und jetzt hatte ihm seine Mutter noch ein neues Schuldgefühl aufgehalst: ein Enkelkind. Wie sollte er diese Aufgabe erfüllen? Na, er wusste ja durchaus, wie man so was rein technisch anstellte. Das war nicht das Problem. Gewöhnlich kam erst die Heirat vor den Kindern, und Zach hatte nicht die Absicht, in dieser Phase seines Lebens zu heiraten. Das war ja genau der Punkt. Ihm gefiel sein Leben so, wie es war. Obwohl er Frauen sehr mochte und definitiv kein Kostverächter war, gab es keine, mit der er sein Leben verbringen wollte.

Nun ja, jedenfalls keine, die er bekommen konnte.

Es war einfach zu spät.

Das Geräusch von Schritten im gleichen Rhythmus wie seine wurde ihm drei Sekunden zu spät bewusst, und da prallte er auch schon mit einem warmen, eindeutig weiblichen Körper zusammen.

Ihre Arme und Beine verhakten sich. Er ließ sich instinktiv abrollen, um die Wucht des Aufpralls abzufangen, als sie zusammen zu Boden gingen. Zuerst traf er mit der linken Schulter auf, und ihr zierlicher Körper landete auf seinem Bauch.

„Ist alles in Ordnung mit dir?"

Es war Beth. Sie beugte sich über ihn. Die letzten Sonnenstrahlen beschienen ihr Profil, was ihr etwas Engelhaftes gab. Zach blinzelte und war sich nicht sicher, ob sie es wirklich war oder er sich nur etwas einbildete. Er schüttelte den Kopf und wollte sich aufsetzen. Ein scharfer Schmerz in seiner Schulter hinderte ihn daran. Er stöhnte auf.

„Nicht bewegen."

„Mir geht's gut", fuhr er sie an, gereizt, weil er nicht besser aufgepasst hatte. Er zog sich hoch und ignorierte den Protest seines Körpers.

„Lass mich mal sehen", sagte sie. Ihre Stimme war sanft, klang aber schon entschiedener.

Mit der rechten Hand schob er sich das Haar aus dem Gesicht und nickte dann. Warum sollte er seine Niederlage nicht bis zur Neige auskosten? Die Berührung ihrer warmen, weichen Finger auf seiner Haut, als sie vorsichtig sein T-Shirt hochzog, gab ihm beinahe den Rest. Sie kam näher, streifte ihn mit den Brüsten.

Gefahr im Verzug.

„Tut das weh?" Sie tastete seinen Rücken dicht unter der Schulter ab.

„Nein."

Ihre Finger glitten höher. Er zuckte zusammen, dann fuhr er auf: „Mir geht's prima, wirklich."

„Natürlich. Du hast nur einen Bluterguss, denke ich."

„Also werde ich's überleben?" Er wollte das T-Shirt wieder herunterziehen, verzichtete jedoch darauf, als wieder ein scharfer Schmerz durch seine Schulter fuhr.

„In Lebensgefahr bist du nicht."

Er stand auf und hielt ihr die rechte Hand hin, um ihr aufzuhelfen. „Du hast dir nichts getan?"

Sie schaute zu ihm auf. „Nein. Das habe ich dir zu verdanken."

Er zuckte mit der intakten Schulter. „Ich schätze, ich war in Gedanken. Ich habe dich nicht kommen sehen. Den Aufprall abzufedern war das Mindeste, was ich tun konnte."

„Ich hab dich auch nicht gesehen." Sie lächelte verlegen. „Vielleicht sollten wir an der Wegkreuzung ein Warnschild aufstellen."

Verdammt, sah sie gut aus. Die Joggingshorts zeigten ihre herrlich geformten Oberschenkel. Das abgeschnittene Top enthüllte mehr, als es verbarg. Die seidige Haut ihres Bauches weckte in ihm die Sehnsucht, sie zu berühren. Aber was ihn vollends außer Gefecht setzte, war die Art, wie der Stoff sich an ihre Brüste schmiegte. Er wollte sie nicht anstarren, konnte aber nicht dagegen an.

„Geht es dir auch wirklich gut?", fragte sie und lenkte seinen Blick so auf ihr hübsches Gesicht. „Sieht so aus, als wärst du ein bisschen durcheinander."

Durcheinander? Und ob er durcheinander war. Lange honigblonde Strähnen hatten sich aus ihrem Pferdeschwanz gelöst und klebten an ihrem Hals. Sie leckte sich über die vollen Lippen. Er schaffte es gerade noch, sie nicht zu packen und an sich zu ziehen.

„Nun ja", sagte sie, als er nicht antwortete, „ich werde in Zukunft besser aufpassen, wohin ich gehe."

„Ich auch", murmelte er.

Sie kam näher, Sorge im Blick, als sie ihn musterte. „Vielleicht sollte ich dich lieber nach Hause begleiten."

„Es geht mir gut, wirklich", wiederholte er störrisch.

Etwas eindeutig Erotisches blitzte in ihren schokoladenbraunen Augen auf. „Warum lässt du mich das nicht lieber beurteilen?" Ihre Stimme war heiser vor Verlangen. Sie legte den Arm um seine Taille. „Stütz dich auf mich, ich kümmere mich schon um dich." Sie lächelte zu ihm auf. „Schließlich bin ich ja Ärztin. Ich weiß vermutlich mehr über dich als du."

Er war eindeutig geliefert, keine Frage.

5. KAPITEL

Beth schaute im Wohnzimmer des Cottage nach, ob ihre Mutter da war, dann schlug sie die Haustür hinter sich zu und stampfte mit dem Fuß auf, um die Wut loszuwerden, die sie nicht mehr bezähmen konnte. Sie war noch nie derart wütend gewesen. Zach hatte sie wieder einmal um den Rest ihrer Selbstbeherrschung gebracht.

Auf halber Strecke zu seinem Haus hatte er behauptet, er sei völlig in Ordnung und könne den Rest des Weges ohne Hilfe zurücklegen. Sie hatte natürlich genau gewusst, dass er ihre Hilfe nicht brauchte. Ihr Plan war gewesen, ihn noch ein bisschen mehr zu locken, und dann vielleicht …

Und er hatte sie zurückgewiesen, als wäre sie zwölf Jahre alt und zu jung, um mit ihm allein im Haus zu sein. Donnerstags verbrachte Mrs Ashton den Abend immer mit Mr Winthrop. Beth hatte beinahe einen kleinen Freudentanz hingelegt, weil der Zeitpunkt so perfekt war. Sie könnte noch einmal Doktor spielen und sich seine Schulter ansehen, eins würde zum anderen führen, und sie würden in seinem Zimmer landen … und in seinem Bett.

Beth schluckte mühsam bei den Bildern, die sich bei diesem Gedanken einstellten. Die Erinnerung daran, wie sie jede seiner Bewegungen durch das Fernglas beobachtet hatte, das herabgleitende Handtuch, die Vollkommenheit seines männlichen Körpers – ein Kaleidoskop von Eindrücken. Trotz ihrer Wut reagierte ihr Körper sofort. Ihr Puls ging unregelmäßig, ihre Haut erhitzte sich.

Sie seufzte. Warum schob er sie nur immer weg? Was an ihr brachte ihn dazu, sich jedes Mal, wenn sie sich näherkamen, von ihr zu entfernen? Sie war nicht seine Schwester. Sie waren nicht verwandt. Und sie war schon längst volljährig. Warum konnte er es nicht einfach geschehen lassen? Sie war eine Frau, er ein Mann, und damit war die Sache doch klar.

Sie legte die Spange weg und steuerte dann auf die Küche zu. Vielleicht würde es sie ja von Zach ablenken, wenn sie mit ihrer Mutter zu Abend aß. Aber in der Küche war niemand. Komisch, Helen hatte nichts davon gesagt, dass sie heute Abend ausgehen wollte. Ihr Wagen stand auch draußen. Ein Laut wie ein Schluchzen kam von der Tür zur Waschküche.

Auf leisen Sohlen durchquerte Beth den Raum, dann blieb sie an der halb geöffneten Tür stehen. Ihre Mutter sortierte die Wäsche – Beths Wäsche.

„Mom, das wollte ich doch machen", sagte sie.

Helen fuhr erschrocken herum. Sie blinzelte, dann lächelte sie und wischte sich die feuchten Wangen ab. „Oh, ich hatte gar nicht gemerkt, dass du nach Hause gekommen bist."

Beth nahm einen Stapel Buntwäsche und füllte sie in die Waschmaschine. Sie zwang sich, ruhig zu bleiben, anstatt ihre Mutter mit Fragen zu bestürmen, warum sie weinte. Mit dieser Taktik würde sie nichts erreichen, das wusste sie. Dazu kannte sie ihre Mutter zu gut.

„Es macht mir nichts aus, deine Wäsche zu machen", sagte Helen in viel zu fröhlichem Ton. „Dein Vater und ich mussten so lange warten, bis wir dich gekriegt haben, und dann bist du viel zu schnell erwachsen geworden. Ich fühle mich irgendwie gebraucht, wenn ich solche kleinen Dinge für dich tun kann."

„Mom!" Die Worte ihrer Mutter drückten ihr das Herz ab. Beth griff nach ihrem Arm. „Natürlich wirst du gebraucht. Warum sagst du nur so was?"

„Reg dich nicht gleich auf, Schatz", riet Helen ihr zärtlich zu. „So habe ich's ja gar nicht gemeint. Ich wollte nur sagen, dass ich gerne etwas für dich tue."

Beth war skeptisch. Die Augen ihrer Mutter waren verdächtig gerötet und noch feucht. „Du bist so anders als sonst", sagte sie sanft. „Hat das irgendwas mit deinem Streit mit Colleen zu tun?"

Helen wandte sich wieder den Wäschestapeln zu. „Ich hab dir doch gesagt, dass ich darüber nicht reden will."

Gereizt legte Beth die Hand auf die ihrer Mutter. „Ich wünschte, du würdest dich mir anvertrauen. Ich kann es nicht ertragen, dich so zu sehen und dir nicht helfen zu können."

Helen schaute sie ernst an. „Du kannst nichts tun. Niemand kann etwas tun, wenn Colleen nicht von selber zur Vernunft kommt." Sie holte tief Luft. „Ich muss einfach damit leben."

„Das ergibt doch keinen Sinn", wandte Beth ein. „Warum resignierst du? Wir leben in einem freien Land, du kannst alles tun, was du für richtig hältst."

„Ich habe ein Versprechen gegeben, das ich nicht brechen kann."

„Kannst oder willst?"

Ihre Mutter lehnte sich gegen die Waschmaschine, so als sei sie plötzlich zu müde, ihr eigenes Gewicht zu tragen. „Spielt das denn eine

Rolle? Es gibt Dinge, die bedeutender sind als man selber, und man kann nur beten, dass die Entscheidung, die man trifft, die richtige ist."

„Was kann denn so ungeheuer wichtig sein?"

Helen wandte sich wieder ihrer Arbeit zu. „Ich denke, wenn ich mit der Wäsche fertig bin, mache ich uns einen leckeren Salat."

Beth gab sich geschlagen. Es würde ihr nicht gelingen, ihre Mutter dazu zu bringen, ihr das Herz auszuschütten, so viel war klar. Trotzdem musste sie einen Weg finden, die beiden alten Freundinnen wieder zusammenzubringen. So konnte es nicht weitergehen. Aber allein würde Beth das nicht schaffen; sie würde Hilfe brauchen.

Zachs Hilfe.

Sie würde ihren Verführungsplan zurückstellen müssen, bis es ihnen gelungen war, den Grund des Konflikts herauszufinden. Beth hatte so lange auf ihn gewartet, da würden ein paar Tage mehr oder weniger auch nichts mehr ausmachen.

Zach spülte sein zweites Sandwich mit einem großen Glas kalter Milch herunter. Zwar schmerzte seine Schulter noch immer höllisch, aber er fühlte sich schon besser und konnte immerhin wieder klar denken. Aber sein Schwächeanfall hatte nichts mit Hunger zu tun, Beth hatte ihn buchstäblich umgehauen. Wie hypnotisiert hatte er sich auf nichts anderes konzentrieren können als auf ihre körperlich Nähe. Nicht einmal der gewiefteste Gegner vor Gericht hatte ihn jemals so aus dem Gleichgewicht gebracht, und keine andere Frau hatte ihn jemals so verwirrt wie Beth.

Gott sei Dank hatte er sich im letzten Moment zusammenreißen können und hatte sie weggeschickt. Sonst wäre es zur Katastrophe gekommen. Was auch in Beths hübschem, kleinem Kopf vorgehen mochte, er würde sich nicht darauf einlassen. Noch ein paar solcher sexy Episoden wie vorhin und er würde sich nicht mehr kontrollieren können. Jetzt brauchte er erst mal eine heiße Dusche, um seine schmerzenden Muskeln zu entspannen.

Aber sie war ein komplizierter Fall, er konnte nicht so schnell aufgeben.

Lautes Klopfen an der Küchentür schreckte ihn auf. Beth! Bestimmt war sie es. Er war jedoch nicht fähig, eine weitere Konfrontation mit ihr durchzustehen, ganz zu schweigen von den Doktorspielchen.

Zach ergab sich in das Unvermeidliche und ging zur Tür. Er hatte nur die Shorts an – und sonst nichts. Er hatte nicht geduscht und brauchte dringend eine Rasur. Seit er hier war, hatte er nicht sonderlich auf sein Äußeres geachtet, aber schließlich machte er Urlaub. Und er hatte ja sowieso nicht vor, Beth in sein Bett zu locken, sondern wollte sie von ihren Plänen abbringen.

Einigermaßen beruhigt, öffnete er die Tür. Da stand sie. Auch sie hatte sich noch nicht umgezogen, das knappe Top schmiegte sich weich an ihre Brüste, und die Shorts enthüllten ihre hinreißenden Beine. Das Haar hing ihr jetzt lose über die schmalen Schultern wie gesponnenes Gold. Sein Blick glitt bewundernd über ihren Körper.

„Wir müssen reden", sagte sie mit unbewegter Miene.

„Sicher", antwortete er heiser, „wir müssen … reden." Er trat beiseite, um sie hereinzulassen. In das leere Haus. Sein Atem stockte. Reiß dich zusammen, ermahnte er sich. Beth ist wie eine Schwester für dich, sie hat einen anderen geheiratet, und sie hat nicht auf dich gewartet. Dieser Gedanke versetzte ihm einen Stich.

Er schloss die Tür und wandte sich ihr zu. Als er bemerkte, dass auch sie ihn von Kopf bis Fuß musterte, lösten sich seine guten Vorsätze in nichts auf. Ihm wurde heiß.

„So, wir müssen also reden." Er verschränkte die Arme vor der Brust.

„Vor ein paar Minuten habe ich gesehen, dass meine Mutter geweint hat", erklärte sie ein wenig unsicher.

„Ist sie krank?", fragte er besorgt. Helen war wie eine zweite Mutter für ihn. Sie gehörte zur Familie. Beth gehörte zur Familie. Wenn Helen Hilfe brauchte, würde er Himmel und Hölle in Bewegung setzen, um dafür zu sorgen, dass sie bekam, was sie brauchte.

Beth schüttelte den Kopf. „Körperlich geht's ihr gut. Was mir Sorgen macht, ist ihr emotionaler Zustand." Sie verschränkte ebenfalls die Arme vor der Brust – den Brüsten, die er so gern berühren wollte. Zach verwünschte sich im Stillen. Er war fest entschlossen, Beth nicht wie ein Sexobjekt zu behandeln. Sie war nicht so wie die Frauen, mit denen er sich in Chicago traf … sie war …

Schluss damit, er musste sich jetzt auf Helens Situation konzentrieren. „Was ist denn passiert?"

„Es geht um diesen Streit zwischen unseren Müttern. Ich weiß nicht, was dahintersteckt, aber ein simples Missverständnis war's nicht. Es geht um etwas Wichtiges, Zach. So wichtig, dass es zerstören kann, was sie in mehr als vierzig Jahren aufgebaut haben."

Er runzelte die Stirn. Irgendwie konnte er sich nicht vorstellen, dass seine Mutter ihre älteste und liebste Freundin hängen ließ. Die Sache würde sich bestimmt wieder einrenken lassen. „Hat Helen das gesagt?"

„Genau das ist es ja. Sie will nichts sagen. Das Einzige, was sie verrät, ist, dass sie ein Versprechen gegeben hat und es nicht brechen kann. Zu mir hat sie gesagt, dass es etwas gibt, das mal offen ausgesprochen werden müsste, aber es müsse schon von deiner Mutter selber kommen."

„Ich rede mal mit meiner Mutter und kläre die Sache. Ich kann sie bestimmt zur Vernunft bringen."

Beth seufzte. „So einfach ist es wohl leider nicht. Ich fürchte, wir müssen uns was Wirksameres einfallen lassen."

Er grinste. „Willst du damit sagen, wir sollten unsere Mütter irgendwie manipulieren?"

„Ich will damit sagen, wir müssen die Sache mit vereinten Kräften angehen. Denk nur mal an den Herzanfall deiner Mutter und an das Alter der beiden – da wäre es reichlich fahrlässig von uns, nichts zu unternehmen."

Beides stimmte. „Einverstanden", sagte er eine Spur zurückhaltend. Der Gedanke, sich in das Leben seiner Mutter einzumischen, behagte ihm nicht. Schließlich würde er es auch nicht gutheißen, wenn sie sich in seines einmischte.

„Besonders überzeugt klingt das nicht."

Er betrachtete sie prüfend. „Sagen wir mal so: Ich mische mich nicht gern in das Leben meiner Mutter ein. Aber ich bin auch der Meinung, dass wir etwas unternehmen sollten."

Sie nickte. „Gut. Das wäre dann geregelt. Wir lassen es uns beide durch den Kopf gehen, und dann reden wir morgen weiter darüber."

„In Ordnung."

Da sie vor ihm stehen blieb und ihn weiter forschend ansah, fügte er hinzu: „Wolltest du sonst noch was sagen?"

„Nur noch eins." Sie kam einen Schritt näher. „Ich habe versucht, es dir zu signalisieren, aber mit Signalen und Hinweisen kommt man bei dir nicht weiter. Also sage ich es jetzt mal offen heraus, damit es keine Missverständnisse gibt … Ich möchte eine Affäre mit dir haben."

Überraschung war gar kein Ausdruck, um die Wirkung zu beschreiben, die diese Eröffnung auf ihn hatte. „Du willst was?", fragte er heiser.

Beth war über sich selber erschrocken. Hatte sie das gerade wirklich gesagt? Du lieber Gott, ja. Sie straffte die Schultern und blickte in sein attraktives Gesicht, mied jedoch jeden Blickkontakt. „Ich sagte, ich möchte eine Affäre mit dir haben. Hast du ein Problem damit?"

Er sah völlig geschockt aus. „Ich brauche einen Drink", stieß er hervor und stürzte zur Tür.

Beth folgte ihm. Im Wohnzimmer ging er um die Bar herum und sortierte die Flaschen, bis er fand, was er suchte.

Er goss einen kräftigen Schluck Whisky in ein Glas und bot es Beth an, schaute ihr jedoch nicht in die Augen. Sie lehnte mit einem Kopfschütteln ab. Darauf leerte er das Glas mit einem Zug und setzte es dann fast brutal ab.

„Du willst Sex mit mir, ist es das?"

Sie hielt seinem festen, prüfenden Blick stand. „Ganz genau." Sie zuckte die Achseln. „Ich fühle mich zu dir hingezogen, du dich zu mir – warum also nicht? Die Menschen tun so was laufend."

Ein Muskel in seinem wie gemeißelten Kinn zuckte. Beth biss sich auf die Unterlippe, um ein Lächeln zu unterdrücken. Also machte sie langsam Fortschritte. Sie konnte seinen Panzer knacken. Sie durfte nur nicht lockerlassen.

„Wir sind praktisch verwandt", sagte er herausfordernd.

„Nein, sind wir nicht. Außerdem weiß ich, was ich gefühlt habe, als wir uns heute Nachmittag geküsst haben. Und du bist genauso interessiert wie ich." Sie hatte ihn. Sollte er ruhig versuchen, das abzustreiten, es würde nichts nützen.

Etwas glomm in seinen Augen auf … War es etwa Unsicherheit? „Du hast mich völlig überrumpelt. Das war ein typisch männlicher Reflex."

Jetzt lächelte sie doch. „Sieh mir in die Augen, Zach Ashton, und sag mir, dass du dich nicht zu mir hingezogen fühlst." Sie kam noch einen Schritt näher. „Sag mir, dass du mich nicht willst."

„Ich will es ja gar nicht leugnen, Beth. Natürlich fühle ich mich von dir angezogen, du bist eine wunderschöne Frau. Aber du bist einfach nicht mein Typ."

„Ist das wirklich wahr?"

Er sah sie eindringlich an. „Das ist mein voller Ernst. Ich will keine Affären, ich will Sex. Wenn du mehr willst, machst du dir falsche Hoffnungen. Ich bin kein Mann fürs Heiraten."

Er glaubte also, sie hielte Ausschau nach einem Ehemann. „Sei nicht so eingebildet. Ich bin keineswegs auf einen Heiratsantrag aus, auch wenn du vielleicht glaubst, dass ich nicht zu einem One-Night-Stand fähig bin. Ich war verheiratet, Zach, und vor Matt hatte ich andere Männer", schwindelte sie. „Und wenn du es auch nicht zugeben willst, ich bin eine erwachsene Frau, die ihre Bedürfnisse hat. Du bist hier, ich bin hier, wo liegt also das Problem?"

Ärger flackerte in seinen Augen auf. „So, da komme ich also gerade recht." Er goss sich noch einen Whisky ein und kippte ihn hinunter. „Toll. Warum bringen wir es nicht sofort hinter uns? Ich bin bereit."

Beth wich überrascht zurück. Wer macht jetzt wohl einen Rückzieher? dachte Zach. Er hatte das Gefühl, dass sich ihr provokantes Verhalten gleich in Luft auflösen würde. Sie bluffte.

„Ich meinte nicht, dass wir ... jetzt sofort anfangen sollten." Sie wurde rot. „Wir sollten erst einen passenden Zeitpunkt und Ort festlegen."

„Du dachtest daran, einen Termin zu vereinbaren?"

Sie wich noch einen Schritt zurück. „Das nicht. Eher an eine Verabredung."

„Du verabredest dich also gewöhnlich zum Sex?", fragte er, bereute aber seine Bemerkung sofort, als er ihr schockiertes Gesicht sah. Er wollte dieses Gespräch nicht ... nicht mit Beth.

„Wir ...", sie suchte offenbar verzweifelt nach einem Ausweg, „wir müssen erst die Probleme unserer Mütter lösen, bevor wir an uns selber denken können", stieß sie hervor. Sie wirkte plötzlich richtig erleichtert.

Das ließ sich nicht von der Hand weisen. „Du hast recht. Erst danach können wir an Sex denken."

„Das klingt gut. Ich ruf dich morgen an."

Zach sah ihr nach, als sie zur Tür ging, gebannt von ihrem schwingenden Gang, dem wohlgeformten Po und den unglaublich langen Beinen.

„Beth", rief er ihr nach, bevor sie ganz aus seinem Blickfeld verschwand.

Sie blieb stehen und drehte sich zu ihm um. „Ja?"

Wie jung und ... unschuldig sie doch wirkte. Was konnte er bloß tun, um sie zu beschützen – vor allem vor sich selbst?

„Wenn du es dir anders überlegst, ich würde es verstehen." Es war das einzig Richtige, was er sagen konnte.

Sie lächelte gezwungen. „Warum sollte ich es mir anders überlegen?"

Einige Sekunden sah er sie nur an, nahm ihr Bild in sich auf: das feine honigblonde Haar, die großen braunen Augen und das Gesicht eines Engels. Die süße Beth. Dr. Elizabeth McCormick, die ihre Tage damit zubrachte, Kranke zu heilen, und ihre Nächte in ihrem Elternhaus verbrachte.

Was war er dagegen für ein schlechter Mensch. Nie in seinem Leben hatte er ganz und gar selbstlos gehandelt, sie dagegen tat jeden Tag Gutes. Er verdiente sie nicht. Offenbar hatte sie genau gewusst, warum sie einen anderen Mann als ihn gewählt hatte. Es hatte keinen Sinn, sich selbst zu belügen. „Weil du ein braves Mädchen bist und ich nicht glaube, dass du es wirklich willst."

„Ich bin nicht mehr das kleine Mädchen von damals, Zach", erwiderte sie mit einem aufreizenden Lächeln. „Du wirst schon sehen."

Bevor er noch etwas sagen konnte, war sie verschwunden. Seufzend rieb er sich das Kinn. Obwohl er körperlich mehr als bereit war, Sex mit ihr zu haben, war ihm bewusst, dass er äußerst behutsam vorgehen musste. Es wäre so einfach, ihr Angebot anzunehmen, aber es war ein Fehler. Eine dauerhafte Beziehung zwischen ihnen war zum Scheitern verurteilt, denn sie lebten in total verschiedenen Welten, und keiner von ihnen würde seinen Beruf aufgeben wollen.

Außerdem war Beth noch jung. Vielleicht würde sie noch einmal heiraten und Kinder haben wollen. Zach war sich nicht sicher, ob er ihr so nahe kommen wollte, wenn sie dann später einen anderen heiratete. Immer noch quälte ihn die Erinnerung daran, dass er sie mit *ihm* gesehen hatte.

Jedenfalls wusste er jetzt, was sie von ihm wollte. Sex. Vermutlich sah sie ihn als lohnende Eroberung: Sie würde den Jungen, der sie damals zurückgewiesen hatte, endlich herumkriegen.

Plötzlich hatte er eine Eingebung. Ein breites Lächeln erschien auf seinem Gesicht. Wenn sie seine ungeteilte Aufmerksamkeit wollte, die sollte sie haben. Er würde all seinen Charme und seine Verführungskünste aufbieten, für die er in Chicago berüchtigt war. Mal sehen, ob die kleine Beth McCormick ihm standhalten oder wie ein verschrecktes Kaninchen die Flucht ergreifen würde.

Oder aber er würde sich zurückhalten und Beth vor sich selbst schützen. Es könnte seine einzige selbstlose Tat sein.

In der Mittagspause hatte Beth ihren Schlachtplan entworfen. Sie würde drastische Maßnahmen ergreifen müssen, um Zach zu beweisen, dass sie nicht das liebe kleine Mädchen war, für das er sie hielt. Sie konnte ziemlich hinterhältig sein, wenn es nötig war.

„Hallo, Beth, wie wär's mit einem Kaffee?" Lucy, ihre Freundin, die als Krankenschwester arbeitete, stand in der Tür.

„Danke, aber ich habe noch was Wichtiges zu erledigen." Beth lächelte ihr zu.

„Dann ein anderes Mal. Wir haben uns schon so lange nicht mehr unterhalten."

„Nächste Woche habe ich bestimmt Zeit." Beth angelte sich ihren Terminkalender.

„Ich trage dich gleich ein."

„Hört sich gut an." Lucy streckte die Daumen hoch und verschwand wieder.

Beth griff nach ihrer Handtasche und verließ ihr Büro. Letzte Nacht hatte sie kaum geschlafen, jedes Wort, das Zach gesagt hatte, und die Bilder seines nackten muskulösen Oberkörpers waren die ganze Nacht in ihrem Kopf herumgewirbelt. Sie hatte Angst, dass er sie beim Wort nehmen könnte, gleichzeitig fürchtete sie aber, sein Gewissen würde ihn erneut dazu bewegen, sie abzuweisen.

Aber für sie gab es kein Zurück mehr.

Eine Viertelstunde später stand sie vor dem Schaufenster eines Studios in Cartersville, das weder sie noch jemand, den sie kannte, jemals von innen gesehen hatte. Auf dem Türschild prangte die Inschrift „Tattoos". Beth atmete tief durch und schob dann schnell die Tür auf, bevor ihr Mut sie verließ.

Als die Türglocke klingelte und ein halbes Dutzend Blicke sich misstrauisch auf sie richteten, wurde ihr Mund trocken.

Ein riesiger Kerl in Rockermontur, wie man sie aus dem Kino kannte, trat auf sie zu. Er sah schlampiger und gemeiner aus als jeder Typ, der ihr je begegnet war.

Sie zupfte an ihrer Baumwolljacke und stieß hervor: „Sind Sie der Eigentümer?"

„Lady", knurrte er, „Sie können gleich zum Gesundheitsamt zurückgehen und den Inspektoren bestellen, dass Sie zur …"

Beth wich zurück. „Ich komme nicht vom Gesundheitsamt", versicherte sie.

Er entspannte sich sichtlich. „Haben Sie sich verirrt?"

„Nein." Sie schüttelte den Kopf.

„Was zur Hölle tun Sie dann hier?"

Beth befeuchtete ihre Lippen. „Ich brauche eine Imageveränderung. Können Sie mir dabei helfen?"

„Tja, Lady, dann sind Sie hier an der richtigen Adresse."

Beth hatte gerade noch Zeit, die sexy Seidenwäsche, die sie ausgesucht hatte, zu bezahlen, bevor sie ins Krankenhaus zurückmusste. Sie widerstand dem Impuls, ihre Bluse hochzuziehen und ihr Nabel-Piercing zu betrachten. Mit Sicherheit wäre sie tot umgefallen, wenn jemand, den sie kannte, das Tattoo-Studio betreten und sie dort entdeckt hätte. Big Bart, der Inhaber höchstpersönlich, hatte die Prozedur vorgenommen. Noch jetzt errötete sie bei dem Gedanken an die neugierigen Gesichter, die dieses Schauspiel verfolgt hatten.

Aber sie hatte es nicht anders gewollt.

Skeptisch inspizierte sie die Stringtangas, die sie ausgesucht hatte. Sie hatte noch nie solche Wäsche getragen.

Aber sie hatte keine andere Wahl. Sie musste Zach beweisen, dass sie eine erwachsene Frau war. Und was ihm alles entgangen war.

Der Klingelton ihres Handys riss sie aus ihren Gedanken. Sie nahm es aus ihrer Handtasche und meldete sich mit einem brüsken „Hallo".

„Beth?"

Es war Zach. Beth erschrak und ließ den Stringtanga fallen, den sie gerade in der Hand gehalten hatte.

„Ja", keuchte sie. Röte schoss ihr in die Wangen.

„Ich wollte nur mal hören, wann du Zeit hast, über das Problem mit unseren Müttern zu reden."

Beth war ungeheuer erleichtert. Im ersten Moment hatte sie befürchtet, er würde sie fragen, wann sie Zeit habe für …

„Ist dir schon etwas eingefallen?", fuhr er fort, als sie noch zögerte.

„Ich muss mich jetzt um einen Patienten kümmern", log sie. „Wir können uns heute Abend treffen und über alles reden."

„Wo?" Seine Stimme klang heiser, sinnlich.

„An der Schaukel", sagte sie schnell. „Nach dem Essen." Bevor er etwas erwidern konnte, schaltete sie das Handy aus. Das Herz schlug ihr bis zum Hals. Ihre Hände waren feucht, und ihre Knie gaben nach. Und das nur, weil sie seine Stimme hörte!

Was würde sie erst tun, wenn sie ihm heute Abend ganz allein im Mondlicht gegenüberstand?

6. KAPITEL

Zach wartete geduldig bei der großen Eiche. Er hatte bereits mit seiner Mutter zu Abend gegessen. Bei jedem Versuch, die Sprache auf Helen zu bringen, hatte sie schnell das Thema gewechselt. Colleen Ashton war sehr geschickt, wenn es darum ging, Diskussionen zu vermeiden, an denen ihr nichts lag. Schließlich hatte Zach aufgegeben und sich damit abgefunden, ihr Lieblingsthema zu erörtern – ihren Geburtstag. Zach fragte sich im Stillen, ob Beth wohl schon ein Motto eingefallen war. Die Ärmste! Sie hatte wirklich die undankbarste Aufgabe von allen, aber sie hatte sich nicht beklagt.

Die Dunkelheit war schnell hereingebrochen. Er lehnte sich gegen den Stamm der Eiche und fragte sich, was Beth wohl aufgehalten haben mochte. Vielleicht ließ sie ihn ja absichtlich warten. Frauen spielten gern Spielchen.

Aber hier ging es nicht um irgendeine Frau … hier ging es um Beth.

Er stieß die Schaukel an und schaute den hypnotisierenden Bewegungen zu. Obwohl es mehr als zwanzig Jahre her war, erinnerte Zach sich daran, als sei es gestern gewesen: wie er Mr McCormick dabei geholfen hatte, die Schaukel aufzuhängen. Und später dann hatte Zach zahllose Stunden damit verbracht, die Schaukel für Beth anzustoßen. Sie hatte vor Freude gekreischt und ihn gebeten, sie immer höher steigen zu lassen.

Schon da hatte ihr sein Herz gehört.

Das ist lange her, dachte er, genervt von seinen untypischen sentimentalen Anwandlungen. Er und Beth lebten jetzt ein anderes Leben, hatten sich total verändert. Hätte sie das geringste Interesse daran gehabt, ihn zu heiraten, dann hätte sie nicht einen anderen genommen. Sicher, als Mädchen hatte sie für ihn geschwärmt, aber dann hatte sie sich doch entschieden, mit einem anderen ihr Leben zu teilen. Aber wie war ihr derzeitiges Verhalten zu erklären?

Möglicherweise dachte sie, dass sie bei ihm, Zach, kein Risiko einging. Sie konnte sich ihren Spaß holen und brauchte später nicht zu befürchten, ihm regelmäßig über den Weg zu laufen, wenn er erst wieder in Chicago war. Er war auch nur ein Mensch und würde nur zu gern darauf eingehen. Aber es wäre ein Fehler. Ihre Beziehung würde sich dadurch von Grund auf ändern. Es würde nie mehr dasselbe zwischen ihnen sein. Und das alles nur für eine kurze Affäre.

Und mehr als eine Affäre würde nicht dabei herauskommen. Sie lebte hier, und sein Leben war die Anwaltskanzlei. Eine ausweglose Situation. Er musste ihr klarmachen, dass die ganze Sache eine Schnapsidee war.

Das Klappen einer Tür war vom Cottage zu hören. Beth kam langsam auf ihn zu. Schon allein bei ihrem Anblick reagierte sein Körper.

Der Wind frischte auf, spielte mit ihrem goldenen Haar und ließ es um ihre Schultern wirbeln. Sie hatte sich umgezogen. Jetzt trug sie eine blassblaue Bluse, die sich eng an ihren Oberkörper schmiegte, die festen Brüste hervorhob. Eine dazu passende Hose umschmeichelte wie eine zweite Haut ihre wohlgeformten Beine.

„Ich hoffe, ich habe dich nicht warten lassen." Sie setzte sich auf den Sitz der Schaukel wie vor zwanzig Jahren, als erwarte sie von ihm, dass er sie anstieß.

Zach verschränkte die Arme vor der Brust. „Kein Problem. Ich habe einen Plan." Was die Wahrheit war – aber welchen Plan er meinte, brauchte sie ja nicht zu wissen. Ein paar psychologische Tricks, um sie von ihrem Vorhaben abzubringen. Kurz gesagt, er würde zum Gegenangriff übergehen.

Sie schaute zu ihm auf, umflossen von dem Mondlicht, das ihr etwas Durchscheinendes, Engelhaftes gab. Die Feenprinzessin. Kein Wunder, dass sie einen anderen geheiratet hatte.

„Du hast einen Plan? Gut. Und was muss ich dabei tun?"

„Ich werde meine Mutter bitten, sich morgen mit mir zum Essen im ‚Pearle's' zu treffen. Und du schlägst Helen dasselbe vor."

„Und was hält sie davon ab, auf dem Absatz kehrtzumachen und das Lokal zu verlassen, wenn sie den Trick durchschauen?"

Zach grinste. „Das ist es ja gerade. Meine Mutter würde niemals in aller Öffentlichkeit eine Szene machen. Sie hält das Essen durch, und wenn es sie umbringt."

„Da hast du recht. Es könnte funktionieren. Und wann sollen sie sich mit uns treffen?" Sie stand auf, offenbar dachte sie, dass ihr Gespräch damit beendet war.

„Um zwölf. Dann ist da am meisten los. Ich reserviere einen Tisch."

„Hoffentlich geht der Plan auf. Wir dürfen nicht länger tatenlos zusehen."

„Völlig richtig." Er räusperte sich. Höchste Zeit, seinen anderen Plan in Angriff zu nehmen. „Hast du dir überlegt, wann wir beide uns treffen können?"

Sie war sichtlich verlegen. „Ich … heute war sehr viel los. Ich bin kaum zum Nachdenken gekommen."

Er näherte sich ihr. „Ich hab kaum an etwas anderes denken können", erwiderte er leise. Er fuhr mit dem Zeigefinger über ihren Arm. Sie erschauerte. „Geduld ist nicht gerade meine Stärke."

„Schon bald", sagte sie schnell. „Ich muss nur erst einen Blick in meinen Terminkalender werfen."

Er legte den Kopf auf die Seite. „Du hast es dir doch nicht etwa anders überlegt, oder?"

„Natürlich nicht." Sie holte tief Luft – um Mut zu schöpfen, dachte er –, reckte sich und gab ihm einen harmlosen Kuss auf den Mund. „Ich kann es kaum erwarten", murmelte sie.

Er umschlang ihre Taille und zog Beth fest an sich. „Warum denn warten?" Er verschloss ihren Mund mit seinen Lippen, bevor sie antworten konnte.

Zu seiner Überraschung leistete sie keinen Widerstand. Stattdessen schlang sie die Arme um seinen Hals und gab sich dem Kuss ganz hin. Ihr Mund war heiß, so süß … und unersättlich. Er spürte ihre Sehnsucht, als sie sich in seinen Armen wand. Ihr Begehren riss seine Sinne in einen Wirbel, über den er keine Kontrolle hatte. Er wollte alles tun, um sie glücklich zu machen.

Sein Kuss wurde noch leidenschaftlicher. Er stieß die Zunge in ihren Mund, sodass sie leise stöhnte und auf das Spiel seiner Zunge antwortete. Das Verlangen durchströmte ihn heiß. Er musste sie besitzen.

Seine Hände glitten über ihren Rücken und ihren herzförmigen Po. Er hob sie hoch und stolperte zur Eiche. Dort lehnte er sie an den Stamm und schlang ihre Beine um seine Taille. Sie bäumte sich auf.

Er musste sie ins Haus bringen … oder zu seinem Auto, irgendwohin, wo sie ungestört waren … Er musste … Plötzlich kam er wieder zur Vernunft, als hätte ihm jemand eiskaltes Wasser ins Gesicht gespritzt.

Was tat er da?

Er konnte Beth nicht auf diese Weise lieben. Hatte er nicht beschlossen, dass es überhaupt ein Fehler wäre, mit ihr zu schlafen? Er löste sich von ihr.

Sie versteifte sich in seinen Armen, vermutlich kam auch sie zur Besinnung. „Lieber Himmel." Sie wich zurück. „Ich muss gehen. Wir sehen uns dann morgen."

Er nickte nur kurz. Sein Körper pulsierte und brannte lichterloh. Aber er konnte nur still zusehen, wie sie ging.
Na ja, dachte er ironisch, so viel zu psychologischen Tricks.

Colleen betrat das „Pearle's“, ihr absolutes Lieblingsrestaurant in Cartersville. Es war kurz nach zwölf. Sie hasste es, sich zu verspäten, wenn auch nur eine Minute. Bernard, der Oberkellner, bot ihr lächelnd seinen Arm.
„Als Mr Ashton angerufen hat, habe ich Ihren Lieblingstisch auf der Empore für Sie freigehalten. Ich wünsche Ihnen guten Appetit.“ Bernie schob den Stuhl für sie zurück und eilte davon, noch bevor sie Platz nehmen konnte. Sie schaute sich um und wollte Zach schon zurechtweisen, weil er nicht mal Hallo gesagt hatte, aber die Person, die sich hinter der großen Speisekarte verborgen hatte, war nicht Zach.
Helen saß auf dem Stuhl ihr gegenüber.
„Du!“, stieß Helen hervor. „Was machst du denn hier?“
„Ich bitte um Verzeihung“, zischte Colleen, „aber das hier ist mein Tisch.“
„Ich sehe gar kein Namensschild, du eingebildete ...“
„Wag es ja nicht, hier eine Szene zu machen“, schnitt Colleen ihr das Wort ab. „Mein Sohn hat mich gebeten, hier mit ihm zu Mittag zu essen. Dies ist mein Tisch.“
„Beth hat mich hierher zum Essen eingeladen“, entgegnete Helen. „Und man hat mich zu diesem Tisch geführt.“
Colleens Augen wurden schmal. „Hier ist etwas faul“, murmelte sie.
Helen schien im selben Moment zu begreifen. „Das können sie nicht getan haben“, sagte sie ungläubig.
„Verzeihung, Mrs Ashton“, unterbrach sie ein Kellner. „Mr Ashton hat mich gebeten, Ihnen das hier zu geben.“
Colleen nahm den Umschlag und bedankte sich. Sie sah erst Helen an, dann schaute sie auf den Umschlag – Zach hatte ihren Namen darauf geschrieben. Sie konnte nicht fassen, dass ihr eigener Sohn ihr einen so üblen Streich gespielt hatte.
„Nun lies schon“, drängte Helen. Offenbar wollte sie so schnell wie möglich aufbrechen.
Als Colleen schnell die kurze Mitteilung überflog, bestätigte sich ihr Verdacht.
„Lies laut vor“, zischte Helen.

Colleen fügte sich. „Mutter, ich will dir nur helfen. Versöhn dich mit Helen. Wir schauen zu. In Liebe, Zach."

Es war eine Zeit lang still.

„Das Chaos, das wir angezettelt haben, nimmt die beiden auch ganz schön mit", sagte Helen dann. „So können wir nicht weitermachen."

„Ja, hast du denn gedacht, sie merken nichts? Du musst ja wohl zugeben, dass du nicht hinter dem Berg gehalten hast … Ich bin zu alt für so was. Wenn unsere Freundschaft dir jemals etwas bedeutet hat, warum kannst du die Sache dann nicht einfach auf sich beruhen lassen?"

Helen stand auf. „Wir haben uns nichts mehr zu sagen."

Colleen hielt sie am Arm fest. „Du bleibst jetzt gefälligst hier. Setz dich und iss. Die Rechnung geht auf mich."

„Ich will aber nichts essen."

„Wir müssen über die Kinder reden", sagte Colleen schnell.

„Was ist mit ihnen?"

Der Kellner trat wieder an ihren Tisch. „Möchten Sie jetzt bestellen?"

„Bestellen wir was", schlug Colleen vor, „und dann reden wir."

„Also gut", sagte Helen.

„Dieses kleine Manöver müssen sie sich gestern Abend ausgedacht haben", begann Colleen. „Zach schreibt, sie sind hier irgendwo in der Nähe und beobachten uns."

„Und wie kommst du darauf, dass sie sich gestern Abend verabredet haben?", fragte Helen. „Beth war fast den ganzen Abend zu Hause, bis auf einen kurzen Spaziergang."

„Ich habe sie gesehen", sagte Colleen trocken.

Helen runzelte die Stirn. „Und wo?"

„Draußen bei der Schaukel."

„Woher weißt du, dass sie über uns geredet haben?"

Colleen stieß ungeduldig die Luft aus. „Weil mein Sohn mich sofort zum Essen eingeladen hat, als er wieder hereinkam."

„Das …" Helen brach ab, als der Kellner erschien und die Getränke auf den Tisch stellte. Dann fuhr sie fort: „Das sollte dir zu denken geben. Unsere Kinder machen sich Sorgen. Wir sind zu weit gegangen. Wir müssen die Sache jetzt ein für alle Mal in Ordnung bringen."

„Ich habe meine Meinung nicht geändert und werde es auch nicht tun", gab Colleen gereizt zurück. „Das Thema hatten wir schon. Es nützt nichts, es immer wieder durchzugehen."

„Du bist im Unrecht, Colleen", sagte Helen müde. „Du machst einen Fehler. Wir können dieses Geheimnis nicht länger für uns behalten. Es wächst uns über den Kopf. Als die Kinder noch klein waren, spielte es keine Rolle, aber jetzt sind sie erwachsen. Wir können nicht so tun, als wäre nichts geschehen."

„Wir können und wir werden es tun." Colleen hatte Angst, und ihr tat das Herz weh. „Ich werde verhindern, dass mein Sohn mich den Rest meines Lebens mit anderen Augen sieht."

„Damals hatten wir unrecht, und wir haben auch heute unrecht", sagte Helen schlicht. „Wir müssen unseren Fehler wiedergutmachen."

„Niemals, hast du gehört, Helen McCormick? Ich lasse es nicht zu. Außerdem hat sich etwas Neues ergeben."

„Was meinst du damit?"

„Ich glaube, Zach und Beth sind … aneinander interessiert", sagte sie.

Helen wirkte überrascht. „Wie kommst du darauf? Sie sind Freunde – praktisch wie Bruder und Schwester."

„Mag sein. Aber ich weiß, was ich gesehen habe. Der Kuss, den mein Sohn deiner Tochter gestern Abend gegeben hat, war alles anderes als brüderlich."

Helen machte große Augen. „Zach hat Beth geküsst?"

„Nun ja, Beth hat angefangen. Sie hat ihn zuerst geküsst."

„Nein", stieß Helen ungläubig hervor. Ihr Blick verriet, dass sie es weder billigte noch missbilligte, sondern eher verwirrt war.

„Es war ein schöner Anblick. Sie sahen gut aus zusammen."

„Ich dachte, es würde nie dahin kommen."

„Na ja, und wegen Zachs Ehrgeiz dachte ich, er gründet nie eine Familie."

„Aber vielleicht lesen wir da etwas Falsches hinein", wandte Helen ein. „Vielleicht ist das eine vorübergehende Stimmung. Du weißt ja, die Tinte auf Beths Scheidungsurkunde ist kaum trocken."

„Aber du hast selbst gesagt, sie habe zugegeben, ihre Ehe sei seit Jahren praktisch kaputt gewesen. Das heißt, sie sucht nicht bloß nach Trost", gab Colleen zu bedenken.

„Und du sagtest, Zach konsumiere eine Frau nach der anderen – ich will nicht über ihn lästern –, so wie er seine Fälle abspult."

„Schon wahr. Die süße kleine Empfangsdame bei Colby, Amy Wells, hält mich auf dem Laufenden. Er geht nie mehr als dreimal mit derselben aus."

„Nun ja, er ist ja auch ein charmanter und gut aussehender Mann", gab Helen zu. „Und sehr beschäftigt. Ich bin sicher, es ist nicht leicht, sein Interesse auf Dauer zu fesseln."

„Ich bezweifle, dass es darum geht", sagte Colleen. „Ich denke, insgeheim hat er immer Beth gewollt, und keine andere Frau konnte ihr in seinen Augen das Wasser reichen."

Ein sorgenvoller Ausdruck stahl sich in Helens Augen. „Du meinst doch nicht, er könnte sich dreimal mit Beth verabreden und sie dann einfach ..."

Colleen schüttelte entschlossen den Kopf. „Ich glaube, er könnte Beth niemals wehtun. Ich will es nicht glauben. Denn wenn er es täte, dann würde er dafür büßen müssen, das kann ich dir versichern."

„Sie sind beide erwachsen, darauf haben wir keinen Einfluss mehr."

„Ach, Helen, ganz tatenlos müssen wir aber nicht zusehen. Wir haben Mittel und Wege. Ich habe ihre gescheiterte Ehe lange vor Zach verheimlicht, weil du mich darum gebeten hattest. Aber du hättest sein Gesicht sehen sollen, als ich ihm schließlich sagte, dass Beth sich vor Monaten von ihrem Mann getrennt hat. Und denk an früher."

Helen warf Colleen einen vielsagenden Blick zu. „Menschen ändern sich."

„Aber mich bringst du nicht von meiner Entscheidung ab", erklärte Colleen, als sei dies ihr allerletztes Wort. „Angesichts dieser neuen Entwicklung willst du ja sicher nicht so viel Staub aufwirbeln. Überleg mal, wie Beth sich fühlen würde, wenn sie die Wahrheit erführe."

Colleen war erleichtert, als sie Helens Unsicherheit sah.

„Ich glaube trotzdem, dass es ein Fehler ist, das Geheimnis weiter für uns zu behalten", sagte Helen schließlich, doch ihre Stimme klang längst nicht mehr so überzeugt.

„Aber willst du denn das Glück deiner Tochter aufs Spiel setzen?", hakte Colleen nach.

Das Schweigen, das auf diese Frage folgte, sagte mehr als alle Worte.

„Wenigstens reden sie miteinander", murmelte Beth. Von dem Platz, an dem sie und Zach standen, konnten sie ihre beiden Mütter sehen, ohne selber gesehen zu werden.

„Einen Augenblick lang stand es ziemlich auf der Kippe", bemerkte Zach. „Aber ich wusste ja, dass Mutter es nie zulassen würde, dass jemand in einem so feinen Lokal in ihrem Beisein einen peinlichen Auftritt hinlegt. Der Klatsch hätte ihr monatelang das Leben zur Hölle gemacht."

Beth nickte. Sie versuchte nicht darauf zu achten, dass er ihr so nahe war. Ihr wurde heiß bei dem Gedanken an den gestrigen Abend und ihre Begegnung an der Eiche. Sie brauchte nur die Augen zu schließen, dann spürte sie wieder, wie er seinen harten Körper an den ihren gepresst hatte. Sein Kuss hatte die Sehnsucht nach mehr in ihr unerträglich werden lassen. Zach Ashton war ein Meister in der Kunst des Küssens.

„So. Hast du inzwischen Zeit gehabt, über uns nachzudenken?"

„Morgen Abend", platzte sie heraus. „Morgen Abend habe ich keinen Dienst. Wie wär's, wenn wir uns dann treffen?"

„Bei dir oder bei mir?"

„Bei mir", sagte Beth nach kurzem Überlegen.

„Ich bringe den Champagner mit", sagte er.

„Bis dann also", hauchte Beth, dann ging sie, ohne sich noch einmal umzusehen.

Noch vierundzwanzig Stunden – nicht annähernd genug Zeit, um sich auf den Moment vorzubereiten, den sie ein ganzes Leben lang herbeigesehnt hatte.

7. KAPITEL

Zach wischte sich den Schweiß von der Stirn und trat zurück, um seine Arbeit zu begutachten. Trotz der vielen kleinen Missgeschicke sah der Pavillon ziemlich gut aus. Er hatte heute den ganzen Tag zwei linke Hände gehabt.

Eingeschlafen war er erst am frühen Morgen. Die Aussicht auf das Rendezvous mit Beth hatte ihn so nervös gemacht, dass an Schlaf nicht zu denken war. Bei Tagesanbruch hatte er einen Spaziergang gemacht und war wieder gestürzt. Äußerst merkwürdig. So was passierte ihm sonst nie.

Als ein halb leerer Farbeimer umzufallen drohte, hatte er ihn im letzten Moment noch festzuhalten versucht. Was damit endete, dass er trotzdem umgekippt war und seinen Inhalt über ihn ergossen hatte.

Dennoch war es ihm trotz der Fantasien, in denen seine verlockende Nachbarin die Hauptrolle spielte, gelungen, die Arbeit fertigzustellen. Zach schaute auf seine Uhr. Er hatte gerade noch genug Zeit für eine heiße Dusche und ein schnelles Abendessen, bevor seine Mutter zum Kartenspielen ging.

Er drehte sich um und spähte zum Cottage hinüber. Beth war vor etwa zwanzig Minuten nach Hause gekommen. Sie hatte ihm zugewinkt, er hatte den Gruß erwidert und war dabei fast von der Leiter gefallen. Zum Glück hatte sie nichts bemerkt.

Gott, so kindisch hatte er sich nicht mehr aufgeführt seit dem Tag, als er in der Mittelstufe Sandy Martin den ersten Kuss abgeluchst hatte. Er war zu alt, um wegen einer Frau den Kopf zu verlieren.

Aber es ging ja auch um Beth. Wie lange hatte er auf diesen Tag gewartet!

Ob er es schaffen würde, hinterher sein altes Leben wieder aufzunehmen? Oder würde die Liebesnacht ihn für immer an sie binden?

„Der Pavillon sieht toll aus, viel besser als vorher.“

Er drehte sich um, als er die Stimme seiner Mutter hörte, und lächelte.

„Ich bin froh, dass du gestern mit Helen gegessen hast. Wie in alten Zeiten“, sagte er.

„Warum sollten wir das nicht tun?“, fragte sie, so als wüsste sie nicht, was er meinte.

Er zuckte die Achseln. „Na ja, seit Tagen geht ihr zwei euch konsequent aus dem Weg. Es war nett, euch miteinander plaudern zu sehen.“

„Hör mal gut zu, Zacharius Ashton. Ich bin kein Kind, und das Gleiche gilt für Helen. Dass wir Meinungsverschiedenheiten haben, heißt noch lange nicht, dass wir keine Freundinnen mehr sind. Wir regeln unsere Probleme selber."

Zach hob die Hände. „Wir wollten nur verhindern, dass der Graben so tief wird, dass ihr ihn nicht mehr überbrücken könnt", verteidigte er sich.

„Wir reden schon miteinander, wenn es nötig ist. Sobald Helen Vernunft annimmt, ist wieder alles im Lot."

„Ich habe verstanden. Wir halten uns in Zukunft da raus."

„Apropos Beth, deine Komplizin bei dieser Intrige", fuhr seine Mutter fort. „Ich habe den Eindruck, die Scheidung tut ihr gut. Helen sagt, das Telefon läutet ununterbrochen. Sie kann nicht fassen, wie viele junge, gut aussehende Ärzte hinter ihrer Tochter her sind. Ich habe sie gefragt, was denn so verwunderlich daran sein soll. Beth ist eine wunderschöne Frau, eine der beliebtesten Ärztinnen am Cartersville General Hospital. Lawrence, der Verwaltungschef – du erinnerst dich doch an Lawrence Wallingsford?"

Zach drehte sich der Magen um. „Klar erinnere ich mich an ihn." Er wollte nichts von den Kerlen wissen, die Beth umschwärmten. Sie hatte keinen besonderen Mann erwähnt. Außerdem würde er sie heute Nacht bekommen, kein anderer.

„Nun ja, Lawrence sagt, Beth ist eine fabelhafte Ärztin, und sie würden alles tun, um sie zu halten. Es würde Lawrence sehr freuen, wenn Beth einen netten jungen Mann aus dem Ort heiraten würde. Das wäre die beste Lösung für ihn, denn dann müsste sie hier in Cartersville bleiben."

„Entschuldige, Mutter, ich muss jetzt unter die Dusche."

Colleen sah ihm nach, als er zur Hintertür stürzte, und lächelte geheimnisvoll.

Mission erfüllt.

Beth strich ihr extrem kurzes schwarzes Minikleid glatt. Es war das kürzeste, engste Kleid, das sie jemals besessen hatte. Die Verkäuferin in der Boutique hatte behauptet, es sei ein Kleid, das Männer verrückt machte, und sie hatte darauf bestanden, dass man darunter, wenn überhaupt etwas, nur Stringtangas trug. Beth wurde jetzt noch rot vor Verlegenheit. Noch nie in ihrem Leben hatte sie ein solches Gespräch mit Freundinnen geführt, ganz zu schweigen von Fremden.

Es war vermutlich ganz gut, dass sie die passende Unterwäsche schon besorgt hatte. So blieb es ihr wenigstens erspart, sich einen Vortrag darüber anhören zu müssen, welche Marke am bequemsten war. In Beths Augen konnten Stringtangas nicht bequem sein. Auf jeden Fall nicht das winzige schwarze Ding, das sie im Moment anhatte.

Sie schaute wieder in den Spiegel, um zu entscheiden, ob ihr gefiel, was sie sah. Nicht das Kleid oder ihre Frisur – sie hatte die Haare aufgesteckt –, sondern der Ausdruck in ihren Augen.

Eines war klar: Das, was sie vorhatte, war der Traum, der sie ihr ganzes bisheriges Leben begleitet hatte. Ob es richtig oder falsch war oder irgendetwas verändern würde – zum Guten oder zum Schlechten –, sie wollte die gemeinsame Nacht mit Zach mehr als alles andere auf der Welt. Sie wollte ihm ganz nah sein … um zu sehen, ob es so war, wie sie es sich schon als junges Mädchen erträumt hatte.

Sie schüttelte den Kopf über ihre Gedanken und wandte sich dem Zimmer zu, um die Vorbereitungen in Augenschein zu nehmen, die sie ergriffen hatte. Alle Erinnerungsstücke an ihre Schul- und Studienzeit hatte sie versteckt. Beth wollte die Vergangenheit, das kleine Mädchen, das sie einmal gewesen war, am liebsten vergessen. Stattdessen hatte sie Dinge aufgestellt, die mit ihrem Beruf zu tun hatten.

Die Vorhänge waren zugezogen, das Bett frisch bezogen. Duftkerzen brannten auf dem Nachttisch und erfüllten den Raum mit einem zarten, sinnlichen Aroma.

Beth schaute auf die Digitaluhr und erschrak. Er würde jeden Moment hier sein. Sie musterte erneut ihr Spiegelbild und entschied, dass die langen silbernen Ohrringe doch nicht passten. Stattdessen wählte sie weit weniger auffällige Perlenstecker aus. Ein letztes Mal musterte sie sich im Spiegel und verlor all ihren Mut.

„Ich schaffe das nicht“, sagte sie zu der unsicher gewordenen Frau im Spiegel.

Was dachte sie sich eigentlich dabei, solch ein Kleid zu tragen? Und einen Stringtanga? Sie riss die Tür des Kleiderschranks auf. Es musste doch noch etwas anderes da sein, das sie schnell anziehen konnte, bevor er kam. Alles war besser als diese Reizwäsche. Wie dumm von ihr! Sie musste durchgedreht sein, um sich so … so ganz anders zu benehmen, als sie in Wirklichkeit war.

Es läutete.

Beths Herz tat einen Satz. Wenn sie einfach nicht aufmachte, würde er wieder gehen. Oder?

Aber du hast dich danach gesehnt, seit du vierzehn Jahre alt warst, sagte eine Stimme in ihrem Inneren. Du kannst diese Gelegenheit nicht ungenutzt verstreichen lassen. Du musst es tun. Beth schluckte und leckte sich über die trockenen Lippen. Sie war angezogen. Ihr Zimmer war so aufgeräumt wie seit Jahren nicht. Es duftete herrlich. Auf dem Nachttisch, neben den Kerzen, lagen alle möglichen Sorten von Kondomen bereit.

Vermutlich hatte er seine eigenen Kondome dabei.

Es läutete wieder.

Beth lief zum Nachttisch und riss die Schublade auf, um die Kondome hineinzufegen.

„Na schön." Sie straffte die Schultern und holte tief Luft. „Es wird Zeit zu beweisen, dass du nicht nur eine große Klappe hast, sondern deine Versprechen auch halten kannst, McCormick."

Langsam und tief durchatmend, ging Beth zur Haustür. Ihre Mutter war bei ihrer Kartenspielrunde. Zum Glück hatte sie sich über den gestrigen Überraschungsgast beim Mittagessen nicht allzu sehr beklagt. Was sie tun wollte, sollte ihre Mutter nach dem Kartenspiel direkt nach Hause kommen, also kurz nach Mitternacht, hatte Beth sich noch nicht überlegt …

Zach würde wohl nach Hause gehen müssen, bevor ihre Mutter zurückkam. Auch wenn sie einunddreißig Jahre alt war – ihre Mutter war immer noch ihre Mutter.

Es läutete zum vierten Mal. Beth starrte die Tür an und versicherte sich ein letztes Mal, dass sie es schaffen konnte. Sie umschloss den Türknauf mit der rechten Hand und machte auf.

Was für ein Mann! Zach sah umwerfend aus. Die dunkelblaue Hose und das blassblaue Hemd saßen wie maßgeschneidert und waren es vermutlich sogar und betonten das Blau seiner Augen. Das Haar hatte er nach hinten gekämmt, bis auf eine widerspenstige Strähne, die ihm in die Stirn fiel. Sein Kinn war glatt rasiert, und das Lächeln, das auf seinen vollen Lippen lag, hätte eine Nonne dazu gebracht, ihre Gelübde zu brechen.

„Du siehst toll aus", sagte er ein wenig atemlos. Er hielt eine Flasche und zwei Weingläser hoch. „Ich hab was zu trinken mitgebracht."

„Komm rein." Beth trat zurück, um ihn einzulassen. Das Sprechen fiel ihr noch schwerer als das Atmen. Sie schloss die Augen und zählte bis drei, um sich zu beruhigen.

Es half nichts.

Er war vollkommen. Alles, was sie sich jemals erhofft hatte. Der Mann, von dem sie träumte, seit sie sich erinnern konnte. Zach war von jeher alles für sie gewesen: ihr Beschützer, ihr Freund, ihr Vertrauter. Aber einen Teil seines Lebens hatte er immer vor ihr zurückgehalten: den sexuellen. Heute Nacht würde sich das ändern. Heute war ihr großer Tag.

„Ins Wohnzimmer?“, fragte er, als sie nichts sagte. „Oder gleich in dein Zimmer?“

Sie lächelte nervös. „Ins Wohnzimmer.“

Er folgte ihr durch den kurzen Flur ins Wohnzimmer. Hier hatte sie ebenfalls ihre Vorbereitungen getroffen. Das einzige Foto, auf dem ihr Exmann verewigt war, hatte sie in eine Schublade verbannt. Ihr liebster Schmuserock spielte im Hintergrund. Alles war so, wie es sein sollte …

Außer ihr. Sie war ein Nervenbündel.

Zach stellte die Gläser und die Flasche eisgekühlten Weins auf den Tisch.

„Oh!“ Beth schaltete in den Gastgeberinnen-Modus um. „Brauchst du …“ Bevor sie zu Ende sprechen konnte, brachte er einen Korkenzieher zum Vorschein. „Anscheinend nicht“, murmelte sie.

Er entkorkte die Flasche und stellte sie zur Seite. Sofort wandte er seine Aufmerksamkeit wieder Beth zu.

„Du siehst wirklich fantastisch aus.“ Er musterte sie ausgiebig. „Ist das ein neues Kleid?“

Sie wollte zuerst nicken, log dann aber: „Das habe ich schon jahrelang.“

Er ließ sich Zeit damit, sie zu betrachten. „Dann bin ich froh, dass du es heute angezogen hast.“ Er goss ein Glas Wein ein und reichte ihr das Glas. „Den hab ich extra für dich ausgesucht.“

„Danke.“ Sie trank einen Schluck von der blassgoldenen Flüssigkeit und lächelte. „Schmeckt ausgezeichnet.“

Er füllte das andere Glas. „Ein süßer Wein, der zu schade dafür ist, zum Essen getrunken zu werden.“

„Ja, ziemlich süß“, sagte sie nur. Sie trank aus und hielt ihm das Glas zum Nachschenken hin.

Sein Blick fiel auf die alten Familienfotos auf dem Kaminsims, als er die Flasche wieder hinstellte. Beth nippte von ihrem zweiten Glas Wein, während er das Zimmer durchquerte, um sich die Fotos anzuschauen. Da stand sie mitten im Zimmer und kippte den Wein hinunter, als hätte sie Todesangst.

Das Problem war, sie hatte Todesangst.

Beth leerte ihr Glas.

Ach was: Sie konnte das hier durchziehen … und sie würde es durchziehen.

Wenn sie es nicht tat, würde sie es für den Rest ihres Lebens bereuen. Zach war offenbar bereit dazu, und solch eine Chance würde sich ihr nie wieder bieten.

„Ein schönes Bild von deinem Vater“, bemerkte Zach. „Hey, erinnerst du dich noch an den Tag, an dem er mir erlaubt hat, mit dir zum Jahrmarkt in Cartersville zu gehen?“ Er lachte bei der Erinnerung. „Du wolltest unbedingt hingehen, aber deine Mutter war strikt dagegen.“

„Da hat Dad es mir erlaubt und hat es Mom nie erzählt“, fuhr sie fort.

Zach schaute sie lächelnd an. „Wir hatten viel Spaß, nicht?“

Er hatte gern die Rolle ihres großen Bruders gespielt. Aber sie war nicht seine Schwester und war jetzt auch kein Kind mehr.

„Oh ja, das hatten wir“, bestätigte sie. Sie war jetzt viel ruhiger geworden. Der Wein wirkte und wärmte sie von innen.

Er schaute sie nur an und forschte in ihrem Gesicht. Dann fragte er: „Bist du sicher, dass du das willst?“

Wütend knallte sie das Glas auf den Tisch und stemmte die Hände in die Hüften. „Ich fasse es nicht“, zischte sie. „Warum fragst du mich, ob ich es will oder nicht? Ist das nicht offensichtlich? Himmel, Zach, was muss ich eigentlich noch tun, um dir klarzumachen, dass ich kein kleines Mädchen mehr bin?“

Er trat zu ihr. „Ich sehe sehr wohl, dass du kein kleines Mädchen mehr bist. Darum geht es gar nicht“, erwiderte er sanft und fuhr mit dem Finger über ihren nackten Arm. „Du bedeutest mir sehr viel, Beth. Es gibt sonst nur eine Frau, die mir vor und nach einer Affäre etwas bedeutet hat – Alex Preston. Sie arbeitet auch in der Kanzlei. Wir sind Freunde … gute Freunde. Im Bett ziehe ich im Allgemeinen die Frauen vor, mit denen ich keine anderen Beziehungen habe.“

Alex Preston. Eifersucht wallte in Beth auf. Am liebsten hätte sie dieser Frau, der sie nie begegnet war, die Augen ausgekratzt.

„Willst du damit sagen, dass ich nicht Frau genug für dich bin? Ist es das? Ein nettes Mädchen wie ich ist nicht dafür geeignet?"

„So habe ich es nicht gemeint."

Sie packte ihn am Hemd, zog ihn zu sich herunter und küsste ihn fest auf den Mund. Dann gab sie ihn wieder frei.

„Beurteile ein Buch nie nach seinem Umschlag, Zach." Sie hob herausfordernd das Kinn. „Du würdest staunen, was ich alles kann."

Er packte sie und presste seinen Mund hart auf ihren. Dann schlang er die Arme um sie, als würde er sie nie wieder loslassen. Sie konnte jede seiner harten Muskeln spüren. Während er mit den Händen über ihren Po glitt und sie gegen seine Hüften drückte, stieß er ihr die Zunge in den Mund. Sie fühlte sich begehrt und gleichzeitig so hilflos, dass sie sich nur noch an ihm festklammern konnte.

Als seine Finger unter ihren Saum glitten und die nackte Haut an ihrem Po betasteten, stöhnte er. Beth schrie auf, als er sie hochhob und in ihr Schlafzimmer trug. Mit dem Fuß warf er die Tür ins Schloss.

Kaum stand sie wieder auf festem Boden, machten sich seine Hände bereits am Reißverschluss ihres Kleides zu schaffen. Er küsste sie auf den Hals – heiße, leidenschaftliche Küsse, die ihr Blut zum Kochen brachten. Das Kleid glitt von ihren Schultern und an ihrem Körper hinunter, und ihre Haut prickelte, wo die Seide ihre Haut streifte.

Sein Mund folgte dem Weg, den der zarte Stoff beschrieb. Dann hielt er inne, um ihre Brüste zu bewundern; sein warmer Atem sandte heiße, züngelnde Flammen des Begehrens durch ihren Körper. Ihre Brustspitzen wurden hart, und kaum hatte er sich sattgesehen, nahm er eine in den Mund. Sie schrie auf vor Lust, als er auf die Knie sank und mit dem Mund und den Fingern ihre Brüste verwöhnte. Sie vergrub die Hände in seinem weichen Haar und spornte ihn zu noch mehr köstlichen Liebkosungen an.

Dann wanderte sein Kopf tiefer.

Beth hörte auf zu atmen. Wie sollte sie diese erlesene Quälerei überstehen? Aber plötzlich hörte er auf.

Beth schaute zu ihm hinunter, um herauszufinden, warum er nicht weitermachte. Er starrte auf ihr Nabel-Piercing, das sie sich im Tattoo-Laden hatte machen lassen.

Es gefiel ihm nicht! Sie hätte nicht …

Ein provozierendes Lächeln erschien auf seinem Gesicht. „Baby, du hast eine verborgene Seite, von der ich nichts wusste."

Sie lächelte. „Du hast ja keine Ahnung …"

Er stand langsam auf. Dann löste er die Spangen aus ihren Haaren, sodass ihr Haar auf ihre Schultern herabfiel. Während sie einander in die Augen schauten, öffnet er sein Hemd, einen Knopf nach dem anderen. Er ließ sie bewusst warten, wollte, dass sie ihn bat, schneller zu machen.

Endlich fiel sein Hemd zu Boden. Er stand wie erstarrt da, als sie mit den Händen über seine herrliche Brust strich ... wie sie es so oft in ihren Träumen getan hatte.

Sie hatte noch lange nicht genug, als er sie erneut aufhob und an sich drückte. Dann, als er zum Bett ging, streifte sie die Schuhe ab. Er legte sie vorsichtig auf die Schlafcouch. Er küsste sie, zärtlich dieses Mal, sein kräftiger Körper über sie gebeugt. Als er ihren Mund freigab, richtete er sich auf und öffnete seinen Gürtel ... griff nach seinem Reißverschluss ...

Ihr Piepser ertönte wie eine Sirene und zerriss die sinnliche Stille.

Instinktiv griff sie danach und las das Display. Das Krankenhaus. Sie klappte das Gerät auf und gab die Nummer ein.

„Ich dachte, du hast heute Abend keine Bereitschaft", sagte er und ließ sich neben ihr auf dem Bett nieder.

War das Enttäuschung, was in seiner Stimme schwang? „Habe ich auch nicht. Aber Helen oder Colleen könnte einen Unfall gehabt haben."

Die Information, die an sie weitergegeben wurde, drückte ihr das Herz ab. Es ging nicht um eine ihrer Mütter, sondern um Laurie Ellroy. Sie war vor etwa einer Stunde eingeliefert worden.

Beth hatte keine andere Wahl.

Sie legte auf.

„Ich muss weg." Sie schaute zu Zach auf und wünschte, sie könnte bleiben. Ihr Körper protestierte gegen das, was sie jetzt würde tun müssen.

„Ich verstehe." Er stand auf und wandte sich zur Tür.

Sie dachte schon, er werde hinausgehen, doch er bückte sich und hob ihr Kleid auf. Dann brachte er es ihr und nahm auch ihre Schuhe mit. Gerührt von seiner Rücksichtnahme, kletterte Beth vom Bett herunter und streifte ihr Kleid über. Er schloss den Reißverschluss, während sie ihr Haar hochhielt, um sich nicht zu verheddern.

„Tut mir leid", sagte sie. „Ich bin nicht einmal mehr zuständig für die Patientin ... rein technisch gesehen. Aber ich habe ihrer Mutter versprochen, dass ich mich um sie kümmern würde." Sie drehte sich um, hoffte, dass Zach es verstehen würde. „Es tut mir wirklich leid", wiederholte sie.

Er strich ihr eine kleine Haarsträhne aus dem Gesicht. „Macht doch nichts. Verschieben wir es auf später. Wenn die Patientin dich braucht, kannst du sie nicht im Stich lassen. Ruf mich an, wenn du wieder da bist."

Als sie ihre Schuhe anzog, fiel ihr plötzlich ein, dass sie zwei Gläser Wein getrunken hatte. Sie schimpfte leise vor sich hin.

„Was ist denn?"

„Der Wein. Ich sollte besser gar nicht fahren. Aber ich muss."

In fünf Sekunden war er angezogen. „Ich fahre dich." Er lächelte. „Schließlich bin ich ja schuld daran, ich habe den Wein mitgebracht."

Sie machte ein bekümmertes Gesicht. „Ich weiß nicht, wie lange es dauern wird."

Er zuckte die Achseln. „Im Wartezimmer liegen doch sicher Zeitschriften aus, oder?"

Beth hatte keine Einwände mehr. Sie musste so oder so ins Krankenhaus und war froh, dass er sie begleitete.

Wenigstens würden sie zusammen sein. Das bedeutete ihr auf einmal ungeheuer viel.

Zach folgte Beth den langen Korridor im sechsten Stock entlang. Beim Betreten des Krankenhauses hatte sich ihm von dem Geruch sofort der Magen umgedreht. Erinnerungen an die Zeit, als er am Bett seines Vaters gesessen hatte, während dieser immer mehr an Lebenskraft verlor, überwältigten Zach. Er konnte Krankenhäuser nicht ausstehen. Aber wem ging das schon anders, dachte er. Vielleicht Ärzten? Er hatte das Gefühl, dass Beth ihre Arbeit sehr liebte.

Wie viele Ärzte würden schon ins Krankenhaus eilen, um einer Patientin, für die sie nicht einmal mehr zuständig waren, die Hand zu halten?

Auf dem Weg hatte Beth ihm erzählt, dass die junge Frau Leukämie hatte. Sie würde einen Knochenmarkspender brauchen oder sterben. Da die Mutter selber gesundheitliche Probleme hatte, kam sie als Spenderin nicht infrage. Ihr Vater war tot, und sie hatte keine Geschwister.

„Dr. Daniels!", rief eine weibliche Stimme aus dem Schwesternzimmer.

Zach ging langsamer, um Beth den Vortritt zu lassen. Die Frau, anscheinend in den Fünfzigern, schlang die Arme um Beth. Er runzelte die Stirn, weil sie Beth mit dem Namen ihres Exmannes angeredet hatte. Warum behielt Beth ihn eigentlich?

„Tut mir leid, dass ich Sie anrufen musste."

Beth schaute sie an. „Sie müssen mich immer verständigen, wenn etwas los ist. Ich wäre sehr enttäuscht, wenn Sie es nicht tun würden."

Die Frau nickte, Tränen glänzten in ihren Augen. „Es geht ihr jetzt besser, sie schläft." Sie seufzte. „Ich wollte eigentlich nur, dass man Sie anruft und sagt, dass Sie nicht zu kommen brauchen."

„Das hätte nichts genützt. Ich wäre ja doch gekommen. Kann ich Ihnen irgendetwas bringen?"

Die Frau wischte sich die Wangen. „Nein, nein. Ich brauche nichts."

„Haben Sie etwas gegessen?"

Die Frau nickte. Zach bemerkte, wie dünn und müde sie aussah. Kein Wunder, wenn man zusehen musste, wie das eigene Kind starb.

Die Frau schaute über Beths Schulter und entdeckte Zach. Dann musterte sie Beth noch einmal prüfend. Sie hielt erschrocken die Hand vor den Mund, als hätte sie begriffen, wobei sie gestört hatte. „Es tut mir so leid. Sie hätten nicht kommen sollen."

„Ach was", sagte Beth und wurde rot, als ihr klar wurde, was die andere Frau vermutete. „Ich habe dich ganz vergessen, Zach. Jenny Ellroy, dies ist Zach."

Zach nickte. „Freut mich, Sie kennenzulernen, Madam. Mir tun nur … die Umstände leid."

Die Frau streckte die Hand aus. „Sie kommen mir so bekannt vor." Sie runzelte die Stirn. „Sind Sie aus Cartersville?"

Er nahm ihre Hand und schüttelte sie. „Zach Ashton. Ich bin in Kelso aufgewachsen. Das ist nicht weit von hier."

„Ashton?", wiederholte sie.

Alle Farbe wich aus ihrem Gesicht. Sie schwankte und wäre hingefallen, hätte Beth sie nicht gestützt.

„Ich glaube, Sie sollten sich setzen", sagte Beth. „Gehen wir zu Laurie hinein."

Die Frau nickte zerstreut, ohne Zach aus den Augen zu lassen.

Er folgte Beth und Jenny in ein Krankenzimmer. Dort fühlte er sich ein wenig unbehaglich, doch da die Patientin schlief, würde sie ihn ja nicht bemerken. Während Beth die Frau auf einen Stuhl in der Nähe des Bettes drückte, betrachtete Zach die Kranke. Sie war extrem blass, ein starker Kontrast zu ihrem dunklen Haar.

„Zach", flüsterte Beth, die plötzlich neben ihm stand.

„Ja?“

„Würdest du nach unten in die Cafeteria gehen und Mrs Ellroy eine Tasse schwarzen Kaffee holen? Und etwas Süßes? Vielleicht ein Plätzchen? Sie braucht ein wenig Stärkung.“

Er nickte. „Klar, kein Problem. Ich bin gleich wieder da. Anschließend sollte ich mich vielleicht lieber ins Wartezimmer setzen.“

Ehe Beth etwas sagen konnte, beugte Mrs Ellroy sich vor. „Bitte“, raunte sie ihm zu. „Bitte gehen Sie nicht.“

8. KAPITEL

Um zwei Uhr in der Nacht hatte Zach mehr Leid und Elend mit angesehen, als er jemals erwartet hatte. Laurie, die Kranke, war plötzlich aufgewacht, und das Chaos war ausgebrochen. Sie hatte sich immer wieder übergeben, ihr Blutdruck war abgesackt; das Personal ängstigte sich um sie. Als schließlich der Onkologe gekommen war, hatte sich die Lage allmählich beruhigt.

Das Positive daran war, Beth zusehen zu können. Sie war erstaunlich. Ihr glühender Wunsch zu helfen beeindruckte ihn tief. Sie war unermüdlich. Ein Patient, der wusste, dass Beth ihm zur Seite stand, würde nie die Hoffnung verlieren.

Das war einer der Gründe, warum sich zwischen ihnen nichts entwickeln konnte. Sie wurde hier gebraucht. Sie liebte ihre Arbeit. Und Zach liebte seine Arbeit in Chicago.

Um halb drei war Laurie wieder eingeschlafen. Sogar Zach war dankbar dafür. Vielleicht konnte ihre Mutter jetzt auch die dringend benötigte Ruhe finden. Zach wartete an der Tür, während Beth sich verabschiedete. Obwohl sie keinen Dienst hatte, bestand sie darauf, später noch einmal vorbeizukommen und nach Laurie zu sehen.

Der flehende Blick, den Mrs Ellroy ihm zuletzt noch zuwarf, rührte ihn. Er wusste nicht, was in ihm vorging, doch er empfand etwas für sie. Mitgefühl vielleicht? Er lächelte ihr zu, und das schien sie etwas heiterer zu stimmen.

„Entschuldige, dass ich dich hier so lange festgehalten habe", murmelte Beth, als sie das Zimmer verlassen hatten.

„Ich bin froh, dass ich dich in Aktion erleben konnte", sagte er.

Als der Aufzug kam, stiegen sie in die Kabine. Sie schwiegen, bis sie unten waren.

„Vielleicht findet sich ja bald ein Spender", sagte Zach auf dem Weg nach draußen.

„Man darf die Hoffnung nicht aufgeben", erwiderte sie ohne viel Optimismus.

Zach atmete tief die kühle Nachtluft ein und öffnete die Wagentür für Beth, doch diese zögerte und schaute zu ihm hoch. Selbst in dem schwachen Mondlicht sah er Tränen in ihren Augen glänzen.

„Es tut mir leid, dass es heute Abend nicht geklappt hat, Zach. Ich wollte, dass es ein Abend wird, den man nie vergisst. Ich ..."

Er nahm sie in die Arme und hielt sie fest.

„Ich wünschte …“, schluchzte sie, „ich wünschte, ich könnte etwas tun.“

Er sagte nichts, hielt sie nur weiter fest. Er wusste, dass sie jetzt nicht über ihn oder das geplatzte Rendezvous redete. Sie meinte die Patientin, die sie oben im sechsten Stock zurückgelassen hatte. Mit einer Heftigkeit, die ihn selber überraschte, wünschte er, dass auch er etwas tun könnte. Aber er konnte nichts tun. Sie konnten nur hoffen.

Zach hatte gewusst, wie selbstlos Beth war, aber jetzt begriff er auch etwas, das er vorher nicht gewusst hatte. Wenn sie einen Patienten verlor, verlor sie auch ein Stück von sich selbst. Er wünschte, er könnte ihr helfen. Er wollte die Wunden heilen, die ihr Beruf ihr zufügte.

Sie wieder glücklich machen.

Ihm wurde klar, dass es kein Zurück mehr für ihn gab. Er liebte Beth. Nichts würde jemals etwas daran ändern können. Er würde ihr geben, was immer sie von ihm verlangte, und dann nach Chicago zurückfahren und sie hierlassen, wo sie glücklich war – wohin sie gehörte. Er würde sie niemals bitten, den Ort zu verlassen, den sie so liebte.

Die Ehe war ohnehin nichts für ihn. Diese Entscheidung hatte er an dem Tag getroffen, als sie mit einem anderen vor den Traualtar getreten war. Was sollte er mit einer Ehefrau und Kindern anfangen? Für so ein Leben war er nicht geschaffen.

Sie hatte ihn ohnehin nicht gebeten, sie zu heiraten, stattdessen hatte sie eine Affäre gewollt. Ein eindeutiger Beweis, dass sie nicht dasselbe empfand wie er.

Nun ja, er schätzte, es geschah ihm ganz recht. Er hatte im Laufe der Jahre so viele Herzen gebrochen. Da war es doch nur fair, dass man ihm auch seins brach, oder?

Helen hämmerte an Colleens Küchentür und wartete ungeduldig. Schließlich riss Colleen die Tür auf.

„Warum klopfst du eigentlich?“, fauchte sie. „Seit über vierzig Jahren gehst du in diesem Haus aus und ein, wie es dir passt. Warum willst du das jetzt ändern?“

Helen fixierte sie vorwurfsvoll. „Es ist neun Uhr morgens. Wenn du bis jetzt deinen Schönheitsschlaf nicht gekriegt hast, dann kannst du es für heute vergessen.“

„Ich war nicht im Bett. Ich war am Telefon, wenn du es genau wissen willst. Siehst du nicht, dass ich angezogen bin?“

Helen zuckte die Achseln. „Schwer zu sagen. Einige von diesen feinen Kleidern, die du dir zugelegt hast, sehen wie Schlafanzüge aus."

„Ich muss ja nicht auf den rustikalen Look stehen, nur weil du es tust", konterte Colleen. „Also, was willst du?"

Helen hielt die beiden Gläser und den Korkenzieher in die Höhe. „Die gehören dir, glaube ich."

Colleen blickte finster auf die Gegenstände. „Wenn es so ist, weißt du ja, wohin damit." Sie trat zurück und öffnete die Tür weiter. „Du kennst den Weg?", sagte sie bewusst herablassend.

Aufgebracht stapfte Helen ins Haus. „Die habe ich in meinem Wohnzimmer gefunden, zusammen mit einer geöffneten Flasche Wein."

„Ach ja?" Colleen goss sich eine Tasse Kaffee ein. „Willst du auch welchen?" Sie schwenkte die Kaffeekanne.

Helen schüttelte den Kopf. „War Zach gestern Abend zu Hause?"

Colleen runzelte die Stirn. „Jetzt, wo du fragst – ich habe seinen Wagen nicht in der Einfahrt stehen sehen, als ich nach Hause gekommen bin."

„Beth war auch nicht da, als ich vom Kartenspielen kam."

Colleen stellte ihre Kaffeetasse auf den Tisch und musterte Helen mit wachsendem Misstrauen. „Du meinst, sie waren zusammen?"

„Ich weiß es. Beth ist kurz nach drei nach Hause gekommen. Ich habe sie an der Tür gehört."

„Warum hast du mich dann gefragt, ob er zu Hause war?" In Colleens Augen blitzte Neugier auf. „Was ist passiert? Haben sie sich wieder geküsst?"

Helen hätte sie schütteln können. Begriff sie denn nicht, wie das alles enden würde? „Er hat nur Gute Nacht gesagt, mehr habe ich nicht gehört."

„Hmm." Colleen setzte sich an den Tisch und stützte das Kinn in ihre Hand. Eine wenig damenhafte Haltung, aber sie musste nachdenken. „Wein … spätnachts unterwegs … aber sie haben nicht an der Tür geknutscht …"

„Grundgütiger, Colleen! Du sprichst über unsere Kinder!"

„Na ja, es ist ja nicht so, als täten sie so was zum ersten Mal. Du solltest dich freuen, dass sie sich mögen. Ich kann mir keine Frau denken, die ich lieber zur Schwiegertochter hätte."

Helen verdrehte die Augen. „Darum geht es jetzt nicht. Ich liebe

Zach wie meinen eigenen Sohn, aber der Schuss könnte für beide nach hinten losgehen."

„Wag es ja nicht, jetzt schon wieder mit dieser anderen Sache zu kommen. Ich verlasse sonst den Raum."

„Mal abgesehen von ‚dieser anderen Sache' arbeitet Beth hier in Cartersville, und Zach lebt in Chicago. Einer von ihnen wird zurückstecken müssen. Indianapolis hat Beth als Kostprobe des Stadtlebens gereicht. Sie hat mir immer wieder gesagt, wie froh sie ist, dass sie hier an einem kleineren Krankenhaus tätig sein kann. Und Zach würde nie auf Dauer nach Kelso zurückkommen wollen."

„Es gibt auch in Chicago kleine Privatkliniken", gab Colleen zurück. „Wieso sollte Beth da nicht auch glücklich werden?"

Helen zuckte die Achseln. „Es gibt nur einen Weg, die Antwort auf diese Frage herauszufinden: Wir müssen sie fragen."

Colleen machte ein nachdenkliches Gesicht. Helen kannte diesen Blick. Colleen schmiedete einen Plan. Aber dieses Mal wollte Helen sich nicht daran beteiligen.

„Ich habe eine Entscheidung getroffen, was uns betrifft", erklärte sie.

„Ach ja?"

„Ich habe beschlossen, über diese Sache nicht mehr mit dir zu streiten."

Colleen kniff argwöhnisch die Augen zusammen. „Wieso der plötzliche Sinneswandel?"

Helen spielte ihre Trumpfkarte aus. „Weil ich dir vertraue. Ich weiß nicht, warum ich so auf der ganzen Sache herumgehackt habe, wo ich doch genau weiß, dass du am Ende das einzig Richtige tun wirst. Das hast du immer getan." Damit drehte sie sich um und ging hinaus.

Colleen starrte ihr nach. Diese Frau hatte Nerven! Glaubte sie das tatsächlich? Colleen spürte, dass ihr Blutdruck in die Höhe ging. Diesen Stress konnte sie nicht brauchen. Außerdem hatte sie jetzt ein neues Projekt. Mal sehen, wen kannte sie denn so in Chicago?

Ein fernes Läuten riss Beth aus dem Tiefschlaf. Das Telefon. Sie spähte zum Wecker – zwanzig nach neun. Viel zu früh dafür, dass sie erst nach drei ins Bett gekommen war. Seufzend griff sie nach dem Apparat und stieß ein schlaftrunkenes Hallo hervor.

„Beth, hier ist Bürgermeister Chadwick."

Fast hätte sie aufgestöhnt. „Guten Morgen, Bürgermeister." Sie stützte sich auf ihren Ellbogen. „Was kann ich für Sie tun?“ Als ob sie es nicht wüsste. Sie hatte sich alle Mühe gegeben, in den vergangenen Tagen nicht an die Geburtstagsfeier zu denken. Aber länger ließ es sich wohl nicht aufschieben. Schließlich war es nur noch eine Woche bis zum Tag X.

„Wir haben mit dem Bau der Wagen für die Parade angefangen, aber ich würde gern Ihre Meinung dazu hören, was wir uns für Colleen ausgedacht haben. Wäre es möglich, dass Sie heute Morgen zum Kornspeicher kommen und einen Blick auf unsere Arbeit werfen?“

Beth setzte sich auf und schob sich das Haar aus dem Gesicht. „Klar, ich komme gleich vorbei.“ Sie schätzte, dass eine halbe Stunde reichen würde, um zu duschen, sich anzuziehen und in die Stadt zu fahren.

„Haben Sie schon ein Motto gefunden?“, fragte er. „Wir haben gedacht, Sie könnten vielleicht etwas aussuchen, das zu unserer Parade passt.“

Beth versuchte in Stimmung zu kommen, hatte aber keinen großen Erfolg. „Klingt gut.“

„Dann bis gleich.“

Als sie aufgelegt hatte, fragte sie sich, ob sie ihrer Mutter vorschlagen sollte mitzukommen. Warum eigentlich nicht? Im schlimmsten Fall konnte Helen Nein sagen.

Drei Tassen Kaffee und fünfundzwanzig Minuten später war Beth zusammen mit ihrer Mutter auf dem Weg in die Stadt. Zu ihrer Überraschung hatte Helen von sich aus angeboten, sie zu begleiten, noch bevor Beth gefragt hatte.

Als Beth auf dem Parkplatz vor dem alten Kornspeicher hielt, fiel ihr Blick auf Zachs roten Sportwagen. Sie hatte nicht damit gerechnet, dass er hier sein würde. Sofort schaute sie in den Rückspiegel und inspizierte ihr Aussehen. Make-up hatte sie keins aufgelegt. Ihr Haar war locker aufgesteckt und noch nicht ganz trocken. Sie trug alte, bequeme Jeans und ein verwaschenes T-Shirt.

„Du siehst hübsch aus, Schatz“, sagte ihre Mutter. Beth, die fast vergessen hatte, dass sie neben ihr saß, zuckte zusammen. „Und jetzt komm.“

Beth lächelte. Natürlich war sie richtig angezogen. Es war Samstag. Und wenn nötig, würde sie an den Wagen für die Parade mitarbeiten. „Danke, Mom.“ Sie stieg aus, dann drehte sie sich zu ihrer Mutter um. „Ich bin ein bisschen neben der Spur heute Morgen. Ich war bis halb drei im Krankenhaus.“

„Im Krankenhaus?“ Helen klang überrascht.

„Ja. Was dachtest du denn, wo ich war?“

Ihre Mutter schüttelte den Kopf. „Ach, ich habe nicht groß darüber nachgedacht. Ist alles in Ordnung?“

Beth fand, dass ihre Mutter zu schnell ihrem Blick auswich. Etwas war im Busch. „Eine meiner Patientinnen – nun ja, sie war früher eine – hatte gestern einen Zusammenbruch nach der Chemo. Ich habe nach ihr gesehen.“

„Wie traurig. Wird sie denn wieder gesund?“

Beth ging um die Motorhaube herum und passte sich dem Schritt ihrer Mutter an. „Vermutlich nicht. Sie braucht eine Knochenmarktransplantation, und die Chancen, einen passenden Spender zu finden, sind gleich null.“ Beth seufzte. „Sie ist erst zweiundzwanzig.“

Helen blieb stehen, bevor sie das Gebäude betrat, und schaute ihrer Tochter in die Augen. „Das ist ja furchtbar. Und wie geht's dir dabei?“

Beth gab ihr einen Kuss auf die Wange. „Ich schaffe es schon. Mach dir keine Sorgen.“ Vielleicht hatte sie an diesem Morgen zu viel in Helens Verhalten hineininterpretiert.

Drinnen staunte Beth nicht schlecht. An mehreren Wagen wurde bereits fleißig herumgebastelt. Es wimmelte von Freiwilligen, die sich an der Arbeit beteiligten.

„Ich gehe mal kurz zu Viola hinüber“, sagte Helen, und weg war sie.

Beth schaute sich lächelnd um. Das war eines der Dinge, die sie an der Kleinstadt so liebte. Die Leute nahmen sich die Zeit, ihren Gemeinschaftssinn unter Beweis zu stellen. In der Großstadt dagegen waren alle mit sich selber beschäftigt. In Indianapolis hatte sie nicht mal die Nachbarn gekannt. So ein Leben war nichts für sie.

„Guten Morgen.“

Zachs heisere Stimme löste einen Ansturm sehnsüchtigen Verlangens in ihr aus. „Guten Morgen“, erwiderte sie.

Sie versuchte, ihn nicht anzustarren, konnte aber nicht anders. Er sah toll aus und war fast genauso angezogen wie sie, wie sie erleichtert feststellte: Jeans und T-Shirt. Sie konnte sich nicht vorstellen, dass ein anderer Mann jemals solche Gefühle in ihr wecken könnte.

„Schon was von Laurie gehört heute Morgen?“ Sein Blick wurde ernst.

„Eine der Schwestern hat um sechs angerufen, kurz bevor ihre Schicht zu Ende ging. Sie sagte, Laurie schliefe immer noch ruhig. Das ist ein gutes Zeichen.“

„Bis zum nächsten Mal", fügte Zach hinzu.

Beth nickte. Worte waren überflüssig. Sie wussten beide, dass die Lage für Laurie hoffnungslos war.

„Ich hab heute Morgen ein paar Luftballons hingeschickt", sagte er. „Ich hoffe, das ist okay."

Beth berührte seinen Unterarm. Mehr wagte sie nicht, sonst hätte sie vor aller Augen die Arme um ihn geschlungen.

„Ich bin sicher, Laurie und ihre Mutter werden sich freuen, dass du an sie gedacht hast."

„Passiert so etwas oft?"

Er brauchte nicht zu erklären, was er meinte. „Manchmal. Aber wir sind auch oft genug in der Lage, Menschen zu helfen. Das tröstet über vieles hinweg."

„Aber wehtut es trotzdem", ergänzte Zach.

„Ja, es tut weh", gab sie zu.

Er holte tief Luft. „Aber du machst trotzdem weiter, weil dieser Beruf genau das ausmacht, was und wer du bist."

Sie nickte. „Genau wie bei dir."

Eine lange Zeit stand er nur da und schaute sie an, ohne etwas zu sagen. Dann fuhr er fort: „Heute Morgen ist mir klar geworden, dass du genau da bist, wo du hingehörst. Das hier bedeutet dir am meisten im Leben. Dieser Ort und diese Menschen."

Beth sah die Frage in seinen Augen, konnte aber nicht genau sagen, was er fühlte. „Das ist wahr. Dies ist mein Zuhause."

Er seufzte leise. „Das habe ich mir gedacht."

Er beugte sich hinunter und küsste sie auf die Wange. Die kurze Berührung ließ ihr Herz schneller schlagen. Dann zog er sich zurück.

„Lass nicht zu, dass dir das jemand wegnimmt", sagte er.

Ihr blieb keine Zeit, darauf zu antworten, denn er ging wieder zu dem Planungskomitee, das sich um einen großen Arbeitstisch in der Mitte des Raums versammelt hatte. Beth stand da und schaute in die vertrauten Gesichter. Hier war sie zu Hause, und die Menschen waren alle Teil einer einzigen großen Familie. Sie war gern mit ihnen zusammen. So wie sie mit Zach gern zusammen war. Sie konnte sich auf ihn verlassen. Er war immer für sie da gewesen, wenn sie ihn brauchte. Sie waren mehr als Freunde …

Ihre Beziehung war viel zu kostbar, um sie für eine kurze Affäre aufs Spiel zu setzen. Wie sehr sie auch nach ihm verlangte, würden ein paar kurze Augenblicke körperlicher Lust eine lebenslange Freundschaft aufwiegen? Vielleicht hatte sie sich geirrt. War zu vorschnell gewesen.

„Beth!", rief Bürgermeister Chadwick. „Kommen Sie und sagen Sie uns, was Sie hiervon halten."

Beth bahnte sich den Weg zum Arbeitstisch, auf dem Skizzen ausgebreitet waren. Ein Entwurf fiel ihr besonders auf. Ein prächtiger, rosengeschmückter …

„Ich finde, es ist das perfekte Symbol", erklärte Bürgermeister Chadwick. „Ein Wagen, der zu der Dame passt, die er tragen soll."

„Es ist ein Thron", sagte Zach zögernd, als sei er sich nicht sicher, dass die anderen begriffen, was sie da sahen.

Ein Thron! Beth traute ihren Augen nicht.

„Ich habe es mir genau überlegt", fuhr der Bürgermeister fort. „Anstatt ihr die Schlüssel zu den Stadttoren oder so einen Unsinn zu überreichen – das macht doch jeder – werden wir sie zur Königin von Kelso krönen!"

Beth fing Zachs Blick auf. Er schaute sie hilflos an. Es ging um seine Mutter, da konnte er schlecht protestieren.

„Meinen Sie nicht, so ein feierlicher Akt könnte Mrs Ashton vielleicht peinlich sein?", fragte Beth.

„Sie wird begeistert sein!", rief Viola. „Königin für einen Tag."

Der Bürgermeister lachte. „Und ob sie entzückt sein wird. Sie wissen doch, wie sehr Miss Colleen es genießt, im Mittelpunkt der Aufmerksamkeit zu stehen."

„Du solltest sie nicht noch darin bestärken, Arnold", erwiderte Helen, an den Bürgermeister gewandt. „Das ist die lächerlichste Idee, die mir je untergekommen ist."

„Ich hab's selber entworfen." Viola wurde dunkelrot.

„Damit würde ich nicht noch angeben", konterte Helen.

Ehe es zum Streit kommen konnte, schaltete Zach sich ein: „Ich finde, wir sollten es möglichst schlicht halten." Er lächelte Viola an. „Der Entwurf ist schön, aber warum nicht ein ganz klein wenig zurückhaltender sein?"

Viola schnaufte. „Ich könnte ein paar Verzierungen weglassen."

Während die anderen den Entwurf änderten, dachte Beth über ihre ursprüngliche Idee für ein Motto nach. Mrs Ashton war ihr Leben lang mit diesen Leuten befreundet gewesen. Warum also nicht das in den Mittelpunkt stellen? Vielleicht wäre das auch ein Hinweis darauf, dass Helen und Colleen sich aussöhnen mussten.

„Noch mal zum Motto", mischte Beth sich ins allgemeine Gespräch. Alle sahen sie an. „Ich habe mir gedacht, dass das Thema Freundschaft im Mittelpunkt stehen sollte." Die meisten wirkten skeptisch. „Denkt mal darüber nach. Mrs Ashton war allen eine Freundin, hat all die Jahre jedem ihre Hilfe angeboten, der sie brauchte."

Zustimmendes Gemurmel wurde laut. Niemand konnte dem widersprechen.

„Das gefällt mir", sagte Zach. „Was meinen Sie dazu, Mrs McCormick?"

Helen schien zuerst nicht zu wissen, was sie sagen sollte. „Das … klingt gut", erwiderte sie schließlich zögernd. „Viel besser als die Idee mit der Krönung."

9. KAPITEL

Beth rief im Krankenhaus an. Es gab gute Neuigkeiten. Lauries Werte waren stabil, und es war ihr gelungen, heute Morgen ihr Frühstück bei sich zu behalten. Der Arzt hatte sogar gesagt, eventuell könne er sie am Nachmittag aus dem Krankenhaus entlassen.

Als Beth auflegte und sich umdrehte, stand Zach direkt hinter ihr in der Tür zum Büro des Kornspeichers. Sie holte erschrocken Luft.

„Pardon. Ich wollte dich nicht erschrecken."

„Schon gut. Ich wollte nur mal hören, wie es um Laurie steht."

„Wie geht es ihr?"

„Besser." Warum schien es ihr, als ginge sein Interesse über das normale menschliche Mitgefühl hinaus? Wie geduldig er gestern Nacht gewesen war, trotz Mrs Ellroys seltsamem Verhalten.

„Gut. Also, die anderen gehen jetzt Mittag essen. Helen ist schon mit Viola gegangen. Ich habe ihr gesagt, dass ich dich mitnehmen kann." Er zögerte. „Es sei denn, du fährst lieber mit deinem eigenen Wagen."

Er war anscheinend zu derselben Schlussfolgerung gelangt wie sie. Sie hatte es gewusst! Keiner von ihnen wollte aufs Spiel setzen, was in all den Jahren zwischen ihnen gewachsen war. Aber Bedauern empfand sie doch. Jetzt würde sie niemals wissen, ob Zach die Erfüllung ihrer Träume war.

Beth lächelte. „Oder du könntest mit mir fahren", schlug sie vor.

Er zuckte die Achseln. „Wie du willst."

Sie räusperte sich. „Gut. Dann fahre ich." Wenn sie am Steuer saß, hätte sie wenigstens die Kontrolle über die Situation … in einem gewissen Maße jedenfalls.

„Noch mal zu letzter Nacht …", begann er.

Widerstrebend drehte sie sich zu ihm um. „Du brauchst nichts zu sagen. Es war ein Fehler. Ich weiß."

Beth gab ihm nicht die Gelegenheit weiterzureden. Sie wollte nicht darüber diskutieren. Weder jetzt noch später.

Sie wollte nur noch vergessen, dass sie, was Zach Ashton betraf, erneut eine Riesendummheit gemacht hatte.

Zach stand am Fenster und starrte zum Cottage hinüber. Vor Stunden hatten sie das Treffen im Kornspeicher beendet. Seitdem wünschte er, er könnte Beth sagen, was er wirklich wollte. Es war schon lange dunkel, aber hin und wieder sah er ihre Silhouette im Küchenfenster.

Er schloss kurz die Augen und kostete die Erinnerung an die Reaktionen ihres Körpers auf seine Berührungen aus. Sie wollte ihn ebenso wie er sie. Er lächelte, als er an das Nabel-Piercing dachte. Wie sexy! Damit hätte er nie gerechnet.

Aber sie hatte recht. Der gestrige Abend war ein Fehler gewesen. Hätte er mit ihr geschlafen, dann hätte er nicht ohne sie weggehen können. Aber es hätte sie unglücklich gemacht, wenn er sie aus ihrem Leben hier in Cartersville herausgerissen hätte. Auf lange Sicht hätte sie ihn gehasst.

Doch ganz gleich, was sein Kopf sagte, letztlich konnte er gefühlsmäßig nicht glauben, dass es ein Fehler gewesen sein sollte.

Er wollte sie. Er liebte sie. Zach seufzte und stützte sich mit den Händen am Fensterrahmen ab. Er musste aufhören, über Beth und die Liebe nachzudenken. Es würde nicht geschehen. Sie hatte ihren Fehler eingesehen und ihnen beiden dadurch viel Kummer erspart.

Es war Zeit- und Energieverschwendung, weiter über dieses Thema nachzugrübeln. Zach wusste, wann er die Waffen zu strecken hatte, auch wenn dies selten eintrat. Doch hier lag die Sache anders. Hier ging es um Beth. Er hätte es nie so weit kommen lassen, wenn sie nicht …

Ein fremdes Auto hielt in der Einfahrt. Zach spähte angestrengt hinaus, um die Marke oder den Eigentümer zu erkennen, wenn er oder sie ausstieg.

Es war ein Er.

Zach trat dicht ans Fenster.

Der Mann ging um den Wagen herum und näherte sich der Haustür der McCormicks. Er trug etwas im Arm … Blumen.

Unbezähmbare Wut flammte in Zach auf. Was wollte der Kerl mit dem Blumenstrauß an Beths Tür? Er war zu jung, um an Helen interessiert zu sein. Dann ging plötzlich die Tür auf, und Beth stand vor dem Fremden. Als der Mann sich vorbeugte und ihr einen Kuss auf die Wange gab, sah Zach rot.

Bevor er wieder klar sehen konnte, war er die Stufen hinuntergelaufen. Durch die Hintertür ging er zum Cottage hinüber.

Er schaute verärgert auf die langweilige Limousine des Typs. Grau, höchstwahrscheinlich das perfekte Gegenstück zu der Persönlichkeit des Typs. Vermutlich hörte er Foxtrott und schaute sich Wiederholungen von Serien an. Und er stand auf Beth.

Die Tür ging auf, und Beth schaute zu ihm hoch. Zu sagen, dass sie überrascht aussah, wäre eine heillose Untertreibung gewesen. Sie sah geradezu geschockt aus.

„Oh, hallo, Zach.“ Sie zog die Tür halb zu, sodass er nicht ins Haus schauen konnte. „Was ist denn?“

War das Nervosität, was er in ihrer Stimme hörte? Er hielt ihr die Tasse hin, die er mitgenommen hatte. „Ich wollte mir etwas Zucker leihen.“

Verwirrt schaute sie auf seine Hand. „Wie bitte?“

„Du hast doch gehört“, sagte er und reckte den Kopf, um durch den Türspalt sehen zu können. „Zucker. Ich brauche eine Tasse Zucker.“

Sie nahm die Tasse. „Gut. Warte einen Moment, ich hole den Zucker für dich.“

Sie ließ ihn an der Tür stehen, was seinen Ärger nur noch größer machte. Er schob die Tür auf und ging ins Haus, als Beth durch den Korridor verschwand. Zach schlenderte ins Wohnzimmer und schaute sich dort um, bis er fand, was er suchte.

Der Mann war nicht sehr groß. Er sah jung aus und schien in guter Form zu sein. Als er Zach entdeckte, wirkte er erschrocken. Zach kam zu dem Schluss, dass er ein ziemlicher Waschlappen war.

So wie der Typ, den sie geheiratet hatte.

Zach streckte die Hand aus. „Zach Ashton.“

„Lane Wiseman.“

Zach schüttelte ihm kräftig die Hand; Lane sollte wissen, wer hier der Boss war. Lane? Was war das überhaupt für ein Name für einen Mann? „Kommst du aus der Gegend, Lane?“

Lane zupfte an seinem Hemdkragen. „Nein … Ich bin in Bloomingdale aufgewachsen, bin aber vor ein paar Jahren nach Cartersville gegangen, um eine Stelle im Krankenhaus anzutreten. Der Verwaltungschef ist mein Onkel.“

Oh Mann, dachte Zach. Onkel Sowieso hatte ihm einen Job verschafft. Toll. Beth hatte echt ein Händchen für Männer.

„Also sind Sie Arzt?“, erkundigte sich Zach sarkastisch.

„Radiologe, um genau zu sein“, antwortete Lane, der rot geworden war.

„Und macht Ihnen Ihr Beruf Spaß?“

Er nickte. „Klar. Mein Onkel sagt, ich habe eine strahlende Zukunft vor mir.“

Zach hob fragend eine Augenbraue. Vielleicht hatte der Mann ja zu viel Strahlung abbekommen.

„Verheiratet? Kinder?“, fragte Zach.

„Oh nein.“ Lane lachte und wies lahm auf die Blumen, die auf dem Wohnzimmertisch lagen. „Nein, nein.“

Zach nickte. „Dann sind Sie hier, um Beth zu besuchen?“ Es klang wie ein Vorwurf.

Der Typ wirkte plötzlich ängstlich. „Nun ja, klar … ich meine, ja. Sie ist sehr nett. Wir arbeiten zusammen.“

„Ist es das erste Mal, dass Sie mit ihr ausgehen?“

Ehe der Mann antworten konnte, kam Beth mit dem Zucker. Sie war rot im Gesicht, wütend. Zach lächelte verstohlen. Gut so.

„Bitte, Zach.“ Sie reichte ihm die randvolle Tasse. „Backst du wieder mal Plätzchen?“

Er funkelte sie an. „Ja.“ Dann glitt sein Blick zu Lane „Waschlappen“ Wiseman. „Lebkuchenmänner.“

Lane schluckte.

„Viel Spaß“, sagte Beth fröhlich und schob Zach praktisch in den Korridor. „Lane und ich gehen ins Kino.“

Zach zögerte an der Haustür. „Ins Kino?“ In Kinos war es dunkel. Er warf Lane, der in der Nähe wartete, einen hasserfüllten Blick zu. Aber sonnabends, dachte Zach, würde das Kino voll sein. Zu viele andere Leute, als dass sie …

„Ja, ins Kino.“ Beth führte ihn hinaus, dann lächelte sie. „Erinnerst du dich an das Autokino?“, fragte sie honigsüß.

Das Autokino? Ein Bild von Beth, wie sie neben Lane in der grauen Limousine saß, drängte sich Zach auf. Zach erinnerte sich nur zu gut daran, was er selber im Autokino getrieben hatte. Er hatte gedacht, es wäre schon vor Jahren geschlossen worden.

„Du meinst, das gibt es immer noch?“, fragte er.

Trotz ihres Lächelns sah Zach die Gereiztheit in ihren dunklen Augen. „Pete Carson hat es vor ein paar Jahren neu eröffnet, als der Retrolook modern wurde. Es ist das beliebteste Kino der Stadt.“

Zach erinnerte sich auch noch an Pete Carson. Wenn der das Kino leitete, dann war ziemlich klar, was für eine Sorte Filme dort gezeigt wurde. Die Vorstellung, dass Beth und Lane in einem Auto mit beschlagenen Fenstern saßen …

Schnell vertrieb er diesen Gedanken. Beth war ein vernünftiges Mädchen, sie würde nicht …

„Einen schönen Abend wünsche ich dir", sagte sie zum Abschied. „Ich werde mich jedenfalls köstlich amüsieren." Sie schlug ihm die Tür vor der Nase zu.

Ihm fiel ein, was seine Mutter über die Männer gesagt hatte, die hinter Beth her waren.

Zach drehte sich um und ging zurück. Beths Privatleben ging ihn nichts an. Was mischte er sich überhaupt ein?

Sie konnte doch tun und lassen, was sie wollte.

Er war nicht ihr Vater oder ihr Ehemann. Wenn sie sich mit so einem Verlierer einlassen wollte, der vermutlich ohne die Hilfe seines Onkels nicht mal einen Job kriegen konnte, was kümmerte es ihn?

Anscheinend hatte sie nicht aus ihren Fehlern gelernt.

10. KAPITEL

Beth riss die Tür zum Restaurant des Autokinos auf und ging hinein. Der Sound des Films wurde für die Kunden, die in der Schlange standen, hierher übertragen. Der Teil des Gebäudes, der zur Leinwand hinausging, bestand fast nur aus Fenstern. Vor den Fenstern standen Tische für die Kunden, die lieber hier essen wollten als im Auto. Retrodekorationen aus den Fünfzigern, unter anderem ein alter Mercedes, verliehen dem neu gestalteten Gebäude die richtige Atmosphäre.

Beth bahnte sich einen Weg durch die Kundenschar, und ihre Frustration wuchs mit jedem Exemplar der Gattung Mann, dem sie begegnete.

Männer! dachte sie ärgerlich. Wer brauchte sie schon? Sie waren verwirrende, selbstverliebte Geschöpfe, die Frauen das Leben schwer machten, sonst nichts. Sie sollte ihnen insgesamt abschwören. Nach ihrer Erfahrung, so dürftig sie auch war, wurde Sex ohnehin überschätzt. Zugegeben, Zach konnte ihren Körper lichterloh brennen lassen – na und?

Wenn sie Zach Ashton das nächste Mal sah, würde sie ihm sagen, er solle sie … küssen …

Da war er! Sie blieb wie angewurzelt stehen.

Was machte er denn hier?

Sein komisches Verhalten von vorhin, als er behauptete, er brauche Zucker, fiel ihr ein. Sie hatte ihm erzählt, wohin Lane und sie fahren würden. Zach war …

Er war ihr gefolgt, um sie zu überwachen!

Beth schob sich weiter durch die Menge, bis sie vor ihm stand. Sie tippte ihn an. „Was zum Teufel machst du hier?"

Erst tat er so, als sei er überrascht, sie zu sehen, dann lächelte er, was wie üblich ihr Herz doppelt so schnell schlagen ließ. „Hey, Beth. Na, ist der Film gut?"

„Versuch nicht das Thema zu wechseln", fuhr sie auf. „Ich habe dich gefragt, was du hier machst."

Zach wandte sich an die Kellnerin. „Zwei große Cola, zweimal Popcorn." Dann wandte er sich an Beth. „Stimmt irgendwas nicht?"

Sie war blass geworden aus lauter Eifersucht. Er hatte zwei Cola und zweimal Popcorn bestellt. Er spionierte ihr nicht hinterher. Er war nicht allein. Er war mit einer Frau ins Autokino gekommen!

„Nein … nein", stieß sie hervor. „Ich hab nur nicht damit gerechnet, dir hier zu begegnen."

„Du hast doch nicht etwa gedacht, ich spioniere dir nach, oder?", zog er sie auf.

„Ach, mach dich doch nicht lächerlich. Wie sollte ich denn auf so was kommen?"

Er zuckte die Achseln. „Keine Ahnung. Vielleicht weil du direkt zu mir marschiert kamst und wissen wolltest, was ich hier mache."

„Ich bin erwachsen, Zach. Wieso sollte es mir etwas ausmachen, was du tust?" Sie biss die Zähne zusammen, um nicht noch mehr zu sagen, schob sich an ihm vorbei und rannte nach draußen. Weil sie allein sein wollte, lief sie auf die Rückseite des Gebäudes.

Dort lehnte sie sich an einen Baum und atmete tief durch.

Was war nur mit ihr los?

Seit der Schulzeit hatte sie nicht solche Stimmungsschwankungen gehabt. Zuerst wollte sie eine Affäre mit diesem Mann haben, dann wollte sie ihn nie mehr wiedersehen. Und jetzt machte sie sich auch noch vor ihm lächerlich.

Er wusste genau, was sie gedacht hatte und wie ihr zumute war. Ihm konnte sie einfach nichts verheimlichen.

Die Aufregung um Colleens Geburtstagsfeier, Zachs Nähe und das komische Verhalten ihrer Mutter – all das zusammen setzte ihr so zu, dass sie am liebsten laut geschrien hätte.

„Beth, ist alles in Ordnung?"

Zach!

„Könntest du bitte einfach gehen?"

„Warum versteckst du dich vor mir?"

„Ich verstecke mich doch gar nicht. Wieso sollte ich so etwas tun?" Der hatte Nerven! Sie stemmte die Hände in die Hüften und wartete, dass er noch etwas sagte.

„Was ist los, Beth?" Diese aufreizenden blauen Augen forschten in ihrem Gesicht. Sein muskulöser Körper stand verlockend nah vor ihr. Am liebsten hätte sie sich an ihn geschmiegt und wäre gleichzeitig wie der Teufel weggerannt.

„Wenn jemand uns hier sieht, Zach Ashton, dann schwöre ich …"

Er zeigte auf das dichte Gebüsch ringsum. „Hier sieht uns niemand."

Der Ausdruck in seinen Augen ließ ihr Herz schneller schlagen. „Du kannst ganz beruhigt sein, mir geht es gut. Könntest du mich jetzt also bitte allein lassen?"

Er trat einen Schritt vor. Sie riss die Augen auf.

„Erst wenn du zugibst, dass du dachtest, ich spioniere dir nach."

„Das habe ich nicht gedacht!" Sie wusste nicht, ob ihre Stimme gezittert hatte oder nicht, denn ihre Ohren rauschten und übertönten jedes andere Geräusch. Trotz des dünnen Baumwollstoffes war ihr heiß in ihrem Kleid.

„Schwindlerin", murmelte er.

Er war viel zu nah. Sie konnte nicht denken, wenn er so nah war. „Du weißt doch gar nicht, ob ich nicht die Wahrheit sage."

„Und du weißt nicht, ob nicht eine andere Frau in meinem Wagen wartet."

„Dann schlage ich vor, dass du sie nicht länger warten lässt."

„Erst müssen wir reden", erwiderte er, als hätte er den ganzen Abend Zeit.

Beth seufzte. „Es gibt nichts zu reden." Bestimmt wurde Lane langsam ungeduldig und suchte nach ihr. Sie mochte sich gar nicht vorstellen, wie peinlich das war, wenn er sie gemeinsam mit Zach hier unter dem Baum sah!

Zach blickte auf Beth hinunter, die beharrlich seinem Blick auswich, und widerstand der Versuchung, sie an sich zu reißen und zu küssen. Er sollte Beth beschützen. Und genau das beabsichtigte er zu tun. Mit einem Kerl wie Wiseman konnte sie nichts anfangen. Wenn sie das nicht selber einsah, dann musste er es ihr eben klarmachen.

„Hoffentlich ist es dir nicht ernst mit diesem Typ", sagte er.

Schweigen.

„Denk mal drüber nach", fuhr Zach fort. „Möchtest du wirklich den Rest deines Lebens mit einem Mann namens Lane verbringen?" Zach schüttelte den Kopf bei diesem Gedanken. „Ich persönlich denke, es wäre ein weiterer Fehler."

Beth funkelte ihn wütend und ungläubig an. „Du gibst mir gute Ratschläge zu meinem Liebesleben, wo du selber nie eine feste Beziehung hattest?"

„Wer sagt denn, dass ich nie eine feste Beziehung hatte?"

„Ich sage das. Du bist so eingespannt in deine Karriere, dass du die Frauen nur so schnell wie möglich in die Kiste locken willst."

„In die Kiste?" Wut stieg in ihm auf. „Wenn du den Abend neulich meinst, dann erinnere dich bitte daran, dass du es warst, die mit mir ins Bett gehen wollte."

Sie tippte mit dem Zeigefinger an seine Brust. „Du schienst aber keine Probleme damit zu haben."

Drohend beugte er sich vor. „Ich hatte kein Problem. Ich werde nur ungern benutzt."

„Benutzt? Vielleicht warst du zu lange in der Sonne oder hast neulich zu viele Farbdämpfe eingeatmet, als du an dem Pavillon gearbeitet hast. Denn ich kann dir versichern, klar denken kannst du im Moment nicht."

„Wozu brauchtest du mich, wenn du doch Lane hattest?"

Sie blinzelte. „Du meinst, ich wollte eine Affäre mit dir haben, weil es mit Lane und mir nicht geklappt hat?"

„Was hast du denn erwartet, was ich denke?"

„Du meinst, Lane kann nicht ... also habe ich ..." Sie konnte nicht weitersprechen, weil sie plötzlich lachen musste.

„So lustig ist das gar nicht", fuhr Zach auf.

„Tut mir leid", stieß sie schließlich hervor. „Ich kann einfach nicht aufhören zu lachen."

Zach brachte sie mit einem Kuss zum Schweigen. Der Geschmack ihrer süßen Lippen raubte ihm den letzten Rest an Selbstbeherrschung. Er schlang die Arme um ihre Taille und zog sie an sich. Er wollte die Hitze ihres weichen Körpers spüren. Er wollte sie überall berühren ... sie küssen, bis sie beide nicht mehr klar denken konnten. Sie schlang die Arme um seinen Hals und erwiderte mit Hingabe seinen Kuss. Ihre Zunge glitt in seinen Mund, was ihn alles andere vergessen ließ.

Beth hielt sich an ihm fest, als würde sie ertrinken. Heißes Verlangen erfasste sie und hüllte sie in eine Wolke aus purer, nackter Lust. Seine Hände wanderten an ihrem Rücken hinunter und umfassten ihren Po. Er hob sie hoch, presste sie an seinen Körper, der hart war vor Verlangen.

Beth seufzte leise, und das stachelte ihn weiter an. Er schob die Finger unter den Saum ihres kurzen Kleides. Als sie die Oberschenkel um seine Taille schlang, stöhnte er auf. Hastig knöpfte sie sein Hemd auf, um ihn berühren zu können. Er unterdrückte ein weiteres Stöhnen, als er ihre heißen Finger auf der Haut spürte.

Unvermittelt drückte er sie an den Baum und spürte ihre festen Brüste. Sie schrie, doch der Schrei verlor sich in seinem Kuss. Ihre Hände ertasteten den Gürtel seiner Jeans und versuchten den Knopf zu öffnen.

„Warte", murmelte er an ihren Lippen.

„Kann ich nicht", flüsterte sie und ließ nicht locker.

Da er nichts dagegen tun konnte, hielt er sie mit einer Hand fest und riss mit der anderen seine Jeans auf. Sie schob ihre kleine Hand hinein, und ihre weichen, warmen Finger umschlossen ihn. Er stöhnte. Sie streichelte ihn, bis er erschauerte.

„Beeil dich“, hauchte sie.

Er nickte, sein Gesicht nur wenige Millimeter von ihrem entfernt. Dann schob er ihren Seidenslip zur Seite und drang in sie ein. Die Empfindungen, die ihn dabei durchströmten, waren so überwältigend, dass er sich einen Moment lang nicht bewegen konnte. Das Gefühl, eins mit ihr zu sein, löschte alle anderen Gedanken aus.

Ihre Finger gruben sich in seine Schultern.

Er bewegte sich, nur ein Mal. Sie schrie lustvoll auf.

„Mehr“, verlangte sie ungeduldig. „Mehr“, murmelte sie wieder und küsste ihn atemlos.

Er gehorchte, weil er nicht anders konnte. Er drang in sie ein und zog sich wieder zurück. Mit jeder Faser war er darauf konzentriert, ihr Lust zu bereiten. Sie küsste ihn leidenschaftlicher, sog an seiner Zunge und stöhnte, als sie in einem heftigen Aufbäumen kam.

Eigentlich hatte er sich mehr Zeit nehmen wollen, doch die Wellen ihrer Erregung rissen auch ihn mit, und er erschauerte in einem überwältigenden Höhepunkt.

Er lehnte seine Stirn an ihre und befahl seinem Körper, nicht mehr zu zittern. Noch nie hatte er so völlig die Kontrolle über sich verloren. Ihr heftiges Atmen war alles, was zu hören war. „Beth, ich …“

„Sag jetzt nichts.“

Er spürte, wie ihr Körper sich in seinen Armen versteifte, als ihr im Nachhinein klar wurde, was passiert war. Er hätte sich einen Tritt geben mögen. Er hatte Beth gerade zum ersten Mal geliebt. Anstatt ein besonderes Ereignis daraus zu machen, hatte er sie genommen wie … einfach so, ohne irgendwelche Vorkehrungen zu treffen, ohne sie vor den Konsequenzen ihrer Impulsivität zu schützen. Wie konnte er das jemals wiedergutmachen?

„Ich muss jetzt gehen.“ Sie befreite sich aus seinen Armen und schob ihn von sich.

Dann war sie auch schon verschwunden, bevor er sich fassen konnte.

„Warte, Beth.“ Er schlug mit der Faust gegen den Baum. Was hatte er sich eigentlich dabei gedacht, ihr zu folgen?

Er lief zu dem Platz, wo Wiseman geparkt hatte. Aber er kam zu spät, er sah nur noch die Rücklichter des Wagens.

Zach fluchte leise.

Dieses Mal hatte er alles kaputtgemacht. Obgleich sein Körper noch von der Lust vibrierte, die Beth ihm bereitet hatte, wusste er mit dem Verstand, dass er alles falsch gemacht hatte. Vermutlich würde sie ihm niemals verzeihen. Und das konnte er sogar verstehen.

Angewidert von sich selber, ging er zu seinem Wagen zurück. Er öffnete die Fahrertür und glitt hinters Steuer.

„Wo ist mein Popcorn und die Limo?"

Er schlug sich mit der Hand vor die Stirn.

„So lange warst du weg, und jetzt kommst du mit leeren Händen zurück", sagte seine Mutter. „Wo bist du nur mit deinen Gedanken, mein Sohn?"

Wenn sie wüsste!

„Tut mir leid. Ich hol die Sachen sofort." Er wollte aussteigen.

Sie musterte ihn von Kopf bis Fuß, bemerkte den offenen Knopf an seinem Hemd und wie hastig er es in die Hose gestopft hatte.

„Gott, Junge, du siehst aus, als hättest du gerade Sex gehabt."

11. KAPITEL

Am Sonntagmorgen lief Beth nervös im Wohnzimmer auf und ab. Ihre Mutter war in die Frühmesse gegangen. Wie hatte sie gestern Abend nur so die Kontrolle verlieren können? Sie hätte Zach niemals zur Rede stellen sollen. Bei dem Gedanken, dass Lane nichts ahnend im Wagen gewartet hatte, genauso wie Zachs unbekannte Freundin, wurde ihr übel. Schlimmer noch, sie war zu Lane gelaufen, Zachs Duft noch an ihrer Haut, und hatte von ihm verlangt, sie nach Hause zu bringen. Bestimmt dachte er jetzt, dass sie nicht alle Tassen im Schrank hatte.

Das hatte sie auch nicht. Sonst hätte sie nicht in einem Autokino Sex mit Zach gehabt.

Wie sollte sie Zach jemals wieder unter die Augen treten?

Aber er würde in nur einer Woche wieder aus ihrem Leben verschwinden. Am Tag nach der Geburtstagsparty seiner Mutter. Beth erstarrte. Nächsten Samstag war Colleens Geburtstag, das hieß, gestern … Sie rechnete nach.

„Oh Gott."

Sie hatten nicht …

„Oh Gott", wiederholte sie und ließ sich aufs Sofa fallen.

Dies war die riskanteste Zeit des Monats für ungeschützten Sex. Ihr Zyklus war extrem regelmäßig. Beth hatte plötzlich Angst.

Sie zwang sich, tief durchzuatmen. Zach wollte keine Kinder haben. Er hatte ihr bereits gesagt, dass er nicht die Sorte Mann war, die sich Frau und Familie wünschte. Zum Glück hatte sie ja noch ihre Mutter. Also würde sie nicht allein sein, wenn …

Ein leises Klopfen ließ sie zusammenfahren. Als sie die Tür öffnete, schaute sie direkt in Zachs attraktives Gesicht.

Er fuhr sich mit der Hand durchs Haar und blickte sie so zerknirscht an, dass sie ihm am liebsten um den Hals gefallen wäre.

„Ist was passiert?" Sie nahm seinen Arm und zog ihn ins Haus. „Geht es deiner Mutter auch gut?"

„Ihr geht's bestens", sagte er schließlich. Seine blauen Augen forschten in ihrem Gesicht. „Es tut mir leid, Beth. Ich wollte nicht, dass es so passiert, aber irgendwie ist alles schiefgegangen und …"

Er entschuldigte sich für gestern Abend! Er hatte nicht gewollt, dass es dazu kam … er hatte sie nicht lieben wollen. Sie war es, von der die Initiative ausgegangen war. Und jetzt tat es ihm leid.

Sie nahm sich zusammen, um sich nichts anmerken zu lassen. „Du brauchst dich nicht zu entschuldigen. Wenn jemand Schuld hat, dann ich. Ich habe mit der ganzen Sache angefangen. Wie du sagtest, du hast eben reagiert wie jeder Mann."

Er wich ihrem Blick aus, doch als er sie dann ansah, hatten sich seine Augen verändert. „Denkst du das wirklich?"

Sie wusste nicht, was sie denken sollte, war verwirrter denn je. „Was soll ich denn deiner Meinung nach denken?"

„Dass wir uns geliebt haben und ich mir unser erstes Mal anders vorgestellt habe."

Das erste Mal? dachte Beth. „Und wie hattest du es dir vorgestellt?", fragte sie unsicher.

Er kam näher, berührte sie jedoch nicht. Sie erkannte in seinen Augen den inneren Kampf, den er mit sich ausfocht. Er wollte sie immer noch. Und sie wollte ihn auch! Aber sie hatten beide Angst vor den Konsequenzen.

„Ich wollte, dass es etwas Besonderes ist … so wie du", sagte er leise. „Etwas, das du nie vergisst. Ich wollte, dass es das Risiko wert ist."

„Das Risiko?" Wusste er schon, worüber sie sich Sorgen machte?

„Ja, was danach kommt." Jetzt berührte er sie, streichelte zärtlich ihre Wange. „Ich weiß, dass dich dieser Gedanke auch beschäftigt."

„Ja. Und was jetzt?"

„Ich will dir nicht wehtun, Beth."

Sie war es leid, dauernd beschützt zu werden. „Ich weiß, dass du weggehen wirst, wenn es das ist, was dir Sorgen macht." Sie war eine erwachsene Frau. Sie hatte diese Affäre gewollt, und sie würde den Preis bezahlen.

Zum ersten Mal wurde Beth klar, was sie wirklich wollte. Sie wollte Zach, und zwar jetzt. Über den morgigen Tag, die nächste Woche oder nächstes Jahr wollte sie nicht nachdenken. Sie wollte ihn haben. Sie war erwachsen – mit den Konsequenzen würde sie schon fertig werden.

„Ich glaube nicht, dass ich einfach so tun kann, als wäre das nicht passiert … das mit uns." Er schwieg, dann fuhr er fort: „Du bist nicht wie andere Frauen. Du bist …"

„ … erwachsen, Zach. Ich bin durchaus imstande, die Konsequenzen meiner Handlungen zu tragen."

Er seufzte. „Das habe ich begriffen." Dann grinste er. „Es gibt nur noch ein Problem."

„Und das wäre?"

Zach kam ihr ganz nahe. „Ich hätte gern die Chance, den Fehler von gestern Abend wiedergutzumachen." Er liebkoste die empfindliche Stelle an ihrem Ohr mit den Lippen. „Wenn das Gericht es gestattet", murmelte er.

„Ich denke, darüber sollten wir in meinem Zimmer weiterdiskutieren", schlug sie vor. „Vorher muss ich nur noch eines wissen."

„Alles, was du willst." Er küsste sie auf den Mund.

„Gib zu, dass du mir gestern Abend nachspioniert hast."

Er lächelte an ihren Lippen. „Schuldig."

„Und die Frau, die im Wagen auf dich gewartet hat?"

„War meine Mutter."

Beth begann zu lachen, doch so wie gestern Abend brachte Zach sie mit einem Kuss zum Schweigen. Er hob sie hoch und trug sie in ihr Zimmer. Sie zogen einander aus und ließen sich dabei Zeit, jeden einzelnen Moment zu genießen. Seine geschickten Hände glitten über ihren Körper wie die eines Magiers der Lust. Als er in sie eindrang, fühlte sie sich eins mit dem Universum. Und weinte beinahe vor Glück.

Sie umschlang seine Taille und zog ihn enger an sich, um ihm noch näher zu sein.

„Langsam, Schatz, langsam", flüsterte er an ihrer Haut. „Diesmal soll es das Paradies für dich sein."

„Wir müssen reden."

Colleen seufzte und legte ihr Buch auf den Tisch. „Na, dann setz dich und sag mir, welche Laus dir dieses Mal über die Leber gelaufen ist."

„Sie haben eine … Beziehung", stieß Helen aufgeregt hervor.

Colleen unterdrückte den Impuls, aufzuspringen und einen kleinen Freudentanz aufzuführen. Stattdessen setzte sie eine skeptische Miene auf. „Ach, und wie kommst du darauf?"

Helen funkelte sie an. „Weil ich davon ausgehe, dass meine Tochter es sich nicht zur Gewohnheit gemacht hat, seidene Boxershorts für Männer zu tragen."

„Du hast seidene Boxershorts in deinem Haus gefunden?"

„In Beths Zimmer, unter ihrem Bett."

Colleen tippte sich nachdenklich ans Kinn. „Was ist mit dem jungen Mann, mit dem sie ausgegangen ist? Lane, Blaine oder so ähnlich?"

Helen blickte sie angriffslustig an. „Darüber sollten wir uns auch mal unterhalten."

Colleen tat empört. „Und warum willst du dich mit mir über das Liebesleben deiner Tochter unterhalten?"

„Weil ich weiß, dass du dieses Treffen arrangiert hast. Beth ist seit ihrer Scheidung mit keinem Mann ausgegangen. Sie hat mir selber gesagt, sie sei nicht interessiert."

„Könnte sein, dass ich Lawrence gegenüber erwähnt habe, dass privat bei ihr wenig läuft, als wir uns das letzte Mal getroffen haben", erwiderte Colleen. „Aber sicher bin ich mir nicht."

„Aber du weißt noch, dass du in Chicago angerufen hast, oder?"

„In Chicago?" Colleen kniff die Augen zusammen. „Was willst du damit sagen?"

„Damit will ich sagen", entgegnete Helen, „dass du eine Privatklinik dazu gebracht hast, Beth einen Job anzubieten, damit sie mit deinem Sohn nach Chicago gehen kann."

Colleen hörte auf, sich zu verstellen. „Wäre das denn so schlecht?"

„Natürlich nicht. Nicht, wenn beide es wollen."

„Ich denke, dass das gut sein kann. Ich habe die Blicke gesehen, die Zach deiner Beth zuwirft. Er liebt sie. Das sieht doch jeder."

„Ich bin nicht blind, Colleen. Ich weiß, was die beiden füreinander empfinden. Aber sie kennen die Wahrheit nicht. Das könnte einiges ändern."

Colleen versteifte sich. „Fängst du schon wieder mit dem Thema an. Wir haben doch vereinbart, es nicht mehr zu diskutieren."

„Du kannst ruhig deine Beziehung zu deinem Sohn aufs Spiel setzen, wenn du willst", sagte Helen. „Aber ich werde nicht zulassen, dass etwas zwischen mich und meine Tochter tritt."

„Vergiss dein Versprechen nicht, Helen McCormick", warnte Colleen sie. „Du hast versprochen zu schweigen."

Beth stocherte am Abend in ihrem Essen herum. Ihre Mutter hatte einen köstlichen Rinderbraten zubereitet, so wie Beth ihn am liebsten mochte. Aber ihr war der Appetit vergangen. Zu viel ging ihr im Kopf herum. Sie dachte immer wieder an den Kuss, den Zach ihr am Nachmittag zum Abschied gegeben hatte. Das Versprechen, das sie sich „später" sehen würden.

Und dann dieses Jobangebot aus Chicago. Wenn sie nach Chicago ging, bestand unter Umständen eine Chance, dass sich zwischen Zach und ihr eine echte Beziehung entwickelte. Ach was, lächerlich. Zach hatte ihr bereits gesagt, dass er an einer Heirat nicht interessiert war.

Wenn sie umzog, um ihm nahe zu sein, würde sie ihn vielleicht endgültig verlieren, sobald er sich mit ihr langweilte. Und was dann?

„Keinen Hunger, mein Schatz?", fragte ihre Mutter.

„Ich habe nur gerade an den Anruf aus Chicago gedacht. Und du, Mom? Hast du etwas auf dem Herzen?" Ihr fiel jetzt erst auf, dass Helen ebenfalls fast nichts gegessen hatte.

Helen schaute auf. Tränen glänzten in ihren Augen.

„Mom, du hast dich doch nicht schon wieder mit Colleen zerstritten, oder?"

„Entschuldige mich." Helen schob ihren Stuhl zurück und ging eilig hinaus.

Erschrocken folgte Beth ihr. „Schieb mich doch nicht weg. Lass mich dir helfen."

Helen schüttelte den Kopf. „Da kannst du nicht helfen. Es geht nicht um ein medizinisches Problem."

„Ich kann dir doch wenigstens zuhören."

„Ich weiß über dich und Zach Bescheid."

„Ich verstehe."

Helen drehte sich zu ihr um. „Nein, du verstehst nichts."

„Worum geht es denn dann? Was verbirgst du vor mir?"

„Du weißt ja nicht, wie weh es mir tut, es dir zu sagen, aber ich kann dieses Geheimnis nicht länger für mich behalten."

Beth ergriff ihren Arm. „Ist es dieses Geheimnis, worum es bei eurem Streit ging?"

Helen nickte. „Sie will nicht, dass die Wahrheit bekannt wird, aber ich kann nicht riskieren, dass das, was sie und ich vor all den Jahren getan haben, dir Kummer macht."

„Komm, setzen wir uns." Beth zog ihre Mutter zum Sofa.

Sie wartete, bis Helen sich einigermaßen gefasst hatte, dann sagte sie: „Nun erzähl mir doch, worum es geht."

„Zuerst musst du mir versprechen, dass du niemandem erzählen wirst, was ich dir jetzt sage, es sei denn, es geht um Leben oder Tod."

Beth runzelte die Stirn. „In Ordnung. Ich sage niemandem ein Sterbenswort."

„Denk nach, Beth. Wenn du ‚niemandem' sagst, schließt das Zach mit ein."

Beth nickte. „Das ist mir klar. Ich werde dein Vertrauen nicht missbrauchen."

Helen lächelte matt. „Das weiß ich. Nun gut: Bevor Zach geboren wurde, hatten sowohl Colleen als auch ich lange Zeit vergeblich versucht, schwanger zu werden. Dein Vater und ich machten uns nicht allzu viele Gedanken, weil ich erst siebenundzwanzig war und noch viel Zeit hatte. Wir waren beide gesund, und es bestand kein Grund, in Panik zu geraten. Aber bei Colleen war die Situation anders. Sie war siebenunddreißig, und es gab ein Problem."

„Ein Problem?" Beth forschte in ihrem Gesicht.

„Colleen suchte einen Spezialisten in Chicago auf. Aus irgendeinem unerfindlichen Grund bildete sie Antikörper gegen das Sperma ihres Mannes. Deshalb konnte sie niemals von ihm schwanger werden."

Beth lachte. „Aber das ist absurd. Sie hat doch Zach bekommen."

Helens Lippen zitterten. „Nein, hat sie nicht."

Beth fühlte sich wie betäubt. „Wie meinst du das?"

„Begreiflicherweise war Colleen wie erschlagen von den Neuigkeiten. Sie sagte es nur mir. Nun ja, und ihrem Mann. Er wusste natürlich Bescheid."

„Das kann nicht sein", stieß Beth hervor.

Helen drückte ihr lächelnd die Hand. „Weißt du, Colleen hat mir immer viel bedeutet. Und das tut sie noch. Sie ist wie eine Schwester für mich. Ich hätte alles getan, um ihr zu helfen. Ganz zufällig stieß ich auf dieses junge Mädchen, das ihre Verwandten in Cartersville besuchte. Sie war schwanger und ledig." Helen zuckte die Achseln. „Sie war der Verzweiflung nahe. Genau wie Colleen."

Beth schluckte. Sie wusste, was jetzt kommen würde.

„Colleen machte ihr ein Angebot, das sie nicht ablehnen konnte. Das Mädchen könnte einen neuen Anfang machen, sich ein Studium finanzieren, eine eigene Wohnung und so weiter. Dafür bekam Colleen das Kind. Um nichts bekannt werden zu lassen, ging Colleen nach Chicago. Angeblich kümmerte sie sich dort um eine betagte Tante und würde erst in einigen Monaten zurückkommen. Das Mädchen wohnte dort bei ihr, bis das Kind geboren war."

„Aber wie … Ich meine, was haben denn die anderen gesagt, als Colleen mit einem Baby zurückkam?"

„Sie und ihr Mann haben allen erklärt, dass sie so lange auf ein Kind gewartet hätten und so vieles hätte schiefgehen können. Da hätten sie es lieber geheim gehalten, bis es da war."

„Und die Geburtsurkunde?"

„Die junge Frau gab vor, Colleen zu sein, als sie das Baby zur Welt brachte. Es wurden keine Fragen gestellt."

Beth rieb sich die Stirn. Sie konnte nicht fassen, dass Colleen sich ein Kind gekauft hatte! Großer Gott – Zach. Wie würde er es aufnehmen? Aber sie hatte ja versprochen, es niemandem zu erzählen.

„Ich habe dich nur eingeweiht, um dich zu schützen", erklärte Helen. „Ich kann nicht einfach dasitzen und zusehen, wie du dich in Zach verliebst, ohne alles zu wissen. Ich liebe dich zu sehr, um das zuzulassen."

Beth war nicht überrascht, dass ihre Mutter sie durchschaut hatte. Aber sie wusste auch, dass dieses Geheimnis Zach, wenn er es jemals erfuhr, den Boden unter den Füßen wegziehen würde.

Er war adoptiert … nein, gekauft und bezahlt worden.

Wenn er jemals herausfand, dass sie ihm dies verschwiegen hatte …

„Mom, was sollen wir jetzt tun?"

Ihre Mutter schüttelte den Kopf. „Wir können gar nichts tun. Uns sind die Hände gebunden."

12. KAPITEL

Der Samstag war da. In wenigen Stunden würde die Geburtstagsfeier stattfinden.

Beths Handy klingelte. Sie hatte heute keinen Bereitschaftsdienst. Trotzdem war es das Krankenhaus, wie sie am Display erkannte. Sie runzelte die Stirn. Hoffentlich hatte Laurie Ellroy keinen Rückfall gehabt.

„Hey, Beth, ich bin's, Cindy."

Die Ergebnisse des Schwangerschaftstests!

„Na ja, deine Ergebnisse sind da. Der Test ist positiv. Wer ist der glückliche Vater?"

„Danke für deinen Anruf. Wir reden am Montag."

„Oh, ich verstehe", sagte Cindy. „Er ist in der Nähe."

Beth schaute über ihre Schulter zu Zach, der sich mit seiner Mutter unterhielt.

Beth klappte das Telefon zu und blinzelte gegen die Tränen an, die ihr in die Augen schossen. Was für ein Chaos! Aber es hatte keinen Sinn, deswegen in Tränen auszubrechen. Die Würfel waren gefallen. Sie war schwanger.

Jetzt musste sie nur noch überlegen, was sie Zach sagen würde. Wenn sie es ihm überhaupt sagte.

Sie fuhr sich mit den Fingern durchs Haar und seufzte. Was sollte sie nur tun? Jetzt hatte sie schon zwei Geheimnisse vor Zach. Das erste war schon erschütternd genug. Und dieses …

Sie schloss die Augen, als Zach von hinten zu ihr trat und die Arme um ihre Taille schlang.

„Alles in Ordnung?"

Sie nickte.

„Wie wär's, wenn wir einen kleinen Spaziergang machen? Bis zur Parade ist es noch mehr als eine Stunde."

„Gut." Sie drehte sich um und schenkte ihm ein strahlendes Lächeln. „Dann kannst du mir ja verraten, was in der großen Schachtel für deine Mutter ist."

Er grinste. „Du wirst dich gedulden müssen, so wie alle anderen auch."

Colleen schaute noch einmal in den Spiegel. „Ganz ordentlich für eine alte Dame", überlegte sie laut. „Wenn nur Zacharius noch hier wäre."

Aber sie wollte nicht traurig werden. Dies war ihr großer Tag, und sie würde ihn genießen.

Am Fuß der Treppe wartete Betty, die Haushälterin, auf sie.

„Mrs Ashton, ich wollte gerade raufkommen und Sie holen. Im Salon wartet Besuch auf Sie."

Colleen lächelte. Besuch? War Harold früher gekommen, um ihr sein Geschenk zu überreichen?

„Danke, Betty."

Strahlend betrat sie den Salon. „Hallo ..." Sie brach jäh ab. Ihr Herz begann unregelmäßig zu schlagen, und sie hatte Stiche in der Brust.

Eine Frau stand im Salon. Eine Frau, die Colleen überall wiedererkannt hätte, auch wenn mittlerweile fast vier Jahrzehnte vergangen waren.

„Was machen Sie hier?"

„Ich muss mit Ihnen reden."

Jenny Ellroy sah verhärmt und blass aus und zu alt für ihre fünfundsechzig Jahre.

„Wir haben nichts zu besprechen", sagte Colleen kurz angebunden. „Ich möchte, dass Sie gehen."

„Ich kann nicht."

„Sie sind hier eingedrungen; ich habe Sie nicht eingeladen."

Jenny schüttelte den Kopf. „Sie müssen mir helfen."

„Ich muss gar nichts tun."

„Aber meine Tochter liegt im Sterben."

„Das tut mir leid. Wenn Sie Geld brauchen, helfe ich Ihnen gern aus."

Jenny schüttelte wieder den Kopf. „Ich brauche Ihr Geld nicht, Mrs Ashton. Ich brauche meinen Sohn."

„Er ist mein Sohn, nicht Ihrer."

„Mein Mann ist tot", fuhr Jenny fort, so als hätte Colleen nichts gesagt.

„Meiner auch. Aber ich habe noch meinen Sohn."

„Da ich selber gesundheitliche Probleme habe, kann ich meiner Tochter nicht helfen."

Colleen klammerte sich an der Lehne des Sofas fest. „Warum erzählen Sie mir das alles?"

„Meine Tochter Laurie hat Leukämie. Sie wird sterben, wenn sie keine Knochenmarktransplantation bekommt."

Jesus Maria, jetzt begriff Colleen, was die Frau wollte. „Tut mir leid, aber das geht mich oder meinen Sohn nichts an."

„Meine Tochter stirbt, Mrs Ashton. Er ist ihre einzige Hoffnung. Er kommt bestimmt als Spender infrage. Sie müssen mir helfen; er ist mein biologischer Sohn."

„Sie haben das Anrecht auf ihn vor langer Zeit aufgegeben."

„Wollen Sie meine Tochter denn einfach sterben lassen?"

„Es tut mir leid für Sie und Ihre Tochter. Aber absolute Sicherheit, dass er als Spender infrage kommt, gibt es ohnehin nicht. Auf eine bloße Chance hin gehe ich ein solches Risiko nicht ein. Also, bitte gehen Sie jetzt."

Die Parade war zu Ende, und Zach brachte seiner Mutter jetzt ein Geburtstagsständchen dar – eine Idee von Beth.

Beth hatte von Helen gehört, dass Jenny Ellroy da gewesen war und worüber sie mit Colleen gesprochen hatte. Kein Wunder, dass Colleen völlig erschöpft aussah.

Um nichts in der Welt hätte sie jetzt in Colleens Haut stecken mögen.

Nach dem Ständchen verbeugte sich Zach vor den Gästen und küsste seine Mutter auf die Wange. Mit schmerzverzerrtem Gesicht stand Colleen auf. Beth hörte Zach noch fragen, ob es ihr auch gut gehe, aber da brach Colleen auch schon in den Armen ihres Sohnes zusammen.

Zach durfte seine Mutter noch kurz sehen, bevor sie in den Operationssaal gebracht wurde.

Sie sah so blass und zerbrechlich aus. Gar nicht mehr wie die Frau, die er sein Leben lang gekannt hatte. Er wollte sie noch nicht verlieren.

„Zach. Hör mir zu, ich habe nicht viel Zeit."

„Sag das nicht", widersprach Zach sanft. „Der Arzt ..."

„Ich muss dir etwas sagen." Jedes Wort kostete sie Mühe.

„Na gut. Ich höre."

„Weißt du, wie sehr ich dich liebe?", flüsterte sie.

Er nickte.

„Dein Vater und ich haben dich vom ersten Moment an geliebt. Du warst alles, was wir uns jemals gewünscht haben."

„Ich weiß." Warum erzählte sie ihm das gerade jetzt?

„Aber wir haben uns geirrt. Wir haben einen Fehler gemacht. Das weiß ich jetzt." Sie ergriff seine Hand. „Versprich mir, dass du mich trotzdem lieben wirst."

„Natürlich werde ich dich immer lieben." Er lachte.

„Ich meine, wenn du die Wahrheit kennst. Versprich es mir."

„Die Wahrheit? Ich verstehe nicht."

„Es war richtig", murmelte sie. „Ich weiß, dass es richtig war … aber wir hätten es dir sagen sollen. Helen hat mich gewarnt."

Die Schwester kam herein, um Colleen zu holen.

„Helen wird es dir sagen", sagte sie noch. „Sie weiß Bescheid. Lass dir von ihr den Rest erzählen."

„Es wird alles gut gehen bei der Operation." Beth trat zu ihm und legte die Arme um ihn. „Wie wär's, wenn wir uns einen Kaffee holen?", schlug sie vor.

„Einen Moment noch." Ihm ging durch den Kopf, was seine Mutter gesagt hatte. Zach wandte sich an Helen, die hinter ihnen stand. „Mutter wollte mir etwas sagen. Sie sagte immer wieder, sie hätte einen Fehler gemacht." Er schüttelte den Kopf. „Es ergab alles keinen Sinn. Sie sagte, du würdest mir den Rest erzählen."

Als Helen ihm alles erzählt hatte, schüttelte Zach den Kopf. „Das ist doch unmöglich."

Helen seufzte. „Ich fürchte, es ist die Wahrheit. Das war der Anlass unseres Streits. Ich fand, sie sollte es dir sagen, aber sie weigerte sich."

„Also hat sie mich einer ledigen Mutter abgekauft?" Zach lachte trocken.

Helen nickte resigniert. „Darauf läuft es hinaus." Sie blickte ihn fest an. „Aber Colleen und Zacharius haben dich immer geliebt und dir jeden Wunsch erfüllt, vergiss das nicht."

Zach rieb sich das Gesicht, dann wandte er sich an Beth, die bisher geschwiegen hatte. „Hast du davon gewusst?"

„Ja."

Er fluchte. Sie hatte gewusst, dass sein ganzes Leben auf einer Lüge beruhte, und hatte es nicht für nötig gehalten, es ihm zu sagen.

„Und wie kommt es, dass ich es nicht wusste?"

Beth zuckte zusammen. „Ich habe es erst vor ein paar Tagen erfahren. Zach, es tut mir so leid. Ich wollte es dir nicht verschweigen, aber …"

„Es ist nicht ihre Schuld", unterbrach Helen. „Wir haben beide den Wunsch deiner Mutter erfüllt."

„Und die leibliche Mutter? Was ist aus ihr geworden?"

Helen schaute Beth an, die völlig verstört dasaß. „Deine biologische

Mutter ist Jenny Ellroy. Ihre Tochter Laurie ist deine Schwester. Ich weiß es auch erst seit heute. Und du bist vermutlich der Einzige, der ihr das Leben retten kann."

Er war ins Labor gegangen, um seine Probe abzugeben. Beth war später in Colleens Zimmer gekommen, um ihm das Ergebnis mitzuteilen. Er kam als Spender infrage. Sie war gleich danach gegangen, hatte keine Fragen gestellt. So viel sie ihm auch bedeutete, war Zach doch froh darüber. Er musste nachdenken.

Jetzt, erschöpft von den Grübeleien, saß er an Colleens Bett. Wie konnte es sein, dass sein ganzes Leben auf einer großen Täuschung basierte?

Er stand auf und beugte sich hinunter, um Colleen einen Kuss auf die Wange zu geben. Als er sich wieder aufrichtete, schlug sie die Augen auf. Er lächelte. „Willkommen zurück."

Ihre Augen verschleierten sich. „Weißt du alles?", fragte sie nur.

Er nickte. „Ja."

Sie griff nach seiner Hand. „Es tut mir so leid. Ich wollte dir keinen Kummer machen."

Er schüttelte den Kopf. „Du brauchst dich nicht zu entschuldigen. Ich bin ein großer Junge, weißt du, ich kann's vertragen." Eine Träne rollte über ihre Wange. Er wischte sie sanft ab. „Ich möchte nicht, dass du weinst."

„Ich hatte nicht vor, dich zu täuschen. Ich liebte dich so sehr, ich konnte den Gedanken nicht ertragen, dass du mich nicht als deine richtige Mutter betrachten würdest. Ich hätte es dir sagen müssen, damit du deine eigene Wahl treffen kannst. Ich war selbstsüchtig."

Zach küsste ihre kalte, schmale Hand, dann ihre Stirn. „Keine Sorge. Ich werde das Richtige tun. Ich bin ein Ashton. Wir tun immer das Richtige. Und noch was." Er legte ihre Hand auf sein Herz, dann umschloss er sie mit seiner. „Du bist meine Mutter. Diesen Platz in meinem Herzen wird niemals eine andere einnehmen können."

13. KAPITEL

Beth, kannst du dir noch einen Patienten anschauen, bevor du gehst?“

Beth lächelte matt. „Na klar.“ Sie hatte die Vertretung für einen kranken Kollegen übernommen, da sie wegen Laurie und Colleen ohnehin hiergeblieben war.

Sie runzelte die Stirn, als sie kein Krankenblatt in dem Kasten an der Tür zu Untersuchungsraum Nummer fünf vorfand, dachte sich aber weiter nichts dabei.

„Guten Morgen, ich bin Dr. Daniels.“

„Ich dachte, du benutzt den Namen deines Exmannes nicht mehr.“

Zach!

Was machte er denn hier?

„Geht es dir nicht gut?“, wollte sie wissen.

Er schüttelte den Kopf. „Eher mittelprächtig. Ich werde eine Weile brauchen, um mich von alldem zu erholen. Aber vor allem wollte ich dich sehen.“ Er zog sie in seine Arme.

„Heißt das, du bist mir nicht mehr böse?“, fragte Beth. Mit angehaltenem Atem wartete sie auf seine Antwort.

„Ich habe lange nachgedacht. Es war nicht deine Schuld. Es war falsch von mir, es an dir auszulassen. Ich schätze, ich habe noch einen Schock. Aber letztlich ändert es nichts daran, wer ich bin, jedenfalls nicht in meinen Augen.“

Beth entspannte sich. „Ich bin froh, dass du es so siehst.“

„Ich muss dir noch etwas sagen, Beth, und ich weiß nicht genau, wie ich das anstellen soll.“

Er forschte in ihrem Gesicht und ihren Augen, bevor er weitersprach. „Ich glaube, ich habe dich schon immer geliebt, aber verliebt habe ich mich in dich an dem Tag, als du das Ballkleid anprobiert hast, das deine Mom für die Abschlussfeier für dich genäht hatte.“

Beth wusste nicht, was sie darauf sagen sollte. Die Gefühle schnürten ihr die Kehle zu. Sie wischte sich eine Träne aus dem Augenwinkel. „Das wusste ich nicht …“

„Ich beschloss, auf dich zu warten.“ Er seufzte. „Also habe ich gewartet, bis du erwachsen wurdest.“

„Aber als ich dich küsste, war ich siebzehn und du …“

„Ich habe einen Fehler gemacht. Damals hätte ich dir sagen sollen, was ich empfand. Aber ich dachte, wir hätten alle Zeit der Welt. Du warst noch so jung, ich wollte dir nicht wehtun."

Beth starrte ihn ungläubig an. „Oh Gott. Willst du damit sagen, du hast ..."

„Du hast mir das Herz gebrochen, als du diesen Daniels geheiratet hast."

„Dabei habe ich doch nur versucht, dich zu vergessen."

Er runzelte die Stirn. „Mich zu vergessen?"

Sie nickte.

„Ich wusste, dass du mich mochtest, aber ich dachte, es wäre nur eine jugendliche Schwärmerei."

„Und jetzt?"

Er lächelte provozierend. „Ich weiß, dass ich dir gefalle, aber wie sehr ... Keine Ahnung."

„Zach Ashton, du bist ja so blind! Ich hab mir sogar den Bauchnabel für dich piercen lassen!"

Er grinste. „Das hast du für mich getan?"

„Ich wollte dir zeigen, dass ich kein nettes, liebes Mädchen mehr bin. Du solltest wissen, dass ich eine Frau bin, die Bedürfnisse hat. Wie konntest du so ahnungslos sein und nicht wissen, wie sehr ich dich liebe?"

„Ich schätze, ich hatte Angst, meinem Gefühl zu trauen, was dich betrifft."

„Angst? Das gibst du auch noch offen zu?"

Er zog sie noch enger an sich. „Ich will, dass es zwischen mir und den Menschen, die ich liebe, keine Missverständnisse mehr gibt."

Beth hielt den Atem an. Sie musste es ihm sagen.

„Die Wahrheit ist", gestand er, „ich wollte dir nicht gestehen, was ich empfinde. Ich wollte nach Chicago zurückgehen und alles, auch dich, hinter mir lassen."

„Und warum hast du es dir anders überlegt?"

„Das Leben ist zu kurz, und ich liebe dich zu sehr. Ich will den Rest meines Lebens nicht ohne dich verbringen, es sei denn, du willst es so."

Beth hätte ihr Glück am liebsten in die Welt hinausgeschrien. Aber vorher musste sie es ihm noch sagen.

„Ich denke daran, den Job in Chicago anzunehmen. Nächste Woche will ich hinfliegen."

„Das würdest du für mich tun?"

„Für uns. Ich liebe dich, Zach. Ich bin erwachsen, ich kann mich verändern. Aber da ist noch etwas anderes. Vielleicht wirst du es dir noch mal überlegen, wenn ich es dir sage."

„Sag es mir. Was es auch ist, wir werden schon damit klarkommen."

„Wir bekommen ein Kind."

„Was?!"

„Beim ersten Mal ... bin ich schwanger geworden."

„Du bekommst ein Baby? Wie kannst du das denn jetzt schon wissen?" Er schüttelte den Kopf. „Du nimmst nicht die Pille oder so?"

„Nein. Ich war mehr als ein Jahr lang nicht mit einem Mann zusammen ..."

„Ein Jahr?" Er wirkte überrascht.

„Na ja, jedenfalls habe ich einen Test machen lassen, und er war positiv."

„Bist du auch sicher?"

Sie nickte. „Tut mir leid, Zach, ich hatte es nicht ..."

„Ich werde also Daddy." Er küsste sie. „Wir müssen es unseren Müttern sagen." Er strahlte übers ganze Gesicht. „Wir müssen es ihnen sagen."

„Was? Was meinst du damit?"

Er umschloss ihr Gesicht mit den Händen. „Ich meine damit, dass ich dich heiraten will. Du sollst mit mir nach Chicago kommen und mit mir das perfekte Haus suchen, in dem wir unser Baby aufziehen können."

„Bist du auch sicher?"

„Absolut sicher ... Jetzt müssen wir nur noch ein Plätzchen finden, an dem wir ungestört sind", murmelte er zwischen Küssen. „Ich will diesen Handel jetzt gleich besiegeln."

„Da kenne ich genau den richtigen Ort."

Zwei Minuten später hatte Beth die Tür zu dem selten benutzten Ärztezimmer im ersten Stock abgeschlossen, und Zach zeigte ihr mit all seiner leidenschaftlichen Liebe, was sie in ihrer gemeinsamen Zukunft erwartete.

EPILOG

Helles Sonnenlicht strömte durch die prächtigen Buntglasfenster in die Kathedrale. Beth blinzelte gegen die Freudentränen an, die ihr in die Augen schossen. Ihr Herz floss über.

„Ich taufe dich auf den Namen Charles Zacharius Ashton III.“, erklärte der Priester, als er die Stirn des Babys mit Weihwasser benetzte. Der kleine Zach protestierte lauthals.

Beth lächelte ihrem kleinen Sohn und seinem attraktiven Vater zu. Sie liebte beide so sehr. Sie war dem Himmel für jeden Tag dankbar, den sie mit den beiden verbrachte.

Sie fing Zachs Blick auf und sah dasselbe Glück in seinen blauen Augen. Mehr konnte sie vom Leben nicht verlangen.

Familie und Freunde waren in der Kathedrale versammelt und kamen jetzt, um ihnen zu gratulieren. Victoria Colby und mehrere von Zachs Kollegen waren da. Jenny Ellroy, Laurie und ihr Mann waren gekommen. Die Knochenmarktransplantation war erfolgreich verlaufen, und es ging Laurie erstaunlich gut.

Wo waren ihre Mütter?

„Geh mir aus dem Weg, du alter Drachen!“, rief Helen.

Beth tauschte einen vielsagenden Blick mit Zach.

„Ich habe dir doch gesagt, ich halte ihn als Erste nach der Taufe“, konterte Colleen. „Weg da oder ich renne dich über den Haufen …“

Zach beugte sich zu Beth hinunter und küsste sie auf die Wange. „Danke“, murmelte er.

Sie zog eine Braue hoch. „Wofür? Dass ich dir damals einen Termin gegeben habe?“

Er schüttelte den Kopf. „Dass du mich zum glücklichsten Mann der Welt gemacht hast.“

– ENDE –

Band-Nr. 20042
9,99 € (D)
ISBN: 978-3-86278-739-5
464 Seiten

Nora Roberts u.a.
Dich schickt das Glück

Nora Roberts – *Liebesglück auf der Blumeninsel:* Dillon O'Brian ist außer sich. Dass diese Laine es wagt, nach Hawaii zu kommen! Sie ist doch nichts weiter als eine geldgierige, verwöhnte Göre, denkt er – bis er ihr zum ersten Mal begegnet …

Linda Lael Miller – *Ein Paradies der Sinne:* Auf seiner Insel vor Australien nimmt Amy glücklich Harrys Antrag an. Aber aus diesem Paradies zurück, kommen Amy Zweifel und sie kann ihre Eifersucht kaum noch verbergen: Wild flirtet Harry mit anderen Frauen.

Lucy Gordon – *Süßer Sommer der Versuchung:* Nur ein paar schöne Tage wollte Holly in Italien verbringen. Doch dann führt das Schicksal sie direkt in die Arme von Matteo Fallucci – und in dessen Villa. Für Holly beginnen Sommertage der Versuchung …

Penny Jordan – *Sag, dass es für immer ist:* In einem Bauernhaus in Frankreich möchte Livvy ausspannen. Doch wie soll das gehen, wenn der rücksichtslose Richard Field ebenfalls dort wohnt? Und warum spürt sie in seiner Nähe bloß dieses Prickeln?

Band-Nr. 20040
9,99 € (D)
ISBN: 978-3-86278-714-2
528 Seiten

Emilie Richards u.a.
Schicksalssommer

Emilie Richards – *All die langen Jahre:* Das Ende einer Liebe: Meredith ist schwanger, der Kindsvater Sonny stirbt und das Baby wird zur Adoption freigegeben. All dies hat Meredith verdrängt – bis sie Garrett trifft. Wird sie es schaffen, an seiner Seite aus dem Dunkeln in das helle Licht der Liebe zu treten?

Celeste Hamilton – *Stark durch deine Liebe:* Ihr Traum von einer Fernsehkarriere ist zum Greifen nahe. Doch die Vergangenheit lastet schwer auf Cindy: Schuldgefühle wegen Sonnys Tod - und die Angst vor einer neuen Liebe. Als Nick in ihr Leben tritt, fühlt sie zum ersten Mal Hoffnung auf ein Glück zu zweit …

Erica Spindler – *Entscheidung einer Sommernacht:* Ein Unfall, der den umschwärmten Sonny das Leben kostet, beendet für Jennifer einen zärtlichen Sommer und für Ryder Hayes seine Zukunft in der Stadt. Jahre später kehrt Ryder zurück – entschlossen, sich zu nehmen, was ihm damals zu Unrecht genommen wurde.